蜂鳥的女兒

The Hummingbird’s Daughter

路易・艾伯托・伍瑞阿◎著

張琰◎譯

獻給

辛黛芮拉

推薦序　瑰麗的美墨跨界史詩

郝譽翔（東華大學中文系副教授）

《蜂鳥的女兒》被視爲當代拉美文學的經典之作，甚至突破了魔幻寫實：這一因爲過度普及，而流於矯飾，甚至幾乎快要變成陳腔濫調了的文學流派。如果說，魔幻寫實的宗師馬奎斯重在魔幻的詭境，那麼，《蜂鳥的女兒》作者伍瑞阿所展現的，卻應該是寫實的功力，只是此一「寫實」，寫的並非我們所習慣的世界，而是在美墨邊境多元民族混血，自然、人文、宗教與歷史等處處充滿了反差與對比的世界。而這一世界本身便具有飽滿的張力和戲劇性，無須再加工矯飾，只等待有人以文字將它的眞實面貌捕捉下來。

在《蜂鳥的女兒》開頭，這一世界便充滿了蓬勃的朝氣，動物如小紅鳥、狗兒、黃蜂、豬隻、騾尿、蜂鳥，以及食物如番石榴、芒果、羊肉乾、白乳酪、龍舌蘭酒和蘭姆酒，彷佛天地之間無所不包，流動著無窮的生機。正如同作者所形容的：「墨西哥實在太大了。墨西哥有太多色彩了。它比任何人想得到的都要嘈雜，而大西洋和太平洋各有不同的聲音，一是尖銳、憂慮而且苛刻；另一則是喧鬧、動不動就火爆。」而在這個嘈雜而尖銳的世界之中，沒有任何事物是單一的、純粹的、理所當然的，就連墨西哥人自己也都不純粹。伍瑞阿形容墨西哥人就像是「被稀釋過的印第安人，被牛奶摻入，宛如一杯咖啡。」而小說的女主角：聖女泰瑞西塔便在這場有一千種語言盤根錯節、祭師的咒語、教堂聖歌、海邊風聲、洞穴哀鳴、死神鬼魂低語呢喃的大合唱之中，誕生了。

聖女泰瑞西塔的故事，在歷史上實有所本，而且不是別人，正是作者伍瑞阿的姑母。這位被稱爲「墨西哥最危險的女孩」，生於一八七三年，是一個印第安母親和白人父親所生下的私生女。在六歲時，泰瑞西塔的父親湯瑪士因爲支持墨西哥的反對黨，而被狄亞茲政權所迫害，被迫放棄家產，而遠走他鄉卡波拉，並且成功地在那兒建立起新的居地，也將泰瑞西塔迎回自己家中，教育她長大成人。很快地，泰瑞西塔便展現出她優異的天賦，不論是在讀書、音樂、騎馬，甚至是在政治的辯論上，泰瑞西塔都是驚人地早熟。然而，一八八九年，當泰瑞西塔十六歲時，一樁突發的暴力事件卻扭轉了她的一生，她被人強暴，而在昏迷十三天後，終於宣告不治死亡。就在眾人爲她舉辦喪事的當晚，奇蹟發生了，泰瑞西塔竟然從棺槨中坐起，死而復活。從此以後，她便擁有了治癒病人的神力，只要一經她的雙掌撫摸，任何病痛皆可痊癒，而她也被民眾尊稱是「卡波拉聖女」。泰瑞西塔雖然得到民眾的愛戴，但是天主教卻視她爲異教徒，而墨西哥狄亞茲政權更將她視爲心腹大患，只因她具有號召群眾的神力。就在政府強力鎮壓，爆發流血衝突的時刻，泰瑞西塔挺身而出，倡導和平。最後，她和父親一起被逐出墨西哥，流亡到美國的亞歷桑納。

爲了將泰瑞西塔這段傳奇的故事重現人間，伍瑞阿花了二十年的時間，進行資料的蒐集和考證。而這也不只是一樁伍瑞阿的家族傳奇了，更是他個人自身處境、乃至於美墨邊境人民處境的反映。就如同泰瑞西塔是印第安人和白人的混血，伍瑞阿自己其實也是美墨的混血——父親爲墨西哥人，而母親則來自美國紐約。他出生在邊境，在美國長大，受教育，深刻地體認到美墨移民的認同難題。然而，雙重的文化視角，卻也在日後變成了伍瑞阿寫作上最爲寶貴的資產，使得他不會侷限在任何一方的觀點之上，故除了小說以外，伍瑞阿更以報導文學聞名，也曾入圍普立茲非文學獎。在《蜂鳥的女兒》小說中，伍瑞阿便試圖去降低悲情、控訴和憤怒，轉而強調族群之間的相互尊重、共生與共榮，以及活潑的生命、寬容的胸襟，這才是這本小說眞正要訴說的核心課題。

由此也可窺知，自從十九世紀以來，國族的紛爭已爲人類世界帶來無所不在的陰影，戰爭、離亂、仇恨、對立，鄰人相殘，而到了二十一世紀，我們恐怕必須尋找一全新的態度，去面對昔日祖先血淚斑駁的歷史，並且從中獲得一昇華、洗滌。

和平與愛，便是《蜂鳥的女兒》中，卡波拉聖女泰瑞西塔唯一的姿態。她不要求建國的神聖之戰，而祈禱人類的和平，生命綿延不絕，彼此欣賞與諒解。故不管她是來自於哪一個族群，這個疑問，正如同作者所自問的：「墨西哥人究竟是什麼？」都已經是一個無法解釋、也沒有唯一答案的課題了。但可以確定的是，混血的身世反倒使得泰瑞西塔同時獲得了西方與印第安文化的滋養，她從父親身上學會了騎馬、讀書和音樂，而從母親的好友葳拉——一位熟習印第安傳統醫藥和宗教的老婦人身上，學會了辨識藥草的療效，更學會了去和宇宙大自然對話。而這兩者並不產生衝突，至於她的白人父親湯瑪士，也選擇讓她去追逐原住民的興趣，因爲他認爲讓她去接受印第安的教育是公平的，這對她在圖書室中的研讀而言是種合理的補足。

不過，上述二者也並非等量齊觀。在伍瑞阿的筆下，印第安文化顯然更爲接近生命的本質，而西方過分倚賴理性的知識，恐怕只是一種外爍的行爲罷了。葳拉一再告訴泰瑞西塔：「我在土地裡」，而「土地也在我身體裡」，並且教導她如何去調節自身的吐納氣息，好去感覺到天空充滿了胸臆，讓體內的烏雲隨風飄走，讓自己去和土地相連在一起。在這裡，理性退位，而人類也必得要放棄知識的驕傲，謙卑地、虛心地聆聽大自然的聲音，然後「去記住它，並且相信它」，因爲這就是「信仰」。也正因爲有了信仰，所以《蜂鳥的女兒》中雖然有災難，也有死亡，但卻不至於苦澀頹喪，它基本上是樂觀的、幽默的、浪漫的、積極的、活潑的，既具有印第安瑰麗的民族色彩，也具有西部原野牛仔的粗獷風情。

正如本文開頭所言，《蜂鳥的女兒》其實長在寫實，除了泰瑞西塔死而復活、爲人治病一段，較具有神祕離奇的色彩之外，小說中絕大部分的情節，讀起來都相當可親，沒有拉美魔幻寫實天馬行空的幻想，故也被視爲是走出了魔幻寫實的窠臼。伍瑞阿更著力在塑造有血有肉的人物，不論是湯瑪士的草莽多情，妻子的善妒，情婦的天真美麗，葳拉的睿智等等，皆具有結實的生命力和強悍的靈魂，他們的性格並不複雜，但卻鮮明而使人難忘。至於小說中人物所處的環境，也恰呼應他們的性格，更是作者用力描寫之所在，舉凡植物、地貌、氣候之多變，讀來都彷如在面前，親眼可見。伍瑞阿《蜂鳥的女兒》被譽爲拉美文學中史詩般的作品，誠然，美墨交界之處地形的壯麗和險峻，便已有了天然史詩般的氣魄，而伍瑞阿善於利用此一場景，讓讀者在閱讀小說的同時，也彷彿進行了一趟美墨跨界的大旅行。

國際書評

✻這是一部美麗、令人沉溺其中享受閱讀之樂的小說……我願意再等上二十年，期待下一部如《蜂鳥的女兒》般動人心弦的作品……

——丹佛郵報

✻本書以絕佳的馬奎斯手法騰空進入迷濛的魔幻寫實中。

——華盛頓郵報書世界

✻這部令人驚豔的作品足以與馬奎斯、魯佛及波赫士分庭亢禮……聖潔與褻瀆冶於一爐，營造出惑人的催眠氣氛，同時又是極有份量、好看極了的長篇小說……文化、宗教、政治的交錯衝突，魔幻與寫實驚豔又弔詭地交融。

——書頁

✻伍瑞阿的句子簡潔、充滿力道；混合赤裸裸的低等諧趣與玄學、揉合肉體功能與靈魂深處神祕不安的激動。五百頁不費吹灰之力就翻遍了……每一頁都是俗民樸拙之美的寫眞。

——紐約時報書評

✻美國圖書獎得主伍瑞阿才氣盎然，洋溢著拉丁美洲魔幻寫實的韻律節奏與深刻洞察。本書充滿野性浪漫，效果震撼人心……在精彩喧騰的故事敘述與豐富的幽默背後，深深蘊藏了豐美的知性。

——出版人週刊

✻伍瑞阿以《蜂鳥的女兒》重新點燃了幾乎四十年前由馬奎斯引發的拉丁美洲文學榮景……以感官的、詩般的語彙描繪，讓令人無法相信的事物都變得可信了……

——奧斯丁美國政治家報

✻如果你有假期，不妨帶著《蜂鳥的女兒》去度假。作者創造了一個讓人神魂迷失、流連忘返的所在……絢爛、豐富的故事讓人聯想起《百年孤寂》帶來的喜悅……《蜂鳥的女兒》不只是佳構，更帶給我們一個雍容大度、氣派十足的美好故事。

——克利夫蘭正人報

❦二十年光陰寫就的史詩式小說不僅栩栩如生，刻畫出「全墨西哥最危險女孩」的傳奇，也充分展現革命前夕、血染大地的懾人風貌。

——紐約客

❦這是一部有極高娛樂性的作品。敘述手法靈巧而感性，讀來無比享受，能足足五百頁而驚異毫不稍減……作者創作出一部經典，一篇讚詞，一首頌歌，是獻給墨西哥多采多姿且生氣蓬勃事物的禮讚與愛戀。

——舊金山記事報

❦這部作品成就非凡，角色豐富，語言多采多姿。書中人物鮮活有力，生命雖苦難，卻充滿幽默感。面對殖民統治的不公不義，愛與希望最終得勝。故事感人、敘述迷人。

——英國「衛報」

❦精彩絕倫……文字清晰，奔流而出，有如火山流洩的熔岩……生動、迷人、令人陶醉的《蜂鳥的女兒》是一本令人難忘的書。

——邁阿密先鋒報

❦伍瑞阿的語言有豐富肌理，創造出充滿詩意的小說，可與馬奎斯的崇高相提並論。

——洛杉磯時報

❦這是一部華麗的、耀眼的小說，沒有任何一篇書評能道盡它所有的特點，你必須自己去看。

——elegant variation（文學部落格）

❦了不起的成就……伍瑞阿創作了一篇關於愛以及，最重要的——「希望」的故事，深刻而且手法迷人。

——觀察者（英國）

✻本書的偉大成就在於以清晰、多采多姿的文筆捕捉到日常生活點滴，敘述不落俗套，卻又能赤裸裸地呈現十九世紀墨西哥的庶民生活……

——洛磯山新聞報

✻一部充滿魔力的作品……驚人、華麗、詩意十足……迷醉的文字夢囈，滿溢感官、神祕，充斥象徵、樂音，令人稱奇、歡愉、沉醉。《蜂鳥的女兒》創造出一個世界，深植在神祕與矛盾的衝動中，一個如此富於詩歌、感官細節的世界，一個如此充滿深蝕細刻鮮明性格與難忘事件的世界，不時令人覺得如此眞切、實在……如此墨西哥。

——聖地牙哥聯合論壇報

✻親切又壯闊，有失意有得意，笑中帶淚……伍瑞阿的寫作有詩人的優雅與才情……他對食物的描寫如此暢快，你會感覺自己正要打出嗝來；他對於自然的景色描寫尤其層出不窮……

——聖安東尼新聞快報

✻在這部小說中，奇蹟不斷出現，完美地說明了一個神奇的故事交給一個眞正有才華的作家會出現什麼結果。伍瑞阿創作了一篇史詩，充滿傳說與魔法、美麗與受苦、宗教與熱情，一如古老的墨西哥本身……閱讀這本書的每一秒鐘都很值得。

——費城詢問報

✻一忽兒幻想一忽兒狂熱，一忽兒清醒一忽兒離奇，這五百頁史詩是對魔幻寫實的最佳禮讚……如果奧運有敘述的獎項，伍瑞阿可以獲得金牌……他描寫出一塊文學瑰寶，不單一飛沖天，更超越了他人。

——芝加哥太陽時報

✻一部巨構，氣氛濃烈……是關於失落、痛苦和愛的喜悅。又一部扣人心弦的巨著。

——芝加哥新市雜誌

✻寫得眞美……本書不斷挑起讀者本身的驚異感。

——芝加哥論壇報

讀者心得

❀這是一部華麗、讓人目不暇給的小說！發生在粗礪卻生氣盎然的墨西哥大地，時間約在一八八〇年。作者伍瑞阿寫過十本書，包括小說和非小說，也寫詩；得過很多獎。女主角泰瑞西塔眞有其人，就是作者的遠房姑奶奶。蜂鳥的女兒是家族傳說的小說化作品，歷經二十年的縝密研究與訪談，因此洋溢著熱情與美麗。這本小說豐美、耀眼，任何評論都無法顯示其全貌。唯一眞正品嘗之道，就是親自去讀。

——丹尼爾・奧立佛斯

❀在拉丁美洲，大家不說「生下、生出」，卻說「見光、帶到光裡」。作者伍瑞阿的確將他不凡的遠房姑婆泰瑞西塔帶到光裡！透過精細詳盡的研究，作者寫出了一部具有魔幻寫實風格的傳記。這本書既是文化人類學，又是墨西哥歷史，總之迷人至極。伍瑞阿是個強而有力的大師級作家，顯然對自己筆下的題材再了解也不過了。他將讀者帶到體諒、感受與認知的光裡。我認爲他也遺傳到姑姑的魔力。泰瑞西塔眞有其人，我十七歲時去過她的墓地找刺激，當時並不知道她。結果在那個冬寒刺骨的十一月夜晚，環繞她墳墓四周的空氣卻是異常地柔和溫暖，還可以聞到玫瑰的香氣；可是當時並沒有玫瑰綻放啊！我一點都沒被嚇到，反而帶著一種無法解釋的安詳離去。當時我不知是怎麼回事，可是現在我懂了。她的療癒能力依然留在世上。

——瑪格麗特・L・麥奎得

❀一部傑作！這是個非常美麗的故事，描述一名女子短暫的一生，揉合了歷史與性靈，背景發生在風土樣貌豐富的墨西哥。我本來以爲這是虛構的小說，後來讀到作者的自傳才恍然大悟，原來作者和主角同姓伍瑞阿並非巧合。作者雖然花了二十年的功夫準備寫這個故事，但是直到他進入中年，才能將智慧帶進這個故事裡，否則根本無法成書。我想我之所以這麼喜愛這本書，也正是因為年紀漸臻成熟，對於人世有一番新的體認與諒解。

——溫蒂・路易士

❋卓越不凡的傑作！這是好多年來看過最好看（好聽）的一本書。我是聽有聲書的，而且是伍瑞阿自己錄的，更能增添整體感受。聽完之後，我馬上又去買了一本紙本書，以便在我最喜歡的部分作記號，這樣就可以隨時翻看，重新享受見到老朋友般的喜悅。這絕對是一個會黏住你不放的故事。

——愛咪・費斯騰

❋列入我的最愛書單中！這書寫得好美，故事也棒到難以置信。我讀過這位作者好幾本書，而這本是我的最愛，讚到不行。視覺感非常強烈，我一面讀，畫面就一面如電影般在腦海中放映。簡直放不下手！大概只有過兩本書曾令我流下喜悅的淚水，這是其一，尤其是最後幾頁。

——T・馬汀斯

泰瑞西塔家譜及重要人物

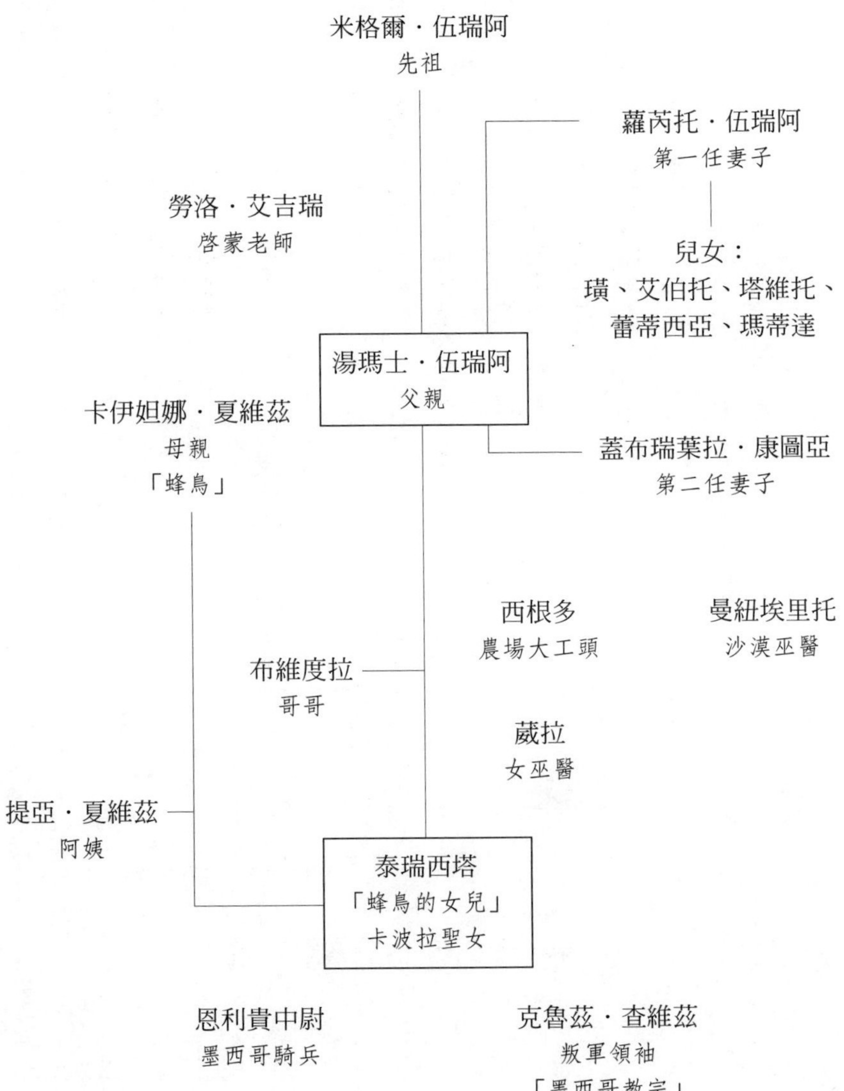

恩利貴中尉
墨西哥騎兵

克魯茲・查維茲
叛軍領袖
「墨西哥教宗」

加斯提倫
神父

真即是一切。
真，我無所恐懼。
真，我不以為羞。

——泰瑞西塔・伍瑞阿

對暴君而言，
真相是最可怕、最殘酷的束縛：
就像白熱的火箝烙上胸口。
但真相比火箝更教人痛苦，
因為火箝只灼傷皮肉，
真相卻直入深處，
灼痛靈魂。

——勞洛・艾吉瑞

第一部
夢開始的地方

阿瑪波拉的女兒，瑪瑟琳娜的女兒。
瑪瑟琳娜生圖拉；圖拉生璜娜；璜娜
生安娜斯塔夏；安娜斯塔夏生卡蜜妲。卡蜜妲・德・羅沙里歐
生妮可拉莎；妮可拉莎生托洛曼娜；托洛曼娜生羅奇歐；
羅奇歐生朵麗絲；朵麗絲生西爾維亞・瑪麗亞；
西爾維亞・瑪麗亞生多明尼加；多明尼加生埃碧凡妮亞；埃碧凡妮亞生奧古斯汀娜；
奧古斯汀娜生瑪麗亞・蕾貝嘉，而瑪麗亞・蕾貝嘉
生下那個「娼婦」卡伊妲娜；卡伊妲娜
生泰瑞西塔，稱「卡波拉的」。

——布萊恩達・多美克《卡波拉聖女不凡的一生》

第一章

卡伊妲娜·夏維茲的嬰兒來到世間的那個涼爽的十月早晨，正逢辛納魯亞一個季節的開始，潮濕溽暑終於過去，換來微風和落葉；小紅鳥飛掠過畜欄、狗兒也換上新毛。

廣闊的山塔納牧場上，「族人」從沒看過鋪設的街道，街燈，電車，或是船。梯子是項革新，似乎是種奧祕的工藝品；階梯是梯子的邪惡表親，能避開最好就避開。就連在某些星期天，「族人」組成長長的隊伍，離開安全的農場去望彌撒時，踩著的歐可洛尼街道也都是泥土路或是石子路，沒有鋪好。「族人」認為所有偉大的城市街上都該有豬隻，還有招來歇斯底里黃蜂群的泥濘騾尿河；而所有地方都是泥巴和草蓋的。他們用母語叫小卡伊妲娜「瑟瑪露」，意思是「蜂鳥」。

在那個十月的十五號那天，「族人」已經要迎接再兩個星期就到了的「亡靈節」。開始準備一盤盤死者喜愛的點心：幾乎被遺忘死了的叔伯舅舅，仍然享有最喜歡的綠蒸粽，這些蒸粽因為氣溫和蒼蠅，很快就會變得更綠。小酒杯裡裝的是先人最愛喝的龍舌蘭，或蘭姆酒，或蛋奶酒：提奧潘丘喜歡啤酒，所以家族神桌上他的雕像前放著陶甕，裝滿稀稀的瓜伊瑪斯酒，滋滋發泡直到沒了聲響。牧場工人擺好蜜番薯、仙人掌和番石榴糖、芒果醬、羊肉乾、滴流的白乳酪；這些他們自己也都很想吃，可是他們知道不安的靈魂都餓得很，沒有任何家庭承受得起為了解飢而侮辱死者的後果。耶穌呀！誰都知道做個死人，心情一定糟透了。

「族人」已經放好先人最喜歡的玉米殼香菸，如果供不起菸草，就用瑪初契葉塡進香菸中，這種菸燒得一樣好，只是會讓抽菸的人有點咳嗽。奶奶的頂針、爺爺的舊子彈、父母的相片、放在鉤針編的袋子裡的嬰兒臍帶。他們把零錢存下來，好買一條條幽靈麵包和糖骷髏；骷髏額頭上有藍色糖霜拼出待祭死者的姓名，不過他們看不懂那些字，糖果工人通常也不識字，所以總會有一兩個字母掉落。牧場主人湯瑪士·伍瑞阿和他雇的牛仔覺得這些糖骷髏犯的文法暴行非常好笑：瑪「李」亞、荷「戲」、湯「媽」士。牧牛人也不懷好意地笑著，雖然他們大部分也都不識字。不過可不能讓湯瑪士先生認爲他們是粗人，或者更糟的——下三濫。

「來作首詩吧！」湯瑪士宣布。

「噢，不妙。」他最好的朋友、偉大的工程師勞洛·艾吉瑞正好來訪，不禁蹙眉。

「瓜姆其爾有位仁兄，」湯瑪士細細說道，「名叫該死的伊努瑟爾。」

「然後呢？」勞洛說。

「我還沒想出來。」

湯瑪士騎著那匹壞脾氣的黑色種馬穿過一片迷濛的星光，這光將他的牧場照成藍色和淺灰色，彷彿天空吹下一陣糖粉，撒在芒果樹和牧豆樹上。辛納魯亞大部分的居民從沒走出方圓一百哩以外，他卻走得比誰都遠——一〇七哩，這是五天前走的一趟英勇旅程：他和工頭西根多帶領一隊武裝侍衛前往洛斯莫契斯，然後再走到更遠的柯提斯海。他們要去接從遙遠的瑪薩蘭乘船來到的勞洛·艾吉瑞先生，以及同他一起到的一批貨，貨品是牧場要用的，他們還打了契約，由騎兵護送的運貨蓬車隊將貨品安全送達。

在洛斯莫契斯，湯瑪士看到了叫做「海」的傳奇東西。

「不是藍色的，比較像綠色，」他告訴同伴。才看第一眼，他已經儼然是專家了。「那些詩人都錯了。」

「該死的詩人。」西根多說。他討厭所有詩人。

他們到碼頭迎接這位大工程師。他可說是手舞足蹈地下了船，因爲能夠再次在「迷人好友」懷抱中，是多麼開心呀！艾吉瑞臂下緊緊挾著一本仔細用油紙包著的麥斯威爾著《電力與磁力論》。依艾吉瑞的意見，這個蘇格蘭人寫出了一本經典巨著！艾吉瑞始終懷疑，電這種神祕力量和磁力（這當然是靈力）可以用來找出、甚至影響人類的靈魂。他口袋裡還藏了更棒的驚喜——一包「亞當酒杯」口香糖，有種無法形容的甘草口味！等湯瑪士嘗嘗就知道。

在西根多看起來，船像一隻有灰色翅膀的肥鳥，在吃了一些魚以後漂浮在水面上。他很得意，指著船對一個牛仔說：「胖鳥，吃了魚，漂著。」他點起一根小雪茄，咧嘴笑著，牙齦和牙齒上黏著菸草碎屑。

西根多的臉像阿茲特克雕像，有雙鳳眼，還有馬雅人的斜額頭，鼻子是窄長的鷹鉤鼻，掛在那飄垂的盜匪式小鬍子上。他自認俊美，不過，艾吉瑞也自認俊美，雖然他遺傳了伍瑞阿家族對該死豐頰的渴望。他努力記住要把臉頰吸進去，尤其被拿來和朋友湯瑪士比較的時候。湯瑪士的臉頰到哪兒去了呢？光線下，你可以看到他的臉頰骨還會投下陰影，彷彿印第安戰士。而那雙眼睛！湯瑪士眼中總透出一絲怒視的兇光。男人認爲這目光教人害怕，而女人卻顯然爲之著迷。艾吉瑞從來也只看過這麼一雙綠眼睛。

「你有很多活要幹，你這個懶鬼。」湯瑪士說。

伍瑞阿家付給艾吉瑞不少錢，要他在精密的水文學和建屋設計上發揮所長。他設計了一組送風管網絡，可以把屋內革命性室內廁所的氣味送走。他甚至還設計了可以把水往山上輸送的水管系統，使大家都驚駭不已。

由於心裡頭想著酒，所以不要多久就找到惡名昭彰的「黯淡燈光酒吧」。他們在裡面吃生蚝，在一波波萊姆汁、辣醬，以及男人嘴間咬得喀啦作響的鹽塊下，蚝仍然張口吐氣。裸身女人隨著土巴號和小鼓組成的小型樂隊扭動著身軀。男人們開心看著這種表演，艾吉瑞卻努力要讓自己產生罪惡感。負責貨運車隊的恩利貴中尉也到桌邊加入他們。

「中尉！」湯瑪士叫道，「有沒有聽說些什麼啊？」

「各位好哇！」恩利貴把配劍擺弄一番好坐下，「墨西哥市不太平。」

艾吉瑞不得不承認，這個軍人雖然是壓迫者的執行人，但在動章和束腰上衣亮閃閃黃銅配件當中，倒是挺英姿煥發的。

「都是些什麼問題，長官？」他說，隨時都準備聽說政府被推翻的事。

恩利貴捻著未梳理的小鬍子末端，朝酒吧老闆點點頭，老闆正擺上一杯冒泡泡的啤酒給他。

「抗議的百姓，」他嘆口氣，「又把聖塔安納的腿挖出來了。」

全屋子的人都哄堂大笑。

這個老獨裁者曾經被大砲炸掉一條腿，之後還愼重地用軍禮把它埋在首都。

「每年都有人把它挖出來、百般耍弄。」恩利貴說。

湯瑪士舉起酒杯。

「敬墨西哥。」他說。

「敬聖塔安納的腿！」恩利貴中尉宣布。

他們全都舉杯。

「加拿大人，」恩利貴邊倒了杯啤酒，邊說，「成立了一支特警部隊，用來控制他們自己的印第安人。」

「和強盜？」湯瑪士插嘴問。

湯瑪士的父親是在往帕洛卡加度的路上遭強盜伏擊。強盜是群髒兮兮的傢伙，據說是從杜蘭哥山下來的，他們要的是銀子。而誰都知道湯瑪士的父親璜．法蘭西斯科先生會運送一箱箱銀幣，支付庫利坎南方他哥哥那一百萬英畝牧場上三百名工人的薪水。那些惡徒沒發現銀幣，就要璜．法蘭西斯科先生背靠一棵白楊樹，一陣亂槍掃射。用了九十七顆子彈打死他，當時湯瑪士才九歲。但當他在那座廣袤牧場長大，對盜匪的痛恨卻強烈到轉為一輩子的著迷。有人甚至說湯瑪士如今還希望自己是強盜呢。

「打擊強盜當然是不用說的，各位先生。」恩利貴說，「況且我們已經在墨西哥這裡展開鄉間警察計畫，好對付我們自己的不法之徒。」

「這些外國佬！又在學我們了。」湯瑪士宣布。

「鄉警，」恩利貴繼續說，「敬鄉間特警隊。」

「敬鄉警。」湯瑪士說。

他們又舉起酒杯。

「敬強盜。」西根多說。

「和阿帕契人，」恩利貴說，「他們讓我有工作。」

他們喝著辛辣的酒，再到後門去小便，還把錢幣丟向女人，要她們繼續跳舞。湯瑪士突然抓了把吉他，彈唱起一首民謠，訴說一個男孩愛慕老師，但卻羞於啓齒。他每天寫一封情書，然後把情書塞進一棵樹裡。有天正把最新的愛情誓言放進樹裡，樹卻被閃電擊中，不只男孩被電殛死，藏放情書的樹也被閃電燒了。老師及時跑到樹邊，看到這場災難。民謠最後，哀傷的老師孤單寂寞沒人愛，拂去頭髮上沾到的情書灰燼，熄了燈，在另一個夜晚獨自睡去。赤裸的跳舞女郎聽到這裡，抓了些東西遮住身體就哭了起來。

第二天一早，男人離開鼾聲隆隆的宿醉酒吧老闆和跳舞女郎，展開漫長的內陸行。前往山巒開始隆起、鬣蜥生得比響尾蛇還要長的地方。於是他們開始忘記海的顏色。

❋

卡伊妲娜喝著咖啡豆混燒焦玉米殼的飲料迎接清晨。當太陽光從東方海上潑灑出，射進從海岸到海岸的各家窗戶，墨西哥人也起床了。走進千百萬間廚房，走近爐火，倒出當天第一份咖啡。一陣濤天的咖啡巨浪往西襲遍陸地，從廚房滾滾推向爐火、到山洞、到小屋。有些人用玻璃杯喝咖啡，有些用五顏六色的葫蘆裝、用邊喝邊溶的粗陶罐裝、用香蕉葉做的捲筒裝。黑咖啡。肉桂咖啡。羊奶咖啡。咖啡加金棕色砂糖錐塊，溶在其中，就像被黑色洪水吞噬的金字塔。熱帶咖啡裡有一圈圈甘蔗酒，像條火蛇盤起。苦澀的山頂咖啡，讓血液都濃稠了。在辛納魯亞，喝的是加入煮開牛奶的咖啡，煮熟的奶皮像淺色薄膜，漂在咖啡表面，像片撕下的水泡皮。沉重的眼皮盯著杯面的圓形鏡面，凝望自己暗黑的倒影。卡伊妲娜也是，拿起杯子，杯中的咖啡是用昨天的咖啡渣重新煮過，加了好幾匙甘蔗糖漿，還加上從老闆的母牛身上偷偷快擠出的稀稀藍色奶水。

在那個漫長的往西方前進的早晨，所有的墨西哥人仍然做著相同的夢——夢到做個墨西哥人。這是一項什麼都比不過的莫大神祕。

只有富人、軍人和少數印第安人曾經離家夠遠，知道這麼一個可怕的事實：墨西哥實在太大了。墨西哥有太多色彩了。它比任何人想得到的都要嘈雜，而大西洋和太平洋各有不同的聲音，一是尖銳、憂慮而且苛刻；另一則是喧鬧、動不動就火暴。富人、軍人和印第安人是少數人，知道東方是團模模糊糊的綠，有一股瀰漫空氣中熟成水果和花朵和死豬和鹽和汗水和泥土的氣味，而西方是一片混亂的紫色。在布滿塵土的大草原間、在臃腫的叢林中，矗立著金字塔。像鄉間小路一樣長的蛇乖乖游在獨木舟旁。火山戴著白雪帽。仙人掌森林長得比樹還要高聳。薩滿巫師吃草菇，還會飛。南方有些部族仍然幾乎赤身露體，女人頭上插紅花，罩著藍裙子，露著乳房。墨西哥市以外的男人吃活飛蟻做成的「塔可」捲餅，如果不快點嚼，這些飛蟻還會飛走哩。

那麼，他們要算什麼人呢？每個墨西哥人都是稀釋過的印第安人，被牛奶摻入，就像卡伊妲娜杯裡的咖啡。在西班牙人征服過、中世紀宗教法庭審判後，他們害怕起自己的棕色外皮，於是把臉用粉抹白、把皮膚用香水和歐洲絲緞與美國服飾遮掩。然而就算戴起海狸帽、蕾絲面紗，這些大城市的高雅市民仍然知道，他們沒有任何東西配得上古老大咬鵑鮮麗的羽毛；也再沒有任何穿著美洲虎皮的首長站在神廟上。裙襯架、西裝背心、歌劇、大彌撒、人行道點心鋪小咖啡杯盛歐蕾。他們企圖用紐約的褲子、巴黎的襯裙悶死諸神；然而那些被逐的神靈仍在屋隅和地窖低語。在墨西哥市，這偉大而墮落的阿茲特克帝國首都特諾奇提特蘭城，在街道和用「太陽神金字塔」的石塊建造的建築物之中，紳士微微偏著頭走著，彷彿傾聽著那令人迷惑的鬼魂呢喃。

他們仍然說著一千種語言，當然也有西班牙語，不過更像盤根錯節的歌曲和語法。墨西哥，是廢墟中的風聲；墨西哥，是海浪沖刷著海岸；墨西哥，是沙丘、是雪地、是沉睡火山波波卡提佩峰的蒸氣。墨西哥，遍布大麻田、番茄株、鱷梨樹，還有特奇拉鎮的龍舌蘭酒。

墨西哥……

在他們四周、在小小的樹林裡、在山洞中、在產銀鄉間陡峭的峽谷中、在沼澤、在岔路口，殘酷的古老神祇紛紛聚攏。雨神特拉克口乾舌燥，因爲墨西哥人不再虐待孩子們好給祂甜美的淚水喝；剝皮神希培托泰克冷得直打顫，因爲祭師不再活剝犧牲的皮，並在血肉中跳舞獻上收成。特佩雅克女神多蘭欣被「瓜達露佩聖母」從山頂上趕走。戰神「左方的蜂鳥」胡伊齊洛波契特里威嚴又兇猛。就連墨西哥人的朋友、人神之間的使者查克姆爾也孤單無依。這個大耳朵的神使從地面轉往諸神之地時，人們將希望和夢想（藉著犧牲的心與血）放入祂的碗裡；如今祂仰躺地面，等候帶著大咬鵑羽冠的祭司回來，但卻永遠也等不到。其他的神祇躲在大教堂的神像後面，這大教堂是西班牙人直接拿祂們被摧毀的神廟的石頭建造而成。祭品鮮血和珂巴樹脂的氣味從老石塊中滲出，與焚香和蠟燭混合。只有死神活著，低聲呢喃。死神活在生命之中，就像骨頭在身體裡面跳著舞。昨日存在今日之中，昨日從來不曾死去。

墨西哥。墨西哥。

❦

卡伊妲娜肚子痛得全身一震，摔了杯子。她感覺孩子醒來時，一陣水流如瀑布般流瀉到腸子裡。啊，她的肚子！

肚子抽緊。跳動。抽緊。

起先她以爲是櫻桃的緣故。她以前沒吃過櫻桃，早知道櫻桃會害她拉肚子的話……

「啊，」她叫，「天哪！」

她想得趕快跑進樹叢裡去才好。

他們是昨天來找她的，每個人都認識夏維茲家的女孩。雖然山塔納牧場分成兩大塊區域——南邊種作物，北邊養牛，工人家庭只有五十戶，加上孩子和祖父母、外祖父母，總共也不到一百五十人。每個人都知道卡伊妲娜的姊姊提亞少惹爲妙。老天爺，「族人」寧願用根木棍把響尾蛇從嬰兒床上挑出來，也不願進提亞家門。所以當夏維茲姊妹的表哥自殺時，他們從牧場北端帶來消息，也只敢跟「蜂鳥」說。噯，老天爺。卡伊妲娜才十四歲，不過她已經知道生命基本上是一長串的麻煩。所以她用方巾包住頭，穿上平底涼鞋，在太陽升起前緩步蹣跚走進黑夜裡。

她邊走邊猜想爲什麼「族人」要叫她「蜂鳥」。因爲她的個子小嗎？嘿，可是他們個子全都不高呀。誰都知道蜂鳥是神聖的鳥，會把祈禱送給神。她也知道自己的名聲不好，所以叫她蜂鳥也許是種玩笑？他們很愛開玩笑的。卡伊妲娜吐了口唾沫，她可不認爲有什麼好笑的，尤其是現在。可憐的表哥，開槍打了自己腦袋。她的爸媽都死了，死在特威可族土地上，一場軍隊突襲把他們開槍打死的。她的姑姑和姑丈被誤認是逃亡的雅基人，在胡派瑞附近被吊死在芒果樹叢中。男人褲子被脫到腳踝然後吊起，男男女女都像水果般赤身露體地吊著。有些墨西哥人蒐集頭皮。她嘆了口氣，在這世界上她孤伶伶，只剩這個姊姊了。她兩手按著肚子走在北邊路上，到牛隻管理站還有三哩路，肚裡的嬰兒踢了踢。

現在還別出來，還別出來。

她不在意被人喚爲蜂鳥。

幾個鐘頭後，她推開表哥泥牆屋搖晃不穩的大門。他仍然仰躺在泥地上，有人用條花布巾蓋住他的臉。兩隻涼鞋分別朝外，腳趾頭是灰色的。地上的血已經變成黑色，他還沒有發臭，不過大蒼蠅已經爬滿全身，不時還會停下來搓揉牠們的腿。距他頭部幾吋的地上，躺著一把生鏽的手槍。

鄰居早就到表哥屋裡把所有的食物搜刮一空。卡伊妲娜把手槍給了願意挖土坑的男人，他在籬笆旁邊的龍舌蘭樹旁挖了坑，再把屍體滾著推進去，鏟土埋了，再用石塊蓋在上頭，免得狗把屍體叼出來。

屋裡面，卡伊妲娜找到一把椅子，還有一張用木頭和繩索做的床架。床底下有把大刀。從遠方埃斯奎納帕來的懷孕女孩在房裡，等著。卡伊妲娜不認識她，不過她還是讓她搬進來住，因爲女孩怕在屋外生小孩，小孩會被土狼吃了。卡伊妲娜接受了女孩的祝福，又揮了幾下大刀，她喜歡大大的刀面。然後她開始走回家。

太陽正在西沉，她不喜歡這樣，黑暗讓她害怕。這條路也很嚇人，在黑黑的白楊樹和灰暗的柳樹間蜿蜒穿梭。蟋蟀、青蛙、夜間的鳥、蝙蝠、土狼和牧場的狗——牠們的聲音在黑暗中一直伴隨著她。由於胎兒在體內成長，害她隨時都想尿尿，必須小便的時候，她就蹲在路中間，一邊把大刀舉過頭，隨時準備殺死膽敢撲來的惡魔或土匪。一隻貓頭鷹在後方樹上嗚嗚叫著，使她加快了動作。

她走過一個路彎，看到路旁邊有團小小的營火。營火是在南邊，這是個好兆頭——北邊是死亡的方向。還是西邊？不過南邊是還好的。

一個男人站在火邊，手裡拿著個木碗，嘴裡正在嚼東西，看著她走近。一匹馬從他肩膀上方往下看，對碗的興趣要比對她大。她的肚子咕嚕咕嚕叫著，嘴裡淌著口水，一整天都沒有吃東西，她應該躲在樹叢裡的，可是他已經看到她了。

「晚安。」她叫道。

「晚安。」

「天黑了。」

他抬頭看著，彷彿這才注意到天黑了。

「是呀，」他同意。然後說：「可別拿那把大刀砍我。」

「我不會的。」

「謝謝了。」

「這是爲了防強盜的。」

「喔！」

「那些混蛋，」她解釋，「誰想有什麼念頭，我就殺了他。」

「很棒。」他說。

「還有鬼怪。」

他把食物放進嘴裡。

「我想你是殺不了鬼怪的。」他說。

「那可難說。」她說，一邊亮出刀面。

小小的營火發出劈啪的聲音。

「你吃的是什麼？」她問。

「櫻桃。」

「櫻桃？櫻桃是什麼？」

他拿起一顆櫻桃，在昏黃的火光下，看起來像是沾滿鮮血的小小心臟。

「是樹上結的。」他說。

「是壞東西嗎？」她問，「它們看起來很邪惡。」

他笑了起來。

「它們是很邪惡。」他說。

「我要回家。」她說。

「我也是。」

「這是你的馬嗎？」

「是的，不過我喜歡走路。」

「那你的鞋子一定很好。」

「我的兩隻腳很好。」

他吐出個籽，又往嘴裡丟了一顆櫻桃。她看著他的雙頰隨著下顎咬動而鼓脹，又吐出來，又吃了一顆櫻桃。

「甜嗎？」她問。

「甜。」

他吐了一個籽。

他聽到她肚子咕嚕咕嚕叫。

「你很快就要生小孩了。」他說。

「是的。」

「女孩。」

「我不知道。」她回答。

「女孩。」

他把碗遞給她。

「吃吧。」他說。

卡伊妲娜嘴裡的櫻桃汁是暗紅色的，她從沒吃過這種東西。

她吐出櫻桃籽。

「我得走啦，」她說，「時間晚了。」

「再見。」他說。

卡伊妲娜用母語回他「神與你同在」，再次走進暗夜中。好怪的男人。不過她從經驗中知道——所有男人都很怪。

後來肚子痛得整個晚上都睡不安穩，她怪到陌生人的水果上。而這個早晨肚子裡的騷亂更嚴重了，卡伊妲娜以爲能走到那排農場建築，那是湯瑪士蓋的房屋，介於工人村落和老爺們睡覺的大房子之間。可是肚中的孩子已經決定要出來了，於是就在往建築物去的半路上宣布了這個消息——一陣疼痛讓卡伊妲娜跪了下去，奇怪的水從身體流出，流進塵土中。

第二章

葳拉痛恨站起來時兩個膝蓋突然發出的聲音，喀啦！喀啦！聽起來活像是堆引火的木柴。她劃了十字，拿了圍裙，也帶了獵槍。裝草藥、破布和刀子的皮囊也都備妥了，跟平常一樣。皮囊繩圈把手掛上左肩，菸斗裝上菸草，從許願蠟燭點了一根紅頭火柴，把火焰吸進菸草中。她在替湯瑪士先生打掃書房時，偷了一些上好蘭姆酒泡過的菸草。他知道她偷菸草——好幾次她就當著他的面抽呢。

老爺們叫她瑪麗亞．索諾拉，不過「族人」只知道叫葳拉——「瘦女人」，是他們的產婆和大夫。他們稱那些鄉紳老爺「尤力」——白人全都是尤力，這是「族人」最難聽的罵人話，「尤力比契」，意爲「光身體的白種男人」。葳拉替「大尤力比契」做事，住在老闆廚房後面的房間，湯瑪士認為她是在這裡指揮家中事情，但是「族人」相信她在那裡指揮「神靈」。

她在圍裙口袋裡摸著，找尋藥袋。每個人都知道這藥袋是皮，而且是人皮做的。他們說是用一個強暴犯的陰囊做成。謠傳說是葳拉在她的村子胡派瑞弄來的。當她或她的女孩們附近工作的哪個牛仔開始讓她不悅了，她就會從圍裙口袋裡掏出這個可怕的瘤狀黑袋子，往上拋，接住，往上拋，接住，直到男人安靜下來、望著她，然後她就會說：「你有什麼話想要跟我說嗎？」

她摸索著出了廚房後方的房間，再摸著女孩剁雞的大鐵板桌緣，走出了後門。她停下來一會兒，向「創世主」祈禱。以瑪麗亞・索諾拉的身分，她向天主禱告；以葳拉的身分，她向族人的神禱告。天主有鴿子和羔羊，族人的神有鹿和蜂鳥。這些對葳拉來說都一樣。急急繞過屋子，她朝著卡伊妲娜的小屋走去。

❋

卡伊妲娜聽到馬背上那些男人哈哈大笑。他們的聲音透過權充房門的破毯子傳了進來。她四肢趴在地上，像條狗般喘著氣。有東西沿著大腿間流下。兩個村裡的女孩跪在門邊安撫她，用手指幫她把頭髮往後梳，還一口口餵她喝水。

「痛嗎？」

「呃。」

她沒辦法跟人閒聊。

「你會沒事的，蜂鳥。」

她們把她移回睡覺的蓆子上，只見她汗如雨下，全身繃緊，痛苦呻吟。兩個女孩從沒看過任何人的私處，「蜂鳥」又已經顧不得去擔心自己被看到了什麼。她們打量著產道口的肉褶，深怕胎兒的臉會突然出現、瞪著她們看。她們在自己額頭前方劃十字，又在卡伊妲娜肚子上劃十字。

卡伊妲娜含糊不清地咕嚕兩聲。

一個女孩說：「我還以爲這過程會很美。」

她認爲把水罐的水滴到卡伊妲娜的肚子上會有幫助。她身體抖動，還會踢打。她們拍拍她的手。

「葳拉要來了。不要擔心，朋友。葳拉就要到了。」

❦

在拂曉的微光中，這會兒葳拉可以看見那些男人了，他們高高騎在馬上。呃，不對，老闆人高，旁邊的人即便騎在馬上也都矮矮胖胖的。老闆像是驢群中的長頸鹿，但全都是傻瓜。「族人」叫湯瑪士「抓到天的人」。他跟著他那個白癡朋友艾吉瑞，還有那個死親信西根多在大門外頭，等他們的貨運到。哎呀，葳拉倒不介意那些貨品。她喜歡紫丁香肥皂，也喜歡那種可以清潔牙齒的牙粉，還喜歡罐頭咖啡和薄荷。她喜歡一口喝下大茴香烈酒，也喜歡棉質內褲。她不喜歡李子，「抓到天的人」喜歡，買來色彩鮮豔的蠟紙包著的李子，切出一小塊餵他的馬匹。李子這東西，照葳拉的看法，只會讓你掉牙齒，而如果你去吸它，它會變得很噁心——又黏又滑，像一條蝸牛在你舌頭上。該死的李子！她這麼決定了。

葳拉一路走到卡伊妲娜的小屋，屋子位在低低的乾河堤上，歪歪斜斜，看起來是空的。如果你不知道有個可愛的女孩住在這裡，你會把屋子踢倒，想法子把牆拆去做柴火。一個被人騎過就忘了的女孩。葳拉把火紅的炭從菸斗裡敲掉，腦中加上一句：該死的男人！

拉開破爛的毯子，彎腰走進小屋，迎向葳拉的是小傢伙出生時總會聞到的氣味：燒菜舊油煙味、汗水、大便臭，以及瀰漫四周的各種刺鼻味。感謝族人的神，空氣中沒有腐爛或感染或死亡的味道。產婆做工有許多方式，風格各異，但對葳拉來說，這工作總是從她的鼻子開始。葳拉在這些小屋中見識過可怕的事，而每次在看到可怕的事情之前，總是會先聞到死亡的味道。

兩個猴子般的小女孩緊挨著產婦。

「你們兩個，去拿乾淨的水給我。」

兩個女孩立刻連滾帶爬出了門快跑。

「別怕，孩子，葳拉在這兒。葳拉把你媽媽接到這個世界上，葳拉也把你接到這個世界上，現在葳拉也要把你的孩子接到這個世界上。」

「我不怕。」

葳拉把皮囊丟放在泥土地上，接著跪在地上。喀啦！「你怕的。」她說。

第三章

湯瑪士打開懷錶說：「這該死的運貨車隊到哪裡去啦？」

「就要到了，老闆。」西根多說。

西根多也叫歐何．德．布伊特，「雕眼」。以他那個下垂的鼻子來說，其實更像隻兀鷹。據說他能在一般人連看都還看不到任何東西的遠距離外看到東西。時常湯瑪士會看到遠方有一個點，看起來可能是棵樹或是頭牛，而西根多就會宣稱：「嘿，那是老馬洛維歐呢，他還戴著那頂可笑的紅帽子！」或者「那些印第安人可能是阿帕契人。」

歐何．德．布伊特。好像西根多的名字還不夠長似地。他還叫安東尼歐．奧古斯丁．阿瓦拉多，伊荷。

伊荷，是「二世」的意思，而他的綽號「西根多」就是這麼來的。他是米格爾．伍瑞阿先生大牧場工頭之子——他父親爲這個大人物在幾百名的女工裡找小老婆。西根多和湯瑪士一塊兒長大，兩人都不會承認這件事，不過他們幾乎像兄弟一樣。

「西根多，」湯瑪士說，「你看到了嗎？」

「還沒有。」

「那它眞的還很遠。」湯瑪士說。

勞洛先生坐在馬鞍上完全睡著了。他偏向右邊，開始斜成四十五度角。

「我希望那個混蛋可別從馬上摔下來。」湯瑪士說。

「那地上就會留下痕跡了，」西根多回答，「他的頭會在地上敲出一個坑。」

「那可就糟了。」湯瑪士喃喃說道。

湯瑪士這輩子從沒摔過馬。他在馬背上吃喝、站在馬背上、在馬背上嘔吐，一八七一年時還在騎馬快跑時做愛。呀呵！愛情萬歲！有一天他要在策馬狂奔時再試試。

他們都說他是這地區最棒的騎士。從他伯父米格爾那百萬英畝的牧場上到歐可洛尼的餐廳裡，每個人都會聊到湯瑪士和他的那些馬。這一匹叫「搞怪」的，是出了名的暴躁。事實上，這天早晨在馬廄裡，西根多還因爲牠咧嘴、露出牙齒、然後轉頭咬了他的膝蓋而踢了「搞怪」的腦袋。湯瑪士很愛這匹馬，誤以爲這馬對西根多病態的痛恨是源於對自己的忠心；畢竟牠可從沒企圖咬過他。

「西根多！千里眼！」湯瑪士大喊，「你現在看到什麼了？」

西根多聳聳肩。

「篷車在哪裡？」

西根多懶洋洋地捲了根菸。

「誰知道，老闆。」他說。

他調整一下帽子，往遠處望去。然後清清喉嚨，開始報告。

「我看到一隻兔子和一隻地鼠，地鼠找到一顆種子。就在山坡底下的路中間有一堆馬糞，我看到有隻大蒼蠅好像正吃得很開心呢。」他從帽圈裡摸出一根火柴，在馬鞍上劃著，把菸點上。「在洛斯莫契斯上邊，有隻塘鵝向南飛。」

「你這個該死的騙子。」

「哦，對不起，老闆。塘鵝是向北飛。」

西根多吐出一陣煙，臉上有種令人光火的淡淡表情。他的老闆讓那匹黑馬繞圈圈。

「這種無禮傲慢每天都讓我很煩。」湯瑪士告訴艾吉瑞，艾吉瑞已經從瞌睡中醒來，一團口水流進鬍子裡。

遠處傳來一聲含糊的尖叫聲，他們伸長脖子望去。

「見鬼了，那是什麼？」艾吉瑞說。

「我們去瞧瞧。」湯瑪士回答。

西根多伸出一隻腿，用他的靴子抵住「搞怪」的黑色胸口，不讓牠動。

「等等，」他說，「只是個女孩正在生小孩。」

湯瑪士勒住馬，張口結舌。

「你怎麼知道？」他追問，「別跟我說你還有一對土狼的耳朵配你的雕眼！」

西根多咧嘴笑著。

「我看到那個老接生婆從我們後面走過去。」他說。

湯瑪士看到遠處的小屋。

「葳拉。」他說。

「是的。」

「那是誰的屋子？」

「誰知道？」西根多回答。

湯瑪士想要知道，他想要知道每件事，尤其是和女人有關的事。比方說，他就一直想要看女人生小孩。他看過小牛、小馬、小豬、小狗從牠們母親身體滑出來。女人生孩子當然沒那麼血淋淋吧？歐可洛尼的醫生告訴過他，說他不會想要看的——看過以後他會永遠怕女人了。是窮人的女人，印第安人，才會在醫生面前生小孩。就連醫生，碰到像伍瑞阿太太這種尤力女人生小孩，也得被反鎖在大廳，只能在門邊聽，邊大聲指揮。

「那是誰的小屋？」湯瑪士又問了一遍。

「哪隻小母狗的吧，」西根多聳聳肩，「工人啦，她們總是在生小孩。」

湯瑪士希望能離開這幾個男人去看看葳拉在幹什麼。不過西根多拍拍他的手臂說，「老闆，我看到篷車過了山脊了。」

「記住，勞洛，」湯瑪士說，「要找女人，眼神接觸，這可是關鍵。」

❦

湯瑪士的篷車由恩利貴中尉和部隊護衛。這個好中尉一看到湯瑪士和那些男士，就把手伸進上衣，掏出一個扁酒瓶。湯瑪士和西根多的反應是各自拿出自己的扁酒瓶，夾在他們中間的艾吉瑞身上沒酒可拿。

「敬聖塔安納的腿！」他們叫道，猛地灌了酒。

卡伊妲娜的哭號往西邊傳，飄過他們上方。

「你們今天有打人嗎？」恩利貴問。

「不是，不是，」湯瑪士說，一邊揮著手，「生小孩啦。」

「哦。好吧。」恩利貴對生小孩沒什麼意見。

車隊共有十二輛篷車。

「沒有女人？」湯瑪士說。

「女人！」恩利貴摘下帽子，用一隻袖子抹了抹額頭。

「我的朋友這位工程師在尋找他的眞愛。」

「噢。」

湯瑪士最早教導艾吉瑞愛情之道是他十一歲時，在庫利坎的寄宿學校裡。艾吉瑞是個細瘦腿的小書呆，有群來自開曼內洛的粗野男孩在城裡把他的眼鏡打掉，又在大水果攤後面對他動粗。湯瑪士才剛在露天市場的糖果攤偷了糖番薯，正在街上閒盪，想看看教會學校女生有沒有正好在大教堂外逗留，好讓他能送她們一些好東西。他先是聽到艾吉瑞啜泣的聲音，然後轉過街角，發現胡霸和羅哈斯對縮著身體的艾吉瑞拳打腳踢。

湯瑪士比這兩兄弟加在一起都要高。他在米格爾先生的農場學到一件事，就是應該保護弱者。倒不是米格爾先生關懷弱者，而是「族人」中一些老人家告訴他應該這麼做，而且這似乎是那種可以一再對年輕人吹噓的事。況且湯瑪士對「族人」深深著迷，使得米格爾先生還給他取了個小名，叫他「阿帕契鼻子」。這就更有理由了。

湯瑪士走到男孩中間，揍了他們，還用堅硬的靴子踢他倆屁股，把他倆踢跑了。這時候他才發現救的是什麼人！艾吉瑞穿著短褲，戴著圓頂學生帽躺在一團爛番茄泥裡哭哭啼啼。

艾吉瑞抬起目光看著湯瑪士，看著他的綠色眼睛和前額豎起的一綹頭髮，說道：「你是什麼人，德國人嗎？」

眞有趣，湯瑪士心想。這小孩或許不會打架，不過他卻已經注意到一件只有自己知道的事：湯瑪士剛好知道自己是西哥德人。其實他也不知道西哥德人是什麼人——只知道他們把金髮傳到了西班牙。這種關連似乎很清楚。

「起來吧。」他說。

把果皮、種籽從艾吉瑞那令人尷尬的短褲上拂去後，他帶他到大教堂。

「我們要去，」湯瑪士解釋道，「看女人。」

❦

「女人？」恩利貴伸長脖子轉身去看篷車隊，「這裡？」

「你這個運貨車隊裡一定有女人！」湯瑪士堅持，「你要艾吉瑞到死都是個處男嗎？」

「嘿，等等——」艾吉瑞臉紅了，不過他們根本不理他。

「後面，」恩利貴說，「在運貨車隊後面，有個阿拉伯人。在馬車裡，他有個女人，我猜。」

「太好啦！」湯瑪士很起勁，「我們走吧。」

他在庫利坎大教堂的台階上教過艾吉瑞：碰到每一群年輕女人，都要注視她們的臉。眼神接觸，這就是祕訣。只要有個女孩目光和他接觸，艾吉瑞就得對她微笑。如果她也回報一笑，她就是他的眞愛了。當時他們才十一歲和十二歲，但是卻能夠毫不退縮地注視那些穿著白衣藍裙的十六、七歲天主教女學生清澈神祕的眼睛。

這個策略他已經試了十五年，但是回報笑容的卻沒一個甚至肯給他一個吻。

他們讓馬快步騎過篷車隊伍。

在車隊後面，他們看到一輛馬車，還有個皮膚比墨西哥人還要黑的男人。

恩利貴說：「麻煩的阿拉伯人。」

「阿拉伯人！」艾吉瑞嘆口氣。眞有趣。

「我叫安東尼歐．史威費塔。」阿拉伯人說，「我要去德克薩斯的艾爾巴索，世界上最漂亮的城市。」

史威費塔的兒子蹲在父親旁邊，這時聳聳肩。艾爾巴索、庫利坎，這些對他來說都一樣。突然從馬車後面出現一個全身從頭到腳用黑布包著的神祕人物，像正午時分的幽靈。馬匹全都倒退了幾步。

「老天爺！」湯瑪士驚道。

這個幽靈從黑布的一道縫裡窺看他們。

艾吉瑞對著她那像有火在燒的黑眼睛笑了笑。

幽靈的眉毛竟然對他揚了揚，他感到一驚。

「艾爾巴索，你說，」艾吉瑞對史威費塔說，他不確定自己有沒有當著他的面犯下通姦罪。

「是呀，是呀！街道。火車。美國人。錢呀。」

幽靈從布褶裡伸出一隻手整平一處衣褶——黑皮膚、粉紅色指甲，還有一圈銅手鐲。艾吉瑞感到手鐲似乎帶有傳達某種訊息的目的。然後手消失了。

「你去過那裡嗎？」爲掩飾他的窺探，他問道。

「沒有。」

「你知道那在哪裡嗎？」

「不知道。」

「太好了！」湯瑪士說。

「祝你找到路。」他讓馬後退時艾吉瑞喊道。

「願上天保佑。」史威費塔說。

「混帳。」西根多說。

篷車隊隆隆往北走，離開大門，而一車車的貨品都卸下並送進大門後，湯瑪士一腳踢開鞍環，從馬鞍上躍下，兩腳穩穩站定，兩手還伸向空中。他高興地拍拍手，每一天都充滿了驚奇！即使在這裡，在歐可洛尼以外的地方！每天他都等不及下床去看有誰死掉、發生了什麼事、哪個女工會掀起裙子、哪個土匪被處私刑、哪個外國人或軍人或叛軍——想想看，一個阿拉伯人呢！竟會晃過他的牧場。這個無聊的一天已經很圓滿了！他指揮第一輛篷車的車夫把帆布頂打開，露出裡頭的貨品。

一架「勝家牌」縫紉機。

水蜜桃、梨和燉李子罐頭。

成匹的布。

一箱新的連發槍。

一千發長子彈。

一粗麻袋新的伯班克種馬鈴薯，有一點壞了。

蠟紙包著的李子。

二十公斤糖。

五大罐豬油。

一罐「雀巢」嬰兒奶粉——先進科學最新的轟動產品！

某些棉質物品（不宜提及）、陽傘、長襪、手帕、帽沿有絲緞玫瑰的草帽、蜜粉、三件洋裝和五雙法國及膝靴，是給蘿芮托的。

一個芝加哥樣品陳列板，上面有新生產的十條倒刺鐵絲。

醃肉。

咖啡。

燒菜用藍壺罐和鍋子。

幾個白布袋的皮斯伯瑞××××麵粉。

一本「蒙哥馬利華德」目錄。

暗色瓶子的啤酒、透明瓶子的龍舌蘭酒、彩色瓶子的各種酒類，特別是白蘭地——所有辛納魯亞的紳士都在大餐後喝白蘭地。看起來搖晃不穩的陶土槽，裝滿邪惡的龍舌蘭心釀的普奎酒和美絲可酒。巨大芳香的菸草葉，用大尿布似的布包著。

一大塊海鹽結晶塊。

在其他小盒、袋子和木箱當中，湯瑪士找到他的好東西。盒裝一整套凡爾納的冒險小說，有《海底兩萬哩》和最新的《環遊世界八十天》。

「你要翻譯這些書。」湯瑪士告訴艾吉瑞，艾吉瑞正想對一個蠟紙包著的李子下手。

「當然。」艾吉瑞回答，這時卡伊妲娜痛苦的哀鳴時高時低，馬的耳朵也轉過去傾聽。遠處，史威費塔仔細包裹的新娘伸出一隻手臂揮舞著。

❋

葳拉用力搓著兩手，好讓手掌發燙。接生工作要做得好，就必須有兩隻火熱的手。

卡伊妲娜光著身子躺在那裡，肚子上全是紅色的紋路，像是沙漠裡枯竭的河流。葳拉看過兩千個像卡伊妲娜的人。她把兩隻火燙的手放在女孩肚子上，卡伊妲娜大喘著氣。葳拉搓揉她。

「好啦，」她說，「這樣有沒有感覺舒服些？」

卡伊妲娜只能哼幾聲。

葳拉點點頭。

「鎮靜，」她說，「不要緊張。」你必須同她們說話，就像她們是容易受到驚赫的馬匹一樣。「沒問題的，」葳拉安撫她，「完全不用擔心。」

「我姊姊，」卡伊妲娜大口吸氣說，「罵我是娼妓。」

「娼妓！」

「她說我是妓女。」

「唔。」葳拉伸手到後面拿了一把浸濕的冰涼樹葉，塞進卡伊妲娜的產道口。「眞可惜你不是。不然你就會有錢，還有比這個更好的房子住了！」

「這麼說來我不是娼妓了？」

「你相信你是妓女嗎？」

「不相信。」

「那你就不是妓女。用力。」

「哎呀！」

「再用力！」

「哎呀！哎呀！」

「停。」

「可是，葳拉——」

「現在停一下。」

「葳拉——我以前不乖。」

葳拉冷哼了一聲。

「誰不是?」

「神父說我是罪人。」

「他也是。現在休息一下。」

這些女孩，當疼痛開始的時候，她們嘰哩呱啦可說個不停!葳拉比較喜歡二十九或三十歲的老產婦，生第六個或第七個小孩的那種。她們多半很安靜，疼痛在她們來說一點也不稀奇。這些小女孩，以爲自己是第一個嘗到陣痛的人!讓她們簡直要發瘋。啊，上帝。葳拉已經老了，厭倦這一切了。

她們聽見屋外一陣喧鬧，男人的聲音又笑又唱。篷車輪子走過，卡伊妲娜抬起身子。

「只是一些男人。」葳拉說。她拍拍卡伊妲娜，要她躺下去。「只是那些該死的男人，不用管他們。」她再把兩手搓熱，在這孩子的肚子上畫圈圈揉著。「有一天，」她說，「這世界會由女人統治，到時候情況就不同啦。」

這句評論比起生產這件事還讓另外兩個旁觀者震驚。

「原諒我!」卡伊妲娜哭號。

「原諒什麼?」

「原諒我的罪。」

「我不是神父，你去向神父告解吧。現在咱們來生孩子。」

「葳拉!」

葳拉兩手放到卡伊妲娜身體下方，想(這已經是第一千次了)這就像是接住母雞剛下的蛋一樣。

「你的孩子，」她說，「在這裡。」

就在似乎是永遠又像是刹那的那瞬間，泰瑞西塔來到這個世界了。她沒有哭。葳拉擦拭她的臉時仔細看了看，葳拉一向都必須這麼做。最近沒看到什麼徵兆，她也沒料到會在這個破敗的屋子裡、在這個可憐的小蜂鳥身上看到徵兆。不過這嬰兒額頭上有一塊紅色三角形。紅三角，葳拉知道，是有法力的人才有的。她自己也有這樣的標記。

泰瑞西塔睜開眼睛，盯著老婦人看。

「哈囉，」葳拉說，「去找你媽媽吧。」

她把浸過藥草的布放在年輕母親兩條腿中間。布染成粉紅色，她再把它拿開，換上新的墊子。她用熊果樹茶沖洗卡伊妲娜的產道。她還有個扁瓶的棉樹根藥酒，能讓流血速度放慢。馬鞭草可以通了那對黑色乳頭。而現在，當嬰兒的嘴尋找媽媽的乳房時，葳拉用安神的葴菜擦拭這個新母親。

葳拉從皮囊裡拿出一根香蕉，剝了皮，坐在泥土地上。「啊，」她說，「一根香蕉。」她咬了一大口，開心地嚼著。等一下她要向天主和守護神做感恩禱告，不過現在她需要吃早餐。

「你快樂嗎，孩子？」葳拉問。

兩個女孩子已經擁向卡伊妲娜，爲嬰兒的種種大驚小怪。

「快樂？」卡伊妲娜說。她從沒把這個詞和自己聯想在一起。快樂？快樂是什麼感覺？

「我想是吧，」終於她回答，「我想我……很快樂。」

葳拉猜想湯瑪士不知道記不記得要人運巧克力到牧場。我多喜歡這些該死的巧克力啊！她想。當女人統治世界的時候，連皇宮都要用巧克力建造！

她對紅三角一個字也沒提。

第四章

時間哪！哎呀，天主。卡伊妲娜不斷問自己時間都到哪裡去了。今年，那一年，幾乎兩年過去了。如今她甚至記不得生產了，不過她倒是記得當時決定再也不要生了。她很小心地喝著黑色藥水，那是葳拉用草根熬的，用意是讓子宮保持空著的狀態。

十六歲的她已經大到可以結婚、同時面對二十多歲的驚人老邁。但是她自己的命運卻似乎還在其次，老人家警告說新世紀要來臨了，隨之而來的是全世界的末日。一九〇〇年！卡伊妲娜無法想像這樣一個嚇人的日期——那些空空的〇。路德會的傳教士說耶穌本人會騎著一匹烈馬從天堂奔出，而顯然所有的死人都會從土裡跳出來、殺掉每個人。一個流浪的利潘人曾經跟「族人」召開一次短短的會議，並且告訴他們不一樣的末日：白人全都會死掉，而死掉的印第安人和水牛則會回來。他給了葳拉三顆水牛牙齒，並且保證這些嚇人的野獸會回來。「族人」從沒聽過水牛，「我們還不知道牠們曾經離開呢。」提歐法諾先生提醒他們。

「那像我們這種混血兒怎麼辦？」納丘先生問。利潘人考慮了一下，然後說：「你們當中的一半可能會死掉。」之後這天的問題就變成：我們當中有一半的人會死掉，或是我們每個人都有一半會死掉呢？想到自己的下半部還是活的，男人們就感到很安慰了。

卡伊妲娜不覺得自己還能活得夠久、久到看見世紀末。那有多久？她用手指頭數，數不清楚，於是說，「那是好久的時間。」女兒正在泥土地上爬，聽到她的聲音，就說了最喜歡的字：「貓！」

「安靜點。」卡伊妲娜說。

「貓！」

這孩子說話說得早，但眞說起話來，通常就說這個字。她叫卡伊妲娜是貓、她叫豬是貓、叫樹木是貓、叫反舌鳥也是貓。

「貓！貓！」嬰兒叫著。

四個月大時，她就想要四處探險，可是只會往後爬。那張深紅色的臉因爲用力，使得額頭上的三角形變成深胭脂色，然後靠著肚子和背就滾出了屋子，當她發現自己到了外面，就開始哭了。卡伊妲娜忍不住，這眞好笑。她終於發現一件可以笑的事了。

可是那些尿呀、屎呀！先是黑便，然後是青便，然後是黃便——還有那吐的東西。天哪！好臭！孩子會大口大口猛吃她的奶吃很久，然後一轉頭卻把火熱的奶汁吐滿卡伊妲娜的胸口。她可不怎麼欣賞這一點。而餵奶呢，哎呀，哎呀，哎呀！好兇呀！她的乳頭擦傷、破皮，變硬的乳房經常都好痛。而這小鬼又幾乎是立刻就冒出了小牙齒，把卡伊妲娜咬得可用力呢。還有乳汁帶來的丟臉，有時候都沒注意到，乳汁就滲出來，在前胸印出兩條痕跡，每個人，她相信，一定都看著她偷笑。那孩子、孩子、孩子——永遠都是孩子。哎呀，這女娃兒！她好可愛、她好健康、看看她怎麼盯著我的臉！你看看她那顆小腦袋上的小小紅色三角形！對蜂鳥卻不說半個字——沒說過一句早安、一句你好呀、一句你感覺好嗎。

卡伊妲娜從毯子門往外望，看著牧場。在她視線看得到的地方，玉米和龍舌蘭一片綠油油。遠處的棉花和南瓜和豆子田則是翠綠，白鷺和蒼鷺走在一排排的田間，像是點點白雪。當然，她從沒見過雪，不過她聽某個人提過，所以她會一再提到這個字，顯得聰明又有豐富知識。

她多希望能到外面那兒採辣椒，感覺辣汁刺激、把雙手辣腫。日光的夢魘和眼睛的炙熱還沒有爲人母的奴隸般操勞糟糕。她回頭看看女兒，心就軟了。孩子躺在那裡，開心地踢著腿，手拿著一團布，對著它牙牙說話。

有時候，會有一陣感覺襲上心頭，那是一種想要哭的感覺，但卻不是因爲哀傷。這是在她餵奶的時候發生的，在她因爲疼痛而畏縮、孩子閉上眼睛、手握成小拳頭而咕嚕咕嚕吸著奶以後。但是，就像快樂一樣，

「愛」也是卡伊妲娜只能猜測的事。

她給女娃兒取名字蕾貝嘉。每個人都同意，名字是很重要的——你看看西根多就知道。就像是禱告，卡伊妲娜想像名字會建造精神的梯子，一直達到天界。如果名字夠長，你就可以像西根多一樣，升到有權力的高位。她給女兒取了好棒的長長的名字，可是因爲還沒給她受洗，也因爲自己不會寫字，所以只能不斷重複這個名字，好記清楚些。

妮娜．賈西亞．儂娜．瑪麗亞．蕾貝嘉．夏維茲。

「外面？」女兒說，「好嗎？」

「你不可以到外面。」

「外面？外面？」

「安靜。」

「貓？」

「不行。」卡伊妲娜說。

讓她驚恐的是，女兒的頭髮顯出一些淺色——幾乎是金黃色。

起初卡伊妲娜把所有淺色頭髮拔掉，但是這些頭髮還會蔓延，像野草、像指控、一種她母親黑曜石般捲髮和湯瑪士金黃與赤褐色直髮的結合。卡伊妲娜不敢想像如果湯瑪士注意到這個可憐的私生女，會發生什麼事。更糟的是，如果蘿芮托夫人——他那優雅的妻子注意到的話，會怎麼樣？

契拉，又叫「小仙人掌果」拉．圖妮塔，正在太陽下把濕衣服曬到樹叢上。

「圖妮塔。」卡伊妲娜叫道。

「什麼事，蜂鳥？」圖妮塔說。她有三個女兒。

「如果你幫我照顧孩子，我就幫你收衣服。」卡伊妲娜說。

圖妮塔用手背把額頭的汗水揩去。「好。」她要女兒們跑去卡伊妲娜的小屋，她們像小鴨子一樣吱吱喳喳地推開卡伊妲娜往前跑。

「謝謝！」卡伊妲娜走下乾河岸，穿過溪床。她爬上畜欄外一棵大杏樹，看著湯瑪士和一些牛仔在馬場裡訓練一匹黑白斑紋馬。她經常偷窺牧場上的男人，觀察他們說話、抽菸、大笑。她蹲在布滿灰塵的莓果灌木叢，把眼前一根低垂的樹枝推開，樹枝上掛著討人厭的小小硬杏子，像耳環般垂著。

西根多走上前，領著一個沒有戴帽子的老人。

「老闆。」他叫道。

湯瑪士坐在最上面的一根橫桿上，對著花馬拱背跳躍摔下牛仔的場面大笑。這是和他同類的馬。蘿芮托給湯瑪士一條款式新穎的緊身黑長褲，褲腿外緣有一排銀色海螺貝殼。他穿著一件短的皮背心、白襯衫，還有一雙有金銀色馬刺的黑靴子，頭戴一頂大大的蒙大拿美國牛仔帽，那是向一個牛仔買來的，牛仔當時和民兵團騎過鄉間，要追捕偷馬大盜「辛納魯亞霹靂」赫拉克里歐。

「我看起來太帥了，」他告訴西根多，「今天不適合騎頑固的馬。」

「老闆，我帶了個人來。」

湯瑪士瞥了老人一眼。他的外觀很淒慘，褲子破了，嘴唇被太陽曬傷、脫皮，襯衫後背是黑色的。

「這個基督徒曾過過好日子。」湯瑪士指出。

他從橫杆上一躍而下，往前走了一步。老人身上的惡臭又把他推了回去。

「把你的故事告訴他。」西根多說。

「好的，老爺們，」老人說，他太習慣向有權有勢的農場老闆求好處了，所以他會用兩手擰著帽子，只是此刻他並沒有帽子。「我的故事是個悲慘的故事。」他搖搖頭，那雙眼睛在牛仔眼中看似半瘋狂。卡伊妲娜讓自己舒服坐好。有故事聽呢！

湯瑪士給他一個微微的、客套的笑容。

「然後呢？」

他是從索諾拉邊界走路過來的。從六十六年前出生後，他就一直住在雅基河附近的棚屋裡。有一天軍人帶著一份政府證書來，說他的地已經賣給一個外國投資者，那人打算在這塊土地養綿羊，還要用雅基河河水灌溉、種桃子。老人反抗，就被綁在圍籬上用馬鞭抽打。然後他和妻子就被趕走，如今他們的棚屋已經是來自芝加哥一個愛爾蘭人的家了。

湯瑪士和西根多互望一眼。

「你從索諾拉走過來的？」

「Ehui。」

「Ehui？」西根多問道。

「就是『是』的意思，」湯瑪士說，「他們的方言。」

「印第安人。」西根多吐了口口水。

「走多少天了？」

「很多天。」

「你有沒有吃東西？」

「好幾天沒吃啦。」

湯瑪士把兩手放在臀部。

「你的妻子呢，老先生？」

「死啦，先生。我把她留在路邊，三……不對，四天以前。」

湯瑪士吹起口哨。他脫下帽子，戴在老人頭上。帽子蓋過老人的耳朵。

他說：「我很遺憾。」

湯瑪士抓住老人一隻手臂，摸起來像根外頭裹上軟布丁的棍子。

「你能幫我嗎？」老人問。

「當然，當然。我們歡迎你來這裡。」

「我的傷口，先生……」

湯瑪士轉過老人身子，端詳那變黑了的襯衫。

「我們來看看。」他說。

他和西根多把襯衫從鞭痕上拉開，皮肉發出一陣輕微的撕扯聲音，一陣惡臭撲來，一堆堆肥胖的白蛆從襯衫上掉洛。

西根多立刻跳開。

湯瑪士說：「耶穌基督呀！」

老人跪跌在地上，就像襯衫和蛆是唯一保持傷口癒合的東西一樣，而果眞也是如此，鮮血開始從他背上淌下，落在他身後的地上。

「孩子們，」湯瑪士說，「立刻把這個旅人送到葳拉那裡去。」

「他就要死了。」西根多說。

「如果他死了的話；可是你不會死的吧，我的朋友？你還健壯，況且又走了這麼遠的路，不能死掉，混帳！可是萬一他死了，就好好把他葬了，而且……把我的帽子跟他一起葬了！」

這個舉動在工寮和工人村子裡引起的興趣，比老人背上下雨般落下的蛆還要吸引人。

兩名牛仔弄來一輛篷車，把老人抬上去，一邊還喃喃說著「輕點兒」和「這樣就行了，老傢伙」。篷車朝屋子前去，老人虛弱地揮著帽子喊道「多謝、多謝」。

「我很想找到那個愛爾蘭人。」西根多說。

「你只是想用鞭子抽外國人。」湯瑪士說。

「沒錯。」西根多說。

湯瑪士的頭刺痛。妻子蘿芮托和家中的女孩口徑一致地向他保證，如果把檸檬汁加在頭髮中，頭髮在陽光下會變得更爲金黃。但是到目前爲止，他只有過敏的頭皮和一股刺鼻的生菜味兒。

「我的頭髮有沒有更金黃？」他問。

「並沒有。」西根多說。

「別那麼消極。」

此刻，一名騎士從西邊過來。他戴著一頂幾乎是圓錐形的草帽，背上用麻繩綁了一把可憐兮兮的舊獵槍，腳上穿著繩子編的涼鞋。

「現在又是怎麼回事啊！」湯瑪士大聲說。

卡伊妲娜移了一下身子，好看下一件精彩的事。她的動作在草叢中發出像微風輕拂的聲音。

「那人騎的是騾子。」西根多說。

草帽和騾子：這保證會讓牧工哈哈大笑的。

「湯瑪士・伍瑞阿老爺！」來人喊道。

湯瑪士走上前。

「在下聽候差遣，大人。」他說。

男人全都咯咯笑著。騎士。哈！也許該說是騎騾之士吧。湯瑪士往後朝他們偷偷使個眼色，要他們安靜。

「我爲您捎來令伯父米格爾・伍瑞阿老爺的口信。」

「是什麼?」

「鄉警就要到了!」

「鄉警?」

「墨西哥鄉間騎警,先生!」

「驚奇還眞是不斷呢。」

騎士點點頭。

「你不是這裡人,」湯瑪士說,「我聽出有種口音。」

「我是帕茨庫洛附近的人。」來人回答。

「哪個鎭?」

「帕蘭加利庫提利米庫洛鎭,先生。」

咯咯笑著的牧牛工全都安靜下來,目瞪口呆。

「你說什麼?」

「帕蘭加利庫提利米庫洛鎭。」騎士答道。

這句話贏得四周聚集的人一陣鼓掌。

當騎士騎著騾子回歐可洛尼後,湯瑪士提起最喜歡的話題。他一向都有喜歡的話題,近來著迷的是蜜蜂。

「這些摩門教徒,」他告訴西根多,「是在『佑他』州一帶。」

老天爺,西根多心想,可別又要提蜜蜂了吧。

他們又爬回圍欄上。牧牛工重新開始折磨那匹活潑有勁的花色小馬,彷彿先前那兩個幽靈從沒現身過。

「是,」湯瑪士說,「蜜蜂。」

誰在乎那些蜜蜂？

「他們馴養了蜜蜂。」

「是的。」

「家蜂，乖得像牛一樣。牠們給我們蜂蜜，你知道，還有蜂蠟。牠們很溫順，說不定摩門教徒吹個口哨牠們就會飛來。」

「簡直是奇蹟。」西根多附和著。

不久又有兩名騎士出現在路上。歐可洛尼，湯瑪士心想，這兒一定是全世界的十字路口了。

「啊！鄉警，終於來了！」湯瑪士說。

這兩人看起來還眞顯眼。他們騎著紅褐色大馬而來，漂亮的馬鞍在太陽下閃著銀光。他們穿著全套的墨西哥牛仔服——緊身黃褐色長褲、緊身黃褐色外衣、紅色領巾、有銀線裝飾的墨西哥寬邊帽。

「這些混蛋要做什麼啊，唱小夜曲給我們聽嗎？」湯瑪士說。

他們胸前交叉掛著兩條槍帶，槍套裡放著溫徹斯特長槍。西根多心想從沒見過這麼大的馬刺。

「各位好哇！」湯瑪士喊道。

他們把馬勒停，低頭望著這位老闆。

「我們是鄉警，」其中一人說，「我叫戈梅茲，這位是馬恰度。」

湯瑪士點點頭。

「兩位就是了不起的鄉警啊，」他說，「騎兵隊的恩利貴中尉說你們有一天會來，都已經兩年了，我的朋友！」

「他現在是恩利貴上尉了。」戈梅茲說。馬恰度就只是坐在馬上，不發一語。「還是不要看到我們比較好。」戈梅茲自誇，馬恰度得意地笑了。

「真替恩利貴高興呢，」湯瑪士說，「各位要不要下馬、喝點水？或者來點龍舌蘭酒？吃點東西。」

戈梅茲搖著那好大一頂的寬邊帽。

「我們執勤時不喝酒，」他說，「鄉警也不與人親善。」

與人親善，湯瑪士想。他甚至不知道這是什麼意思。

「我們護送一名囚犯。」

「噢？」湯瑪士說，四下張望了一下。

「他是坐車子來的。」戈梅茲說。

「是誰呀？」

「艾爾．帕圖度，『大腳』。」

這些男人面面相覷。艾爾．帕圖度？他們找到艾爾．帕圖度了？那個著名的強盜？

「這個大腳丫的傢伙待在哪裡？」湯瑪士問。

「瓜姆其爾。」

他們全都知道老闆的一首打油詩：瓜姆其爾有位仁兄，名叫該死的伊努瑟爾。所有人都爆出笑聲，讓鄉警驚慌起來。「瓜姆其爾萬歲！」其中一個人還喊道。戈梅茲以為他們在笑他，一隻手已經放到槍上。湯瑪士不但不解圍，反而說：「戈梅茲，老兄，你是說艾爾．帕圖度從帕蘭加利庫提利米庫洛鎮向大家問好嗎？」

牧工們再度放聲大笑。

「我聽不出這有什麼好笑的。」戈梅茲說。

他開始覺得這個湯瑪士聞起來像顆檸檬。

西根多說：「這些下三濫都是混蛋。」

戈梅茲明白了，湯瑪士和西根多是同一塊料。戈梅茲點點頭，有錢人和他們的小牛仔。他咧嘴笑笑。

「看得出來。」他說。

❦

不多久，車子繞過轉彎處過來了。一個胖胖的鄉警坐在長椅上，操縱著兩頭騾子的轡繩，弓著背的兩頭騾子腦袋隨著蹄聲哀傷地點著。騾車是塊平板，後面有個東西綁住，不過板子上沒有籠子，也沒有囚犯用鐵鍊繫在板子上。

「我們的惡棍在哪裡？」湯瑪士問，雖然才有個長蛆的流浪漢造訪過，他心情依然很快活。

「在車上，」戈梅茲說，他的口氣像是在對著白癡說話，「罐子裡。」

「噢，該死。」西根多說。

「罐子？你一定在開玩笑。」湯瑪士說。

「我從不開玩笑，伍瑞阿先生。我們砍下艾爾·帕圖度的腦袋，放進一個藥劑師的罐子裡，用蘭姆酒泡著。」他點起一根歪歪扭扭的香菸，倒沒有規定說值勤時不能抽菸。「我們帶著它巡迴全省，算是種宣導課程。」

牧牛工全都圍了上來，他們從沒看過砍下來的人頭。卡伊妲娜想要把目光別開，但她也像所有的墨西哥人一樣，死亡能詭異地讓她心平氣和。

戈梅茲繼續說：「好讓百姓看到我們是很認眞地對待這事，也讓盜匪看到。」

騾車駛過來了，他們可以清楚地看到一個大大的藥房玻璃罐，罐蓋子很像俄國教堂的尖塔，而整個罐子都被交錯纏繞的繩子固定住。罐子裡是可怕的淡金色蘭姆酒，以及在其中起伏碰撞的艾爾·帕圖度的黑色腦袋。

「還有肉掛在上頭！」一個牧牛工喊道。

盜匪的頭還沒向著他們，像是凝視著來時路，帶著愛戀的思鄉情緒、回憶著歐可洛尼，希望有朝一日能返家。他的半截脖子上還零星垂掛著灰色和粉紅色的肉。

騾車停住，騾子一陣驚顫，蘭姆酒也晃盪搖動，這顆腦袋往後轉了過來，望著伍瑞阿牧場。卡伊妲娜叫了一聲——那是幾年前那個晚上給她櫻桃吃的那個人！

「那麼，」終於湯瑪士說了，「如果這傢伙外號『大腳』，爲什麼給我們看他的腦袋？」

第五章

坐在辦公室核對薪水帳冊，湯瑪士想著要怎麼養活這麼多人？厚厚的帳簿翻過一頁，他在上頭寫下新近喜歡的詞，「帕蘭加利庫提利米庫洛」。這將會是他珍視的教誨之一：他的孩子會吃這個字的苦很多年，因爲必須毫不遲疑地唸出來，好證明給湯瑪士看他們精熟的說話技巧。他作了一首非常好笑的詩：

從前有個來自帕蘭加利庫提利米庫洛的年輕人，

噢，見鬼去他的。

一名女僕在門口說：

「老闆，晚餐時間到了。」

「晚餐！」他往窗外看去。天已經黑了！他一直坐在那裡，就著鯨脂油燈瞇眼看東西，竟沒注意到。

「去吧。」他說。

「是的，先生。」

她走過後留下一陣淡淡的肉桂香。

湯瑪士從牆上掛鉤拿下一件好質料的家居外套，又從臉盆潑了幾滴水到臉上。他把帶有檸檬味的頭髮往後撥理平順，又整理了小鬍子。他給自己倒了一杯蘭姆酒，向那個砍了頭的土匪致意，然後走進餐廳，驚訝地發現長桌上只擺放了一人份的餐具。

「我太太呢？」他叫道。

肉桂女孩出現，說：「她人不舒服，先生。是女人家的事。」

他睿智地點點頭。女人家的事顯然是又可怕又無法預料的，肚子裡的胎兒在翻騰，毫無疑問。他的第一個孩子已經在可愛的小木頭搖籃裡睡著了，搖床可以複製令人安心的海水起伏動作，床的旁邊還漆成淺藍色，上頭還有橘色的海貝。他們雇了一個來自雷瓦的矮胖女孩，專門在夜裡坐守床邊搖孩子。

湯瑪士望著晚餐，女僕點上蠟燭，他小口喝著蘭姆酒。猜想那個背上長蛆的老人不知道有沒有活下來——他忘記問西根多了。

湯瑪士看看僕人、廚子、空空的房間和長桌子。

他朝他們舉起酒杯。

「敬各位。」他說。

❀

孩子睡著了，她包在一條大披巾裡，躺在泥地的草蓆上。卡伊妲娜在地面中央縮成一團，正吃著木碗裡的一點米飯和一根雞脖子。她挖出每個脊柱小格中的小塊肉，把它們想成某個美妙的生日派對上的小小禮物。當她還小的時候，雞脖子就像是座農場，如今她是個巨人，把尤力們扯出來吃，而他們就在她的臼齒間尖叫。

她看了孩子一眼。如果現在不做，就永遠也不會做了。

吃完東西後，她把手指在裙子上擦了擦，再把碗放到粗糙的木頭桌上，這個桌子是一個牧牛工做給她的。近來因爲他聽到美國牛仔稱墨西哥的牧牛工爲「牛仔」而很受傷。這讓他感到很難過，甚至變得很有哲學思想，所以一時間變得很大方。

卡伊妲娜的物品全都包在小屋的破舊門毯裡。她吹熄了蠟燭，雙手抱起孩子。她甚至沒有四下看看；房裡也沒有東西可看。她匆匆往姊姊家走去。

❦

湯瑪士大叫：「麻煩一下！」

女孩全都衝出廚房去伺候他。「先生！」她們驚恐地叫著。要是肉壞了怎麼辦？要是玉米餅冷了怎麼辦？要是咖啡太淡了怎麼辦？

「叫一下葳拉好嗎，麻煩你們？」

「先生！」

她們又急忙趕回廚房去拍葳拉的門。她的小房間就在房屋後門邊。

「什麼事？」她叫道。

「是老闆，」肉桂味女孩說，「他要找你。」

葳拉微微跛著走到餐桌旁，她的臀部發炎。她可以在心裡看到那些骨頭：火紅火紅的，像壁爐的撥火棒。噢，不要緊！山不也很古老嗎？人家山上還不是長滿了花朵？

「你要做什麼?」她說。

湯瑪士對她微笑。她的無禮不知怎地還算理直氣壯，而且很吸引他。

「瑪麗亞·索諾拉。」他說。

「叫我葳拉。」

「葳拉，是的，當然。我很孤單。」

葳拉搔了搔臀部說：「噢。」她看著桌上那些食物。「如果你一直像這樣子吃東西，你很快就會又孤單又肥胖。」

「跟我一起吃?」

她把一張椅子往後拖，一屁股坐了下去。

她大喊：「再拿個盤子來!」

一個女孩跌跌撞撞衝上前，把瓷器、銀器餐具擺放在她面前，又急匆匆退下，幾幾乎要絆倒。

「她們對你比對我還害怕。」湯瑪士說。

葳拉給自己倒了咖啡。五匙的糖，少量煮過的牛奶。

「她們是尊敬我。」葳拉說。

她指指他的蘭姆酒杯，然後彎彎指頭。他把杯子遞給她，她就喝了起來。

他咧嘴笑著，用湯匙把豆子舀到她盤裡。

「那我呢?」他問。「她們尊敬我嗎?」

她用叉子叉起大盤子裡一塊薄牛排，撕下一塊，包進一張玉米餅裡。吃下去。又拿一個捲餅沾湯，咬掉最末端，嚼著。咕嚕咕嚕喝咖啡。用兩根手指拿起一根黃辣椒，咬著，額頭立刻冒出汗珠。她撿起碎玉米餅掉出的豆子吃，然後舔手指頭。她很高興地發現一碟白色山羊乳酪，捏下一角，甩掉滴下的液體，塞進嘴裡。又喝了一匙湯：香蕉！還有萊姆和辣椒和雞湯！她發出咕嚕咕嚕的聲音。

再來一些咖啡。

終於她看著他。

「你有沒有做過任何值得尊敬的事？」她問道。

「我救了那個長蛆的流浪漢。」他說。

「噢，你只是打發他來找我。是我救了他。」

湯瑪士討厭人家嚼食物的聲音，而葳拉嚼的聲音像機器。

「對了，他怎麼樣了？」

「很臭。」

她又咕嚕咕嚕喝了咖啡，然後身體往後一靠，閉上眼睛，打了個幾乎聽不到的嗝，讓那股氣從牙齒間發出蛇一樣的「嘶嘶」聲跑出去。

「而你，」她說，「你在乎一個老牧場工人是死是活嗎？你爲什麼那麼喜歡『族人』？除了女孩子以外。每個人都知道你爲什麼喜歡女孩子。」

他清了清喉嚨。這個關於女孩子的事最好還是不要回答。但是其餘的，終於！終於有件事情可以說了！

「『族人』！」他說。

「我是這麼說的，你耳朵聾了嗎？」

「因爲雷福吉歐先生。」終於他回答了。

雷福吉歐．莫洛尤契先生從不多話。即使教小湯瑪士打繩結，或用兩根風吹落的相似樹枝刻出一對手槍

槍托，或在烘曬架上做牛肉乾、以備日後搥扁成碎肉好供餐宴用，他也言簡意賅、不多做解釋。一個特別的繩結只有一種打法。木頭的紋理只容一種刨法。有些道路，不管看起來怎麼樣，都只有一個方向。雷福吉歐先生不會提到乾涸的河床。

湯瑪士四處跟著這個老印第安人，研究他那些奇特的行徑。他也學會提出簡單明白的問題。比方「那是什麼？」一把圓頭槌子。「這些藍色的蛋是從哪裡來的？」鵪鶉。「印第安人怎麼說『水』？」「班波。」米格爾先生，這位大老闆，認爲這情況多少有點奇怪，雖然他自己也曾在一八二〇年代跟一個老印第安人學會用繩索套牛。哪個男孩子沒被老印第安人教過？哪個女孩沒有老洗衣婦教她用野草泡茶？有多少農場嬰兒是由老古阿沙夫族和特威可族保姆養大？何況米格爾先生也忙著經營牧場和養育自己的兒子，已經無暇去掛心湯瑪士忙些什麼了。只要這個印第安人能讓湯瑪士不要礙著他，米格爾先生就已經很感激了。

況且也沒人要雷福吉歐先生說說自己的事，就連米格爾先生也沒有。他歷經「巴肯」事件——這一點就已經足夠使他們避開雷福吉歐先生，甚至對他十分害怕。事情已經發生十年了，但那些尖叫聲似乎仍在山谷中迴盪。大屠殺不是什麼新鮮事，但這一場屠殺卻沾染到某種氣氛，使它的惡臭和烈火嗶剝聲進入「族人」的夢中好多年。他個頭小，黑得像是舊胡桃木，一頭花白的亂髮，嘴上的白鬍子末端帶點黃色和棕色，那是因爲抽菸的緣故。脆弱，也許，不過他活了下來。

這天小湯瑪士天還沒亮就起來了，和平常一樣，出去調查。一輛輪盤車仍然停在屋外，架在車上的賭博設備直直挺立，像是個大型的木頭風車。一塊白布蓋住一半，這是個迷人的東西：任何種類的機器仍然像是奇蹟。雪茄菸蒂和空的干邑酒瓶凌亂四散在車子周圍。湯瑪士撿起瓶子：一個紅色的、兩個綠色的，還有一個藍色的。他透過藍色瓶子看看世界。他又藏了幾根雪茄菸屁股在口袋裡，要在午飯後和西根多共享。

這些輪盤車從一個農場駛到另一個農場，隨車帶來賭博和酒。它們不敢在夜間駛過鄉下地方，它們的保險箱會吸引致命的注意力，而公路響馬會隨時從路上跳出來開火。所以輪盤車會在大屋旁停下，讓人通霄達旦地玩樂。

騎兵從城裡運送幾名囚犯經過時，看到燈火也聽到喧囂聲——他們的軍官正在老闆們的長椅上呼呼大睡呢。他們那些髒兮兮的小馬垂頭站著，揮尾巴驅趕那些叮咬牠們的蒼蠅。一名騎兵跨坐在馬上，睡著了。女囚全蹲在土裡，一條鐵鍊把她們從脖子上綁成一串。她們被大披巾罩住，看起來像是一小團一小團的東西，也像是一種等著要被趕到市場去的牲口。湯瑪士透過藍色玻璃看著她們。他知道她們不是被帶往北邊的圭亞瑪斯就是南邊的庫利坎，或是某個田野裡去處決。世界上的事情就是這樣——湯瑪士還不懂得爲她們難過。

湯瑪士看著藍光下那些弓起的身形時，也看到雷福吉歐先生大步朝他走來。

雷福吉歐先生聽了整晚的喧鬧，那些該死尤力們的愚蠢叫喊和牽強的笑聲。雷福吉歐先生不喜歡叫喊。他知道正在開心的尤力們可是說變就變的，最好留意一下他們。

巴肯的軍人當時用槍迫使鎮民全集中在一起，他們對「族人」又踢又推。教堂門是開著的，「族人」又信任基督，於是紛紛進去，一心以爲有了庇護所。那些軍人們卻說著奇怪的笑話：「讚美耶穌。」其中一個說。人群最邊緣的一個母親控制不住一直在叫喊的孩子，小男孩又跳又踢。一名士兵怒喝：「安靜！」可是男孩的叫喊卻沒有停止。士兵走過去，用長槍槍托砸向母親的臉。她就像曬洗好的衣物頹然跌落，男孩突然安靜下來，彎身到她旁邊，推著她動也不動的身體。

雷福吉歐先生說：「隊長？我可以把那個孩子帶過來嗎？免得他跑掉。」

軍人揮手要他去帶這個小小的受害者。雷福吉歐先生抱起男孩，靜靜地從後面高達二十呎的仙人掌樹叢溜走，連根刺也沒沾上，就抱著男孩躲在那裡，看著士兵把教堂門關上，用釘子釘死，裡面的人開始哭喊，他們知道自己的命運了。一桶桶燃燒的松脂丟進打破的窗子，哭喊聲提高成爲瘋狂的嘶吼和慌亂的拍打，裡面的四百五十具身軀就這麼起火燒起來。

他經常告訴湯瑪士，說巴肯給了他一個教訓：罪人不是唯一面對火焚命運的人。

不過大多數時間，雷福吉歐先生都只和湯瑪士談到槌子和馬蹄鐵的事。他走過來。「孩子，」他喊道，「這裡怎樣了？」

湯瑪士聳聳肩。

「沒事。」他說。

少女們站起來，像馬匹一樣，頸上鐵鍊匡啷匡啷地讓她們動作不穩，她們望著地面。雷福吉歐先生看到每個女孩左臂上都包著骯髒的繃帶，繃帶包住殘餘的斷臂。天老爺！他聽說過這種事。頭皮、耳朵、鼻子、手。這些部位用鹽醃過，放在木頭箱子裡運走，不過沒有人知道是送到哪裡去。一間軍方辦公室的一個不是人生父母養的傢伙打開一本帳簿，數每隻手臂，在簿子上打個紅色的勾。無疑他的字寫得很漂亮。雷福吉歐先生吐了口口水，他咒罵著。

他突然快步走開，湯瑪士緊跟在後。

「走開。」

「爲什麼？」

「別跟著我。」

「爲什麼？」

雷福吉歐先生走進他的小屋又出來，拖著一張搖搖晃晃的木頭椅子在地上，他手上拿著一個紅色小罐子。

「罐子裡是什麼？」

「你走開。」

「你爲什麼要生我的氣？」

「我沒有生你的氣。」

雷福吉歐先生走到一棵散亂生長的老白楊樹下，把椅子放在樹下。湯瑪士閒晃著，猜想雷福吉歐先生知不知道自己在做什麼。現在幾乎要開始工作了，沒時間在樹底下坐。

「你在做什麼？」他喊道。

「沒事。坐坐。我想要抽根雪茄，」他說，「你有沒有？」

「有。」

湯瑪士從口袋裡拿出一個騎兵丟的雪茄屁股。

「你不應該偷的，」雷福吉歐先生說，「而且你也不應該抽菸。把它丟過來。」

湯瑪士把雪茄往地上丟，雪茄掉到泥土地上，雷福吉歐先生從椅子上起來，彎下腰看看，拍去一些塵土。他把濕的一頭用他的袖子擦了擦。

「『尤力』的口水。」他說。他扮了一個表示嫌惡的鬼臉。湯瑪士笑了。

雷福吉歐先生把紅罐子的蓋子撬開，把煤油往頭上澆。

他聞起來有股刺鼻的杜松和熱病的味道。然後他把雪茄放進嘴裡，掏出一根木頭火柴。他凝視著已經開始叫喊的湯瑪士。「你，孩子，」他說，「可別像你的父祖他們一樣。」說完他劃了火柴，立刻爆炸在火海中。

高溫把湯瑪士震得倒下來。他坐起來，盯著動也不動、燒死的雷福吉歐先生，他一隻手還高高舉著，拿著那已燒成焦黑的火柴。白楊樹也燒起來，樹身燒黑了，雷福吉歐頭上的樹枝啪地斷裂、著火。被驚嚇的蝗蟲也在烈火中爆開，在一陣彗星的光暈中飛離樹身。

湯瑪士站在那裡尖叫，但這時公雞正在啼，雞群和火雞和鴨子也在發出牠們早晨的喧鬧。狗兒吠，驢群鳴。烏鴉也在爭吵。「族人」過了好久才聽到他的叫聲。在大房子裡面，老闆和他的客人一直沒醒。

葳拉的咖啡都放涼了。她嘴微微張開地盯著他。

「天哪。」她嘆道。

「沒人知道這個故事，」湯瑪士說，「就連我的朋友艾吉瑞都不知道。」

他在椅子上挪挪身體，又擦了擦眼睛。

「好啦！」他說，「你覺得怎麼樣？」

她拍拍他的手臂。

「甜點是什麼？」她問。

第六章

牧場的女孩都敬重葳拉。她們當中任何一個都很樂意做她的女兒，不過誰都知道葳拉沒有子女，也沒有男人。據說她的未婚夫在一場大屠殺中喪生，但是沒人眞的知道，因爲沒人敢問。走路時，她的影子可以拖過整座牧場，孩子們全都會衝到她經過時帶來的黑影中，讓赤腳涼快些。

每天每天，「族人」都會感到驚異，因爲這個披著黃色披肩、帶著雙管獵槍、神祕圍裙中裝著石化牛仔睪丸的神聖女子，卻僅僅只是湯瑪士和蘿芮托夫人的僕人。他們無法想像那雙手，把嬰兒從子宮中接生下來、用一枚雞蛋和一些煙把瘋子體內邪靈趕出、閹豬、泡驅蟲茶而厲害到可以把條蟲從人和牛隻的內臟中趕出來的神聖雙手，竟然還要端起伍瑞阿家的盤子、清洗伍瑞阿家的襯衫，或是從室內廁所拿出一團團用過的髒污紙。有教養的蘿芮托．伍瑞阿還能對這位偉大的人發號施令，這個想法實在太傷人了，使得「族人」沒有人肯去多想。如果你生下來就是頭驢子，他們嘆氣說，你就沒辦法做老鷹。

卡伊妲娜走過黑暗時想到了葳拉。懷中的嬰兒很重，途中鼻子還一塞一塞、身體一震，卡伊妲娜低聲說：「別醒來！拜託，千萬別醒。」

她推開豬圈另一邊的蘆葦往前走。高壯的母豬爬起來，看著蜂鳥走過。牠扭動扁平的鼻子，往空氣中吸了吸。母豬自己生過幾百隻小豬，牠認出是個做母親的帶著小傢伙走過。於是咕嚕了一聲，算是溫柔的招呼。

卡伊妲娜在姊姊門前停下，先讓自己定下神。她敲敲門，門「吱呀」一聲開了，一個外甥女抬頭看她。

「去找你媽媽來。」她說。

即使屋裡只有一間房，卡伊妲娜可以清楚看到姊姊提亞在屋角，姊姊還是喊著：「誰？」

「我，」卡伊妲娜回答，「蜂鳥。」

「該死的卡伊妲娜。」提亞輕聲咒罵一句，不管這小蕩婦有什麼白癡盤算，她都已經火大了。

提亞開了門，盯著瞧。她才二十三歲，可是已經老了。她生了三個孩子，牙齒已經開始不行了，老是痛。香菸、雪茄，她能找到任何一丁點都要抽。卡伊妲娜從沒看過有人抽得這麼兇的。而香菸永遠抽不夠的提亞，還養成一個讓卡伊妲娜又著迷又害怕的習慣。她把自己張開的嘴當成菸灰缸，煙會從鼻孔冒出來，彷彿說書人故事中的某種怪獸，然後她張開嘴，把香菸上的火燙菸灰抖到舌頭上，發出滋滋的聲音。

「提亞，」卡伊妲娜說，她深深吸了一口氣，把背挺直，「有人叫我到牧場另一邊去工作。」

「工作？現在？」

提亞吸進一些煙，然後端詳她的香菸尾部：顯然目前讓她享受的美味菸灰還不夠多。

「是的。有一頭……一頭懷孕的母牛，你知道。我必須去幫忙。」

提亞抖了菸灰到嘴裡：滋滋滋！

「騙人。」她說。

「才不是，是眞的！」

「你什麼時候回來？」

「明天早上以前，我發誓。」

「把女兒給我吧。」

提亞從卡伊妲娜手中接過孩子，不小心把她的香菸給掉了。這只是一根舊的手捲菸，也只是一個菸蒂，但是捲菸紙卻破了，菸草四散在腳邊。

「該死！」提亞喊道，「這孩子把它打掉了！」

「對不起。」

「看看你做的好事，混帳！」

「對不起，對不起。」

「你不是去工作，你是去做妓女。」

「我——」

「這回你要去看誰？另一個『尤力』？」

卡伊妲娜後退一步。

「我——」她說。

「給我滾開！」她姊姊脫口而出，這話就像「族人」說「走開」一樣不客氣。

「我會的。」卡伊妲娜說。

走出去的路上，她停下來，拿起預先藏在豬圈外的一包行李。路上她會害怕，不過她以前也上過路。她讚美葳拉，也求神明在她行路時照顧她。她爲女兒祈禱。她走到圍籬，再沿著圍籬來到大門，走上往歐可洛尼的路。

她走得很快，始終沒回頭。她想到的只有櫻桃、帕圖度的腦袋、死人。她要一直走到什麼也想不起來爲止。

第七章

牧場的孩子比葳拉早起，他們坐在門口涼涼的泥土地上，有彈珠就玩彈珠，沒彈珠就玩小石頭；嚼著一張舊玉米餅的硬皮，抱著用玉蜀黍殼扭成的精巧小玩偶，不知天主也不知幽靈；或者他們會用石頭和彈弓打鴿子，把打死的鴿子拿回家給媽媽拔了毛燒著吃。放在油膩膩盤上的鴿胸看起來像是劫掠的鄉警割下的印第安人鼻子。伍瑞阿家的孩子和蘿芮托夫人是最晚起床的。

這是個晴朗的好天。微風把桃紅帶藍腹的雲朵吹送到高空，從看不見的海上吹來的鹹味一路飄到「族人」身上。葳拉看到亡魂走過遠處山丘，一隊隊的死者往家中走去。別人或許看到的是雲影飄過山丘，但葳拉可沒被騙過。那些影子是死掉的科曼切人和死掉的外國人，還有幾個墨西哥人牽著悲傷的幽靈馬。這些可憐的傢伙當中有些會找到路、直往地獄去。噢，哎呀——你們早該做父親的好孩子、做孩子的好父親才是。混蛋！哎呀，天哪！葳拉把一個柳橙切成四份，放在特別的樹下。這類事情，比方說，獻給「造物主」一點零嘴兒，是絕對不會錯的。而且還不能拿準備扔掉的爛洋蔥來充數獻祭！就算她才唸完禱詞剛走開，土狼就把祭品搶走，在她來說也不要緊。她憑什麼能說天主不是藉著土狼的牙齒享用獻禮呢？

她搖搖擺擺走著，像是主屋裡大鐘的鐘擺，那個有毛病的屁股也在身體裡嘰嘎作響。她的披巾罩住頭，那頭間雜著閃電白光的濃密黑髮緊緊纏成一個髻——從沒有人看過她把頭髮散下來過。即使在這把年紀、即使瘦得皮包骨、搖晃的屁股上頭肚子鬆垂，她知道只要有任何男人看到她放下頭髮，他就難抵擋對她的慾念。而這種愛很可能永遠不熄。去他的啦！牧場上的女孩子說你可以在葳拉的頭髮裡看到星星。葳拉把這具摧毀力的祕密隱藏起來，像做善事一樣。

噢，不過當她彎腰穿過圍籬時，背可眞痛。

當她幾乎上半身整個彎下，一邊讓腿穿過圍籬同時抓住裙子、不讓牧牛工抬眼看到燈籠褲時，她看到這個高個子女孩躺在泥土地上。葳拉走過去，低頭看。「孩子。」她說。

女孩子抬頭看她。她光著腳，和工人村所有的小孩子一樣。她兩條腿上有從前蚊子叮咬和搔抓的疤痕，還有摳出蝨子留下的坑洞。這些孩子在七歲以前都不穿內褲，走到哪裡一蹲，把粗布裙子放下，就可以在地上尿出一灘水。

「你在做什麼？」

「螞蟻！」女孩說，「我在看螞蟻！」

葳拉瞇起眼睛，終於看到了螞蟻。唉，現在連眼力也衰退了。她甚至沒有注意到螞蟻。

「莫丘莫（螞蟻）。」葳拉說。

「Ehui。」女孩回答。

這麼看來，她是懂得母語的。

「你看起來不像印第安人，孩子。」

「印第安人看起來是怎麼樣的？」

葳拉笑了。

「像我們。」她說。

女孩子聳聳肩，回頭去看螞蟻。

「你媽媽是誰？」葳拉問。

「『蜂鳥』，她走了。」

「啊！你是儂娜．蕾貝嘉．夏維茲。」

「我是泰瑞西塔。」

葳拉低頭望著她。「我記得的是一個不同的名字。」

泰瑞西塔翻過身來，抬眼看葳拉。她前身髒污，下巴上還沾了泥土。「葳拉。」她說。

「是的。」

「我看到你在教堂。」

「噢？」

「神父告訴我們聖泰瑞莎的事。在教堂裡，記得嗎？」

「記得。她不是那個會飛的嗎？她是不是聞起來有花香？」

「她比世界上任何人都愛天主，天主就讓她行奇蹟。我現在也比世界上任何人都愛天主。我喜歡聖泰瑞莎，我要成爲她。」

葳拉微笑。

「你沒有我愛天主愛得多。」葳拉說。

「天主愛我跟愛你一樣多，」泰瑞西塔說，「可是我愛祂比你愛得多。我是的。」

「看起來沒錯，」葳拉說，「當然，這多好呀。」

「是呀，這樣很好。」

「那就不要弄死這些可憐的螞蟻。」

「噢，葳拉！我不是要弄死牠們。我在爲牠們禱告。」

葳拉哈哈笑了起來。

「好吧，」她說，「那就祝你好運了。」

「謝謝。」

泰瑞西塔又回頭看著螞蟻了。

「在我看來，你不像聖泰瑞莎，反而更像聖方濟。」葳拉說。

「不像，」泰瑞西塔說，「他是男生，我是女生。」

葳拉轉身要走，卻停了一下，說道：「你多大啦，孩子？」

「六歲。」

「『蜂鳥』走了以後，你的生活好嗎？」

「不好，葳拉。」

這個人生是要讓我們忍受，而不是享受的，葳拉心想。快活是給有錢人和尤力的。葳拉把披巾拉緊了。

如果你生下來是個釘子，你就只能挨鎚子打。

「要堅強……泰瑞西塔。」

「我很堅強。」

葳拉繼續走，只停下來回頭看了一次。

❋

提亞只有一顆蛋。「只有一個該死的蛋要給你們這些肥豬吃?」她大吼。孩子們全都知道要說「是的,媽媽。」她要兒子到芒果園去偷一隻伍瑞阿家的鬣蜥。她有可能因為這樣而挨鞭子,她不知道——這總不會像偷隻雞那麼糟吧?可是不然要她怎麼辦?當男孩抓了一隻不停扭動、還用尾巴掃了他們的綠色蜥蜴,而提亞拿起那把生鏽的切肉刀鋸蜥蜴的脖子時,泰瑞西塔從她小小的位置上急忙站起來、衝出房門。她不明白明明有芒果、桃子、仙人掌果和李子,還有牛仔餐盤上吃剩的豆子,提亞為什麼還永遠找不到東西吃。那個又大又壞心的牧牛工西根多,有一次甚至還教她哪些花可以吃。就算她不准去偷花園的南瓜,嘴巴塞滿黃色花瓣倒是不會有人在乎的。他們會笑她,說她看起來像一隻鹿。

提亞很久以前就不再盼卡伊妲娜捎信來了,她甚至也放棄希望有一天會有封夾著錢的信寄到。那個小娼婦!她把這個混血丫頭丟到她家,卻連留下一磅豆子或一隻雞的基本禮貌都沒有。什麼都沒給,要她怎麼辦?煮石頭吃嗎?

泰瑞西塔偷看門裡,發現提亞正在攪動一個鍋子裡的東西。提亞端詳仍然掛在她香菸上的菸灰,然後把上頭的菸灰彈到她舌頭上。滋!「你要幹什麼?」她問。

「那裡面是鬣蜥嗎?」泰瑞西塔問。

「你想是什麼呢?你這個白癡!這裡有別的食物嗎?你以為我殺了自己的孩子、燉肉給你吃嗎?」

「不是,提亞。」

「不、是、提、亞、哼!」

「我是印第安人嗎?」

「我們是『族人』。」

「可是我是什麼?」

「一隻吃太多的小豬。」

「提亞……」

「別拿傻話煩我。我是什麼，我是什麼！這是什麼樣的可笑問題呀？」

「我只是想知道，提亞。」

「如果你這麼好奇，去問你的好朋友葳拉！你沒看到我正在忙嗎？」

滋！

「提亞，那香菸，好吃嗎？」

提亞端詳歪扭的香菸，微微一笑。

「這個鬼東西是我生命中唯一一樣好東西。」她說。

❀

泰瑞西塔學會讓身體在晚上睡覺。她一躺下來，身上被摑的地方和瘀青處就會痛——提亞喜歡打人，也不介意用木頭湯匙打。泰瑞西塔必須收拾她那些調皮得不肯安分睡覺的騷動部位。每天晚上，泰瑞西塔都要先把注意力放在她的兩隻腳上，這一雙腳因爲整天走在石頭和火燙泥土上而疲累又痠痛。她會命令它們：腳呀，去睡吧。腳是最沒有什麼問題的——你總是可以讓你的腳去睡。她可以感覺到金色的光照到腳趾，傳到腳踝，於是疼痛就會被睡眠的輕柔刺麻感取代。一旦兩隻腳定下來了，她就可以讓金光往上移到腿，舒緩兩條腿，就像是藥膏塗過她的痛處。腿呀，睡吧。於是兩條腿也會睡了。屁股呀，肚子呀，睡吧。這時候金光就進到身體裡，像是一頓飽餐般的溫暖，在內臟中沉甸甸的，隨著心跳也微微悸動。她會讓金光這樣往上頭照去，再下到手臂。最麻煩的就是兩隻手了，這一雙不乖的手，總是互相鼓動搗亂。她就必須對它們發火，還稍稍斥責它們一頓，才能讓它們不要動來動去、又掐又抓的。兩隻手！我說過了，去睡覺！這雙手很累人，所以她之後總是很快就疲累又僵麻地睡了。

泰瑞西塔要去發現自己是誰的那天，湊巧也走到母親生她當天靠過的同一棵果樹。泰瑞西塔的兩手去摸卡伊妲娜最先抓住的樹身下方，眼光望向同一個畜欄，湯瑪士正和同樣一群牛仔坐在同樣的橫杆上。西根多正在馴服一匹壞脾氣的小馬，牛仔們又笑又叫，還對著太靠近圍欄的馬兒揮動他們的帽子。泰瑞西塔頭頂上，憤怒的夏蟬攻擊水果樹的高枝，撥弄它毛球狀的果實。

這天的下一件事是以「嘶」聲宣布到來。

「嘶！」

起先以爲是提亞正在吃雪茄灰。她看過去，發現一頂灰色牛仔帽的帽頂出現在水槽邊上，看起來像是帽子自己漂在水上，或是由一個鬼魂舉著。

「嘿！」帽子說話了。

「什麼？」

帽子下方出現一張有細瘦脖子的雀斑臉，這頂帽子在男孩頭上大得可笑。泰瑞西塔覺得那雙長耳朵似乎是唯一擋住帽子、不讓帽子蓋到下巴的東西。

男孩對她點了一下頭，然後把頭很快轉向高欄，又把嘴張成一個O形。

「什麼？」她又說一次。

男生擠擠眉，把下巴伸向畜欄。

她不以爲意地吸吸鼻子，繞回她這邊的樹旁。這是個多奇怪又沒禮貌的男孩呀！她想要再看看湯瑪士先生。湯瑪士先生從沒跟她說過話，不過當她走進教堂的時候他倒是眨過一次眼睛。他從不望彌撒，不過他都會送他那個嬌柔的妻子和孩子到教堂，然後整個早上就坐在歐可洛尼的小廣場上吃切片水果，還配著辣椒粉吃，辣椒粉裝在圓錐形的蠟紙紙筒裡。

「嘿，你！」

「什麼？」

「女孩！」

她看著樹身周圍。男孩的頭起來又落下，帽子在水槽綠色的水裡映出倒影，他看起來像是木偶戲一樣。

「那是他嗎？」他說。

「他？」

「我說，那是他嗎？他。你知道的，『抓到天的人』。老闆呀。」

「對。」她說。

「我就知道。」

男孩把目光轉回到湯瑪士身上，專注地盯著他。泰瑞西塔從沒看過這種眼神。她決定要調查一番。

她走到水槽邊，蹲在他身旁，用一隻手肘去推他。

「嘿！」他說，「你客氣點。」

他把身體移開一吋。

「你不住在這裡。」她說。

「是呀。不住這裡，哪裡也不住。」

「歐可洛尼？」

「不是。」

他吐了口口水。

「你是說你是，野孩子？」

她愛他呢。

「沒錯，」他冷笑，「我是野孩子，就像那匹馬一樣，你可別忘了。」

他們一起看著那些牛仔。

「你為什麼會在這裡？」終於她問。

「他呀，伍瑞阿，」他把一根小細枝像香菸般叼在嘴裡，然後說，「那個混蛋是我爸。」

「不會吧！」

「是的。」

「不會吧！」

「別蠢了。」

泰瑞西塔再回頭看湯瑪士。他一隻腳踢到橫杆上方，一躍而下，雙手舉在空中落地，在牛仔鼓掌聲中鞠躬。「現在呀，各位，」他宣布，「我要回到我小小的房子裡喝一瓶小小的啤酒，還要享受我小小的老婆那小小的嘴賞給我甜蜜的小小親吻。」

「配你小小的『傢伙』。」西根多說。

湯瑪士走開時，男人們都對他吹口哨。

泰瑞西塔對戴帽子的瘦男孩說：「你待在這裡。」

泰瑞西塔前方五十碼，湯瑪士越走身形越小，看起來像個玩偶。她平舉起一隻手，瞇起眼睛，看起來就像是把他抓在手中一樣。她微笑著。

他很憂心。她可以看到他被憂慮包圍住。她只是看到某些人周圍最淡的顏色，而且只消斜眼一瞥。有時候她會有這種情形，可是當她問提亞為什麼會看到這些暗影時，答覆卻是一腳踢過來，加上怒目瞪視。她就再也沒有提起這個話題。

湯瑪士的憂慮從帽子下面滲出來，像煙一樣。跟著這些紫色暗雲一起的，還有一些令人困惑的震動，而因爲一些她無法解釋的原因，這些震動在她看來像是來自一顆檸檬。他抓緊帽子，再用力從頭上扯下，一團龐大的五顏六色泉湧般的東西盤旋而上，到了天空中。他用袖子抹過額頭時，這團東西也搖搖晃晃，之後他衝上門廊台階，消失在大房子的陰影中。門「砰」地一聲關上。

泰瑞西塔知道她不准跟進去。她知道田裡工人進到大房子被抓到會有大麻煩，可是她又不是進去偷東西，她只會走進門找他，等他過來，她會告訴他要跟葳拉說話，是提亞叫她做的。

她把光著的腳踏上台階的第一級試試，似乎還算牢固。她有生以來唯一登過的台階是教堂的堅固的石頭台階。她走上一級，再一級，平安無事地來到門廊。門把的工技教她驚異，這顯然是個精巧的物品，用閃亮的黃銅和雞蛋形狀的白東西做的，這白東西可能是個石頭，或是一顆巨大的珍珠，或是他們叫做「象牙」的東西。她抓住門把往外拉，沒有動靜。她再推。她試試去轉動它，一聲「喀利」把她嚇了一跳，然後門似乎自己開了，她就跟著往內轉開的門走進去，上了油的絞鏈安靜又輕滑。

她很訝異地看到老闆家不是泥土地面，她站在那裡，腳下的木板讓她著迷。村裡那些眞正伶俐的家庭主婦會灑檸檬汁在地上，使地上灰塵不要揚起，也讓每樣東西聞起來清爽。但是這個地面要比任何灑了果汁的沙地好多了。而且它還會發亮呢，就像上頭有一條淺淺小溪流般。

空氣中還有香味，不是檸檬味。泰瑞西塔把門關上，把面前許許多多神奇的物品一一記下。她不知道那些掛在窗子上會飄動的白色東西，尤力是怎麼稱呼的，不過它們像紗一樣又輕又薄，她可以看到光線透進來，好像它們是飛蛾翅膀或是灰燼做成的。

牆壁是白色的。淺綠色的壁虎在牆上爬，消失在一連串有畫框的小驢子圖畫後面。這些是蘿芮托夫人憂傷的習作，每頭小驢子都有一雙淚汪汪的大眼睛，表示一種哀傷和對美好時光的緬懷。蠟燭和油燈的火光搖曳，雖然現在是正午時分。泰瑞西塔不知道該不該把燈吹熄，替老闆省燈油和燈芯的錢。

她伸出一隻腳，踩到了厚厚的地毯。泰瑞西塔從沒有碰過任何像這樣的東西。她踩上去，腳趾頭就陷進那絲絨的表面。金色和紅色的圖案交錯盤旋到地毯的邊緣，深藍色的底還織進玫瑰和蔓藤圖樣。

一個看來很不耐煩的女人突然出現，對她說：「你，孩子，把這倒了，換一個！」並且把一個有液體在裡頭啪啦啪啦拍動的夜壺塞進她手中，就消失在門廳另一頭。「哎呀！」泰瑞西塔說，然後把它放在最近的長椅上。

一陣悶悶的心跳聲吸引了她的注意。她四下搜尋聲音的來源。她在屋子一角看到一個高高的木頭塔，塔身有一個窄窄的玻璃門，裡面有一個金光閃閃的擺錘在搖晃。她走到這棵奇怪的方形樹前，抬頭看著它的臉。臉是圓的，上頭有一個像是在漂浮的藍色月亮，月亮後頭跟著一個像漩渦一樣的黃色太陽。她不認得數字，所以這圓臉上的東西對她來說沒有什麼意義。她把兩隻手放在木頭柱子上，感覺到它的滴答震動。她又把耳朵貼上去，聆聽如此美妙的聲音。

湯瑪士匆匆走出辦公室，拿著一張信用狀在頭上揮，已經開始要喊人去找西根多來，但他突然想起馬刺還在鞋上，而蘿芮托不准人把馬刺穿進屋裡，所以他緊急停下步子，卻看到泰瑞西塔正和他的大鐘在商議些什麼。

「你是怎麼進來的？」他質問。

她平靜地抬眼看他。「我跟著你進來的。」她轉身對著鐘。「這棵樹有個心。」她說。

他眨眨眼，把她看仔細一些。他知道他看過她。要是蘿芮托看到她那雙光著的髒腳踩在毯上！

「我問你在做什麼？」

「我在跟這棵樹說話，可是它不回答。」

他微笑著。

「它一定是一棵很沒禮貌的樹。」她說。

他哈哈笑了。

他走向大鐘，看了看它。「我想你說得對，」他說，「鐘是很沒有禮貌的。」

「這是鐘？」

「是的，是老爺鐘。」

這個消息似乎使她很開心。

他想他應該叫人抽她鞭子之類的，可是他卻伸手到背心口袋裡，他也不知道爲什麼。「你看。」他說。

他掏出懷錶，把銀蓋喀唎一聲打開。錶發出一小段莫札特的音樂。她吃驚得倒抽了一口氣。

「這是孫子鐘！」泰瑞西塔嘆道。

他又笑了起來。

「你再讓音樂響嘛。」

他把蓋子蓋上，再打開。

「要小心噢，」她警告他。「等它長得和它爺爺一樣大的時候，就放不進你的口袋了。」

這是個多麼有意思的小丫頭呀，湯瑪士想。

泰瑞西塔四下打量房間。

「老闆？」她說。

「什麼事？」

「你的雞都放在哪裡呀？牠們睡在這裡嗎？」

「不是，不是。牠們睡在雞舍裡。」

「你的雞有自己的房子？」她低聲問。

他注意到那個嚇人的夜壺放在長椅上。他的眉毛抬了起來。顯然他的房子要完蛋了。等他處理完這個小小的入侵者以後，他會立刻跟女僕們談談。他拍了兩下手，那個匆忙的女人從門廳衝出來，大喊，「什麼事，先生？」

「這位小姑娘，」他說，「似乎是不小心走錯路，進到屋裡了，你可不可以給她拿杯涼涼的果汁，再送她出去？」

女僕瞪大眼睛看著泰瑞西塔。

「看來今天是你的幸運日。」湯瑪士說。

女僕走上前，抓住泰瑞西塔。

「先生？」泰瑞西塔說。

他注視著她。

「葳拉住在這裡嗎？」

他彎下身對她說：「葳拉？你找葳拉有什麼事嗎？」

「我需要問她一些事。」

他蹲在她面前，小心不讓馬刺上的星形小齒輪刺到屁股。

「你需要問她什麼？」

「我不知道我是誰，」泰瑞西塔說，「我阿姨告訴我說葳拉知道我是誰。」

湯瑪士直視這個奇怪小女孩的臉，然後抬頭看著女僕，再看看泰瑞西塔。

「你叫什麼名字？」他問。

「泰瑞西塔。」

「好吧，泰瑞西塔，」他一邊說一邊站起來，「我們去替你找到葳拉，我們來找出你是誰。」

他牽起她的手，帶著她穿過門廳向廚房走去。

她說：「你有沒有餅乾？我喜歡餅乾。」

他又哈哈笑了起來。

❋

泰瑞西塔看到廚房牆上的掛鉤，掛著好多好大的黑色煮菜鍋，感到非常驚異。提亞有一個大鍋子、一個有凹痕的小鐵鍋，還有一個平底炒菜鍋。這裡有平底鍋、還有小得像咖啡杯的鍋子、大得像洗澡缸的鍋子。天花板上垂下一個鐵圈，繞著鐵圈的掛鉤上掛著更多的鍋子。

湯瑪士四下看了看，說：「卡美拉到哪兒去了？」

「廚娘卡美拉嗎，先生？」一個女孩問。

「是的，她生病了嗎？」

「她不在這裡做事了，先生，」女孩說，「她三年前就離開了。」

他站在那裡，力圖掩飾驚訝。

「噢。」他說。

泰瑞西塔張口結舌打量周圍。一個鐵鉤上掛著一網袋的洋蔥，黃得像牛油。在這一堆鍋子和洋蔥下方是一張白色的金屬桌，這是女孩們用成排掛釘吊著的大切肉刀，剁雞切肉的地方。

湯瑪士拉一張椅子到桌旁，扶泰瑞西塔爬上椅子。門廳那個疲憊的女僕從一個陶罐裡舀了一份羅望子果汁，倒進一個玻璃杯。她把杯子放在泰瑞西塔面前。

「謝謝。」泰瑞西塔說。

「請拿些餅乾來吧。」湯瑪士說。

一個盤子端上來，兩隻胖胖的薑餅小豬躺在一條摺起來的餐巾布上。泰瑞西塔發現有錢人連食物都有毯子。她咬下一隻小豬的腿嚼著。

「謝謝你。」她對湯瑪士說。

「噢，這是我的榮幸。」他回答。

他倆握了握手。

「我必須回去工作了，」他說，「這些女孩子會招待你。你們這些女孩，趕快去找葳拉。」他拍拍泰瑞西塔的肩膀，並且說：「一定要再來喔。」

她們聽到他走回門廳的路上把口袋裡的東西撥弄得叮咚作響。

女僕對泰瑞西塔皺起鼻子，然後走到廚房後面敲葳拉的房門。

第八章

有一次，在吃早餐的時候，湯瑪士把前一個晚做的夢告訴葳拉：他從穀倉屋頂掉下來，正要摔到地面的時候，卻開始飛起來。不過他是這麼飛的：離地只有一呎，好像在很淺的水中急奔，只偶爾會碰到地面，好讓自己在水中推進。然後，當他飛過番茄和棉花田的時候，他遇到一個穿紅色裙子，全身其餘都是白色的女巨人，他從她裙邊游進去，往上到她兩條雪白的大腿。蘿芮托在樓上，所以他很自在地說這種粗鄙的事：畢竟，談論粗鄙事在辛納魯亞風趣的紳士當中還算得上一項藝術。

葳拉的答覆卻令人困惑，那種說法的根據讓人很不安，說什麼身軀就是夢，而死亡就是夢醒，然後她追問細節，即使他並不想在吃炒蛋的時候討論這些：他有沒有眞的進入那個女巨人的私處，而如果他有，他看到那裡是豐滿的，或者是閃亮空無一物？葳拉可眞夠狠的。「我可沒做這個夢，」她說，「而且我可不是那個手裡握著他的『傢伙』四處招搖的人。」當時湯瑪士險些沒把咖啡噴出來，他用最受到羞辱的聲音大喝「葳拉！」她對他的喝止似乎充耳不聞，只是一個勁兒地要他說出生命中曾出現過四和六這兩個數目字的所有地方。

從此之後，湯瑪士不斷提醒自己，永遠別再把夢境告訴別人。

此刻，葳拉望著小傢伙吃她的餅乾，考慮了兩次她該怎麼開始。啊，聖泰瑞莎。在伍瑞阿家中，有太多耳朵在聽了。她立刻就能看出來，雖然這孩子有「蜂鳥」的頭髮，只夾雜了一點草莓金，但她其餘的地方卻活脫脫得自湯瑪士的遺傳。她朝廚房那裡看了一眼，女孩們邊做活邊看著這孩子，彼此還使眼色。她們絕對在想，泰瑞西塔該打屁股，她的家人也該安上讓她進入主屋的罪名。歐可洛尼這裡就有一些農場會把擅自闖入者開槍打死，甚至還打死他們的父母親。

葳拉自己都在納悶這孩子怎麼會到廚房而不是在後頭院子裡。湯瑪士，她想，心腸軟。也許在一種他自己都沒有想到的情況下，他已經認出這孩子是自己的骨肉了。如果他有注意，他就會看到自己的眼睛在回望著他。可是尤力們是不會注意到自己眼前事的，他們太忙著遠眺地平線了。

「泰瑞西塔。」她說。

「什麼事？」

「你喜不喜歡你的餅乾？」

「很好。」

「不對，」葳拉糾正她，「大人問你這樣的問題，你必須有禮貌地回答，還要說謝謝你。」孩子的工作就是學習。

泰瑞西塔看著她的嘴唇，看著那些直通鼻子底部的細小直紋。

「餅乾很好吃，謝謝你。」她說。

「很好。」

葳拉喝完她的咖啡。

「給我一口，」她說。泰瑞西塔把餅乾遞到老人嘴邊，「謝謝。」

「不客氣。」泰瑞西塔回答，她已經把第一堂課聽進去了。

葳拉站起身。

「我可以跟你說話嗎？」泰瑞西塔問。

「我們去散個步。」葳拉說。

❋

葳拉提著一個很大的草籃。

「我很想喝點芙蓉花汁。」她說。

泰瑞西塔配合她的速度，亦步亦趨，兩人走進樹林。

「我從沒喝過芙蓉花汁。」

「從沒有嗎？」

「是的。」

這些人什麼都沒教她嗎？

「你在提亞家都喝什麼？」葳拉問。

「水呀，沒別的。」

「怪不得你不知道自己是誰；我們族人都喜歡喝芙蓉花汁。」她彎下身，穿過圍籬的欄杆，用手指著。

「芙蓉樹。」她們走過去，葳拉說，「把花摘下。我們要把花裝滿這個籃子，然後把花放到太陽底下曬乾。」

泰瑞西塔從最低的枝子上摘了一朵紅色芙蓉花，她掐斷花的底部，吸吮那裡的滴滴花蜜。葳拉微笑。她還是個小女孩的時候也做過同樣的事。

「花曬乾了以後，」葳拉說，「我們就用糖一起煮，這就是芙蓉花汁。」

「用多少糖？」

「你喜歡多少？」

「很多。」

葳拉微微一笑。

「我也是，」她說，「那麼我們就加上很多的糖！它需要糖，就像該死的生命那麼地酸。它會刺痛你的嘴，你必須用你的舌頭去感覺，才能發現甜味。」

這是泰瑞西塔的第二堂課。

❧

這天後來，泰瑞西塔回提亞的小屋。她還留了一塊小豬薑餅給阿姨，餅乾雖然脆，不過在泰瑞西塔的口袋裡仍然是完整的。疲倦的採棉花工人把沉重的一袋袋棉花篋殼從沙田拖出來，他們刺痛的雙手流著血，還有許多結痂的傷口。採辣椒工人兩眼通紅、鼻涕直流，火辣的汁液讓他們眼皮也浮腫了。屠夫們一起躺在白楊樹的樹蔭下，散發著血腥和脂肪的臭味，他們互相傳著一根菸和一陶罐的龍舌蘭酒。「再見！」他們喊道，泰瑞西塔也回喊：「再見！」除了這些辛納魯亞人以外，沒有人是見面不說哈囉反而說再見的。

偶爾會給騾子剝皮的雜工提歐法諾先生，肩膀上扛了三塊木板走在小路上，木板兩頭彈動，他也跟著彈動，這種節奏使他整個身體邊走邊上下晃動。「再見。」她對他說。他把一隻手從木板上舉起來，但木板卻開始從肩膀上滑落，他又立刻把手按回原處。他那刺鼻的汗味聞起來幾乎和那些愛脫落的松木板一模一樣，在一陣松脂和樹脂的氣味中，他逐漸走遠了。

泰瑞西塔看著那些比她大的女孩子：頭頂著水罐的女孩；身上有肥皂和鹽味的疲憊洗衣女，她們那久經浸泡在滾水中的雙手雙腳白得像蘑菇，頭髮從綁得很緊的頭巾下散出來；要到主屋上工的晚餐廚娘，背上揹著最好的上教堂衣服，腳上是磨損的平底涼鞋，卻是她唯一一雙的好鞋，就拎在匆匆趕去上工的手上。「再見！」泰瑞西塔知道廚娘的男朋友是西根多的一個牛仔，夜裡十點會到那裡去接她，送她回到距提亞家七戶的家。

「再見！」

而家有病童和垂死老人的人，也會帶他們來到溫和的陽光下。他們已經關在悶死人的房裡一整天，這時是他們感受涼爽微風的頭一個機會。一個蜷起身體的老婦人縮擠在一輛手推車裡，大披巾包住身體，看起來像隻小狗。用麻繩綁在椅子上、身體不住扭動的年輕男人舉起麻痺的雙手，用拳骨指著飛鳥。大團大團的口水從他們下巴流下，他們對著烏鴉、驢子、蹦蹦跳跳的孩童、驚人的越來越紅的夕陽尖叫、大笑。做母親的用硬毛髮刷梳平他們不聽話的頭髮。

「再見！」泰瑞西塔對他們喊，他們也回喊，「再——」和「見——」還在她經過時摸摸她。

還有西根多，他懶懶地騎在馬上，嘴上一絲笑意看著這一切。「再見！」她對這個牛仔工頭喊。他那頂暗色帽子轉向她，一根手指舉起來，碰碰帽沿。

泰瑞西塔推開小屋歪扭的門。提亞正坐在小桌子旁邊的一張椅子上。泰瑞西塔的床褥全堆成一團，靠牆放著。提亞的孩子們仍然在外頭。

「我希望我有根香菸，」提亞說，「你有沒有看到外頭地上有什麼菸蒂？」

泰瑞西塔搖頭。

「沒有，提亞。不過我給你帶了別的東西。」

她把餅乾從口袋裡拿出來，拂去一些線頭，拿給阿姨。

「喔？」

提亞還真的微笑了一會兒。她抓起餅乾，咬掉小豬的頭，然後閉上眼睛。她知道她應該把其餘的留給孩子吃，任何做母親的都會留下來。她又咬了一口。孩子們還小，他們沒有她需要餅乾。她難道不該吃嗎？在她得忍氣吞聲過這窩囊日子之後，吃這麼點餅乾，不該嗎？再一小口就，啊，混蛋，餅乾沒了。

「你還有一塊嗎？」

「沒有，提亞。」

提亞用指頭敲著桌面。

「你從哪裡拿的？」她問。她在猜想也許圖妮塔會有一根菸。她知道有些女人會用親吻和牛仔換菸，可是她才不會去做那種事。才不會用親吻去換哩。

「葳拉給我的。」她說。

「你在哪裡看到葳拉？」

「我去找她。」

提亞看著她。

「你說你去找她，是什麼意思？」

「你要我去問葳拉我是誰，所以我就去了。」

「你說你去找她，是什麼意思？你到她做事的地方去找她？還是她去看哪個人的時候？」

「不是。」

提亞有點嚇到她了。她的嘴角還有一些餅乾屑。她的眼睛太亮了。她彎身到泰瑞西塔面前，一把抓住她的手臂。

「那你是什麼意思？是什麼意思？」

「提亞，提亞，不要這樣。我去那裡。到大房子。」

提亞根本就呆住了。她的眼光似乎看到泰瑞西塔後方很遠的地方，接著收回視線，注視著她的眼睛。

「大房子。」她低聲說。

提亞放開她。「你這個該死的白癡，」她說，「噢，你這個笨蛋！」

「我——」

「住嘴！」提亞拉扯自己的頭髮。「住嘴！」她身體轉向每個方向，彷彿她可以在牆上找到一個掩藏的門。「天主詛咒你！」

她的兒子才剛進門，她把他往外推，一邊尖叫：「出去！快，混蛋！」他看了泰瑞西塔一眼，又跑到屋外去。

提亞拿起那根沉重的木頭杓子。

「你這個蠢笨的小混球！」她說。

「提亞？」

提亞一把抓住正想逃跑的泰瑞西塔的頭髮，再用手把頭髮一扭，就成了一個很痛的扭結，把泰瑞西塔的頭皮拉得好緊。

「哎呀！」她哭叫。「哎呀！哎呀！」

木杓子隨後就打了下來。

摔到地面讓她痛醒來。

提亞把她抱到屋外，越過豬圈圍牆丟進去。

「如果你要像豬一樣，你就去跟豬一起住。我不管你了！」

「族人」什麼也沒做。他們退回自己的小屋，把門口的布毯拉下。提亞把自己的孩子帶進屋裡。泰瑞西塔翻身跪坐起來，豬糞碰到她的鞭痕，她感到一陣灼熱的痛。

提亞又出現了。

「你不准給我死掉！」她說，「你聽到了嗎？好像麻煩還不夠多一樣！」

簡陋的門用力關上了。

泰瑞西塔感覺到金黃色的螞蟻一湧而上。一陣搔癢爬上手臂和雙腿，那些無情的螞蟻亂踩著她的組織，像在撥動吉他弦一樣。她閉上眼睛。

然後她就墜落了。穿過地面、穿過石頭之間的空隙、進到更深的天空虛無中。墜落，而天空本身又變小了，進到她的眼睛中。穿過她的眼睛，墜落到一個地方，夢境在這裡變硬，變成石頭、變成地面。

火焰的走廊。

黑曜石般的房間。

她的生平在四周浮現：從子宮到玩耍的時間：從這一刻到很久以後的她：成年期與鏡子。一圈圈的光線穿過一幢幢她不認識的房舍。她在自己體內發出火花，她的腦子像煙火般滋滋燒著，火花打轉，燦然閃亮，打轉、冒出星火——

——大披巾緊緊繞著，像個肉桂捲，頭頂重重的水罐在腦袋上平衡著，好像她是一頭驢子——

——胖胖的子彈，蜥蜴般冰涼，又涼又油，涼涼的，上了油滑進來福槍的機匣，而手，暗黑的手，操作手柄——

——洗好的衣服，攤放在河裡的石頭上，泡沫流走、流走，流向下游，白色的泡沫小島，往下漂——

——玉米麵糰揉成球，女人的雙手拍打、成型，圓圓的太陽、太陽的身體——

——落下——

——白楊鬆鬆軟軟地落下——

葳拉，走

過樹木——

落下——

「蜂鳥」，雖然她沒有見過「蜂鳥」的記憶，她卻知道那就是。「媽媽。」她低聲說，這時「蜂鳥」看著在海面上翻攪的雨

落下。

在夢裡，她走了好遠的路。

第九章

葳拉坐在石頭上，用一把小刀削柳橙的皮：果皮一圈圈垂下，一整條落到地上，葳拉也說了話。你媽媽呀，孩子，是牧場上最漂亮的女孩。她可以讓鳥兒停在手指上，是眞的。他們叫她「蜂鳥」，蜂鳥「瑟瑪露」，她說的是「母語」，不過在出了事而家人四散的時候學會了尤力語。你外公外婆是好人，窮人。你外婆很有趣，繼承了她自己母親的天賦。什麼天賦？唯一的一種天賦呀，孩子，就是植物的栽種和利用，這種天賦。你外公是天主教徒，你外婆相信我們祖宗的宗教。她是馬約族，而她的母親是雅基族。你外公是特威可族，軍人在你到來以前把他放進一棵樹裡。

你爸爸？啊，你爸爸。你現在還太小，不能聽這件事。但是以後，等你能聽葳拉必須說的時候再來找葳拉吧，我就會告訴你爸爸的事。你會希望他是個王子嗎，孩子？還是一個國王呢？我可以告訴你這麼多，你爸爸不是個壞人，只是傻。你很快就會知道，幾乎所有男人都傻，就連神父也傻。不過你父親是個善心的人，他有很多還可以的特點，他甚至還擁有很多好東西，這些東西說不定有一天也能歸你。

而且他非常、非常英俊。

泰瑞西塔躺在那裡，人是醒的，靠在母豬氣味濃烈的側邊。老母豬肥大的心臟在體內深處砰砰跳著，就像她在主屋裡看到的老爺鐘那無情的滴答聲一樣，那似乎是好幾個星期以前的事了。這頭年老的豬斜向一旁躺著，懶懶地讓這個小小的人類「豬仔」享用牠十四個奶頭，然後快活地迷糊睡去，感覺到孩子的體溫貼著牠的內臟和身軀。在牠的睡夢中，牠一隻腳微微動了動，這時牠夢到在路對面的大大食物儲藏室找到一扇破門，夢中速度變快，牠發現好多番薯，狼吞虎嚥，而牠上百頭不見了的豬仔也再度圍繞在身邊。

泰瑞西塔試圖要召喚那團睡眠的光，好讓傷口不再疼痛，但卻沒有用。一群群蚊子停在腿上，可是她甚至沒有感覺到牠們在吸她的血。上方濁重的空氣遮住了天光，不過西邊遠處有緩緩震動的閃光發出紅色和金色的光，照在那看不見的海面上。而月亮已經升起，離開海面，呈現橘色，還有一顆孤星在彎月附近亮著。泰瑞西塔又靠回母豬身上，想要看見鬼魂——老太太們說你可以從眼角看到鬼，但是最後卻發現在上方輕快飛行的陰影只不過是蝙蝠。

「嘿！」

她在黑暗中四下張望。

「嘿，你！」

她望著豬身的另一邊。

「是誰？」

「我。」

「誰？」

「我！」

他站了起來，原來是馬槽那個戴著可笑大帽子的瘦男孩。

「我！」他說，「『好運』，布維度拉！」

雖然她的背和兩條腿痠麻、被打的身體疼痛，她還是吃吃笑了起來。

「『好運』算什麼名字呀？」她說。

「是『我的』名字。」他說。

他站在雜草和矮小樹叢中間，月光下帽子發著灰色的光。他的手臂比袖子長，兩隻手腕從磨破了的袖口垂下。

「你還好嗎？」他問。

她放聲哭了起來。

「噢，別這樣嘛。」他說。

他正要跨步上前，卻被一根樹枝把帽子打下來。他急忙去撿起來，再用力戴在頭上。這動作讓她又笑了起來。她又笑又哭，用衣服去擦鼻涕。

他蹲在圍板旁邊，往裡看著她。

「好臭。」

「我知道。」

「你應該離開這裡。」

「我不知道要去哪裡。」

他把兩條手臂搭放在橫木上。

「我看到這件事情的經過，」他說，「你應該快走，免得她起來了。」

「你當時也在？」

他舉起一把細小的左輪槍。「下一次我就會開槍打她。」

「不要，布維度拉，不行。」

「我是個亡命之徒，你知道。我不怕把人打死！」他揮著槍，做出兇惡的模樣。「我可是個槍手！」

「不行。」

他把槍插回皮帶中。

「如果你想要哪個混蛋被打死，儘管告訴我，」他說，背對著豬圈圍板坐著。「我會解決他們！」他吹噓道。

她背靠著圍板坐下，兩人背對背坐著，中間只隔著一塊板子。她又開始哭了。

「該死的生命！」他說。轉頭越過肩膀看她。「你叫什麼名字？」

「泰瑞西塔。」

他伸手往肩膀後面。「好吧，泰瑞西塔，試試這個。」

她伸手向上。他把一塊苦汁薄荷糖丟到她手心中。她把糖放進嘴裡。兩人就坐在那裡各自吸著糖吃，什麼話也沒說。

「我偷的。」他終於說。

又過了一會兒！

「該死的蚊子！我們離開這裡吧！」

「我不知道我能不能起得來。」

他站起來，翻過圍板，用一隻穿著破靴子的腳把母豬推開，看了看泰瑞西塔。

「我也被打過。你這根本算不上一頓打，你隨時可以起來的！」

「不行。」

「好吧。」

他彎下腰，把她從地上抱起來，抱過他肩膀。

他鼻子噴出氣。

「你尿在自己身上了！」

「對不起。」

他把帽子遞給她。

「拿著。」

他好不容易扛著她爬過了圍板。

豬隻問他：「咕嚕？」

「我要送你到哪裡去？」

「我不知道。」

「你最好決定一下。」

「帶我到葳拉那裡。」

「那個巫婆？」

「她不是巫婆。」

「她是不祥的巫婆。」他堅持。

泰瑞西塔用他的帽子打他。

「她才不是巫婆！」

「哼。」他嘟囔著邁步走。

他的兩隻大手抱住她兩條小腿，她頭朝下搭在他肩上，身體也跟著上下搖動。

「你很胖呢。」他說。

她又拿他的帽子打他。

「別逼我開槍打你噢。」他警告她。

他們走過桃樹的暗影中。

「我希望我死了算了。」她說。

「你不可以。」他回答。

「我想要我媽媽，我想要我爸爸。」

「每個人都想要啊。」

這屋子在夜的背景前是一大塊黑色的東西，沒有窗子亮著。他彎下身，把她從他肩膀上滑下來，像卸下一袋豆子。

「爹的房子，」他說，「替我向他問候。」

爹？她想。

「別走！」

「我不能留下來。」

「就一下子。」

他蹲在她旁邊，盯著房子。

「這些有錢人，」他說，「他們才不在乎你我。」

「他不是那樣。」

「他們全都是那樣。」

他撿起一些小石子。

「巫婆睡在哪裡？」

她伸手一指。他走到後門旁邊那個黑黑的窗戶前。他對著泰瑞西塔在帽子上點了點，然後往玻璃丟了一把小石子。他躲下去，但是毫無動靜。他又丟了更多小石子，還是沒有動靜。於是他拿起一塊比較大的石頭，用力一丟，石頭砸到窗子旁邊的牆上，發出像是來福槍響的聲音。「混蛋傢伙！」屋裡傳出葳拉的聲音。「是哪個混小子在我窗子外頭？」布維度拉又丟了一把小石子，屋裡有根火柴劃亮了，透過布簾，那搖曳的黃色燈火也逐漸成形。「待在原地，混蛋！待在原地！我手上拿著獵槍，我要賞你兩管子彈！」布維度拉像演啞劇般做出大笑的樣子，把兩手放在肚子上，前後晃動。「給我待在那裡，笨蛋！我要過來了！我現在就要過來了，等我出來，就要讓你嘗子彈！」他像隻猴子般跑來跑去，把泰瑞西塔逗得哈哈大笑。他一直這樣舞動著，直到後門門閂發出好大的「喀啦」聲。他把身子幾乎彎到蹲下去，然後手一揮，跑進樹叢裡。門碰地一聲開了，葳拉出現，她頭髮亂成一團，一手拿著燈，一手拿著獵槍，朝各個方向看去。

「快現身哪，倒楣鬼！」

泰瑞西塔叫道。

「葳拉！」

獵槍立刻瞄向她的方向。葳拉舉起燈，瞇眼往外看。

「是誰？」

「是我，老婆婆，」泰瑞西塔叫道，「『蜂鳥』的女兒。」

葳拉把獵槍的一對擊鐵拉下，把槍靠牆放著，從小小的門廊走下來，說：「孩子？」

「在這裡。」

葳拉把燈往前伸，走向她。

「噢，不好，」她說，「他們把你怎麼啦？」

「我被打了。」

「是啊，」葳拉說，「沒錯，你的確被打了。」

她把泰瑞西塔拉起來，用一條手臂抬起她。泰瑞西塔兩條腿纏著這位老婦人，坐在她屁股上進到屋裡。從樹叢觀看的布維度拉在門用力關上、燈也滅了以後點點頭，然後跑到門廊，把葳拉忘在那裡的獵槍偷走。

❀

「很明顯地，」老婦人說，「我躲不掉你。」

她把泰瑞西塔放在廚房的白鐵桌上。鐵桌冰涼，但是鞭痕和瘀傷貼著它倒挺舒服。

「你尿在身上了嗎？」

「是的，葳拉。」

「哎呀，女孩子，」葳拉搖頭說，「不管你發生什麼事，絕對不要尿出來。如果你尿出來，他們就會知道他們贏了。我看過成年男人被綁在柱子上，嚇得尿都從腿上流下來。我看過套索一套上脖子就尿出來的人。恐懼可以殺死你兩次，而這就會讓你的敵人開心。」她掀開陶罐的蓋子，一一聞著罐口。「所以我才不喜歡該死的狗！牠們翻身又搖尾巴，還尿了自己全身，好讓你知道你是主人。呸！我們才沒有主人哩！」她指著泰瑞西塔。「所以，不准尿！」

「我保證。」

「那好。」

葳拉舀些水到桶裡，走到火邊，這火只是堆煤炭發出的微弱火光。她把水倒進一個鍋子裡，再把鍋子掛在一個黑色鐵鉤上，在鍋子下方用樹枝木棍堆成一座小山，她往那裡吹著氣，火倏地一躍而起。

「沒有人能像老葳拉一樣地生火！」她說。

之前蘿芮托夫人從圭亞瑪斯訂了一些櫻桃派，這些派裝在木頭扁盒裡運來，只有一盒壞了，窄窄的格子裡滿是蛆，蘿芮托就把它送到豬圈。不過其他六個派都還好好的，此刻葳拉拿了一把長刀，切下一塊令人流口水的派，放在一個盤子上，再把盤子放在泰瑞西塔旁邊的桌上。她把一根叉子遞給這個女孩。

泰瑞西塔聞了聞派。派是紅色的。因爲某個她不明白的原因，紅色會讓她懷念起母親。

「吃吧。」

「是的，葳拉。」

泰瑞西塔抓起叉子，握在拳頭裡，把派扯開一塊，塞進嘴裡。

「老天爺。」葳拉嘆口氣。

「什麼？」

老婦把泰瑞西塔的叉子拿開，把她拳頭掰開、手腕轉過來，再把叉子塞進她手裡，要她用手指握好。

「叉子是要這樣拿的。」她說。

又說：「你不用一口吃完整個派！沒人要搶你的。」

以及：「嘴巴閉起來嚼東西。如果你要跟猴子一起生活，你就像猴子一樣吃東西，如果你要跟人生活，你吃東西就要像個人。你吃東西像是攪奶器在做奶油一樣。」

「是的，葳拉。」

「要牛奶嗎？」

「好的，謝謝。」

「還要派嗎？」

「好的，謝謝。」

「啊，我自己也來一點吧。」

兩個人一起吃完了整個派。

❦

「好痛。」泰瑞西塔說。

「沒錯。」

葳拉清理傷口的黑色豬圈爛泥，再把搗碎的苦木用包乳酪的棉布包起來，整個浸在吊鍋的熱水裡。

「別動來動去。」

「哎喲。」

葳拉感覺到，那是什麼？她指尖感覺到的是什麼？一陣金色火花吧，可能。透過皮膚突然湧上一陣熱。

「你再弄一次。」她說。

「我什麼也沒做。」泰瑞西塔回答。

葳拉放下她的苦木，把兩個拳頭放在那疼痛的屁股上一會兒。

「把你的手伸給我。」她說。

泰瑞西塔手心向下伸出兩手，葳拉把手心貼著泰瑞西塔的手心。

「讓它們變熱。」葳拉說。

泰瑞西塔連想也沒想。她告訴手心去發熱，於是葳拉伸出的雙手上面的那兩隻手立刻變熱。

「你看。」葳拉說。

她拉了一張椅子坐下，抬頭注視泰瑞西塔。她從圍裙掏出一根雪茄菸蒂，用一根紅頭的廚房火柴點燃。

「我的手總是燙的。」泰瑞西塔說。

「我明白。」

葳拉微笑著。你永遠也不知道這份「天賦」會在哪裡出現，老天爺也會開玩笑的。

❋

蘿芮托穿著一件胸口有蕾絲花邊的白長袍走進廚房，大團頭髮蓬亂地圍住了臉，她的香味飄向泰瑞西塔，像是從海岸吹過來的一陣霧：柳橙、丁香、薑。泰瑞西塔從沒看過這麼白的牙齒。

葳拉站在那裡，低垂著頭說：「夫人好。」

她雖然對湯瑪士很兇，但卻以一種沒有一個男人能了解的愛心順從蘿芮托。她知道加諸這個女人身上的規矩是絕對沒得說的：那種無止盡的驚恐，懷疑她的男人也是另外一百個女人的男人，而那些女人沒有一個比她善良或美麗或正經或乾淨；而她也太清楚生產的痛苦了。

「我聽到有聲音，」蘿芮托說，一邊把頭髮往後撥，「有一段短時間裡我猜想房裡有鬼，再不就是強盜。」

泰瑞西塔對這個現身者微笑。

「哈囉。」蘿芮托說。

「你有清潔你的牙齒嗎？」泰瑞西塔問。

蘿芮托不知道該怎麼回答，索性就說：「有。」

「我們這裡出了點小問題。」葳拉說。

蘿芮托彎身去看泰瑞西塔裂傷的大腿。

「天哪，」她說，「是誰弄的？」

「我阿姨。」泰瑞西塔說。

「她爲什麼要這樣？」

「今天早上我到你們家裡被人發現。」泰瑞西塔說。

葳拉悶不吭聲。她希望這個孩子閉上嘴，不過天主安排了這一幕戲，對於它的結果自有安排。葳拉仍然在學習要聽任命運的安排。

蘿芮托坐在葳拉的椅子上。

「我看你很頑皮噢，」她說。「沒有人請你就自己進來了。」

「她是來找我的。」葳拉說。

蘿芮托揚起眉，身子倚向泰瑞西塔。

「來找葳拉？」她說，「非常、非常調皮！怪不得你會惹上麻煩。」

泰瑞西塔吃吃地笑了。蘿芮托微微一笑，注視著這雙奇特的眼睛。她看著這瞌睡的眼皮、這稍稍下垂的左眼。這些看起來很眼熟，還有那尖尖的鼻子、那兩片微微噘著的嘴唇。

她轉頭看葳拉。她的表情很豐富，不過嘴巴依然開著。葳拉把衣服上的線頭拂去，四下看著廚房，然後嘆口氣。等她終於和蘿芮托四目接觸時，她聳了聳肩。

蘿芮托知道伍瑞阿家的輪廓特徵，她不只是湯瑪士的妻子和愛人。農場上有一種保持血統純正的傳統，所以時常都是表兄妹結婚。挑選妻子就像挑選母馬，這是爲了血統，也爲了外觀。大家長米格爾先生夢想能像種馬一樣生下純正的伍瑞阿家族，所以世代的父母都是伍瑞阿家人：他夢想能有份受洗證書，上頭寫著：福拉諾·伍瑞阿·伍瑞阿·伍瑞阿·伍瑞阿·伍瑞阿！蘿芮托既是妻子也是表親。這種嘴唇她已經看了一輩子。

可怕的問題在她心中燒灼，那是嚇人的疑慮和沉重的哀傷，而她卻不能說出口，她也不願去想。

她站起來，拍拍泰瑞西塔的頭。這時候，她已經比剛坐下時老了五歲。

「當然，」她說，「你就跟我們住下吧。我會給你找件睡袍，然後我們就去睡覺。我們就來個晚睡晚起，吃頓豐富的早餐，然後把今天晚上的事忘掉。」

她離開廚房以後，那陣氣味瀰漫在空氣中，緩緩才消散。

❦

泰瑞西塔不敢相信人會穿著一件漂亮的粉紅色袍子去睡覺，內褲也讓她很驚訝。葳拉要她用海棉把身體擦洗乾淨，還要她特別留意屁股和私處。葳拉親自給泰瑞西塔洗腳。看到葳拉給她洗完，盆裡的水像是杯中的巧克力泡沫，讓泰瑞西塔嚇了一跳。她根本不知道自己有那麼髒。

她兩腿仍然痠痛又搖晃不穩，於是葳拉抱她上床。泰瑞西塔從沒有摸過床單，她用兩手撫過，再把兩條腿滑過那令人開心的白色冰涼。葳拉從床底下拉出尿桶說：「如果你一定要小便，就尿在這裡。如果你要大便，就到外頭去。我不想聞一整晚的大便味！」她把燭火吹熄。「該說只剩半晚了。」她嘀咕著。

老婦人在她身邊躺下時的重量讓泰瑞西塔一陣震顫，床往下沉，還發出吱軋的叫聲。泰瑞西塔等著床斷裂，但是床並沒有斷。葳拉轉身側著睡，泰瑞西塔靠著她的背。

「枕頭還好嗎？」葳拉說。

「是的，」泰瑞西塔回答，「好軟。」

「我一向喜歡有個好枕頭。」葳拉說，之後她立刻打起鼾來。

泰瑞西塔躺在那裡，像是歇息在一朵雲上。

她以為她醒著，但卻不是。

這次她夢到好大一片藍色花朵的田野。她赤著腳。遠處有三個老人看著她。他們都是「族人」。她認得出他們的赤褐色皮膚、白色衣服和草帽。一個老人舉起一隻手，朝她揮了一下。他的聲音很小，她幾乎聽不到。但是他對她喊了一個神祕的字：「胡伊齊提塔克。」

他指了指。

她轉過身，看到一座長滿花朵的山丘。

她走上山。地上的小石頭使得腳很痛，然後小路變成一道清澈的小溪，溪水使她的兩腳清涼，溪中石頭有黃色有紫色，像雞蛋一樣的形狀。她感謝地面的慈悲。

山頂上她發現有一顆白色石頭。

她坐下來。

她聽到頭的上方有一陣嗡嗡聲，抬頭一看，一隻天空做成的蜂鳥從天堂飛下來。蜂鳥小到看不見，可是她卻可以看到。牠飛下來時那藍色的胸口映照出全世界。牠的翅膀是白色，是用字句做的。雖然她不認識字，她卻能認出這些字句、蜂鳥的翅膀上是用羽毛筆寫的字。

蜂鳥停在她膝頭上，背對著她。牠轉向左邊。等到牠面對她時，牠嘴裡叼著一根細小的白羽毛。她還知道要伸手去拿，而這隻蜂鳥就把羽毛鬆開，讓它掉到她手上。

不久後，公雞全叫了起來。

❀

泰瑞西塔睜開眼睛。

葳拉正跪在牆上一個低低的祭壇前禱告。祭壇上立著一幀「瓜達露佩聖母」的畫像，和一個高高的木頭十字架，還有石子、貝殼、幾束鼠尾草和香草，以及一個胡蜂的窩。十字架兩邊各著一些小小的聖人像。泰瑞西塔認得聖方濟，因爲他的肩膀和頭上都有鴿子。祭壇一邊放著單獨一個裝水的玻璃杯。

「葳拉？」她說。

老婦人舉起一根手指。

泰瑞西塔等著。

葳拉禱告完，抵著祭壇站起來。

「什麼事呀，孩子？」

「這水是要做什麼的？」

「這是靈魂，」葳拉說，「這是洗淨了罪的靈魂。」

「是你的靈魂嗎？」泰瑞西塔問。

「我希望是呢，孩子。」葳拉伸展四肢，「我希望是。」

她撿起泰瑞西塔那沾著泥的罩衫。在早晨這種光線下，它看起來又破又髒又爛。泰瑞西塔突然感到羞愧。

「這樣可不行。」葳拉說。

她走出門，到大屋子裡。泰瑞西塔從床上溜下，看著十字架上的耶穌。她不好意思地摸摸瓜達露佩聖母的衣服。她拿起水杯，轉動它，然後對著陽光看裡面。水裡有細小的泥土粒，因爲她轉動杯子而來回漂動。

葳拉回來後，泰瑞西塔說：「我想有些罪還沒洗乾淨呢。」

葳拉從蘿芮托女兒那拿了一件舊衣服，從泰瑞西塔頭上往下套。

「多好看哪！」她說。

泰瑞西塔擺好姿勢。

葳拉拿起髮刷，不顧泰瑞西塔的抱怨，把她頭髮的結硬生生刷開。然後她要泰瑞西塔穿上一雙平底涼鞋。泰瑞西塔討厭鞋子，但葳拉堅持。

「淑女們，」她說，「都穿鞋的。」

「那我連淑女也不想當。」

葳拉點點頭。

「你不想當的呀，孩子，是像葳拉一樣的老太婆。」

泰瑞西塔試穿涼鞋，把腳在陶磚地面拖著走。

「葳拉？」她說，「你多大啦？」

葳拉想了想。

「我一定有……我一定有五十歲啦。」

泰瑞西塔被這把年紀嚇了一跳，不過她盡力保持鎮定，還跟著老婦進到廚房。

葳拉給她倒了一杯咖啡，加進五匙糖和煮過的牛奶。她給自己也來了同樣的一份。她們把小圓麵包沾著咖啡吃。啡咖把麵包泡成泥狀的麵包布丁，葳拉就咂巴咂巴地吃著，像頭騾子在水槽前喝水一樣。然後她們吃香蕉和走味的甜麵包。

葳拉塞了一個小麵包在口袋裡，說：「我們去禱告。」

「你已經禱告過了。」

「噢，」葳拉說，「禱告是永遠沒完的。」

她打開後門，站在那裡。

過了一會兒，她大叫：

「是哪個混蛋拿了我的槍？」

❦

在「聖地」，葳拉教泰瑞西塔如何在舊貝殼裡點燃把鼠尾草和香草，以及當她向四方奉上煙氣時該怎麼轉。「早晨禱告很容易，」她說，「因爲那樣你永遠都可以從東邊開始，然後只要每次禱告都往左轉就行了。」

雅基人的聖父「艾通阿查」收到了葳拉的煙，似乎這一天心情都很好。

她們把麵包掰成兩半，放在一塊石頭上。

「我們是不是應該給天主喝咖啡？」泰瑞西塔問。

這問題倒把葳拉問倒了。天主喜歡咖啡嗎？如果祂喜歡，那祂是要黑咖啡或者喜歡加糖又加牛奶的？這些都是祂以自己的智慧早就創造出來的？天主喜歡葡萄酒，而且只有紅酒，這倒是很明顯的，但是咖啡，這卻是一個謎。每個人也都知道天主接受龍舌蘭酒，天主愛龍舌蘭，因爲龍舌蘭酒是邊向聖母禱告，邊用白色聖餐巾將仍是乳狀的龍舌蘭汁擠榨而做成的。龍舌蘭酒是清澈的，每個人都知道天主喜愛一種透澈液體的象徵力量——但是咖啡卻需要研究研究。

葳拉發表這天她最難得的坦言：「我不知道。」

她們走回工人村。「族人」已經都到了屋外。但當他們看到葳拉走過來，還有那個昨晚還躺在豬屎尿中的泰瑞西塔，現在穿著一件豔麗的尤力洋裝和鞋子，他們馬上快步轉回屋裡，把門關上。

「等一下。」葳拉說。

她去敲提亞的門。

提亞開門看到葳拉，立刻倒退了幾步。

「早安！」葳拉衝進去大喊，然後「砰」地一聲摔上門。

過了一段時間，泰瑞西塔靜候著。那頭肥碩的母豬把鼻子伸出木板條之間，吸著泰瑞西塔的洋裝。泰瑞西塔搔著牠濕淋淋的口鼻。

葳拉走出來的時候笑得很慈祥。「再見！」她回頭對著小屋喊，彷彿才剛喝完茶出來。她拍拍泰瑞西塔的肩，說，「我有活兒要幹。」就走了，邊唱著歌。泰瑞西塔回頭看屋子，提亞站在她面前，臉色發白。她的嘴唇上面有汗珠，眼皮不停翕動，好像一陣強風吹進眼睛裡。

「你要不要，」提亞說了，她嚥了嚥口水，「你要不要吃點東西？」

「不用，謝謝，提亞，」她說，「我已經在大屋裡吃過早餐了。」

她推開阿姨，走進屋裡。

「族人」都盯著提亞。

她說：「別看我！」

可是她知道葳拉詛咒了她，從此以後，他們全都會盯著她像盯著鬼魂一樣，而他們誰也不會說一個字。

第十章

艾吉瑞工程師在一陣飛沙和匡啷聲中到達。他駕著一輛由兩匹黑色駿馬拉的漂亮雙輪馬車。戈梅茲和他的鄉警透過牧場大門看到他，便繼續騎著，搜尋流浪者以便突襲。

湯瑪士騎在高大的帕洛米諾馬「獨眼龍」上迎接老友。「獨眼龍」並非瞎了一隻眼，而是牠那令人困擾的走斜路習慣，是因爲戴了一隻眼罩給治好的。可是這樣一來，就逼得牠只能用一隻眼走路，湯瑪士就不得不仰賴馬刺，才不致從山坡上摔下或掉進泥淖裡。不過一旦控制得好，「獨眼龍」可眞是匹駿馬，比牧場上其他馬都高大，毛髮就像個法國交際花。任何其他牧場主人都會要「獨眼龍」去犁田，或者乾脆開槍斃了牠，但是湯瑪士一眼就看出牠的不凡。「如果牠是個女人，」他曾經跟西根多說過，「我會娶牠。」

「當然，老闆，」西根多當時回答，「人人都喜歡金髮尤物。」

艾吉爾把這輛小馬車駛向屋子，湯瑪士和他並肩騎著，用他日常生活中瑣碎的奇行異事讓好朋友開心。「是的，是的，」艾吉瑞一再說，「是的，是的。」葳拉走過他面前，腋下是一把新獵槍。她看也沒看他一眼，逕自走遠了。

「信仰治療師，」艾吉瑞主動說。

「就是她。」

「她看起來很急躁。」

「她哪時候不是？」

「對了，湯瑪士，我親愛的混小子，我一直要問你這附近有印第安人嗎？有沒有印第安人替你工作？」

「當然，」湯瑪士回答，「這裡是他們的土地耶。」他好好想了這句話，修正一下：「這裡從前是他們的土地。」

「阿帕契族？」

「不是。」

「雅基族？」

「不多。不過我們這裡很南邊了，不會有很多雅基人。」

「那不然是什麼人？」

湯瑪士吁了口氣。

「誰知道？我想想看，歐可洛尼，有一些流浪的皮馬族，我猜，或者是塞里族，如果他們在這裡的話，那他們離家就眞的很遠了。我知道這裡有成群的特威可人和古阿沙夫人，是從庫利坎上來找工作的。我們有馬約人。」

「馬雅人？」艾吉瑞叫道，「我還以爲馬雅人在很南邊呢！他們是住在樹林中的人！那裡不是野蠻人奇奇梅克族的疆域嗎？就是把排泄物堆在寺廟和金字塔的那些野狗一樣的人嗎？這裡有馬雅遺跡嗎？」

這些該死的長篇大論。

「不是馬雅人啦，混蛋。是馬約人。約！馬、約！」

艾吉瑞在大屋前停下來，把韁繩放在座位上，放下腳煞車。

「老天哪，老兄，」他嗤之以鼻地說，「也用不著發火吧。」

等到湯瑪士整理好思緒準備再罵艾吉瑞時，這位工程師已經敲起門，並且呼喊蘿芮托了。

屋裡，蘿芮托已經要孩子們排成一排。艾吉瑞從沒有眞正注意到他們，只知道他們有好幾個。他沒有數過，也記不住他們的名字。「是的，是的，很高興見到你們，你們好嗎？」他說著，像是發聖體給信徒的神父，或是在彌撒結束後和信徒握手的神父。孩子們，是的，當然。他走到蘿芮托面前，抓緊她兩手，大叫，

「你依然像春天的桃花那麼可愛！」然後就脫口說了一陣子義大利話，稱她是朵「桃花」讓蘿芮托困惑又開心。他把她的手舉放在手中親吻，趁這機會聞聞她的皮膚。蘿芮托！熱糖做成的花朵！撒著肉桂的香草！蘿芮托！歐可洛尼的天使！

「哇！」她說。

「小心水，」湯瑪士警告他，這是讓他們知道他在一旁看著的方式，引用伊比利半島那種古老而高貴的警告語，那是當西班牙女僕要把夜壺的內容倒出窗外時會說的話。

「請原諒我，」艾吉瑞說，最後又偷偷吸了口氣：大蒜和醃肉！「每當面對你那可愛的新娘，我都會昏了頭。」蘿芮托感到一陣尷尬的喜悅，因為在聲稱自己在她的美麗之前無力控制之際，他不但讓自己免了通姦的罪疚，也給了她深切到連自己都不能理解的讚美，同時也讚美了湯瑪士是這地區最有男子氣概的男人，能夠擄獲這個具有非凡美麗與優雅的女子、這美妙可口的蘿芮托的男人！艾吉瑞沉浸在這小小的舉動中，挺身站立，對著每個人微笑。

湯瑪士在他背上拍了拍，這是告訴其他所有人閃到屋裡遠處的訊號。「誰能怪你呢，我心愛的混帳傢伙？」湯瑪士說，同時卻也暗示，如果他的嘴唇碰到的是手背以外的地方，他可是會責怪的，而且會一輩子怪罪。他領著艾吉瑞進到書房，倒出白蘭地。艾吉瑞靠坐在書櫃下方一張紅金色椅子上，接過白蘭地酒杯，靜靜地舉起，向朋友敬酒。

「我很高興你在這裡，老朋友。」湯瑪士說。

「我還怕我會趕不上你的派對，」艾吉瑞說，「路上情況很複雜。」

「你有沒有看到強盜？」

「只看到政府人員那種強盜。」

「這種話會害你上絞架。」湯瑪士說。

「唉？連你家都有奸細啦？」

湯瑪士微笑。

「強盜都死了，」艾吉瑞告訴他，「還有很多印第安人。美國佬用墨西哥市的契約在奇瓦瓦和索諾拉買地。」他把手在面前揮了揮。「那裡還有『百貨公司』。」

「那是什麼玩意？」

「德國人在一間很大的店裡賣大衣和內褲和鍋子和玩具。」

「沒有肉嗎？」

「沒有。」

「沒有牛排？」

「沒有！什麼肉都沒有。」

「不賣肉的算哪種店？」

「湯瑪士！拜託！你專心聽好嗎？就是百貨公司。」

「那他們賣什麼？」

「我剛剛告訴你他們賣什麼了呀。」

「沒有肉。」

「沒錯。」

「德國內褲。」

「噢，是一種比方。」

「噢。」

「換句話說，就是各種東西。」

「啊！」

「非常北美洲的感覺。」

「沒有肉，」湯瑪士說，「這是畜牧學的末日。」

「不是，不是的，」工程師說，「會有賣肉的百貨公司！」

湯瑪士舉起酒杯。

「那麼我們就爲未來乾一杯！」

一個女孩端進來一個盤子，上頭有裝著酸橘汁醃魚的雕花玻璃杯，還有一碗令人欣喜的生貝，稱做「驢蹄」的，湯瑪士從莫契斯訂來的。海鮮是放在用一塊塊冰鑿出的長筒中運來，這些冰塊用粗麻布包起來，埋放在鋸屑堆中。除了酸橘汁醃魚外，還有一個裝牙籤的玻璃碗、一小碟萊姆切片、一小碗的碎鹽塊，以及一個裝滿用酒醃辣椒與蒜做的「醉莎莎醬」的杯子。

艾吉瑞立刻把一碟「驢蹄」擠上萊姆汁，用牙籤叉上，展開一場名爲咀嚼的漫長扭打爭鬥，尤其是在吃那堅韌頑強的貝類時。不甘示弱的湯瑪士，也就著杯子大啖魚和萊姆汁，然後用湯匙舀起「醉莎莎醬」直接放進嘴裡。立刻滿臉通紅、鼻涕直流。艾吉瑞把醬汁倒在醃魚上，舀了辛辣的一大團。淚水湧上眼眶。兩人汗如雨下。

「眞他媽的該死了。」湯瑪士說，不過他是用一種亞洲式的吟唱調子說著。

「是的，」艾吉瑞看法相同，「眞是美味。」

西根多經過一旁，說：「驢蹄！」

「來吃呀。」湯瑪士開口邀請。

辣椒辣到舌頭了，西根多嘆口氣：「眞他媽的。」

因爲太痛苦了，他們對於它的神奇已經再也說不出一句話了。

過了好長一段沉默，艾吉瑞才又開口。

「這場選舉會影響你，我鹵莽的朋友。」工程師預言。

湯瑪士靜靜聽進去。

墨西哥大獨裁者，終生總統狄亞茲將軍、波費里歐大人、昔日解放的英雄、也是偉大的印第安將軍班尼托．華瑞茲的盟友——被權力誘惑了，艾吉瑞說。「族人」說他曾經在遙遠的特諾奇提特蘭的總統府中變白，搖身一變成爲一隻邪惡的蠍子。狄亞茲把國家賣掉以換取歐洲和雅基人黃金的時候，就派兵殺死印第安人和反叛軍，如今他要把勢力伸到辛納魯亞附近的各省。他的統治是全面性的，甚至就用他的名字「波費里歐」來號召。

狄亞茲之前派了自己人到這裡參加選舉，以便控制每個省，不過辛納魯亞的政府在湯瑪士和梅森家族的幫助下卻贏得了選舉。在阿茲特克首府宮中，這位將軍已經派軍隊到庫利坎來重新計票。而他們拿到選票以後，票數整個大逆轉，像是魔術一般。

「狄亞茲已經拿下辛納魯亞了！」艾吉瑞宣布。

「你確定？」湯瑪士問。

「是的。」

「這是不是我們的麻煩？」

「是的。」

西根多望望他們，聳聳肩。

「要留意，」艾吉瑞警告，「報復行動，復仇。要看看土地是不是因爲不清楚的理由被搶走。看看在歐可洛尼和圭亞瑪斯之間的反對派政治人物有沒有失蹤，那會是被安靜處理掉的事。一趟旅行，似乎就此蒸發不見。悲慘的意外，或是神祕的盜匪攻擊，突然間把郊區某些人家消滅了。」

湯瑪士揉著臉。

「怎樣？」他說。

湯瑪士點點頭。他一直怕毀了牧場，而現在，他一個原本深信可以永遠保存牧場的舉動，卻很可能讓一切都消失了。

湯瑪士身體倚向前，用一種像在密謀的語氣問：「你們的百貨公司有賣蜂蜜嗎？」

「蜂蜜？」

「當然啦，蜂蜜！我有沒有告訴過你我那個蜜蜂和黃金蜂蜜的實驗？」

湯瑪士衝到他書桌去拿了一根蠟燭，這蠟燭的燭身全都有小小六角形的裝飾。

「蜂巢！」湯瑪士說。

「捲起來像個小小的玉米餅。」工程師注意到。

「蜂蜜是一項了不起的事業。」湯瑪士嘆口氣，往後靠坐。

過了一會兒，他們開始畫出新而合乎科學的蜂巢設計圖，白蘭地使所有線條都變得歪歪扭扭、也統統行得通了。

第十一章

如果牧場上曾經出現過騷動，泰瑞西塔似乎總置身其中。她跟著一群小混混跑著，他們去逗小牧場裡的公牛、爬樹、躲在樹叢裡用石頭丟鄉警。泰瑞西塔已經會騎馬了，雖然是坐在牛仔的馬鞍上。所有的牛仔似乎都挺喜歡她偶爾的加入，他們彈吉他，教她一些俏皮的民謠。她會彈吉他，彈得很糟，也唱些小調，唱著寂寞的牛隻和強盜和壞心的城裡女人，因爲她們讓情人心碎，在猶加敦到諾加雷的無數小酒館中酩酊大醉。近來，泰瑞西塔最喜歡的遊戲是讓六個小孩堆疊在一頭長時間受罪的驢子背上，然後一一滑下驢身，再急急忙忙爬上去滑下來。他們這樣子嘻笑開心地過了好些時間，而這頭小驢子只能無聊地想像把這群小鬼踢到圍籬外的快活。

葳拉要對泰瑞西塔採取行動的那個早晨，太陽還沒有升起。葳拉帶著新的雙管獵槍，圍裙口袋裡放著菸草、一把摺疊刀、那個有天啓意味的陰囊、紅頭火柴、一束鼠尾草、一根骨頭，和三顆水牛牙齒。她抽著湯瑪士先生給的菸斗。用酒浸過的菸草，對她來說就像蛋糕一樣美味。

她走到提亞家門口，敲了三下。

「是誰？」提亞喊著。

「葳拉。」

一陣沉默。

「你要做什麼？」

「丫頭。」

更久的沉默。

門「喀擦」一聲打開了，泰瑞西塔走出來。

「時候到了。」葳拉說。

泰瑞西塔牽著她的手，兩人就走了。

她們跨過路上的驢尿水潭，靜靜穿過四散的工人棚屋。葳拉的獵槍在面前來回晃動，像女王蜂的觸角，正在尋找做壞事的人。她們周遭傳出的是女人們在暗黑屋裡起身的含糊聲音，她們或打開蠟紙包著的東西、或打開肉販包肉的包裝，或，最窮的人打開——香蕉葉。她們拿綠色的咖啡豆丟到平底鍋上，有糖的再加上一把糖，好讓糖焦黃後把咖啡豆染成棕色。空氣中充滿叮噹聲和暗沉的氣味，又苦又甜。

這些女人哪，葳拉心想：都是「神的母親」。這些皮包骨的、這些骯髒掉牙的、這些懷孕而光腳的女人們。這些出血的、這些奶水沒有餵過孩子、卻有躺在墳墓中冰冷的夭亡孩子的女人。這些被人遺忘的、老得不能工作的女人。這些整天溢出奶水的胖女人。這些被綁在草床上的瘋了的、這些生不出孩子的、已婚的、被遺棄的、娼妓、飢餓的、小偷、酒鬼、混血兒、愛女人的、印第安人和要面對未知的明天的最小的女人哪。這些「神的母親」。就算這麼想是罪過，她也要當面問天主爲什麼會這樣。

「聖母到你的同胞那裡去了。」葳拉說。

「我的同胞？」

「噢，是的。馬約人在神父到來以前就看到『瓜達露佩聖母』了。」

泰瑞西塔停下步子，在黑暗中抬眼望著老師。

「當時情形怎麼樣？」

葳拉抽著菸斗。這菸草不錯，非常、非常好。

「那是從前的事。在你之前，也在我之前。」

這件事讓泰瑞西塔很驚異：在葳拉之前竟然還有時間。

「『聖母』在一群沙漠中打獵的戰士面前顯靈，他們抬頭就看到祂從天而降。」

泰瑞西塔倒抽了一口氣。

「我猜想，她全身都是紫色。『聖母』喜歡紫色！所以她從天上降到他們面前，他們都嚇呆了，怕得全身發抖。」

「他們怎麼辦？」

「他們嚇跑了，躲在樹叢後面。」

「那祂做什麼呢？」

「這個嘛，祂出了個意外。」

「出了什麼事？」

「祂降在一棵仙人掌上頭。」

「天哪，不要！」

「噢，正是。『聖母』就卡在一棵好大的仙人掌上面，戰士們就開始朝祂丟石頭、射箭，不過都打不到祂。你要知道，他們從沒看過『尤力』，更沒見過會飛的『尤力』，或是像祂那樣莊嚴氣派的人！所以他們想要殺死祂。該死，這些人！」

泰瑞西塔兩手掩住臉孔。

「然後呢？」她叫道。

「然後『聖母』就從仙人掌上頭對戰士說話。」

「祂說什麼？祂說什麼？」

「祂說，給我拿個梯子來！」

泰瑞西塔說：「什麼？」

「給我拿個梯子來，這就是祂說的。雖然祂是聖母。」

泰瑞西塔忍不住大笑，葳拉也是。

「這是眞的。」葳拉說。

她們繼續走著。

「那他們怎麼辦呢？」泰瑞西塔問。

「我猜他們去拿了梯子給祂！」

太陽已經升起。

「你知道，」葳拉解釋，「上天是這樣子運轉的，神是很實際的。我們總是在尋找光線、找閃電雷鳴或是燃燒的樹叢。可是天主像我們一樣，也是個做事的人。祂創造了世界，祂可沒有雇用窮印第安人替祂創造！天主有勞工的雙手。只要記住：天使帶的不是豎琴，天使帶的是槌子。」

晨曦中，泰瑞西塔坐在一塊石頭上，看著葳拉從一株植物走到另一株植物，喃喃對它們說話。她還眞的對一棵可憐的小榲桲樹說「早安」呢。泰瑞西塔咯咯笑著。葳拉先給了她一個嚴厲的眼神，再轉身向著樹。「我可以借你的果實嗎？我保證我會以感激的心吃它，然後我和這孩子會替你把種子撒到溪邊岸上，你的子孫就會長久活下去！」她打開摺疊刀，割了一顆飽滿的榲桲，切開來，給泰瑞西塔一些。「我喜歡榲桲，」她說，這時她吃著這味道濃烈的水果，水果使她嘴唇撅了起來。「留下種子，我跟榲桲達成協議了，我們就必須遵守。」這很可能是葳拉在演戲，不過卻很有效。

「植物會回話嗎？」泰瑞西塔問。

葳拉伸直了背，做個鬼臉。橘色的太陽點燃了山頭，形成一幅薄薄的熱銅蝕刻畫。鵪鶉竄過樹叢，領著身後一排幼雛，看起來像是念珠上的珠子。

「每樣東西，」葳拉說，「都會說話。」

「我從沒聽過。」

「那是因爲你從來不去聽。」

葳拉用她的菸斗指了指四周。

「生命。生命。生命。」她說。她指著每樣東西：樹木、山丘、石頭。

「石頭也有生命？」泰瑞西塔說。

「所有東西都是光，孩子。石頭是由光造成的。天使穿過石頭，就像你的手穿過水一樣。」

泰瑞西塔猜想天使有沒有穿過她正坐著的石頭。

「每塊石頭都是從天主而來，如果你要找天主，祂就在每塊石頭裡。」

這話挺奇怪的，照泰瑞西塔看來。

「在石頭裡。」

「是的。」

「也在一隻……一隻蜜蜂裡嗎？」

「當然。」

「在『塔可』餅裡？」

「你以爲你很會說笑噢。」

葳拉傷腦筋啦。玉米餅是由神聖的玉米做的，玉米是雨水和土壤和陽光做成的，這玉米餅也像太陽一樣圓！天主不是在雨裡嗎？玉米不是從天主來的嗎？那太陽呢？太陽難道只是某個在天空中的沒有什麼意義的意外嗎？是一個亮光球，沒有任何意義，不代表任何事嗎？不是的！只有異教徒才看不出天主在太陽裡面！還有山羊的肉、山羊吃的花朵、莎莎醬裡的辣椒、鱷梨醬、那把玉米餅甩打成形再把熱滋滋的肉放進餅裡夾起的女人雙手、爐火、爐灶、爐灶正燒煮的屋舍、那些祖宗們，他們生養子女，代代相傳，直到現在正在做塔可餅的女人。只有傻瓜才看不出天主在一頓飯裡！

「如果你盲目到看不見天主在一個該死的塔可餅裡，」她解釋，「那麼你就是眞的瞎了！」

泰瑞西塔說：「那每樣東西都是天主囉？」

「可別做個異教徒，」葳拉說，「是『天主是每樣東西』才對。要弄清楚這種差別。」

「我做夢了呢，葳拉。」

「我們都會做夢，孩子。」

「我夢見有一隻天空做的蜂鳥。」

「噢。」

「牠小得看不見，可是我看得見。」

「是嗎？」

「而牠飛下來。」

「當然。」

「然後牠轉向我，牠的嘴裡還叼著一根羽毛。」

「一根羽毛。」

「是的，葳拉。一根白羽毛。」

「你確定它是白色的？這很重要噢，孩子。」

「白色。」

「牠往哪裡轉，是右邊還是左邊？」

「左邊？」

「噢！」

「那好嗎，葳拉？」

「左邊是心的方向。你知道嗎？心臟在左邊。」

「我還以爲心臟在中間。」

「在左邊。所以結婚戒子是戴在左手上，你知道。在心臟這一邊。」

「反正啊，這隻蜂鳥轉向左邊。」

「牠叼著的白羽毛然後怎麼樣？」

「牠把它放到我手上。」

「是的。好，太好了。」

「這是什麼意思呢，葳拉？」

「這個嘛——蜂鳥是天主的信差。」

「是嗎？」

「你不知道嗎？」

「不知道。」

「沒有人教過你任何事嗎？」

「只有你，葳拉。」

「噢，孩子。總之，蜂鳥是信差，把天堂的消息帶給地上的我們。牠也會把我們的請求傳到天主的耳朵裡。你明白嗎？所以牠是從天上來的。」

「那羽毛呢？」

「羽毛是神聖的。一根白羽毛，我會說這是一把鑰匙。」

「什麼的鑰匙？」

「嘿，孩子，不管是什麼的鑰匙呀。精神。天堂。我不知道。那是你的夢，可不是我的。」

這一天的教育已經夠了。

葳拉陪她走回家。

❋

第二天早晨，泰瑞西塔看著葳拉採摘樹葉和樹梗，放進肩上掛著的布袋子裡。還有更多的喃喃低語。她還請求一棵丁香樹原諒她的貪心。

這些弄完後，她把袋子放到地上說：「好啦，來上你的課了。」

「我準備好了，葳拉。」

「你必須學習感受事物當中的生命。」

「感受？」

「沒錯。做植物的工作，你必須了解植物。可是如果你不知道這種植物，那怎麼辦？所以你必須知道怎麼樣去感受它的生命力。生命力會告訴你它是什東西，至少會告訴你它和什麼有關。」

「為什麼？」

「萬一是有毒的呢？萬一，比方說，那個混蛋西根多瀉了一地，怎麼辦？」

泰瑞西塔笑了，葳拉用的是鄉間對下痢的說法。

「於是可憐的西根多就把大便拉在褲子裡——」

「葳拉！」

「——然後他來找你治。你就必須跑出去找植物給他泡茶，好堵住他的屁眼——」

「哎，葳拉！」

「可是你是在一個新地方，你又不知道什麼植物是什麼。你明白嗎？你沒有人可以問，而西根多屁滾尿流得像頭生病的母牛——」

「哎，天哪，葳拉！」

「所以你會急著要找到一種植物。你必須到外面去感受它們的生命。你可以分辨出哪種植物可以舒緩，哪種植物會使他病得更重。」

「我要用心去感受嗎？」

泰瑞西塔想要讓話聽起來有宗教意味。

「我不是神父，」葳拉嗤之以鼻，「你別說得像是修女一樣。我是說感覺它，去摸它。」她抓住泰瑞西塔的手腕，用指頭摸過她手心。「用兩手去感覺。」

「怎麼感覺？」

「我會告訴你。」

她們走到外頭，穿過只剩下矮株的棉花田，舊棉花樹已經砍下，犁進土裡。她們走到一個三齒拉瑞阿樹叢，這種樹出現，表示在她們北邊不遠處有沙漠，這樹叢被「族人」稱做「臭樹」。

「臭樹最適合訓練了，」葳拉說，「它裡面有很強的生命力，誰都可以感覺到。就連『尤力』也能。」

「眞的？」

葳拉點點頭。「絕對不要把我教你的事全部告訴一個『尤力』，他們偷我們的東西也偷得夠多了。不要把我們的靈魂給他們。不過你可以教『尤力』這個，每個人都應該會做的。」

她抓住泰瑞西塔的手腕，把她兩隻手放在樹叢上方。泰瑞西塔碰到樹葉，葳拉把她的手再拉回上面。

「不要碰到。」她說。

泰瑞西塔保持靜默，有時候問葳拉問題並不是個好主意。老婦人再次把她的手放在樹叢上方約四吋的地方。

「現在怎麼樣？」泰瑞西塔說。

「等。」

過了幾分鐘。

「我要等多久？」

「我們可以坐上一整晚。」葳拉說。

泰瑞西塔嘆口氣。

葳拉說：「你的手燙了嗎？」

「我的手總是燙的。」

「這樣做。」

葳拉拍了三下手，然後快速摩擦手心，泰瑞西塔依樣做。葳拉把兩手放到植物上方。「你也來。」她說。

泰瑞西塔伸出兩手。毫無動靜。

「閉上眼睛。」葳拉說。

「我什麼也沒感覺到。」

「不要說話，要去感覺！」

「可是，葳拉——」

「去感覺！」

又過了一段冗長的時間，葳拉要她再拍掌。這是很累人的。泰瑞西塔拍了三下，搓揉手掌，伸出兩手，這時心思已經跑到要是能夠逃離這個瘋老太婆，和村裡的小孩子玩滑驢子該有多好。然後就發生了。

她倒抽了一口氣。

這小小的醜陋樹叢開始往她手心推，感覺像是涼爽的煙氣從樹葉中奔騰而出。冰涼的煙、霧，輕柔地湧向手心，想要把她的手抬起。她笑了。

「你感覺到了。」

「是的！」

她張開眼睛，兩手緊握著抱在胸口，低頭注視這平庸的小小臭樹叢。這是許多種樹叢中的一種，幾乎看不見，是一種低賤的野草。一種幾乎雜亂生長在任何地方的沒用植物，連牛都不吃。在它的根部附近，有一些小草在微風中搖動，黃沙地上有鵪鶉走過的小小「丫」字足跡。樹叢陰影中有藍色的小花，再過去是開紅花的仙人掌。乾涸的谷地上，野瓜蔓藤纏繞著野生芒果樹，向日葵，蒲公英。她看得目瞪口呆，這麼些色彩讓她頭暈，色彩充滿了她的嘴，像是芙蓉花汁。

「每樣東西都會說話，孩子。」葳拉說。

泰瑞西塔笑了。

「每樣東西都在唱歌。」

❦

葳拉教人不解的話之一是：「你不用懂，只要去接受。」

「我想要懂。」泰瑞西塔回答。

「眞正懂的只有艾通阿查。我們的工作是感受驚異，並且去聽從。」

泰瑞西塔不知道要怎麼去聽從不懂的事。

葳拉要泰瑞西塔穿耳洞。泰瑞西塔很興奮，葳拉竟然會有興趣把她變漂亮。可是葳拉並不在乎她漂不漂亮，葳拉告訴她：「你必須穿耳洞，讓天主知道你不再是聾的。之前你不只眼盲，耳朵也聾。在耳朵上穿洞，可以讓天主看到耳朵已經開了，你也準備要聆聽了。天主才不在乎你認爲自己漂不漂亮哩！」不過她給了她兩個美麗的金耳環，要她穿完耳洞戴上。

第十二章

主屋裡的神祕讓「族人」無法解讀的程度，就像葳拉的命令對泰瑞西塔一樣。命令、想法、計畫和奇思異想在他們頭頂上旋轉，像是天上的星宿。就連葳拉也會隔段時間被尤力的世界弄得困惑。當她理解不夠的時候，她也會仰仗西根多。他倆之間通常能夠整理出個態勢。

星期六早晨，西根多騎馬到村裡，把馬停在街上就抽著菸，一直到工人走過來目瞪口呆地看。葳拉很快從她的「聖地」過來，也看著他。

「你們知道嗎？」他說。

他們立刻害怕起來。西根多爲什麼要過來跟他們說話？有人要挨鞭子嗎？發生大屠殺了嗎？阿帕契人要回來了？所有人都要被開除了嗎？戰爭爆發了嗎？一個門諾教派的傳教士在各牧場間走動，向他們保證耶穌基督會在一八八〇年以前回到世上——也許祂來早了。

「盜匪都走了，」他說，「除了北方。」

北方。沒有人喜歡北方。

「印第安戰士也走了，除了……」

「北方。」他們全都喃喃地說。

西根多身體在鞍上挪了挪，發出三百種皮革的聲音。泰瑞西塔站在馬旁邊，抓著西根多的靴子，仰頭看他。她轉動他靴後的馬刺，喀利喀利的聲音像極了小小的聖誕鈴鐺。

布維度拉躲在一個灌木叢裡，想把那些肥大的咬人螞蟻從身上掃開。

「盜匪。我還有點想念他們哩，」西根多說。「你們有沒有聽說過女土匪卡蘭波妲的故事？」

「沒有。」

「這是眞人實事。」

提亞把菸灰撣進嘴裡，用腳在地上拍著：眞是浪費她時間。

「她是我最喜歡的強盜，」他說，「她會攔下篷車和馬車。她隨身帶著一把柯特點四五口徑的大槍，等她要那些男人從馬車上下來，排成一行，搶走他們的黃金甚至他們的褲子後，她會掏出自己一個奶子，」眾人全都倒抽了口氣。「噢，沒錯。她會給那些男人看她的奶子，並且拿槍指著他們的腦袋說：『你對這有什麼想法，小子？』」「族人」全都不安地彼此張望。葳拉在心裡記下：卡蘭波妲，墨西哥女英雄。「你們能想像嗎？那些白癡全都努力要想出恰當的話。」

「我希望她打死他們幾個人。」葳拉說。

西根多微微笑著。

「了不起的女人！」他說，「也許北方有更多像她的人。」

提歐法諾先生說：「對不起，不過我還有活兒要幹。」

「今天沒有，你不用了。」

「爲什麼？復活節已經到了嗎？」

「不是。老闆放你們一整天的假。」

「做什麼？」

「考慮。」

「考慮什麼？」

西根多彈掉香菸。

「你們需要決定自己的命運。」

「命運？」提歐法諾說。

「命運！」葳拉說。

於是西根多針對最近的選舉和辛納魯亞競選者的潰敗，以及意外敗在狄亞茲手下的複雜故事發展了一個比較平實的版本。布維度拉晃得更近了，他對西根多的馬刺和黑色馬鞍和手槍的驚異要比對這故事多。

「那跟任何事，」他喊道，「有什麼關係？」

「湯瑪士先生已經和米格爾先生，還有艾吉瑞開了好幾天的會了。」西根多說。

艾吉瑞！西根多和布維度拉對著彼此冷笑。這件事讓布維度拉開心得幾乎要舞個兩三步了。

「他們已經決定牧場必須撤走。湯瑪士和蘿芮托夫人和牛群馬群，當然還有牛仔們，我們也必須要搬到比較安全的地方。我們的老闆會被追殺，所以他們要離開。」他說。

「走？」葳拉說。這對她是新聞。「走去哪裡？」

西根多坐在馬鞍上轉過身去，爲眾人製造一點點戲劇效果。他眺望遠處大屋的後方、樹木的更後方。

「你們想呢？」他說。

「北方！」泰瑞西塔高喊。多虧葳拉的調教，她現在已經習慣即席回答問題了。

眾人身體往後仰、撫著胸口、摸著額頭。北方！

西根多朝著下方的他們點頭。

「北方，去索諾拉。你們必須決定誰要跟我們走，你們有今天和明天兩天時間。去教堂、禱告，然後決定。」

他把馬調個頭。

「任何敢冒險加入這趟旅程的人，等我們到達索諾拉以後都會找到工作。留下來的人就要爲新雇主工作。」他用馬刺刺了馬，然後說：「再見。」

「西根多！」葳拉叫著。

他停下來，回頭看。

「索諾拉的哪裡？」她問。

「米格爾先生在阿拉莫斯有個大房子，那裡是座城市，蘿芮托和孩子們會去那裡，我們其餘的人會去一個牧場，可能是卡波拉。」

卡波拉！

沒人聽過這個地方。

西根多騎馬走開之時，他們都在唸這個字。

卡波拉……

＊

沒有聽到西根多說話的人，還沒吃早餐也就已經知道他說的內容了。頭一次，牧場上工人的生活要改變了。知道這件事，讓他們立刻深深懷念起從前忽視的旁枝末節。那是他們唯一知道的生活，在他們唯一知道的地方，如今他們卻必須改變。

「我糟蹋了我的日子了。」提歐法諾先生宣布，然後就到牲口水池邊去沉思了。他有三十年都沒好好看過一隻蜻蜓，而他很確定索諾拉不會有蜻蜓。

提亞倒在小屋裡，渾身發抖。

葳拉邁著步子走到大屋子。索諾拉！天哪，在去索諾拉以前還有好多事情得做！她必須把她的聖像、草藥收拾好，再去偷點湯瑪士的菸斗用菸草，再給她的獵槍弄些子彈。索諾拉！雅基族！

泰瑞西塔和布維度拉漫無目的地走著。

「你要去嗎？」他問。

「是啊，當然。」

「我也要去。」他說。

「那好。」

牧場的「族人」到處看起來都像嬰兒或小猴子般的茫然，就連牛仔們，你也會看到他們在偏僻角落朝著圍欄柱子丟套索、撫摸著繩索，彷彿繩索終將成爲古老過往的神祕物品。有人看到西根多在星期天跟幾個小女孩玩「跳房子」。

星期一，他們驚異地發現男人們已經把牧場關閉了。老闆們走得眞快！事情好像自己就發生了，或是由看不見的改變者使它發生了。工具和物品都放進箱子裡，種子裝滿粗麻布袋。最喜歡的水果樹連根拔起，放在篷車上，球根用舊布毯包住，再用桶子裝水澆濕。

女人家每天黎明都在掃家中的泥土地，心想這可能是世界最後一個黎明了，揚起的灰塵溫柔地飛出家門。她們還思索起泥土來了，就連提亞有一天也說：「灰塵，《詩篇》裡可能都有提到。」

那個星期，愛得瑞爾神父帶了好多瓶聖水來，爲各種東西祈福，把自己弄得疲累不堪。他爲篷車和兩輪馬車祈福；他爲驢子和騾、馬、山羊祈福，他甚至還爲那頭母豬祈福；他也爲鋤頭、鏟子、車軸、孩童、帽子、輾磨盤面、鞋子祈福。他沒有爲手槍祈福，不過倒是爲來福槍祈福。「來福槍是打鹿的，」他說，「但手槍卻是打人的。」他還在穀倉聽告解。

他看到湯瑪士，就說：「你要辦告解呀，孩子？」

「神父，」湯瑪士回他，「我唯一的告解就是我不相信告解。」

雞蛋和玉米餅也變成一件驚人的新鮮事。聽說索諾拉人竟然放縱一項難以啓齒的暴行，那就是吃麵粉做的玉米餅。麵粉！任何人類都知道玉米餅是玉米做的。所以他們哀傷地看著他們的玉米餅，這鬆軟帶焦斑的餅皮、可以同時兼做刀叉和餐巾的小小卑微玉米餅，到最後才看出來是比兄弟姊妹還忠心的家庭成員。和兄弟爭吵之後很久，甚至在姊妹的葬禮之後，你都可以用一塊玉米餅舀些炸豆子吃。如果你沒有豆子，抓一小撮鹽放到玉米餅上也是很棒的一餐。你怎麼能放鹽在一團麵粉裡吃呢？愛得瑞爾神父不是說他們是「大地的鹽」嗎？沒人確定那是什麼意思，不過顯然和玉米餅有關。

有段時間，男人家不去踢他們的狗了。一旦他們讓自己有這種慈悲，數不清的情緒就全都湧上胸口。這些情緒使某些男人相信，他們會因爲狗身上的心絲蟲或能讓人遭殃的「凶眼」而死掉。很快地，做愛變得如此嚇人，使他們的「工具」永垂不振。男人不敢在他們的女人面前哭泣，以致骨頭也舉不起來了；而女人卻比以往更想要。如今她們正被硬生生地與自己的家分離，所以更想貼近地上，被人像鐵盤上的麵團般揉捏，她們想在地面裂開、將她們吞噬的那個神祕時刻，感受堅硬的地洞邊變得柔軟。她們願意把裙子拉高，將兩腿間那溫柔的許諾之物奉獻給男人，但是唯一啃齧她們身軀的卻只有跳蚤。男人們只垂著頭搔著狗耳朵後面。

牛仔們倒不過分擔憂。他們偶爾轉動馬刺，把名字刻在工寮牆上。他們可是非常樂意提供服務給村裡那些受挫的女人們，他們還起勁地踢眼前看到的每條狗。

第二部
天空忘了下雨的地方

我們應該說，最吸引「族人」注意的是這女孩的道德和心靈的特點。它們加強她德行的力量、她靈魂的力量；同時這些特點也使得「族人」將她看成一位聖女、一個天界的使者。這些道德和智慧的特點，與她成長環境中的罪惡及無知恰成鮮明的對比。

——勞洛・艾吉瑞，《卡波拉聖女》

第十三章

每個人都在爲這重大的遠行準備。

西根多借給布維度拉五十披索。他也給了這男孩一匹最終命運是走到煉油脂廠的瘦馬，和趕牛群、驢子和馬匹到遙遠索諾拉的工作。

「你的手槍根本沒啥屁用。」西根多告訴他。

「我會買一把新的。」

「你得做一整年工作，才能還我五十披索，再買把新槍。」西根多告訴他。

「我會工作。」

「那在你賺夠錢買把好槍以前，你要怎麼辦？」

「如果我的槍沒辦法發射，我就用槍去敲他們腦袋。」

西根多笑了起來。

「他們！」他說，「誰呀？」

「每個人。」

「你倒挺神氣的嘛！小子。」他說。

他從彈藥房裡拿出一把鏽跡斑斑的柯特手槍，放進一個不要了的槍套裡，再丟到布維度拉那磨損了的舊馬鞍上。

「現在呀，」他說，「你必須工作兩年了。」

「我需要子彈。」

「兩年半。」

湯瑪士和艾吉瑞把蘿芮托和孩子們送上馬車，車子要駛往米格爾先生家。「我會寫信給你。」她保證，這話被看成只是象徵意味，因爲就算她能寫信，也沒有地方可以寄。不過湯瑪士在浪漫表現上可不含糊，即使是跟自己妻子，他也發誓：「我會每天晚上醒著，直到你的信寄到，我的天使。而即使收到信，我也不會睡，因爲我會在信紙上聞著你的氣味，親吻你那珍貴的淚水！」西根多用手肘頂了頂艾吉瑞的肋骨，並且對主人這番脫口秀偏了偏頭。「還眞溫柔哩，這個混球。」他說。

蘿芮托帶著鼻音說話，一條白手絹在略略浮腫的鼻子旁飄動，像隻被困的飛蛾。私底下她可興奮呢，終於可以跟這些馬匹和牛群的臭味說再見了。別了，有特色的牛仔們！再會啦，豬隻、印第安人、蠍子，和塵沙！她和孩子們從現在起將生活在城裡，有圓石路、招牌、學校、商店、陽傘、瓷器。餐廳！當然囉，阿拉莫斯一定會有餐廳！她已經看到自己坐在鑄鐵椅子上啜飲異國風味的茶，周遭的人都是用艾吉瑞那種令人迷醉不過也教人困惑的方式說話呢。

馬車離開時，蘿芮托輕輕用手絹擦著雙眼。每個人都揮著手，直到他們走遠變小而消失，除了西根多，他一直到馬車翻過山頭以後才看不見。

「終於，」湯瑪士這話把工程師嚇了一跳，「我們自由啦！」

西根多好心地附和老闆的心情：「旅程的辛苦不適合嬌貴的女士或孩子。」

艾吉瑞注意到在他們後方，幾十個女人和孩子正在把自己小小的家拆了，將他們可悲的零星物品安放在兩輪馬車上。

❋

他們研究路線花了好幾天。米格爾先生從墨西哥市訂購了大張的地形圖，這些地圖是用鮮明的顏色印在油紙上，翻動時很重，還會從餐桌邊緣垂下。艾吉瑞用尺和測徑器對付這些地圖，用一個銀羅盤標出沒有用的範圍。這條路線對湯瑪士和西根多似乎夠清楚了。他們要繞過馬德雷山脈的西緣朝北走，一直到可以轉向左方，進到阿拉莫斯採礦城的安全範圍；或者他們可以轉向右邊，進到更荒野的伍瑞阿牧場。在地圖還沒送到這裡之前，這塊區域已經被大老闆用黑色油鉛筆標出北方伍瑞阿聯盟集團隱約的各帝國：卡波拉、聖塔瑪麗亞、拉斯瓦卡斯和艾奇輝奇輝。

「老天，」艾吉瑞說，「你擁有整個世界。」

「四座牧場！」湯瑪士說，「我有四座牧場！」

「還有座銀礦。」工程師提醒他。

西根多微笑大啖廚娘們拿得動的所有點心，他吃了像櫻桃的南奇斯果、魚乾、小豬餅乾、炸捲餅、沾有紅辣椒粉和鹽的柳橙片、李子、雞胗。他拿著兩杯咖啡站著，一手一杯，輪流喝著。他要發財了。四座牧場！他自然會找到方法取得其中一座。

艾吉瑞想的是銀礦。以他的工程才智，他們會從地底挖出大塊大塊的礦石，他要在阿拉莫斯城裡定居，和蘿芮托一起參加舞會。然後他會用財富資助一場革命。

「阿拉莫斯，」湯瑪士不屑地說，「那是給女人和神父住的城市。我要的是馬。」

「他愛馬。」西根多說。

「他就是一匹馬。」艾吉瑞說。

「礦場！」湯瑪士說，「我才不會把後半輩子耗在一個坑裡，還得彎身把屁股翹到半天高！母牛，土地，公牛。」

「是啦，是啦。」艾吉瑞說，他一隻手揮過頭，一邊用測徑器跨過地圖上的一段路，還在記事本上做筆記。「你和你的馬是一體的，你是蒙古人。」

「他是阿帕契人。」西根多一口咬下包著炸香蕉、淋著巧克力辣醬的玉米餅，同時說著。

雖然已經非常詳細，但每份地圖上仍然有大片神祕的北方被抹去。駭人的空白地方，有些標著具警世意味的詞語——「不明區域」。其他地區則是淡黃色，標著也不見得多讓人安心的說明：DESIERTO，既是沙漠也是荒地，這裡是「黑暗大陸」。沿著地圖最上緣的空白處則是「北美洲邦聯」。

即使地名也讓他們不安。這些北方地名怪異而陌生，似乎兇猛又驚人，是某個討厭的奇奇梅克古董的殘餘。這些地名讓人想到怪異的野蠻人、骷髏成群，從尚未畫出地圖的荒地、那些有妖精出沒的黑色岩石山峰呼嘯而下。古老神祇當然是沉睡在北方那些飽受折磨的山底下，在基督紀元前的那些恐怖亡魂雖然在墓中卻仍然夢想再次肆虐。如果湯瑪士有一肚子老舊習俗，他早就要劃十字了。

湯瑪士大聲唸出地名給西根多聽，因爲他不識字，而這些地名像黃蜂般盤旋在空氣中，要比捏死螞蟻般歪歪扭扭躺在地圖頁上還要嚇人。

巴維斯普。

艾爾胡派瑞。

可可利。

爪塔班普。

托莫契克。

戴莫薩其。

鐵帕其。

圖瑞卡契。

納卡托巴利。

摩特波瑞。

艾伊賈梅。

「你確定，」西根多打趣道，「這裡沒有一個地方叫做Tiliche？」這話對這些男人來說當然很好笑，因爲Tiliche指的是陰莖。

艾吉瑞勇敢地畫出一條確定的路線。

他們要在那個星期一一大早出發——他預計第一天走十二公里左右。

「明天會有一場送別彌撒。」艾吉瑞說。

「我不望彌撒。」湯瑪士回答。

「我也是。」

「你這個新教怪物。」

「你這個無神的壞蛋。」

「我要找人睡個覺。」西根多插嘴道。

他們會往北走，到富特河，在水淺的地方過河。進到恐怖的馬約谷地，通過雅基族土地的下方。他們要沿著丘陵地的西邊大道走，然後他們還會再渡另一條大河，納渥荷亞。

他們會通過可愛的阿拉莫斯城，這座城位在通往圭亞瑪斯的路上，而這條路切過西北方的空曠旱地。在距阿拉莫斯大約四十哩、在圭亞瑪斯海港東南約一百五十哩的地方，他們應該可以在一座有河流的山谷中找到卡波拉牧場。

❋

「族人」綁起可憐的包袱。很驚訝財產要比自以爲的少，花這麼久時間卻什麼也沒打包到，他們覺得眞是神奇。女人顫抖，男人抹著袖子哭。「北方，」他們說，「全都是鬼魂。」

一包包看起來淒涼的乾豆子，用繩子綁在小驢子疲累的兩側。這裡一箱醋、那裡一袋油布袋，裝鹽或裝糖、刀子、破舊的衣服。

❋

「族人」和牛仔望彌撒的時候，湯瑪士就在鎭上小廣場閒逛。榆樹和白楊的下半截樹身都漆了顏色，石灰水，長椅和石頭也都是白色，艾吉瑞在一張長椅上睡著了。這懶鬼！

湯瑪士買了一尖筒蠟紙的芒果丁、木瓜丁、柳橙丁和刨絲椰肉。他在上頭灑辣椒粉，用牙籤吃著酸酸的果丁。

他已經無聊夠了，所以教堂鐘聲響起，所有那些虛僞的人湧出時，他鬆了一口氣。只見男人把帽子戴回頭上，女人倒是摘下頭上戴的東西。四處奔竄的小鬼頭，跟他們進教堂前一樣又貪又迷信。撒謊的人努力在彼此面前裝出虔誠模樣。還有那個該死的愛得瑞爾神父，絕對是一邊盯著牧場的女孩子，一邊在他那身娘兒們般的袍子下頭蠢動起來。這全是一場大戲，要去騙一個不在場的天主忽略他們的罪。湯瑪士把蠟紙揉成一團，生氣地丟進樹叢，朝教堂門口台階走去，那個惹人厭的死神父和泰瑞西塔正蹲在那裡。

愛得瑞爾說：「你向葳拉就教嗎，我的孩子？」

「就教？」

「跟她一起學習。」

「是的，神父。」

「要小心，孩子，」他告誡，「異教徒行事之道充滿了危險。很多人以爲他們是和天使同行，結果醒來時卻發現跟魔鬼為伍。」

「什麼?」

「你要知道,撒但不是怪物。當它到來時我們看不到,因為它用美麗偽裝。」

「什麼?」

「畢竟,魔鬼是光明天使、晨星。不要讓自己被邪惡美麗的一面引誘。」

「葳拉很邪惡?」她問。

「葳拉很美麗?」湯瑪士打岔。

愛得瑞爾站了起來。

「啊,湯瑪士。」

「還要宣傳呀,神父?」湯瑪士說,「彌撒還不夠你扭曲這個小姑娘的心靈嗎?」

泰瑞西塔張著嘴抬眼看他倆。

「去玩吧。」湯瑪士說。

「好。」

她一溜煙跑開了。

「要保護純眞無辜者不受撒但荼毒。」愛得瑞爾說。

湯瑪士在他肩上拍了一下。

「眞是高貴!」他說。「有沒有給我的勸告?」他說。

「不要照鏡子。」愛得瑞爾神父回答。

湯瑪士放聲大笑。

他伸出一隻手。

愛得瑞爾看了這隻手一會兒，然後握住。

「我會想念你的，討厭的神父。」湯瑪士說。

「我也會想你。」

「想不想來索諾拉？」

「噢，不行，」愛得瑞爾說，「那是耶穌會教士的地區。『耶穌會』會照顧你們。」

他們又握了一次手，然後站在那裡盯著地上。

「好吧！」終於湯瑪士說了。

「是的！」

「我猜該走了。」

「是的，好吧。和天主一起走吧。」

湯瑪士說：「你也是，神父。你也是。」把神父嚇了一跳。

他伸出右手，在神父手臂上輕輕捏了捏。

他在街道中間停下，轉過身。他走回台階上，到年輕神父面前說，「神父？」

「什麼事？」

「如果我問你一個問題，你可不可以誠實回答我？」

愛得瑞爾不知道這是不是他的詭計。

不管怎樣了，他說：「如果我可以的話，那是當然。」

湯瑪士嘆了口氣。

「這些……」他說。「你難道從來沒有……」

「什麼，湯瑪士？」

「你難道從沒有厭倦了宗教？這一切難道不是很累人嗎？」

愛得瑞爾神父把他的話考慮了一會兒。他雙臂交叉，再把一根指頭按在嘴唇上。

「我的朋友，」他說，「沒有人比神父更厭倦宗教了。」

湯瑪士嚇了一跳。他微微笑了，點點頭。

「謝謝你。」他說。

「不客氣。」

他走下台階。

「如果你想到，」他說，「替我禱告一下吧。」

愛得瑞爾看著他走開。

湯瑪士轉頭往後喊：

「如果你跟天主提到我，請說些好話！」

❋

即將走入沙漠的是這些人和物品：

湯瑪士。

艾吉瑞工程師。

葳拉。

三名廚娘、兩名家中女僕、一名擠奶女工、三個洗衣婦、她們的孩子。

西根多和全部的牛仔及雇用的來福槍手。還有葛雷洛和米揚，他們是羅薩里歐來的礦工，準備當湯瑪士萬一決定嘗試新事業時派上用場。他們騎的是借來的馬。米揚以容貌俊美和性情兇暴出名；葛雷洛則以一頭長髮出名，據說他的頭髮比任何印第安人都長。而兩人都喝醉了。

布維度拉騎著那匹瘦馬。

四十匹最好的馬和三百頭牛、二十三隻狗、一隻坐篷車的貓、十三頭豬、二十隻成群的山羊和六隻跟屁蟲的其他羊、三頭布拉馬公牛、一群固執的騾、快活的小驢、愚蠢的拉車公牛、鴨子、火雞、小雞，關在竹籠的公雞、一隻壞脾氣又半瘸的天鵝、一隻放在洗衣盆裡的烏龜，還有一頭沒人知道打哪兒來的駱馬。還有「族人」。

第十四章

主屋的四輪大馬車後頭跟著牧場的篷車，這些車後面跟著一長串、五十輛以上載貨過多的貨車。每輛車和貨車上都有車夫，包括葳拉的篷車，這輛騾車車夫是提歐法諾先生。還有一輛篷車，載著雇請的廚娘，免得家事僕役還要承擔旅途中過多的壓力。

篷車上載著床、爐子、縫衣機、武器、鹽、厚片牛肉乾、小麥、玉米、幾百磅豆子、醃鱈魚、蝦乾、辣椒、一袋袋紅糖、燉鍋、平底鍋、肥皂、盆子、水、醋、橄欖、米、青香蕉、萊姆、柳橙、糖果、菸草、藥品、葳拉的大批庫存香草、洋蔥、大蒜瓣、衣服、吉他、大刀、喇叭、籠中的鸚鵡、玩偶、來福槍、平底涼鞋、內褲、望遠鏡、情書、湯瑪士裝箱的藏書、鑿子、鏟子、鐮刀、磨刀石、馬勒、馬具、一把搖椅、老爺鐘。

散亂地跟在這個流動跳蚤市場後面的，是衣衫襤褸但會騎馬的孩童，有些騎小馬、一兩個騎老邁的耕田馬、一個騎著一頭大豬，泰瑞西塔則騎著小驢子。

天邊山丘上潑灑水銀般炙熱燃燒著。

隊伍最前頭的湯瑪士先生高高坐在馬背上，感覺到這些人的眼睛全像箭、像子彈般，集中在他後背。他從沒感到如此孤單過。

在所有人馬的最後，有一輛平板騾車，車夫全身罩著一張網子。這是從帕蘭加利庫提利米庫洛來的人。在他後面是七個滿是蜜蜂的蜂窩，發出嗡嗡哼哼的聲音。湯瑪士設計了一個煙熏器，可以把大麻煙噴進蜂窩裡，讓蜜蜂放輕鬆，很開心地享受這段騾車行。車夫則是眼睛發紅，臉上還掛著一抹傻笑，偶爾彎下身，把一股藍白色煙霧往臉上噴。

接著是跌倒摔落的戲碼。有馬匹絆倒、有工人從貨車上掉下來跌破頭。十頭逃跑的牛隻隆隆穿過柳樹林。一輛篷車脫落一個輪子。

中午時分，幾名牛仔偵察到一隻沒有伴的土狼跑在一條乾河床上，於是就去追趕牠，還開槍要殺牠，像要殺死魔鬼般。他們把牛隻嚇跑，但自己又停不住，於是在山巒間像瘋子似地跑著，也像瘋狗般，只是後來又溜回主人身邊、垂頭喪氣。沒人打中土狼。

翻過了山頭，直到已經看不見牧場，每個人心中都滿懷至愛，每個人也都確信永遠失去這至愛了……新鮮芒果、「主顯節」、「三王節」、「亡靈節」、發酵玉米啤酒「提灰諾」、炒咖啡豆、甘蔗田裡的性事、穀倉裡的性事、牲口圍欄裡的性事。

第一天只走了九哩路，可是當他們停下來休息時，卻感覺好像已經走了一百哩或更遠。他們可以往回走，並在午夜前趕到，但他們卻感覺像在最陌生的土地上漂泊。路上的塵土使他們個個看起來肅穆而慘白，預告他們將至的大片飛沙，在晚風吹送下已經走了他們路程的三倍不止、遙遙領先。

被臭味和騷亂吸引來的烏鴉，站在樹頂偵測，由這棵樹跳到那棵樹、從樹葉間隙中偷偷窺視。而被振翅的烏鴉吸引的兀鷹，像是被下方那些晃來晃去的肉給催眠了般，在天空盤旋，夢想著腐爛和死亡、腐肉的美味。而路的北邊，距離牧場只有五哩路的地方，沒有人知道也沒有人看到，土裡三具咧嘴獰笑的屍首，「鄉警」爲了些微的黃金和靴子開槍打死他們，匆匆埋了；甲蟲、田鼠、會鑽地洞的野貓和狐狸也吃掉大半個他們。這批旅人經過時，這三個粗獷的旅人就在地底下跟著震動、在他們寒酸的墓中抖顫，彷彿吃吃笑著，他們黃色的嘴大張，開心得露出了牙齒。而在最最古老樹木的樹身中、在溪流河床的石頭中、埋在土裡、躺在被馬踢到一邊的石片中的，是早被遺忘的獵人的箭頭、那是在一個炎熱的早晨射偏目標的箭頭、是穿過一個突襲的古阿沙夫人胸口的箭頭。如今這個古阿沙夫人也跟那個弓箭手一樣化爲塵土，四散各處；也是射鹿要給妻小吃的箭頭，當時的射手與妻小也全都不在了，化爲塵灰，吹進泰瑞西塔的眼睛，激起淚水，潸然流落臉頰。

遙遙在前、疲累又困擾的湯瑪士垂頭停下馬。他舉起一隻手，一群人就開始圍近他。西根多和牛仔自動把牲口集合起來，並且把抗議的動物朝南，往田野中的小泉水趕去。篷車圍著老闆集合：廚娘停在中間，在蘿芮托之前的馬車旁邊。不同的大篷車圍成一圈，在它們後面是運貨的拉車，全都繞著湯瑪士，一層層的家人把世界隔絕在外。而在這一圈篷車後，蜜蜂騷動飛出蜂窩，優雅地攻擊田野裡的花朵，吸著草葉上的綠色汁液。每個人都下了馬，每個人都在問：「這是哪裡啊？」火已經升起，煙也瀰漫四處，吉他開始彈奏，黑暗才只是一點影子，西方過來一點藍色的山影，一抹暗黑渲染過東邊絹絲般的天空。

❦

孩子們把馬安頓在營地最外緣。想把事情做好的人把馬跟樹或篷車繫在一起，其他人則丟下韁繩就跑著去找媽媽要食物了。他們皮膚曬焦、塵沙嗆鼻，口渴，還加上屁股瘦痛。

泰瑞西塔騎小驢子龐飛洛，痛得幾乎沒辦法走路。她在篷車中穿梭、偷看其他人家、和朋友打招呼、逗弄狗兒、四處嗅聞。她走過篷車迷宮，來到葳拉的營地。葳拉坐在椅子上，屁股下塞著一個鬆軟的枕頭。「我的屁股痛。」葳拉說。泰瑞西塔癱在她腳下。提歐法諾先生已經升了一團小小的營火，正用一個有白色斑痕的藍色鍋子煮咖啡。

「我們爲什麼非得受苦？」一個女人問。

提歐法諾先生回答：「如果你生來就是鐵砧，你就非得忍受打擊不可。」每個人都很有智慧地點頭。

「如果你生來就是個釘子，你就不能罵鐵鎚。」他用詠唱的音調說。更多人點頭。

「如果你——」

「夠了，老兄！」葳拉大罵。

她用腳去推推泰瑞西塔。

「把那個罐子拿過來給我。」

「什麼罐子？」

「我要的罐子。你會知道是哪個。」

泰瑞西塔站起來，往篷車裡看去。在毯子邊下方有個水罐，她一把抓過來，拿去給了這個老婦。

「爲了生命中每件不好的事，要喝龍舌蘭酒。」葳拉打開罐子的塞子。「也爲了每件好事。」

「族人」都笑了起來，並且說：「噢，葳拉！」

她大口灌下，然後傳了下去。很快就有更多笑聲爆出，提歐法諾先生給了泰瑞西塔一杯冒著熱氣的咖啡，裡面放了很多的山羊奶和糖。周圍的營火發出劈啪聲。泰瑞西塔往後躺下，聽著每個人開始說的諺語：

「一點毒藥毒不死你」和「我寧願做快樂的窮人，也不要做煩惱的有錢人」，或者「蜂蜜可不是給驢嘴喝的」。

野營的人當中起了一陣騷動，湯瑪士突然出現在他們當中。

「大家都還好嗎？」他問，「都還沒四分五裂吧？」

「是的，先生，」眾人回答，眼神都看向別處，「我們很好，感謝天主。」

「葳拉，」他說，他很高興看到她，「你還撐得住吧？」

「別擔心我。」她說。

湯瑪士把手放在泰瑞西塔頭上。

「我把你的鐘也打包了。」他告訴她。

她笑了。

「我很高興。」

「好啦，」他說，「我要到下一輛篷車那裡了。」

「晚安。」他們叫著「晚安」和「再見」。

泰瑞西塔很驚訝地看到布維度拉跟在湯瑪士後面。她已經找了他一整天，但在滿是人車的長龍中卻看不到他。

她說：「布維度拉，你做了什麼啦？」

他穿了一身她見過最嚇人的西裝，褲子太短、有釦子的外衣又太緊。一頂大禮帽像隻骯髒的烏龜趴在頭上。簡直就是慘不忍睹。

他對她以手碰了碰帽子示意。

「我有一份工作了。」他說。

她張口結舌，什麼話也說不出來。

他對她咧嘴笑，然後靠過來低聲說，「我加入了。」

「他們讓你加入？」

他翻起那傻氣的小小紳士服外套的領子。

「你知道的。」

他從外套裡面掏出一個玩偶丟給她。

「我偷來的。」

葳拉假裝沒聽見。

他繞過泰瑞西塔，衝進篷車間的黑暗。他的頭一轉，照到了光，他指指她，然後眨眨眼，就離開了。

✻

湯瑪士在營火邊攤開鋪蓋捲，往後靠在馬鞍上，靴子已經脫了，襪子正在吸收炭火發出的熱氣。他小口喝著白蘭地，抽著雪茄，盯著艾吉瑞，搖搖頭。「我們做了什麼呀？」他說。

「你做了必須做的事。」工程師說。

湯瑪士又在朋友杯裡倒了一點白蘭地。

「敬你，老兄。」他說。

「敬你。」艾吉瑞說，把自己的酒杯去碰了碰湯瑪士的杯子。

「爲一個新生活而乾。」

「爲一個新的墨西哥而乾。」

西根多走向他們，蹲了下來。

「工程師，」他說，「老闆。」

「晚安。」

「你好。」

湯瑪士要他喝點酒，西根多把帽子向後推，笑了笑。「我不應該的，」他說，「不過我要喝。」他就著瓶子喝了一大口，然後輕輕吸了口氣。「啊，眞濃烈。」他把酒瓶交還老闆。「一切都安排好了。」終於他說，「我派了崗哨守衛。我會接午夜的班。所有人都安頓好了，一切都好了。」

「謝謝你，西根多。」湯瑪士說。

「只是做我份內的事。」西根多回答。他站起來，撢了撢長褲，說：「如果你不需要我的話，我要去睡了。」

他們揮手要他離開。

「祝你有個好夢。」艾吉瑞說。

西根多轉過身說：「明天早上一定要先把你的靴子甩一甩。怕有蠍子。」

很快地，酒已飲盡，這兩個老朋友各自拉上毛毯，陷入深沉而筋骨疼痛的睡眠。

第十五章

第二天比第一天還要慢。這支出亡隊伍疲累、怏怏不樂、驚恐、煩悶、瞌睡、疼痛，嘴裡咬著細沙，掀起一陣沖天惡臭，夾著動物內臟和尿、餿水油和汗水、豬騷、馬味、哺乳動物口臭、剝下的狗皮、各種顏色各種大小的糞便、燒垃圾、豆子、炭的氣味，再次出發的速度比開始時慢得多。篷車吱吱嘎嘎駛成一排，彼此撞擊。孩童摔到地上、宿醉的牛仔從馬鞍上滑落，挨馬腳踢。母牛想要回到歐可洛尼。整個雄心壯志的計畫搖擺晃動，像條無頭蛇般。

第三天開始得很順利，但是人馬來到意爲強壯的「富特河」時，卻潰散混亂不堪。果然名副其實，這是一條「強壯」的河。但出人意料的是，因爲夏季大雨過後河水高漲，貨車和篷車都困陷泥濘，然後在洪流中翻覆。牛仔們還可以吹吹口哨，驅趕牲口過河，但是篷車卻陷在那裡。往下游半哩處，牛馬被人用繩索拉上對岸。艾吉瑞找來一艘渡河筏子援救，這筏子是靠一條連接兩岸白楊樹的粗繩渡河的。筏子一次只能載一輛篷車。湯瑪士拿銅板、豆子、一頭騾子和一把來福槍給了船夫做報酬。

已經累壞了的這群旅人，就在岸上找個位置坐看筏子來回河面，看了一天一夜。篷車全部運過河總共花了二十五個鐘頭，最後兩個鐘頭時間其實花在艾吉瑞和湯瑪士跟船夫爭辯，說他可以載運蜜蜂篷車而不會被螫死。他說要給他一些蜜蜂用的大麻才肯運，還堅持要穿上全套的蜜蜂裝，那些沉甸甸的帆布和防護頭罩。

「如果你從筏子上掉下水，」艾吉瑞警告他，「你包準會淹死。」

不過沒有人掉下水，沒有人淹死。

他們三三兩兩紮了營，在一旁巧克力色的富特河或呼嘯或低語之際進入夢鄉。河水聽起來像是瘋狂而且著了魔一樣，「族人」從沒聽過這麼邪惡的水聲。

❋

睡覺以前，湯瑪士被兩名鄉警從營地喚起，他們問他營地有沒有醫生。他說有葳拉，也好。提歐法諾再把那頭壞脾氣的騾子套上軛，葳拉騎了上去，艾吉瑞和西根多加入他們，一行人往西行。

在夕陽迸放的最後一陣紅光下，他們找到一座名叫聖薩欽多的小村落。其實這只是幾間零散分布的茅屋和一幢破舊的泥磚屋，這裡曾經是交易站，不過此刻只剩坍塌而焦黑的殘骸。黑色屋椽斷裂在破損的泥牆裡。

「阿帕契人。」鄉警說。

「要小心野蠻人的癖好。」湯瑪士像吟唱般說。

聖薩欽多村外立著一間淒涼的泥屋，屋頂看起來是用木板、棕櫚葉和香蕉葉做成。葳拉以爲平放在屋前泥地上的是幾袋豆子，但是她很快就知道那些是屍體。

西根多吹起口哨。

葳拉往屋裡窺視。屋裡有一座仍在冒煙的棺架，裡頭是燒成白色的炭。她搖搖頭，劃了個十字。

她對鄉警說話。

「先生，」她說，「原先的大夫想要進行清潔儀式。」

「什麼清潔嘛！」他說，「什麼樣子的清潔會把每個人都弄死？」

「是這樣的，他並不知道燒炭會把他們毒死。你們進來時這房門是關上的對不對？」

「是關著的。」

她舉起兩隻手。

「他本來是要讓他們潔淨，結果是害死他們了。」

鄉警說：「我希望他們酬勞給得夠多，這家人再不會有什麼煩惱了。」

回營地的路上，葳拉一直爲他們祈禱，也爲了那個技術欠佳的大夫祈禱。她不能說他是不是該下地獄。「族人」有許多都相信人死後會回來，她會留意他，看看她能不能認出他。

＊

葳拉已經在教泰瑞西塔做夢了。

做夢的人，葳拉說，有很多的知識，而很多的藥是在做夢時刻發揮效力的。不過要學會做夢是很困難的，或者說，最起碼要夢到超越農夫夢境以外是困難的。夢到一盤盤食物，或被龐然巨獸慢慢追過山間，或像隻懶洋洋的蝴蝶般飛翔，都不算什麼。即使夢到這類也沒什麼，比如你知道自己沒穿衣服就進了教堂，每個人都在看你的屁股，但是神父還沒有注意到，而你也希望能在他注意到以前離開教堂。像這樣的夢，每個人都做過。

不過葳拉說的是完全不同的夢，是沒有人能解釋的夢，是你可以走進明天或造訪遙遠城市的夢。由於從沒看過城市，泰瑞西塔只能想像有一座座的石英山，還有很多尤力坐著火車匆匆來去，雖然她也沒看過火車長什麼樣。就像牛車，葳拉說過，只是顏色比較黑，而且可怕，它們頭上有噹噹作響的鐘，肚子裡有火，一路尖叫，還會噴出煙和火花。

「我有做夢呀。」泰瑞西塔埋怨道。

「可不是這種夢。」

「我怎麼會知道那是什麼樣子的夢呢?」

葳拉微微笑著。

「孩子，」她說，「當你夢到一個不是夢的夢，你就會知道了。」

夢到一個不是夢的夢，泰瑞西塔想。又一個葳拉的謎語，這沒有意義嘛。

「每個人，」葳拉說，「都有這種夢。即使不相信的人也有。即使那些沒在學你正在學的東西的人。就連『尤力』也都會有這種夢!要訣是，並不是每個人都學會進入夢中去發揮夢的力量。我們必須這麼做——我們沒別的選擇。道理很簡單:沒有夢，我們就不能和祕密交談。」

祕密?什麼祕密?

當你哭著醒過來，葳拉說，你就是進到夢裡了。當你笑著醒來。當死去的人來找你。當你流產了，然後你夢到遇見陌生的年輕人，他可能一直想要伸手摸你，你就是到那裡了。你不只去到那裡，還遇到你孩子的靈魂。當你夢到蜂鳥。當你的愛人離你很遠，而一時間你睜開眼睛卻能看到他睡覺的房間，你就去過了。當你的祖先來找你，你跟他們去到另一個城鎮。當你死去的父親原諒你；當你死去的母親擁抱你。當你醒來，聞到臥室裡一種陌生的味道、一種奇特的香水、或菸味或神祕的花香，那麼你就去過那裡了。你醒來時也許裙子上沾著露水，或是手裡拿著羽毛；你也許仍然感覺到嘴唇上的一吻。

「天使會去到這些地區，」葳拉說，「靈魂也會。天主能夠在那裡跟你說話。」

提歐法諾先生警告：「或是魔鬼本人。」

葳拉點點頭。

「或是魔鬼。」

這些話在泰瑞西塔聽來實在都太複雜了。她覺得葳拉對她要求太高了，這也不是第一次這樣覺得。她開始希望忘掉自己是個女孩子，更不用說是個療癒者了。空閒時間她都會想，如果能夠打扮得像那些牛仔，整天騎著一匹大馬、躍過圍籬、追逐盜匪和小牛、渡河、射她那可靠的六發左輪槍，那該有多好哪！

她雖感到罪疚，不過還是躲開葳拉的篷車一整天。她跟安東尼歐．阿瓦拉多．庫阿托的家人一起吃飯，開心地依偎著她母親的老朋友胡麗安娜．阿瓦拉多，聽著母親從前的故事，同時猜想家人是不是就像這樣。

*

現在他們已經到了富特河北邊，置身在讓他們大傷腦筋的土地上，而他們也得到令人驚駭的教訓：他們恐懼的地面景象和他們離開的地方簡直一模一樣。山巒逐漸顯露。他們學會旅行了，所以他們的早晨過得比較快，行進也更有把握。等到地上景色開始改變，他們已經更有準備了：知道騎馬者要如何分布，或者槍手要站在哪裡，也有了足夠的練習集中成圓形來紮營。

不過貨車還是會發出咆哮、哀鳴，形成哭號聲，彷彿在地獄中被火燒的靈魂鑽出來一樣。因爲渡河而漲起的車軸不斷和支撐的木框摩擦，潤滑油變得稀薄，那可怕的嘰嘎聲也越來越大、越來越久。篷車中間開始散布一陣藍色輕煙，有人說：「你們有沒有聞到燒焦的味道？」在最後一輛大篷車後頭，搖晃前進的長串運貨車隊中，第三輛終因車軸過熱冒出火焰。「天啊！」車夫大喊一聲，從座位上站起來，對著火比著。「天哪！」

「快下車，你這個白癡！」牛仔叫道，他們先把水壺裡的水倒到火上，然後騎馬繞圈子找水裝在帽子裡。車夫鬆開他的牛，站在一旁，這時車子「轟」地炸成一團火球。

「老天爺！」他搖搖頭說。

❋

他們在某個地方進入了索諾拉。

周遭的空氣變了。辛納魯亞的沉重濕氣漸漸流失，直到有天晚上，他們發現自己在打噴嚏、擤鼻子，衣服上還沾著血。他們從沒體驗過這麼乾燥的空氣，女人的頭髮和豬的毛都會吱吱發出小小火花，好像全都著了魔。西根多側著身子挨近湯瑪士，並且說：「老闆，我們那些人，他們鼻子裡有石頭。」

「這種風，」伍瑞阿說，「會把你鼻涕變乾。」

不知怎地，西根多知道下一個變乾的會是靈魂。

每個人都在觀察每件事，彷彿他們前半生全是閉著眼睛過的。路上每塊石頭都像《創世記》裡的那麼新鮮。

他們看到長得像巨人那麼高的仙人掌，形狀像是煉獄裡的靈魂高舉手臂、求天主發發慈悲。他們看到剩下骨架的殘破篷車爛在路邊。他們經過也繞過一些小小的骯髒部落，光身體的小孩子不是驚恐地跑開，就是飢餓地跑向他們。狗群還和他們的狗打架。

他們渡過一條淺淺的溪流，溪水從車輪處迴旋激盪開來，將晃動的光影投到馬肚子上。泰瑞西塔從葳拉篷車的這邊擠到另一邊，盯著周圍土地上每一個刺激的新細節：一片黃花的田野、一叢比馬還高的向日葵花、一棵樹般大的胭脂仙人掌。「給我拿個梯子來！」葳拉和泰瑞西塔異口同聲地笑說。一道圍籬後頭的健壯黑色公牛。一頭被驚嚇的鹿拔腿奔跑，四散開來的狗群跟著後頭追鹿的騎士跑，嗚歐嗚歐叫著。一群群蝴蝶如陣陣微風般飛出豆田，彷彿風被塗上顏色，又碎成白色薄片。

「坐下，孩子，」葳拉斥責她，「就沒看過別的孩子像毛蟲一樣擠呀動的！」

而後，則是：「泰瑞西塔！你會掉下去、摔斷脖子！」

可是泰瑞西塔就是坐不住。而葳拉本人被篷車的起伏搖動、周遭山丘的高低線條、太陽的熱度所催眠，這個早晨心思迷亂。在葳拉心中，她才十七歲。她還沒有承受醫藥和治療的重擔。她在初戀情人懷中跳舞，在升起的月亮橙黃光線下，他在她耳邊呼出火熱的氣。她抽著雪茄，想到他的手、想到他赤裸的模樣，感覺他在她裡面震顫，彷彿她兩腿間有重重的心跳……如今都不復存在了，在這漫長的三十年當中全失去了、化做塵土。但在她胸中卻是鮮活的，在她身體中奇異地活著，彷彿他的撫摸已經刺在她皮膚上了，幽靈的愛。

「丫頭！」她吐了一口煙。「我怎麼跟你說的？」又吐了一口煙。「你如果摔死了，可別哭著來找我！」

葳拉。嘰嘰嘎嘎走過早晨，像架小小的人肉火車，走過後留下一團團灰煙在鬼魅出沒的空氣中。然後他們聽到上千隻翅膀逐漸接近的低哼聲。

❋

葳拉的篷車繞過路彎，迎面就是嚎啕大哭的場面。

蘿芮托夫人的舊篷車停在路邊，湯瑪士先生跨坐在馬上，以一種淡淡的好奇心往下看。艾吉瑞先生拿著一副小小的眼鏡在他的小眼睛前，往下看。西根多已經下馬，彎腰站著，往下看著布維度拉又踢又叫，兩臂抱著頭在塵土中滾動。

布維度拉大聲咒罵，他那頂出名的高禮帽則躺在泥土裡，離他很遠。原來他們撞上一群飛得很快的黃蜂。黃蜂群像一片嗡嗡叫的金色雲朵沿著這條路飛，時而開展時而縮小。不知什麼原因，牠們在前頭的騎者周圍擴散開來，然後在布維度拉腦袋附近，就像兩隻大手互拍一樣地聚合在一起。牠們叮了他的頭之後，立刻散開，朝西方越過芥菜花飛去。

「蜜蜂！」湯瑪士說，他聳聳肩。「我每星期都會被叮。」

他和勞洛彼此喃喃說著話，而布維度拉繼續抽泣、咒罵。

葳拉和提歐法諾把篷車停在路邊，她從車上下來，扶住西根多的手，跳下地面。

「我比太陽都要老了。」她說。

「家蜂，」湯瑪士說著道理，「就不會叮這樣一個男孩子。」

「老天，」湯瑪士說，「你會以爲這個小子被槍打了。」

布維度拉吸了一口大氣，放聲悲慘地哭了起來。

「他還只是個孩子，朋友，」勞洛先生說，「他的傷口會刺痛。」

「會什麼？」湯瑪士說。

「他說什麼啊？」西根多說。

葳拉彎身看著男孩。

「手移開。」她說。

「不要。」

「把遮臉的手拿開。」

「不要！」

「可憐。」她說。

他把兩手從臉上拿開。

「很好。」她說。

她一手托起他的下巴，把他的頭前後推動。她用袖口把他臉上和嘴上的眼淚鼻涕拭去，螫傷處又紅又腫。

「好痛！」他說。

「你生下來就是要受苦的，」她說，「你唯一的選擇就是忍受！」

湯瑪士對艾吉瑞揚起眉毛，艾吉瑞頗有同感地點點頭。

葳拉抽了幾口雪茄，然後把嘴裡的雪茄拿出來，伸到她前頭。「盡量哭吧，」她說，「不要緊的。」然後她把雪茄伸到他臉孔前。他驚恐大叫，馬匹也受驚後退。

「你要燒到我了！」他尖聲叫喊。

結果葳拉沒有燒到布維度拉。

泰瑞西塔站在篷車裡，以一種奇異的恍神模樣盯著這一幕。她無法動彈，她忘記呼吸。

她用雪茄沾濕唾沫的一頭去按每個螫傷處一段時間，在每個傷痕留下小小的印子，像是棕色的花朵水彩畫。

布維度拉立刻不哭了。

「眞神奇。」艾吉瑞說。

布維度拉站起來。「不痛了耶。」他說。

「菸草汁，」葳拉說，抬眼看著艾吉瑞。「一向對蟲子叮咬很有效。」她蹙起眉頭，把兩隻手伸往後腰伸直。他們可以聽到喀啦的聲音。「哎，我的背脊骨都生鏽啦。」

布維度拉一躍而起。

「嘿，不痛了。」他說。

「不要洗臉噢。」她命令他。

西根多朝葳拉伸出手臂，她正要轉向篷車。

「你扶我手臂上去好嗎？」他問。

「怎麼不好呢？」她回答。

於是隊伍繼續前進。

❀

在一片因蟲害而變白了的草地上，一百隻烏鴉一再往經過的他們頭上低飛，「啊啊」叫著，一遍又一遍。

這群旅人劃著十字。

有傳言說在這條路上有棵樹，上面掛滿用繩子吊死的泛黃屍首，說他們脖子都斷了，形成一個可怕的L字，可是沒人看到任何樹，不過他們倒是遇上一座被炸了的教堂，教堂前站著穿白襯衫沒穿褲子的瘋老頭，他那根長而驚人的性器垂下來，肚子上有乾了的血漬，或是其他黑色噴濺的東西。

接著，東邊天空的下半部又被馬德雷山截去。騎馬者帶回橫搭在馬鞍上癱軟而血淋淋的鹿。葳拉說起尤恩族獵人的古老故事，說他打中一頭母鹿，就跟隨血跡到一個水潭，結果發現有位美麗的少女，胸口正中他的箭。「族人」點點頭，嘆口氣。沒錯，這是眞的。他們用古老的語言稱呼鹿的舊名：「圖阿馬索」。

他們看到獾，還有石頭上的一頭獅子。老鷹盤旋飛下可怕的峽谷，廢墟隨著響尾蛇顫動。老闆稱做南美浣熊的小小魔獸用恐怖的眼睛怒視他們，吱吱奸笑、抖動條紋尾巴，還跟著奔跑。「族人」一次又一次地劃著十字。稀奇古怪的動物和幽靈跟蹤他們、觀察他們、在他們的喧鬧下逃開！紅色的狼和灰色的狼，毛茸茸的熊和美洲虎。層層山巒在身旁堆升，這些高山在任何一刻都可能有阿帕契人或軍人或土匪或美國人猛然竄出。在窄小的山洞裡，昏暗的惡魔低聲說著他們的名字、在夜間呻吟、吐出一批批的蝙蝠。石頭有的是藍色，有的是紅色，是黑色，或是金色。然後又是藍色、棕色、白色，或者這是白雪？這會是雪嗎？羅薩里歐來的礦工米揚說那是海鳥屎，不過眾人高聲駁斥，他就閉嘴了。開玩笑，馬德雷山怎麼可能有鵜鶘？

瘋狗在地上橫衝直撞，揚起白色塵灰，又打圈子、咆哮、飛快轉身，還用冒著泡沫的下顎撕咬自己的身體。

瞪著眼睛的臉孔從黃色山崖上往下瞧，這些是刻在石頭上的像，有些是用紅色莓汁染上去的，冷酷的嘴或張開或表現憤怒的線條，雖然在幾世紀中逐漸淡去，怒氣仍然不減，迫使旅人匆匆走避。

他們掰開被太陽曬乾了的糞塊，撥開多毛的糞團，在長長的貓鬚和有斑紋獸毛之外發現小小的骨頭。一隻地鼠的鮮橘色牙齒。小小的頭骨。一個看起來像是人手、長了的五個指頭的腳，每根指頭都有長長的黑色指甲，不過比葳拉的大拇指指甲要小。

「土狼，」她說，「吃了一個魔鬼。」

他們趕快走避，直喘著氣還小聲禱告，聲音小得像那些骨頭一樣：「耶穌呀，」他們喘吁吁地說，「萬福馬利亞。」葳拉拿起這個小小魔鬼的手，用一小片藥布包起來，塞進圍裙口袋。

貓頭鷹夜裡會造訪他們。有些人認為貓頭鷹是巫婆。有些人認為牠們是死亡天使。有些人認為牠們很神聖，能帶來福氣。有些人認為牠們是死者不安息的靈魂。牛仔們認為牠們就是貓頭鷹。

有一天，布維度拉拿給泰瑞西塔一樣最最神奇的東西。他臉上仍然有那些菸草漬，就像是巨大的雀斑一樣。他手裡緊抓著一塊小石頭，這塊石頭上是一條魚的印子。她拿著仔細瞧，揉一揉、舔一舔。

「這是一條石頭魚。」布維度拉說。

葳拉看了一眼說：「這是天主的奇蹟。」然後劃了十字，劃十字已經是這支出亡隊伍最喜歡的動作了。

提歐法諾先生說：「這是魔鬼之作。」然後也劃了十字。

老人家們堅持說這是挪亞洪水時留下的東西。

艾吉瑞宣稱這是古代奇奇梅克人石頭雕刻的絕佳範例。

西根多堅稱是巫婆做的。

湯瑪士只是走開，要他別用蠢事煩他。

布維度拉說：「我猜這是魚的種子。」

「什麼？」泰瑞西塔笑了。

「我要把它放在水瓶裡，看它會不會發芽。」

「魚是不會發芽的！」

「萬一會呢？」他堅持，「那我就發財了。」

「你已經發財了，」葳拉說，「只是你根本不知道。」

布維度拉低頭看他皺巴巴的西裝，露出苦笑。

「穿鞋子有什麼感覺？」泰瑞西塔問。

「就像是你的腳去坐牢一樣。」布維度拉說。

她也扮了個鬼臉。

再也用不著赤著腳的葳拉說：「其實沒那麼糟。你可以踩到有刺的東西，卻一點感覺也沒有。」

泰瑞西塔微微笑著。

「平底涼鞋就是爲了這樣才有的啊。」

「沒錯，」老婦人點點頭，「不過鞋子更牢固。你的腳趾頭會比較安全，還有你的腳背。」

「就像長蹄子一樣。」泰瑞西塔說。

於是他們往上走，進入印第安人的地區：有如跳蚤在一張縐起的毯子上般渺小。納渥荷亞河雖然寬闊，卻比富特河淺，西根多在一個木筏渡口附近找到很好的渡河點。他們紮了營，就看著篷車像一艘艘奇異的方塊船過河，牛仔和一小群外國尋馬人玩紙牌，這些人南下，要把他們的馬匹從一個墨西哥盜馬賊手中再偷回去。他們頭上的樹葉漸漸轉黃，這是相當神奇的景色。黃色和紅色，像飛蛾般落下，在空中旋轉飛舞。

❋

這晚的營地是片乾燥的平原。三名印第安人走進營地，和湯瑪士打招呼想討頓飯吃。他給他們裝在白鐵盤中的豆子和牛排和炸馬鈴薯和炒蛋配炸牛腦。他們用手指和三角形的玉米餅吃。他們還喝可可，使他們哈哈大笑。吃完飯，他們跟男人家抽菸，然後站起來說「Lios emak weye」，之後沒再說任何話就走進夜幕。

「主與你同在。」泰瑞西塔翻譯。

湯瑪士叫道：「天主保佑你們！」但他們什麼話也沒說。他聳聳肩。「如果眞的有神，你跟祂站在一邊總沒壞處。」

泰瑞西塔和葳拉手牽手走向她們的營地。

「密探。」葳拉說。

山峰隨著夜色的降臨變得沉重，山頂燦然成橘色，然後轉爲難以想像的鎔銅色。紅色像是嚴重的傳染病，悄悄從山崖和小溪谷往下蔓延，雖然沉重卻又是流動的，直到將紫色灑向平原，而將篷車一輛接一輛地淹沒，又爬上馬匹的腿，直到只剩下牠們的背還在光線中，像是一座淺海中小小的長方形小島。一匹馬接著一匹馬，夜幕逐漸征服了平原。火花閃耀鮮活，不多久，天上的星星和地上的火就看起來一樣了，彷彿一片天空被攤放在一個晾肉架上，好讓他們明天早起可以吃。

伍瑞阿牧場大隊全繞著大草原紮營，他們紮起營帳，把毯子鋪在曾經待在那裡的鬼魅的陰影下。不知情的艾吉瑞就躺在從前「格蘭頓黨」匪徒曬乾頭皮的地方，這裡也是一七六四年，從柯提斯海來的貝殼商人睡覺的地方。而在他左腿附近，就是那批人的領袖靜靜地與第三任妻子燕好的地方。也是西班牙人尋找傳說的多雷多城黃金，途中休息的地方。之後他們毫無預覺遭遇雅基人襲擊，被刺殺、鞭打、用火和刀和荊棘和螞蟻等酷刑折磨至死。

蘿芮托的上等帳篷現在是湯瑪士的廚房所在，紮在嬰兒墳墓之上。這些嬰兒是因爲咳嗽病死，被耶穌會傳教士埋在這裡的。西根多如果知道他睡在一道古老的廁所水溝上方，一定會大爲光火。只有葳拉的毯子鋪在乾淨的地面：沒有骨頭、沒有鬼魂、沒有男女交合或是被遺棄的舊夢在泥土中敗壞。

湯瑪士牽著一個年輕女人的手走上半山腰。羅薩里歐來的礦工米揚把她引薦給老闆，他已經在給自己加分了，他不是傻瓜。而這個女孩也不是傻瓜，她把裙子掀起來，湯瑪士跪在她面前，一路舔著她，舔上她的大腿——像糖果般紅棕色、甜美，又酸又鹹、帶著麝香氣味，在溫暖的空氣中柔滑冰涼，像他還是學生時在庫利坎舔過的雪酪那般清爽怡人。她很驚訝自己身體這麼一小塊地方竟然能讓這位大老闆在她面前跪下。她或許是這整座平原上最漂亮的女孩，但是他並不知道她的名字，也不覺得有必要問。他把臉貼著她的底褲，她的氣味濃烈、熾熱。把布扯下、拉過她明亮的翹臀，拉過她腹部有陰影的曲線，直到暗霧般黑色的體毛映入眼簾，在月光下如此柔軟，當他再次彎向她時搔著他的臉。他把嘴唇壓著她的私處，像條狗似地聞著她，嘗她的味道，而她的裙子落下來，罩著他的頭，她用手指將他的頭用力拉向自己，她的兩條腿在黑暗中越張越開。她的美妙包圍著他倆，這是她給他最好的禮物，這種滋味、這種氣味，她的祕密。

＊

泰瑞西塔躺的地方離葳拉的腳大約十呎遠。篷車高高立在這位老巫醫的上方，彷彿是有史以來最棒的床頭板，而她的床墊就是大地。一堆堆打呼的身形發出鼻塞的呼聲，挪動著身體。

泰瑞西塔往後躺下，把毯子拉到下巴。她的屁股好痛，不過沒有剛騎驢的那些天那麼痛。她的大腿和小腿因爲摩擦小驢子的毛而灼痛。她的脖子被曬傷，臉頰也是。睡的地面則讓她背痛。

她嘆口氣。

她把注意力集中在兩腿上，這是她時常做的，而那團光也輕柔地在那裡點燃，那是她從一個未知處召喚來金色蜂蜜般的感覺。她緩緩把它往上拉，用它塡進兩條小腿，有種暖暖刺刺的感覺，疼痛就消失了，那光充滿她身體所有的組織。

無從得知夢是什麼時候開始的。她甚至不知道她是不是眞正在做夢。她感覺好像躺在那裡仰望星星一段時間，突然看到一樣東西。在遙遠的上空，有個奇怪的小小閃光，有個灰色小東西在星星之間移動。在她注視的時候，這小點變得越來越大、越來越結實、越來越有色彩，直到她發現那是葳拉，正從天空走下來，好像在走樓梯一樣。

她坐起來，揉了揉眼睛。

葳拉的裙子被吹鼓到身後，她正在抽菸斗，煙在乾燥的微風中吹向身後。她像走螺旋梯一樣從遙遠夜空中的一個地方走下來，看到泰瑞西塔，就對下方的她微笑。

「葳拉！」泰瑞西塔低聲說。

「孩子。」

「你在做什麼？」

「我在飛。」

泰瑞西塔雙手掩住嘴。

「你不應該看我的，看別人飛是很不禮貌的。」葳拉責罵她，「看那裡。」

泰瑞西塔往帳篷那裡看去，看到一些穿白衣服的細瘦男人從一個睡鋪跑向另一個睡鋪。

「他們是什麼人？」她問。

葳拉在篷車上方盤旋，俯視在地上睡著的自己。

「雅基人，」她說，「印第安人又夢見我們了。」

葳拉彎下身，抓住自己肩膀，她一陣顫抖，彷彿腳伸進冷水中，然後朝自己身體拉過去。身體踢了一下，翻過身去。葳拉進去了，藏在葳拉身體裡看不見了。泰瑞西塔看著她睡覺。

身體說：「晚安了，ㄚ頭。」

「晚安，老婆婆，」泰瑞西塔說。然後她說：「這是夢嗎？」

「是的。」

葳拉打起鼾了。

泰瑞西塔坐在那裡思索，感受這件事的玄奇。她四下看著平原：嗶剝作響的火、雅基夢者漸漸消逝、沉睡的眾身軀、黯淡的白色菱形帳篷。她轉過頭凝視。那是空中一小片發著亮光的東西，像是霧。她看到那裡有人、拿著書和報紙。閱讀……她知道他們在看關於她的事。她靠向亮光，注視他們的臉孔。那些看書看報的人離她很遠，卻又在她旁邊。她說，「嗨？」但是他們所在的時間都太遙遠了，聽不見她的話。

之後，她就醒來了。

第十六章

他們在一處很好的山谷紮營。一條溪流從山麓流出，溪邊有白楊樹蔭。一棵老樹樹身橫倒在水裡，圍出一座小水壩，水壩後方的池水翠綠而清涼。這棵坍塌樹木的樹枝有了自己的生命，正在腐爛的水壩上冒出一排小樹。肥大的黑色魚隻躲在綠色池水中，水壩流出的水灌溉了一大片青草和野花。

泰瑞西塔讓小驢子停在艾吉瑞的身旁，抬頭看他。

「工程師？」她說，「現在是幾年？」

「一八八〇年。」他說。

「這是個好數目嗎？」她問。

她並不知道尤力數數目和「族人」數的不同，他們也不會特別留意四、六、七或九這些數目。

艾吉瑞想了一會，然後回答：「這是《出埃及記》的一年！」這話使他很得意。她去問葳拉這個詞是什麼意思。

他們的生活隨著旅行而每天在變，他們不知道圍繞他們的世界也在改變。北方的美國內戰聯邦軍將領謝曼將軍才剛剛疲累地宣布「戰爭是地獄」。奧克拉荷馬的墾殖者，就像墨西哥的尤力人，已經開始偷竊印第安人的土地。美國公司沒有忙著侵吞十九世紀初、美國政府強迫印第安人居住的區域「印第安准州」，反而前往南邊，向狄亞茲政權購買土地所有權。

愛迪生已經在實驗能燃燒長久的燈絲，印第安那州瓦巴許市即將成爲第一座完全用電燈照明的城市，紐約市也將在一年內跟進。伊士曼已爲第一捲膠卷申請專利。

愛爾蘭人給了世人「杯葛」這個詞。法國占領大溪地。「勝家」賣出五十三萬九千架縫衣機，取代舊有機型，而其中之一已經在阿拉莫斯的大房子裡等著蘿芮托夫人了；這是遙遠的亞歷桑納的伍瑞阿家族送的搬家禮物。貝爾也已經打了全世界第一通電話。

在紐約，湯瑪斯的「英國馬芬鬆餅」上市。冰糖要價五十六元一噸，而有八十九萬零三百六十四噸的冰賣給墨西哥之類的熱帶國家。費城奶油乳酪問世。

「族人」是在綠色的鱒魚池邊第一次注意到那些朝聖者。湯瑪士先生宣布有兩天時間休息，給動物吃喝、保養車軸，打點獵、捕點魚。牛仔們立刻就出發去打鹿、鵪鶉、烏龜和魚。幾乎每堆營火上的簡陋烤肉叉上都有肉在燒烤、發出滋滋的聲音。歌聲和笑聲伴隨著牛的哞哞叫聲。躺在白楊樹叢長長陰影下的湯瑪士，無聊地看著炊煙升起，聽著他那流動牧場上和緩人心的音樂，小口吃著鱒魚細嫩的肉。

「鱒魚呀，」葳拉說，她向右又向左吐口水，「全是魚刺。」

三五成群的行人走過營地。他們從不接受別人好意招待的吃喝，西根多因爲他們拒絕蘭姆酒和豆子，罵他們是沒禮貌的混帳。等到第十批人群快速通過，他就忍不住叫狗去攻擊了，還用來福槍對著他們，逼他們快跑。

「我們要去救世主那裡！」一個衣衫破爛的印第安人喊著，好像這就解釋了所有的事。

「救世主？」西根多怒吼，「什麼救世主？」。

「契皮托！」

「契皮托是個什麼傢伙？」

葳拉饒有興味地聽著。

「聖嬰」契皮托，呃？

「我要去考察這個救世主。」她宣布。

「啊，葳拉，」湯瑪士說，「又一個會變魔法的混蛋，讓另一個混蛋興奮了。」

「我會去看看。」她說。

「救世主?」艾吉瑞問,「一個異端份子,也許吧。是個魔鬼!救世主只有一個。」

葳拉看著他。

牧場有些成員已經開始走向山麓,他們還沒看到契皮托就已經改變信仰了。湯瑪士有些驚惶地看著。

「是呀,唉。」她說。

「他們爲什麼走?」他問葳拉。

她聳聳肩。

「好奇,」她說。然後又說:「如果你是他們,你會願意像這樣生活嗎?」

「像什麼樣?」他問。

葳拉搖頭。

「我明天會回來,」她說,「等我回來再走。」

於是她開始收拾包袱和獵槍和一些貝殼準備上路。老提歐法諾也把獵槍裝上子彈,還把一捲毯子拋到自己肩上。不請自來的泰瑞西塔也加入他們。

「我們要去哪裡?」她問。

「進到山裡。」葳拉回答,「到他們叫做『薩爾西普威』的地方。」

這意思是「能滾就滾開」,這似乎是泰瑞西塔聽過最聰明的地名。

提歐法諾扮了個鬼臉,搖搖頭。「這些沙漠和山裡的人都瘋了,」他說。「我們在辛納魯亞就沒有救世主!」

他們開始走在朝聖者在草地上走出的明顯小路上,沿路擺放著各種有意思的東西,一隻丟棄的平底涼鞋,一塊沾著血的布,綁在樹上的一束頭髮,這是獻給某個聖人的「祭品」——一個女人把自己的長髮拿來換孩子的健康，或是伴侶的安全。葳拉看到有被丟棄的圖像，那是「族人」已背叛的前救世主。

他們遇到一個小小的營地，有七個墨西哥人圍著一團營火。泰瑞西塔很驚訝地發現提亞和她的孩子蹲在這裡。

「阿姨！」她叫道。

提亞微笑。

「這不是很棒嗎？」她說。

泰瑞西塔覺得她非常奇怪，好像在做夢一樣。她的眼光盯著泰瑞西塔肩膀後面。泰瑞西塔轉過身要看提亞在看什麼，但是她盯的地方什麼也沒有。

「什麼很棒，阿姨？」她問。

「解救！」

弓著背在提亞附近的朝聖者笑了起來，拍著手說：「阿門。」

提亞站起來，把她的捲菸紙和菸葉丟進火中。

「解救了！」她重複道。

「再見了！」葳拉說，並把泰瑞西塔拉到路上。「她瘋了，」她說，「別回頭看，孩子。我們自己去瞧一瞧。」

「我們應該回去。」提歐法諾說。

「別那麼懦弱。」葳拉喃喃說道。

他們走上山，小徑分出一條岔路，通向一處陡斜的峽谷。他們還沒看到營地就已經先聞到了。一股汗水和煙臭從峽谷裡冒上來。下午陽光下，小小的矮松是糾結扭曲的，煙氣穿過樹枝裊裊升起，像是小小的旗幟。他們還不知道已經走近，就已經穿過樹木，置身在營地當中了。這裡不大，但卻十分混亂。破損的運貨車和沒有拴住的騾子占滿峽谷底，單斜面屋頂的小屋似乎要坍塌在破篷車和鬆垂的帳篷中間。這裡大概只聚集了三百人左右的朝聖者。葳拉使勁去看，看到在你推我擠的人群中央有個小舞台上，上面端坐著那個所謂的救世主，看起來像個盤腿坐在枕頭上的胖男孩。

她抓住泰瑞西塔的手，把她拉進人群中，提歐法諾先生把獵槍拿在胸前，跟在她們後面警戒。眾人很容易就分開，讓他們通過。這些人充滿幸福、懷著幻想，低聲哼唱，來回搖晃身體，靜靜說著「阿門」，偶爾會吃吃笑出聲。泰瑞西塔頸子上的汗毛都豎起來了。

靠近舞台的地方，有一小群舞者一直轉圈跳著。三個男人面朝下趴在泥土地上，其中一個人身體抽動又顫抖，像是正被一陣狂暴的風鞭笞。

「那個男人需不需要幫助？」葳拉問。

一個女人說：「不用，姊妹。他見到天主了！」

「啊，混帳！」葳拉說。

「聖嬰」契皮托坐在歪扭樹身陰影下的地毯。他的舞台使他高踞眾人上方約三呎。他的長髮在腦後用紅色緞帶綁起來。他有個很大的雙下巴，穿著白色農夫褲和一件色彩鮮豔的上衣，衣服上繡滿了鳥、仙人掌、黑色山脈、鹿等圖案。

「如果天主處處都在，我的孩子們，」他正在說，「那麼祂就在每樣東西當中。如果祂在每樣東西當中，那麼祂就在我當中，那麼祂就是我。我就是天主。」

木笛輕快吹著，鼓聲響起一陣永不停止的心跳。

「我是這個世界的神，我的孩子。上次我來到這裡的時候，你們把我釘死在十字架上。我如今回到這副軀體中，要引導你們走向眞理。」

一名舞者大喊一聲，仰躺在地上——他的兩條腿不住踢動、搥打地面。

「他要尿出來了。」葳拉指出。

果眞。

契皮托繼續喃喃說著。顯然他已經說了好幾個鐘頭了，也許都說了好幾天了呢。圍在他旁邊的那些人都站在那裡睡著了。

「天主不是神，我才是神。創造這個世界的神，現在統治你們的神，這『尤力』神，祂是邪惡的神。這個世界是騙人的。只有虔誠敬奉『聖嬰』契皮托，這個邪惡的化身才會結束！這個白人會死！而死人將復活！洪水將會淹沒大地，而三十呎深的新土會冒出新的玉米和花朵！我不是對你們說過洪水嗎？我不是應允讓所有死者重新轉世嗎？鹿將會吃花朵而變得肥美，而牠將會把自己甜美的肉奉獻給所有眞正的信仰者！」

「『聖嬰』契皮托！」

「契皮托，契皮托。」

「『尤力』必定要死，白人混血種必定要死。天使將會吃掉這些靈魂，因爲『聖嬰』契皮托將不會引導他們得救，我的孩子。不會的。」

「我們可以走了嗎？」提歐法諾低聲說。

「死亡就是生命，」契皮拉說，「你們明白嗎？死亡就是生命。死亡就是生命。死亡就是生命。」鼓聲越來越急。眾人開始跟著他一起吟唱。

葳拉凝視這位救世主一會兒，然後搖搖頭。「走吧。」她說。

他們推開人群要往外走時，眾人把手放在他們身上，虛弱地抓住他們的衣服，想要攔住他們，嘴裡說著，「你們要去哪裡？」以及「黑暗天使等在這座山谷外面要毀滅你們。」

泰瑞西塔看到提亞放聲大哭，兩手伸向太陽高喊：「死亡！死亡！死亡！」她感到很害怕。

提亞看到她就衝過去，兩手抱住她，親她的臉。

「死亡！」她急促說著，「『聖嬰』契皮托要帶我們走向死亡！」

泰瑞西塔掙開她的懷抱，追著葳拉跑。

她往回看，只見提亞跪下去，把臉埋進土裡，把頭來回轉動。鼓聲平復到像心跳的節奏，契皮托的聲音低而粗，像遠處一隻烏鴉的叫聲。

從此以後她再沒看過提亞。

第十七章

雖然有些人在「聖嬰」契皮托的福音營裡找到幸福和被解救的感覺，其餘的「族人」還是感到不對勁而準備繼續旅程。他們已經習慣路上、地面和開闊的天空。他們已經變得很有紀律，在第一道曙光時就立刻醒來、升火煮飯一天快過一天，也都可以不用說話就跳上篷車、貨車，一切井然有序。就像教室的學童一樣，他們每個人都找到自己的位置，不會越界。這種新的組織感讓他們很開心。伍瑞阿牧場又一次轉變，成爲一個早晨的大螺旋，捲呀捲地，再散開，將他們從每一處營地以漫長穩定的速度撒向四周。他們像螞蟻一樣的動作劃一。

「也許呀，」提歐法諾先生說，「在卡波拉，牛奶像蜂蜜一樣的甜。」

「萬一，」一個老婆婆說了，「那裡的蜂蜜喝起來像牛奶，要怎麼辦？」

「我想我不會喜歡這樣，大嬸。」他說。

他們一致決定：甜牛奶要比像牛奶的蜂蜜好。

「這個有奶和蜜的土地是從哪裡來的？」有一天，泰瑞西塔在篷車裡問。

「《聖經》。」葳拉說。

「我們可不可以看？」

「神父可以看，」葳拉說，「我們不能。」

「爲什麼不能？」

「就是不能。」

「神父，」提歐法諾說，「在學校裡讀那本書。」

「我們爲什麼不能？」泰瑞西塔追問。

「我們不是神父。」葳拉說。

「可是你說我們做的是神聖的工作。我們弄醫療的東西，向聖神和聖母和四方禱告。」

「別惹人煩，孩子。」

「我們和神父不是一樣的嗎？」

「誰？」

「信仰治療師！」

「你不是信仰治療師，孩子。」

「女巫醫！」

葳拉笑了。

「女人，」她說，「你才只是年輕人。而當你成爲女人的時候，你就不會去看那本書了！」

「爲什麼？」

「哎，丫頭！女人不是神父。好了，別說這些傻話了。」

泰瑞西塔就只是坐在那裡，注視著。

「那你會看嗎？」

「你瘋了嗎，孩子？我爲什麼要看？」

「可是——」

「看書，」葳拉說，「是男人做的事。就像嬰兒是女人家的事，書是男人的事。」

「是白種男人，」提歐法諾說，「我可不看書。」

「是有錢的男人，」葳拉糾正，「艾吉瑞可沒比你白多少！」

「蘿芮托夫人呢？」泰瑞西塔問，「她看書嗎？」

葳拉搖頭。

「老闆唸給她聽。他會唸書裡的內容給她聽，或者唸報上的東西給她聽，當他認爲她能明白的時候。」

泰瑞西塔大笑出聲。這眞是蠢。

「你就學你需要知道的事，」葳拉說，「誰需要書？誰需要學習『尤力』的愚蠢？」

「我。」

「爲什麼？」老太婆笑道，「你希望成爲共和國總統嗎？」

「爲什麼不行？」泰瑞西塔不鬆口，「我可以。」

「在天上的主呀。」葳拉嘆口氣。

說了這麼多關於天主的事、經歷這番要學習神聖祕密的艱苦，這裡有一本天主寫給他們去看的書，他們卻不認爲她會去看嗎？她盯著葳拉，這個她認識的人當中最完美的老太婆。葳拉，這個抽雪茄、拿獵槍、圍裙裡放著可怕黑男人睪丸的葳拉。葳拉，這個力量的來源。但畢竟也還是不夠完美，被某個尤力男人的規定弄傻了——泰瑞西塔想像這個男人，不管他是誰，他坐著別人說的那種幽靈火車，訂規則、看報紙。她注視葳拉的眼睛，轉過頭朝篷車外吐了口口水。

「ㄚ頭！」老太婆說，可是泰瑞西塔已經跳下車了。

她拖著步子緊跟著篷車走，並且解開小驢的繩子。她騎上驢子說，「你們要我跟小龐飛洛一樣笨！」小驢子聽到自己名字，耳朵搖了搖，然後就跑向一旁，泰瑞西塔控制住方向，在篷車、行人、騎士、牛隻中間穿梭，朝著趕牛隊伍的最邊邊前去，她可以和走得最慢的牛隻並行，假裝自己是牛仔。

「我要認字。」她大聲說。

她踢著小驢的脊骨，牠精神一振，往前衝去，那雙長耳朵往後貼著方方的腦袋。「快走！龐飛洛！」她命令道。

她很快就找到西根多。她騎到他旁邊，腦袋跟他的靴子一般高。他低頭看，看到她正往上盯著他而嚇了一跳。

「啥事？」他說。

「書裡有什麼東西？」

他搔搔頭，聳聳肩。

「故事吧，我猜。詩？這一類的東西。」

「我想要讀書！」她叫道。

他笑了。

「你是個女孩子，」他說，「再說，連我都不知道怎麼讀書哩。書不是給我們這種人讀的。」

「嗯。」她快速騎走了。

書，西根多心想。再來還有什麼？

泰瑞西塔找到布維度拉以後，也告訴他說她想讀書。他說：「你只是個印第安人。印第安人是不讀書的！如果他們都不教白人女孩子讀書了，你憑什麼以為他們會教一個印第安女孩子任何事？」

他一隻手揮了揮，要她走開。

她放慢速度，脫離了人群，讓她的小龐飛洛慢下來，再次到了隊伍旁邊。她讓轠繩鬆垂，牠站在那裡，困惑了一陣子，當牠明白她沒再催促牠往前時，就開心地把頭伸進路邊的青草和野草中。牠發出長長的滿足嘆息，咬下蒲公英，一口口嚼著。

泰瑞西塔坐在牠背上，看著眾人走開。葳拉的大篷車已經繞過彎路。運貨車和馬匹和篷車匡啷匡啷跟著。她不會哭，她只要坐在那裡，餓死，孤單死去，讓兀鷹把她吃掉。不會有人知道她出了什麼事。

或者，也許會有個印第安戰士過來。

是的，來自北方這些兇猛部族的一個戰士。她也許可以加入他們，忘掉自己學過西班文。去學習打獵。嫁給這個部族的青年。消失。反正也沒有人在乎。

她坐在龐飛洛背上，直到整個驅趕的牛群都走到路的前方，她看著牠們越來越小，然後轉個彎，消失了；直到唯一可以知道他們通過的痕跡只剩陣陣塵沙和逐漸消逝的嘈雜聲。最後消失的是運蜜蜂的篷車。那快活的養蜂人用個舒服的角度靠在座位上，經過時朝她揮揮手。龐飛洛抬起頭，往四下看了看。牠把頭往回轉，注射著她。牠噴了噴鼻息。

過了一會兒，大地已經變得沉寂了，泰瑞西塔才拿起轠繩，用腳跟推了推小驢子。牠不太情願地把嘴移開野草，拖著步子上路，邊走邊點頭。「我要給他們看，」她保證，「我要讓每個人看。」

臭樹叢裡一頭土狼「依啊」嗥叫起來。

龐飛洛快跑起來。

❋

前方，距離泰瑞西塔和龐飛洛至少六哩遠的地方，湯瑪士騎到艾吉瑞旁邊。

「請告訴我，」這位老闆說，「你這位遊歷全世界的人。」

艾吉瑞用類似「呸」的聲音敬謝了他這個封號。「德克薩斯，」他打斷他的話，「和墨西哥市根本不算全世界！」

「對我們的目的來說，已經夠得上是全世界了，」湯瑪士說，「我好奇的是辛納魯亞和北方的差別。你有沒有什麼意見哪，我親愛的混小子？」

「我的意見之多是有某些聲名的。」

湯瑪士微微一笑。「雖然你的確是教人無法忍受而且惹人厭煩，你那沒完沒了的裝模作樣和陳腐的自大言論也挺符合你的名聲——」

「混帳！」

「但我仍想要問你：依你的經驗，我們和那該死的北方有哪些差異？」

「啊，」艾吉瑞說，彷彿這問題太大，不該提的。「差異，」他舉起雙手，代表投降的意思。「要我從哪裡說起？」

「隨便任何地方。」

艾吉瑞注視著他。

「你有沒有注意到，我親愛的伍瑞阿，」他說，「你們辛納魯亞人是鄉巴佬？」

「沒有。」

「哎呀，你們是粗人。既然你問了，我就舉個例吧。在辛納魯亞，你也許也注意到了，你們習慣在人名前面加上『el』或『la』的字首。比方說，你稱呼你親愛的新娘『La蘿芮托』。」

「所以呢？」

「El勞洛。」艾吉瑞摸著自己胸口說。

「所以呢？」

「La葳拉，El西根多。那個奇特的女孩——La泰瑞西塔。」

「所以呢？」

「所以這是錯的。不正確。怪異，事實上。好像你們全都給自己一些皇室特性。湯瑪士．伍瑞阿殿下已經抵達。勞洛．艾吉瑞殿下在這裡。」

「不是每個人都這樣說話的嗎？」

艾吉瑞搖搖頭。

「你一本書都沒看過嗎？」他問。

「書本是一回事，」湯瑪士嗤之以鼻，「說話是另一回事。比方說，書上根本不會說『混蛋』。艾吉瑞混蛋。」

「等著瞧吧，你這個笨蛋。當人民的心靈被釋放以後就會了。但是他們絕對不會稱任何人爲『The湯瑪士』，笨蛋。」

湯瑪士讓馬喀啦喀啦往前走了一會兒，暗自思索。

「很有趣。」他說。

「我想也是。」勞洛先生回答。

喀啦、喀啦、喀啦、喀啦。

「而北美人，」艾吉瑞鄭重說道，「語言裡是沒有性別的。」

湯瑪士吃驚得微微吁了口氣。

「沒有男性的定冠詞『El』？」他說，「沒有女性的定冠詞『La』？」

艾吉瑞對自己最新的驚人之舉十分滿意，說：「沒有。不過他們有這個一字：『the』。」

「就像是『茶』（tea）？」

「不是『茶』！是the！」

「沒有男性、女性？」

「『the』！」

「這可眞怪呢，我的朋友！」

「這些英美人，」艾吉瑞哀嘆，「是陰陽人！」

在最後幾哩路中，他們注意到前方山上冒出一縷縷像《聖經》裡會出現的煙。

「你想那是什麼？」湯瑪士問道。

他們停下來，攤開小地圖，研究遠方地平線。

「火山嗎？」

「地圖上沒有，」艾吉瑞說，「也許是草地火災。」

他們越騎越近，如今煙柱也越來越黑、越來越厚。比任何人都早幾哩看到這些煙柱的西根多，快馬趕上他們，把帽子推了推。

「兩位先生好。」他說。

「有兀鷹眼睛的好傢伙，」湯瑪士說，「你有什麼事要報告？」

「看那煙。」西根多說。

「你看到什麼？」

「煙。」

「你眞是知識之泉！」艾吉瑞說。他停下馬，從袋子裡拿出厚重的大地圖。其他兩人也勒馬在他旁邊，他們全都坐在自己帽子投下的一團陰影中。「你看這裡，」艾吉瑞說，「我們已經靠近牧場了。」

西根多眺望遠方。

「烏鴉，」他說，「好多烏鴉繞著煙打轉。」

「這裡是卡波拉嗎？」湯瑪士問工程師。

「我們前面這個山谷，」他的同伴點點頭，「我相信我們到家了。」

湯瑪士在馬鞍上轉身，望著他們後面的遠處。

「我們超前篷車一些路，」他說，「我不喜歡沒有篷車就騎進牧場。」

「他們會趕上來的。」西根多說。

風把一縷細煙吹過山頭，他們聞到煙味了。

艾吉瑞開口了：「我們騎上去看一看，」他說，「我們去看看偉大的卡波拉，調查一下這場大火。」

湯瑪士揮了一下韁繩，他那匹黑色大馬晃了一下頭，邁步走開了。

「走吧。」他說。

「老闆！」西根多喊道，「我去召集幾個槍手。這裡是雅基族的地區，我們應該要小心。」

「我們不需要任何槍手，」湯瑪士往回喊，「我們在路上已經有多少天了？我們唯一看過的印第安人不是乞丐就是小孩。這裡沒有危險的！」他的馬身體裡似乎裝著某種柔軟的機器裝置，此時平穩地走開，漸漸加快速度，接近山坡。

艾吉瑞跟著。

西根多說：「我們應該帶長槍的。」

❋

泰瑞西塔遇到一輛停在路邊的篷車。一個肥胖的趕驢人坐在椅座上，他那頂軟帽被砸爛了戴在頭上，像是一個坍下的棕色蛋糕，一部分破帽沿垂到臉上，黏著汗水。六頭騾子套著挽繩搖晃著腦袋噴鼻息、互相輕咬著。他身後是用防水布蓋著布滿灰塵的小山般貨品，而他本人則配滿武器：大腿上擺了一把獵槍，她可以看到他胸前掛了交叉的兩條子彈帶，他腿邊大大的木頭煞車拉桿旁有一個槍套，裝著一把來福槍。

他靠向車邊，吐了口菸草。

「就這些嗎？」他說。

「什麼？」

「那群可憐的牲口。就這些了嗎？」

「是的，先生。我是最後的。」

她坐在驢身上，抬眼細看他。

他從皮帶上抽出一把長刀，從板菸上切下一塊菸草，丟進嘴裡。棕色的口水給嘴唇和灰鬍子染上了顏色。他靠過來，吐了一口口水，幾乎吐到泰瑞西塔。他的右臉頰上有一道從眉毛一直劃到下巴的刀疤，刀疤在鬍髭中消失，而在刀疤消失的地方，鬍髭是白色的。

他把長刀舉起，發出嚇人的聲音：「呼！」

他笑了。

「我不害怕。」泰瑞西塔說。

他又笑了幾聲。

他對她揮著刀。

「嘿呀！」他說，「嘿呀！嘿呀！」

她覺得他的行爲很蠢。

他把刀子收起來。

「你要去哪裡？」他問。

「卡波拉。」

「卡波拉？從沒聽過什麼卡波拉。」

「是我們的新牧場。」

「你才沒有什麼該死的牧場，你這個該死的印第安小丫頭。你是什麼人，印第安人？」他又把刀子拿出來，比向自己頭皮，大叫：「咿！」

他又哈哈大笑。

「印第安人！」他說，「你是個印第安人，對不對？」

「再見，先生。」她回答。

大人應該知道怎麼應對。

「嘿，」他說，「你看到這個嗎？看到了嗎？」他指著自己的臉。「你是哪種印第安人？阿帕契？雅基？看到這張臉了嗎？這是雅基人在我臉上弄的。你喜歡嗎？」

他拿刀子在臉孔前上下移動，嘴裡還發出磯磯嘎嘎的聲音。

「雅基人！」他說，「要我的一隻眼睛！」他吐了口口水，口水飛過她頭上，濺到地上。「你是什麼？雅基族？」

「再見，先生。」她重複一遍。她用腳推了推小龐飛洛的肋骨，驢子噴了噴氣，精神來了，小跑步走開了。

「雅基人！」趕驢人在她背後叫，「他們把男的腳砍掉，還要他們走路，一直走到他們流血而死！你這個小野人！給我回來！雅基人把人倒吊在樹枝上，用火燒他們的頭。我看到的！把他們的腦子都燒出來！快回來！我還沒說完耶！」

她甩動韁繩，要小驢子快跑。

她最後聽到趕驢人的聲音是他的笑聲。趕上葳拉眞是開心。

❋

湯瑪士比艾吉瑞和西根多早抵達山頂。起初他不敢相信眼前所見，但是他慢慢開始明白了。他的馬一直在打轉，湯瑪士得用氣力對抗才能讓牠停住。

他摘下帽子，在面前搧著，想要把一些煙臭味趕走。他用右腳踢著鞍頭，從馬鞍上滑下，然後一隻腳跪下，直盯著瞧。他拔起一根草莖，放進嘴裡。

西根多快馬過來，在一陣煙塵中下了馬。

「我的天。」他說。

艾吉瑞的馬踩著小步子過來，他發出一聲小小的叫聲。

「一定是弄錯了！」他說，「這裡……一定不是那個山谷……？」

湯瑪士站起來，把草丟到地上。

「沒有錯。」他說。

他把左輪槍從槍套中抽出，檢查彈艙：子彈滿膛。他看著西根多。「去把槍手找來。」他命令道。

第十八章

騎士們沿著山脊散開，這些人當中有牛仔也有雇來的槍手，手裡拿著溫徹斯特連發來福槍。一個法國人帶著一把巨大的「亨利」長射程槍，八角形的槍管在太陽下投射出藍色的光。他用槍隻的觀測器注視下方的山谷，不過西根多已經知道他們來得太晚了。

卡波拉位在一座廣廣袤的山谷中，山谷面向一片延伸到誰都看不到邊的平原，耕地和牧草交織的地面也轉為沙漠的褐色和黃色。東邊是高山，西邊和北邊是丘陵。綠色溪床在地面縱橫交叉。靠近中央的地方，盤旋的黑煙下方、地上一道暗黑坑洞的旁邊，是殘破的牧場區域。

辛納魯亞來的篷車全都堵在騎士後面的後山坡上，像水一樣聚集在山凹。眾人在他們的動物中間打轉，沒有人知道在他們上方的是什麼，雖然他們全都看著那些煙柱裊裊上升。他們劃十字、緊抓著小斧頭、切肉刀、舊槍。不要多久，話就從一段段山路往回傳下來，傳到他們耳中。「牧場完了，」他們說，「卡波拉沒了。」

在他們上方的山頂，湯瑪士重新上馬。

他和西根多騎下山，進入山谷，艾吉瑞殿後。騎士們在他身後呈扇狀散開，槍彈蓄勢待發。

主要房舍仍在遠處悶燒，四牆被火燒光，只剩一根焦掉的煙囪立在平地上。圍籬都倒塌了，有些被驅散的牲口仍然吃著草。穀倉燒掉了，工人屋還冒著煙。被射殺而丟在路邊的狗兒躺在那裡，像是有斑點又變軟了的石塊。一個死掉的男人像曬衣服般掛在一根圍籬柱上，又濃又黑的血在全身各處凝結，褲子被扯掉，一根箭插進他的肛門。蒼蠅在風中唱著，像是風中吹動的電線聲，一陣高音、一首可怕的讚美詩。

湯瑪士甩了一下手指，朝那人指了指。

「把他弄下來。」他說。

一隻豬在地上扭動，身上中了一堆箭，變成痛苦的刺蝟，一邊哀嚎一邊拖動身體，那些箭就不停地擦撞在一起。西根多掏出左輪槍，朝豬腦袋開了一槍。艾吉瑞嚇了一跳。「看在天主的份上。」他說。

西根多要一名騎士把牠送到廚娘篷車上。

他們在第一個燒毀的小屋廢墟裡看到一具燒焦的屍體。屍體上有黑、紅、棕、黃和白色，不過大部分是黑的。他的嘴巴張著，似乎在沉默地尖叫，不過也有人認為是在打呵欠，還有人覺得他在笑；他的手爪硬得像是雕刻，往天上舉起，兩條腿已成為黑色的骨頭，也舉起來，好像他能跑向煙柱，直達天堂。

所有的馬匹都不見了。

井也坍了，井口的石頭全被踢下井。最靠近主屋廢墟的白楊樹上，像花圈般掛著內臟，沒有人看得出那是人或是動物的，因為曬太陽的緣故，已經變得又乾又脆。但是風車仍然在轉動，襯著紫色遠方的背景，風車葉片美麗如畫，而在山谷的死寂中，那有節奏的吱軋聲令人毛骨聳然。遠方的乾草綑在悶燒。夕陽下的山丘呈淡紫色，遠方的作物幾乎是黑的。這些人用大花巾蒙著嘴和鼻子，免得聞到死亡的臭味。

湯瑪士從馬上躍下，衝進已毀的穀倉的三角形屋角，出來時雙手抱著一個小孩。小孩全身是血，還活著，但他的頭卻像塊軟布垂在肩上，一處舊傷口已經結成硬痂。

「把他帶到葳拉那裡。」湯瑪士說，一名騎士溫柔地用外套包起小孩，調個頭就快馬衝出長長的山谷。

牛隻也全沒了。

艾吉瑞用手指著：一套空空的衣服攤放在地上，彷彿有人從自己的衣服裡跑走。

一隻女鞋，鞋裡是個破玻璃杯，還裝著牛奶。

牲口水池上漂著床墊，上頭躺著一個死人，像個夢想回家的水手。他們看著這個床墊緩緩傾斜、沉到水裡，而男人僵硬的手揮了一下，就沉入黑水中。他們很驚訝能聽到青蛙叫，事實上他們很驚訝還能聽到任何聲音。他們原本以為整座山谷都是寂靜的，然而它卻充滿了聲音。某處有隻狗在吠。蒼蠅提高了吶喊。他們突然也聽到雞的聲音。多處火場的嗶剝聲。蟋蟀。鴿子。眾多的肥烏鴉貪婪吃著燒熟的肉，在樹上咯咯笑著。然後，慢慢地，他們聽到人的啜泣聲。

❋

形單影隻或三三兩兩，生還者陸續過來了。少數的幾個死者當中沒有伍瑞阿家族的人——這家人已經遷走，好讓出地方給湯瑪士。不會的，他們正舒服地等在城裡的大房子裡，對他們牧場的毀滅一無所知呢。唯一在卡波拉等著他們的家族成員，是那些古老的鬼魂，正因為這場暴力而在墓中翻動呢。

一個失去左眼的男人，從牲口水池旁的蘆葦叢中跌跌撞撞地走出來，把湯瑪士嚇了一跳。和他們在幾天前路上看到的瘋子一樣，這個男人也沒穿褲子，白襯衫上沾著舊血漬。但是在血漬下的卻是一張不同的臉，那個醒目的空眼裡還照進了陽光，湯瑪士看得到這人的腦袋內部。他轉過臉，一隻手掩住嘴。

「雅基人！」這人哭號道，「他們像魔鬼一樣從地上出來！」

「幫這個人一下。」湯瑪士說。

一個女人不可思議地從一棵白楊樹的樹身出來。先是一隻手臂出現，然後是身體，然後是兩條腿。兩個小孩手牽著手突然現身在他們面前。最先看到他們的人搖搖頭，揉著眼睛。這個男孩和這個女孩一直都站在這裡嗎？他們是被周遭的重大毀滅變得隱形了嗎？更多的人從地上的轍痕出來、從一座水果園出來、從龍舌蘭後頭出來，他們在那裡像兔子或犰狳般弓著背，膚色像沙土，大氣也不敢吭一聲，緊緊抓住地上。

「雅基人。」他們說。

「他們在清晨來到，像鬼怪一樣叫囂。他們沒有騎馬，而是跑著過來，像鹿一樣跳躍，像兀鷹一樣飛翔。」

主屋原是個大東西，是用木頭和石灰泥磚建造而成，四牆都裂開、坍塌，印著火海留下的可怕黑影，歪扭的火紅木炭發出的高溫恐怖得沒有任何騎士能夠接近。倒塌的門廊上一灘灘的黃銅漿顯示了門把被燒熔的地方。

「看這裡。」艾吉瑞喊著。

屋裡的東西全被翻了出來，丟散各處，就像掛在樹上的那些內臟，殘破不堪，而且是用一種盛怒拋擲的，這怒氣仍然教人害怕，雖然襲擊者已經走了。破碎的玻璃、破損的陶器、破爛的桌椅、劃破的枕頭將翻出的羽毛咳向微風中，像鬼魅的中空衣服、被屠殺的睡袍。被殘殺的書籍，剩下的書頁在地上拍動。

艾吉瑞站在一把椅墊飽滿的大椅子旁邊。椅子上小心堆放的是從主屋蒐集而來、全部的十字架和耶穌受難像。家庭聖經和一尊瓜達露佩聖母像靠在旁邊，還有一座小的聖方濟像。

「宗教物品他們全都手下留情了。」艾吉瑞說。

「他們是天主教徒。」湯瑪士回答。

「你是說眞的嗎？」

「是。」

他走向一名生還者。

「我的牛仔呢？」他問。

「跑掉了。」

「我的工人呢？」

「逃走了。」

「現在這裡是誰負責？」

「沒人負責。」

「你能告訴我什麼嗎？」

「他們是走路來的。他們搶走牛、馬，還帶走一些女人。」

「是雅基人嗎？」

「是雅基人，老闆。雅基人。」男人指向西邊。「他們就住在那裡，大概十哩遠。」

「什麼？你認識他們？」

「喔，是的。我們很知道他們。」

艾吉瑞插嘴：「可是爲什麼呢？」他說，「他們爲什麼這麼做？」

男人聳聳肩。

「他們說肚子餓。」他說。

湯瑪士拍拍他手臂。

「篷車就要到了，」他說，「他們會給你吃的。」

「先生？」男人說。

「什麼事？」

「如果我辭掉工作，您會生氣嗎？」

湯瑪士只是走開。

西根多撿起一個放著不知名的伍瑞阿家族相片的燒焦相框。

「再來還會有什麼？」他問，倒沒有特定對象。

❋

篷車和運貨車吱吱嘎嘎緩緩翻過山頭，駛下山谷。跪在篷車裡的葳拉把那個頸子癱軟的嬰孩放在摺起的毯子上，但是他的眼睛已經呈混濁的藍色。突然身體一陣抖顫，吐出最後一口氣，就躺平了。讓葳拉想到一張往床上罩的床單，先是鼓漲得很高，然後等空氣都溢出後就攤平了。平平的。這個孩子就這樣離開了人世。

跟在她後面的有多少死人？她算不出來。所有死於熱病和天花、死於缺乏尤力藥丸的人。尖叫中死亡的哀傷母親，和那些死在她們腹中的嬰兒。心臟中彈的那些死去的牛仔。她看著泰瑞西塔盯著篷車中的小小屍體，她唸了一段禱詞，因為這女孩現在會知道這個可怕的眞相了，那就是，你無法救每一個人，你只能救極少數的人，而其餘的人就像你自己一樣，命中註定還沒有準備好就躺進土裡了。她用一塊布蓋住嬰兒的臉。

重建屋舍的正事已經開始了。在牧場上，男人們挖了墓，把受盡折磨的焦黑死者埋進去。在整片可怕的平原上，葳拉也已經將廚娘組織好，西根多派了兩名守衛整晚守在帳篷外，武器隨時待發，然後他再騎馬回到湯瑪士那裡；泰瑞西塔也靠近葳拉住下，以防萬一那些戰士又回來。平底鐵鍋架放在表面平坦的石頭上，下面是燒得正旺的火。廚娘在這些鍋裡溶化豬油、燒開水。晚餐他們喝大蒜湯：沒拿去餵豬或山羊的陳年麵包都浮在牛肉湯中，湯裡放鹽和胡椒，而煮軟的蒜頭像是一尾尾小魚。他們還吃雞肉飯，這是用新鮮雞肉和牛仔打到的草原禽鳥一起加米煮，再加上一小撮番紅花做成的。早晨他們會吃去皮、切丁的海狸尾仙人掌葉、豬油煎豆子，和他們最後的雞蛋。這些食物聞起來簡直像是過節一樣。

湯瑪士站在牧場屋子被燒焦了的前門台階上，他可以看到遠處的那些營火。他走下台階，朝著臨時墓地走去，墓地是他們在一道石牆後面的地上挖出來的，石牆蜿蜒前進，朝著在乾燥的風中低鳴又尖叫的只剩骨架的風車而去。綠色的水從地面大量湧出，從一根鐵管噴出，流進生鏽的水槽，馬兒在這裡埋頭喝水，又三三兩兩在塵沙間遊盪，彷彿對於牧場馬匹的命運很感興趣、對於這場戰爭感到好奇。

圍繞在他旁邊的人哭喊著要血債血還。復仇之聲瀰漫在空氣中。他們喃喃自語、咒罵著、發洩他們的憤怒，說到那些骯髒的印第安人、野人。但是湯瑪士很納悶，不知道為什麼沒有更多的屍體。雅基人為什麼讓那麼多人逃走？

卡波拉平原空蕩而乾燥。辛納魯亞人置身在他們的第一座沙漠中，而沙漠讓他們害怕。這裡沒個遮蔽的東西，幾株寥落的樹劃破枯萎的荒地，後方的山巒野蠻又兇惡，綠樹也不見得能使之柔和。大自然的顏色、清晰的色調，在在令他們想到黃銅和鮮血。這裡是個邪惡地方，他們很確定，而這場攻擊才只是開場。「戰爭！」他們在說。

「殺了女人和小孩。」湯瑪士聽到一名牛仔宣布。

艾吉瑞也走上台階，站在他旁邊。

「願他們安息。」他說。這是一句標準的安慰詞。

湯瑪士點點頭。

「這是黑暗的一天，朋友。」艾吉瑞說。

湯瑪士把手伸向前。

「四座墳。」他說。

「是的。」

「四座。」

「是的，四座。」

「爲什麼不是十座，艾吉瑞？爲什麼不是一百座？」

「我，」艾吉瑞正要說，卻又沉默不語，「我不知道。」

「這是雅基族的一支作戰小組，」湯瑪士說，「他們可以把整個大草原殺得一個不剩的，我相信。」

「我不敢說，你是這件事的專家。雅基人？」他聳聳肩，「唉呀。」

他們捲了香菸，抽了起來。抽完菸，勞洛開口了。

「這些雅基人是怎麼回事啊?你開玩笑說他們是天主教徒，我還差點就相信你了。」

「我不是開玩笑的。」湯瑪士把一隻手搭放在老友的肩上，告訴他一個故事。

❋

西班牙人消滅阿茲特克人以後，就到北邊去，這一點你很清楚。他們想要傳布「神聖的信仰」，其實他們要的是黃金。而他們在辛納魯亞可開心呢，你可別搞錯。如果沒有黃金，白銀也不錯。他們在羅薩里歐和埃斯奎納帕附近發現好多好多的銀。但是當然啦，他們想要找到從安地斯山往北一路過去的「黃金七城」，這是他們一直在找的。在錫伯拉。

湯瑪士用靴子的腳趾部分把一塊石頭推到一座墓上頭。這是一個輕柔而漫不經心的動作。艾吉瑞用無比的溫柔看著他的朋友。

遲早他們會往這裡來。這是無法避免的。他們花了三百年時間才明白，根本沒有黃金城。不過這些印第安人很狡猾，所以在南邊悲傷又窮苦的古阿沙夫人就對西班牙人說，「噢，對呀!高大的黃金神殿!在北邊。在馬約族的土地上!」

而當然啦，馬約聽起來和馬雅很像，所以西班牙人快馬加鞭地出發，一心想像有金字塔和雕像。然後他們找到馬約人。當西班牙人來到時，共有七百名全副武裝的人，還帶來一年、兩年或三年沒洗澡的臭氣!馬約人大爲驚恐，所以他們就做了唯一合理的事，像古阿沙夫人一樣撒謊。他們指著北方說，「噢，對的，是有高大的黃金神殿!不過只在雅基人的土地上才能找到。你們去雅基人那裡，他們是我們的兄弟，要往山谷過去，沿著雅基河，他們會把他們的黃金和你們分享!告訴他們是我們要你們去的!」

於是西班牙人就去了。

雅基人，當然，是馬約人的表親。他們說的是同一種語言的變體。不過這兩族人就像黑螞蟻和紅螞蟻。

黑螞蟻很和平、努力工作。紅螞蟻也很努力工作，不過萬一你踩在牠們的蟻丘上，牠們就會蜂擁而出，拚命把你咬死。所以西班牙人就沿著雅基河前進。他們走上山谷，雅基人已經在等著了。西班牙的領導人說了些類似「以西班牙國王之名、以全能天主的力量之名，我們來到這裡，爲你們帶來我們的主耶穌基督的福音。對了，黃金在哪裡？」的老調，於是雅基人像紅螞蟻一樣一擁而出，把他們全都殺了。

湯瑪士笑了。

艾吉瑞說：「這不好笑。」

「如果你是雅基人，就很好笑了。」

太陽很快西下。

艾吉瑞看看四周。他左手握著十字架，用右手按住塞進腰帶中的槍托。他們周圍的那些峭壁和山丘，在他心中，充滿雅基人、科曼切人，駭人的蘇族甚至都在那裡。他突然想像有一支大的泛印第安人的戰爭小組正掃過這片大陸，他們血洗這片土地的行動，就要從他開始了。

「你喜歡這些人。」他說。

「他們是很偉大的人。」

「可是他們是殺人兇手。」

「我們才是殺人兇手。」

「可是——」

「沒有人比傳教士更要人命，呃，艾吉瑞？」他用力拍了拍朋友的背，「沒有東西比教會更危險。」

「你說他們是天主教徒。」艾吉瑞喃喃說著。

「噢，是啊。你知道，因爲某個理由，雅基人准許一些耶穌會教士進入這些地區。共有八個雅基中心，也就是耶穌會傳教的城鎮。也許天主這個老騙子還眞的做了些事，耶穌會也准許部族在新的羅馬天主教胡搞之外，沿襲他們自己的儀式。想想看，艾吉瑞，彌撒中還有『鹿舞者』呢，一個本土式的復活節！」

「有些人或許會視這個爲異端、罪惡。」

「罪惡？胡扯。」湯瑪士走得很快，艾吉瑞還得加快速度才能趕上。「把羅馬儀式加在希伯來宗教上爲什麼就不是罪惡？如果眞有一個神，你眞的相信他就說拉丁話嗎？別傻了。用這種方式對付這些人，是耶穌會的聰明巧智。而當耶穌會被逐出墨西哥，他們留下了宗教。」

他們走進牛仔群中，在令人不安的黑暗中移動，還撞上氣味濃烈的馬匹。動物身體中間是揮之不去的槍枝機油的味道，還有皮革的刺鼻味，以及從人身上發散出的許多種汗味和恐懼的味道，像香菸的煙霧。「老闆。」湯瑪士擦身而過時，這些人說，有些人還嚇了一跳。「各位好。」他說，並且拍拍這些騎馬人的腿、膝蓋。而當他走到這些人中間時，他停了下來。他們也全部停下來，等待。

終於說話的是西根多。

「那麼，」他說，「我們要做什麼？」

「我呢，」老闆說，「要去睡覺。」

第十九章

第二天早晨，當湯瑪士先生準備向全部人下達命令時，泰瑞西塔從一個營地走到一個營地，看眾人準備早餐。葳拉已經送了好幾碗東西給在毀掉的牧場主屋的人，碗裡裝滿豆子和裹雞蛋炸的胭脂仙人掌。有些這裡的人還給他們奇怪的巨大麵餅，主屋廢墟的人狐疑地把他們的豆子包進這些看起來像是濕衣物的麵餅中。

西根多覺得麵餅吃起來黏答答又很不雅觀，不過等他吃到第三塊包豆子和仙人掌的捲餅時，卻開始津津有味。豬油的肥膩感在嘴裡既潤又香。

湯瑪士卻依然忠於那小小的玉米餅。他願意向北方讓步的程度，頂多到此爲止。

大多數人吃的是豆子。炒豆子或是和帶軟骨豬背肥肉一起煮的豆子。有人沾著咖啡吃圓麵包。從羅薩里歐銀礦來的兩名工人葛雷洛和米揚，把他們最後一點小綠香蕉炸了。米揚拿一根香蕉在褲子鈕釦蓋前晃來晃去，邀經過的人咬一口。還有蛋，打在溶化了的豬油上，將滋滋作響的聲音散布在篷車之間，像水潑灑在石頭上。這世界聞起來就像食物，泰瑞西塔閉起眼睛，從一朵美味的雲朵走到另一朵美味的雲朵，肚子唱著歌、咕嚕咕嚕叫，下巴餓得痠痛。

葳拉在自己的炊火旁，蹲在地上，膝頭擺著一個馬口鐵盤，舀起黏滑的仙人掌和雞蛋，和切下來的一塊塊玉米餅。她右手拿摺成三角形的玉米餅當湯匙，左手隨便撕下的玉米餅片就當成舀子，想吃的食物就鏟到一塊兒。她以前也用過刀叉，不過不常。

葳拉把一杯寬口杯的咖啡放到泰瑞西塔面前，杯子中間是隆起的、燒滾的牛奶薄皮，因爲熱氣而漂浮著。泰瑞西塔用兩手拿起杯子，小口啜飲。老婦人已經攪進慣例的五匙糖。泰瑞西塔用牙齒把奶皮咬進去咀嚼。早餐後，她幫忙洗碗盤，然後撣毯子、抖衣服。她一直忙到午餐時間，但是還沒來得及撿查炒菜鍋裡有什麼可吃，騎士們就過來了。

西根多又來了，而和他一起的，是湯瑪士先生。工程師穿著一套格子西裝，戴著那頂最最可笑的高禮帽。兩名牛仔在他們後面。

湯瑪士帶著一個空盤子，放在馬鞍上。

葳拉站起來。

「早安，」她說，「你還喜歡你的早餐嗎？」

湯瑪士把他的盤子丟給她旁邊的一個工人。

「很好。」他說，「多謝啦。」

她把頭朝他抬了抬。

「你決定怎麼樣？」葳拉問。

湯瑪士用指頭梳理鬍髭。

「我們留下來，」他說，「重建。」

一陣喃喃低聲揚起，不過沒有人分得出是驚怕還是同意。

「我們有些人不想待在這裡，這裡鬧鬼。」葳拉說。

「哎，索諾拉的瑪麗亞，」湯瑪士嘆氣，「你難道不覺得整個索諾拉都鬧鬼嗎？我們從辛納魯亞一路走來不是都看到怪事嗎？還鬧鬼哩！」他大笑一聲。他的騎士們也都笑了，但是「族人」沒有笑。「我有幾座牧場，你們有些人可以去艾奇輝奇輝和聖塔瑪麗亞工作，好嗎？」

葳拉點點頭。

更多喃喃低語聲。

「而你要重建卡波拉了？」葳拉說。

「很快，」他回答，「很快。不過艾吉瑞工程師在我不在時將負責牧場。我全權委託他，你們要服從他的命令，不能有疑問，就像聽到我本人說的話一樣。」

「那你呢？」葳拉喊道，「你會在哪裡？」

「我？」湯瑪士說，「我要去和雅基人談談。」

❋

湯瑪士獨自騎馬進到山裡。這時候，他想起大家害怕的哭喊、爭執和叫囂。葳拉跟他爭論，「族人」求他不要去。不過他已經和艾吉瑞及西根多吵了一整夜。他壓制了牛仔們的意願，也辯贏那毀了他睡眠、沒完沒了的爭論。

「看在天主的份上，你這個白癡！你一定帶些武裝騎士一起去！」艾吉瑞叫道。

「不要。」

「這樣做等於自殺呀，老闆，」西根多爭辯，「不要一個人去，至少讓我跟你一起去。」

「不要。」

「他們會殺了你。」艾吉瑞大喊。

「我不認爲。」

湯瑪士有種感覺，如果他不帶雇請的槍手，獨自騎馬到雅基人當中，他們將會尊敬自己的大膽。就算他們沒有受到感動，他也不希望自己的人再被殺害。況且，雅基人不騎馬，不像阿帕契人或科曼切人。他知道自己能騎得過任何可能追殺他的戰士，況且他還佩戴著兩把左輪槍，又在馬鞍兩邊槍套裡各放了獵槍和溫徹斯特槍。如有必要，他可以開槍殺出一條血路，不然他就開槍開到自己沒命爲止。

「我是個好天主教徒，」他開玩笑地說，「雅基人會跟我一起唸玫瑰經。」

❋

他的離開幾乎是悄然無聲的。湯瑪士帶了一把裝在黃色皮雕槍套的連發來福槍、兩把左輪，還有一把大刀插在腰帶背後。他穿著銀色鑲海貝的黑色長褲、生皮製套褲，還戴頂寬邊帽。馬鞍袋裡有兩袋子的披索金幣，是要付被擄女人的贖金。晨曦出現前他就早早騎馬出了營地。

當天下午到達阿拉莫斯時，他很開心能看到酒吧、餐館和樹木。他拿花生餵一隻站在芙蓉樹的大白鸚鵡。他吃了西班牙辣香腸和蛋、南瓜和木瓜、一碗茄汁燉飯，上頭撒紅洋蔥，喝了咖啡和熱牛奶，吃了三個甜麵包。他到藥房買了一些胃腸藥粉，以免辣香腸讓他拉肚子，他還買了七根雪茄和一罐菸草；報紙有說印第安酋長都喜歡菸草。他把馬托付給馬廄，自己就到廣場附近的旅館，要了一間房，花錢洗了個澡。他把自己泡在冒熱氣的熱水中，把身上的牛隻味道刷掉。當他站起身時，洗澡水看起來像是寬口杯裡的豆子湯。

「我眞是隻豬呀。」他說。

他從背囊中拿出乾淨的長褲和一件白襯衫穿上，照了照鏡子，把頭髮往後撫平。然後到樓下享用一杯龍舌蘭酒和一顆萊姆，又坐下來玩了一局撲克。他付錢給女歌手，要她唱三首歌，然後到堂兄家裡喝茶、逗弄嬰兒。到了午夜，他回到自己房裡，倒在羽毛床上，睡得像個疲累的天使。黎明時分，他穿戴好，坐下來吃了一頓有水果、圓麵包、火腿排佐綠辣椒和四個蛋的早餐。他去買了結實的靴子、理了個髮，等電報局開門，給米格爾先生拍了份電報：「卡波拉焚毀！重建中。我與叛徒協議。艾吉瑞和西根多負責牧場。」

他騎馬出鎭時，在伍瑞阿大宅「禮拜堂」稍作停留，往裡面看著華美的裝潢。女僕們十分驚慌，手足無措。他對一個來自諾加雷可愛的十幾歲女孩眨眨眼，說，「我絕對會再看到你的！你叫什麼名字？」

「尤洛索其托。」她回答。

他覺得這眞是美妙，於是躍回馬鞍上，馬兒快步奔向荒原。

＊

卡波拉的工人曾說雅基戰士的村子有十哩遠，不過他這時才想到自己竟然沒問該往哪個方向走。他可以選擇的方向竟然可以形成一道長達千哩的圓弧。他朝百約瑞卡騎去，那裡是座小小的礦城，阿拉莫斯以外唯一的文明中心。至少可以從那裡開始。他向路上看起來像是印第安人的行人打聽。沒有人知道攻擊的是雅基族的哪一支，也不知道他們那個小小部落叫什麼名字。他們告訴他，在百約瑞卡或許可以找到知道消息的人。他說不定還能找到一些突擊者呢，因爲雅基人常會在礦場工作，運用他們充沛的體力把礦車從坑道裡拉上來。

騎到那裡要一天的時間，湯瑪士把鋪蓋捲綁在身後。他的補給品有辣椒醃漬的肉乾、一個軟木塞罐裝的豆子、圓麵包、裝滿熟飯的皮囊，用蠟紙包的醃肉條、幾瓶啤酒。他還帶了一個粗麻布袋，裝著壓碎且烘烤過的咖啡豆。馬鞍鞍頭吊了三個水壺。在他後面還叮叮咚咚帶著鍋子、盤子和一個咖啡壺。足夠的子彈。他最愛的李子。

周遭的世界十分安靜，寧靜又廣闊。身後沒有牲口拖車和牧場工人，他感覺像被鬆開了，像薊草的冠毛般輕飄飄在空中。如果風向對的話，他甚至還可以飛起來呢。他從沒有想過這片土地有多大，而天空卻還要更大。雖然巨大，大地卻像是水果塔上頭薄薄的那層焦糖，而天空隆起，成爲高高的一個大圓頂，無窮盡第向外延伸出去。

遠處的烏鴉小得像香菸上散落的菸灰。他幾乎聽不見牠們的叫聲，牠們的聲音被風聲掩住，聽起來像是牠們被摺起來，塞到天空一角的下頭了。

然後是往上走：泥土路逐漸攀上山麓丘陵。龍舌蘭、蔓仙人掌、墨西哥三齒拉瑞阿樹、牧豆樹。他看到斜倚的俗麗小屋，像是被強風吹歪了。光著身體的白屁股小孩，渾身都是石灰土的塵埃。路邊有三座墓，立著白色十字架，上頭沒有寫字，石頭也漆成白色，彷彿在這個熱天中還下了雪。蒼蠅飛上他的眼睛、他的鼻子。他把花巾罩住臉；四處翻找可用之物的窮人看到他經過時都嚇得躲起來，深信這個高大的土匪發現了他們的罪惡和不檢點，悲慘的時刻終於來臨了，於是他們弓起肩膀，準備挨他的子彈。不過他卻騎著黑種馬過去了，只有達達的馬蹄回聲訴說他的經過，既沒有開槍，也沒說一句話。

路上還駛來山區的大篷車，一排排小驢子馱著帆布下一綑綑過重的機器和工具。趕驢子的有拿著手杖、滿面倦容的小個子男人，有牙齒掉光、皮膚黝黑、光腳走八字路的男人，那雙赤腳像是油炸過的皮革，在土裡呈黃色，還有裂口。他們經過時都跟湯瑪士點點頭，還偷瞄他的武器，又很快地把眼光移開。

「很遠嗎？」他問。

「不遠。」一個人回答。

他騎到山頂，望著那雜亂、破敗的百約瑞卡部落。這是座煙和塵灰的城鎮。礦坑廢棄的渣滓、四散在巷弄中像破布一樣的酒鬼、死狗、曬的衣服。這座城很髒。兩哩外他都能聞到它的氣味。

第二十章

湯瑪士把原本要給蘿芮托夫人的帳篷留下來，於是葳拉和屋裡的工作人員就搬進去住，把他們的毯子鋪在摺疊床上。艾吉瑞在破敗的牧場屋旁邊，一棵白楊樹下架起床架。他組合起鐵製床頭板和床腳板，又在床邊擺了一張小桌，桌上還有一盞油燈，然後把一把來福槍靠桌立著，一條槍帶掛在床頭板上，這床頭板真的很像一道黑色鐵圍籬，有鐵條和橫槓，他就在夜裡的微風中平靜地睡了。當他早晨醒來，雞隻都在他頭上的床頭板上站著，咯咯輕啼，還跟胖嘟嘟的貓兒一樣發出呼嚕聲。

遭到雅基人攻擊後，卡波拉的工人都逃走了，他們那些在畜欄和後頭的茅屋，以及會嘎嘎作響的小屋就空了下來，辛納魯亞的工人就漫步到這些屋子，隨意挑選。這座村子和他們來時的村子幾乎是一模一樣，不太整齊的兩排簡陋房屋，屋子後面是用薄木板和紙板牆搭成的糞坑，臭氣沖天，後面則是小小的豬圈。這條小小的街道甚至還有同樣的、驢尿形成的泥潭。「族人」依著上個村子同樣的順序一一住進這些小屋。葳拉的助手和騾車車夫提歐法諾先生選了街左邊，是最西邊的一戶。因爲他自認是村子的哨兵兼守護神，雖然要把他叫醒，恐怕要在他門外炸完一堆炸藥才行。每家人都謙卑地彎身走進低矮的門口，躺在草蓆睡墊上，接收前任屋主的跳蚤。村民很快就把這裡取個和舊日住處相同的名字：波特雷洛。

住不進這條街的牛仔和住不進小屋的人，就到沒燒掉的小馬廄棲身，或是睡在篷車底下、裡面或附近。泰瑞西塔跟葳拉一起睡。晚上蠍子就會爬下牆，牠們是從老工人編進屋頂的棕櫚葉和野草中鑽出來的。蜥蜴也會從牆上下來，壁虎和怪異的多彩小生物也來了，這些小東西彼此推擠，然後在憤怒的爭戰中竄過木頭和磚塊。

工程師艾吉瑞已經接掌卡波拉。沒有木材，他們要怎麼重建主屋？泥磚。他們有黏土、有沙土、有泥漿和乾草。有一些椽木和橫樑，雖然被火燒黑了，但是仍然結實。還有人的肌肉和雙手雙腳。

他們把主屋裡的焦炭和破敗的殘留物全清走，艾吉瑞很高興房屋地基很正常。磚頭耐得過火燒，而硬木的支柱和支架也都質地緊密，燒不起來。門廊和樓梯情況良好，壁爐和煙囪也仍然站在那裡。雖然艾吉瑞有半數的手下已經從這個燒掉的屋子裡拿走所有能拿的東西，但是其他人還是用從圍籬撬下的木板和附近穀倉背面的木板，以及兩間拆了的工作間，把一排排泥磚框起來。這些泥磚擺放在地上，像是巧克力蛋糕。泰瑞西塔和其他小孩就會去踩踏大桶裡的黏土和草葉混合物，看泥巴從腳縫歪歪扭扭地擠出來。

艾吉瑞在他們拆了的工作間裡發現一堆銅管，於是立刻把他的下午時光用來設計一個系統，可以把風車從牲口那長滿青苔的水槽裡抽送出來的綠色水，送到工人屋中心和主屋附近一帶。等到這些管子終於擺放好位置，彼此交織出格子形狀，孩子們就用它來玩大型的「跳房子」遊戲。水終於穩定地流進工人屋泥巴巷尾附近的桶子裡，也帕達帕達進到離艾吉瑞床不遠的一個大陶罐，而爲他躺在床上看書時（全身還塗滿葳拉的金光菊防蚊膏），製造了怡人而且清爽的氣氛。他吹熄油燈後，仰望清朗的夜空、無邊無際的藍白色星星，以及流星劃開天空時那奇特的一道道光。他會點起火柴，查看他那本小小的星圖，找出黃道帶那些神祕的圖形。當月亮升到馬德雷山脈那些嚇人的暗黑齒牙之上時，艾吉瑞就會打開放在床頭桌上的一個長長的皮盒子，拿出一架黃銅望遠鏡，細細望著月亮那有陰影的峽谷、隕石坑和深深的死海。歐洲人總是看到月亮裡有個男人，這是工程師在艾爾巴索得知的。不過他的父母親卻總是在月亮表面看到一隻兔子，他每天晚上看到的也就是這個，這隻用後腿站立的兔子，牠耳朵向後垂下，似乎正在吃著這個鬼魅般衛星的邊緣。

❋

有時候，泰瑞西塔會站在艾吉瑞燈光外很遠的地方，看他看書。

「族人」都認為他相當瘋狂，這樣子睡在室外伍瑞阿的大床上，雞隻高站在頭上方和腳上，營地的狗也開始在他附近聚集，而且一晚多過一晚，再加上他的白色長睡衣和望遠鏡、他的書和他那個咕嚕咕嚕吵一整晚的陶罐泉水。當穀倉的貓也決定愛艾吉瑞勝過所有人，而艾吉瑞也讓這小東西睡在床尾時，他們可被說得難聽極了。不過泰瑞西塔覺得艾吉瑞很迷人。

圍繞著某些人的彩色氛圍也回來了，雖然還是很淡，但是同時卻也看得更清楚了。她也開始會看到一些事情，正如同葳拉說的，但是大多數並沒有什麼神奇。她才大到會注意從前從沒注意的事情而已。比方說，最近她就注意到附近有公牛從母牛後面推擠，然後又看到公馬在推母馬。當她告訴葳拉看到的事情後，葳拉就把她拉到穀倉後面，告訴她那些動物在做什麼。泰瑞西塔又驚又樂地尖叫起來，然後兩人就像小女孩般笑鬧起來。

葳拉也教泰瑞西塔擠牛奶，因為她以前只擠過羊奶，葳拉說：「你沒有奶子，不過以後你會有的。我的呢，哎，我的孩子，我的奶子又鬆又垂，跟母牛的一樣！它們開始的時候很大，到最後就變長了。讚美天主。」老婦人的粗言粗語總讓泰瑞西塔忍不住吃吃笑。

泰瑞西塔以前從沒注意牧場工人有多少人有一口爛牙，或是缺牙，或是因為掉了牙而下巴歪扭、嘴也癟了。她沒有看到周遭那些手腳、四肢，有傷腿有傷踝、受傷、生病或扭曲。工人屋有三個人手臂受傷，兩隻手臂彎曲得像是歪扭的樹枝，一隻手缺了一半的手指，彎成一根暗黑的爪子。沒眼珠的、慘白眼睛的、飄移的眼神和鬥雞眼。牛仔身上有傷疤，有些人還失去大拇指或食指。她太震驚了。這個世界以她從沒看過的方式受著傷。

狗兒用三條腿奔跑。

這是什麼？

死雞躺在雞籠裡，身體已被蛆蟲分解了。

不論她問誰，不論她問了多少「族人」，甚至是葳拉、甚至是艾吉瑞和看起來無所不能的牛仔們，沒有人能解釋爲什麼世界上有受苦、爲什麼有痛苦或死亡或傷害。聽到人說受苦生病是「神的旨意」，讓她沮喪得要發瘋。或者牛仔們的人生哲學，說生命就是艱苦，痛苦時你就咬緊牙根，不要怨天尤人，如果情形太糟，你就騎馬到鄉間熬過去，就像一頭受傷的土狼或是山獅。這些答案也讓她氣餒。葳拉最糟糕。泰瑞西塔在不斷的震驚中發現，這位老婦並非事事都有答案。的確有些神祕的事太過深奧，老婦人不懂，而面對這些未知事物時的安詳並不能安撫泰瑞西塔。泰瑞西塔不敢說出來，不過光是燒鼠尾草或香草或杉木是不夠的；跪下去沾聖水到她額頭上，誦唸玫瑰經的神祕或唱起古老的「鹿歌」，或高舉祭品祭拜四方也是不夠的。問著從來也沒有人回答的問題，這不是會把葳拉逼瘋嗎？噢，不過她已經知道葳拉的回答了，她甚至連問都不必問——葳拉會告訴她說：「有些問題你是不用問的，有些問題不是要你得到回答的。」

泰瑞西塔在一陣恍惚的異象中漫步著。在沙地大床上躺著的艾吉瑞，在他那搖擺不定的油燈光團和他那成堆的書中，或許不是卡波拉最令人困惑的事物，也不是索諾拉大門外大片土地上最令人困窘的事物，不過他也夠讓人困惑的了。

❋

一天早晨，艾吉瑞在拂曉時分醒來。他的雞隻在上方站著看他，他已經知道要牠們站在床頭鐵杆上時屁股向外，離開他，所以床頭的地上全是牠們的糞便。五隻狗在床腳附近挨擠著仰身睡覺，四隻腳像喝醉般張開，耳朵往外拍動，像是柔軟的翅膀。牠們身上掛著蝨子，像是肥美的漿果。泰瑞西塔坐在蓆子上，逗弄貓兒。

不知道什麼原因，艾吉瑞突然脫口而出：「什麼？」

「早安。」她說。

他把被單拉到胸口。

「早安。」他結結巴巴地說。

「你晚上看什麼書？」她問。

「最近我重訪吉軻德。」他說。雞隻咯咯叫，狗兒搔著癢，艾吉瑞心想：這是多麼特別的場面。

「我可以看看嗎？」她問。

「書嗎？」他說。

她點點頭。

他坐直了身體，試圖用兩手把頭髮撫平。他梳理了鬍髭，然後拿一個陶杯，喝了點水。他把杯子放下，拿起書來，對著書微笑，彷彿書是個熟朋友，然後他把書遞給她。

書在她手上相當重。封面是柔軟的皮革，她喜歡手指摸著它的感覺，上面的字母是亮金色。

她用手指去摸書名。

「這個？」她說。

「是書名，」他解釋。「《拉曼查的吉軻德先生》（*Don Quixote de La Mancha*）。」

她摸著第一個字，那個小小的字。

「這個呢？」

「『先生』（Don）。」他說。

「『先生』。就像『湯瑪士先生』的『先生』？」

「或是『勞洛』先生的『先生』。」他說，希望能提醒她自己的地位。這孩子很奇怪地和他很熟，好像根本不很尊敬他的樣子。

「『先生』，」她笑道，「你告訴我它的字母。」

「D—O—N。」他脫口而出，一邊四下張望，看看沒有人正在看這堂荒謬的課。

「D！」她吸了口氣，「O！N！『先生』。」

她笑了。這是她學到的第一個字，她已經學會讀一個字了。

他把書拿回去，在書頁中翻找，停下來。「在這裡，」他說，他把書頁拿給她看。「你看這裡。」他說。他指著一行字。

「它說什麼？」

「伍瑞阿。」

「哪裡？」

他把字母指給她看。

「這是個湯瑪士先生嗎？」她叫道。

「不是，不是。這是好幾百年前的事。不過這是湯瑪士．伍瑞阿先生的祖先。」

「這本書裡有一個伍瑞阿家人？」

「是呀，而吉軻德先生還提到他相當有權力。」

「每本書裡都有伍瑞阿嗎？」

艾吉瑞笑了。

「拜託，不是的！」他說。

「謝謝你，」她說，然後就跳下床。「你該起來啦，勞洛先生。時間不早了。」

她把書放下，揮揮手，在一群吠叫的狗中跑走了。

第二十一章

紅色平原上來了這個看似迷了路的獨行騎士，他那拉長的影子連到那些痛苦歪扭的黑色仙人掌和蔓仙人掌上。寬邊帽在臉孔四周形成一個濃密的橢圓形暗影，垂到脊椎骨末端的刀露出鹿皮刀鞘的部分閃著點點光影。當他遇到運貨隊伍時，他會碰碰帽子示意，而當他接近其他獨自行進的流浪漢或是一小群印第安人時，他就會打開來福槍套，把槍橫放在大腿上。

湯瑪士曾經跟一小群印第安獵人吃過響尾蛇，和他們一起弓背圍著一小團冒著煙氣的火。他們穿著寬鬆的大褲子，頭上綁著紅色方巾。他們的鼻子又大又漂亮，眼睛是瞇瞇眼。蛇皮都用木釘釘住，在太陽下曬，淡紫色和粉紅色的蛇肉則串在棍子上，在大火上轉動著燒烤。他們用刀刃吃肉，也用刀刃對湯瑪士比著，還指向火、又指向他，然後全體大笑。「你們這些混帳！」他說。雖然沒有說出來，但是他們全都知道把他放到火上，看著他的肉也燒得滋滋作響，會是非常有趣的事。阿帕契人互相低聲說笑，揉搓他們的臉，又對這個白人傻瓜搖搖頭。他們喜歡他，他還給他們煮咖啡，這個他們也喜歡。到了分手的時候，他們把一條肥響尾蛇綁在一條皮繩上，再把牠掛在他脖子上。他們站在他旁邊，假裝用刀子威脅他，還咯咯笑，他也拿出來福槍比向他們。每個人都認爲這太好笑了。

他離開大路，到一旁過夜，把種馬綁在一棵假紫荊樹上。他聽說過這種樹，但卻從沒有看過。這樹沒有什麼葉子，樹身是綠色，很軟。他用指甲在樹身上刻下姓名縮寫：T、U。他用他那條響尾蛇嚇走任何出現的西貒或土狼。然後他發現在一條乾涸溪谷有一個凹岸，形成一個像洞穴的地方，他就在這個遮蔽處涼爽的沙地上攤開毯子。他把矮樹叢和看起來像是空心木材的枯死仙人掌枝幹拉到一起，還有小窗子在其中。他升了一小團火，又在一個坑裡小便，烤了一隻打到的野兔腰腿，那兩隻大大的後腿看起來眞像長長的火雞腿。他把鹽抹在烤得嗶剝作響的肉上再吃，雖然中間的肉還沒熟，而且是鮮粉紅色。他煮了咖啡，還在裡面放了大量蘭姆酒。甜點是李子。

仰望天空，他想要禱告，卻又覺得太虛僞了。

第二天騎馬上路，他經過一座農場的大門，上頭的招牌寫著：「渥夫．西伯曼先生財產：牲口、龍舌蘭、劍麻、棉花。」他走到路邊高高的橫木下，橫木上釘著一個牛的頭骨，直柱上則排列著馬蹄鐵。湯瑪士聽米格爾先生提過西伯曼這家人——別人背地裡叫渥夫先生「德國佬」。

湯瑪士看到遠處有一群牛仔，聚集在一片亮得刺眼的空曠地上，周圍是些無精打采的馬兒。

他騎向他們。

他們轉身看他。

一共有十個男人，其中六人拿著鏟子。他們中間地上有個新土堆，在它旁邊，一個很深的坑旁邊又有一個土堆。

「日安，」湯瑪士喊道，「我叫湯瑪士．伍瑞阿，是從卡波拉牧場來的。」

這些人看看他，兩手托放在鏟子上。

「湯瑪士先生。」其中一個人說，並且點點頭。

湯瑪士心想，他們陰沉得很奇怪。

「我在找叛徒雅基人。」湯瑪士說。

他們面面相覷。

「雅基人？」爲首的人說，「這可眞不是件好事。」

「他們燒了我的牧場，」湯瑪士說，「你們可以去警告渥夫先生要小心點。」

「謝謝你的警告，先生。」

他們盯著他。

「不過我們倒沒有看過任何雅基人就是了。」

湯瑪士往坑裡看。

「還有沒有別的事？」工頭說。

「沒……沒有。」湯瑪士瞇眼看，坑裡有東西在動。「多謝。我就要走了。」

「再見了。」這人回答。

挖土的人重新拿起鏟子，埋頭工作。

「我可不可以問這是什麼工程呀？」湯瑪士問。

「湯瑪士先生，」工頭說，「我們從清晨就在挖了。」他擦了擦額頭。「你也是老闆，你知道事情是怎麼回事。老闆命令，我們就照做，不會問問題。」

「這態度値得嘉許，」湯瑪士說，「而如果你不介意我問的話，你接到的命令是什麼？」

工頭丟下鏟子，走到他的馬旁邊。他從馬鞍上拿了一個小壺，喝了一口熱水。

「這個嘛，」他說，「是勞工問題，這些問題沒完沒了的。」

「當然，」湯瑪士笑笑說，「工人問題是沒個完了的！」

「是啦，先生。是這樣的……」他揩揩嘴，又喝了一口水，嘆口氣，把水壺塞子塞回去。「渥夫先生很嚴格，對付這些人非得這樣不可。他們沒出息又不能信任，控制鬆，只會出麻煩。」

「沒錯。」一名挖土工人加上一句。他把一鏟子的沙丟進去：坑裡冒出一陣灰沙。

「兩個工人談戀愛，」工人繼續說，他聳聳肩。「這些工人呀，發起情來像畜生。可是渥夫先生關心的是牲口——牛呀、馬呀，還有他的工人。所以要結婚的時候，渥夫先生就要找最健康的配對，你知道。挑選伴侶，他的眼光從不會錯。」

「配種！」挖掘工喊道。

泥土落入坑裡。

「這兩個人是不准結婚的。可是，不行，先生。他們還是結婚了。」

湯瑪士感到一股涼意直下背脊。

工頭朝遠一點的土堆指了指。

「那裡是女的。」

「渥夫先生，」挖掘工說，「要男的看到女的先被埋，」

「然後我們再埋男的。」另一個工人說。

然後湯瑪士看到了，泥土倒進坑裡的時候，有一隻腳還在虛弱地踢著。

「你們活埋他們？」他說。

這些人全都停下工作，面無表情地看他。

「是的，先生。」

「女的先進去。男的像狗一樣地反抗，」工人說，「不過我們人多，花了很長的時間。等到女的被埋了，男的就崩潰了。女的埋了以後，要把男的弄進坑裡就容易得多了。」

湯瑪士說：「我可不可以把這個人的契約買下？」

「你要救他？」

「我有錢，我付得起。」

工頭搖搖頭。

「不行，」他說，「不行，我想不行。」

「況且，」挖掘工說，同時朝坑裡看，「他不踢了，我想他已經死了。」

「看到了吧？」工頭說，「來不及了啦，先生。」

湯瑪士轉身，緩緩朝大門騎去。

「這是眞愛喲！」挖掘工叫道，「現在他們永遠在一起了！」

鏟子把成磅重的碎石子繼續鏟進這個寂寞的墓中，發出清脆的聲音。

湯瑪士把兩隻手放在來福槍上，然後想想不妥，就抓住韁繩，用馬刺催促他的馬，盡可能快速地騎在慘白的路上，朝著邪惡的雅基山丘而去。

第二十二章

幾天後，當西根多帶領好幾車的木材，以及十多個騎著馬和騾子的新來人手，匡啷匡啷回到牧場時，還沒有任何人聽到湯瑪士的消息。新房子牆底已經用繩子拉出輪廓，曬乾了的磚也有一些放上去了。艾吉瑞已經畫好一幢宏偉的兩層泥磚房屋的平面圖，門口改爲一座門廊。西根多抵達時，這位工程師正在一條小溪谷的附近，拿鉛筆和素描簿設計溢洪道和下水道路線。他很肯定這一定要用銅管！

西根多要這些新手去工作，有圍籬要修、有牛隻要照料、有坑洞要挖。湯瑪士之前命令要挖一座新的牲口水池，雖然西根多絕對不可能拿起鏟子親自動手，但這些從阿拉莫斯來的孩子倒是隨時準備去挖的。反正他們很多人原本也是礦工，早挖習慣了。

西根多找了艾吉瑞，兩人一起走到工人村外面，直到他們發現一處下斜的地面，可以很方便地挖深而且擴大，它天然的土壁就可以形成一個倒三角形水塘的岸邊。他們同意在這個坑的南端做出一道土堤，把他們的小小山谷變成一座水壩，再做一條溢洪道將它和舊的牲口池相連。艾吉瑞立刻著手計算從風車送過來的可能水流量。在記事本的邊緣，他寫出一欄欄的數字。要是他在這個水池裡放鱸魚，或是彩色鱒魚，那會怎麼樣？他們不就可以每個星期五都開心地享受鮮魚嗎？

「他的腦袋，」西根多對泰瑞西塔說，後者現在跟著艾吉瑞走，像是他的狗一樣，「很忙哩。」

「D－O－N，」泰瑞西塔，「拼成『先生』。」

「乖乖。」他說，這是他的「真的呀」的說法。他漫步走向穀倉。雖然溫度已經很高，西根多還是打算把靴子脫了、往乾草堆上一躺。他停下步子。「嗨，丫頭。」他說。

「什麼事？」

「去弄清楚『西根多』怎麼拼。」

「我會去問。」

「好。」他說，然後他就走開了。

泰瑞西塔跑向艾吉瑞。

「工程師，」她叫道，「教我一個新字。」

「你想要認識什麼新字呀？」他說，他並沒有從他永遠沒個完了的計算中抬頭。

「我的名字。」

他看著她，這個鍥而不捨的小丫頭。不過這個要求還算合理。

他揮手要她過來。他拿起一根棍子，蹲了下來。「你看這裡，」他說。他在地上畫了一個大大的T字。「T，」他說。她跟著唸。「E。」他們接著這樣寫完也唸完她的名字。

「泰—瑞—西—塔，」她說，「像一首歌一樣。」

「我想是吧。」

「Don Teresita（泰瑞西塔先生）。」

「不是，不是，不是。是Doña Teresita（泰瑞西塔女士）。你明白嗎？」他把這個字寫在地上。「你是女士，不是男士，所以要用Doña。」

這話讓兩人都笑翻了，因爲他們都知道泰瑞西塔絕不是什麼有身分地位的優雅女士。

「勞洛先生。」她說，伸出一隻手。

「泰瑞西塔女士。」他回答，握住她的手，鞠了個躬。

葳拉站在他倆後面。

「你們在做什麼？」她問。

不知道什麼原因，這話把艾吉瑞嚇了一跳，他倒退了一大步。

「我——」他說。

「他教我唸字，」泰瑞西塔說，「我還寫了我的名字。」

葳拉跨到地上的字前看著。

「看來像有幾隻雞走過這裡，」她說，並用腳把名字抹去。「你，」她指著艾吉瑞。「你識字。」

「是的。」

「你可以教人家。」

「我想是吧。但我沒有正式給人上過課——」

「明天是星期天，」葳拉說，「你，勞洛．艾吉瑞，你給我們上教會課。」

「女士，我不是神父！」他抗議。

「你識字——你可以唸神父的書。」

她握住泰瑞西塔的手，把她帶開。

於是共濟會美以美教派的艾吉瑞暫時變成了卡波拉的神父。「族人」坐在長椅和石頭上聚攏，如果沒有坐位，就盤腿坐在地上。艾吉瑞從《詩篇》第二十三首開始唸給大家聽，使他們大感安慰，不過大家要他用牛隻的術語來說，因爲他們當中沒幾個人看過綿羊。艾吉瑞想到自己竟然要篡改《聖經》經文不免感到有些不安，雖然他並不認爲經文是絕對沒有錯誤的歷史文獻。終於，他勇敢地大聲說；「天主是我的牧牛人！」

勞洛先生就是勞洛先生，所以他很快就專心經營起「族人」的神父的角色。他鼓勵成立一個午後沙龍，由他爲眾人講述歷史或哲學。每天下午三點，他們就會聚集在他大樹下的床邊，聽他講解「動物磁力」、「黃道十二宮」、狄亞茲政權的政治陰謀等題目。在一堂艾吉瑞稱之爲「莫提祖瑪之妹帕潘琴，在天主教徒稱做耶穌基督的偉大建築師的陪伴下，在來世，我們稱做天堂，的眞實奇異冒險課中，勞洛先生講到高階的阿茲特克祭司見到世界末日跡象的那些日子。天空中出現流星，街上有哭號的幽靈，眞的，他解釋道，可怕的墨西哥鬼魅「羅若納」頭一次在他們的巷道中現出她可怖的身影時，簡直把阿茲特克人嚇死了。他們的日曆已到周期的結束。時代與時代之間、令人害怕的「尼莫提米」，已經開始。海岸來的信差帶來可怕的消息，說海面上有好大的白色海鳥，而這些海鳥身上都是蓋策爾寇阿托的爪牙，是從日出之地回來、留鬍子的神。今天，所有人都明白這些大鳥是船，而上頭的神只不過是西班牙人，不過在那段古老的日子裡，「世界中心」特諾奇提特蘭城內有莫大的恐懼。

而國王莫提祖瑪的妹妹帕潘琴病倒在床，發著高燒，身體孱弱，最後就死了。垂死之際，她發現自己在天堂裡。

像往常一樣，泰瑞西塔坐在人群最前面，兩手托著下巴傾聽。

「帕潘琴後來告訴莫提祖瑪在天堂所見，因爲帕潘琴死而復生了！噢，是的，帕潘琴帶著一個警告從天堂返回，這個警告是給所有人，讓他們提防不公義統治的復仇！」艾吉瑞清清喉嚨，繼續說：「帕潘琴在死者之地被一個穿白袍的金髮男人迎接。」「族人」劃起了十字。即使間接提到耶穌，他們也都知道。「他帶著她走過山谷，她看到河流和鴿子。」每個人都點頭。「可是主帶著她來到一座陰暗可怕的山谷。山谷裡滿是骨頭。」他們倒抽了一口氣。「骨頭！人骨！頭骨。他說：『看哪，你的族人。』因爲啊，主警告帕潘琴，她的人民會因爲自己的無知而被毀滅，他們的信仰會毀掉他們。於是帕潘琴就在墓中醒來了。」

他們低下頭。

「你們能想像嗎？你們可以設想阿茲特克人在她復甦時的『敬畏』嗎？」

他們說，他在說什麼呀？

「起初，因爲怕她是鬼，是惡魔派來要傷害他們的，所以沒有人敢走進墳墓。」

泰瑞西塔兩手貼著臉。

「然後呢？」她脫口而出，可是沒有人回答，因爲「族人」全轉身站了起來，一陣馬噴鼻息和馬蹄聲傳來，他們全都跑去看老闆了。

艾吉瑞放下書裡的書說：「乖乖！」

他鬆了一口氣，因爲他的朋友回來了，而且看起來完好無恙。不過他的談話被打斷，也讓他有些惱火。再看到湯瑪士後面竟然有印第安人跟著進入牧場，更讓他大爲驚惶。

湯瑪士騎坐在種馬背上，低頭向他們微笑。他和他的馬都風塵僕僕。後來「族人」會說他跟離開時相比已經變了個人，在他獨自騎馬的那些天裡，他身體裡有些東西變了。

在他身後的印第安人都沉著臉、靜默不語，他們後面是被他們抓去的女人和小孩。當「族人」開心地舞著、跳著到他們面前時，他們就呼天搶地哭了起來。他們從馬上跳下，飛快跑過人群，像是被驅散的雞隻。他們兩手伸向天，雖然沒有任何事發生，他們也不認識人群中的任何人，而且他們的陋室如今已成為陌生人的家，不過畢竟是回到家了，這才是最重要的事。牛仔們從平原上騎馬衝過來，狗兒吠叫。艾吉瑞推開歡樂的人群，走到湯瑪士面前握住他的手。

「歡迎回來。」他說。

「看起來不錯，」湯瑪士點點頭，朝四下瞥了一眼，「做得不錯。」

「當然。」艾吉瑞微微點頭，表示認可。

他已經下了一道命令：只見一些男人從一輛篷車上拖下一張床，在靠近艾吉瑞床的那棵大白楊樹下組裝起來。他們在床邊放了滿滿一陶罐風車打上來的清淨涼水，等到湯瑪士終於在晚上的燈燈光中躺下時，他們已經在小桌上備妥一盤糖番薯和仙人掌果凍和水了。

湯瑪士目光越過他們，直視遠處的馬德雷山。他搖搖頭，低頭往下看。

「葳拉。」老闆說。

「先生，」她點點頭，「聽候您差遣哪。」

「還有你。」他對泰瑞西塔說。

她朝他搖了搖手指。

西根多漫步過來，那雙因爲騎馬而變成的弓形腿，使他看來像艘晃動小船上的水手。

「老闆。」他說。

湯瑪士對他微笑。

「我去到外頭。」他說。

「是的，你去了外頭，」西根多點點頭，他從他臉上看得出，「你很喜歡。」

「噢！」湯瑪士說。

他本來打算告訴他們所有人他的旅行。說到帶領他進到戰士村莊的那個瘋印第安人。說那個頭上綁著鹿角的赤裸跑者怎麼樣倒退著小跑步，又喊又嘰嘰咕咕說話又笑他。說這個跑者如何跑遠、突然停下來、彎下身，掰開兩片屁股放了個最最粗野的屁。說這跑者如何在路上小便，再把兩手按在肚皮上對湯瑪士做出誇張的大笑動作。還有，當他厭倦這陣大笑後，他又是如何像演啞劇般哭著、用兩個拳頭揉眼睛，然後指著湯瑪士，清清楚楚說著：尤力愛哭鬼！

說這跑者如何把他領進村子，村民如何拿著武器對跑者吆喝，而跑者蹦蹦跳跳，咻地就穿過村子到了另一頭，只停下來對湯瑪士擺動屁股，就舞出了視線。

他想要告訴他們，當他騎馬走進那些戰士中間時，他們表情驚異地站在那裡，有些人跑向他，用木棍打他，還用他們的大刀作勢威脅。還有他的種馬是如何在這陣混亂中靜靜站立，然後就地舞著、又來來回回、前前後後轉動，在村子中間走方格，而戰士們全都後退，對這個瘋狂的尤力和他那惡魔般的馬感到又害怕又有趣。還有族裡的老酋長如何走上前，他戴著一個十字架，口操西班牙語。他還想要告訴他們他倆如何談到許多事。

他想要告訴他們星星的事，告訴他們躺在可怕的墳墓中的那對愛人，告訴他們阿帕契和烤毒蛇的事。

湯瑪士突然知道，他不會說這些。他一向想像自己是個不受馴服的人，如今他發現自己只是半隻土狼。

在過去幾星期中，他終於體會到不受馴服的真正意思了。那頭土狼註定要生活在他社會地位的籠子裡。湯瑪士無法想像要如何讓自己自由。

這些雅基人也沒有辦法幫助他。他一下馬，他們就了解他身體裡的土狼部分。這些人是部分老鷹、部分蜂鳥、部分蛇的合體。他從不跟他們的女人說話，因爲雅基人知道他是什麼樣的人，也知道他已經喜歡她們了，他們知道當夜晚來臨、女孩子走到她們家時，他的愛代表什麼意思。他們太喜歡他，捨不得殺他；但是他們也太愛他們的女人，捨不得讓她們嫁給一個尤力，即使是有錢的尤力。所以他們就跟他坐在一起，告訴他他們的生活。他們家鄉的毀滅、尤力入侵和使他們孩童身體變形、老者體力衰弱的飢餓、大屠殺和吊死人、苦刑折磨和攻擊。被墨西哥軍隊破壞成空城的一村村、被趕到海裡的一家家、被樹枝刺穿、任由腐爛、被餵鯊魚、被馬踩死的孩童。從孤單的流浪者頭上蒐集來賣給政府換獎金的頭皮。恐懼。

在他了解他們之後，也在他確定他的人質可以釋放之後，他決定帶幾個人回卡波拉，讓他們可以在他的族人面前說清楚理由。至於湯瑪士自己，他不會想要說清楚自己的立場。誰會聽他說？誰能明白他？

湯瑪士比一個手勢，要雅基人下馬。他們下馬站好，堅定地站在沙地上。其中一位老人跨步向前，湯瑪士從馬上滑下，和老人站在一起。

「族人」安靜不語。泰瑞西塔往前擠，靠著葳拉的臀部看。這個老村長看著女孩，就用古老的語言說「我認識你，老女人在飛的時候我看過你。」她朝他抬起眉毛。

老人清了清喉嚨，用西班牙語說：「很抱歉，我們燒了你們牧場。」

「族人」全都彼此看著：葳拉看西根多，西根多看艾吉瑞，艾吉瑞看泰瑞西塔，泰瑞西塔看湯瑪士。然後葳拉又看看提歐法諾先生，提歐法諾看看另一個人。

「我們以爲，」老人繼續說，「我們在和你們打仗。」

他聳聳肩。

「我們和每個人打仗。」

他交抱著手臂。還跟混血種和尤力講這些，呸！

「你們要知道啊，凡是不說卡希塔語的人，我們都和他們打仗。你們有些人說話倒還像個人類，那我們就不會和你們打仗。就算我們再回來燒牧場，也不會殺掉你們。」

「還眞讓人鬆了一口氣咧，混小子！」葳拉脫口而出。

每個人都笑了，就連年老的雅基領袖也是。

「我們以爲我們在和這裡的『抓到天的人』打仗，」他說，對著湯瑪士比了比，「我們沒看到他，不過我們看過他進到夢裡。這些『尤力』，我們以爲他們是一樣的。」

湯瑪士拿根雪茄給他。他接過來，用西根多的火柴點燃，點點頭，生硬地聊表謝意。

「你們爲什麼要突襲我們？」艾吉瑞問。

「我們餓了。」

「牛。」另一個人說。

「牛！」西根多說。

「餓了。」老人又說一次。他們認爲他脾氣不好，有些人認爲他很笨，不過他反正就是不想浪費太多力氣向尤力道歉就是了。

「艾吉瑞，」湯瑪士說，「神父要我們繳多少教區稅？」

「他們建議你把收入的十分之一給窮人，我親愛的伍瑞阿。」艾吉瑞說。

「十分之一，」湯瑪士複述一遍。「從現在起，卡波拉要把它的收成和牲口的十分之一給雅基人。如果我們有一百頭牛，你們就會有十頭。」他說。

老人看看他的族人，他們都點頭了。他把雪茄從嘴裡拿出來，說：「好。」

「只要我們還在這裡，你的族人就不會挨餓，」湯瑪士繼續說，「而伍瑞阿牧場的土地也將永遠供你們避難。不管是在卡波拉、在艾奇輝奇輝、在聖塔瑪麗亞。你們要保護我們不受印第安人的攻擊，而我們要保護你們不受軍隊的攻擊。」

老人點頭，他和湯瑪士握了手。

「我要給大家看一樣東西。」湯瑪士對「族人」說。

雅基這群人當中有一個女人。以湯瑪士的觀點而言，她相當漂亮，不過幾乎他看到的每個女人他都認爲很漂亮。她騎馬在人群的後面，一直沒有跟他說過一句話。她的頭髮又長又直，遮住了臉的兩側。這時她已經下了馬，站在雅基男人們的後面，默不作聲。湯瑪士知道她可以讓他的人明白。

「雀帕，」他說，「拜託你。」

他用一隻手朝她比了比，她跨步往前。

「這位是雀帕。」他說。

村子的老人對她低低說了些話，她點點頭，讓他輕輕地把頭髮撥開。她兩隻耳朵都被割掉了，頭髮下是可怕的耳根殘餘，慘白而且參差不齊。

「白人下的手。」老雅基領袖說。

然後他把她頭髮放下，轉身開始走。每個印第安人也都轉身跟在他後面。湯瑪士和族人站在那裡看著他們走過炎熱的平原，把偷來的馬兒留下，身影在光的波動中晃動，逐漸縮小，似乎要碎成片片，先是他們的頭，然後是他們的心，漸漸融進那水銀般的天空，一直到他們像是小小的胡椒粒，然後不見了。

從此以後，艾吉瑞會說，就是在那一天，在那個地方，不管任何人怎麼說，墨西哥的革命誕生了。

第三部 蜂蜜與鮮血

印第安人突襲的威脅既已結束，湯瑪士先生便將注意力放在牧場的發展上，他伯父也提供大筆貸款協助。他變成一個工作狂，成天騎著馬，以驚人的精力督導建築工程。卡波拉的改善工程是在可可拉奇旱谷的南面進行，這裡俯視一座約二十到二十五呎高的陡峭懸崖……由於在旱谷河床上建造低矮而引水轉向的水壩，這一片土地就可以灌溉……湯瑪士先生雇用相當多的印第安人開墾土地，接著去找來勞洛・艾吉瑞……

——威廉・克利・荷頓，《泰瑞西塔》

第二十三章

三十個蜂箱沿著卡波拉南邊界線圍成一個大圓弧，蜜蜂就從這裡飛出來。另外還有十座蜂箱立在艾奇輝奇輝的主圍籬外。這些箱子是松木做的，漆成白色，以牢固的橡木支柱站在地面。它們的斜頂是馬口鐵做的，用泥磚把它們黏牢，不讓風吹走，這些泥磚是牧場大整建剩下的。蜂箱的底面是硬木，不容易腐爛。每個蜂箱都有九片巢片，各距半吋，巢片上是一格格六角形的蜂窩，這裡面會慢慢地塡滿蜂蜜。

在涼爽的日子裡，蜜蜂都會在蜂箱門口附近飛舞，一堆堆晃動著，十分不情願地飛去進行各自的工作。起先不容易看出牠們要到哪裡去採花蜜和花粉。從上方看去，卡波拉或許看起來像片沙漠，不過在旱谷過去的低地，卻因爲有灌溉水而呈現青綠色。那裡長著一長排一長排的玉米，形成一種小小的工業，以玉米、玉米穗和玉米殼做蒸粽、玩偶和香菸。玉米可以餵三百名工人吃玉米餅，多餘的餵豬和牛，而多餘的豬隻和牛隻則賣給附近的村子和牧場。收穫季節時，篷車載運一車車的玉米到和湯瑪士簽約的雅基和馬約族村落。「族人」把玉米發酵，做成稱做「德灰諾」的刺鼻玉米糊，他們喝這種東西，然後打架、拿刀互砍，吐在泥土上，再面朝下醉昏過去。

成排玉米旁邊是長長的明亮草地，種著紫花苜宿和苜宿。還是一樣，這種作物餵馬和牲口，花則養活那些動個不停的蜜蜂。搭著柱子和繩索的豆子和香豌豆也開著花。還有番石榴樹、芙蓉。

沿著雅基河河岸種著桃樹和杏樹、榲桲樹、蘋果樹。牧豆樹也開花了。在卡波拉南邊，湯瑪士種了一英畝的薰衣草。這草可以養出一種很香的蜂蜜，湯瑪士也用那種奇特的香味做藥膏和煉油。他最新的計畫是五英畝的草莓。幾乎每間小屋前面，都有舊而生鏽的食物罐頭裡冒出的紅、粉紅或白色天竺葵花園。

湯瑪士曾經在書報上看過，說蜜蜂喜歡紫苑，因此他就在香雪球、金蓮花和牽牛花外並排種了紫苑。當然啦，高牆和圍籬上也長滿了忍冬花。蜜蜂釀紫苑花蜜的時他都可以知道，因爲那蜜聞起來耽溺又塵俗。桃子或苜宿花蜜是甜的。薰衣草花蜜有春風的味道。忍冬尤令「族人」快樂，因爲會吸引蜂鳥，而只要有蜂鳥盤旋飛舞，諸事都將順遂。

更遠的地方，在他們的旱谷和風車再過去的乾燥荒地上，沙漠開滿了花。就連小小的「佩奧特」仙人掌也開花了，胭脂仙人掌和稀少的樹形仙人掌也是，這種仙人掌是「大北方」的哨兵。野花不待湯瑪士任何幫忙，就從地上冒出來。夏天，雨水降臨，隨後就是蟾蜍從地底竄出的神奇現象：牠們開始從土裡鑽出來，閃著快活的黃眼睛，因爲第一場叮叮咚咚的雨聲而興奮。隨後必然有野花。蟾蜍在先，花朵在後。

沙漠金盞花，針葉千里光，白人花，德州銀葉，鼠尾草，沙漠山月桂，紫蒿草。

如果你知道要到哪裡看的話，這裡就是一座小型的叢林。蜜蜂知道要去哪裡看，葳拉也知道。

蒺藜科的法歌妮亞，拉坦尼，芹葉牻牛兒苗，天人菊，雛菊，蜈蚣花，喇叭花，紫矮冬青，小花錦葵，摩門茶。

蜂箱架大約有一個矮個子男人高。養蜂人的小屋距離不遠，外觀像是「族人」住的工人村房子，不過是漆成白色，還有紗網罩著窗戶，隔開蜜蜂。養蜂人的外衣掛在門內的木釘上，帽邊縫有面紗的帽子堆在工作桌上。在室外棚子裡，有撬桿、長木板、空框架、蠟紙、刀、手套、奇特的小小風箱式噴煙器。雞舍的三面都種著鮮豔的大麻。

不過湯瑪士太熟悉他的蜜蜂，他的蜜蜂也太認識他了，所以根本不用戴面罩。在他那劃時代的雅基人村落行之後的那些年裡，他大多數心事都向他的蜜蜂吐露。蘿芮托很高興自己能安坐在阿拉莫斯那炫耀意味十足的屋子裡，如今她已經著手花大筆錢在蕾絲桌巾和繫帶子的靴子，以及可怕的及膝長襪上，他的兒子們穿上這些及膝襪，活像從一本白癡童話書裡走出來的小王子。蘿芮托未曾過來看看卡波拉。她不想聽到關於那趟騎馬行的粗暴、兇殘得教人受不了的故事，也不想聽人說起在野蠻人領地上的墮落情況。

牧場重建以後，蘿芮托又給他生了第五個孩子。現在伍瑞阿家所有的小孩全都在城裡，讀書、做因式分解。他們從沒給牛上過烙印，也沒有爲馬閹割過。偶爾湯瑪士還爲此心存些許感激。不過他們也都沒有在地上睡過覺，而他的長子，璜．法蘭西斯科二世，還沒學會開槍。女兒蕾蒂西亞和瑪蒂達會在家中幫忙，不過這些工作都由幹練的洗衣女僕和廚娘處理了。蕾蒂西亞贏了一場選美比賽，瑪蒂達皮膚白皙，還有雙水汪汪的大眼睛。艾伯托是個快樂的男孩，蘿芮托非常疼惜。他全身都是肌肉，湯瑪士很喜歡跟他玩角力，感覺他那堅硬的身軀使勁要把他抬離地面。小寶寶塔維托總是笑個不停。湯瑪士喜歡跟蘿芮托宴請的客人說塔維托是笑著出生的。

每個月他都會騎馬回阿拉莫斯的家「禮拜堂」一次。他會泡個澡，抹大量的潤膚膏和化妝水，痛苦地熬過餐宴，用細小的叉子和細小的盤子，跟油滋滋的商人及他們撲著厚粉的老婆吃飯；她們每個人吃東西時都要伸出蘭花指。在蘿芮托的房子裡，沒人用玉米餅配菜吃，沒人吃醃豬肉、喝啤酒。等到這些沒完沒了的晚餐結束，湯瑪士會把孩子全數叫齊道晚安，然後牽著蘿芮托細皮嫩肉的手上樓，爬上她身體，辦他的例行公事。他生平頭一次會在滿足老婆之際想到其他事。而當她喘著氣說著「喔！喔！好猛啊，我的愛！」的時候，他時常必須把頭轉過去，免得笑出聲來。在阿拉莫斯，每件事似乎都讓人感覺是經過預演的。每件事似乎都像那些塗粉的女士給了蘿芮托一本「法則」書，還教導她要優雅。然後，像是要爲做愛付出補償一樣，她就在星期六早晨把他拖去望彌撒，而他可是比他的兒子們還不情不願。不要多久，他就設計了一個計畫，讓西根多陪著他，當他在家裡表現得風趣又文雅時，西根多就在鎮上又嫖又酒。他的辦法是西根多一定要在清晨時分來接湯瑪士，因爲牧場有緊急事情要處理。這也是很明顯的計謀，不過湯瑪士也知道，優雅的社會是靠這啞劇和戲劇運作的。

跟蜜蜂相處還比跟人相處要好。

當他拿著大罐糖水到蜂箱，要裝滿牠們的食槽時，他告訴自己牠們認得他，也熱情迎接他。牠們興奮地蜂擁而出，而且的確看起來像是認識他，用牠們的翅膀給他搧風，用牠們有纖毛的腳輕柔地搔他的臉和手。他從來沒被螫過。

他帶了一公斤的蜂蜜到每一座印第安村落。他夢想過一段時間後能有三百個蜂箱、五百個蜂箱。總有一天，他可以不用牛馬，而是騎在大片飛舞的蜜蜂上。

金黃的罌粟。沙漠木槿。奇瓦瓦亞麻。水牛葫蘆。曼朵拉。美國絲卷草。沙漠太陽花。山芙蓉。莨菪。

那些牛仔並不了解湯瑪士生命中這個花的階段，他們也不信任昆蟲。蜜蜂對牛仔們而言，是邪惡的小野獸，會叮螫牛馬的臀部，在仙人掌底部瘋狂穿梭。去他的蜜蜂吧，老兄。

他們就只是等著他從蜂箱回來，而當他走向他們，嘴裡叼著一小塊蜂巢，蜂蜜從上頭滴到下巴，嘴唇上還黏有死蜜蜂和蜂蛹時，他們也只能感到噁心地瞪著他。他會抬眼看他們，像一頭瘦巴巴的熊在嚼蜂蜜一樣，還說：「幹嘛？」

在蜂箱和可可拉奇旱谷之間，是一片又一片的乾草、劍麻、菸草和番茄的田地。這些田再過去，有幾株白楊樹，還有山羊圈和豬圈。這些畜圈北邊，就是大畜欄和穀倉建築開始的地方。西邊是牛隻漫步的廣大平原。畜欄的東邊是工人村。穀倉和主屋之間是長長的工寮，牛仔們在這裡呼呼大睡、玩紙牌，他們的廚房在東面。新的煉油廠在更東邊，氣味侵襲不到主屋。湯瑪士開了一間工廠，生產獸脂、豬油、蠟燭和油和黏膠。主屋的西邊是工頭的住處。西根多在這裡，過著，依他的看法，像蘇丹王一樣的生活。他有長躺椅和床鋪這些驚人的東西，還有個廚娘和一個女孩，女孩會燒開水洗他的褲子，然後晾在外面曬乾。在西根多的「皇宮」裡，命令很簡單：整天都要有咖啡，隨時隨地。要有咖啡和餅乾和很多豆子。不要蜂蜜，要很多啤酒。躲不掉的布維度拉常常不請自來，進到西根多屋裡，最後就睡上了客床，不等任何歡迎他住下來的暗示。布維度拉讓他覺得很有趣，就像隻會偷雞蛋的流浪狗。他看著這孩子那張伍瑞阿家的臉，暗自尋思，直到有天晚上，兩人喝了多瓶啤酒後，布維度拉說出他的祕密，西根多毫不驚訝地去睡了。這讓他很高興，眞正的男子漢從不會對任何事感到驚訝。

旱谷的邊緣，矗立著主屋。這裡離蜂箱足足有三哩遠，不過蜜蜂能毫不困難就找到它的牆。這屋子是用泥磚和奇瓦瓦的塔拉呼瑪拉山上的松木板重新建成，高高的中央主宅往東西方各伸出一道廂房，主宅要穿過一個石板鋪的院子才能走到，院子與牧場間有兩片木頭旋轉門隔開。在院子中央，湯瑪士最近種了一棵李子樹。樹周圍繞著一些長椅和兩個小水池，形成一個有遮蔭的地方，供葳拉和來訪的客人坐著乘涼。湯瑪士要人把屋子漆成白色，和他心愛的蜂箱一樣，屋頂用墨西哥紅瓦鋪，有凹下的部分讓雨水流下水溝，艾吉瑞還設計讓水溝的水在每個轉角流進很大的石槽。雨季裡，每個石槽只要幾天就能輕易收集一百加侖的水。在橫過院子口的泥磚牆牆頂，葳拉種了許多盆天竺葵。大門西邊聳立一株十五呎高的胭脂仙人掌。東邊，在入口的左方，一連串的棚架上長著忍冬、牽牛花、香碗豆和凌霄花。走上裡面的三層石級，便是大大的橡木門，門上有伍瑞阿家族橡樹和狼隻盾徽的浮雕。每扇門上都有一個小窗子，窗上有鐵條，這樣子裡面的人就可以窺視誰在敲門，或是透過射擊孔射殺侵犯的印第安人，而不致把自己炸死。從阿拉莫斯過來的寬闊大路已經延伸過了大門。雞隻到處咯咯叫。

❋

葳拉老了。她還能怎麼辦？當她的日子變得太長又太短：下午難耐的炎熱似乎沒完沒了、上床前舒服的好時光卻只有短短數小時，她就愈發感到疲倦。她感覺到背脊骨的鏽蝕、臀部的麻疼、乾硬子宮裡的悶痛。她的眼睛永遠都是乾澀的，但視線卻是濕的，彷彿眼中充滿了淚水，或是有片薄膜覆著。生命就是這樣移動，一向如此。

在她研究這片沙漠地時，也為祭壇增添了一些聖物。有一個令人不安的種子筴，是當地巫醫稱做「魔鬼爪」的植物。她頭一次見到它，還以為是某種有長犄角的邪惡老鼠的頭骨。她還找到一個已經乾成木乃伊的小響尾蛇，她把它放在清澈的水杯旁。這個符的力量太強了，不能讓它遠離這類清澈的靈魂物質。湯瑪士也把阿帕契人給他的毒蛇響管給她。她知道這些雅基混帳和響尾蛇之間有一些安排，所以她很高興有這份藥。她床邊也有一罐湯瑪士的蜂蜜，不過那是因為她喜歡用湯匙舀著吃的緣故。不過，它的清澈仍然配得上冥思和禱告，葳拉知道任何清澈的物質——尤其是像蜂蜜這種又黏又甜的東西，以及從蜜蜂而來的——必然都有某種隱藏及神聖的用途。她只是太累了，懶得去動用它。

在她祭壇前方的地上是沙漠裡的頭骨。她知道有些瘋狂巫醫把人的頭骨放在自己家裡，不過這是魔鬼的事情。讓魔鬼在一個夜裡來，趁他們睡覺時煩他們吧！混蛋！這就是他們的下場！她才不要呢，她有兩顆土狼頭骨，看起來十分神聖又有智謀，她還有一個西貒的頭骨，那兇惡的長牙是橘色，從牠瘦削的下巴翹上來。這些小小的臭豬或許是這塊土地眞正的精靈，因此她經常研究這個頭骨，試圖想和它達成某種協議。一天早晨，她走到沙漠，想要找個「聖地」焚燒藥草、和「艾通阿查」說說話。當她繞過一個臭樹叢的，一隻西貒噴著鼻息從樹叢陰影中竄出，揚起小細枝吱吱尖叫聲和塵沙的風暴，嚇得葳拉跳了兩呎高，一屁股跌坐地上，連聲咒罵，而這隻豬也逃命去了，尾巴轉個不停，像個推進器。她才站起來，偏偏這群豬剩下的成員——一共四十八隻——用更大的騷動在她身後也從樹叢裡衝出來，於是她又摔了一次，心臟重重撞擊著老舊肋骨。也許她留著這個西貒頭骨也有一絲報仇意味吧。

還有那丫頭。葳拉看到她平坦的胸口逐漸隆起。還不只這呢，她也看到那些牛仔也注意到那突起的胸口。泰瑞西塔騎坐過他們的馬鞍、在他們的床鋪上跳上跳下，也跟著他們的吉他唱著歌。她也無意間看過泰瑞西塔嚼了牛仔給的菸草後乾嘔。還有她的臉一年比一年更像湯瑪士。這些改變葳拉都不知道該怎麼辦，所以她要把泰瑞西塔送到艾奇輝奇輝去做事，那裡在牧場北邊，騎馬要半個早晨才能到。她也派了提歐法諾一起去，好看著她。他不情願地離開新家，還帶了一個姪女一起去，她願意幫他燒飯。

葳拉的月事早就沒了，不過她能感覺到這丫頭經血來潮，這血和它的力量，從女孩身上出來，就像洪水傾瀉在早谷中。所有巫醫都知道月亮什麼時候出來，那時候女孩們的光會變得更亮。她們的呼吸帶有遠方花朵的氣味。她們的頭上飛舞著藍色、紅銅色、火紅色，有些人走路時會把周遭的世界變扭曲，就像透過彎曲玻璃杯看出去一樣。蝴蝶和蜂鳥，甚至蜜蜂，都知道一個女孩邁入神聖歲月的時候。

每天早晨，葳拉都會爲和泰瑞西塔有關的事祈禱。

每樣事情都已就緒。她揉揉眼睛，拿起她那隻已成木乃伊的蛇。有事情要降臨了。

第二十四章

和「禮拜堂」以及阿拉莫斯比起來，卡波拉是鄉下地方；但和卡波拉比起來，艾奇輝奇輝根本就是史前時代了。這裡沒有大房子。土地多石頭，又貧瘠。唯一的風車日日夜夜吱呀轉動，從土裡汲出泥黃色的細細水流，馬匹、牛隻和工人就從鏽蝕的水槽裡用這些水，水槽是從三棵樹身糾結的牧豆樹下的沙地上挖出來。沒有西根多督促牛仔工作，誰也不去看管這裡的建築或初期的穀倉。山羊在小屋中進進出出，垃圾堆在各建築物之間，豬隻也在那裡哼哼叫著，把牠們的臭氣加到這團髒亂中。

泰瑞西塔睡在提歐法諾先生和他姪女的小屋裡，她把這段期間當成是流放。這屋子在一個坡地上，比其他十二幢屋子高出一些。屋子介於兩塊巨大的淺色石頭中間，這兩塊石頭使得房子整天都曬不到太陽。除了提歐法諾把他的地方保持得一塵不染之外，這房子還有個長處，就是這個構造可以維持夜裡的涼爽一直到大半個早上。冬天裡，沙漠變冷，石頭卻能輻射太陽的熱到夜裡。它們也能擋風。提歐法諾說它們把小屋變成一座小小的堡壘，因為如果印第安人或土匪來襲，他只需要從前後牆往外開槍就行了。當然，石頭也成了響尾蛇的家，泰瑞西塔學會要從前門出去時都要走路小心。早上看到三四條蛇在房子兩邊懶洋洋曬太陽是很尋常的事。

提歐法諾先生在他和姪女住的房子這邊，和泰瑞西塔住的那邊中間，掛了一條舊毯子分開。當她脫衣服時，他會很謹慎地走到屋外。到了夜裡，他都會在屋子門口，等到她吹熄了蠟燭去睡了以後，才進屋脫下他的平底涼鞋。他是穿著長褲和襯衫睡覺的。等到大約一個月一次的沐浴日子到了，他姪女就會燒水倒進洗衣桶，泰瑞西塔就會待在屋外。對於提歐法諾在屋裡光著身子感到駭異，使她有時也會偷笑一陣子。

由於擠奶和在豆田裡用鋤頭鬆土，泰瑞西塔的兩臂肌肉變得很結實。她還發現自己受到生產這件事的吸引，那是發生在她心情沮喪的時後，一隻懷孕母貓跑來找她。提歐法諾本想把這隻貓淹死，但是泰瑞西塔發了脾氣，用身體擋住貓，然後把貓帶到屋子她住的那半邊。提歐法諾十分驚駭，立刻和姪女搬出來，到山坡底下一個曾經堆放豆子的儲藏間去住了。當他姪女愛上一個牛仔以後，那個男人就搬進來跟他們住，提歐法諾只好忍辱收聽小兩口在黑暗中歡愛。

泰瑞西塔幫這隻貓生下小貓到這個世界上。幾個月內，土狼卻把牠們全吃了，貓媽媽就回到穀倉捉老鼠，還和在穀倉樓上稱王的老虎斑貓打架。不過泰瑞西塔發現了一項使命，她曾懷疑她的工作會是什麼，葳拉訓練她這麼多事，然後卻把她送去做田裡的農夫，把她丟棄了。但現在可不是了，她再也不是孤單一人，再也不是漫無目標了。

她照料牲口的生產。她會把手伸進牛體內，調整產道中小牛細長的腿。她幫助母羊擠出黏滑又血淋淋的羊寶寶。等到她自己的身體也準備要開始生兒育女時，艾奇輝奇輝的女人們也開始請她，在她們受生產陣痛之苦時，和接生婆一起陪著她們。接生婆知道她們不能讓她看到發生在兩腿之間的「祕密」，現在還不能，因為葳拉會砍下她們的腦袋。不過她們認為讓她在現場目睹那種疼痛、聞到生產的氣味，或是抱住才剛從子宮出來的光滑嬰兒，應該無害。

提歐法諾終於騎上他的騾子，騎到卡波拉。他站在主屋大門前，不敢進去，一站就是兩個小時，手裡抓著帽子，注視著前門。門開了。一個捧著一盆肥皂水的年輕女人走出來，把水澆到李子樹樹根上。「小姐！」他叫道。她用手擋住眼睛上方的陽光，往外看到他。「請找葳拉，拜託。」年輕女人走回屋裡。又過了二十分鐘，葳拉走出來。她看到提歐法諾就怒瞪著他。他知道這是葳拉熱烈歡迎的方式。

「進來。」她說。

「噢，不要啦。」

「進來嘛，老兄。喝一點咖啡。」

「不用，不用。」他說，「我不用。」

她走下台階。

她從圍裙口袋裡拿出一根小小的黑色雪茄給他。他微微笑了，把雪茄放進嘴裡。她拿根紅色火柴在牆上劃著，替他點燃雪茄。

「多謝。」他說。

過了一會兒，她說：「怎麼啦？」

「是那丫頭，」他回答，「她去照顧人家生產了。」

「已經在做了嗎？」

「是的。」

葳拉嘆口氣。

她說：「差勁！」

＊

星期六早晨似乎是睡覺的好時候，不適合騎馬走一趟。湯瑪士很驕傲，不願意像個老婦人或是玉米送貨員一樣坐篷車。不過他上星期已經沒回去看蘿芮托和孩子們，如果今天還要睡，這個星期就又去不成了。

他匆匆做完清晨的例行事項。先去令人愉快的廁所那令人驚異的艾吉瑞便盆坐坐：艾吉瑞的設計會讓水從天花板瀉下，把便盆沖乾淨。要人拿熱水，那個臉發紅的女孩就把水罐拿給他。在砂紙上磨剃刀，就著小圓鏡刮鬍子。下樓吃早餐，喝咖啡。

有人在敲門。

「我來！」他喊道。

是西根多。

「準備要走了嗎？」湯瑪士說。

「老闆。」西根多說。

「什麼？」

「老闆？」

「什——麼？」

「我不知道。」

「你今天是哪裡不對勁了？」

西根多四下看看。湯瑪士往外頭的院子裡看，那個流浪狗一樣的小鬼布維度拉正垮著個肩膀晃盪。

「老闆，你有一次要我每件事都跟你報告。」

「沒錯。那個混小子呢？」湯瑪士問，「他來做什麼？」

西根多嘆口氣。

「每件事，對不對？」

湯瑪士朝布維度拉點點頭。

布維度拉把下巴抬了一下。

「老闆，」西根多說，「這是個大祕密，對吧？」

湯瑪士注視他好一會兒。

「西根多？」他說，「你在說些什麼鬼東西呀！」

「每件事都有好有壞。爲了牧場的好。」

「再見了。」湯瑪士說，他厭倦這種故弄玄虛，正要把門當西根多的臉關上。

他走上門廊，在湯瑪士耳邊低語：「他的名字叫布維度拉……伍瑞阿！」

「可惡！」

「不，是眞的。」

「該死！」

「你問他。」

湯瑪士怒瞪著布維度拉。

「你母親是誰？」他怒問。

「葛麗塔。」

「葛麗塔，姓什麼？」

「姓安潔莉塔，是歐可洛尼做玉米餅的女孩。」

湯瑪士眨眨眼。

「啊，那女人！」他說。

「你十六年前跟她約會過。」

「啊！可惡。」湯瑪士說。

他很清楚他是什麼時候和葛麗塔約會的。

「她住在一間藍色房子裡。」布維度拉說。

湯瑪士給了西根多一個他最惡狠狠的目光，做爲一個難忘的禮物。

然後他對布維度拉說：「我記得那間該死的房子。」

西根多說：「對不起噢，老闆。」

他們站在那裡望著前面的大地，但每個人的目光卻朝不同方向看去。

幾分鐘後，湯瑪士嘆口氣，揉揉臉。「我想，」他說，「你們兩位應該進來喝點咖啡。」

第二十五章

「看看你。」葳拉走進小屋時說。

泰瑞西塔從桌前跳了起來。桌上一根蠟燭閃爍不定，燭光下是一張紙和一隻粗鉛筆。葳拉走到紙前面看了看。上頭是整整齊齊用大寫字母寫了好幾遍的字：TERESITA。

泰瑞西塔。

「我正在學。」泰瑞西塔說。

葳拉摸摸紙，坐了下來。

「你有水嗎？」她問，「我好渴。」

泰瑞西塔給她一陶杯的水，老婦一口一口喝著，並且尋找泰瑞西塔的祭壇。屋裡沒有，也沒有聖像，只有一個用兩根黑檀木樹枝做的十字架。

屋頂椽木上垂掛著鼠尾草，還有其他野草。

「那是什麼？」葳拉問。

「薰衣草。」

「董衣草能有什麼用？」

「聞起來很香。」

葳拉抬起眉毛，她喝了更多的水。

「站起來。」她說。

泰瑞西塔站起來。

「你現在很大了。」

「是的。」

泰瑞西塔拿起她的鉛筆，彎身在紙上。她在紙上又寫了一些尤力的字母，然後把紙在桌上轉過去，給葳拉看。老婦人彎下身瞇眼細看，那是HUILA。

「這是什麼？」

「你的名字。」泰瑞西塔說。

起初葳拉想把它搶過來揉掉，但是她又看著它一會，還用手指在上頭摸。

「這是什麼？」她摸著「H」問，「這個看起來像把梯子的？」

「這是H。」泰瑞西塔解釋。

「給我拿個梯子來。」葳拉喃喃說道。

她們都笑了。

「很有趣，」葳拉說，「可以給我嗎？」

泰瑞西塔點點頭。老婦把紙摺起來，放進圍裙裡，跟她的水牛牙齒、小骨頭和子彈放在一起。

「你去看人家生產。」葳拉說。

「是的。」

「跟著接生婆。」

「是的。」

「你在想什麼啊？」

泰瑞西塔閉起眼睛微笑。

「很……美妙，也很可怕。我愛那些媽媽們，她們可怕的肚子、她們的力量。我愛小寶寶們。」

「你不害怕嗎？」

「噢，怕，葳拉。當然害怕。」

「血。」

「可怕。」

「受苦。」

「可怕。」

葳拉點點頭。

「那麼，這就是你想要做的了，」她說，「把小孩子接到這個世界上？」

「不是，」泰瑞西塔說，「我想不是。」

「那是什麼？」

「我想要減少痛苦。」

葳拉兩手平放在桌上。

她倆互望了很久，然後又都沒什麼理由地笑了。燭火已低，橘色的光灑滿部分的房間，棕色的暗影塡進了角落。

「很好，」終於葳拉說，「我們必須去老師那裡。」

「你就是我的老師。」

「這裡是不同的土地，孩子。有不同的天使在守護這些沙漠，我們必須找到這些土地的老師。我們明早就走。」

「好。」泰瑞西塔說。

「你有沒有床給我睡？」

「睡我的床吧。」

「那你呢？」

「我是在地上長大的，葳拉。」

她們一起跪下來禱告，這時燭火也靜靜熄了，然後泰瑞西塔扶葳拉上了她的小床。

蘿芮托甩了湯瑪士一巴掌。

他決定帶布維度拉一起來。因爲他有個愚蠢的想法，認爲盡釋前嫌對每個人最好。一個盤算；在他心中，理解和寬恕的一幕戲，突然被粉碎了。

「你怎麼可以這樣？」她啜泣著，然後奔回她房間。他的長子瑱．法蘭西斯科二世用一種憤怒的背叛神情瞪著他。他背對著父親，大步跨出房間。

「兒子！」湯瑪士怒吼，「給我回來！」

但是，當然，瑱已經出了門，重重踩在街上走遠了。

蘿芮托從房裡出來，丟了十本湯瑪士的書在地上。

「我的愛，」湯瑪士說，「那只是一時的衝動！」

「混帳東西！」

「我不知道是什麼迷了心竅。」

「禽獸！」

「那沒有任何意義——」

「你還敢說『沒有任何意義』！你只爲了『沒有任何意義』就背叛我？」

「我猜在那時候也許有一些意義，可是——」

「噢！所以這件事還眞的對你是有一些意義的囉？你愛她嗎？你愛你的印第安小娼婦嗎？」

一個茶杯快速飛過來，砸到牆壁，碎瓷片像一堆星星爆炸般散開、灑了一地。

「別以爲我不知道！」她咆哮著。

「知道什麼？」

「別、以、爲、我、不、知、道。你那些娼婦！你那些跟每個張開兩條腿的下流農婦沒完沒了的風流事！」

「蘿芮托，別這樣。怎麼說這種話！」

「你有沒有也去騷擾母牛和母豬啊，你這個混帳東西？」

「蘿芮托——嘴巴說話要小心！」

「我嘴巴說話！你的嘴巴呢？在哪個農婦屁股裡？」

「蘿芮托，蘿芮托，你是怎麼啦？」

「虛僞！」

他伸開雙臂，想要前去摟住她，可惜時間選得不對。

她又揮了他一巴掌。

「丟臉！」她放聲尖叫，「你讓我生命中的每一天都丟臉死了！」

「丟臉！」他突然間大吼，讓自己也嚇了一跳，「是誰買給你每樣你要的東西？」

「米格爾伯父！」她回答，故意耍調皮。「伍瑞阿。」她加上一句，彷彿他不知道她指的是誰。

他大爲震驚，坐了下來。

「這麼說不公平。」他說。

「那你證明我說錯了啊，湯瑪士。」

她雙手交抱，用獵人剛射死一頭獅子的滿意神情看著他。

「我可是，」他抱怨道，「拚著命工作的。」

「是呀，你的膝蓋也因爲成天跟人跪著求貸款都流血了呢。」

「老天。」

他把頭埋進雙手中。

「你利用我，」蘿芮托說，「你也利用我的子宮，你這個敗類。」

「老天，老天。」

「大老闆！牧場主人！多美麗的妻子。多可愛的孩子。噢，對了，你有沒有聽說他睡了牧場上每一個長跳蚤的娼婦？」

「夠了！」他大聲說。

「噢，才不呢，」她搖搖頭，「噢，才不呢，我的愛。我才剛開始呢。」

「你打算怎麼辦？」他懇求道。

「從現在起，」她回答，鼻孔神氣地翕張，臉也漲成深紅色。「你就睡在長沙發上。你看到我的腿了嗎？」她掀起裙子。「你看到了嗎？」他四下看了看，以防有人偷看到這可怕的場景。不過家中僕人全擠到廚房門的另一面，摀著嘴偷笑。「這雙腿，」蘿芮托輕聲說，「一輩子也不會再對你張開了。」

他垂下頭。

「我大可以說謊的，」他說，「我大可以瞞著你這個男孩的事。」

蘿芮托彎身對著他，看著他的眼睛。

「所以你錯了。」她說。

❋

三個騎馬者出了城。湯瑪士悶悶不樂，布維度拉說：「天氣不錯噢，對吧，爹？」湯瑪士坐在馬鞍上猛轉身大喊：「閉嘴，你這個小混蛋！」布維度拉轉向西根多，做了個受傷又困惑的表情。西根多了解情況，沉默不語。他只搖了搖頭，眼光望著正前方。

馬兒很快都感覺到這股沉悶的氣氛，也垂頭喪氣用一種可憐兮兮的步子拖著走。牠們發出長長的悲嘆聲，對路旁的花朵也只微微轉頭看看。牠們太沮喪了，已經沒勁去咬掉任何好吃的花朵。

「當你想要向善，」湯瑪士說，「你就受到懲罰。」

他的馬翻起嘴唇長長嘶鳴一聲，哀傷地表示贊同。

「女人哪！」他說。

「該死的女人哪！」布維度拉好意附和。

湯瑪士掏出他的左輪槍指向他。

「你再說一句看看。」他說。

他把槍插回槍套，繼續往前走。

他們花了大半個早晨才到了阿拉莫斯叉路。湯瑪士盯著康圖亞餐廳外頭遮蔭的大白楊樹。

「我們吃東西吧，」他說，「日子總是要過的。」

時間掌握總是十分神準的西根多也重複這智慧之字：「日子總是要過的，老闆。」

「是的……是的……我猜是的。」

布維度拉騎過來，面帶著笑，湯瑪士舉起一根指頭說：「噓。」

他們拴好了馬，走進餐廳。小小的館子裡空無一人，只有些綠頭蒼蠅。康圖亞正在一把木頭椅子上打盹，他們一走進，他立刻驚醒，站了起來。

「湯瑪士先生！」他喜出望外地說，「大駕光臨，眞是小店的榮幸！」

「經過康圖亞的店，」湯瑪士吟唱著，「怎能不停下來嘗嘗鮮呢！」

「很好，很好。」康圖亞喋喋不休地說，一邊把一張桌子抹乾淨。「您太客氣了。」

於是他們就座。

湯瑪士聽見身後有個聲音，他轉頭看到廚房門開了一條縫，剛好夠一隻驚人的眼睛往外瞧。那些睫毛！一排捲捲的睫毛在眼睛上方。眼睛眨了眨。那些睫毛像是一座花園！門砰地關上。

西根多的腳在桌子底下抵了抵他的腳。

「我只是在說，我覺得好奇怪，就在今天早晨還有一輛從您牧場出來的篷車在這裡停下來很快吃了一頓飯。」

「什麼事？」

「老闆在說話。」西根多說。

「什麼事？」他說。

「篷車，」湯瑪士說，「從我牧場來？什麼篷車？」

康圖亞聳聳肩。

「一輛篷車。那個瘋老太婆，巫婆。」

「葳拉？坐篷車？」

「噢，對啦，就是她。葳拉。」

湯瑪士看了西根多一眼。

「眞奇怪。」他說。

「他們也往阿拉莫斯叉路去。」康圖亞說。

「你一定弄錯了，老闆，」湯瑪士說，「我們就是走那條路，可是我們什麼人也沒看見。」

「噢，請原諒我。我是說他們往北走。」

「什麼？」

「往亞歷桑納去。」

「噢，該死。」西根多說。

「有誰跟葳拉一起。」

「一個老人駕著車。」

「提歐法諾。」西根多猜測。

「不知道，」康圖亞說，「我不認識他。還有一個女孩子，和兩個牛仔。」

「她帶了兩個牛仔去亞歷桑納？」湯瑪士說。他揉了揉臉，兩手在空中一攤。「哎呀，誰知道葳拉爲什麼做這些事。我現在不能擔心這個。」

康圖亞等著。

「你這裡有什麼？」西根多說。

「我們有很美味的『可西多』。」

「好，」湯瑪士說，「還要很多玉米餅。」

「當然。」

康圖亞朝他們微微一鞠躬，就急急忙忙往廚房走去。湯瑪士伸著脖子四處看，剛好看到門關上前那個女人的臀部一眼。

「『可西多』是什麼？」布維度拉問。

「湯，笨牛。」西根多說。

「別罵我笨牛！」

「死笨牛！」西根多說。

湯瑪士又加上一句：「混蛋死笨牛。」

布維度拉光火了。

「我不喜歡喝湯。」他說。

「湯裡有肉和馬鈴薯，」湯瑪士說，「你會喜歡的。」

「我不喜歡喝湯。」

「胡蘿蔔！洋蔥！整支玉米！」

「我不喜歡。」

「嗨，小傢伙，」西根多說，「別那麼無知。」

「我就喜歡無知！」布維度拉宣示。

湯瑪士用指頭在桌上敲。

「葳拉駕走一輛篷車。」他喃喃自語。

「女人哪。」西根多說。

康圖亞拿著一陶壺的咖啡出來。

「嘿，老闆，」湯瑪士說，「廚房裡那是誰呀？」

康圖亞露出微笑。

「在廚房裡，先生？」他說。

「別這樣，你知道我說的是誰。」

「在我的廚房裡？」

「那個女孩子，對。在你的廚房裡。」

「噢！」這回是個緊張的微笑。

「哎，康圖亞先生。我只是問問她的名字！我絕對沒有不敬之意。」

「老頭子，」布維度拉脫口而出，「你以爲湯瑪士．伍瑞阿不知道怎麼對女士說話嗎？」

「你再開口，」湯瑪士說，「我就要用馬鞭抽你了。」

康圖亞先生用他小小的白毛巾擦擦額頭。

「廚房裡的那個女孩子是小女，蓋布瑞葉拉。」

「蓋布瑞葉拉！」湯瑪士熱切地說。然後他就叫她：「蓋布瑞葉拉，你可不可以出來一下下？」康圖亞先生嘆了口氣，湯瑪士先生在獵豔方面可是出了名的。他擺出一個笑臉，現在一切都已經放在天主的手上了。

她把門推開說：「爸爸？」

「不要緊的，蓋布瑞葉拉，」康圖亞說，「你出來一下。」

她走進房裡，把兩隻手在纖腰綁著的毛巾上擦乾淨。布維度拉吹起口哨，西根多推他，還搖搖頭。

「你是蓋布瑞葉拉。」湯瑪士說著站起來，微微行個禮。

「我是。」

「天使一樣的名字，」他在甜言蜜語了，「配一個天使一樣的少女。」

她直視他，沒有笑。

「我是湯瑪士．伍瑞阿。」他說。

「是的，我知道。」

「你知道？」

「我們全都認識你，湯瑪士先生。」

「那為什麼我不認識你呢？」他對著康圖亞先生搖了搖一根手指。「老闆，你把這個天使當祕密一樣藏起來了。」

「我一直在外頭，」她說，「讀書。」

「你去上學？」湯瑪士說。

「是的，湯瑪士先生。已經是現代了，女人是會去上學的。」

她這才微微一笑。

「太好了。」湯瑪士低聲說。

「失陪了，」她說，「我還有事情要做。」

湯瑪士行了個禮，布維度拉和西根多在她離開房間時也站了起來。

「該死的，康圖亞，」西根多說，「多美麗呀！」

康圖亞先生點點頭，又嘆了一次氣。

「我會把你們的湯送上。」他說。

他端上湯。

在漫長的騎馬回家路上，湯瑪士偶爾會說一句：「蓋布瑞葉拉！」

西根多和布維度拉夠聰明，只是點點頭。

第二十六章

葳拉說：「我們要到巫醫家了。」

她領他們往北走，進到皮納凱特沙漠。兩名武裝騎者始終都很困惑，不過他們很高興能躲掉釘釘子、搭圍籬、把死牛拖到臭氣沖天大煉油桶的工作。他們幾乎都忘了最初怎麼會去做牛仔的了。提歐法諾先生遵照葳拉要他走的方向駕著篷車。他們在炙熱荒原上那些木棍和泥土做的茅屋前向農人打探，而葳拉似乎是跟著一個由夢境和故事組成、看不見的地圖在走，因爲他們離開大路，走在危險的窄路上，路上充滿會讓篷車車軸斷裂的危險。提歐法諾先生擔心缺水，不過葳拉倒是跟著蝴蝶又模仿鳥叫聲一路尋找，終於看到一隻蜻蜓而找到了一處水池。所以泰瑞西塔明白了，葳拉的地圖也畫在天空上。

泰瑞西塔對這趟篷車行感到很開心，不過她喜歡太陽，她的皮膚比葳拉或是提歐法諾都容易曬傷。她用黃色大披巾罩住頭，欣賞小路兩旁的走鵑和狼蛛和蜥蜴。

師父的房子在提歐法諾看來像是另一間木棍編的寒酸茅屋，當他們找到時，葳拉宣布：「我們到了。」但是沒有人在家。他們就在茅屋附近紮營，等了兩天——他們命令槍手在離這位聖人家有段距離的小山丘上紮營。葳拉看著東方。「他會從日出的地方來。」她告訴他們。

第三天早晨，巫醫回來了。

他在一陣橘黃色沙塵暴的正中央朝他們快速而來，他那匹往前衝的小馬就像是他下方一個小小的實心黑點。地上的熱氣讓他搖晃、消失、重新出現。有時候他的馬消失在一陣顫動的光影中，於是他們就只看到遠方他的小小身形，穿著一件紅襯衫，看起來像是飛一樣疾馳在空中。他身後揚起的塵沙柱呈楔形，像是草原火災的煙霧。

他用韁繩勒住馬，猛然停住，下了馬，這時他的塵沙也趕上他，又像幕簾一樣分開。

「他名叫曼紐埃里托。」葳拉說。

他的頭髮垂到肩下。泰瑞西塔很驚訝他很高，跟湯瑪士先生一樣高。她本以爲會看到一個矮小的駝背男人，就像「族人」當中那些摘番茄的工人。他的襯衫是紅的，圍住他額頭的布也是紅色。他左耳掛著耳環，那是一條垂下的鍊子，鍊子末端是個金塊。他的脖子上繞著有牙齒有珠子的皮圈，還有一條銀十字架項鍊。他的腰間纏著一條深藍色的布。長靴及膝，閃閃發亮。腰上的皮帶裡插著一把長刀，皮帶消失在他另一條腰帶的藍布下。

他把紅頭巾從頭上拉下，把頭髮甩開。

「曼紐埃里托。」葳拉說。

他撫弄他的馬，用他的頭巾擦去牠的汗。

「我是葳拉，」她說，「是卡波拉牧場的。」

他點點頭。

「葳拉，」他說，「『瘦女人』。」

「再也不瘦啦。」她說。

他笑了。

「我們來了。」她說。

他點點頭，然後繞著他的馬，揉牠身體。

「做什麼？」他說。

「我們需要你的教導。」

「教導誰？」

「這個女孩。」

他看著泰瑞西塔。

「她是白人。」

「我是印第安人。」她說。

「你不是印第安人！」

他背對著她。葳拉知道慣例，巫醫總是會拒絕你，通常你必須懇求三次。

曼紐埃里托走到泰瑞西塔面前，盯著她看。他拿起她的頭髮對著光線看。他把她的手握著——他的舉動唐突，不過他的碰觸卻很溫柔。

「白人，」他說，「你身上的那點印第安血在你第一次月經來了以後就會流光。」

泰瑞西塔重重跺了一下腳。

「我有很多特性，」她說，「不過如果你需要知道的話，我已經流過血了，而我仍然是印第安人！」她用一根手指指著他的臉。

曼紐埃里托點點頭。

「我可以教你，」他說，「想吃東西嗎？」

❋

茅屋裡的牆面上掛著顏色鮮豔的毯子。有面牆上還掛著一個用仙人掌枝幹和樹形仙人掌主幹做成的巨大十字架。十字架的一臂掛著一根老鷹羽毛，另一臂掛著有條紋的貓頭鷹羽毛。地面也鋪著地毯。木刻的鳥排放在櫃子裡。「我喜歡鳥。」曼紐埃里托說。桌子中央是一棵塗成綠色的開花仙人掌，上頭還畫了小小的白色斜線，代表上頭的刺。從仙人掌頂端生出單朵紅花，有五個花瓣，中央是黃色。一隻藍色蜂鳥在這朵花之上，和這朵花以牠纖細的鳥喙相連。牠有六個翅膀。曼紐埃里托指著翅膀說：「我必須找出方法在木頭中表現動作，」他笑了笑，「這是一個好木刻。」他說。

他的床上放著一把吉他。泰瑞西塔拿起來撥彈。

他請他們吃一種很好吃的燉肉，是用羊肉和沙漠植物塊莖及鼠尾草一起煮的。提歐法諾先生吃得太快，把肚子都吃痛了。曼紐埃里托給他們倒了薄荷茶。

「你們想要學什麼？」曼紐埃里托問。

「植物。」葳拉說，「她希望能給人治病。」

他往後坐，揉揉肚子。

「植物是重大責任。你知道多少植物了？」

「我認識三十種植物。」泰瑞西塔自誇。

他嘆口氣。

「一個好的藥草大夫認識一百種植物，一個巫醫最少也要認識一千種。」

她太震驚了。

「那要多少時間？」她問。

「不久，一輩子再加半輩子就可以讓你準備好。」

「還可以要燉肉嗎？」提歐法諾問。

「自己盛。」

「可是我聰明。」泰瑞西塔說。

「有關靈魂的事情上，聰明並不見得有什麼意義。」曼紐埃里托說。

「你是個堅強的女孩，」他又說，「而你也是個野男孩。」

野男孩！她被這話驚訝得只能瞪眼、臉紅。這是哪種侮辱？

「你覺得被侮辱了嗎？」他問。

「沒有。」她騙他。

「你是個男孩。你不知道嗎？」

「我怎麼會是男孩？」她問，她腳趾頭都彎起來了。

曼紐埃里托說：「我頭髮爲什麼長？」

「我不知道。」

「你猜猜看。」

「你是印第安人。」

「我也是個女人。」他大口喝了一口茶，「你想我們爲什麼要像這樣留長頭髮？在我們族人中，這樣子男人才會光耀我們身體裡的姊妹和女人。而你知道我們是全世界最兇猛的戰士吧！我的兄弟會開心地活活挖出敵人的內臟，再讓他看著狗群吃掉它！」

「我的天哪！」提歐法諾先生說。這些該死的印第安人！

「然後他們在他身上放火，對他的尖叫大笑。」

「我希望我們在這裡的時候他們不要來。」泰瑞西塔說。

曼紐埃里托笑了。

「不過呢，」他說，「不過呢，我們既是男人也是女人。我的兄弟們能夠溫柔得像是母親對待她們的嬰兒，而女人能像老虎一樣地作戰。你明白嗎？我們全都是兩者的混合，當你達到適當的平衡，就會開始展現力量。當我告訴你說，你身體裡女人的部分是比較好的部分時，請相信我，但是你也是個男人。」

他把一隻手放在她臉上。

「但這並不表示你不漂亮喲。」

泰瑞西塔好喜歡曼紐埃里托。

❋

他們待了兩個星期。他告訴她一些她可以告訴別人的事，和她不可以告訴別人的事。他告訴她說他有妻子和兩個兒子，住在從這裡騎馬不要三天的一個印第安村落裡，不過他妻子不喜歡醫藥的東西，所以她住在他的爸媽和祖父母家附近，那是在他稱做「魔鬼脊」的山腳下小池塘邊。

「你就是從那裡騎回來的？」

「是的。」

「我還以為你是去打仗，或是跟一群人出去襲擊別人。」

「我是去吃巧克力蛋糕、喝酪乳、努力製造第三個孩子的。」

「製造個女兒。」

「我會很樂意生個女兒的！我簡直等不及要回去了，我還有工作要做呢！」

「曼紐埃里托，」她警告他，一時間倒成了他的師父了，「可別讓你妻子聽到你說那是『工作』。」

他們笑了起來。

他邊走邊告訴她故事。這同時，葳拉和提歐法諾則是閒蕩、抽菸、互相吹牛、玩紙牌。兩名槍手白天就獵兔子和睡覺，他們行李裡藏了幾箱龍舌蘭酒，給了他們睡覺的理由。

他帶她到一棵開黃花、枝葉蓬亂的大樹樹蔭下，他們坐在碎石地上，細小的葉片和小小的黃色花瓣像雨一樣落到他們身上。樹上滿是蜜蜂。曼紐埃里托什麼話也沒說，泰瑞西塔也是。他朝著蜜蜂方向抬了抬眉毛，她就聽著，她可以聽到蜜蜂身體在花朵中擦撞的聲音。過了一會兒，曼紐埃里托開始咯咯笑了起來，泰瑞西塔也是。很快地，蜜蜂的喁喁私語似乎變成他們聽過最好笑的事了。他們坐在那裡哈哈大笑。偶爾他們會用手肘推推對方，笑倒在地上。然後他們擦擦眼睛又笑了起來，直到他們爬在地上笑得喘不過氣來，又因為笑得太用力，連眼淚都流出來了。終於，曼紐埃里托躺在地上捧著笑痛的胸口說：「你通過了。」

泰瑞西塔在曼紐埃里托旁邊調整腳步，學習慢慢走路。他們白天都在沙漠中漫步，他把他們遇到的每種植物都告訴她，說明它是什麼、它的作用是什麼、和它相輔相忌的其他植物是什麼。還告訴她它有什麼親戚植物。哪些植物會讓你做瘋狂的夢。他教她哪些植物能治人也能殺人。他經常都是光著腳丫。

「我喜歡能和我的母親接觸。」他如此解釋。

泰瑞西塔有樣自己的祕密武器，讓曼紐埃里托驚喜：那是鉛筆和幾本艾吉瑞的筆記本。她會把植物畫在筆記本上，並且在紙頁上匆匆寫下它們的名字和細節。曼紐埃里托對這個十分驚異。他要她教他寫他的名字，她就把他的名字字母寫給他看。他把鉛筆用拳頭握住，寫出來歪歪扭扭的字母，寫完名字後，他對著它微笑。他們把這一頁貼在他屋子的牆上。當她的學習結束後，她的筆記本裡已經列出兩百種植物了。

✻

「我爲什麼穿耳洞？」

「我知道！我知道這件事！葳拉告訴我了！」

「怎麼樣呢？」

「你把耳朵穿了洞，要讓神知道你不再是聾的了！你已經準備要傾聽了！」

他很驚訝。

「非常好，」他說，「好，現在是另一個問題。那爲什麼是我的左耳？」

「這我不記得了。」

「因爲左邊是心臟所在的那邊。」

「如果這是心的那邊！」

「……我就是讓造物主看到我是眞正、用心在傾聽。」

泰瑞西塔點頭。

他繼續說道：「基督徒不喜歡左邊，但是印第安人喜歡。基督徒已經忘記他們的心。當一個女巫醫擁抱你時，如果她有心，她會把你擁向旁邊，然後用她的心貼在你的心上。葳拉會這麼做嗎？」

泰瑞西塔笑起來。

「葳拉不擁抱人的。」

「眞可惜，」他說，「你應該教教她。」

他們走著路。

「你有沒有注意到，」他問，「『尤力』是怎麼擁抱的？」他用她的語言來說。「他們從不會讓心貼到一塊兒。他們是往前欠個身子，幾乎只有胸口碰了一下，他們的屁股撇向外頭給風吹，所以好的部位全都沒有接觸到。然後他們拍拍對方的背。啪！啪！啪！一！二！三！然後就跑掉了！」

從這天起，泰瑞西塔擁抱人時總是用左邊胸口貼住對方，必要時，也讓身體好的部分接觸到對方。

她們要離開他的時候，曼紐埃里托盤腿坐在屋前地上，把他的吉他表面畫上藍花。他把吉他給她，她抱在懷裡就哭了。

「我告訴過你說你會哭的。」

「你眞是個壞心眼的人。」她說。

「沒錯。」

他拿下十字架項鍊，掛在她脖子上。

「要記得我喔。」他說。

她把吉他放下，兩手抱住他，輕輕啜泣。

「我會想你的。」她哭著說。

他用他那隻好大的紅色手掌拍拍她頭髮，他的手指往下撫摸她頭髮時就像是大大的棍子。她把頭埋在他胸口。

「這就是愛嗎？」她對著他的襯衫說。

「是的。」

「我怎麼知道呢？」

「你聽聽我的心跳。」他說。

她轉過頭，把耳朵貼在他大大的胸膛上。她可以聽見他的腸胃低聲咕嚕咕嚕叫。他們早餐吃炸豆子。她微微笑著。

「謝謝你。」她說。

他拍拍她的頭。

「去吧。」他說。

他們坐進篷車時，葳拉說：「謝謝啦。」

他揮揮手。

「我們付你錢好嗎？」她問。

他搖搖頭。

「你們想到的時候就爲我祈禱吧。」他說。

提歐法諾把篷車調轉頭。

「還有，」曼紐埃里托說，「要有善念。」

「呃？」葳拉說。

泰瑞西塔高喊：「我還會再見到你嗎？」

他沒有回答。

提歐法諾先生說：「走！」他的騾子就往前邁步了。

第二十七章

艾吉瑞工程師在屋頂做了個很大的白色鍋爐鋼板水槽。院子旁邊的井裡接個水管，加上每天早晨用接在打水機頭的長斧頭把手，一陣迅速按壓的打水動作，就可以把水咕嚕嚕地抽到屋頂上。廚房裡一個女孩每天早晨開始抓著把手打水，直到一天結束。知道水槽的水已經打滿的唯一方法，是要等到水滿過水槽，流下屋瓦進到艾吉瑞的水溝裡！這些水溝的水會再流進之前裝在屋內各角落的水槽裡。而澆香草、澆花、洗碗的水，只要扭開一個簡單的木造水龍頭就流出來。卡波拉的主屋是工程上的奇景。

屋頂水槽伸出三根水管，蜿蜒進到屋裡。兩根進到神奇的科學馬桶，一根通到廚房的水桶。一個人要用馬桶時，他就以逆時鐘方向轉動一個簡單把手，直到水注滿他頭上的水箱。之後，扯動一條舊拉繩，就有驚人的水量沖到馬桶裡，再沖下排水管，進到溪谷中，而讓吃掉污物的青蛙、蠑螈和蛇十分開心。沒有人知道是怎麼搞的，有條鯰魚不知怎地進到了糞池，因爲吃下全屋子人的排泄物而長得十分肥大。每隔幾星期，就有一個倒楣的工人被派去拉起一道閘門，把堆積的穢物沖到下游。不知怎地，這條巨鯰總能堅守地盤；牠既嘗到甜頭，可不會讓偶發的洪水把牠沖到下游、離開這種穩定又美味的餐飲。

不管牠長得有多大，從沒有人想過要吃牠。

一天晚上，布維度拉被人發現在一陣煩躁情緒中，竟想弄斷打水機的斧頭把手。湯瑪士從沒有原諒過他毀了自己的婚姻。而湯瑪士從不准他進到大房子裡，甚至連進到院子的大門裡都不行，這才是讓布維度拉眞正火大的事，因爲他喜歡吃湯瑪士李子樹上的水果；而布維度拉知道湯瑪士爲了他的出生在懲罰他。

他們逮到布維度拉，就揪著他耳朵把他拖到門口。湯瑪士對他怒視了一會兒，然後突然宣布要把他逐出卡波拉一個月。他像《舊約》裡的國王般宣布他的判決：「逐到艾奇輝奇輝！」牛仔們立刻押著布維度拉上他的馬，要他快快離開。

這幕精彩的戲，西根多全沒看到。他在他的小房子裡，穿著一件金色絲質浴袍和柔軟的皮拖鞋。如果有人看到他，他就得拿出他的槍把那人殺了，不過沒有人看到他。他啜飲著黑莓白蘭地。這也沒人看見。他試了試，很喜歡，眞的喜歡：喝酒時他還伸出他的蘭花指咧。「教人愉快呀，我親愛的，」他大聲說。「開胃菜太美妙了。我給您一份捲餅好嗎？」穀倉貓當中的一隻坐在小長椅上，用無聊的黃眼睛看著他。

趕走私生子以後，湯瑪士和艾吉瑞坐在桌前。這是另一頓鄉間的早餐。湯瑪士已經吃膩了雞蛋和牛排和豆子和玉米餅。他揣想著法國或是新發現的那個國家，日本，那些地方的人早餐都吃些什麼。

「我親愛的工程師。」他說。

「我親愛的兄弟，湯瑪士！」

「你對我頗有好感吧？」

「而你，我的朋友，在我看來你也是很好的！」

「你睡得好嗎？」湯瑪士問。

「跟死人一樣！」艾吉瑞起勁地說。

湯瑪士隱約感覺到他現在對艾吉瑞諂媚得就像他之前對蘿芮托那樣。

他們談到工程，談到政治情況，這時女僕們端上裹蛋汁酥炸的南瓜花。上面撒著一些碎的白色山羊乳酪，西班牙辣香腸流出的橘色油脂布滿盤子，豬油煎的菜豆泥，還有少不了的成堆玉米餅。

「美妙啊！」艾吉瑞說。

「我們吃得好。」湯瑪士表示同意，咔吱一聲大口咬下一根黃辣椒。他的兩眼立刻漲紅，然後打起噴嚏。辣椒讓他噴嚏打個不停：哈啾！哈啾！哈啾！「噯呀！」哈啾！「這樣好。」他額頭上都是辣出來的汗水。

他又咬了一口辣椒。

哈——啾！

葳拉拖著步子走出來，看起來很糟。

「主保佑！」她喃喃說道。

「多謝。」

湯瑪士用餐巾擦擦鬍髭，這時才注意到她忘了梳頭髮。

「我在流鼻水了！」他說。

「這些辣椒，」葳拉明確地說，「是會這樣的。」

這種荒謬情節在主屋中大數時間權充對話。湯瑪士渴望艾吉瑞到訪，身邊其他的人都只能提供像「咖啡是熱的——除非它冷了」之類的洞察卓見。

❋

不知道爲什麼，在曼紐埃里托的奇蹟後，泰瑞西塔就希望有比流放到小屋更好的事。葳拉眼睛連眨也沒眨就要她走了，於是她就在這裡了。

她在牧場四處閒盪，觀察野草，拿它們和她的畫做比較。當提歐法諾的姪女經痛得不得了而來找她時，她就能夠參考她的筆記、調配她的第一帖藥水。

月事不順：

青蒿

百分之二的熬煮液

樹葉和樹梗

浸泡十五分鐘

每天三杯

「青蒿，青蒿，」她一邊在四周走一邊重複唸著，彷彿說出口就能變出來。後來是「羊眼村」一名老巫醫在泰瑞西塔騎馬走了三哩路、穿過仙人掌林去見她才賣給她一袋。姪女喝下去的時候做了個鬼臉，但是第三帖服下去以後，經痛就和緩了。到第二天早晨，經痛消失了，她的經血像水一樣流出。

泰瑞西塔又參與兩次生產。一個女孩子肚臍突出得太厲害，像是一根棕色手指頭。她肚子中間有一條深棕色直線，肚子鼓得太厲害，像是一座金字塔。孩子一直出不來。這個可憐的女孩痛苦扭動、哀號了整整二十個鐘頭，連接生婆都在她腳邊睡著了。泰瑞西塔把呼呼大睡的接生婆移到一旁，凝視產道那痛苦的開口。女孩痛得無以復加，發出低低的聲音。泰瑞西塔不知道該怎麼辦，於是把手放在女孩兩腿中間，把她產道口掰開，看看裡面是什麼。她很驚駭地看到一隻白色的小腳。她知道這樣不對。她把手指伸進去，摸到這條小腿，但它又縮回母親產道的暗處。她只能祈禱。

等到老接生婆醒來，太陽已經又出來了。她看到泰瑞西塔跪在產婦兩腿中間，祈禱奇蹟發生，但是奇蹟卻不降臨。做母親的終於沉睡，再也醒不過來了。

她們爲她洗淨身體，將她包起，爲她祈禱。泰瑞西塔走到她丈夫那裡，他是個工人，來自帕洛卡加多的「族人」，大老遠從歐可洛尼來到這裡。她擁抱他，輕聲告訴他這個壞消息，他低聲飲泣，頭靠著她的肩膀。他比她大十歲。他們一起埋了她，在土堆上放了兩個木頭十字架。

這件可怕的事情以後，泰瑞西塔待在家裡。她把採集的植物做成乾燥的藥草，她還注視石頭上響尾蛇的眼睛。在這段時間裡，她還想到她母親。會想到母親，她覺得很怪。不過她在猜想卡伊妲娜會在哪裡，她會做什麼。想著想著，終於有一次她在夜裡夢見她。卡伊妲娜戴著一頂寬邊草帽，拿著一把陽傘，走在一座大城市的街上。電車匡噹匡噹響，她等著要過街。她四周是高樓大廈，成群的鴿子啪達啪達繞著大圈子飛。

這些夢就是葳拉曾經警告過她的那種夢。她知道，因爲她醒來時臉上總是掛著淚水。她知道，也因爲她從沒有看過一座城市、一輛電車，或是一幢高樓。可是她一夢到它們就知道它們是什麼。

❋

布維度拉出現時，泰瑞西塔好開心。

「嘿，」他說，「你長大了。」

「你也是呀。」她笑道。

他咂咂嘴。

「我可以睡這裡嗎？」

「這妥當嗎？」她問。

「怎麼不妥當？」他問，從馬上跳下來。「混蛋伍瑞阿把我趕出來了。多謝了，爸爸！」

「人家會說話的。」

「爲什麼？你不是我妹妹嗎？」

泰瑞西塔把頭抵在門上說：「你說什麼？」

「你不知道嗎？」

他躺在她床上，一隻手把帽子扶到後腦袋上。

「你怎麼那麼笨，丫頭？每個人都知道你爸爸是誰！」

他把帽子蓋住眼睛。

「你照照鏡子就知道了。」

沒多久他就鼾聲大作了。

泰瑞西塔決定這是走到提歐法諾房子的好時候。

他正在屋外等著。

「卡波拉有什麼事是我不知道的？」她問。

「比方說什麼？」他回答。

「可能是沒有人告訴我的一個祕密吧。」

於是他張開嘴。

然後又閉上。

「你指的是我猜你在說的那件事嗎？」他問。

泰瑞西塔雙臂交叉。

「天啊。」他說。

第二十八章

一個大約十歲、流著鼻涕的男孩從大路騎馬進到卡波拉，一邊大喊：「蜜蜂！蜜蜂！」湯瑪士正站在路上和鄰居西根多談話，這時男孩勒馬停下，大喊：「蜜蜂！」

「什麼蜜蜂？」

「在康圖亞店裡！」男孩大叫。他那匹翻白眼而慌亂的馬在路上十分不安。「好多蜜蜂！」

「牠們看起來怎麼樣？」湯瑪士問。

「好大的黑色一堆堆蜜蜂！在屋頂的一個角落！他請你過去，拜託！快去！」

湯瑪士拍拍手。

「一群蜂！」他叫道。他抓住西根多手臂說：「康圖亞店裡有一群野蜂！」

「眞是奇蹟。」西根多說。

「快去！」湯瑪士對男孩喊。「告訴他們說我就去！噢——」他在口袋裡摸索，掏出一個金幣。他把金幣丟給男孩。「拿去。」

「多謝！」男孩高喊一聲，把馬轉過頭，飛馳而去。

「看那小混蛋跑的！」湯瑪士說。

他快步走進屋，換了長褲，配上他的雙槍帶（那位佳人或許會佩服吧），戴上時髦的德克薩斯帽。如果是一頂大大的墨西哥寬邊帽，會給這類冒險增添喜劇效果。

「艾吉瑞！」他叫道，「艾吉瑞！」

「啊？」

「你起來了嗎？」

「什麼事？」

「蜜蜂！」

「什麼？」

「蜜蜂！有一群野蜂！」

艾吉瑞還沒回答，他已經出了屋子。旁邊有一頭小驢子，馱著園丁從李子樹和蔓藤上剪下的枝幹，湯瑪士把驢背上的貨拿下，跳了上去。他用腳戳這頭小牲口的腹部，讓牠慢慢小跑步，又讓牠對著遠處養蜂人的小屋。他的兩條長腿在空中瘋狂地上下抖動，那雙腿抬在驢子的胸口附近，以免他的腳會在地上拖著。

帕蘭加利庫提利米庫洛的養蜂人前一天晚上吃光一袋的大麻花苞，仍然在睡。湯瑪士沒有驚動他，把一個空的蜂箱和噴煙器丟上他的蜜蜂篷車，又加上手套和面罩，以防萬一。他吹口哨叫來畜欄幾名牛仔，帶一匹老馬好拉車。他們給一匹白色拖車馬上了挽繩，湯瑪士站在車上用皮鞭抽這匹馬，直到牠開始快步跑。艾吉瑞站在屋子前面揉眼睛，湯瑪士駕車飛快駛過時他還得立刻後退。

「蜜蜂，」湯瑪士轉頭回喊，「蜜蜂！」

他駕著車喀啷喀啷往路上前去，一路沒有慢下來，一直到康圖亞的店。他很高興地看到蓋布瑞葉拉站在離餐館有點距離的地方，兩手拿著白毛巾，她那一頭散髮綁在腦後。每當有一隻蜜蜂飛近她，她就瘋狂地把毛巾朝腦袋四周揮動，她狂亂得把蝴蝶和蜻蜓也都嚇壞了。她的頭髮像是一片翻攪的瀑布，流瀉到她渾圓臀部的上方。

像顆鮮美的蜜桃，湯瑪士告訴自己。

康圖亞先生站在他房屋轉角附近，抬頭看著才大約十呎高的屋頂。他的頭上有一圈像是光的蜜蜂打著轉，那嗡嗡聲湯瑪士在路上都能聽見。康圖亞用很大的角度往後仰，彷彿他的憂慮把他折成兩半。他雙手互相絞扭著。

「好多蜜蜂。」蓋布瑞葉拉說。

湯瑪士從馬上一躍而下，先看看康圖亞先生有沒有往他這邊瞧，然後很快地鞠個躬，伸手要握她的手。她把毛巾換到另一隻手上。好優雅！他心想。他握住她的手指親吻。

焦糖！

肉桂！

牛奶般甜美！

「這可愛的一天，」他說，「由於我遇見了你而突然間變得更美好了。」

這是所謂的花言巧語，是辛納魯亞人特別的本事。多少的風流韻事都是拜漂亮的花言巧語所賜才展開的。

她讓自己的手在他的手中多待了一會兒，然後慢慢抽回。她的手指滑下他的手指。

啊哈！

他神氣地站著！

「你呀，」她說，「可眞有風度呢。」

「我是個沒什麼風度的人，」他抗議道，「我能展現的任何風度，都只是因爲你所啓發。」

她微笑著，低頭看著地上。

「我只是個廚子。」她說，自動提供一種客套回答，好讓他可以表現氣度。

好吧，好吧——他是可以迎向這種挑戰的。

「你是化身爲女人的春天精靈，」他說，「我從沒見過像你目光般清純的東西。如果我有風度，那也只是你風度的反映而已。」

她吸著氣，霎了霎眼。

康圖亞過來了。

該放手冒個險了！

「蓋布瑞葉拉，請原諒我如此唐突。我可以說根本不認識你，」她父親越來越近了！「但是當我見到你，我眞的相信我或許終於可以相信天主了！」

她用一隻手撫住心口。

「保佑我。」他溫柔地說。

「湯瑪士先生！」康圖亞先生氣急敗壞地說，「我牆上有十公斤的蜜蜂！」

他氣昏了。

湯瑪士搖搖手說了，這話是說給蓋布瑞葉拉聽的：「我親愛又高貴的康圖亞老闆！這個問題正是你應該找我來的問題。不管白天黑夜，任何時候能讓我照顧你和你那寶貴而且聖潔的蓋布瑞葉拉，我都感到十分榮幸。」他把頭往面紅耳赤得厲害的蓋布瑞葉拉偏了偏。「我曾經獨自一人面對武裝的雅基族營地，我親愛的康圖亞先生。我曾經從辛納魯亞騎了好幾百哩的路，克服路上的艱險。而且我還養蜜蜂！我不怕。所以，請容我來救你吧。」

他轉身向著她。

「和你。」他低哼著說。

他們跟著他來到房子有陰影的角落，只見像是某種奇異的熔岩流一樣，牆上堆著一團騷嚷移動、互相堆疊成倒三角形的蜜蜂。由於這一大堆蜜蜂的重量，使它沿著木頭牆面滑下，而在最底下的蜜蜂憤怒地慌亂爬動，想要抓緊牆面。掉下來的那些蜜蜂繞個圈又堆了上去。

「這是一群蜜蜂，」湯瑪士說，「這個聚落的中央，我們可以找到一隻女王蜂。牠們正在尋找一棵空心樹或是一座空穀倉展開新生活。牠們飛了很遠的路，現在想要在你的牆上睡個覺，好好休息一晚。」

「他好聰明噢。」蓋布瑞葉拉小聲對她父親說。

「可是呢，」湯瑪士繼續說，「牠們很可能挑上你餐廳裡面，那樣你就會有麻煩了。現在呢，蜜蜂是你的客人，牠們會很乖。可是一旦牠們進到裡面以後，你就成為蜜蜂的客人，而牠們就可以是很糟糕的主人了。」

「會發生什麼事？」康圖亞先生問。

「那你恐怕就得把餐廳燒了才行。」

康圖亞低低叫了一聲。

「不用煩惱，老兄，」湯瑪士說，「有我在。」

他點起他那個忠誠可靠的大麻噴煙器，然後打開另外帶來的蜂箱。箱裡有幾個有蠟的框子，準備好讓新的聚落建立。他拿一張帆布蓋過馬背，免得牠被叮到。他又把蜜蜂篷車移到房子的角落，他可以很容易摸到這群蜜蜂的地方。他對著牠們噴了幾次快活的煙，聞起來不錯。老天！聞起來非常好。他也深深吸了一口到肺裡。這是多美好的一天！他噴出好大的渦卷狀、芳香的煙氣！

他朝康圖亞微笑。

像是要脫掉一個古板女老師的燈籠褲一樣，湯瑪士小心翼翼地把兩隻手伸進那一群蜜蜂裡。

「天哪！」蓋布瑞葉拉叫起來。

康圖亞劃了十字。

「我從沒看過這種事啊！」他說。

湯瑪士移開一大堆已被麻醉的蜜蜂到框板上，把牠們滑進開口。他又弄了一次，不過這次他故意把抓了滿滿蜜蜂的兩隻手伸向蓋布瑞葉拉，她又開心又害怕地驚叫，急忙躲到父親身後。這時湯瑪士笑了，他掌控了全世界呢——這股煙還真是讓人舒服！然後他把新的蜜蜂和其餘的放在一起。他還用帽子把牆上的落後者掃開，牠們就掉下來，懶洋洋地飛著，直到發現姊姊妹妹已經在開著的箱子、暗黑的入口裡。

「他能力好強喲。」蓋布瑞葉拉說。

「牠們聞到女王蜂了，」湯瑪士說明，「現在牠們會到牠那裡。」

他把最上面的蓋子蓋上，拉開底部入口的門，好讓仍在繞圈子的困惑蜜蜂可以進去。

「牠們在一個小時內應該都會進去。」他說。

康圖亞用一種敬畏的眼神望著他。

「我可以請你吃飯嗎？」他問。

「也許來點咖啡吧。」湯瑪士說。

他們走進門裡時，蓋布瑞葉拉說：「這是我見過最勇敢的事。」

「我願意做任何事，」他回答，「保護你不受傷害。」

「哎，湯瑪士先生，」她說，「你太客氣了。」

「這個考驗還不夠嗎？你必須相信我。讓我接受任何考驗，蓋布瑞葉拉。」他手拿帽子說著，個兒高的他頭幾乎碰到天花板。「任何事，」他說，「以示對你的尊崇。」

康圖亞先生端出咖啡。現在要皺眉不悅都已經來不及了。現在他能做的只是跟他們坐在一起，分開兩個人。

湯瑪士梳理了他的鬍鬚，心平氣和地笑著。這大麻，他心想，給這一天增添了些味道！

「嘿，你知道嗎？」他脫口說出，「我還是餓了。你有沒有甜麵包？」

蓋布瑞葉拉一躍而起。

「我去，爸爸。」

她走開時朝湯瑪士拋過去一個眼神，走過門時她還讓裙子飛轉呢。

「我的天，康圖亞。」湯瑪士說。

康圖亞舉起兩手。

「拜託，」他懇求道，「做個紳士啊。」

❋

等到艾吉瑞在餐館停下馬，湯瑪士已經吃完所有的甜麵包，現在正在對付一盤肉乾。蓋布瑞葉拉做了蛋煎碎牛肉，又在堆起的肉乾旁堆了炸仙人掌葉。

艾吉瑞衝進來時，湯瑪士大喊：「工程師！來吃個麵粉玉米餅！」

「我還以為你吃過早餐了。」艾吉瑞說。

「我突然又餓了。」

湯瑪士不曉得怎麼找到兩名小提琴手和一個矮個子琴師，他們或撥或拉著樂器，奏著民謠，角落一個老婦人拎起裙子光著腳跳舞。康圖亞先生拿著一支藍白色的分菜匙指揮音樂。蓋布瑞葉拉把一隻雞趕出前門。

「何況，」湯瑪士說，「如果我的蓋布瑞葉拉的手準備了，我怎能不吃呢？」

「哎呀，湯瑪士。」她說。

艾吉瑞心想：我的蓋布瑞葉拉？接著又想：哎呀，湯瑪士？

「結果蜜蜂怎麼了？」他問。

湯瑪士搖著一隻手。

「蜜蜂安全地在牠們的蜂窩裡，艾吉瑞！蜜蜂早就是歷史啦！現在我們正在開派對，我請客！」

當天早晨那個流鼻涕的男孩拿著一碗豆子從廚房走出來。

「吃吧，小子，」湯瑪士說，「生命太美妙了。」

艾吉瑞坐了下來。

五名旅人走進來，立刻吃起湯瑪士一時大方請客的食物。

艾吉瑞對蓋布瑞葉拉微笑。

「請給我水。」他說。

她對他皺皺鼻子，便去廚房了。

「多美的鼻子呀，呃，工程師？」湯瑪士說。

「她的鼻子，」艾吉瑞邊回答，邊搜索恰當的字眼，「很優雅。」

老婦邀艾吉瑞跳舞。他因爲害怕而慌亂地擺手，不過湯瑪士把他推出去。艾吉瑞兩隻手被老女人抓住，兩腳拖在地上繞圈子時，室內爆出一片歡笑聲，但他並沒有絲毫開心的感覺。他那明顯的窘迫反而使旅人們笑得更大聲。

康圖亞餐館裡喧鬧異常，沒有人聽到載著神父、蘿芮托．伍瑞阿夫人和孩子們的馬車，轆轆駛過店門口、往卡波拉前去。

第二十九章

他們緩緩往回騎，和往常一樣，也十分謹愼。

辛納魯亞的毛蛛看起來淒慘又肥大，腳是鮮紅色。而這些北方的毛蛛是咖啡色，細瘦而且似乎很神經質。湯瑪士在辛納魯亞親眼看過巨鞭蠍和毒蠍的新混種，那是一種有螯、有腫大毒牙和可怕氣味的恐怖生物。牠們那種一心一意非要橫過阿拉莫斯道路而喀達喀達前進的樣子，經常讓他十分驚異。討人厭的小小風蠍，全身是黃色橘色和黑色，像是「沙蝨」，他和「族人」一樣，都稱牠「土地之子」，有很大的毒牙和憂鬱的性情，還眞的對著他抬起前腳、露出牠們的黑牙，認眞地威脅他，而當他繞著觀察牠們的行爲時，牠們也緊跟著他打轉。

「我希望你這些該死的蜜蜂不要叮我。」艾吉瑞說。

篷車後面傳來一陣滿足的低低蜂鳴聲。

「蜜蜂都被煙熏了，」湯瑪士向他保證，「牠們很溫順了。」

「我不信任蜜蜂。」

「蜜蜂比人好。」

湯瑪士偏頭看著這個留鬍子的朋友，身軀毫不優雅地在馬背上抖動，好像被人堆在那裡，身體各部位宛如胡亂被捆在馬鞍上。艾吉瑞的帽子甚至也在跳動，像個滾水鍋的鍋蓋。

「蜜蜂，」湯瑪士說，「是頂尖的工程師，比你還要厲害。牠們是勤奮的工人；牠們當然比替我工作的那些懶鬼要努力。牠們和印第安戰士一樣勇敢，而且牠們還會釀蜂蜜。比人類好太多了，我的朋友。」

艾吉瑞凝視前方。

「那是什麼啊？」他說，打斷了湯瑪士的昆蟲學沉思。

「咦？」

湯瑪士往路前方看去，主屋前似乎停著兩輛馬車。

「每一天，」湯瑪士嘆道，「總會有些好玩的事。」

他讓匡噹匡噹走著的篷車加速快跑起來，看到西根多在路上讓他不禁有些擔憂。西根多看起來十分懊惱。湯瑪士丟下韁繩、站在車上大喊：「什麼事呀？」

西根多把下巴往屋子方向抬了抬。

「那個女人。」他說。

「哪個女人？」艾吉瑞叫道。

「頂頭那個女人。」西根多說。

「蘿芮托。」湯瑪士宣布，他已經垂下頭了。

「還有那個女人。」西根多加上一句。

「誰？」

「那個女人。」

湯瑪士看了看。

葳拉和泰瑞西塔坐在李子樹旁邊。

「是葳拉？」他說，「還是那個女孩？」

「兩個女的都是。」

布維度拉吹著口哨漫步過來。

「好啦，」湯瑪士說，「我這一天什麼也不缺了。」

「你要什麼？」湯瑪士問男孩。

「什麼也不要。」

「你爲什麼在這裡？」

「墨西哥是個自由國家。」

「這裡是我的牧場。」

「我會繼承它的！」布維度拉聳聳肩，「爲什麼我不能拿我的東西？」

「混帳，」湯瑪士說，「滾開。」

布維度拉正要回答，但艾吉瑞舉起一根手指，兩個人下了馬，走進大門。

院子裡，葳拉說：「這個女孩需要跟你談談。」

泰瑞西塔正要站起來。

「現在不行。」湯瑪士說著，朝門口走去。

泰瑞西塔就又坐下。

「艾吉瑞，」葳拉說，「告訴湯瑪士先生，說我們想要盡快和他說話。」

艾吉瑞走過時用手碰了碰帽子示意，一邊心想，葳拉也很冒失。

屋裡，蘿芮托夫人正穿過客廳。她抬眼看了湯瑪士一眼，故意用戴手套的手指在一個櫥櫃上抹一下，手套沾上了灰塵。她搖搖頭，兩隻手拍著，把手套拍乾淨。孩子們在樓梯間上上下下衝著，像雅基人入侵一樣地又喊又叫。

「拜託好嗎！」湯瑪士抱怨道。

璜·法蘭西斯科從樓梯扶手上滑下來，再衝回樓上。那聲音像是隆隆的雷聲。樓上臥房裡傳來毀滅性的重擊聲，這是孩子們從家具飛躍到床上的聲音。

「眞有鄉下風味呢，」蘿芮托嘆氣道，「這一切。」

她把桌上放著的工程師的雜誌翻了翻。

「你的荒野小屋。」

這最後一句文雅的言語、對這小小的鄉間住家、鄉間小屋的嘲笑，特別尖銳，像把裁紙刀一樣讓人滴血。

一個細瘦的神職人員從廚房走出來，吃著一堆甜麵包，突然間，湯瑪士這一天變得奇糟無比。

「我的孩子。」神父說。

「你是哪位？」

「加斯提倫神父，」神父說，「從薩拉貢薩來的！」

不過他說的是卡斯提爾語，而且「塔拉戈沙」這個字也被他說得不清不楚！

不折不扣的西班牙神父喲！湯瑪士從口袋掏出一條大方巾擦著額頭。這比進到任何有敵意的印第安村落更糟。

「你爲什麼現在到這裡？」湯瑪士問蘿芮托，「你對我們的牧場從來也沒露出半點興趣啊！」

「我來看看你有沒有把你的娼婦們弄進屋裡。」她故作甜蜜地回答。

在神父面前說這話似乎太令人震撼，不過塔拉戈沙來的加斯提倫神父卻泰然自若地站在那裡，吃著價值三披索的甜點。

艾吉瑞對蘿芮托試了他一個策略：他握住她一隻手，開心地說：「蘿芮托，就和往常一樣，你像春天早晨般清新怡人。」然後用嘴唇在她指關節上輕輕拂過。

「你不是天主教徒。」神父注意到，而把工程師這騎士風範的動作攔住了。

「對不起，請問你說什麼？」

蘿芮托抽回自己的手，像海上一陣不懷好意的濃霧般輕飄飄走開。

「我只是指出你不是天主教徒，」神父說，「這是一項參考點。爲了我報告之用。」

「報告？」

「噢，是的，」神父說，「我是梵蒂岡在索諾拉的耳目，你不知道嗎？和你們新教徒不一樣，我們有一個『神聖父者』，關心所有子民的幸福。我的職責是報告、說長道短。」他笑笑，還邊嚼東西。

「神聖父者？」艾吉瑞說，他只是爲了要有話說。

「教宗啦，白癡。」湯瑪士說。

「我知道啦！」艾吉瑞沒好氣地說。

不過湯瑪士已經跟著蘿芮托走出房間。

神父又加上一句：「我們還有第二個父親，也許沒那麼神聖。呵，呵，請原諒我小小的嘲弄——在墨西哥市。嗯哼。」

兩個男人互看一眼。

艾吉瑞說：「而你也要向他報告。」

「是的。」

「向狄亞茲報告？」

「我們的領袖。」

「獨裁者。」

「這話很危險。」

「卻是實情。」

「你能看清實情嗎，我的孩子？」

「當事情和墨西哥市那個殺人盜匪有關的時候，我就能看清！」

「我會記下這點。」

「你在威脅我嗎？」

「我只爲天主……和共和國效力。」

「我爲上天和自由效力！」

「啊，自由。是啊，撒但和他那些墮落天使也說過類似的話。」

「哇，好驚人！」

「也許，」神父說，「以後我會守候地獄大門，看看你會不會走進去。」

艾吉瑞臉漲得通紅。

「而偉大的湯瑪士先生，」神父問，「是不是和你有同樣的革命觀點呢？」

艾吉瑞想，這問題要回答就太危險了。

「我明白了。」神父說。

艾吉瑞想不出什麼可說的。

「我把你的沉默視爲承認，」神父說，「非常有趣。」

好不容易，艾吉瑞才說出：「再多吃點點心吧。」

「哎，好的。」

「請喝點咖啡。」

「多謝，我的孩子，」神父說，「我相信我會的。」

屋裡別的地方，戲還繼續演著：

「蘿芮托！」湯瑪士大喊。

她站在樓下浴室裡，端詳著那個驚人的沖水馬桶。她拉了一下繩鍊，觀察馬桶裡水渦旋轉的樣子。

「這不是很教人開心嗎？」她說。

孩子們顯然是把能碰得到的東西全都打破了。樓上傳來好大的碰撞和砸碎聲。

「該死！」湯瑪士怒說。

他衝上樓梯。

「璜！璜！璜‧法蘭西斯科！」

「什麼事啊，爸爸？」

「下來！把其他人也帶下來！現在！」

「是的，爸爸。」

於是他們下來了，一排滿面懊惱的孩子：璜、蕾蒂西亞、瑪蒂達、艾伯托和塔維托。

他們父親怒瞪他們。這群妖怪！

「出去！」湯瑪士大喊。

孩子們成排走出屋子。葳拉看到他們時，對泰瑞西塔說：「你在這裡等一下。」就急忙進屋裡。孩子們繞著李子樹站著，看了看泰瑞西塔。

布維度拉像個邪惡的木偶般突然冒出來說：「怎麼樣，你這個下三濫？」

「我？」璜・法蘭西斯科說。

「我？」布維度拉故意模仿他。

「小心你說話。」璜說。

「別學我說話！」

「別學我說話！」

「笨蛋！」

泰瑞西塔站起來，但是已經來不及攔住他們了。

加斯提倫神父在廚房，一邊吃著廚房奉上的各種美味，一邊擺出高貴的模樣。墨西哥人老早就知道，你可以拿東西交換上天堂，所以他們餵這個瘦神父鋪著青辣椒的片片軟塌的白濕乳酪、油炸小塔可餅、灑紅辣椒粉的柳橙片、仙人掌糖、糖番薯、萊姆汁浸豆薯。當一盤法國巧克力出現時，他很歡喜地接受一小杯白蘭地。當他對每盤食物和這些女僕劃聖號時，她們全都興奮極了。賜福給巧克力、賜福給山羊乳酪、賜福給小小的黑色雪茄。

在另一間房裡，蘿芮托給了湯瑪士一巴掌。

他慌亂地罵了一句髒話。

她甩了他另外一邊臉的耳光。

他舉起手。

艾吉瑞站起來。

一旁觀看的葳拉握緊拳頭，這比她原先希望的還要好呢！

湯瑪士把手垂下。

艾吉瑞坐下。

蘿芮托拿起一個咖啡杯摔出去。

湯瑪士怒喝，碟子飛向牆壁。

他兩個拳頭抓住她的手臂，拚命搖晃她。

艾吉瑞站起來。

葳拉坐下。

蘿芮托把手臂從他手中掙脫，拿起一個裝滿檸檬汁的陶壺朝玻璃門的櫃子砸過去，粉紅色液體劃出的大圓弧飛著，櫃裡伍瑞阿家的古董瓷器應聲碎裂。

她放聲大笑。

艾吉瑞坐著。

葳拉站起來。

「我笑！」蘿芮托故意嘲諷，「我笑！」

「你以爲你在笑？我才是在笑的人哩！」湯瑪士吼道。「哈！哈！哈！」他兩手捧著肚子。「你聽到了嗎？我在笑！哈！哈！哈！」

「你這個畜牲！」

她啜泣起來。

艾吉瑞又站起來。

葳拉走向蘿芮托。

艾吉瑞斥責湯瑪士。

「眞是，別這樣嘛。」他說。

「愛情，」湯瑪士振振有詞，「就是一場戰爭！」

「你禽獸！」蘿芮托哭哭啼啼靠著葳拉的肩膀。

葳拉用不屑的眼光看著湯瑪士。

「你也這樣？」他說。

屋外突然爆出一陣歡呼加油聲、尖叫和重擊聲。西根多不知從哪裡出現，大叫：「快點，老闆！」

「現在又是什麼事啦？」湯瑪士大喊。

他跑到路上，看到璝．法蘭西斯科和布維度拉緊抓住對方，激烈扭打，還在地上滾來滾去。他們會鬆開一隻手，揮拳出去，然後再抓緊對方，兩人又滾來滾去。牛仔和男孩子們站在路兩旁，叫囂又拍手。塵沙到處飛揚。璝把布維度拉左褲管撕掉。布維度拉則扯破了璝的小外套。湯瑪士不知道爲哪一個感到驕傲，或者比較氣哪一個。他大步走進搏鬥場中，抓住兩人衣領，把他們拉開。他們一邊被往外拉，一邊又踢又吐口水又咒罵，湯瑪士才一鬆手，他們又衝向對方，像兩隻打架的貓一樣再次撲抓到地上。

湯瑪士衝進兩人中間，鼻子上卻吃了一記。他從眼角瞥到那些一無是處的牛仔們正在爲這場打鬥下賭注。

「好啦，夠了，混蛋！」他嚴聲痛斥，硬把他們分開。他鼻子上的血流到整個鬍子上。

「不准罵我兒子！」蘿芮托聲明。

「不要打了！」

「不准你打傷我兒子！」蘿芮托大喊。她衝過去，對著湯瑪士的背一陣搥打。

「西根多！」湯瑪士大喊。

西根多快步上前，抓住蘿芮托，心裡很清楚他以後再也不會有碰到牧場女主人的機會了，於是設法讓兩手碰到她胸部，好在日後告訴其他人。他一邊把她往後拉，一邊低聲安撫：「小姐，小姐。別這樣，小姐。」

兩個男孩疲累地喘著氣。他們彎下身，沾著血的兩手按住膝蓋。布維度拉往地上吐了一灘粉紅色液體。兩個人都氣哭了。

璜指著布維度拉。

「是他先惹我的。」

「操！」

「嘿！」湯瑪士高喊。

布維度拉又吐了口口水。「操，嫖客！」

湯瑪士抓住他脖子搖晃。

「不准再罵了！」他警告他。

布維度拉把身體扭開。

蘿芮托掙脫了西根多的圍困，衝向兒子。璜．法蘭西斯科從母親那令人窒息的擁抱中抽身，又指著布維度拉。

「他說他是你兒子！」他大叫。

全場震驚，一片沉默。

蘿芮托的眼睛瞇得比在屋子裡還要細。

「現在人盡皆知啦，」她宣告道，「我丟臉丟到家了！」

湯瑪士心想：噢，不妙。

牧場的每個人似乎統統聚攏來了。葳拉站到一旁，湯瑪士看到她張口結舌的樣子，反而更加憂心了。

湯瑪士表現出無賴的基本反應：放聲大笑。

艾吉瑞也出現在他視線中，臉上盡是無限哀悼的表情。

「爸爸，」璜．法蘭西斯科說，「你怎麼可以這樣？」

璜突然跳上兩輛馬車中最近的一輛，駕車離開。始終英勇的艾吉瑞也騎上馬追過去。

布維度拉指著泰瑞西塔。

「不只我一個人！」他叫道，「你看她！」

蘿芮托轉向泰瑞西塔。

泰瑞西塔恨不得有個洞可以鑽進去。

布維度拉對著所有人痛罵：「那是他女兒！他的女兒！他的女兒！你們看怎麼樣？」

蘿芮托說：「我早就知道了！」

「噢，老天爺！」湯瑪士說。

「你，」蘿芮托說。「你竟然都不知道！」

湯瑪士多希望這時能有根菸、或者正在康圖亞餐館裡看著蓋布瑞葉拉。他把兩手插進口袋。

「我才不在乎哩。」他說。

蘿芮托把孩子集合，然後上了馬車。對女人的忠心突然間戰勝了對尤力犯錯的幸災樂禍，葳拉急忙跑到馬車上，這時蘿芮托用馬鞭抽著馬前進。湯瑪士看著她們在璜．法蘭西斯科和艾吉瑞之後也快速離開。他孤單一人站在路中央。

突然間，加斯提倫神父從門裡衝出來大喊：「什麼事？什麼事？」他狠狠瞪了湯瑪士一眼，然後跌跌撞撞上了蜜蜂篷車，用鞭子抽打那匹疲倦的老馬，就前去追蘿芮托了。「我的蜜蜂！」湯瑪士大叫。

湯瑪士踩著重重的步子走進院子，踢翻一個花盆，塵土和天竺葵猛然灑下。突然他一陣怒氣，揮舞著手腳，踢花盆踢椅子、一邊咒罵一邊拿到什麼就摔什麼。他用力拍打李子樹，李子紛紛落在屋子的泥磚牆上。等到他累了，他站在那裡垂頭喘氣，頭髮都披到臉上了。

他注意到泰瑞西塔端端正正坐在長椅上。

「你還在這裡。」他說。

「是的，先生。」

他說：「只有你留下來。」

「顯然如此，先生。」

他站直身體，把臉上的頭髮撥開。

「你眞的是我女兒嗎？」他問。

「他們是這麼說的。」

他拖著步子到她長椅前，重重地在她旁邊坐下。

「你媽媽是？」

「『蜂鳥』卡伊妲娜。」

他揉揉臉，發出咕嚕的聲音。

湯瑪士指著一隻正在調查地上被殘害天竺葵的蜜蜂說：「比人好。」

「噢。」她回答。

他們坐在那裡。

「你認爲他們會不會回來？」他問。

「不會很快回來。」

「是的。」

過了一段時間，他說：「女兒。」

她轉頭看他。

「什麼事？」

「我可以叫你『女兒』嗎，還是你也很氣我？」

「可以。」

然後：

「我不氣。」

「這眞讓人鬆了一口氣，」他說，「每個人都氣我。」

她拍拍他的膝蓋。

「不要擔心，」她說，「這些事情會過去的，生活就會恢復正常。」

他嘆口氣。

「你說得對。」他說。

她兩手握在一起，放在大腿上。

「我過去很壞，」他說，「我不是存心要壞，不過我的行爲很差勁。」

「是的，」她說，「我看到了。」

他們笑了。

「我們現在要怎麼辦呢？」他問。

「我不知道……爸爸。我可以叫你爸爸嗎？」

「怎麼不可以呢。」他把兩手在頭上揮動，「有什麼不可以？」

他站起來，伸出一隻手。

「既然只剩你和我，」他說，「我們何不進屋裡，享受我小小的鄉間住家？」

她握住他的手，他扶她起來，就像紳士爲淑女所做的動作。以前從沒有人會對泰瑞西塔伸出手。她用冰冷的手指抓住這隻手，站了起來。

「多謝。」她說。

「我仍然有你那個老爺鐘，」他們走上台階時他說，「你不是很喜歡吃餅乾嗎？」他問。「我好像還記得你喜歡餅乾。」他說，這時厚重的大門在他們身後關上。

第三十章

湯瑪士對女兒有一些要求。學習的課程就從這一天開始。

A項：洗澡

湯瑪士立刻要人幫她在浴室的大鐵盆裡洗澡。他撬開蘿芮托從歐可洛尼帶過來的幾個行李箱。他把肥皂和洗髮精和乳液，讓廚娘帶進熱氣瀰漫的浴室裡給泰瑞西塔。泰瑞西塔從沒有在一個深澡盆裡洗過熱水澡，她又驚又喜地發現水竟然能淹過全身。海鹽和花朵做的粉紅色香油倒進水裡，創造出泡泡這種奇蹟。她看著兩條腿消失在高起的泡沫小山。

廚娘舀了一葫蘆杓的水倒到泰瑞西塔頭上，還把法國洗髮精倒在她頭髮上，再用又長又硬的手指仔細抓洗。

門外的湯瑪士喊道：「淑女是每個星期都要洗澡的！」

B項：儀容

廚娘用一把刷子折磨了泰瑞西塔整整半個鐘頭。她的頭髮往後用紅緞帶綁起來。廚娘又要她舉起兩條手臂，往腋窩噴了好多的香粉，再要泰瑞西塔自己把私處也這麼做。她拿了一支牙刷和一個灰色小鐵罐裝的倫敦的牙粉給她。泰瑞西塔一向是用一塊小木炭、蜂蜜和薄荷葉清潔牙齒。她刷了牙，把刷牙的水吐出去，而當廚娘把她那碗有肥皂泡的刷牙水拿出去倒在旱谷時，她感到很難爲情。

胭脂讓她的臉頰看起來像是進了馬戲團，面霜和面粉使她看起來像白人女孩，眼睛周圍的眼線讓她看起來像個催眠師。

C項：內衣

女僕拿來蘿芮托的燈籠褲時，泰瑞西塔十分惱火。她同意穿上那可笑的長襯褲，不過她不肯穿襯裙。她只穿二者中任何一樣，畢竟這是她自己的身體。

D項：合宜的服裝

蘿芮托的扁行李箱裡有衣服。她挑了一件黃色裙子、白色上衣，和一條淺綠色披肩。不過她不喜歡帽子，對於廚娘拿給她的圓筒形帽子和面紗，當下就拒絕了。

「這個東西看起來像是一塊壞了的蛋糕罩著一片蜘蛛網。」她說。

遮陽的大草帽讓她哈哈大笑。

「這是喝醉酒的街頭樂師戴的帽子！」她說。

E項：鞋

湯瑪士看到她，吹起口哨，熱切地說：「好美！」但是看到她粗糙的腳趾頭從骯髒的平底涼鞋中伸出時，他可動怒了。

「不行，不行！」他叫道，「一個淑女絕對不可以露腳趾頭！」

「我的腳趾頭有什麼不對？」

「不行，不行。不行的，恐怕這樣還不行。還有這雙涼鞋！」

「我的涼鞋有什麼不對？」

「糟糕，」他說，「很糟。」

於是她只得聽命，回到房裡，接受依腳打造的硬鞋折磨。

「我不喜歡這樣。」她宣告。

堅硬的鞋跟踩在地板上的聲音，在她聽來像是騾子蹄聲。

只要湯瑪士沒有看到，泰瑞西塔就會把鞋子踢掉，赤腳走來走去。

F項：餐桌禮儀

她不准再用拳頭握住刀叉、不准張著嘴嚼食物。不准牛飲。不過她不肯在啜飲時伸出她的小指。

G項：妥當的睡眠行爲

泰瑞西塔被帶去看位在西廂房的臥室。臥室刷白粉，牆面顯然在建造時就經過設計，因爲不是垂直的，而且共有七面牆，這是一個滿是角落的房間。有些牆面很小，好像建築工人爲了連接兩片沒辦法接角的牆面、隨意用點泥磚砌了一道面。門和窗板都是藍色，她很喜歡。

房裡有兩扇窗，一在向南的牆上，一在西邊的牆上。有一張小桌子和兩把椅子。一個獨立式、可以放衣服的櫃子。湯瑪士不准她在家裡做農人裝束。屋角有個臉盆架，架上是個瓷盆，盆裡有充滿田園風味的瑞士村莊蝕刻畫。還有一個裝水的白色大壺，以及肥皀。

靠近西邊窗戶是她的床。床有個鑄鐵的床頭板，床上堆了好多枕頭，她從沒有過一個好枕頭。她躺在床上，每想到床墊有多麼柔軟就忍不住一陣吃吃笑。她把鞋子踢掉，把光著的腳在光滑的床罩上滑來滑去。

天花板上交叉著兩根方形的椽木。稍低一點、呈某種角度的是焦黑的第三根樑木，這是從原先的大火中搶救出來的。她站在床上抓住它，吊在上面，盪著兩條腿。

她拿到粉紅色的睡袍和白色的睡袍。或許尤力害怕自己做夢時赤身露體，讓印第安人看到他們的祕密。

還有拖鞋！

就連晚上，泰瑞西塔也逃不掉鞋子的折磨！尤力們脫了鞋子和靴子，爲他們痠痛的腳唉聲嘆氣又叫苦連天，甚至還把腳放進鹽水浸泡，又要僕人揉捏，然後還要穿上鞋子，好「舒服」一些！

H項：得體的交談

泰瑞西塔不准在餐桌上討論接生、婦女問題或是醫護詳情。這些事情倒是可以謹愼地在湯瑪士的書房裡討論，他都是在晚飯後帶她到書房，一邊啜飲白蘭地一邊唸故事或報紙給她聽。畢竟他對全世界裙子底下發生的事都深爲著迷。任何女性生理的細節都會讓他眼睛一亮。

她也可以提出關於愛倫坡，或烏拉圭作家基羅加的怪誕幻想等問題。湯瑪士也很喜歡聽她說起關於當代問題的意見。

她在大房子的第二個晚上，他讓她喝一口白蘭地，結果讓她又咳又嘰嘰聒聒說個不停。他在她背上拍著。她拒絕抽他一口雪茄。

「今晚的問題，」他告訴她，「是布維度拉。在我看來他就是個負擔。」

「爲什麼呢，爸爸？」

「他是個小壞蛋！」

「他過了段苦日子。」

「那難道是我的錯嗎？不要回答！」

「你要怎麼辦？」

「我要把他趕出去！」

「眞的？」

「我要他離開卡波拉！」湯瑪士宣布，「一定要採取行動才行！」

「試試展現慈悲。」她建議。

他吐了口煙，盯著她看。

「慈悲是你最強的特質，爸爸。別忘了雅基人那次。」

他微笑了。雅基人。

「嗯。」

他又喝了一口酒，把煙噴到空氣中。老爺鐘開始報時。

「好吧，」湯瑪士說，「不過他不可以進到我屋子裡。對我來說，他只是另一個牛仔而已。他對我什麼也不是！」

泰瑞西塔知道這是氣話，不過葳拉曾告訴她要讓男人把牢騷發出來。

他拿起一本眞皮封面的書說：「今天晚上，是愛倫坡的《皮姆的自述》。」

她把兩條腿在身體下交叉，部分原因是要遮住赤腳。

「很可怕嗎？」她問。

「噢，是的！非常可怕。」

I項：正確地騎馬

再也不可以把裙子拉上來，跨著上馬！當她打開兩條腿騎上馬時，湯瑪士幾乎要嚇昏了，這絕對是不成體統的。泰瑞西塔被教導要用女用偏坐鞍、荒唐又侮辱人的方式騎馬，而讓她誇張的襯裙和天鵝絨裙，還有及膝靴子垂掛在一匹無聊走動的小馬側腹旁，像萎縮的四肢一樣。

湯瑪士沒看到的時候，她還是把裙子一拉，就騎馬和西根多從阿拉莫斯的路上一路比賽到康圖亞餐廳的叉路口。

J項：絕對不准吐痰或挖鼻孔！

K項：任何時候，絕對不可以提到月事。

L項：寵物

從她被發現臥房裡有隻豬寶寶，之後還發現穀倉貓和三隻狗以後，她就被禁止在房裡養寵物了。這隻忠心耿耿又愛她的小豬，每天早晨都會在門口台階上等她。湯瑪士開始時會去踢這隻小動物，但最後卻也喜歡上牠。他時常拿一部分自己的早餐餵牠。給這隻豬取名「伍瑞阿將軍」的，還是湯瑪士咧。

M項：「族人」

雖然湯瑪士承認她和工人及牛仔們有很深厚的關聯，但他還是勸她不要到工寮或是工人村去玩。老闆女兒被人看到在這些小屋子裡是不妥的。不過對這個命令她卻置之不理。

私底下，湯瑪士還挺高興的。

N項：談戀愛——絕對不可以！

O項：僕人

不管湯瑪士怎麼罵，都改不了泰瑞西塔自己做飯菜，甚至讓人驚訝地，她經常端飯菜給女僕和廚娘吃。她甚至還洗盤子。

P項：草藥——准她採集有毒的野草，只要她掛在自己房裡風乾，不要在廚房就行。

Q項：教會

「彌撒？」湯瑪士大喊，「該死的！」

他安排加斯提倫那些煩人的巡迴神父之一，每個星期六到他的穀倉主持彌撒。泰瑞西塔要他也去參加，但他每個星期六早晨都和蜜蜂在一起。她休想要他在一間穀倉裡頭跪下！更不會向一個獨身的神經病下跪！

不過他倒准許偶爾將讀經加進他們晚餐後的書房討論中。艾吉瑞來訪時也很方便就加入，因爲他對那本討厭的書似乎像對工程學文獻一樣熟，他和泰瑞西塔可以花上無聊的好幾個小時辯論以利亞和以利沙和任何其他的希伯來傢伙；而湯瑪士就邊狂飲白蘭地，邊想著蓋布瑞葉拉。

R項：葳拉

如果葳拉照料完蘿芮托回來，只有泰瑞西塔可以去找她——而不管當天葳拉安排什麼事，都要優先於湯瑪士規定的活兒或計畫。

S項：結婚

未來可以結婚，但不是很快。湯瑪士會處理婚事，包括新郎的身分。

「我沒有發言權嗎?」泰瑞西塔質問。

「當然有，」他也有退讓，「你可以在婚禮上說『我願意』。」

T項：語言

湯瑪士要泰瑞西塔隨時隨地都說西班牙語。

她可不聽。

U項：酒

只要和父親在一起，她願意喝酒就可以喝酒。

但她並不想。

V項：圖書室

她請求讓她有權利去看湯瑪士圖書室裡的任何書。太丟臉了!這簡直聞所未聞!他驚訝地發現，竟然是艾吉瑞那條狡猾的蛇開始教她認字和寫字的。而且只用了三天，她那種憤怒的沉默就逼他讓步了。她看的第一本書是伯納·狄亞茲·德·卡斯提羅的《西班牙征服史》。她不喜歡湯瑪士最愛的作家凡爾納。即使是譯本，她讀來也覺得無聊又幼稚。於是他們開始郵購書籍。珍·奧斯汀、勃朗蒂姊妹。

W項：學校

這裡的學校不是在阿拉莫斯就是在土孫。她不想去上學，他也不想要她去學校。於是湯瑪士和艾吉瑞爲她設計了一個學習課程，她把它加入她的野地學習和睡眠工作上。有時候她在睡眠中還看了遠處圖書館裡的書。在夢裡，法文或德文都很容易看得懂。

X項：睡夢時間

湯瑪士不想再聽她說起任何奇特的神靈感應，或是魂魄冒險。

Y項：朋友

只要朋友符合以下兩個條件，泰瑞西塔可以結交任何朋友。

（一）女性，而且

（二）同屬她新的社會階層。

工人村的女孩子不准邀請進主屋，不過本地牧場和村莊的女孩可以。某個自以爲是的蘇族或夏安族的印第安公主要來，可以用正式的右腳後退行禮方式歡迎，但是工人村的印第安女孩不准進房門。她第一個朋友芬娜．費利斯就常來找她。一個星期有三天晚上她都和泰瑞西塔同床共眠。

泰瑞西塔有一次騎馬出遊，回來時帶著蓋布瑞葉拉．康圖亞，湯瑪士差點沒從椅子上跌下來。

「晚上她可以在這裡睡嗎，爸爸？」泰瑞西塔問。

「我的天。」他回答。

「你的蜜蜂還好嗎？」蓋布瑞葉拉問。

Z項：蘿芮托

要泰瑞西塔始終表現和氣和恭敬，這不成問題，因爲她和所有「族人」一樣，非常喜歡蘿芮托，視她和「瓜達露佩聖母」爲同等偉大的母親。

第三十一章

泰瑞西塔睡在她的大床上，左右各是芬娜和蓋布瑞葉拉。

蓋布瑞葉拉十九歲，年紀最大。芬娜是個胖胖的、愛傻笑的十六歲女孩，皮膚黑，鼻子旁邊還有顆小小的痣。泰瑞西塔現在已經十五歲，比母親當年生下她時還要大一歲。

「我愛上你爸爸了。」蓋布瑞葉拉坦白說出。

「我也是！」芬娜也脫口而出。

「你們和其他每個人一樣，」泰瑞西塔說，她們躲在被子裡小聲說著。「還有，芬娜——所有牛仔你都愛。」

「噢，對呀！」芬娜也同意。

「不是的，泰瑞西塔，」蓋布瑞葉拉堅持。「我是說我愛他。」

「對呀，我知道。」

「是喜歡他的愛他？」芬娜說，「還是願意跟他生孩子的那種愛？」

「生孩子的那種！」

「天哪！」

「哎呀！」泰瑞西塔叫道。

一陣笑聲。

「我要怎麼辦呢？」

「嫁給他！」芬娜說。

「他結婚了，傻瓜！」

「噢。我忘了。」

泰瑞西塔嘆口氣，看看芬娜，扮個鬼臉。

「蓋布瑞葉拉就要做我媽啦。」她說。

三個女孩放聲大笑。

泰瑞西塔轉向蓋布瑞葉拉，伸出一隻手。

「哈囉，媽媽，你好！」

「哈囉，女兒！去整理你的房間！」

她們笑得很大聲。

在她們正下方，湯瑪士敲著圖書室天花板，要她們安靜。他得在泰瑞西塔的課表裡再加上一項：絕對不能討價還價的睡覺時間。

她們用手蒙住嘴巴喘著氣，想要讓她們的開心不要發出聲音。她們聽到他的聲音從樓梯上傳來。

「你們非要我上來嗎？」

「噢，拜託進來嘛，」蓋布瑞葉拉輕柔地說，「帥哥！」

這話讓她們摀嘴尖叫起來，她們聽到被打敗的湯瑪士氣憤地摔上門。

過了一會兒，她們也靜下來，全都仰躺著，感覺屋子漸漸趨向沉寂。月光灑遍她們，被子在黑暗中變成銀白色。一陣西風捲起了窗簾。泰瑞西塔之前在一個小盆裡燒了一些藥草驅蚊。她們看著閃動的小小火焰在牆上畫出各種圖樣。她那些乾燥的藥草一束束掛在上方厚重的方形樑上，散發出香氣。

這些夜晚是她這輩子最好的夜晚，和好友躺在床上，對於即將來臨的一切渾然不覺。

「帶我們去旅行吧。」芬娜說。

「你們想去嗎？」

「是的。」

蓋布瑞葉拉點點頭。

「是的，」她說，「帶我們去。」

「你們確定？」

「噢，確定。」

她在和這兩個女孩一起睡覺時發現一種新的本領，那是幾個月前體會到的。一天晚上，她突然發現她可以抓住她們的夢，引導它們。她無法解釋這是怎麼發生或是為什麼發生。不過如果她集中注意力，她就可以帶她們去旅行，彷佛在風中飛行。

「我們該去哪裡？」她問。

芬娜期待得全身戰慄。

「我不知道！」她說。

「我們上次到海邊，」蓋布瑞葉拉提醒她，「看到船都罩在燈光裡。」

「噢，對呀！」芬娜嘆口氣，「那裡的人在跳舞！」

「我只在我們的夜晚旅行中看過大海。」泰瑞西塔坦承。

「我也是，」芬娜說，「你呢，蓋布瑞葉拉？」

「我看過海，」蓋布瑞葉拉說，「我們時常去圭亞瑪斯，那就像是在夢裡。你可以聞到空氣中的鹹味，微風吹個不停。」

「我們是眞的到過那裡，」泰瑞西塔告訴她們，「那不只是夢。」

「我相信你。」芬娜說。

「也許吧。」蓋布瑞葉拉說。

「我從沒看過城市。」泰瑞西塔說。

「我也是。」蓋布瑞葉拉說。

「我去過城市！」芬娜說。

「你去過什麼城市？」蓋布瑞葉拉問。

「阿拉莫斯！」

蓋布瑞葉拉笑了。

「哎，你多呆呀，芬娜！阿拉莫斯不是城市，它是個小鎮，不是城市啦！城市是很大的地方，巴黎就是城市！」

芬娜嘆口氣，巴黎！

「紐約，或是墨西哥市！」

泰瑞西塔微笑。

「城市，」她說，「就像是一百座城鎮加在一起。」

「一千座城鎮！」蓋布瑞葉拉低聲說，「城市就像我們看過的那艘船，看得到的地方全是燈光和大馬路！」

「你怎麼知道？」芬娜問。

「我就是知道。」

「好幾百盞燈。」泰瑞西塔喃喃說道，一邊閉上眼睛。

她在被單下朝她們伸出手，她們也將自己的手放在她手中。芬娜把兩條腿纏住泰瑞西塔的腿，她喜歡這樣與人接觸，不過她也很怕飛行。不論泰瑞西塔跟她保證多少次，都不能讓她相信自己不會掉下來。

她們三人握住手。

泰瑞西塔說：「腳，去睡吧。快，你已經辛苦了一天。現在去睡吧。」

她這樣一一催促她們身體睡去，她一邊說著，她們也就一邊昏昏欲睡了。

慢慢地，她那柔軟的床墊感覺像是騰空升起，在下方起伏波動，她們也變得輕飄飄地。先是床墊緊貼著她們的背，但是很快地，床單就從床上飄起，好像在早晨時把它掀整齊那樣，而她們就坐在這陣波濤之上。

「我們在上升，上升，你們有沒有感覺到？現在我們輕得像是白楊樹的茸毛。你們感覺看看。地面離我們遠去。我們之前是土地的囚犯，現在它已經鬆開對我們的掌握了。是的。是的。空氣自由推動我們。我們就像水一樣。空氣就像水。我們是水。我們是雲。我們是空氣。」

然後她們就在海面的波濤之上。她們在半空中，被它的清爽和它的愛意高高舉著。空氣愛她們，她們可以感覺到。

「這是天使嗎？」芬娜低聲問。

「噓！」泰瑞西塔說。

空氣像水流般穿過她們的頭髮，她們在動。

「把眼睛閉上，」她小聲說，「要閉久一點。不要看。」

在她們周圍和下方，遍布各種聲音。臥室的封閉突然洞開，彷彿迎向風吹和回音，下方有河水潺潺流著，要人安靜。狗的吠聲小得像蟋蟀在叫。

「南方。」她說。

她們感覺到自己往南漂，好像隨著樹叢中一處清新的泉水流動。

「現在可以看了。」

她們睜開眼睛。

❀

圖書室裡充滿紅、金、棕的色調，在油燈的亮光下閃動著。

「我戀愛了。」湯瑪士告訴葳拉。

「跟我說點新鮮事吧。」她說。

她從雪茄防潮箱裡拿了一根他的雪茄，問都沒問就點起來。他根本沒心思抱怨葳拉的行爲。

「我是認眞的。」

「你對玉米餅女孩和她之前的擠牛奶女僕也是認眞的。」

「那不是愛。」

「是呀，我知道。」葳拉說。

「那我現在該怎麼辦？」

「做個男子漢。」

「呃？」

「做個男子漢。如果你愛她，你就爲她挺身而出。面對她父親，也面對你妻子。不要像個小女孩那樣哭哭啼啼，像個男人一樣站起來。如果你要擁有這女孩，你就說清楚。然後學著去做一個比從前要好的男人。」

他點點頭。

「因爲，說老實話，」葳拉繼續說，「在我看來，你做男人眞是失敗透頂。」

她離開房間。

他坐下來。樓上那些女孩安靜了。他想要的女人正和他的私生女躺在床上，吃吃笑著。

湯瑪士嘆口氣，閉上眼睛。如果果眞有天主，他還不如就去地獄算了。

❀

她們睜開眼睛，仰望著巨大的繁星浪潮。蓋布瑞葉拉轉過頭，看到一小朵飄過她身邊的雲。女孩們在空中緩緩翻著筋斗，直到她們面向地面。

馬德雷山脈那藍色的岩塊輕柔地上下起伏，山脊上的白雪在月光下散發出淡紫色。

「看。」

西方一堆四散的銀幣，那就是太平洋。

雲朵呑噬了她們。她們穿過冒著霧氣的冰冷高塔，重新回到清新空氣中。她們的眼皮閃著月光。

她們往南方飄呀飄，飄得好高，所以她們能看到下方的村莊在眼前過去，像是地面上的小光點，彷彿一滿杯的燭光灑到一片起縐的桌布上。一群呈「人」字形飛著的候鳥飛過她們下方遠處，像蝴蝶般微小，在深黑色的墨西哥背景前是灰色的。她們又進到更多的雲朵中，然後，當雲散開時，她們看到一大片閃亮的地方。令人眼花撩亂的大片面積。大街小巷中的千萬燈火，一路延伸到漆黑的山裡。

「街道。」泰瑞西塔說。

是的，街道。她們現在看到馬車喀達喀達走在大道上，還有建築物、住家、暗黑的公園，運河中的船隻。

遠方一處廣場上揚起音樂。炊煙。飄到她們耳朵裡的歌曲。人聲。喇叭聲。她們降落到地面，而被城市的各種香味所誘惑：香水、雪茄、木炭、蒸汽、垃圾、水、馬匹、烤肉。

她們的腳碰觸到路上濕濕的鋪石。

「墨西哥市。」泰瑞西塔說。

❀

我的朋友，康圖亞……

不行，這樣不成。

康圖亞，你這個混帳傢伙！

不行！不行！寫信給艾吉瑞說不定還可以！寫給康圖亞是不行的！

他把羽毛筆再沾了墨水，埋首工作。

我敬重且大度的朋友，尊貴的康圖亞先生：

此刻我坐在書房裡，為生命及人心前進時，常會遇到無法解釋的方向百思不得其解，並且憂心忡忡。當我開始經常拜訪你而告訴你說，我對你或你那可愛的女兒絕無不敬之意時，請相信我。我承認，我的確是看上這位女郎了。請原諒我！你的寬恕將使你成為聖人！但是我親愛的先生，青辣椒捲餅和醃肉塔可的大師！先生你，是一位天使的父親！而我，你謙卑的僕人，已經在她的魅惑中臣服。

噢，清純無玷的童貞！我會悍衛它，至死方休！我懇求你了解一件事，就是我也是個父親！我絕對不會碰她一束頭髮，我當著天主和聖母面前發誓！

噢，我的頭多麼痛，心多麼傷。我但願不是如此，但事實偏就如此。我愛她，先生。我愛蓋布瑞葉拉！我愛她。

原諒我如此冒失。

但是你不只是個父親，先生，你也是個男人！

我們可否盡快見面、解決這件事？

當然，我將會聽從你的判斷，因為我尊重你是她的父親。但是，當然，我也是個父親！千萬不要忘了！全能的主賜給我們寶貴的責任！

當然，如果我們能讓康圖亞和伍瑞阿兩家有某些安排，牧場將隨你支配，而且所有財富也將是你的。

我屏息屈膝靜候你的迅速覆信，我一手摸胸口，另一手舉向全能的主祈求！

依然誠摯且忠實，並且等候您仁慈體諒及慈悲決定的未來半子

湯瑪士．伍瑞阿，索諾拉，卡波拉牧場

他要西根多一早就把信送去。

這幾個女孩張口結舌看著電車，她們走在主廣場大教堂的陰影下。深夜，她們坐在尤欽米可的河岸上，把腳浸在古代阿茲特克人的河道中。

二十年以後，雖然蓋布瑞葉拉和芬娜始終沒去過墨西哥市，她們卻能毫無困難地在地圖上指出當初漫遊的路線。

第三十二章

和許多餐館老闆一樣，康圖亞先生是個哲學家，他很清楚一個人不能妨礙命運。誰知道人心的祕密，或是歷史的祕密，或是天主旨意的祕密呢？其實呢，是康圖亞厭倦了阿拉莫斯路、厭倦了那些發臭的流浪漢，和會吃掉他山羊肉塔可的可怕鄉警，他也厭倦要為蓋布瑞葉拉擔心。在海邊附近的家裡還有他幾個孩子，以及他好久沒見的老婆，因為那個海邊城市要比他來此尋找錢途的這些可怕地方安全得多。而現在，湯瑪士．伍瑞阿要給他類似解脫的機會了。畢竟蓋布瑞葉拉也已經快成老小姐了！

當然囉，康圖亞尋思，伍瑞阿先生會給他不薄的聘金。或許這筆錢夠他在圭亞瑪斯開間餐館，那是他眞正想要經營的。敞開的窗戶讓清新的海風吹進來，鮪魚、蝦、蠔和啤酒。一個女兒開心地在牧場上生活——康圖亞家人經營一座牧場呢！還有五六個孩子和一個老婆，快活地在海邊生活。每個人都發財！

奇蹟這麼不請自來，他憑什麼要攔住？

他拿起一枝鉛筆，用一把牛排刀削尖。

❀

我親愛而敬重、慈悲的主經常保佑、高貴勇敢的領導人及「族人」閃耀的典範、湯瑪士先生：

您誠懇的愛情證詞令我既感榮幸也十分驚恐。

我們必須像真正的男子漢那樣見面，討論小女蓋布瑞葉拉的命運。她對我的價值，是沒有任何財富能抵得上的！她的真正價值是無價的！

不過我們可以討論一些安排，雖然永遠也抵不上她永恆的優雅和崇高價值的百分之一，但仍必須是豐厚的。當然您也同意！任何低於一筆不貲費用的價錢都將是對我心愛的天使的侮辱！我只是為她受苦的母親和她自己的心靈平靜著想。在知道您對我本人和我心愛的妻子，以及我疼愛的子女們的仁慈後，蓋布瑞葉拉怎麼不會感覺到自己是被真心地愛著？被人愛而且被重視！而那人是您，我親愛的湯瑪士先生！感謝之至，墨西哥萬歲！

您謙卑的僕人且同樣為人父的

康圖亞（康圖亞餐館、蓋布瑞葉拉之父）上

附筆：我的朋友，只要看著她清澈的雙眼，你就會神魂顛倒，彷彿喝下天堂的佳釀。你會為了我的蓋布瑞葉拉拋開其他所有感情的，湯瑪士先生。這一點我可以向您保證。

❀

湯瑪士看完這封信，把葳拉叫進來，把信唸給她聽。

「他在做什麼呀?」葳拉問,「賣一匹馬嗎?」

為了表示敬意,湯瑪士派西根多和帕蘭加利庫提利米庫洛的養蜂人駕著一輛篷車,裝了新宰的半頭牛、一桶肥皂、一大箱的蠟燭、陶甕裝著的龍舌蘭酒,還有一袋子金幣,用來支付康圖亞在隨後幾周的喜慶開銷。

「啊,混小子!」康圖亞兩手一拍,笑了起來。「啊,混小子!」

蓋布瑞葉拉登上往卡波拉的篷車,想也沒想過自己會住下去。不過和泰瑞西塔住了第一晚,之後就是第二晚,然後是第三晚,然後湯瑪士給了她自己的臥房,突然間,她就在那裡了。

❋

過了一星期,湯瑪士就感覺蓋布瑞葉拉好像一直都住在這裡的。終於他倆偷偷發生關係了。感覺上她的氣息似乎一直都在他手指上,她那股酸甜水果的氣味;她長長的秀髮似乎一直散在他的枕套上,她的味道也始終在他的唇上。

他們都知道某件事一定會發生,但是他們不知道那會是什麼情況。沒有人知道蘿芮托的暴怒時刻,或是暴怒是屬於什麼性質,不過他們全都料到她遲早會爆發。他們都感覺到這股暴怒從她上次突擊牧場之後的這個月中就在累積,而現在,湯瑪士用最後這麼一樁惡行點燃了致命的引信。

葳拉是頭一個看到馬車從路上駛來的人。

不想觀賞這個發展的僕人衝進主屋。艾吉瑞因為北行而不在,否則他就會把眼鏡架在鼻子上,研究這幕場景。雖然她還遠在一哩之外,狗兒就溜到院裡的長椅下。

他們看著這輛黑色馬車駛過平原,速度飛快,像是一頭發瘋的母牛,車後掀起一陣塵土,朝著他們而來。他們連想都不用想就知道是蘿芮托在駕車。她的怒火都升到馬車之上了,像是一陣狂風。

湯瑪士一手摟住蓋布瑞葉拉的肩，站在大房子前凝視著。西根多漫步走開，回到煉油廠。他寧願聞燒熬牲口的臭味，也不願領教蘿芮托的憤怒。而老得連自己也料想不到的葳拉，正倚著一根一年內將成爲她全部支柱的手杖上，坐在李子樹樹蔭下一把有蜂鳥雕飾的黃色長椅上，這把椅子是康圖亞先生送的禮物。

「哎，哎，哎，」她悲嘆著，用手杖挖著石板和石板間的土。雖然不免咧嘴一笑，她還是哀嘆著。「看看要有什麼事了。」

她搖搖頭。

當然，她一向認爲男人都是白癡，湯瑪士更是混帳之首。從一開始，他們的愚蠢就令她相當開心，但是突然間她發現女人也蠢，天底下所有人都蠢。浪費生命。像狗一樣嗅著彼此大腿，慌慌張張繞圈子打轉，任由時日點點消失。她學到生命只是一場夢——肉體只是靈魂的一場覺。她喜歡湯瑪士，也喜歡蘿芮托，新來的這個蓋布瑞葉拉嘴巴更是甜得像蜜。但是，如果這是夢的話，她還眞等不及要醒來呢。

泰瑞西塔有點害怕蘿芮托回來，所以避開所有人，遠遠看著那輛小小黑黑的馬車一路顛簸震動地過來。她看到馬車上方暗黑的彩虹，她覺得她好像迎上遠處葳拉的眼光，看起來葳拉像是在笑。這是一種新的笑，像燒焦的咖啡一樣苦。

蓋布瑞葉拉感到羞愧，但是她很強悍。她愛湯瑪士，他也愛她，而當愛情來到時你是完全沒辦法的。愛來得快也來得猛，如果它不好，天主當然一定不會准許它有這麼大的力量。愛情的力量使她暈陶陶，湯瑪士對她說的話會讓任何女人神魂顚倒。「你話說得好漂亮喲。」一天晚上她喘著氣對他說，而不知什麼原因，這話讓他很開心。他像嬰兒一樣吸吮她的乳房，又對她輕柔地唸詩、唱歌、說話。任何事，任何事，她願意從他嘴裡傾聽任何事。書的篇章、報紙報導或聖經章句——這些在她聽來全是音樂。他那文雅的腔調、他的誇張言詞，還有她甚至不明白的字句。當她褪去衣服時，他的驚異，他端詳她腹部、她肚臍邊汗毛的神情；他捧著她的乳房到他唇邊的動作，以及他邊嘆氣邊沿著她的脊骨撫摸的方式，彷彿他從沒有面對過如此神聖的事物。這些都會讓她歡笑，也使她哭泣。還有他帶給她身體那種灼熱的感覺、胃的緥緊和體內迸發的閃電，彷彿身體內的黑暗又笑又叫，皮膚和器官也在高喊，這也使她哭泣。「噢，我的愛，我的愛。」她靠著他的肩膀哭泣，好像她承受不了至痛的悲傷，使得悲傷反而成了喜悅。「我從沒想到我會感覺到這些事。這是個奇蹟！這是何等的愛情！」

歡愛之後，他們緊擁著睡了。他用他的長手長腳裹住她，拳頭緊握在她披散的頭髮中，他的臉也埋在她的秀髮裡，在睡夢中聞著她的氣味。天亮前，他們又一次纏綿。他已經進入她，動作輕緩，而他倆都還沒有醒來。當他醒來時，他也哭了。

她才在牧場上住了幾星期，牧場就已經是她的了。她已經贏得了這座牧場，她在他臉上看出來，在他的笑容裡看出來，在他的笑聲中看出來，在他在她身上時，露出的一抹欣喜笑意中看出來。他們的愛是命運註定，她理直氣壯。她已經準備好面對無論多麼可怕的事情，爲了她的家，爲了她的男人。

❋

嘎吱嘎吱作響、車輪迸出一陣碎石塊，黑色馬車斜斜滑向一邊晃動著。兩匹馬嘴邊冒著白沫，被鞭子抽的側腹閃著汗水。

「混帳傢伙！」蘿芮托大叫，她的聲音在驚嚇的周遭響起回音，牛仔和牛隻、反舌鳥和馬匹、孩童和狗群全都被這猛然冒出的話給嚇了一跳。她的頭髮糾結成一團，像是在她腦袋周圍發生了一場爆炸。她的裙子拉高，露出兩條白皙的腿。

葳拉用手杖敲地三下，好像在拍手叫好。

蘿芮托的手臂舉起，馬鞭啪地一甩。

「你對我做了什麼事？」她質問。

湯瑪士兩手往前一攤。

「你對我做了什麼事？」

她手指伸直，指向蓋布瑞葉拉。

「就是這個嗎？」她問。

湯瑪士再次挺直身體說，「我的愛——」

「不准你這樣跟我說話！」蘿芮托大叫，「不准在她面前！」

牛仔們開始掩面偷笑。對這些男人來說，這要比射殺土狼，或看到騎士騎著無鞍馬卻被馬背一拱摔下還要有意思。來自羅薩里歐的前礦工米揚抓了抓胯部又捏了捏。「賤人！」他對同伴們說。他們走離開一些，米揚會讓他們緊張。

湯瑪士知道他必須掌握這個場面，否則他在牛仔眼中就不會是個男子漢。

「我是老闆！」他怒吼，「我高興做什麼就做什麼！」

他一邊痛罵，一邊狂亂地比著手勢。

「這裡是我在發號施令！」

「你發號施令，是嗎？」她回答，「是你命令這個婊子到你床上的嘍？」

他大聲叫嚷。她叫嚷回去，他也叫罵回去：空氣中充滿了指責和反控。他不是男人！她也不配做女人。她不是好老婆！他從來也不是個眞正的丈夫。如果她做個好妻子——他根本就不需要蓋布瑞葉拉了。如果他是個丈夫，好歹是個男人，她根本不會拒絕他。他們就這樣你來我往，每個人都在旁邊看著，直到馬鞭又揮起，這回他抓住了，把它從她手裡搶走，丟到地上。

旁觀者都大吃一驚。

「你！」他說，「給我滾出我的土地！」

「湯瑪士……」

「立刻滾出我的土地。走開，永遠不要再回來。」

眾人嚇呆了。他們將會把這件事一說再說，吃晚餐、早晨喝咖啡、在田野中、在床上：老闆把蘿芮托夫人趕出牧場。他趕她出去，不准她再進卡波拉。他不在乎教會說什麼。如果他再在卡波拉看到她，他就會和她離婚。好歹他還是個男子漢大丈夫。他們說，他是徹頭徹尾的男人，他們的口氣中有一種他以前從沒得到過的尊敬。他們還說，如果他揍了她，那就更好了。女人家則沒有說什麼。

他的臉色是他們從沒看過的一種紅色。

蓋布瑞葉拉呢？她覺得羞辱又害怕，便回到房裡躲在房間。葳拉站起來喃喃說著「湯瑪士」，但是他什麼也沒聽見。他抓著馬匹的馬銜來回拖動牠們，好像他是匹狼，要把牠們扭倒在地、咬斷牠們的喉嚨。他揚起皮鞭威嚇蘿芮托，幾乎要用它抽她，然後命令她走開、快快走開，永遠不准回來。

他把皮鞭丟上馬車，用手拍打馬匹，看著她在車上迅速駛走。

沒有人走近他。

人群逐漸散去時，米揚對布維度拉說：

「以前我以為他是個窩囊廢，一直到今天。」

布維度拉走開，朝著煉油廠走去。

米揚轉過身，倒退著走，看著泰瑞西塔走進土屋。

第三十三章

在古老的沙漠河流艱辛流過荒地之處，在吉拉河蒸發消失之處、在雅基河和馬約河毫無留戀奔向圭亞瑪斯和大海，以及蒼老的科羅拉多河澎湃湧向柯提斯海前端的三角洲之處，沙漠轉為青翠。有三年的時間，作物枯萎或是欣欣向榮，枝葉繁茂或枯黑凋亡。永遠肥沃而生機盎然的雅基土地滿是烏鴉，成排綠畦之間，蒼鷺跟著牛隻，叮咬的昆蟲被不停吃草的牛隻所打擾，而雅基人用犁翻開泥土之處，這些白色的鳥就跟著農夫，從那些翻出來的黑色土壤波浪中叼起螻蛄、毛蟲、小蟲。

有些村莊依循向來的做法，靠近水邊種著公有的玉米、豆子、番茄或辣椒、南瓜田。晨光中，這些耕地作物閃爍著深綠色，下方的土地很清楚自己的責任。

軍隊會到沒受到保護的村子抓走雅基人，把他們趕到海邊。沒有人知道他們去哪裡——整個家族一夕之間全都消失。據孩童說，魔鬼是個外國佬。

湯瑪士知道這些故事是眞的。他曾經騎馬出去過，深入北方、深入印第安人的地區，過了艾奇輝奇輝。他在那裡看到一小隊軍人領著一支步行的雅基人隊伍進入沙漠。他看到騎兵隊中間有恩利貴，便策馬奔向老友。

「嘿！」湯瑪士喊道。

恩利貴在馬鞍上轉過身，露出微笑。

「湯瑪士先生！」他說。

兩個老朋友握了手。

「這是什麼？」湯瑪士問。

「不好的事，」恩利貴說，「不好的事。」

「你要帶他們到哪裡？」

「你還是別問比較好。」

湯瑪士看到這些疲倦的雅基人拖著步子走開。

「那他們的土地呢？」他問。

恩利貴仍然重複那句話：「不是好事，我的朋友。」

他不想講。

然後來了個騎著雜色馬的男人。他的皮馬褲沾著污垢、油脂、血漬和汗漬而呈暗灰色。他騎近他們，湯瑪士聞到他的氣味。他的長長來福槍高高豎立在他面前，像是一支長矛。他的帽子破爛，軟趴趴地垂下。這個骯髒的騎士載著一條用手指骨做成的項鍊。他的馬鞍上到處都是一簇簇的毛，在風中起伏。他朝湯瑪士點點頭。

「恩利貴，」他說，「這些是……」

「頭皮。」恩利貴說。

「老天爺！」

恩利貴捏捏朋友的手臂。

「回家去，」他說，「回家吧，湯瑪士。這是不好的事，你不屬於這裡。」

湯瑪士凝視朋友眼睛，在那雙眼睛中他看到一片焦黑而死氣沉沉的大地。

「回家去，把大門鎖上。」

恩利貴把他的馬移開湯瑪士，跟在那個獵頭皮的人後面。

湯瑪士看著他們，直到他們溶入大地，再也看不見爲止。

葳拉又找到一處白楊樹叢，那是在峭壁下方，離大房子有段距離的旱谷另一邊。艾吉瑞的手下本來計畫在旱谷的這個部分築水壩，但是葳拉拔掉他的木樁，扯斷他的繩索，當他過來解釋時，她拿著獵槍和菸草袋等著，還罵他是個尤力鬼和混蛋。艾吉瑞不笨，跟她行禮鞠躬，把他的打樁移到下游，這樣就不會淹了葳拉的樹了。

泰瑞西塔第一次來這裡時，葳拉曾指給她看那蜿蜒爬上樹叢和樹幹的凌霄花。「蜂鳥喜歡這些，」她說，「我每天早晨都會看到牠們，天主能在這裡找到我。」

第二次到這裡時，泰瑞西塔把裙子拉到一邊，盯著她的腳。這段時間穿鞋襪使她的腳變白了，看起來柔軟，而且有點像還沒煮的生肉。

「我們的力量來自大地，」葳拉說，「『艾通阿查』藉著土地給我們生命。看那些植物！爲什麼它們有根？它們在空中有根嗎？」

泰瑞西塔笑了笑，搖搖頭。她在睡眠中都可以背得出葳拉的話。

「你看看『尤力』他們。」葳拉吐了口口水，「鞋子、靴子、馬車、地板。他們根本不記得土地了。」

她把兩條腿張開站定，膝蓋稍稍下沉了些。

「站到土裡面。感覺你自己站在它裡面。只要你和泥土相連，就沒有東西能夠動得了你。颶風不能，一千個牛仔也不能。」

她身體上下動了動。

泰瑞西塔覺得葳拉看起來好像急著要上廁所。

「去吧。」葳拉說。

泰瑞西塔用腳趾巴住地面，把腳跟往沙地裡鑽，然後是腳踝，然後是腳的外緣。

葳拉以前就教過她這個最基本的力量的課程。泰瑞西塔看過這種力量的展現——有時候葳拉站定，然後要牛仔們把她推倒。一次兩三個人，用肩膀頂著她推，但是卻推不動她。這個乾巴巴的小個子女人竟然抵得過大塊頭的槍手和牛仔的攻擊，讓孩童和老人家看得挺樂的。

「在土地裡，」葳拉說，「說，我在土地裡。」

「我在土地裡。」

「土地也在我身體裡。」

「土地也在我身體裡。」

於是她們吐納著氣息。她們感覺到天空充滿在胸臆，她們還讓體內的烏雲飄走。然後她們和土地相連。

「把腳趾抬起來，用你的腳踝往下壓。」

「我覺得好蠢。」

「做女巫醫的一部分就是感覺自己很蠢。」

泰瑞西塔站在她面前，用腳挖進土裡。

「好，現在用你的腳心伸進土裡，一直用到腳跟。你的腳跟上有叉齒，像把耙子。裡面有兩根叉齒，外面有兩根叉齒。用你的腳跟叉進去兩根叉齒，一直推進土裡。然後你就有根了，孩子。你明白嗎？」

「根。在我腳跟。」

「是的。把它們種下，深埋在土裡。你的根。」

葳拉用鼻子吁出咻咻一股長氣。

「要去感受土地、保持心的完整。脊柱成一直線。讓你的心發亮。放鬆，不要繃緊。白人總是很繃緊，必須放鬆肌肉才行。要柔軟。要像水一樣。水很柔軟，而它是世界上最強大的力量。」

索諾拉的陽光燒進泰瑞西塔的腦袋裡了。烏鴉在遠處嘲笑她們。一隻雪白的白鷺飛過天空，尋找可以造訪的牛隻。

「讓你的膝蓋微微搖動。對啦，聯繫上了。大地母親的力量會迴旋著傳上你的雙腿，到你體內。你會感覺到它把你兩個膝蓋併攏。感覺到了嗎？好，現在去感覺你腳上那些外頭的根。把你的腳跟一直往下頭鑽，然後是你的腳。現在你就站在大地裡了。另外一股力量正從你腿的外部往上通。感覺到它正呈螺旋狀往上。很快就不會有任何東西力量強過你了。」

「我不會受到傷害？」泰瑞西塔說。

「我可沒這麼說。我們全都會受傷的，孩子。我們都會受到傷害。我說的是：他們的力量不會強過你。」

「我想我明白。」

「我很懷疑。」

老瘋婆子。

泰瑞西塔搖搖頭。

「好吧，我不明白。」

「人總是想要『明白』每件事，」葳拉嗤之以鼻地說，「你明白太陽是怎麼回事嗎？可是它每天升起，不管你明不明白。我們明白葡萄藤怎麼長出葡萄、葡萄怎麼釀成酒的嗎？不用。你用不著『明白』這些。我要你做的，是記住它並且相信它。」

「我會記得的。」

「那你相信嗎？」

「我不知道。」

「這就是『信仰』，」葳拉說，「『信仰』就和『恩典』一樣，都是稟賦，你知道。它是沒有人能『明白』的謎之一。丫頭，天主給了你相信天主的異稟。如果你不能相信天主，天主怎麼能為了你缺乏信仰而懲罰你？」

「我不知道。」

「完全正確，你是不知道。這是一個謎。」

泰瑞西塔想了一會兒。

「信仰。」她終於說。

「正確。」老婦人點點頭，「去相信就對了。你很可能永遠也得不到答案。」

「而如果我不能相信，那會怎麼樣？」

「那麼，」葳拉說，「天主就會派來像我這麼一個愚蠢的老太婆來幫你。」

她們手牽手朝著牧場走回去。

❋

葳拉曾經告訴她男人的骨頭伸進女人私處是怎麼回事。「那個醜陋的東西，」她說，「看起來像個煮熟的火雞脖子，可是它在那裡面感覺還挺舒服的。」現在葳拉知道泰瑞西塔已經準備好從事助人生產的工作了。

葳拉和曼紐埃里托已經教她認識所有藥草，她知道植物最基本的知識。但是泰瑞西塔知道她的工作要比煮藥草茶、用樹根包紮傷口更深奧、更重大。葳拉之前一直堅持她年紀太輕，不能做這份工作，直到現在。泰瑞西塔知道原因。葳拉累了。生命中頭一次，她需要人幫助。就像蓋布瑞葉拉神祕地取代了蘿芮托在主屋裡的地位一樣，泰瑞西塔也明白她自己正以神祕的方式接手葳拉的工作。

她們快馬騎到工人村外一間小屋。屋裡的女孩尖叫得像是被人鞭打般，聽得泰瑞西塔頸後的汗毛全豎起來。女孩躺著，兩條腿架高又打得大開，肚子像要爆開一樣，不停抖顫著。葳拉用一種膏藥塗在她兩腿中間，把她陰道都染黃了。她身體下面的蓆子又濕又髒，上頭的液體冒著熱氣，好像他們在女孩兩腿間泡茶。那裡沒什麼毛髮，直到嬰兒的頭出來，他的黑色皮膚把開口塞滿。還有鮮血。

泰瑞西塔嚥了嚥口水。

「老天哪！」女孩哭叫，「痛啊！痛啊！」

她把兩手往下伸，緊緊抓住泥土。

葳拉說，「你看到了吧？我們總是會去找我們的大地母親。」

她吟唱、低語，要嬰兒出來。女孩子大叫時，葳拉就會拍三下手，然後用力摩擦兩手，讓手心發熱。她把手掌按在產婦肚子上揉著。

「平靜，平靜，孩子，」她輕聲說道，「感覺我的兩隻手。感覺熱度。」

葳拉比個手勢，要她的刀子。

泰瑞西塔伸手到葳拉的皮囊裡掏出一把細刀，刀身磨得銳利，閃著森冷的光。葳拉要她把產婦兩腿拉大開，然後用她瘦骨嶙峋的手嘩嘩劃了兩刀，就把產道割開。鮮血噴灑出來，嬰兒隨著一陣可怕液體的噴濺朝下滑出來，落到老婦人雙手中。嬰兒像在游泳、像在跌落、像在攀爬。泰瑞西塔不知道他在做什麼——他就是出現在那裡就是了。他在那裡扭動著，紅通通的臉，看起來像身上包著蠟，還有一些從母親羊水中流出來、淺色濕濕黏黏的東西，他那雙小小的拳頭已經在揮打這個世界了。做母親的哭，泰瑞西塔哭，嬰兒也哭，葳拉輕聲說：「噓，噓，安靜，噓。」

葳拉要泰瑞西塔把一塊濕布放在產道外，讓她把嬰兒擦拭乾淨。

「瞧瞧他那兩顆有多大！」葳拉說。

她用那把生產用的刀子割斷臍帶，把突出在嬰兒肚子外的一頭綁住，剩餘的部分用一塊白布包起來。等到胞衣緩緩流到已經報銷了的蓆墊上時，小傢伙已經依偎在母親胸前。

第二天，她們接生了一對雙胞胎。

跪在葳拉身後地上，泰瑞西塔學到需要知道的、所有關於痛苦和神奇的事。那些哭喊和驚恐的白天夜晚；皮膚撕裂後糞便排出，帶著生產惡臭的一團肉，離開女孩體內之際的悲喜交集。她把那粉紅色的一包東西從母親體內拉出，看著葳拉用小刀割開臍帶，把臍帶包起來，放到小袋子裡給孩子的母親。她知道了這個謎的眞相。她也明白奇蹟是血淋淋的，有時候還沾著泥土。她學到女人要比男人勇敢，勇敢和堅強。她也知道有一天她也可以把自己撐開得像窗戶一樣寬，但並不會要了她的命。

在某個時刻，在臍帶用繩線紮起來，黏液也用樹葉和布擦掉後，葳拉用手肘推了推泰瑞西塔，泰瑞西塔身體往前傾，唸了她第一次的生產禱詞，低聲對著那仍然記得那些星星和光亮的新生兒說：「你的工作是活下去。」

和大地相連，她明白這些字句了。這些話既可怕又眞確。

葳拉有她自己的儀式，她自己的行事方式。說來奇怪，她變得對靈魂啦、植物啦和醫藥等等的功用越來越沒有興趣。她的身體會痛，她的思緒是安靜而且憂傷的。她也變得越來越沒耐心，她會在女僕行爲不對時掄起手杖打人。當湯瑪士對蓋布瑞葉拉不客氣時，她也會朝他揮著枴杖。她知道深奧的祕密已經準備要讓泰瑞西塔知道了，即使泰瑞西塔還沒有完全準備好。有些早晨，她一口咬定世界已經燒起來了，直到她喝完咖啡、吃完麵包，聞了花朵的芳香。她夢到多年前死去的情人來到。他拿了六朵白花來到她面前。蜂鳥在她面前振翅不去，用牠們的翅膀給她搧風，而那些翅膀拍動發出的氣味是焚燒鼠尾草、西洋杉的煙味。她看到她母親走在一條河的彼岸，走過她面前。葳拉的時間到了。在那一季，她的禱詞改了，她請求上主原諒她的錯，使她死而無憾。

「我都看不到泰瑞西塔了。」湯瑪士抱怨道。

早餐時候他最快樂。有些日子他會要全家人都聚到桌前。他坐在餐桌首位，蓋布瑞葉拉坐在他右手邊。餐桌另一頭通常坐著工程師艾吉瑞。泰瑞西塔和葳拉坐在餐桌一邊，康圖亞和西根多坐在另一邊。芬娜·費利斯通常在一旁伺候，挨擠在角落中，還對著泰瑞西塔皺鼻子。布維度拉從來沒被邀請。

湯瑪士現在終於當上大牧場主人了，而他會用吹牛和大話娛樂他的新家人，拿著咖啡杯和捲起來的玉米餅大動作比劃著，豆子和蛋還不停從餅裡往下掉。牧場十分成功，銀礦獲利很高。在阿拉莫斯的蘿芮托雖然氣憤又感到沒面子，但她還不打算完全和他分開。好心的神父向蘿芮托保證會受天譴的是他而不是她。蓋布瑞葉拉靜靜地把食物從他的盤子裡撥走，並且喃喃說：「噢，湯瑪士」和「噢，我的愛」，一邊和芬娜一樣偷偷對泰瑞西塔扮鬼臉。

「我們很忙呀。」葳拉邊把圓麵包浸到她的咖啡裡邊說。

「忙！忙什麼？」

「女人家的事。」葳拉說。

牧場大房子反映出好時光；它是一段段建造的。主屋是雅基族入侵後艾吉瑞的第一項建築計畫，如今是座石牆建造的堡壘。矗立在西邊角落的是石塔，泰瑞西塔的房間在塔頂，更上面的窗板和城垛上還有槍炮眼，讓神槍手可以瞄準。艾吉瑞說服他，說政府隨時會攻打過來，狄亞茲記性好，勢力範圍更廣。

如今房屋的第二幢廂房幾乎完成，第三幢廂房早就開始建造了。

即使在歡喜的時刻，即使能碰觸自己心愛的人，又被女兒那奇異的幽默和優雅的吉他彈奏逗得很開心（他們很喜歡在內院來段雙人合奏，而讓牛隻哞哞叫、狗群狂吠），湯瑪士在屋內卻像要窒息般。他簡直難以想像泰瑞西塔竟然不要他陪就自己去任何地方，更不用說是到他們周圍的野地、去處理像生產這種難看的事。不過老太婆可是不怕疲累：她發脾氣、好言相勸、苦苦哀求、建議、要求、解釋，直到湯瑪士再也受不了她的聲音爲止。她拒絕任何守衛或騎士相陪，她對安全唯一的讓步是老提歐法諾。

「我們很少離開牧場，」她堅持，「如果離開，提歐法諾會保護我們。」

「如果她發生任何事……」

「她不會發生任何事。」

泰瑞西塔站在她椅子旁邊，低頭看著地。西根多和艾吉瑞都在想：她確定是越來越吸引人了。

「那你呢？」湯瑪士說，「你希望怎麼樣呢？」

「我希望能去，爸爸。」她回答。

「你呢，我的愛？」他問蓋布瑞葉拉。「你的意見如何？」

「噢，胖哥，」她說。她喜歡叫他「胖哥」，而他也常常叫她「瘦女人」。「讓她去吧。這是她的命運。」

「命運。」他說。

他不相信命運這種事。都是迷信。可是，他和蓋布瑞葉拉之間發生的事……是可以用命運形容的。他揉揉腦袋，然後嘆口氣。他比手勢要泰瑞西塔走到他椅邊，然後親吻她的頭頂。

「做你的工作吧。」

「好啦，」葳拉點點頭，「行啦。」

✻

她們便出發了，於是她們一邊工作，葳拉一邊教泰瑞西塔所有可以教的祕密。她教她鮮血和流血時間、鮮血的力量、鮮血力量的湧現。她教她腹中充滿生命時的孕婦，那種既無助又有龐大力量的雙重感覺。她教泰瑞西塔祕語，也教她危險的祈禱。她們一起跪在石子地上祈禱；她們清晨起床就祈禱。葳拉用煙爲她祝禱、用油爲她敷身，還讓她脫去衣物在沙漠水塘裡泡著，池水因爲水草而呈綠色，還有許多暗銅色的小魚。她給泰瑞西塔吃祕密的食物，還帶她去對響尾蛇說話。

「你有法力。」葳拉說。

通常不會提自已祕密的泰瑞西塔坦承：「我會讓芬娜和蓋布瑞葉拉飛起來。」

「噢？」

「有時候我會帶她們去城市。」

「噢。」

「夜裡。」

「要小心，」葳拉告訴她，「你有危險，你四周的人也有危險。你已經選了一條充滿危險的路。要小心。」

要小心男人、小心陰暗的靈魂、小心法力、小心愛。要小心植物，要小心你自己的情緒、要小心你的自尊心。魔鬼、天使、謊話、幻象、性、天主本身，全都要小心。要小心你父親。小心我。小心蓋布瑞葉拉。小心「族人」、小心布維度拉、小心牛仔。要小心你自己。

❦

泰瑞西塔的「顫抖」第一次上身，就是在這段時間裡。

那是個無異於任何早晨的早晨。前一天晚上她們很晚睡，湯瑪士常常和蓋布瑞葉拉歡愛，有些晚上他們甚至會疲累到第二天早上十點、十一點。牧場是自已在經營的，西根多知道該怎麼做、工人知道該怎麼做、羅薩里歐來的米揚知道該怎麼做，就連布維度拉都知道該怎麼做。有些「族人」對於湯瑪士的「愛」很火大，不過大多數人覺得很好笑。俗話說，愛是最後死亡的，「族人」都把它改成：愛是早晨最晚起來的。

就連葳拉都在睡。她和泰瑞西塔處理一樁已經拖了三天的難產。產婦痛得沒有一樣東西能幫得上忙。草藥、茶、肚腹揉搓，沒一樣行得通。這段過程艱難又漫長，葳拉和泰瑞西塔站著都睡著了。這時一件怪事發生了，怪得使泰瑞西塔很早就醒過來，雖然葳拉仍然在睡。她在庭院中醒來，看著李子樹祈禱。

前一天夜裡，當泰瑞西塔心想這個母親光是痛就一定會死的時候，她感覺到昔日夜裡雙手的光亮。這很怪異，她並沒有要她的雙手去睡呀，但是這兩隻手感覺像金黃色，而且火熱。

她突然感覺到這是要她把手放到產婦的肚子上。

她把手心貼放在產婦肚上，產婦大口喘著氣。泰瑞西塔可以感覺到兩手中的熱度增高。產婦嘆氣。

「你在做什麼？」葳拉問。

「把她的痛移走。」泰瑞西塔說，但這話似乎不是她說的，像有另一個人借她的嘴說出來。

產婦又嘆了一口氣。

「很好，」她說，「是的，眞的。」

她呻吟著。

「燙。蜂蜜。好燙的蜂蜜倒在我身上！」

然後孩子就生下來了。

而泰瑞西塔不知道發生了什麼事。她看著兩隻手。看起來跟以前一樣。沒有奇怪的感覺，一點麻麻的感覺也沒有。她聞了聞，輕輕揉著，再伸展手指。

然後天主說話了。

這個聲音說：

「你相信我嗎？」

「我相信！」

聲音又說：

「如果你相信，站起來。」

她站起來。

聲音又說：

「繞著屋子走，一直到我要你停才停。」

她走到大門外，轉向東方，急急繞著屋子走。

❋

一小時後，葳拉走出來。她抓抓癢，想要找一顆熟了的李子，然後看到泰瑞西塔走過大門。她流著汗，頭髮貼在前額上。

過了很久，她又走過。

「孩子？」葳拉叫她。

她走到大門口，又叫了聲：「孩子！」

泰瑞西塔繞過遠處轉角不見了。她很快繞著屋子走。她必定是走在屋後旱谷的窄堤上。葳拉走出大門到路上。過了幾分鐘，泰瑞西塔出現，直直衝向她。

「孩子！」葳拉大喊。

她抓住泰瑞西塔，兩人糾纏著。

「讓我走！」

「你在做什麼，孩子？」

「天主要我繞著屋子走！」

「什麼？」

「天主要我繞著屋子走，快放開我。」

「你瘋了嗎？」

「讓我走！」

她想要推開老婦，但是葳拉力量太強，她把泰瑞西塔拉離開路，硬把她拖到院子裡的長椅上。

「我必須走，讓我走！」

「泰瑞西塔！別這樣！」

「天主還沒叫我停下來！」泰瑞西塔大叫。

然後她眼皮一陣搧動闔上了，她的全身變得僵硬。她靠在牆上，開始顫抖，彷彿突然一陣冷風襲向她。

「湯瑪士！」葳拉叫道，「拜託！快來人啊！」

泰瑞西塔全身顫抖。

❋

十天後，泰瑞西塔再次出現在卡波拉中央大屋的大扇門口。院子的光線讓她眨著眼。之前她被關在房間裡，睡醒就靜靜不發一語。他們認爲她發瘋了，再不就是中了巫術的邪。蓋布瑞葉拉和湯瑪士去探望她，但是她像是瞎了一樣，看不見他們。

「天主跟我說話，」她說，「祂的聲音像是個年輕人。」

葳拉親吻她的臉頰，要她回到房間。

她爬上樓梯回她房間。葳拉看看湯瑪士和蓋布瑞葉拉，把手指放在嘴唇上。他們悄悄走回屋，輕聲要女僕和廚娘不要做活，快快離開。他們讓大屋子安靜下來，夜晚來臨時，他們也早早上床，彼此小聲說著話，小心不讓笑聲太大。

泰瑞西塔醒來後，他們給她吃豐盛的飯菜。她喝了牛奶和羅望子汁，又吃了牛排和炸仙人掌、豆子和雞湯熬煮的馬鈴薯。玉米餅和乳酪和新鮮萵苣配檸檬汁。然後葳拉也和她一起吃布丁和蛋糕。

湯瑪士說，「好吧！那天主告訴你什麼事？」

她們瞪著他，直到他把視線移開。

他以後再也沒提起這次狂走。

第三十四章

也許在內心深處，湯瑪士是個自己不能自由就不希望別人到處亂跑的人。即使是現在，有許多個晚上，他都會在那棵白楊樹下一個小火堆旁睡覺，頭枕著馬鞍，在他的背和堅硬的索諾拉泥土之間只有薄毯一條。當然，當蓋布瑞葉拉叫喚他時，他又是個溫雅的紳士，會回到那柔軟而古老的伍瑞阿家大床上和她同眠，聞著她嬌嫩的氣息、她那有肥皂味的頭髮，聽著她輕柔的小小鼾聲和嘆息聲。當他要獻殷勤時，他更是格外像個紳士，通常先是從他們家外頭葳拉種的蔓藤上摘一朵花，一朵小花加上小小一抹笑，她就會說：「噢，湯瑪士」或著「我的小親親」。她也猜到「胖哥」不是個適合談情說愛的稱呼。

而當他去到阿拉莫斯時，那裡卻也變得越來越令他開心，雖然他已經變得更爲不羈，到了那裡他依然文雅。他會隨侍在蘿芮托身旁，彷彿是她忠心的丈夫。他會穿上深色西裝、金色背心，懷錶錶鍊垂掛在平坦的小腹前，他還會給小鬍子上蠟，把鬍子往外往上翹，顯得又明顯又厚重，像強盜一樣。他把靴子換成閃亮的平底皮鞋，而他總是在教堂教近街角讓人擦鞋；在他最時髦的日子裡，他還會拿根有銀飾頭的手杖。

這類裝飾絕不欠缺，因爲阿拉莫斯位於銀鄉中心，而伍瑞阿家的礦產量十分豐富。即使湯瑪士給了米格爾先生他該得的分紅，又付了礦工薪水，都還有剩餘的銀塊。還有金子。聖塔瑪麗亞和艾奇輝奇輝出產劍麻和玉米作物，它們的牛隻數目也相當多，西根多會趕牛到阿拉莫斯和圭亞瑪斯，甚至到美國邊界，讓亞歷桑納人和德克薩斯人在諾加雷和土孫市喊價購買，甚至還遠到艾爾巴索。艾吉瑞的建築方案雇用來自旱谷各鄉村的工人，還有雅基族城鎮的人也來工作。木材從山上拖過來，切割的木板則從德克薩斯的鋸木廠運來。廣袤的泥磚工廠林立在艾吉瑞設計的各個小水壩旁邊。

因此，在短短幾年裡，湯瑪士變得權大勢大。他是個眞正的「老闆」，如今不再是個男孩，而是個男人了。他有他的圖書室。由於艾吉瑞的關係，在他的白色房屋裡有自來水可用。他有優裕的生活，可以完全照樣過下去，一直到他死。沒有什麼改變，也沒有什麼冒險。當然囉，牧場上的無聊刺激事情永遠不缺：暴風雨、嚴寒、熱浪和乾旱。牛群會被偷，土狼會攫走山羊寶寶。有人會殘廢，有人會被殺害，難產會危及優良的母馬，而工人村的印第安人會騷亂或不開心或被鬼附身或生病。蘿芮托會生更多孩子。他的蓋布瑞葉拉也會生孩子。泰瑞西塔，但願不要，會找到一個男人，生下更多的孩子。可是他已經知道，這一切都會熟悉得像他那個老爺鐘的鐘面。生命會滴答滴答流逝，像指針繞過一圈又一圈的鐘面，直到有一天他被一頭騾子踢中腦袋，或最後一次睡在他的羽毛床上，或是在爲薪水爭執中，被哪個喝醉酒的牛仔開槍打死。生活始終不變，一直都是相同的。

他時常嘆氣，時常坐在那裡，眺望東方那神祕的馬德雷山脈，希望他能把所有事情交還給艾吉瑞。希望他可以看到狂野的塔拉胡馬拉印第安人，看到他們著名的百哩賽跑；希望能抓到熊，讓他把那酸臭的生皮搭放在載貨騾子身上；希望有老鷹飛過、有獅子攻擊、能看到紅狼、打一場槍戰。但是艾吉瑞不明白這些狂熱的欲望。他時常呼籲要有政治行動，革命的「眞正冒險」。湯瑪士無法讓艾吉瑞看清可怕的事實：萬一墨西哥展開革命，農人一定第一個就來找他們。伍瑞阿和艾吉瑞兩人的腦袋會一起高掛在釘子上給太陽曬黑。他們的眼珠子會被造反後第一批烏鴉吃掉。

阿拉莫斯有老於世故的人，甚至還有藝術家，不過他已經斬釘截鐵向蘿芮托發過誓，說他絕對不會讓她在新發現的社交圈中尷尬。不會有自由思想者的辯論。不喝酒。不搞女人。在阿拉莫斯，他扮演一個時髦人物，挽著她手臂漫步在看似西班牙的街道上。他只能這麼做，這樣才能使他不致開槍打壞街燈。阿拉莫斯沒有一個人了解他，甚至他妻子——尤其是他妻子。加斯提倫神父似乎認爲他的思想有煽動性，即使不像撒但那麼邪惡。

在卡波拉，西根多進到他自己的小小世界裡；艾吉瑞益發確定狄亞茲在追捕他，躲在德克薩斯的時間越來越久。蓋布瑞葉拉不想聽到荒野或戰爭或流浪的事。她好不容易來到一個高尙的家庭和眞愛當中，不能聽他任何諸如此類的胡言亂語。

泰瑞西塔成了他的伴。有時候他會成天跟她說起狄亞茲，或牧場或馬匹或歷史。起初他對艾吉瑞和她教蓋布瑞葉拉識字很生氣，他仍然看不出一個女人以這種方式融入世界能有什麼好處。不過現在呢，當沒有人能和他爭辯最新的詩人或最近的報紙醜聞時，他就越來越依賴泰瑞西塔的反應了。她會花上好幾個小時在他的圖書室裡流連，而到了夜晚，當葳拉送上他的拖鞋，他也喝了白蘭地後，他就會點起油燈，給她一個開場白，就好像這是一場棋賽（棋！他也必須教她下棋。）他會說：「十七世紀的璜娜·因奈斯·德·拉·克魯茲修女詩人……對男人不公平，你同意嗎？」「噢，爸爸。」她會駭異地屏住氣，再爲父親的愚蠢氣惱得長嘆一聲。「你怎麼能這樣說？」然後他們就開始了。

她嘲笑《撒克遜英雄傳》。他就改口稱讚奧理略，而當她擁護《詩篇》時，他就會想辦法要勝過她。伏爾泰的作品讓她憤慨，讓他開心。

現在，他只希望能讓她一直穿著鞋。

他跳上畜欄的橫杆，發現她在馬廄裡，正在刷洗她最喜歡的雜色種馬。

「罪人！」他說。

對一個不相信有地獄的人來說，他詛咒她下地獄的次數還眞多。泰瑞西塔吃吃地笑，她現在已經知道葳拉和湯瑪士都用咒罵來表達他們的感情。

「你踩到馬糞了。」他說。

「會擦掉的。」

「老天，」湯瑪士說，「我要拿你怎麼辦呢？」

「看你能不能追得上我，」她說著就抓著馬鬃一躍上馬。「『胖哥』！」

她的裙子很不雅地掀到臀部。

「不可以！」他大叫，不過他已經在笑了，因爲這是他倆之間又一場戰爭。

泰瑞西塔仍然堅持像男人一樣騎馬，也就是跨坐馬背，快馬瘋狂地奔馳過大草原時，兩個膝蓋難看地打開又夾緊馬的側腹。泰瑞西塔甚至不用馬鞍，更不用說端莊地斜坐在馬背上，兩個膝蓋緊緊併攏了。

淑女是不會策馬奔馳的。

淑女是不會……騎馬跨越圍籬的，而這正是每次她讓他追逐時都會做的。

貼靠著馬脖子，泰瑞西塔快速衝過畜欄裡瘋狂打轉的馬群。她那匹強猛的馬往前爆發，載著她騰空而起，越過橫杆疾馳而去，就像準備直直飛過屋頂的老鷹。她的襯裙在陽光下是白色的。

湯瑪士跑出去，狠狠瞪著任何一個可能吹口哨表示讚許或是爲她加油的牛仔。

「一群蠢蛋！」他怒斥。

然後他把離他最近的牛仔手裡的馬轡搶過來，把門踢開，跨上已經在小跑步的馬身上，一隻腳踩上馬鐙，一隻腳在地上跳、跳、終於跳上去，人就騎上馬去追她了，騎得太急，帽子都飛起來，在風中打轉，最後落在他身後。

男人們看著他，搖搖頭，他們都喜歡泰瑞西塔，也都知道沒人騎馬能趕得上她。

❦

像一陣暴風般，他們衝過旱谷的工人群。艾吉瑞一屁股跌坐在塵沙中，工人們閃避狂奔的馬匹，還把一個蘆葦和木棍做的框架給弄倒了。

「混帳！」湯瑪士對她大吼。他們衝過去，下到乾涸的溪床，再上到旱谷，越過矮丘，進到殘敗又被熱氣烤得枯萎的果樹中間。在他們四周，動物全都從地上竄出，不是從洞穴逃出，就是跳上樹叢或展翅飛起，倏地躍向陽光。她的裙子在身後揚起，像一面不雅的旗幟。

然後她放慢速度，等他趕上，但他還沒來得及斥責她，她就又往前衝，他也用馬刺驅策馬匹，奔向寧靜的山谷，和她並排奔馳，他們的馬匹寬闊的胸口有節奏地起伏，馬頭往前伸直，那瘋狂的眼睛轉動成白色，他卻笑了起來。就在他們競逐時，湯瑪士笑了又笑，如今卡波拉已經看不到了，在他們前面只有一片蠻荒的索諾拉，上方是無底的天空，這對父女無拘無束，在遠處身形漸小，塵灰也掩住他們，如今只能看到他們奔馳過後掀起的塵煙，靜靜地，逐漸消逝，在大地上自由自在。

第三十五章

她的法力日漸成長，和她的身軀一樣。沒有人知道這奇異的能力從何而來，有人說她和葳拉在沙漠逗留後，就從她身體裡冒出來。有人說是從別處來，從沒有人能碰觸到的、某個內在深處而來。又有人說，那些東西其實一直都在她身上。

在簡陋的小屋中，泰瑞西塔和葳拉總是會看到相同的景象：男人們在屋外抽菸而不安，女人們在屋裡弓起背，圍著四肢大張的產婦這個主角，產婦鼓著大大的肚子，在火光下閃閃發亮。泰瑞西塔會祈禱，會傾身向前輕聲細語。她用兩手在產婦肚子上劃圈，先是往內畫圈，再往外畫圈，一邊低語一邊打著圈，像是在撥水，像是她到浴缸前，正把熱水和冷水混合，撥動著水，然後她的手指突然彎曲，好像她正抓向子宮，這時她低聲說，一遍又一遍。「是的，」泰瑞西塔說，「是的。」產婦張大嘴，吸了好長一口氣。「噢！」她說，然後她把兩手放在自己身上，放在她繃緊的肚子上，放在她肋骨上。「噢。」泰瑞西塔把一隻手放在產婦隆起的肚子上說，「不痛了？」

「是的。」產婦說。

產婦們都愛她。她是女人家神聖的祕密，而在這片平原上，有許多女兒都是以泰瑞西塔命名。不要多久，泰瑞西塔就比葳拉還搶手，老婦人驚訝地發現自己被降爲這孩子的代班，處理泰瑞西塔沒時間幫忙的生產，因爲她的行程日益忙碌。

一百個孩子穿過子宮裡的蜂蜜來到世上。

在生產的房間以外，眾人也看到她學了許多葳拉的技術。泰瑞西塔會直直站定，與大地相連，然後要男人們去推她。「來呀，你們這些沒用的人！」她會嘲笑他們。牧場其他女孩在她身邊嘻嘻哈哈笑著，男孩子們如今也都大多了，開始想打她的主意，所以有時候會加入較勁，好藉機把手放到她身上。布維度拉會對他們冷笑，在遠處嘲弄，不以爲然又生氣，因爲只要她願意，隨時都可以獲得所有人的注意。

「看你們誰能推得動我！」她向眾人挑戰。

西根多會兩手繞著她的腰用力拉，但她一動也不動。西根多的侄子小安東尼歐．庫瓦多如今已長大，十分粗壯，但還是沒她高，他會抓住她臀部，兩人又推又拉，但是她雙腳在地上連滑動一下也沒有。旁觀的孩童又笑又拍手、叫囂又吹口哨，直到漲紅臉的西根多走開，把位子讓給任何膽敢一試的人。

米揚過來說：「我會推開你！」

「了不起！」她嘲笑著說，跟著她的女孩朋友們呵呵笑。

他走近她，兩手放在她胸口就推。她把他的手移開，他又把兩手放到她肋骨上，然後再推——她卻像根樑木一樣。他反倒彈開。然後他又把兩手放到她胸口，身體往前傾。

「住手。」她對著他的耳朵說。

他笑笑，走開，吐了口口水，於是輪到他們笑他，女孩子們嘲笑他，對他轉動著指頭，像是揮動小刀一樣，還唱著「耶、耶、耶」地聳聳肩。

所有的牛仔都記得這些遊戲，也記得那些女人的故事，所以當騾子踢傷他們，或是拿鎚子弄斷指甲，或被槍打或被刀刺，他們都會來找泰瑞西塔，像是小男孩找媽媽一樣。接上脫臼的骨頭，用藥草敷彈孔的仍然是葳拉，不過現在是泰瑞西塔凝視他們的眼睛，一隻手按住他們的額頭或撫住他們胸口，喃喃誦唸，使他們平靜、昏昏欲睡。

「可憐的男孩，」她會微笑道，「他們不喜歡痛。」

「男孩子！」葳拉總是吐著口水，「男孩子懂個屁痛苦？」

男人們會緊握住她兩隻手親吻，因爲他們太高興終能減輕了疼痛。有一天，她趕走了康圖亞先生嚴重的背痛，他開開心心地坐著篷車離開，到天藍色的海邊開了他的賣蝦攤。

但是也有人並不覺得有趣。當加斯提倫神父來到，並且坐在馬廄裡聆聽人們告解時，有些人會低聲說起她的異教徒事蹟、她的玄祕法力。這些誹謗者之一就是布維度拉，雖然他不是宗教狂熱份子，但是他對於她的行爲也很震驚。她跟印第安孩童一起嬉戲，又對那些垂涎她的牛仔們唱著下流的歌曲和通俗的民謠。她騎馬的樣子不雅，還跟蓋布瑞葉拉那個闖入人家的娼婦來往。如果有任何女人應該住卡波拉的主屋，那也是他自己的母親。他們應該把她請來，把她從歐可洛尼帶來。說實在的，泰瑞西塔那間特別蓋的廂房原本應該是他的。圖書室也應該是他的。廚娘和女僕和鋪床女僕和洗衣女僕也都應該是他的。

另一個人是湯瑪士。

之前他放任她追尋原住民的興趣，以及和葳拉一起去從事的探索。他覺得讓她以印第安方式去接受一種教育，是很公平的，這對她在圖書室中的研讀是合理的補足。艾吉瑞教她教得不錯。討論政治時她可以比草原上大多數男人都強。湯瑪士很以她爲榮。

但這可是另一回事，這種他們當中有些人對她表現的某種敬意，就讓人不能接受了。她那些召魂師的室內遊戲、她那些跟男人打打鬧鬧、不成體統的行爲，這些事都讓他大爲震驚。那些該死的原住民可是恨不得找個所謂的先知出口怨氣呢！美國境內的印第安人已伺機而起，阿帕契人不肯乖乖聽命，而在墨西哥這裡，和雅基族的全面戰爭更是一觸即發，只要加斯提倫或是某個狄亞茲總統的爪牙放話說泰瑞西塔自以爲是某種女先知。她不肯相信四面八方都有密探在注意他們。她也無法接受做爲伍瑞阿家族成員的負擔。泰瑞西塔太特別，雙手不可以被新生兒、藥草和愚蠢的符咒弄髒。他已經開始想像牧場由女人經營的情況了。他私下開始把泰瑞西塔當成一個大牧場女主人看待。泰瑞西塔·伍瑞阿，騎著她的大馬在成百上千的工人中，威風凜凜像個女王。掌握家族龐大家產的第一個女性。他可以「看見」這一幕。

這是可以做到的，即使它似乎不能說出口。

近來湯瑪士不再騎馬驅趕牛群或巡視圍籬，不再和驃悍的馬匹爭鬥，或是馴服小馬。他不靠手槍或揮馬鞭或騎馬治理，就連西根多都進屋裡工作了。不了，湯瑪士如今用一根羽毛筆治理卡波拉。他用墨水、他的筆、他的帳冊、他的算盤，管理牛隻、牛仔、穀物收成和工人。湯瑪士會核對帳目，而當帳面數字顯示必須要在工作上有改變時，他就會雇人前來，吩咐下去做，於是必要的改變就完成了。有些時候，一度還是好多天呢，湯瑪士根本沒感覺頭上頂著太陽光。一個女人，他心想，一個女人就可以做這份工作了。他微笑了。女人或許會比他做得好呢。

在夢中，他可以看到自己自由了。騎馬從遙遠的旅行中回到他女人身邊。那是一趟前往遙遠舊金山的旅行，有艾吉瑞陪著，或許甚至還有西根多，還有那瘦長男孩布維度拉。他的女兒「卡波拉女王」等候他，還有他心愛的小蓋布瑞葉拉抱著他的繼承人，城裡還有蘿芮托。他都可以聞到那幕景象了。

他不相信關於泰瑞西塔的那些傳說，但是他知道「族人」是相信的。她不知怎地找到一個方法把他們全都催眠了。要是他能把她的氣力轉到牧場的治理，而不是這種印第安人的胡鬧就好了。夜裡他的憂思愁緒讓他難眠。他也和布維度拉爭執。他還會半夜喝酒，眼睛盯著酒杯。

身為牧場新夫人的蓋布瑞葉拉，是不能隨意和孩子們或動物或年輕人一起玩的。她也不可以隨便和泰瑞西塔四處騎馬，或是到牲口水池、是旱谷築上水壩的潟湖裡游泳。她被迫舉止要像個母親，要做個比其他人性情更溫柔、更可貴的優雅人兒。她經常要像今天這樣待在院子裡，一邊搧著扇子，一邊縫著東西，而葳拉就在李子樹樹蔭下呼呼大睡。她不像其他人那樣怕葳拉，可是她知道葳拉永遠也不會跟她說任何祕密。葳拉甚至也永遠不會教她做簡單的藥草茶。蓋布瑞葉拉想要學些優雅禮儀、緊身褲、長襪、擺設以外的東西。一名女僕從屋裡走出來問：「夫人，您要喝燉飯雞湯還是馬鈴薯湯？」

她眞想開口咒罵，像湯瑪士那樣咒罵，但這種事是不可以的。

「雞湯，」她百無聊賴地說，「可以。」

花園圍牆外揚起泰瑞西塔的聲音——她正帶領一群孩童吟唱些什麼。

❋

芬娜．費利斯和泰瑞西塔帶著一群小孩繞著穀倉賽跑，然後跑過一面坍塌的圍籬。他們像馬匹一樣躍過，然後轉圈奔跑。布維度拉看著他們，不懷好意地笑著。他背貼著穀倉牆壁，右邊膝蓋彎著，靴底塞進背後一個木頭節孔裡。他已經會抽菸了，他把玉米殼香菸從嘴裡拿開，噴出煙，自言自語：「耶穌基督！」

「該死的野人。」布維度拉嘟囔著。

他應該在幹活的，但是管它去死！他「妹妹」從來都不幹活。她只要像個傻子一樣跟那些小印第安人跑來跑去，然後在他們頭上揉著，對著他們耳朵唸些胡言亂語。他搖搖頭。

泰瑞西塔正在教他們什麼雅基的鬼東西。

他們吟唱著，她帶領他們。

「眞可愛。」他說。

她看了他一眼。

「印第安人準備出征囉。」

她不跟他們一起唱了。

「哈囉，哥哥。」她說。

他的改變讓泰瑞西塔很煩惱。他先是變得生疏，然後是憤怒，她不知道爲什麼。有時候他讓她害怕。

他舉起兩根指頭在腦後，像是羽毛。

「嗚—嗚！」他唱著。

這些孩童你看著我，我看著你，有些人笑了起來，但是其他人都低頭看著地面，不確定該怎麼辦。

「不要這樣。」泰瑞西塔說，還對他擠出一點笑容。

他用一隻腳跳著。

「嗚—嗚—嗚！嘿呀！嘿呀！」

「布維度拉……」

芬娜．費利斯止住了笑。她站起來，把裙子上的灰塵拍了拍。「你就是壞，」她說，「又壞又笨。」

「你是胖子。」他說。

「別說了！」泰瑞西塔說。

他左手放在頭上，右手握成拳頭，然後故意輪流抬著腳模仿他們，繞著圈子跳舞，一邊還高喊：「我是印第安人！我是雅基族！嗚—嗚！嗚—嗚—嗚！」

泰瑞西塔朝他舉起一隻手，大喊：「停住！」

當下布維度拉就定住了。他的身體僵在那裡，手臂伸向太陽，另一隻手痛苦地緊握在胸口；那條抬起來的腿放不下去，另一條腿根本撐不住他的身體，於是他倒下來，臉孔因為忿恨嘲弄而扭曲，齜牙咧嘴。他在地上扭動身體，踢著，發出被勒住頸子的叫喊。孩童拔腿跑開，又喊又叫。芬娜從泰瑞西塔旁邊倒退開來，眼睛睁得大大的，眼神慌亂。布維度拉身體硬得像木頭，抽搐的當兒在地上痛苦地扭動身體，白沫從張著的嘴裡冒出。泰瑞西塔立刻跪在他旁邊。

「噢，我的天！」她叫道，「噢，我的天！布維度拉！我做了什麼？」

他瞪大眼睛看著她，因為驚恐而想躲開她，眼淚已經簌簌流下。他在地上又滾又踢，舌頭也伸出來。嘴裡發出咕嚕咕嚕、呼嚕呼嚕的聲音。

「去找葳拉來！」泰瑞西塔尖叫，「快去叫葳拉來！」

芬娜跑到屋裡，把葳拉從睡眠中搖醒，然後她離開院子繼續跑，一直跑到把自己房門用力關上，躲到床後面為止。

✿

他們跑過來，先是湯瑪士，蓋布瑞葉拉緊跟在後。葳拉現在已經不能跑了。她盡快邁著步子走在他們後面，拄著枴杖走在不平的地面上。

他們看到泰瑞西塔正跪在布維度拉旁邊大喊：「對不起！對不起！」

他看起來像是快因為牙關緊閉症而死掉一樣，身體一直往後彎，脊椎形成痛苦的彎弓狀。他那雙狂亂驚怕的眼睛還一一搜尋他們的臉，那大張的嘴裡有泥土，舌頭也都沾著泥巴。他的臉上、嘴上黏著細小的枝子，頭髮上有稻草搖晃著。他呻吟、哀鳴。

泰瑞西塔抬起頭看他們，說：「我沒辦法弄好他。」

湯瑪士大喊：「你做了什麼事？你做了什麼事？」

「我不知道，我，我什麼也沒做啊！」

蓋布瑞葉拉一隻手撫著喉嚨，倒退開來。

葳拉排開眾人，丟下她的枴杖，悶哼一聲跪下去。她把泰瑞西塔推到一旁，說：「別擋著我。」

泰瑞西塔立刻退後，要伸手去握布維度拉的手，但是他身體一縮，發出可憐兮兮的聲音。

葳拉轉向她，怒目注視著。

「我告訴過你要小心。」她吐了口口水。

「我做了什麼？」泰瑞西塔懇求她，「我做了什麼？」

湯瑪士一把抓住她衣領，將她從地上拎起。蓋布瑞葉拉都可以聽到布料在他手裡撕開的聲音。他咬牙切齒地說：「你對你哥哥做了什麼事？」然後揮起一個拳頭，像是要揍她一樣，但是蓋布瑞葉拉撲向他的手臂，把他的拳頭擋回去。

「『胖哥』！」她叫道，「『胖哥』，不要！」

泰瑞西塔閉上眼睛準備挨揍了，但是湯瑪士雖然可以和蓋布瑞葉拉拉扯，卻無法揍她。他只把她往地上摔。

「你是哪裡不對勁了啦？」他大喊。

她彎起身子，把頭抵著地面，兩手緊抓著泥土。泰瑞西塔知道要怎麼樣卑躬臣服。她閉起眼睛，等著腳踢過來。

葳拉突然開口：「去拿塊板子，我們得把他弄進屋裡。」

幾個牧場工人先前晃到這裡看熱鬧，此刻湯瑪士指指他們。其中兩人小跑步到穀倉找塊能夠撐得住布維度拉身體重量的木板。

他們跑回來，拿著一塊六呎長的牆壁板，放在地上，葳拉和他們再把布維度拉那個僵硬的身體滾上去，用一條皮帶和葳拉的圍裙把他固定住。「快，」她說。「快抬他到屋裡。廚房。快跑——要女孩子她們燒水。快走！」他們把他抬起來，往屋子跑去，他哀哀叫著，又踢著一條僵硬的腿。葳拉掙扎著要起來。湯瑪士把她的枴杖給她。她怒瞪泰瑞西塔一會兒，然後匆匆走開。

湯瑪士手往下指著女兒，說：「我受夠這些了！你聽到沒有？夠了！」

她抬頭看他，臉上有泥土，頭髮散亂，他嚇了一跳——她看起來像隻動物，就只有那麼一瞬間，她的臉像是土狼或狐狸，她的眼淚在臉上塵沙中切割出奇異的彩色線條。

「再也不准了！」他說，「再也不准了！不准再有把戲、不准再有魔法，不准再有那些印第安垃圾了。

你明白嗎?」

她點頭,把臉躲開他的盛怒。

「我再也不會忍受了!你是瘋了嗎?你知道政府可以怎麼對付我們嗎?你知道……」他轉過身,「混蛋!」他對她大吼,其實他並不想要這麼兇的,也不想把這麼殘忍的字眼用在她身上。

他把蓋布瑞葉拉推開,大步走開,一邊搖頭一邊大罵。

蓋布瑞葉拉站在那裡看著泰瑞西塔,突然間她好害怕。

「你需要人幫助嗎?」她問。

泰瑞西塔搖頭。

她站起來,把身上的泥土撢開。她用手心抹去臉上的眼淚和泥土,然後靜靜從旁觀人群中走過,穿過長長的院子,來到屋子門口。

❋

他們整晚都在廚房大桌上治療布維度拉。他的身體痙攣或抽動時都會發出可怕的哭叫聲。葳拉往他身上倒冷水,把他的手腳綁住,還把藥草塞進他嘴裡。湯瑪士和蓋布瑞葉拉在一旁,紓解他的情緒、握住他的兩腿。除了狂犬病的狗在旱谷裡發瘋,被牛仔開槍打死以外,從沒有人看過這種事。

葳拉在他身體上方燒艾草,又用油抹在他頭上。她唸玫瑰經,又進行一場完整的清淨儀式,把疾病從他內臟趕走。她脫下他的長褲,用一條很臭的棕黃色的濕布放在他的兩條大腿中間。蓋布瑞葉拉忙掩住臉。

終於,在太陽從東邊露臉時,布維度拉也安靜了。他緊抓的手放鬆,他嘆了口氣。他那痛苦的拱背也伸直了,他可以平躺在桌上了。他開始打起呼來。

「這孩子不會死了。」葳拉說。

第二天一整天都沒有人來找她。她沒有吃早餐、午餐和晚餐，只喝了她裝洗手水瓶子裡的水，然後在關起窗板悶出的熱氣中汗流浹背。

這是個她甚至不了解的意外，可是他們卻表現得好像是她事先計畫好了一樣。她以前也遭到背叛過，被她母親、被提亞和她表親背叛，但這回卻是被她哥哥、被葳拉、被她父親和蓋布瑞葉拉背叛。她摸摸她的臉——好醜的臉。又醜又凹凸不平。她的身體骨瘦如柴、蒼白又可厭。她的肚子挺出，她的肋骨清晰可見，她的屁股和葳拉的一樣鬆垮又醜陋。他們全都看到她這麼一個醜怪的畸形人。他們一直都很清楚她是個怪物。唯一沒看清的是她自己。

這是她最大恐懼成真的一天。不管她做什麼，不管她幫了誰或幫忙減輕了什麼疼痛，她都不會有好報。不管她想要在世界上行多少善事，泰瑞西塔突然看清楚了：她永遠都會是孤獨的。

❋

天還沒亮她就起來了。她聽到他們的鼾聲，然後走到大廳。

誰都還沒起床，她已經到平原上了。她避開葳拉的神聖白楊樹叢，找到她自己的一小塊「聖地」。她祈禱，雖然她不配天主的耳朵。她等到蜂鳥開始牠們的巡行，然後告訴牠們她的哀傷。牠們在她腦袋四周嗡嗡叫著，低聲哼唱牠們的歌，這些歌快速到任何人類耳朵都聽不見，而它們傳到她耳中就像是風中的激吻。蜜蜂在她眼前、她嘴邊徘徊來回。蟋蟀貼著她的大披巾，像鈴鐺一樣發出叮噹聲。蟬從土裡爬出，破了牠們的殼，在她行走時繞著她鳴叫。土狼跟著她。長耳兔躲在三齒拉瑞阿樹叢裡，看著她走過。走鵑在她前後跑著，像儀隊隊員，擺動牠們的尾巴，而領頭的還經常邊跑過樹叢邊回頭看她。沙漠在她腳下是活生生的。她走過西貒蹄子留下的貝殼般印子，也走過角響尾蛇斜行爬過所留下的長長渦紋。響尾蛇抬起頭，朝著走過的她快速伸出舌頭，但是牠們沒有發出喀啦喀啦的聲音。苜蓿開花了。她繼續走，獨自一人，走了好幾個小時。邊走邊為她哥哥哭泣、祈求天主的原諒、祈求別人發現她是無愧其名的。她走了一段時間，直到太陽曬得她頭昏眼花，她必須在一棵牧豆樹或假紫荊樹下躺一會兒，大口吸著熱空氣，彷彿那是水，而不時會沉入不安的睡眠、斷斷續續的夢境中。

❋

布維度拉復原得很緩慢。雖然手臂已經能從頭上移下了，但還很虛弱，而且兩隻手也會抖。他的左腿疼痛，走起來還是一跛一跛的。往後幾年裡他都要跛著腳走路。

他很安靜，也很有禮貌。他稱湯瑪士為「先生」，稱蓋布瑞葉拉「夫人」。他一句話也不肯和葳拉說，而當他看到泰瑞西塔時，不是垂下頭就是離開房間。

一天，湯瑪士派人找泰瑞西塔過去。

一個廚房女僕敲她的門喊道：「泰瑞西塔？是老闆，他要你到圖書室去。拜託？」

泰瑞西塔開門時，女孩身子一縮，匆匆離開。

她走下樓梯。蓋布瑞葉拉抬頭對她笑，還伸手去摸摸泰瑞西塔的手。泰瑞西塔幽幽走過她，像是在夢中。她不再邀請蓋布瑞葉拉到她房間了。從那個倒楣的一天以後，她就沒見過芬娜。她們再也不會睡在她旁邊了。再也不會有飛行旅程了。

她走到樓下涼爽的石造大廳，走進圖書室。葳拉在那張小皮椅上打盹，枴杖靠著膝蓋，正要開始滑下去。湯瑪士坐在大椅子裡，正在抽一根細雪茄。站在他面前的是布維度拉。他穿著他最好的一套棕色西裝，兩手把帽子抓在身前。帽子在抖動。

湯瑪士說：「請你把剛才說的話再說一遍。」

布維度拉清清喉嚨。

「先生，」他說，「我想請你准許我搬到艾奇輝奇輝。我……我想要離開牧場。」

「噢，布維度拉，」泰瑞西塔說，「請不要走。」

他站離她遠一些。

「我的，我的情況，」他說，「使我很難騎馬或是做我的、我的工作。而且，」他眼看著地板。「我想，先生，如果我離開這裡，對我會比較好。」

「我愛你。」泰瑞西塔說。

她哥哥丟下帽子，把兩隻顫抖的手握在胸口。

「求求你！」他說。

「好吧，好吧，」湯瑪士說，「夠了。」

他指指泰瑞西塔。

「不准再有這種事了。」他說。

他又指向布維度拉。

「走吧。」他說。

＊

她把食物帶到房裡吃。有時候她會在夜裡他們都睡著後偷偷出去，在月光照著的田野中奔跑。土狼配合她的速度，在她周圍隱形似地跑著，而且呼喚著她。還有死人，也在她身旁跑著。他們朝她哭喊，逝去的老人家、被殘殺的孩童、被屠殺的祖母們和被殺害的戰士們。他們叫喚她，跟著土狼一道唱著讚美詩，而在仁慈的黑暗中，這些讚美詩聽起來像是樹葉間遠方吹來的風、像靜謐海灣中水流生波，像某些幾乎被遺忘的候鳥的叫聲。當她認為天主能聽到她說話時，她問祂：「你把我獨自放在哪裡啊？」她得到的唯一答案，是乾熱的午夜風。

第四部

神聖之災

一名印第安婦女被帶到我面前，要我治病。她一條腿癱了，已經有一年都不能走路。我把兩手放在她癱了的部位，要她走路。可憐的女人！她不敢嘗試。她膽怯了，哭了，但是我堅持。她顫抖地走了一步，然後又一步，又一步。當她發現她能走了，她跑回來，兩手舉向天高喊「聖女泰瑞西塔」！我的名字就是這樣來的。

——泰瑞西塔《紐約雜誌》

第三十六章

世界往前邁進，對「族人」和老闆、對印第安人和尤力都一樣，它在夜裡昏昧迷亂，即將永遠改變。

墨西哥的騎兵隊正在追逐一支馬約族軍隊，這支軍隊是效忠莫洛約奇的；也結合了一大群雅基人，這些人受到十九世紀雅基族爭取獨立的領袖卡耶梅教誨所啓發。這番追捕讓騎兵在納渥荷亞的山丘間穿梭，在卡波拉四周的平原上奔馳。黑幢幢的騎馬者深夜轟隆轟隆地穿過牧場，軍隊還派探子察看湯瑪士有沒有暗中幫助敵人。探子觀察到他拿東西給成群的印第安人吃，但是無法證明莫洛約奇的攻擊者有造訪過卡波拉。

謠言在「族人」間流傳，說騎兵隊抓了七個騎士，在大草原上殘忍地折磨他們。牛仔們說了好些可怕的故事，說軍人用大刀把印第安人的腳砍下，逼他們用半截腿走路，走到他們倒下爲止。當他們再也走不動的時候，軍人就開槍把他們打死。

在這陣驚恐和傳說的氣氛中，泰瑞西塔休養生息。布維度拉離開牧場後，她就忙著學習。在葳拉的「聖地」祈禱並且上供品之後，她就把早晨的時間用來探訪病人。中午過後簡單吃了午餐，這時候她會和湯瑪士及蓋布瑞葉拉開開玩笑。她看起來似乎並不特別陰沉或退縮。對他們也不算特別嚴肅，但他們注意到她不再騎馬到處跑，也再沒碰過畫了藍色花朵的吉他。午餐後，她就會回到塔頂的房裡睡午覺。

沒有人知道她在那白色房間裡想些什麼。沒有人看到她凝視鏡中自己的臉：這是一張讓她懊悔的臉。沒有人看到她凝視著頭髮：眞希望能用這頭髮去換蓋布瑞葉拉那一頭如飛瀑般的捲髮。沒有人看到她摘下藥草上的乾燥花和葉，閉起眼睛用手指捏碎，研究它的氣味。

她從沒有被人親吻過。

她在酷熱的溫度中躺在床上，試圖讓她的心、她的身體平靜下來；試圖讓熱浪輾過自己但不被輾碎。她把房門鎖上，赤裸躺在床上，肚子和胸前放著濕毛巾。她用手給自己搧風，試圖走進睡夢中，但是午睡卻不肯到來。當她月事來的時候，腹部好像打了個重重的結，於是她把布摺疊，藏些薰衣草在布摺裡，但這樣並不能減輕疼痛。在這些日子裡，她不看自己。她的眼睛有許多天都是又痛又疲倦。光線讓她很難受，所以她也會用一條濕毛巾蓋住眼睛並把布摺起來，好遮住陽光。當她頭開始痛的時候，她可以看到奇怪的光網。聲音會在頭腦裡發出一道道色波。有時候還會聞到奇異的氣味，而如果她移動身體，那頭痛就會鉗住整個頭，讓她噁心想吐，也會使她那雙疲倦的眼睛像是要爆出來、流下臉頰。

泰瑞西塔從沒看過火車，但已經接生過一百零七個嬰兒。除了在夢裡，她從沒看過一座城市，但她已經葬了五個產婦和三個死產嬰兒。她從沒看過一個黑人或中國人，不過倒是聽說過有這些人種，有回在湯瑪士的美國雜誌《陸路月刊》裡看到一個非洲人的相片。她仍沒看過海。

泰瑞西塔從沒走過鋪好的街道，就連歐可洛尼的街道都是石子路或泥巴路。除了鬥牛賽和民謠，以及有回聽到遠處銅管樂隊在老牧場的演奏外，她沒聽過其他音樂。有一天，她提議找一支街頭樂隊來場演奏，她表現的活潑讓湯瑪士很開心。他認爲這是一個很快活的請求，但對她來說，這只是科學的探索。於是街頭樂隊穿著華麗的服飾集合在門廊上，開始了聲音大到無法置信的吵嚷，把好幾英畝外的「族人」和印第安西班牙混血種都引來了。樂師們的長褲從上到下都繡著花，戴的寬邊帽也是誰都沒見過的大。泰瑞西塔笑嘻嘻的，甚至還拎著裙子和父親用力踏步跳了兩步舞呢。

湯瑪士低聲對西根多說：「看到了嗎？她已經好了。」

泰瑞西塔從沒吃過鬆餅、藍莓、冰淇淋、口香糖。她無法想像麥根沙士或義大利麵。她從沒看過熱氣球。她從沒用過望遠鏡。她從沒聽過動物園、博物館、北極這些地方。她從沒看過一座大橋。她從沒到過山裡面，雖然看遠山看了一輩子。

她從沒看過一艘船，除了在夜間飛行之外，而那也像是好多年以前的事，幾乎都忘了。她從沒見過一個醫生。從不知冷是什麼感覺。從沒看過兩層樓以上的房子。

如果她知道得這麼少，又幾乎沒看過任何事，那為什麼在她夢裡，「族人」都稱呼她「世界女王」呢？

❋

星期五夜晚，不管「族人」和牛仔工作得多苦多累，他們都會飲酒作樂。西根多在工寮走廊上開了一個小酒館。人們向康圖亞那間老的路旁酒館（早被人忘記那是一間廉價旅舍，如今由蓋洛．阿斯坦哥經營，叫做「同胞靈魂酒吧」）買來一瓶瓶的酒，偶爾還有大桶的啤酒。西根多以很低的利潤再把啤酒轉賣。重點是歡樂，倒不在賺錢。不過賺錢也要不了人的命，而且把一點小錢花在酒上，總強過把你的頭皮給那種騎著好馬、專獵人頭好換錢的外國鬼子割去，或是遭強盜或騎警突襲。誰知道這世界會發生什麼事？卡波拉夠大供所有人使用，而且就算再無聊的工作場所，在火光下也會煥然如新、在啤酒和龍舌蘭上色後也會心曠神怡。

星期五晚上的舞會在畜欄後方舉行。湯瑪士經常會挽著蓋布瑞葉拉的手臂漫步前來，觀看「族人」掀起陣陣飛沙走石。當他心情好的時候，他會出錢要樂師演奏。很多個星期五晚上，他還會要人烤一頭小牛。做玉米餅的人在暗影下成一排排，拍打麵皮的手似乎不停地合著音樂的節拍。

這些移居的辛納魯亞人懷念他們的青青家園。他們思念一株株的菸草、大麻田、番茄農地和好幾公頃的紅黃色辣椒，那些隨著風吹而跳動的綠色樹叢。他們思念雨水。他們思念愛情，辛納魯亞那令人難忘的愛情之舞，索諾拉這裡根本沒得比。

米揚尤其想念這些，他是來自羅薩里歐的昔日礦工，而羅薩里歐也許是全墨西哥最浪漫的村子。米揚發現索諾拉的女人聞起來很不一樣。他常常到小屋裡偷她們的衣服來聞，這些衣服聞起來很糟，像是牛群的味道。也許是食物或水讓她們聞起來很臭。當然囉，這裡根本沒有一樣東西能像他童年的巴圖阿特河那麼清澄、那麼翠綠地在那宏偉的姚科山下奔騰流過。米揚一喝了酒就想家。他腰上掛著裝圓石的袋子，別人都在跳舞的時候，他就到外面暗黑的地方用皮彈弓打死貓狗。打碎六七隻貓狗的腦袋以後，他才會平靜些，輕鬆些。如果這之後再喝點酒，他就可以睡著。

西根多第一個向湯瑪士提議。

「老闆，我們需要一個小廣場。」

「需要什麼？」

「我們需要一座廣場！」

「幹什麼？」

「談情說愛！」

他沒什麼要再跟湯瑪士說的了。在辛納魯亞，每個小鎮都有一個小廣場，廣場上有座涼亭，還有一些塗上白粉的樹。廣場四周都有步道，步道旁還有白色長椅。老人通常喜歡坐在長椅上欣賞夜幕漸漸低垂、教堂鐘聲敲起，以及大吃飛蟲的蝙蝠出現；這些飛蟲是被廣場搖曳閃爍的煤氣路燈吸引而來。廣場正是索諾拉沙漠裡極爲欠缺的東西。偉大的戀愛儀式如果無處可走，要如何開始呢？

「那就快去做吧！」湯瑪士高聲下令。

西根多、提歐法諾、庫利坎來的三個男孩子，和一跛一跛的布維度拉（他對舊家園做過仔細的勘測）拆了驢子和騾子畜欄的圍欄，這裡也是艾吉瑞曾經睡過的地方。而「族人」看到他們給老樹樹身用白粉粉刷，又把粉刷成白色的石頭鋪出大片隨意的四邊形，立刻就知道是做什麼的了。「一座廣場呢！」他們喊道。於是疲倦的男男女女都趕到畜欄去掃地、拔野草、把沙土鏟進古老的地面尿池裡。他們用篷車的破損車輪做成花壇，把裡面塡滿咖啡粉和蛋殼和泥土和牛糞，在上面種玫瑰和天竺葵。眾人很快就清楚知道需要有某種涼亭。湯瑪士把管牛隻的人找來做事、把做完大房子裡所有房間木框和增建活兒而閒著的木工找來。他們立刻打樁做出涼亭地基，而照著艾吉瑞教過的方法運用繩索。

艾吉瑞卻無法享受他們工作的成果。涼亭完成時，兩名鄉警到主屋前院的大門口，說要找湯瑪士先生。正在享用美味辣香腸雞蛋乳酪捲餅的艾吉瑞站了起來，跟在湯瑪士身後走去看他們要做什麼。因爲某個他永遠也說不清的原因，他在湯瑪士把門打開時停下步子。他感覺空氣中有某種可怕的東西，便躲在玄關裡。

領頭的鄉警說：「您認識一個名叫勞洛・艾吉瑞的人嗎，先生？」

湯瑪士站在早晨的陽光中，他撒了個謊。

「勞洛・艾吉瑞？我想一想。我招待過好多客人！」

艾吉瑞把身體平貼著牆。

騎馬者清清喉嚨說：「我們只是想知道工程師艾吉瑞目前有沒有在這裡。」

湯瑪士叫道：「這裡？目前？這個艾吉瑞？我想是不在，我親愛的長官！」

艾吉瑞從門縫往外看。

「他可能在哪裡？」鄉警問。

「我肯定我不知道，先生，」湯瑪士說，「我相信是有一位艾吉瑞常去阿拉莫斯。工程師吧？嗯。我確信你可以在城市裡找到像他那樣的人，但是在這麼一個不起眼的牧場是不能的！如果你需要牛排，我有牛排！有一千頭牛，但是工程師，一個也沒有。」

他們坐在馬上，俯視著湯瑪士。他們不相信他，可是他們也不能就這樣突擊他家。

「好吧，」騎馬者終於說，「好。如果你看到他，請你派個人通知鄉警。我們想要跟他……談談。」

兩名鄉警隨隨便便敬個禮，就把馬轉過去了。

「再見。」

湯瑪士得意地喊：「再見！墨西哥萬歲！」

進到房裡，他兩手抓住艾吉瑞說：「快點，我的同胞！」

他們幫艾吉瑞收拾行李，給他穿上一套荒唐可笑的牛仔裝，戴上一頂有亮片的寬邊帽；湯瑪士派一群騎馬護衛掩護他，天黑後一行人就往亞歷桑納邊界出發。抵達後，艾吉瑞換回平常人的服裝，上了一輛驛馬車往艾爾巴索，展開一趟不順的旅程，這可能是他這輩子最不舒服的三天了。

之後他馬上辦了一份報。

❋

這座涼亭只是個台子，旁邊四根柱子頂著可憐的小小屋頂，不過當它也漆成了白色後，也就足夠了。一天下午，女孩們來了，像現身在河口窪地的候鳥火鶴，黃昏時分就從各自的小屋湧出。在阿拉莫斯公路上再過去一哩外的費利斯牧場，那兒的女孩也過來了。坐在長椅上的老人家很開心看到一天結束時，還有穿著華服的年輕女郎來增添生氣。西根多的手下在空盪的廣場周圍點上火把。女孩們吃吃笑著，手牽著手，還拿扇子搧著。她們穿著淺色裙子，像是浦公英的絨毛。她們都由母親或阿姨陪著，但這些人也都因這陣閒逛而輕浮了起來。

「你們好哇！」男人對著他們十五分鐘前才看過的女人喊著，彷彿有一星期沒見了。

「晚上好哇，」阿姨們點頭，「波費里歐先生。錢提托先生。提歐法諾先生。」

「這是你的外甥女嗎？」老人家會啞著聲音喊。

「是的，是的。我的艾瑪！」

「她是我的小埃美莉塔！」

「她是我妹妹，漂亮的艾麗絲·維歐蕾塔！」

「奇蹟永不休止！」老人家說。

這是多麼文明啊。

「再會了！」

「再會了！」

「再會囉，艾麗絲．維歐蕾塔！」

「您也再會，弗祥奇歐．馬丁內茲先生！」

世上每樣事物看來都很對。

女孩和她們的護衛以逆時鐘方向繞著廣場，一直到男孩們出現。這些人有牛仔、瘦長的牧場工人或小個頭的印第安辣椒採收工人，穿著平底涼鞋、靴子或上教堂的皮鞋，頭髮全都光滑地向後梳，腦袋全都油亮得像煤層。「來了一群混小子！」一個老頭子大叫，他們全都又笑又怪叫、頓足又用手杖猛敲。

才一看到男孩子，這些阿姨們就板起臉，整個晚上再也不露一絲笑容。這可是她們的一大樂事！密切盯住這些小狗崽的眼睛和手，以免他們逾越了規矩，對她們有責任照顧的人做出不禮貌的事。男孩子像是經由遺傳控制了一般，會開始走在外圈，而且往順時鐘方向，所以就可以不時迎面遇上他們那些面紅耳赤的心上人。雙方總是迎面走來，再背道走開，而在擦身而過的一瞥中，整個愛情點燃、綻放、消逝，終至死去。

不知道從哪裡過來的雅基人，就在這圈圈外就位，開始拉起小小的提琴。多娜和蒂亞這兩個沒時間扯這些情愛蠢事的勤勞女人，在散步道的兩頭各設了塔可攤和捲餅攤。西根多也把他藏放的啤酒搬到廣場上。

泰瑞西塔本來不想加入，不過幾個年紀還小、不能去繞圈散步的少女請她幫忙做檸檬汁，她就和那一群吃吃笑的女孩在湯瑪士的廚房裡做好檸檬汁。她們在兩張坐滿老人的長椅中間擺好攤子。過了一小時左右，芬娜說動她出去走走，她一開始走，就露出笑容，還用芬娜的紙扇給自己搧風，她也會賣弄風情呢。一開始漫步，她就知道該怎麼做了。

漫步時頭一次聽到充滿浪漫的讚美詞，泰瑞西塔又開心又驚訝。

「皇家礦場」的卡羅斯說：「我不知道天主准許百合花在夜裡開放呢！」

在廣場另一邊，「石堡山洞」的安東尼歐說：「各位，你們看過沒有翅膀的天使嗎？」西撒呢，雖然是個年輕的耶穌會士，即將參加大考，卻高聲說出下面的話：「泰瑞西塔，如果我一直寫到手指頭都斷了，也許有一天我能寫出一首有如你曼妙蓮步那麼可愛的詩。」

芬娜用手肘推了推她。在她另一邊漂亮的愛美麗亞則大聲笑。

「哎呀，這可憐的男孩。」她說。

「這是很重的打擊。」芬娜說，這意思當然是你大大震撼了他們。

這教泰瑞西塔很驚異。

有段時間，卡波拉的每個星期五和星期六晚上都變成小小的狂歡節。

葳拉認為這很荒唐，至少嘴上這麼說。不過，當太陽開始西沉時，她卻總是第一個去占住長椅位置。

❋

泰瑞西塔期盼這些星期六夜晚的到來。有時候她會和蓋布瑞葉拉一起漫步，不過甜言蜜語從不朝蓋布瑞葉拉的方向說出來。要是被逮到對老闆的女人說些低級的花言巧語，無異是自找死路！所以和芬娜漫步要有趣得多。

旱谷有個男孩專門寫些農場男孩彼此愛慕的煽情小說，其餘時間則賣鞋子給牧場女人，他也隨著人群漫步，不過他看的是牛仔們。就連他也對泰瑞西塔發出一種半花言巧語的讚美：「如果我喜歡女孩的話，我就會是你的了！」

一個名叫多羅提歐的活潑小伙子從奇瓦瓦造訪這裡（其實他是在躲鄉警），他則說：「我願用九匹馬、十頭牛和一袋金子換你一個吻！」

「哎呀，你！」芬娜嘲笑他。

泰瑞西塔一律用「潘丘」稱呼這些男孩，因爲其中有些人她並不認識，而「潘丘」似乎讓芬娜覺得很好玩。

「多謝，潘丘！」她對多羅提歐回喊。

他推推帽子，表示致意。

從遙遠的埃斯塔卡多草原前來買馬的魯道夫也說：「泰瑞西塔，你受到卡欽納的保佑。」

她轉過身，倒著走，一邊看他繞著圈隱入陰暗中。

「多謝了，潘丘。」

芬娜笑了。

「多可愛的男孩呀！」泰瑞西塔說。

「他們全是可愛的男孩！」芬娜熱切地說。

「唉，這個潘丘是我希望能再見到的！」

泰瑞西塔一邊繞圈一邊想要再看看魯道夫，但他似乎消失了。她正費勁要找他時，迎面卻碰上了米揚。

他擋住她，她只好停下步子。

「你的奶子像糖的味道，對吧？」他問。

「借過。」她回答。

她繞了半圈，想要趕上芬娜，但她感覺不舒服，於是半路離開，走到葳拉那裡坐在她旁邊，把頭靠在老婦的肩上。

「這些諂媚的甜言蜜語，」她說，「很愚蠢。」

爲了要在工作的平常日子維持好小廣場，湯瑪士不得不在牧場上創造一個新職務，任命提歐法諾爲廣場的負責人。

第三十七章

葳拉不再早起了。生平頭一次，她睡過了清晨。她不再跪下來祈禱，也不再到她的樹叢去拜造物主和四方神祇。葳拉如果醒來，就會躺在那裡，有時一躺就是一小時，好像她的睡夢牢牢抓住她，不肯讓她離開般。待她終於起床，她也起得很慢，而且好似在一種奇異的恍惚中。她一向脾氣不好，但這種卻不一樣；她變得疏遠。

一天早晨，泰瑞西塔快要吃完早餐的時候，葳拉出現在廚房裡。她走到泰瑞西塔旁邊，摸了摸她的臉頰。

「丫頭。」她說。

然後她走到桌子另一頭，舀了三、四、五匙糖到咖啡裡，又掰開麵包，塞進杯裡，再把滴著咖啡的麵包吃下去，任由咖啡流到下巴。泰瑞西塔要廚房女僕把葳拉的臉弄乾淨。女孩拿著一塊布站在老婦旁邊，像小鳥一樣飛快地擦去葳拉下巴上的咖啡和泡融了的麵包。

「你們認為我老了，」葳拉說。「風很老，」她氣呼呼地說，「可是它還是會吹！」

「是的，葳拉。」她們回答。

「海很老，」葳拉說，「可是它還會興風作浪！」

「我還沒看過海。」泰瑞西塔說。

「我也沒。」葳拉說。

她看起來像是睡著了一樣。

泰瑞西塔感到煩躁不安，決定出門散步。

卡波拉的其他人起得早。湯瑪士雖然已經不需要大清早就起來，卻因爲習慣使然，一定會早起。如今他與蓋布瑞葉拉歡愛的慾火已稍稍降低，就像所有的火焰終有一天必然會消逝般，這火仍然明亮、仍然熱切，不過現在已經比較安全，不致有燒掉房子之虞。他會躺在床上盤算自己要做什麼。簿冊和帳本不像牛群或馬匹，它們不需要餵食、刷洗、喝水，或是擠奶；它們不需要馴服、趕到什麼地方、射殺，或是烙印。簿冊就只是躺在書桌上，等著他的筆落下。

經常他會投向蓋布瑞葉拉懷裡的甜美中。他可以在她的香甜中迷失自己，彷彿正騎馬奔馳在山野。她的氣味使他心平氣和，幾乎可以讓他重回睡夢中。

＊

牛仔們也起得早，除非是星期天，因爲待在工人村某個收割期來幫忙的少女床上，否則都會在逐漸變淡的黑暗中穿上靴子。且不說他們必須工作，以及對這一天的好奇，他們也不想躺在工寮那種煙氣瀰漫的陰沉中，聽其他人抱怨、打嗝、打呵欠、咒罵，聞著變硬襪子的乳酪味。工寮裡毫無窗戶可言，兩個有門板的開口爲了不讓叮人的蒼蠅和蚊子進入，也總是關著，牛仔們從三排並列的木頭床上醒來，把兩條腿抬放到地上或是伸到空中，穿上破舊的靴子，「空通」一聲落到木頭地板上，腳步不穩地你撞我、我撞你，互相拍拍背，或喃喃罵著人把別人推開。有人點起火柴，聲音聽起來像是指甲刮過下巴鬍鬚，而後跌跌撞撞出去到清晨的屋外，準備要吃東西了。他們許多人對著門的兩面撒尿，而半數人已經在手裡把繩索捲成一圈圈，或是繫上皮套褲。他們從工寮再搖搖晃晃走上五十碼就到了廚房，爭先恐後擠進狀況不佳的走道，占滿表面粗糙的長桌，埋頭在裝著火焰咖啡的藍色馬口鐵杯，和盛著豆子、蛋、豬肉、墨式千層麵、乳酪、水果的藍色盤子。大約人吃了三張玉米餅後，他們才終於醒到可以開始吹牛、撒謊了。

米揚比其他人都起得早，他很以自己頗愛乾淨的習性爲傲。他是少數幾個會往身上塗古龍水的男人，他也習慣花錢到小澡堂洗澡。那裡的老太婆把白鐵浴缸裝滿溫水，他可不在乎把他的性器給老女人看。他站在她面前，看著她想要轉移目光，可是最後還是躲不開晃來晃去的他。看到她慌亂無措讓他很高興。他會在她還沒逃出房間前把褲子脫掉，若無其事地一邊用一隻手半掩住下體，一隻手把褲子遞出去，問她願不願意幫他洗。雖然他和她都知道他故意要露，她會拿了他的褲子就急忙到房外。有些日子裡，她的孫女還會從掛著的門毯後偷看他，他就在水裡摸弄性器，還假裝不知情。想到可以表演給小朋友看，就讓他興奮不已。她們當中有一個看來有十一歲了；他對她已經有打算了。

這天早晨，他溜出工寮準備要打貓，還偷偷走到主屋附近，看到蓋布瑞葉拉掛在曬衣繩上的內衣褲。女僕們把她的內衣掛在靠近房子的地方，在迎風飄動的床單後面，但是米揚只要短暫一瞄就足夠燃起慾望了。他微笑著，捏著褲子裡的傢伙。

他喜歡老闆的女人，沒錯，不過腦中揮之不去的是泰瑞西塔。他們都說她是金髮，眞是鬼扯！她的頭髮幾乎跟他的一樣黑。賤人，伍瑞阿的女兒。他想她要比誰都好，娼婦的女兒，他聽說。他母親總說，什麼樣的植物開什麼樣的花。就是這種植物才能長出這種花。

❋

他跟著泰瑞西塔的足跡進入樹叢。

❋

來到戶外的泥土和樹叢和響尾蛇中間，泰瑞西塔決定再來禱告。葳拉教過她許多藥草。她點燃鼠尾草，把臉抹黑，又點上香草，把煙獻給天空，她又捏碎菸草和其他香草，也用來祭拜。她爲蓋布瑞葉拉禱告，她是她心愛的好友，渴望生下湯瑪士的孩子。她爲蘿芮托禱告，她獨自在城裡扛著家族姓氏。她爲湯瑪士禱告，希望他那可怕的熱病能痊癒，這病總逼他用陌生女人的身體讓自己清涼。她爲葳拉禱告，她正飛快接近安眠的時辰。她爲「族人」禱告，他們爲了生活和土地奮鬥。她爲土地禱告。她爲布維度拉禱告。但她沒有爲自己禱告。葳拉教過她：「當你爲他人禱告時，你就有福了。當你爲了自私和貪心禱告時，你可就丟臉了。」

況且，她能爲自己求什麼呢？她已經求過自己被寬恕了，葳拉告訴她說請求被原諒兩次是對造物主的侮辱。她不知道祈禱能有個男朋友是好還是壞，她也不敢問葳拉。寂寞算不算自私？她怕葳拉會這麼說。她決定爲任何一個渴望被愛的寂寞男孩祈禱，希望造物主能讓這個男孩，如果他是非常好的男孩，又是個風趣的男孩，會彈吉他、唱歌，或許還會騎馬，能讓這個男孩能找到一個也愛他的好女孩。

禱告完，她坐在一塊平坦的石頭上，把頭髮散開。在別人面前，她都把頭髮緊緊綁住，但是在這裡，只有烏鴉和反舌鳥和瘋狂的麻雀看著她，她就任由頭髮披散，隨風飄著。微風輕輕吹過長髮、拂過頭皮。她打了個冷顫，感到一陣激動。她把裙子和襯裙拉高，讓陽光曬著光裸的腿。

一條細細的溪流蜿蜒穿過樹叢，她把光著的兩腳伸進水中。她看著陽光在皮膚上形成晃動的線條和三角形；看著小小的淤泥團從腳趾間逸出，隨著微弱的水流下，在明亮的圓石上移動，像是小小的雨雲。她夢想正和烏鴉兄弟一起飛，飛到一團正經過陸地上空的六月暴風雨之上。

她想要把悶熱的衣服全脫光，赤裸躺在水中，讓水流過全身。當然這種事是不准做的。沒有一個女人做出如此不要臉的行爲還會被原諒。女孩子可以一起在河裡洗澡，但要成群結隊，而且還要有氣呼呼的阿姨姑姑在石頭上和樹木間站崗守衛，隨時準備用手杖把偷看的人打個半死。不過赤裸只限洗澡，而非歡樂。一個女人，若爲了肉體歡樂而赤裸……即使沒人看到，泰瑞西塔也知道這種事永遠都不會被原諒。

啊，算了。小蟲子在水裡游。黃蜂和蜜蜂停在黑色的小溪邊，小口吃些泥、喝著溪水。蝴蝶停在石頭上，翅膀緩緩開合，把捲起的舌頭伸直到水裡。泰瑞西塔嚼著苜蓿梗，舌頭感到一陣酸酸的汁液。米揚看著她。看著她的後背，盯著她被地面托起而顯得寬闊的臀部，看著她身體前後搖動時臀部形成圓的、橢圓或水果的形狀。

米揚常喜歡說：「墨西哥女人是狗，但是印第安女人卻是母牛。」

＊

湯瑪士喝著咖啡，看蓋布瑞葉拉吃東西。她小心翼翼地把哈蜜瓜切出橘黃色的半月形，放進嘴裡。她柔軟的舌頭伸出來，接住清涼的瓜肉，送進嘴裡。他不能相信她是真的。她像是一個夢，像是老人家告訴小伙子的一個故事。她的一顰一笑都把他迷得失了態。她睡在他床上，不是在他身旁，而整個籠罩著他，她那芳香的兩條腿和兩條手臂都包住他，她的嘴貼著他的喉頭，她那美麗的雲鬢蓋在他臉上、胸口。他親吻她的頭髮，握在手裡親著、聞著。他也把她的內衣罩在臉上親吻著。當她洗澡時，他會聞她的衣服。

小口咀嚼的她抬眼看他，還對他睇起眼睛。噢，我的天！他心想。他不知道哪裡更讓他瘋狂，是她的腹部或是大腿上淺淺的摩擦痕。是她的後腰還是她的腋窩。

葳拉從花園蹣跚走了進來，從桌邊拉出一把椅子，發出好大一聲。

「早安。」湯瑪士說。

「嗯。」葳拉咕嚕一聲。

「日安。」蓋布瑞葉拉說。「你早上還好嗎？」她問。

葳拉聳聳肩。

「咖啡。」她說。

廚娘急忙端上一杯。湯瑪士抬眼看蓋布瑞葉拉，揚起一邊眉毛。蓋布瑞葉拉微微一笑。

「很想聊聊天，是吧？」湯瑪士說。

「哎，『胖哥』。」蓋布瑞葉拉嘲笑他。

葳拉咕嚕咕嚕喝著咖啡。她的手在抖。

「我那該死的麵包在哪裡？」她說。

「你已經吃過一些了。」廚娘說。

「我還要。」

「馬上來。」一個女僕喊著。

「葳拉，」湯瑪士說，「我戀愛了。」

蓋布瑞葉拉臉紅了。

「愛情，」葳拉說，「和裹屍布都是從天上下到塵世的。」

湯瑪士和蓋布瑞葉拉互相看了一眼。

「這個嘛，」他說，「有道理。」

他喝著咖啡。

葳拉說：「猴子各有各的繩索。」

「我明白了。」他回答。

葳拉把麵包沾咖啡，放進嘴裡。她指著蓋布瑞葉拉。

「你，」她說，「那丫頭在哪？」

「泰瑞西塔嗎？」

「她在哪裡？」

蓋布瑞葉拉搖搖頭。「我沒看到她，」她說，「她一定還在外面禱告。」

葳拉把眼光從杯中抬起。她的兩眼霧濛濛，邊緣是藍白色。她盯著蓋布瑞葉拉頭上，又凝視她的眼睛。她說：「天哪。」然後就緩緩摔下，碰到地板上時，發出嘶啞的聲音，像是空麻袋被丟到穀倉地板上。

❋

泰瑞西塔兩手舀起溪水，倒在腿上。水彎曲流過膝蓋，像是小溪般流下小腿。她用冰涼的兩手拂過膝頭，大腿上的水感覺很適意。她吸了一口大氣，微微笑著，把頭往後仰，讓陽光能接觸她的喉嚨。泥土摸起來已經是熱的了，她把手指伸了進去。她把腳趾頭伸進溪床的圓石間，感覺水蠍掠過她的腳，「乒」的一聲撞上她腳踝，然後漂走。

她想到葳拉。

「給我拿個梯子來。」她輕聲說。這讓她笑了起來。

她慢慢向後躺下，把後背貼在地上，感覺到大地托起她朝向天空。大地總是讓你可以看到天空，它將你抬升，而「族人」卻一直認爲它是把你往下拉。苜蓿草葉像樹木般罩在臉的上方。

葳拉，她心想。

她閉起眼睛。某個地方的蜂鳥正在發出牠們的親吻聲，牠們的嗡嗡鳴聲。

葳拉。

又一次：葳拉！

泰瑞西塔睜開眼睛。

「葳拉！」她說。

她抓了鞋子就跳起來，轉身要往主屋跑去。

米揚站在她和樹木之間，他對她微笑。她半蹲著，感覺自己像隻野貓，確定她可以跳過他、跳進樹木中間、快速跑開他。他重重呼吸著。他的眼中閃著喜悅的光芒，他正格格笑著。

「你想去哪裡呀？」他說。

第三十八章

她全身癱軟。他搖晃她，她的頭不住擺動，彷彿他打斷了她的脖子。他把她的裙子從腿上扯下並回頭望了望。

沒有錢。

該死。

米揚跪坐在地上，四下張望著。不好，殺死老闆的女兒了。哎呀，管他。如果回到穀倉可以偷出一匹好馬，在他們還不知道的時候就已經騎到了往馬約河的半路。

可惜他沒有足夠時間把她藏起來。

❀

葳拉倒下掀起卡波拉一陣驚恐。「族人」聽說了這件事，都急忙從田間趕來。他們接了孩子們，把他們藏回家裡。他們還觀察天空，看看有沒有黑暗騎士從山脈綿延的東方過來，因爲他們的保護者已經倒下。

她一倒下，湯瑪士就把椅子往後踢開，跪到她身邊，兩手捧起她的頭，把她抬起來，彷彿他可以把生命用凝視的方式注入她滾動的眼睛中。蓋布瑞葉拉僵在那裡，兩手摀住嘴，因爲太害怕這個老婦人而不敢去碰她，甚至不敢走近她。廚娘們大叫、哭號，湯瑪士還來不及攔住，其中幾個就跑出門，高喊著警報：「葳拉跌倒了！」

感覺像是日蝕開始，太陽正被吃掉一角，彷彿魔鬼的嘴再也忍不住對光亮的飢渴。

「葳拉死了！」他們大叫。

「她沒死，你們這些可惡的人！」湯瑪士高喊，「快來幫我！」

但是誰能幫他？在這樣一個危急情況中，通常葳拉正是他求助的對象，如今這位了不起的大夫自已癱在地上、口水直流、髮辮散開。

「我們要怎麼辦？」其中一個女孩問。

湯瑪士看著蓋布瑞葉拉，她拚命搖頭，兩手擋在面前。

「我不知道！」她說。

「我不知道。」他說。

「我也不知道。」女孩說，「我要不要拿水潑她？」

他聳聳肩。

「給她蓋點東西。」蓋布瑞葉拉說。

「好主意，我親愛的！」湯瑪士喊道。「給我拿條毯子來！」

女孩子們急急忙忙出了廚房，不久後拖著葳拉的大披巾回來。湯瑪士把它蓋住葳拉瘦削的胸口。

「把她放到床上。」蓋布瑞葉拉說。

「是的，我親愛的！」他回答。「床！」

湯瑪士和兩個女孩抬起她。他感覺他可以把她丟到天花板上，她比一根棍子還輕。蓋布瑞葉拉在前頭領路，他們則踩著碎步斜斜往前走，一邊想要抓住葳拉鬆軟無力、往外癱垂而堵到門口或是家具的兩條手臂。蓋布瑞葉拉拉開葳拉的臥房門，一群人停了一下，因為沒人走進這門過，湯瑪士也不曾。不過他們還是慢慢往前進，女孩們像進教堂一樣低下頭，然後把她放在窄窄的便床上。她們把她的頭安放在枕頭上時，她睜開眼，發出一聲可怕的、帶痰的聲音，喉嚨裡呼嚕呼嚕叫著。

湯瑪士抓在她的手。

「不要擔心。」他說，但覺得自己像個傻瓜。他看看蓋布瑞葉拉。「我希望艾吉瑞在這裡，」他說。「他會知道該怎麼辦。」

「泰瑞西塔。」葳拉輕聲說。

蓋布瑞葉拉說：「泰瑞西塔！」

湯瑪士好像自己想到似地，也大喊：「泰瑞西塔！」

於是他命令牛仔們騎馬去找泰瑞西塔，她是唯一知道怎麼救葳拉的人。

❋

西根多永遠忘不了走進灌木叢見到的一切。

樹影十分輕柔，像波浪般起伏、搖晃。苜蓿開了一些花，蜜蜂在地上來回走動，像是營火冒出來的火花。蜘蛛網在樹枝間搖曳，像多年前他在洛斯莫契斯看到的船帆。體型像狗的鬣蜥從樹蔭下不悅地望著他。綠色小溪彎彎曲曲流過灌木叢底的山坳，而泰瑞西塔正仰躺在那裡。

他在一瞬間全看進眼裡，之後卻感覺自己似乎盯著她看了整整一個小時不止。

她的頭在水中，水深及耳。他可以看到水中她那小小的金耳環、耳根後的細細黑髮。長髮隨水流往下漂，散在水中，像是大片鮮血。她的眼睛微微睜開，嘴唇也張著。鮮血從嘴角和鼻子流出。她的兩條腿光著，胸前衣服扯破了。兩隻手掌朝上攤開，手指卻是捲曲著。她正微微抽搐，兩條腿踢著，像狗夢見正在追逐兔子時的踢腿。她的嘴打開又閉上。不過讓他害怕的是那些蝴蝶。

藍的、白的、紅黃相間的蝴蝶停在她身上。有些蝴蝶就站在她張開的手臂上，緩緩拍著翅膀，彷彿想要將她抬到樹上。有些蝴蝶大致排成一個圓圈停在她肚子上。還有些蝴蝶站在她眼睛上方，張開翅膀遮住她額頭。一隻孤伶伶的蜂鳥在她左手附近盤桓，然後往上穿過樹木飛走，在一陣豔綠和金屬藍的閃光中消失不見。

西根多在她旁邊跪下，把她抱在懷裡。溪水流過她身體，濕了他的褲子。「你可別死，」他輕聲低語，「西根多在這裡。」他把她抱到他的馬邊，將她面朝下搭放在馬鞍上，他好蹬上馬背。她的頭髮垂散在馬的另一邊，馬轉過頭去盯著看。西根多坐上馬鞍，再把她移到他懷裡。「走吧，你這壞蛋！」他對馬說。他用兩個膝蓋操縱馬的方向。兩手抱著她就像抱著一匹剛從母親子宮裡掉出來的小馬一樣。

他抱著泰瑞西塔騎回主屋。他可以感覺到她的呼吸，但她卻一點聲音也沒有。她的身體在顫動，讓他想到吉他的琴弦。當他讓馬走過大門進到小小的李子樹院子中，「族人」發出嚇人的叫喊，越喊越大聲，讓湯瑪士也跑出來。

他輕輕從西根多手中接過女兒，抱進屋裡。

「族人」感到現在夜晚降臨得好快，他們跑去點上蠟燭。牛仔們打開一桶桶的龍舌蘭酒，讓自己被苦酒灌醉。

葳拉已經被遺忘了。

第三十九章

米揚風馳電掣往南騎，他的馬全身都是泡沫般的汗水。第一天夜晚他沒有睡。他走進往馬約河的舊路上一家酒館，酒館裡寥寥無幾的印第安人一起轉頭瞪視他，或許心想他是個絞刑劊子手，或是盜匪，要燒了他們的房子。他要了墨西哥龍舌蘭酒，味道很糟，有奶味，不過卻是他買得起的最好的酒了。這酒辛辣得像要燒了他的嘴、灼傷他的喉嚨。他們會看出他做了什麼嗎？他們管他做了什麼呢？當他再數出銅板時，兩隻手都在抖。噢，老天爺，湯瑪士先生絕絕對對會要殺了他的。「再來一杯。」他吩咐著。滿臉不悅的酒館老闆倒了一些到一個陶杯裡。他憋住氣，灌下去，咳了起來。要是他能遠到羅薩里歐那裡就好了！他會繞過歐可洛尼，當然。很快他就需要一匹新的馬了，這匹馬眼看就要累倒了。之前他沒有想到要去工寮偷錢，那個女孩裙子口袋裡也沒有錢。他垂下頭。他要偷一匹馬。就算他們逮到他，也不會比已經落入人手中更糟吧。庫利坎？他可以去庫利坎嗎？也許不能。羅薩里歐。甜美的羅薩里歐。如果他離開瑟法里諾．伍瑞阿先生很遠，那麼米亞尼斯．羅薩里歐就會幫助他。他只要到鎮的南方，到埃斯奎納帕，再過橋進到納亞利。納亞利，要是他能到納亞利就好了！德庫亞拉或是阿卡波內塔！印第安人盯著他。「幹嘛！」他大吼一聲。他們全把手放到各自的大刀上。他衝向門口。閃電撕裂了安靜的天空，西方泛著紅，像是切開的肉，土狼嗥叫、戲耍，他快馬加鞭往家鄉趕路。

❋

西根多把鋪蓋捲搬出房子，到姊姊胡麗安娜家裡睡。頭兩天他不肯吃東西，然後咕嚕咕嚕喝了裝在咖啡杯裡的雞湯。有幾個牛仔看到他坐在姊姊家門口一張歪歪斜斜的木頭長椅上，把黃色的小鴨子湊到嘴邊，悶悶不樂地把牠們的頭藏在他的鬍子裡。

西根多不在，湯瑪士只得派次要的人手到阿拉莫斯去找醫生。布維度拉回到卡波拉，住到西根多那廢棄的房屋。蘿芮托夫人還拍電報到土孫市，要找個白人醫生。然後她又拍電報到艾爾巴索，讓艾吉瑞知道牧場上的這些悲劇。她去教堂安排一場為泰瑞西塔舉行連續九天的禱告。蓋布瑞葉拉在泰瑞西塔和葳拉兩人的房間來來回回，慌亂又無助，只能放濕涼的布在她們額頭上。湯瑪士坐在他的李子樹旁喝酒。芬娜說她的雞生下了黑色的蛋。

❋

泰瑞西塔意識昏迷地躺著，皮膚雪白，動也不動。唯一的生命跡象是她淺淺的呼吸，她的左手會慢慢舉到嘴邊，然後握成拳頭。他們呼喚她、搖她、在她睡時輕柔地對她說話，但是她既沒有醒來也沒有笑。她的皮膚下到處都有瘀青——臉上、喉部、肋骨上、後腰都有。湯瑪士坐在她旁邊，握住她沒有握拳的手，唸她喜歡的書中內容，但是她不笑，也沒有露出任何聽到他說話的跡象。蓋布瑞葉拉親吻她的臉頰、額頭、又乾又燙的嘴唇。但沒有一點動靜。每天早晚，蓋布瑞葉拉都會拿一把銀髮刷梳著泰瑞西塔的頭髮，當更多的血從泰瑞西塔鼻子滴下時，她就用柔軟的紙巾為她擦拭，紙巾呈粉紅色，縐成一團，看起來像是垃圾筒裡的玫瑰花蕾。

她的眼皮睜開，但卻睜了一半。他們可以看到眼睛的虹彩和瞳孔，上下滾動，彷彿它們已經和她身體斷了線，而在她眼窩裡無助地滑動。

「她看到什麼？」蓋布瑞葉拉小聲問。

「什麼也看不到，」湯瑪士說，「她看不見的。」

跟著一名護士和布維度拉從阿拉莫斯趕來的醫生，也重複相同的話。「她什麼也看不見。她就好像死了一樣。」

布維度拉幾乎要去摸摸她了。

葳拉醒來，說要看看她。

✻

湯瑪士和醫生用掃帚和毯子做了一個轎子，把她抬進房裡。她身體太虛弱，無法起身，不過她把頭抬起來，仔細看著泰瑞西塔，低低發出一聲哀嘆，她那有氣無力的聲音呼到空中就像收穫時節的塵灰。她啜泣起來，抬起一隻手伸向泰瑞西塔，然後她頭又躺下去，似乎睡著了。他們把她抬回床上，再放她躺回去。

她命令女僕把布浸在水和藥草中，敷在泰瑞西塔臉上。

✻

土孫市的醫生五天後也到了。他是個高大的金髮美國人，頭髮漸疏。他和墨西哥的同業會診，兩人站在泰瑞西塔身邊，像隻鶴鳥般。她的頭髮已經長到可以碰到腳了。沒人知道這是什麼時候發生的。蓋布瑞葉拉把她的頭髮兜到身體兩側垂放。醫生們想要檢查她時，還必須把她的頭髮拿起來移開。

他們沒辦法強灌液體給她。她的嘴唇不肯張開，而當他們想要把水倒進她嘴裡時，水就像小溪般從嘴邊流下。她的皮膚乾燥，她的嘴唇裂開。她的心臟在她體內的沙漠中變乾，一天比一天虛弱，幾乎已經不發出聲音了。兩個醫生擠在一起，用聽診器在她蒼白、石頭般堅硬的胸口探尋，想要聽出心跳的節奏。當他們拿著鏡子到她嘴前，她幾乎沒辦法吐氣讓鏡面起霧。

她的身體變硬，像是切割下的松木板那麼僵直，她的骨頭在日益縮小的軀體中也變得尖利而突出。

一名牛仔向西根多提到米揚騎走一匹種馬，不回來了。

＊

「什麼時候？」

「差不多一個星期以前。」

西根多召來兩個阿帕契人。事後他從沒對湯瑪士或任何人說起一個字。他們騎得快又拚命，因爲西根多知道米揚會想回辛納魯亞的家。西根多回來以後，眼光陰暗，藏著可怕的祕密，「族人」說他帶了兩隻包在大方巾裡的耳朵，他把耳朵放在老闆的桌上，然後走回姊姊家，睡了整整兩天。

他回來時騎的馬和他離開時的不一樣。他們說他因爲追趕米揚，活活騎死了三匹馬。他回來以後，阿帕契人也沒停留，他們連看都不看一眼就離開卡波拉。「族人」看到他們，彼此小聲說著可怕的推想。

這趟長程旅行後，西根多變得很安靜。只有一次他說了什麼，而聽到的人不知道他說的是這次的追捕還是他喝醉了。當時大家正在一邊喝酒一邊等著在地上一個石坑裡烤的豬，他和他們一起蹲著，喝著一瓶美國威士忌。正在大夥開心之際，他說：「如果你把一個人倒吊在一小堆火上頭，他的腦漿會煮到把整個腦袋都炸掉。」眼見眾人一陣沉默，他喝了更多威士忌，然後說：「晚安。」「族人」看著他走回他的小屋，把門用力關上。

＊

卡波拉也像泰瑞西塔一樣，沉睡了十二天。

收割龍舌蘭的工人把大刀掛在釘子上，待在家裡。牛仔任由牛群在大草原上漫步，又餓又渴還塵灰滿身。唯一在動的是湯瑪士和醫生們，而當醫生們把他帶到一邊，告訴他說女兒已經沒有希望了，湯瑪士就騎上他的種馬，瘋狂地騎去百約瑞卡村，再到往納渥荷亞小丘，再騎回來，在沒有人看到的地方又哭又罵。

他回家後，叫人找來西根多。

「我要訂個棺材，」他說，「我要用最好的木頭，還要最柔滑的緞子。」

西根多垂頭說：「知道了，老闆。」

當他走出前門時，他得推開一大群田裡傭工、工人、牛仔和洗衣姑娘。工人村的小孩子全都擠進院子。布維度拉站在角落，背貼著兩面牆中間的縫。他手裡拿著一根菸，用手心罩住燒亮的菸頭，像要擋住一陣大風。他朝西根多抬起眉毛，發出無言的問句。西根多搖搖頭。

✻

美國醫生因爲已經無計可施，便收拾行李離開了。

第十三天，湯瑪士從一個充滿烈火和叫喊的可怕夢境中醒來。他用兩個拳頭按著太陽穴，然後轉頭看蓋布瑞葉拉。她穿著白色睡衣睡著，濃密的頭髮往後梳，用紅色緞帶綁起。他把蝴蝶結鬆開，她睜開眼。他兩眼濕濕的，透著哀傷。她微微一笑，用一手摸著他的臉。「會沒事的，」她說，「來，我告訴你。」他翻身爬到她上面，她強健的身體承載著他。於是他們溫存纏綿。

葳拉醒來，想要吃東西。

西根多付給百約瑞卡村一個木匠三倍價格。這個老頭子同意不眠不休地趕工，第二天就交出一具用橡木和香松木做的棺材、內襯淡銀色緞子。西根多騎回牧場，找到布維度拉，一起去山上。

和葳拉一樣，湯瑪士終於也能吃些東西了。他坐在早餐桌前，用湯匙挖著水煮芒果吃。然後喝了一杯咖啡、吃了三個配豆子和西班牙辣香腸的蛋。他還吃了玉米餅、白色山羊乳酪、一片哈蜜瓜。接著是第二杯和第三杯咖啡，配的是牛奶乾果糖和一片仙人掌糖。有人從阿拉莫斯帶給他一份上星期的報紙，他就坐在那裡看報，而他那賞心悅目的蓋布瑞葉拉小口吃著一個水煮蛋和幾個小圓烤麵包，喝她最喜歡的肉桂茶。

管家之一膽怯地走近餐桌，站在那裡。

湯瑪士過了一段時間才注意到她。他目光越過報紙，說道：「好了，你現在可以把我盤子清走了。謝謝。」

他目光又回到報紙上。

她仍然站在那裡。

他又看了她一眼。

「先生？」她說。

「什麼事？」

「泰瑞西塔，先生？」

「什麼事？」

「她很軟。」

他把報紙放下。

「你再說一遍。」他說。

「泰瑞西塔小姐，」她又說一遍，「她全身都變軟了。」

「軟。」

「全身很軟地在她床上。鬆軟。」

他一躍而起，跑上樓。

房間仍然又黑暗又陰森。她仰躺著，兩隻手臂此刻垂到床沿外。他害怕地走近。

「泰瑞西塔？」他低聲說。

房間靜得像是塞滿了棉花。

「女兒？」他說。

他走到她旁邊，坐在椅子上，拿起她一隻手腕。柔軟。冰冷。手腕接著的手是鬆垂的。

他捏著手腕，想找出脈搏，但她身體裡的血液之河是靜止的。

他把頭貼在她胸口上，但是她的心臟沒有聲音。

他走到大廳要人叫墨西哥醫生來，醫生帶著醫藥袋上樓，跪在床邊又聽又戳，又拿鏡子照她嘴唇。她的嘴正變成淺藍色。他又用一個金屬工具的邊緣去敲她的眼皮：眼皮依然不動。

「醫生？」湯瑪士說。

蓋布瑞葉拉站在門口，兩手掩住嘴巴。

醫生嘆口氣，拿起泰瑞西塔的兩隻手，讓它們交握在胸口。他走到湯瑪士面前，把手放在他肩膀上。

「泰瑞西塔，」他說，「過世了。」

第四十章

好安靜啊。

她可以猜得到死亡會很安靜，但是這個安靜卻像是清晨；或許是一陣暴風雪過後的清晨，雖然她活著的時候從沒見過暴風雪。

她很確定現在她知道雪是什麼了。

「噢！鹿呢！」

這頭鹿一躍而起，落在一片之前沒有的綠地上。還有花朵。她跟著走。鹿不見了，她面前是水：金色的魚。

土狼喝著水池的水，還用快活的黃色眼睛看著她。她看著牠身上的毛起了一道道波紋。牠看著自己的左邊，她也跟著牠的目光看去，看到「母親」站在樹蔭下。

「你有沒有給我拿個梯子來？」她問。

她們都笑了。

她們互相擁抱。

從來沒有母親抱她在懷裡。

她從沒看過的樹木迸出銀色、紫色、金色的樹葉，像蝴蝶一樣落下又飛起。

她看到夢裡的三個老雅基人在遠處走著。

「他們眞愛管閒事！」「母親」說。

走到寒酸的「艾通阿查」家路很短。

祂有一座小花園。祂的門是開著的，光從祂的窗中流瀉出。祂走出來，祂在一邊臉上塗了一條藍色直線。

「你認得我嗎？」祂問。

「你是神。」她說著，並且跪下去。

「我是的。」

祂伸出一隻手，把她扶起來。

祂的頭髮是一條由瀑布、忍冬和彗星編成的辮子。她在祂眼中看到老鷹。祂說話時，她能聽到音樂和笑聲。

「拿著這個杯子，女兒。」他說著卡希塔語。

「你會說母語？」她問。

「我會說每一種語言，」祂說。「我是每個人的『父親』。」

她微笑了。

祂給她的杯子裡有星星的倒影。

「喝下去。你渴了。」

她便喝下。

「我有個禮物給你。」祂說。

神把她頭髮往後梳，然後交給她一朵玫瑰。

第四十一章

死亡這件事，「族人」是了解的。並不是說他們很高興泰瑞西塔死了，而是有人、任何人死掉，都會讓他們鬆了一口氣。提心吊膽的魔咒終於破解。他們終於可以用眞正的感覺哭泣，而一邊哭他們也可以一邊計畫守靈、禱告、縫製衣服、安排聚會了。他們可以夢想葬禮的美麗，因為老闆一定會舉辦一場可以比美他們最好婚禮的葬禮。所有人都會同意：婚禮是牧場上最佳的娛樂，其次是初領聖體和堅信禮（由陰沉的加斯提倫神父主持），再其次是那出名的青少年成年慶祝會，十五歲的女孩都要穿上純白的禮服，跟年長的男人跳舞，而他們會悄悄送她們披索和禮物。然而，私底下呢，葬禮卻是卡波拉最最受人喜愛的消遣。憂傷的展現是一種藝術，就像對女孩的甜言蜜語一樣。在「族人」小屋的暗黑角落中，他們已經偷偷在練習昏倒、抽搐、默默嘆息的動作了。在井邊、在用品補給屋、在畜欄邊，人們已經在說：「我跟她最熟了。」

主屋裡一團混亂。湯瑪士覺得自己無處駐足，彷彿他的家斜傾向一邊，他的鞋子無法緊緊巴住木板或磁磚的地面。他從一面牆走到另一面牆；從一個門口走到另一個門口，一邊穩住自己，一邊還要抓住屋角好讓自己站直。他的失眠症這些天也回來了。那張床似乎太熱、太窄，他就穿著白色睡衣像個鬼魂一樣，在陰沉的房裡走來走去，再走到前面院子、到樹上偷摘李子，凝視著星星，四肢攤開，坐在粗糙的木頭長椅上。

蓋布瑞葉拉的憂傷是安靜的，她回想起躺在泰瑞西塔旁邊、輕聲說著心中祕密、閉上眼睛飛到天上的那些夜晚。如今她的身體渴望能再一次飛翔。這情形就像她一直生活在沙漠裡，而她喝過一次水。如今再也沒有辦法去嘗那水了。

葳拉再次陷入沉默。

泰瑞西塔的遺體第一晚放在自己的床上，白色的被單拉到下巴，百葉窗板門上，只在屋角留一根蠟燭燒著。

❀

早晨，女人們來處理遺體了，她們把她抬下樓到廚房，放在大大的白鐵桌上。

蓋布瑞葉拉已經把自己一件衣服送到裁縫師那裡，裁縫師最早來到遺體旁，量了尺寸又披上去比了比，以確定成品能合泰瑞西塔的身。接著女人們把泰瑞西塔原先穿的衣服脫了。她們拿了好幾桶溫水到桌上，然後用摺起的布和橘色粗海綿擦洗她的身體。她們仔仔細細地把她的臉擦乾淨，在洗身體時還一邊禱告、誦唸神聖的字句、以儀式為遺體淨身，準備迎接未來的漫長旅程，並且請求天主和諸聖人慈悲對待她的靈魂。洗浴過後，她們用白毛巾按壓她的皮膚，把水抹乾。然後用內衣褲和一條披肩掩住赤裸的身體。

接著是蓋布瑞葉拉帶著髮梳和髮刷過來。她搓揉泰瑞西塔的頭髮，直到它在廚房燈光下閃閃發亮。她用她最好的梳子把頭髮往後固定住，再用髮夾夾起，並要一個女孩子幫忙編成一條粗粗的辮子，拉出來放在遺體旁邊。

裁縫們回來了，設法把衣服穿到遺體上，因爲四肢正逐漸變硬，這穿衣服還多少吃了點力。她們走了以後，蓋布瑞葉拉帶著面霜、面粉、唇膏回來。她把臉敷白，遮住了瘀青。她又在眼睛周圍畫上細細的黑線，把嘴唇塗上淡粉紅色，在冰冷的臉頰上刷上腮紅。

臉畫好、撲上粉、頭髮梳好、衣服穿好之後，她們就把遺體抬到客廳。牛仔們已經把大部分家具搬出房間，他們還在客廳中央擺了一張木頭桌子，上面鋪了一條用鉤針鉤的桌巾。一頭是一個小小的緞料枕頭，要枕起她的頭。蠟燭照亮了房間。早上他們會把雙扇門往外打開，讓悼唁的人可以進來瞻仰遺容。這天晚上的守靈會以一組組的人輪番看守遺體、誦唸玫瑰經開始。湯瑪士和蓋布瑞葉拉是第一組守靈的。

泰瑞西塔的遺體放上桌子。他們好容易才把她的雙手擺放成握住祈禱的姿勢，並且放在胸口。他們再用一條念珠繞過雙手，讓泰瑞西塔看起來像是在死亡中祈禱一樣。念珠將她兩手箍在一起。蓋布瑞葉拉將她的辮子拉過肩膀，放在禱告的雙手旁。

✻

泰瑞西塔的遺體第二晚在客廳的桌上，旁邊陪伴著低聲誦唸的哀悼者，直到清晨三點。屋裡剩下遺體，蠟燭也吹熄了。

✻

兩名功夫最好的鏟工被派到小墓地，雅基人攻擊的受害者和三名牛仔及五個嬰兒就埋在這裡。他們爲泰瑞西塔挖了一個非常好的坑，還確保坑的邊邊和角角像刀切出般平直。連坑旁的土堆也整整齊齊，晨光中，土堆像極了金字塔神廟。

西根多訂的棺木在早餐後送到。棺木放在一輛小篷車後面，用一塊布罩著，以免光亮的側邊沾上灰塵。湯瑪士和西根多幫忙木匠把棺木搬進屋裡。老婦人們輪班看守遺體，禱告、點蠟燭。木匠看到泰瑞西塔的臉時躊躇了一下。他放下他那一頭的棺木後，連忙劃了十字。

他們拉開棺木的罩布，欣賞它的做工。整個棺木看不到一根釘子。木頭因爲塗了多層蠟而閃亮。內襯的緞面綴成鬆鬆的一團團，看起來十分柔軟。湯瑪士點點頭，表示認可，並且摸摸棺木。

木匠要求獨自向遺體祈禱。湯瑪士便領著老婦人走出房間，靜靜把門關上。

❋

泰瑞西塔的遺體在第三晚由朋友和家人相伴。先是蓋布瑞葉拉，然後是芬娜。胡麗安娜來得晚些，然後蓋布瑞葉拉的父親康圖亞先生，大老遠從圭亞瑪斯也趕來了。廣場負責人老提歐法諾在深夜裡喃喃爲她唸著玫瑰經。三點，布維度拉站在離她最遠的角落裡注視她的臉。到了早上，牧場婦女又回來了，在這最後一天爲她祈禱了一整天。

第四十二章

最後這一天，泰瑞西塔由五名祈禱的婦女相伴。太陽漸漸往西邊天空落下，四名老婦跪在桌子周圍，芬娜坐在門附近一張椅子上。所有婦女齊聲禱告，請求聖母保佑泰瑞西塔。她們沒有一個人看到她眼睛睜開了。

她們又祈禱了一分鐘，堅定又專注，除了合十的雙手之外什麼也沒看見。她們把膝蓋的疼痛獻給耶穌爲禮物、爲祭品，好交換泰瑞西塔平安上天堂。

「聖母呀！」一個垂老的聲音高聲哭喊。

所有人全都回答：「爲她祈禱。」

泰瑞西塔坐了起來。

「你們在做什麼啊？」她問。

房內爆出一陣女人的尖叫，念珠和蠟燭齊飛，大家慌亂奔逃。

「天主救我們！」

「她活了！」

「死人能走了！」

芬娜生平第二次一路跑回她父親的牧場。

動物狂奔。

驢蹄狂踢。

婦人尖叫衝出房門、跌撞在一起。

牛仔從馬背上摔落。

雞隻被尖叫的女人嚇得亂拍翅膀、嘎嘎叫飛奔過卡波拉。

「死人！」女人們尖叫著。

牛仔們從午睡中慌慌張張起來，拿出武器就在小小的墓地上開槍，一邊大喊：「殺掉死人！要殺掉死人！」

女人們昏倒。

湯瑪士拿著手槍跑到屋外。

他看到手下對著墓地開槍，他也開槍。

「他們在哪裡？」他怒氣沖沖地說，「那些混蛋在哪裡？」

西根多精神奕奕地走來，拿出雙管獵槍一陣亂射。

「阿帕契人！」他大叫。

「鄉警！」提歐法諾高喊，用他的老左輪槍發了整串子彈。

「死人！死人！」老婦人哭著說。

「老天爺，死人哪！」

「什麼？」湯瑪士喊著，一邊再把子彈裝上。「什麼？」

「最神聖、最純潔的馬利亞呀！」做捲餅的蒂亞啜泣。

布維度拉跑到湯瑪士面前大喊：「我們開槍打誰呀？」

「我也不知道！」

「是泰瑞西塔啦！」其中一個女人號啕大哭，跪在泥地上捶胸，把灰塵都掀到空中。

湯瑪士走到她面前，還特意把手槍拿高、拿遠，避開她的臉。

他搖醒她，盯著她的眼睛。

「怎麼回事？」他問。

「她醒了！」女人大吼。

「誰？」

「她。」

女人指著客廳的門。

「不會吧。」

「操！」布維度拉咒罵著。

湯瑪士搖搖晃晃走進客廳，槍從手中掉下，「碰」地一聲落到地板上。

泰瑞西塔坐在桌子中央，眼睛眨也不眨，臉上有種淡淡的、陰沉的好奇表情，正仔細打量著房裡。她看看蠟燭、看看棺木、看看他。

蓋布瑞葉拉擠到他身後。還有西根多、孩子們、提歐法諾、布維度拉。

「發生什麼事了？」泰瑞西塔問。

湯瑪士慌亂了。

「不對、不對、」他說，「不對，你一定是在開玩笑。」

「我爲什麼在這桌子上？」她問。

泰瑞西塔打了個呵欠。

布維度拉吹了聲口哨，蓋布瑞葉拉只覺得快要暈倒了，便靠在門框上。

「我們在替你守靈。」湯瑪士好不容易說了。

「替我守靈？」

「你死了。」

「我死了?」

「噢,老天!」西根多說。

她轉頭盯著棺木。

「而這個?這是什麼啊,爸爸?」

「是你的棺木。」他說。

「不。」

她搖搖頭

「我才不要睡在這裡。」她說。

她用一種溫和的表情看著他。

她說:「不過有人很快就會死了,你可以把棺木給他們用。五天內會有一場葬禮。」

她躺回去,閉上眼睛。

「這是好長的一次旅行。」她說。

這時,就連湯瑪士也都劃了十字。

❋

他們帶她回房。

她非常非常冰涼。她走過的地方,空氣都變冷了,好像把運冰車上的冰拿進屋裡一樣。她始終沒有眨過眼。她的頭在脖子上像機器般轉動,把家中那些陌生的細節一一看進眼裡。家人不知道她可以看穿他們。他們的身軀在她看來像是陰影,他們的骨頭在體內跳動,她看得一清二楚,就像太陽光很強時,可以透過裙子看到兩條腿一樣。更深的地方也能看透：他們骨頭中的骨髓像是細細的火繩子般發亮。他們每個人的頭顱裡都是一團光、一堆煤炭餘燼。燃燒的骨髓使他們的骨頭在肉身中發光，像是細細的粉紅色燈。

她說：「我很累，我走了好遠的路回來的。你們去過那裡嗎？」

湯瑪士咳了咳。一個人要怎麼做一個死掉女孩的父親？是要罵她？還是要糾正她？

到了她房裡，她躺回自己床上。她凝望著天花板，不理會她哭泣的父親、顫抖的蓋布瑞葉拉和那些嚇壞的女僕。

她說：「我渴了。」

他們拿水給她。她大口喝下。他們又拿了一杯，她兩手抓住杯子，繼續咕嚕咕嚕全喝下，然後閉上眼睛。

除了她還在呼吸以外，她看起來像是又死了。

他們從她房間退出，安靜地衝下樓，各自躲在屋子裡不同的地方，把窗簾拉上，把百葉窗板關上，不敢提到這一刻，又害怕面對這一天。

❋

第二天，他們發現她坐在房間角落的椅子上，仍然穿著壽衣，蓋布瑞葉拉想要幫她脫下，她卻懶懶地把她的手拍掉。他們端食物給她，她就把餐盤放在地板上。她喝更多的水，一直不說話。

「眞是的，」湯瑪士說，「這眞是太過分了。」

❋

她說：「我現在要看葳拉。」

湯瑪士原本站在房間的另一邊，看她盯著空氣。她說了以後，他嚇了一跳。「她身體不舒服。」他回答。

「我知道。」

「你身體夠強壯嗎？」他問。

「強壯？」她說，但她一直沒看他。

他走到她旁邊，把她的手握在自己手中。她慢慢把目光轉到他手上，冷冷看著它，好像它是一隻蜥蜴，正經過她在走的路上。

「我可以看得到你的骨頭。」她說。

他放開她冰涼的手指。

「女兒呀。」他說。

她說：「我是嗎？」

他很痛心。他從她旁邊跳開，把兩手藏進口袋。

「你嚇到我了。」他說。

「我現在要去看葳拉。」

❀

蓋布瑞葉拉牽著一隻手臂，湯瑪士牽另一隻，兩人扶著泰瑞西塔下樓，走在走廊上。

「你的子宮已經成熟了。」泰瑞西塔對蓋布瑞葉拉說。

他們爲她開了門，她像瞎了般走著：兩手往前伸，手指微微彎著，彷彿摸著包住東西的空氣，像是透過皮膚可以看見世界的顏色。

房間有種古老的味道，空氣中有麝香味有灰塵還有死亡。其他人在開著的門口紛紛退避，好像害怕聞到這一陣惡臭，但是泰瑞西塔似乎完全沒有感覺。她走進房間，把門在身後關上。

床上那乾枯得像骷髏的葳拉在門閂上時動了動。她睡著了，那蒼老的下巴上冒出細細的白短髭。泰瑞西塔把一隻手放在老婦頭上，然後坐在角落裡。葳拉身體一驚，嘴裡哼著。她先是瞇著眼，然後大睜。

「雞在哪裡？」

「這裡沒有雞，老太婆。」

「那是誰在燒晚餐？」

「晚餐有人在燒了。」

「沒有人像我一樣會砍雞頭。」

「你是最會處理雞的人了。」

葳拉發出鼾聲，身體抽動，眼睛往這裡看過來。

「你呀。」她說。

「是我。」

「我死了嗎？」

「沒有。」

「這裡是天堂嗎？」

「差遠了。」

「你是靈魂嗎？」

「我們全都是靈魂。」

「你回來是要帶我去天堂的嗎？」

「不是。」

「去地獄？」

「不是。不管你要去哪裡，你都必須自己一個人去。沒人帶你去的。」

「我不喜歡這樣！」

「規矩不是你我訂的。」

「情況是可以不一樣的，我告訴你。」

泰瑞西塔說：「我還活著，他們不肯收我。」

葳拉把頭再躺下去，嘆氣。

「呃，」她說，「這樣好。」

「他們說我還有工作要做。」

葳拉點點頭。

「他們喜歡忙碌。」她說。

葳拉似乎睡著了一會兒。

「給我拿個梯子來。」她說。

但兩人都沒有笑。

她們安靜了一段時間。

「我以前也看過人死了又回來，」葳拉說，「在我還是個女孩的時候。」

泰瑞西塔點點頭。

「我會像你一樣回來嗎？」

「恐怕不行。」泰瑞西塔說。

葳拉咳了一會。

「你能不能幫幫我？」她問，「讓我不要死？」

泰瑞西塔在座位上身體往前傾，手在老婦身體上來來回回拂過。

「不能。」她說。

「我現在會死嗎？」

「是的。」

她們又沉默了。

「我不想死。」

泰瑞西塔閉上眼睛。

「我知道。」她說。

「會痛嗎？」

「不會。」

「我會害怕嗎？」

「噢，不會的。」

泰瑞西塔可以聽到門外她父親低聲對別人說話。房子周圍，人們還在叫喊。她可以聽見那個傻芬娜哭個不停。

泰瑞西塔說：「你知道小孩子該去睡覺的那種情形嗎？小孩子會怎麼樣抗拒、討價還價嗎？他會說要聽故事、會哭哭啼啼，或者突然要喝水，只因爲不肯去睡？」

「知道。」

「但是你知道時候到了。不管什麼理由，反正小孩子睡覺時間到了。或許是時間很晚，或許是明天一早需要起來，或者生病了。你必須要她去睡覺，有時候她是不願意的。」

「是的。」

「天主和我們的情形也是這樣。天主必須要我們上床睡覺，可是我們還不想睡。」

葳拉嚥了嚥口水，這話讓她非常難過。「我會喜歡死掉嗎？」她問。

泰瑞西塔睜開眼睛。

「你活著很開心嗎？」

葳拉考慮了一下。

「是的。」她說。

「那麼，」泰瑞西塔說，「你的死亡也會讓你開心。」

葳拉微微一笑，閉上眼。「這還不壞。」她說。

她對泰瑞西塔比了比，要她靠近一點。泰瑞把椅子拉過地板，膝蓋觸碰到葳拉的床緣。她把葳拉的手握在手裡。

「我希望你能留下，」泰瑞西塔說，「我會想念你的。」

她可以透過葳拉手上的骨頭和薄皮感覺到她那顆垂老心臟的微弱跳動。葳拉的血冰涼而且緩慢，血管中幾乎是藍色的了。她捏了捏泰瑞西塔的手。

「他們會把你放在我的棺材裡。」泰瑞西塔說。

葳拉笑了。

「我喜歡。」她說。

泰瑞西塔便禱告。葳拉必定沉入睡眠中了，因爲她輕輕打著鼾，還喃喃說著話。泰瑞西塔知道，她的夢裡必然滿是她的父母親、她的兄弟姊妹、她死去的情人。她面前所有的門都打開，所有的走廊都打掃乾淨，燈也點亮了。通往葳拉花園的門閂打開了。老女人身體一震。

「丫頭？」她說。

「我在這裡。」泰瑞西塔低聲說。

「你要我的獵槍嗎？」

「不要。」

「你要我的菸草袋嗎？」

「不要，謝謝你。」

「你知道我的藥草在哪裡。」

「知道。」

「要用它們。」

「我會的。」

葳拉沒有表情地長嘆一聲。

她把手伸出去，在泰瑞西塔手裡放了三個有裂痕的硬東西。

「這些是什麼？」

「水牛牙齒！很久以前的！」

葳拉閉上眼。

「我累了。」她說。

「我知道。」

「我現在可以走了嗎？」

泰瑞西塔身體往前傾，親吻老婦的臉頰。

「去吧，」她說，「一切都沒事了。」

她拍拍葳拉的頭髮。

「放輕鬆，老太婆。你的工作已經做完了。」

一顆淚珠滾下她的臉頰。

「你把善帶到這個世界。」

「是嗎？」

「你活得很光榮。」

「你眞這麼想嗎？」

「不用擔心，睡吧。等你醒來以後，你會看到鹿。」

葳拉的眼皮翕動。

「睡吧，我愛你，睡吧。」

葳拉身體僵硬。她眼睛睜開一次，然後她就走了。

第四十三章

他們已經接踵而來了。起初你不會注意，而如果你不知道要往哪裡看，你更是一點也不會注意到他們。傳言已經傳遍大草原、一直到山裡面。人們三五成群，要來看這個活的死掉女孩。在工人小屋中，你會看到幾個新來的人挨擠在陰影中。洗衣服的女孩當中也會有一個陌生女人。沒看過的孩童站在人群邊緣，觀察主屋。

當湯瑪士有事騎馬到田裡時，他眼光不往下面看，不露出一絲他知道有外人在他土地上的跡象。但他這種沒在看的觀察卻十分仔細，他從眼角詳查動作和臉孔、大門和走動，像一個瘋漢正在累積資料，好發展出某種對於世界的奇妙新理論，好蒐集在他腦袋周圍打轉，並滲入他牧場的那些力量和陰謀的瘋狂證據。他不希望他們知道他在觀察他們，不過他可以感覺到他們也在觀察他。他不知道他們要做什麼、他們會帶來什麼樣的傷害、他們有什麼樣的陰謀。

他知道的是，他們是要來殺她、要來替某種愚昧的天理伸張正義，再不就是要來娶她、寵她、跟隨她。沒有人知道她已經瘋了，像個櫥窗假人般坐在房間裡、凝視兩片白牆夾角那無窮深遠之處，看見魔鬼和天使，還胡言亂語些可笑的什麼骨頭呀夢呀的事。這些迷信的人哪，他們對奇蹟簡直飢渴到家。

他無法用科學來解釋泰瑞西塔的復活，但他知道一定有個理由，是一個合理的理由。可是這些人，他們能在燒焦的玉米餅上看到耶穌基督和瓜達露佩聖母的臉，他們根本就是匹夫匹婦，瘋狂地想要有些什麼事、任何事，來使他們那個陳腐的世界變得有點特別。他們想要相信在他們過完愚蠢辛勞的一生後，還有東西、還有某種美妙幸福的東西等著他們。而他們似乎認為他的女兒可以讓他們更接近這種神話。他知道當他們發現終究她也是凡人以後，將會付出很高的代價。

他將那把沉重的左輪手槍塞進褲裡，手槍斜斜突出在肚子上，冰冷、深藍，那花梨木的槍把像是迸濺到肚子上的鮮血，很有海盜味道，也隨時可以抽出。而掛在左臀骨旁的刀鞘裡是把有鹿角刀把的大刀，刀身磨得又利又亮，就在手邊，十分便利。

葳拉下葬後過了好多天。泰瑞西塔當天待在院子李子樹附近，對於這個老太婆的葬禮毫不關心。原本艾吉瑞是在墳前發表最後言論的完美人選，但他人在艾爾巴索，正從安全範圍內的美國鼓吹墨西哥革命。他出版攻擊的言論，還寫些煽動的小冊子，指責狄亞茲總統，如果他來參加葬禮，他自己都可能是躺在這個老婦人旁邊的陪葬人選，所以湯瑪士喃喃發表一些記得模模糊糊的宗教老調，然後粗魯地抓了一把石塊和泥土丟下去。這些東西喀啦喀啦掉在棺木上，像隻手正在敲門，幾個人立刻往後退，免得葳拉也像泰瑞西塔一樣又坐起來、再把眾人痛罵一頓。不過這一天註定死人不能復活。

伍瑞阿一家從葬禮回家後，發現泰瑞西塔面朝下趴在石板地上。他們以為她又死掉了，於是又一陣哀號，不過當他們急忙跑到她身邊，才發現她只是睡著了。她兩隻手壓放在身體下面，她的臉轉向另一面，沒有曬到太陽。

「這種事，」湯瑪士說，「我不能再忍受了。」

蓋布瑞葉拉用一條大方巾擦拭他汗涔涔的額頭。

泰瑞西塔睜開眼睛。

「你睡著時候是醒的，」她說，「醒來就是沉沉睡去。」

他們全都搖頭，然後抱住她腋下，把她抬起來。她沒有反抗。

「世界是冷的，」她說，「每樣東西都是冰。」她拍拍石牆。「你看這些是怎麼樣溶化的？」

「把她趕出去，」湯瑪士說，「我再也聽不下這些了！」

他們急急忙忙把她送上樓，放到床上。但她又立刻起來，走到椅子上坐下，凝視著。湯瑪士走進房裡，身體靠著牆。

「她瘋了。」他說。

蓋布瑞葉拉一句話也沒說。

「生就是死。」泰瑞西塔宣布。

他們往後退開。

「軀體就是夢。」

「走吧。」湯瑪士低聲說。

「爸爸？」她說，「我是天主的朋友。」

他們靜靜把她的門關上，還門了起來，不讓她漫步到外面，再受傷害。

❋

湯瑪士坐在早餐桌旁。他吃不下東西，啜著濃濃的羅望子果汁，還用湯匙挖著一個肥木瓜的肉。蓋布瑞葉拉喝著咖啡，還把一個小小銀製蛋杯裡的煮蛋頂端切下。他小口吃著淡色的果肉。

「她鎖在房裡了嗎？」

「是的，我的愛。」蓋布瑞葉拉回答。

「好。」

「不能再這樣下去了。」她說。

「是的。」

「不可能這樣太久。」

「是的。」

然後泰瑞西塔就在他旁邊出現了，靠著他的左肩。

「爸爸。」她說。

他一驚，果汁濺出。他看著厚重的玻璃杯飛向地板，砸了下來，分成六個等大的部分，然後散開，碎片四處亂飛，羅望子棕橙色的濃汁灑出一道道濃濃的水液往外噴濺，而每次噴濺出的汁液又在地上形成花朵般的形狀，於是地上濺灑的圖樣有如花束中的花朵。他聽不到一點聲音。

「爸爸？」她說。

蓋布瑞葉拉立刻從椅子上一躍而起，離開廚房，而湯瑪士點點頭，看著果汁在地上陶磚間流著。

「你要有準備，爸爸。」泰瑞西塔說。

「準備什麼？」他喃喃說道，盯著她的光腳看：只見那腳趾骯髒、指甲裡都是泥土、黑黑的。

「有騎馬的人過來。」

「什麼？」

廚娘們聽到每件事，她們準備好要把死掉女孩說的話向朝聖的人們報告。

他看著她那哀傷的瘦臉，黑色的眉毛。他心想：蓋布瑞葉拉一定要教她把眉毛拔一拔，免得兩道眉毛長成一條了。

「泰瑞西塔，」他說，「我們這裡沒有騎馬者。」

「騎馬的人，」她回答，「一個受傷的男人。」

「這是預言嗎？」

「是的。」

「噢。」

他握著她的手肘：他可以用一個拳頭就捏碎她的骨頭，像捏胡桃般。

「你怎麼從你房間逃出來的？」他問。

「我不是犯人。」

他想要把她從桌邊帶走，但他卻推不動她。

「你怎麼不休息一下？」他說。

「騎馬的人。明天早上，」她說，「你將會沒有時間吃東西。」

她把手臂從他手中抽出，走向大廳。他跟在後面。她打開前門，走到李子樹那邊，躺在樹蔭下，似乎睡著了。他走到花園牆壁前往牆外看去，一隻手還放在槍托上。但是看不到一個人。牧場看起來空蕩蕩，像是一場瘟疫從草原上襲來，把所有人都害死了。建築的邊緣已經剝落，泥磚在風中瓦解，牆壁在日日無止盡的循環中化爲灰燼。

✻

第二天早晨，湯瑪士要人煎蛋配豆子，餐盤才剛放在面前，有人騎馬過來的轟隆聲就響徹屋子。他把餐巾丟到一旁，急忙往大廳走去，這時門外揚起驚恐的說話聲。他抽出左輪槍，跟著聲音到門外。兩個騎著吐著白沫的馬的人正在院子大門前繞圈子，直到其中一人喊：「還有兩個人要來！坐篷車的！」

一個雅基族工人被一頭騾子踢到頭。篷車嘎啦嘎啦駛來，那些人把不住抽搐的工人抬出來，放到地上。他扭動身體，又吐著白沫，他們就在他周圍站著，盯著他痛苦不堪的模樣。鮮血從他頭上的裂口流下，他們也就只是搖搖頭、聳聳肩、吐唾沫。他們能做什麼？他是在劫難逃。

泰瑞西塔不待人叫就來了。

她走到那些人中間，推開擋路的人。她一句話也沒說。她跪下去，抓些土在手裡。她把口水吐到土裡，用手指揉搓，做成紅色泥團。她彎身在男人旁邊，把泥土抹到他額頭上，又爲他輕聲唸了一段禱告。於是先是他兩隻腳，接著是他兩隻手，都停止抽動了。他往旁邊滾了滾，抱緊腦袋，張開眼睛。他搖搖頭，微笑，站起來，握了她的手。

「我怎麼跟你說的？」她對湯瑪士說。

然後她走回屋裡。

騎馬者之一暫時住在工寮，吃了一些冷豆子。當天晚上他喝醉了，花錢找了妓女。他沒有想到這樁奇蹟，也沒有對他的朋友或女人提起，日後有人問起他，他也都不記得了。另一名騎馬者住在牧場外不遠處，當天晚上睡在妻子身邊，就把卡波拉那奇怪的事告訴她，說他們帶了一個沒有腦子的人到牧場，泰瑞西塔把泥土倒進空腦袋，那人就起得來還跳了快步舞。她眼睛裡可以看到有火。

第二天，他的女人在洗衣槽旁邊跟其他人聊天。說她丈夫把一個被砍了頭的屍體送到卡波拉那個死了的泰瑞西塔的墓地。一個神祕的雅基族長老要他們把這個人埋在那個年輕女巫的旁邊，三個小時後，她就從墓裡復活，懷裡抱著那個男人——他有了一個新的腦袋，是用紅色泥土做的！

十個女人聽了這個故事，從這十個女人口中說出三十種不同的故事。從這三十種故事中又傳出三百個版本，輾轉傳遍大旱谷，也傳到馬約河和雅基河沿岸。

巫醫們前往卡波拉，希望能見到復活的女孩泰瑞西塔。路上他們遇到一群正要前往馬德雷山的利潘族人。他們當中有兩個因爲高燒而抽搐、蒼白的男孩。在一處坍塌煤渣堆的遮蔽下，他們舉行了營火會談，老人告訴利潘人這個在雅基人土地上的女孩，說她死而復生，還用泥土把一個被割了頭皮的戰士的腦袋塡上，恢復了那人的生命，同時還教會他大地的祕密。如今這名戰士能跟鹿說話、能聽懂落石和沙塵暴的語言。

利潘族首領便命令族人跟著這些老人前往卡波拉。

❋

泰瑞西塔沒有夢到他們朝她而來。她沒有看到村民和利潘族人。她沒有看到奇安福戈先生正從山裡駕著篷車朝她前來，車上載著他垂死的妻子；她沒有看到邊境盜匪阿提也加要爲了左邊屁股裡的子彈來看她。她沒有夢到兩名妓女珮特拉和帕洛瑪身上長著梅毒瘡，正從圭亞瑪斯坐馬車來；或是從銀礦帶著坐在拉橇中父親的賈西亞家人；或是那個無名的母親，她從荒地走來，用一條破毯子包著夭折的嬰兒搭在肩上。

❋

她拉直了一個人僵掉的手臂。

除非他們給她，否則她就會忘記要喝東西。她仍然不吃固體食物。

「你不相信天主，」她告訴她父親，「那麼你就不相信愛。」

「愛！」他大叫，「那死亡呢？那飢餓、疾病呢？那你最愛的雅基人被殘殺在山裡呢？」

「愛是硬的，不是軟的。」她說。

她漫步走近牛仔的工寮，把兩隻手放在一個腿上長瘡的人身上。他嘆了一口氣。

她告訴蓋布瑞葉拉：「聖母和我一樣高。她警告我說，愛比戰爭造成更多痛苦。」

這一天，蓋布瑞葉拉注意到泰瑞西塔身上發出玫瑰香味。她把她帶到她房間，裝滿洗澡盆的水，給她洗澡。在她用毛巾擦乾泰瑞西塔以後，味道反而更濃。

「聖母，」她說，「仍然在爲梯子的事發笑呢。」

但是沒有人明白她的話，世上沒有人知道那個故事。

第四十四章

就像日出一樣。有一天她醒來，轉頭看著房間的屋角。她的工作枱上擺著瓶罐和皮製袋子。上方的橫樑上垂掛著放了很久的乾藥草。這一天就像任何其他早晨，她自己實驗了一下。

矢車菊：煮開加進滋補湯中，可以祛熱。

荷荷巴：消炎。

馬鞭草：能鎮定、止血。

阿朵米達：抑制痙攣。

芸香：能把條蟲趕出身體。

她笑了，很喜歡這些實驗。清晨一向是她獨享的。她躺在那裡，努力記憶。

埃斯特拉米歐：「撒但藥草」。惡臭，橢圓形果實，有十個果莢。二十公克的葉子可以沖泡成力量強大的茶，足以毒死一名彪形大漢。在陽光下曬乾，捲成菸，同樣是葉子，這些卻可以舒緩哮喘、眼睛痛、癲癇和肺炎。

她可以聞到自己的味道，但這是一種很奇怪的味道，是……玫瑰！好奇怪呀。她從來不擦香水的。

她聞了聞腋下：玫瑰味。好香甜啊。家中女僕，也許甚至蓋布瑞葉拉本人，都洗過她身體。一定是她們給她塗了什麼玫瑰的乳霜，再不然就是她們給她擦了蓋布瑞葉拉房裡的玫瑰古龍水。可是那會是什麼時候呢？

她坐起來，頭趴在膝蓋上，等待一陣突來的暈眩過去。過去後，她站起來，走到屋角洗手枱上的水罐旁。她把水倒進藍邊水盆裡，把頭髮往後綁住，洗她的牙齒，然後她又洗了臉。她身上起了一陣雞皮疙瘩。

她走到關起來的百葉窗板旁，抓住把手，陽光曬到把手的外面，使它變得燙手。這是她的一個小小儀式，一種抵擋一天到來的小小方式——先閉起雙眼等候，然後把窗板推開。此刻她就是這樣，就等著一個節拍。

她感覺到的時候，窗板已經被她推開，已經來不及了，陽光直射她的眼皮。

眼皮慢慢睜開，她倒抽一口氣。眼前的地上全是人。

在她下方，卡波拉的地上全是鑽動的人群，從前門廊大門一直延伸到遠方的養蜂場。所有人的臉全向著她，所有的動作都停下來。人們手指指向她，朝聖者紛紛跪下。老人家躺在泥地上的草床，孩童四處奔跑，高聲尖叫，士兵們要騎著的馬安分。烹煮食物的聲響靜下，這裡變得好安靜，她簡直不敢相信之前她竟然沒聽到那些嘈雜。

「她出來了！」有人叫著。

「在那裡！窗子裡！」

一個女人哭喊：「泰瑞西塔！」

還有另一個女人叫：「治我的病！」

第三個人叫的是：「聖泰瑞莎！」

她立刻從窗口閃開，身子貼著牆，玫瑰的香味從睡袍中飄散出來。突然間她明白了，明白了讓她驚恐的事，那就是，是她的身體發散出這個味道的！她的汗水不知怎麼搞的變成了玫瑰香水。而葳拉已經死了！它回來了，就在那裡，在她的眼睛後方，正要成形。

葳拉已經死了。

她自己也死了。

現在又活了。

暈眩再度襲向她，她用兩手撐住火熱的牆壁。

她想起她被送回來以前，「聖母」的聲音說著：「我們給你這份禮物，你必須帶回去給孩子們。你永遠不可以從中獲利，而是要免費給予他人。」

她當時喊著說：「不要讓我走！」

「你的工作還沒有做完。」

「讓我跟你在一起！」

「你必須回去。」

於是她掉回她又熱又重的臭皮囊。不是做夢，而是回去。她血管中翅膀的輕快拍動溶成肉和緩緩流動的血液。她的手指滑進她自己的手指，好像它們是空手套。她看到打向她的重擊。她看到棺木和葳拉冷冷的臉。

「不。」她說。

然後視野開展。她看到自己，動作遲緩，發出一種香甜的粉紅色氣味。家中女僕爲在鐵皮澡盆中的她洗澡，她洗過的洗澡水聞起來也有玫瑰味。她碰觸到的每樣東西聞起來都像一朵新鮮花朵。而當她洗完回到床上後，那些女僕就留下玫瑰味的洗澡水，分裝成一瓶瓶，賣給朝聖的人。此刻朝聖者就聞著她。他們還喝她的髒洗澡水，用她的氣味沾到額頭上爲自己祈福。成千上百的陌生人把她的氣味在他們當中傳遞，小瓶子從這隻手傳到那隻手，用她的氣味來劃十字。

「我並沒有求這些，」她低聲說，「請不要對我做這件事。」

但她知道這事已經做了。

她把身體移開牆壁，再往窗外看去。

「泰瑞西塔！」一個畸形男人高喊，「請救我！發發慈悲！」

她的確是有慈悲心的，或許慈悲心是她僅有的東西。

「我會去找你，」她說，「我給你帶來一份禮物。」

從小瓶子裡啜飲她香精的朝聖者以一種奇異、令人不敢恭維的方式受到感動：他們顯然從沒見過她，卻嘗到她的味道。他們一邊想到這水碰過她赤裸的身體、一邊用舌頭捲起她身上的塵土和香味，一邊還希望自己受到保佑。那些聞過她、嘗過她、把她的洗澡水倒在自己身上的人，感覺他們擁有她。如今她是他們的情人、他們的聖女、他們的母親、他們的朋友。要回到她往日的生活中已經來不及了。

而這些朝聖者也持續湧進卡波拉：小偷、流浪者、好奇的、瘋狂的。革命份子和密探在圍場打轉。阿帕契人潛伏在旱谷。娼妓前來求寬恕、改過自新，再不就是在穀倉、工寮和小屋中張開兩條腿。雅基人把從復活節儀式中存下來的玫瑰花瓣散落各地。公路盜匪混在信徒和狂熱份子當中，他們最初前來是爲了要偷取朝聖者的財物，但其中有些人後來轉而信了教，把他們的槍枝丟進旱谷，被阿帕契人立刻接收。喝醉酒的人睡在廚房陰暗處。他們吸聞著空氣，想要嗅到玫瑰香氣。他們用拳頭和刀子在牛群當中打鬥，解決問題。他們用刀砍死一頭公牛，任由牠爛掉。有些從阿拉莫斯來的預科生喝了生平頭一次的龍舌蘭酒，然後好玩地用石頭把一頭小驢子打死。艾吉瑞曾在底下睡過覺的白楊樹，不知怎地被推倒，而一旦倒下後，就被人用大刀和斧頭劈成木材，樹枝也被扯下，在泥土中建棚子。曾經在艾吉瑞床架上睡覺的雞隻被宰殺、吃下肚。圍著玉米田的圍籬倒下，於是馬匹、孩童、喝醉酒的老頭子紛紛踐踏玉米作物。肚子餓的人把玉米粒剝下，用枯死的白楊木和倒下的圍籬柱子生火煮著吃。葳拉多種藥草的花園因爲流浪者經常對著撒尿而枯萎。她的芫荽在兩天內就沒了，因爲被切碎，撒進莎莎醬，淋在腐臭的豆子上，挽救它的味道。她的艾草沒有用在塗抹或讚美，而是抹在山羊肉、偷來的雞肉和蜥蜴肉上面。

「不要擔心，」泰瑞西塔對他們喊，「我現在就去你們那裡。」

她用大方巾包住頭，這是尊敬太陽的表示，葳拉好幾年以前教過她。

❋

「艾吉瑞在哪裡？」泰瑞西塔問道，她正吃著第三盤蛋和胭脂仙人掌。

她大口喝著黑咖啡、柳橙汁、羅望子汁。她已經吃了黃乳酪和芒果、木瓜和番石榴醬。她把玉米餅撕開，再用餅去盛蛋吃掉。

「這眞美味！」她叫道，「我可以吃上一整天！」

湯瑪士站離桌子，一隻手放在手槍槍托上，看著她。他忘了梳頭髮。牛仔們把他叫醒，向他報告說有從奇瓦瓦來的朝聖者在東邊大門外殺了一匹拖車馬，還把牠切開。蓋布瑞葉拉坐在餐桌另一頭，盯著他們。

「艾吉瑞，」他說，「在德克薩斯。」

「做什麼？爸爸？」

「毫無疑問是在鼓吹革命。」湯瑪士說。

泰瑞西塔舀起一堆豆子，塞進嘴裡。她用餐巾拍拍嘴唇，又舔了舔手指頭。

「怎麼會這樣？」她說。

「艾吉瑞辦了一份報紙，」湯瑪士說，「他還出版政治故事。」

「政治。」她喊道。

湯瑪士看了蓋布瑞葉拉一眼。

「是的。」他說。

「我喜歡政治，爸爸，」泰瑞西塔嘆道，「我要替艾吉瑞叔叔寫東西。」

「可是，」他慌亂地說，「你對政治知道什麼？」

「天主把這塊土地給了這些人，」她回答，「別的人也想要這塊土地，所以就要偷取。」

她把咖啡喝完，把杯子放到空盤子中央。

「這就是政治。」她說。

✻

朝聖者把小廣場毀了。提歐法諾先生沒辦法制止他們把彩繪石頭踢掉、偷走長椅、拆下涼亭當柴火。他們蹂躪、破壞那些用破輪圈做成的小小花壇。樹身塗上白粉的榆樹，那最低矮的樹枝在三天之內就被扯掉了。不到一個星期，整個地方就滿是帳篷和單斜面的小屋。

西根多和手下在泰瑞西塔被米揚攻擊的白楊樹叢發現兩名政府狙擊手。他們用繩子綁起他們、沒收了他們的霍肯長槍，還把他們拖到主屋，西根多和湯瑪士主持在廚房中匆忙舉行的審判。湯瑪士主張放這兩人走。

「告訴你們的主人，」他說，「我們饒了你們。」

「下一批再來這裡的混蛋傢伙，我們就不會這麼輕易對付了。」西根多加上一句。

他們押著兩人走到往阿拉莫斯的半路，然後把他們推下馬，把身上的繩子割掉。

「不准再回來。」西根多警告他們。

當天湯瑪士下令在主屋旁邊建一座小禮拜堂。他不能讓泰瑞西塔沒人保護就在牧場上四處走，而她又不想要有守衛，她也不肯停止她的晨禱或是在那該死的白楊樹叢裡做的什麼鬼事情。他訂購成箱的白蘭地和龍舌蘭酒。他抽菸。他對著建築工人大叫：快點、快點、快把這個一無是處的禮拜堂完工。快。

而話還是傳了出去，不管湯瑪士修了什麼圍牆、他下令建起什麼圍牆、他在這乾裂的土地上造什麼禮拜堂。他們從海邊走來。他們從亞歷桑納搭乘新鐵路線到圭亞瑪斯，然後租篷車往西走。他們從高山下來，從馬德雷山的幽暗山谷而來。他們吃仙人掌、蛇肉、烏鴉。他們吃狗肉和陳腐的麵包，有的還什麼都不吃。他們隨身帶著粗玉米粉，或是帶著神聖花粉，或是帶著神聖的菸草，或是帶著念珠和聖經、聖水、響板、鹿的頭骨、藥草來。他們有的帶著武器，有的赤身露體而來。他們帶著垂死的、已死的前來；他們拖著馬拉橇，上頭載著枯瘦虛弱的老婦人，兩個瘦骨嶙峋的膝頭伸向天空。他們拖著一袋袋用麻布袋裝著、身體腫脹得像受傷海豹的嬰兒。他們用香蕉葉、用發臭的繃帶、用麻繩綁住那些青綠色惡臭的手腳；把壓斷的手臂綁在身邊一側，還用舊衣服和圍兜做成吊腕帶。他們綁住裂開的腳，蹣跚前行。他們把藥草敷在陰濕的眼窩裡，這些眼窩不是被槍打中就是被刀刺進；不是眼球被鐵絲刺開，就是感染或蟲子毀了視力。當他們說起她的名字時，他們那些棕色和紅色的牙齦都淌著血。在通往卡波拉的大道和小徑上，他們留下血跡和繃帶，膿汁和牙齒、被遺棄的死人和糞便，在泥土地上形成一條條蜿蜒爬行的線，這些道路有成千隻上萬腳或急或徐地走過，不知疲倦地往前，爲的是要接近泰瑞西塔。在牧場附近紮營的士兵放棄職務，躲在朝聖者中間。

兩千名朝聖者在卡波拉聚集，組成第一個營地。不到兩星期的時間，營地人數增到五千。一個月以後，朝聖人數有七千五百人——還有一千兩百五十個小販、傻瓜、逃犯、軍人和娼妓。

記者們發現牧場時已經有一萬人住宿營地了。

《監督者報》以幾分警示語氣報導泰瑞西塔正在宣揚「極爲自由派的觀點」。報紙引述她說的話：「政府做的每件事，在道德上都是錯的。」陸軍一名上校，名叫安東尼奧．林可，他把兩百名有男有女有兒童和犯人的雅基人帶上「民主號」炮艇，把他們丟進雅基河河口和圭亞瑪斯海港之間的海裡，這些人全數淹死。狄亞茲總統在墨西哥市的總統宮殿中首次在艾吉瑞的《艾爾巴索報》上看到這椿暴行。該篇文章的作者署名泰瑞西塔．伍瑞阿。

❋

當這群墨西哥記者抵達卡波拉時，他們很驚訝地看到這大片發臭的、起起伏伏、冒著煙的人海。他們是狄亞茲派來的，狄亞茲對於北邊雅基族的問題越來越緊張，對這個「聖女」、這個女性的政治宣傳作家、令人不安的事蹟也越聽越多。在他的命令下，他們已經到北部寫了一系列諷刺故事，關於這個狂熱鄉下人的「聖女貞德」以及那片沙地王國中她那些衣衫襤褸的嘍囉們。聽別人所言，他們本以爲會看到一座破爛農舍，周遭有赤裸野人揮舞長矛跳著。沒想到卡波拉是一處廣大的土地，白色的主屋聳立在泥磚圍牆後面。屋前有一道和屋子長度一樣的走廊，西邊過去是一座紅瓦屋頂的圓形禮拜堂，突出在主屋屋頂線之上。禮拜堂屋頂上是一個小小的木頭十字架。禮拜堂看起來像是人海中的一座小島燈塔。

這支隊伍的領隊是一位在墨西哥市有幾分名氣的政治作家，頭上沒半根頭髮。當布維度拉帶他去見湯瑪士先生時，他看到一個慌亂的男人，失魂落魄地衝過牧場。

「你們有何貴幹？」湯瑪士大聲問道。

「我們想要見聖人一面。」記者回答。

湯瑪士狠狠瞪了他一會兒。「這個牧場上沒有什麼該死的聖人！」

《公平報》記者日後引述他的話：

「我相信小女是聖人的那一天，就是她讓你那××的頭上長出頭髮的那一天！」

記者們被這樣迎接到卡波拉之後，就在人群中穿梭，而後站在門廊前，泰瑞西塔就在這裡會晤朝聖者。她問候他們，並且邀請他們走進去。之後幾小時，他們都在關起來的門後和她在一起。等他們文章寫出來，狄亞茲總統卻更驚慌了，因爲他們報導了幾樁在他們面前行的奇蹟，並且建議政府在竊取土地的問題上正視原住民權利，並處理目前在馬約河和雅基河河谷發生的種族屠殺問題。不過，這故事最教「族人」關心的部分，是關於那名禿頭記者的。在他離開牧場前，他去找湯瑪士。他沒有跟他說一句話，只是朝這位老闆低下頭，揉揉頭上出現的像桃子表面的細毛，哈哈笑了起來。

第四十五章

她在清晨的清冷中起來。泰瑞西塔再也不能出門到聖地去禱告或燒鼠尾草了，她只能望向窗外那一大群黑色起伏的人影，就像山巒在黑暗中朝著她家偷偷走來，躺在屋外呼吸。她會洗牙齒，因為用髒嘴去禱告，感覺是不對的。她在黑暗中跪下，點燃蠟燭，祈禱。她的祭壇上空蕩蕩——再也沒有聖像了。她在一個木頭十字架前跪著。葳拉的聖水杯在十字架右邊。左邊是這位老婦框在銀框裡的小圖片，她不是以聖女身分放在這裡，而是用來提醒所學的一切皆出自於她。在十字架的更右邊，在小杯蠟燭再過去一點的地方，立著「瓜達露佩聖母」，站在祂的月亮上，斗篷上還有玫瑰。泰瑞西塔沒有向祂祈禱，不過她倒喜歡向祂道早安。

這時是清晨四點。

禱告後——禱告很痛，因為膝蓋壓在石板地上很不好受——她吃力地站起來，走到面盆去梳洗。她不再喜歡長時間泡澡了，因為她怕女僕再偷洗澡水去賣。

她提著一盞油燈走到廚房，和廚娘們一起吃簡單的早餐。最近她越來越不喜歡吃肉，就連魚也讓她覺得像要中毒般。有時候她吃雞蛋——要不喜歡炒蛋配仙人掌和莎莎醬都很難。不過她大多數時候吃香蕉和雞湯麵。她喜歡沾咖啡吃小麵包，或許再吃幾片山羊乳酪和一碗煮芒果。番石榴、李子、木瓜是有就吃，還有霸王果、玉米餅配奶油。

六點鐘，她會向湯瑪士和蓋布瑞葉拉請安，並且常侍候他們吃早餐。然後她到湯瑪士的圖書室處理信件，希望能有一些她親愛的艾吉瑞叔叔寄給她的信。從她「開悟」以後，她就沒有時間閱讀文學作品了。她本來想要看西班牙文的馬克吐溫作品，那些調皮搗蛋的男孩子！那會多有意思呀！只是她似乎永遠沒有時間。她時常隨手打開一頁聖經，看看天主帶給她當天什麼訊息。祂給她的任意指示有時候很令人困惑——比方說《利未記》十四，上面命令人去殺一隻羔羊，把羊血塗在一個人的耳垂上，也塗在另一個人的大拇指上。什麼？天主？她沒讓湯瑪士知道這些神祕的內容。

天主透過《聖經》跟她說過話以後，她就走出屋子，問候群聚在門口的人。通常一天開始先是來祝福的人，和前來握她手或是奉上好東西的朝聖者。他們會帶給她禮物，例如一隻雞、一籃餅乾、一小尊異教神祇的石像、一個金塊、一件編織的披肩、一隻不停扭動身軀的粉紅小豬仔（她一向偏愛豬）、一頭驢子、用髒布包起來的五個披索、用緞帶綁成的一束束頭髮……獻給她做為換得天主賜福的供品、夭亡嬰兒生前的包裹布，因爲做母親的認爲這是她擁有的最珍貴物品。所有禮物泰瑞西塔都會收下，即使是太珍貴的也不例外。她知道給予是很重要的，如果她拒絕收下他們的禮物，她就是拒絕這些給予者。所以餅乾就給西根多吃。錢幣和金子就到了湯瑪士那裡：她不知道他如何處置，她也不想知道。

加斯提倫神父偶爾會在這些清晨出現在她的門廊。她知道他在監視她有沒有不軌和異端邪說。她倒沒讓他失望——當她開始出言攻擊神父時，他變得面紅耳赤，立刻在筆記本上草草寫字。

「對天主而言，」她在門廊上佈道，「宗教什麼也不是，沒有任何意義。因爲眞正的宗教通常不過是文字——沒有感情的文字。宗教是專注於事物表面的實務，它只影響了感官，卻無法觸及靈魂，也無法從靈魂發出。因爲這個原因，這些文字和實務就無法通向我們的天父。天父要我們的情感，我們的感覺。祂要求純粹的愛，而這種愛、這種感情，只能在無私實踐愛、善、服務當中才能找到。」

「和天父相比，我們一文不值。無疑地，我們嘴裡說出的甜言蜜語甚至進不到我們自己的心。它們要如何進到天主的耳中？如果我們連自己的鄰居都不愛，我們怎能期望愛天主？我們甚至連天主都看不見！烏雲遮住祂，讓我們看不見！」

就像新教徒會喊「哈利路亞」，「族人」高喊著「阿門」！

「讓我們做善事，」她勸誡眾人，「讓我們去愛。這是唯一的宗教。讓我們丟開仇恨，拾起愛心。是的，各位兄弟姊妹，行善是天主需要的唯一祈禱。工作吧！」

加斯提倫喊道，「那麼神職人員怎麼說？彌撒怎麼辦？」

「神父會愛人，是因爲他們奉令要去愛人。」

「你好大的膽子！」

「我用不著羅馬教廷告訴我怎麼去愛人。」

這天早上，湯瑪士邀請這位神父進屋裡喝咖啡、看近期的雜誌。

「噢，女兒。」被侮辱的神父氣沖沖地進入客廳時，湯瑪士用斥責的語氣對她說。

泰瑞西塔把一隻手伸向群眾。

「這些人，神父」她說，「才是眞正的教會。」

他往外看著那些乞丐、骯髒的下層百姓、垂死的、殘障的、瘋狂的；他看到馬賊和盜匪、妓女和綁在柱子上的白癡孩子、畸形人和罪犯；他看到印第安人和農人和從亞歷桑納來、不顧一切帶著生病孩子來的胖子們。再過去是騎在馬上觀望的軍人和鄉警。醉鬼跌到樹叢中。

「眞不錯。」他說。

他碰地一聲摔上門。

❋

九點鐘，治病和諮商就開始了。

圭亞瑪斯來的一個女孩子有出血的毛病。泰瑞西塔看到她子宮裡有一團悶光，像蘋果一樣大。她揉揉女孩的腹部，在她耳邊輕聲唸著「主禱文」。她們笑了起來。

盲人也來了。

「可是你的眼睛已經沒了。」她告訴這個男人。

「我想你可以給我一雙新眼睛。」

「你的眼睛被你丟在一道鐵絲網圍籬上了！」她說。

他垂下頭。

「那時候我喝醉了，又在黑暗中騎馬。」

「我很抱歉。」

「噢，好吧。」

一個男人手臂因爲被騾子踢而扭傷，無法轉動。

背上的舊槍傷。

肺結核。

憂傷。

需要祝福的孕婦。

人群多到湯瑪士還雇了助理安排人潮的流動。泰瑞西塔坐在門廊的一張廚房椅子上，助手一整個早上將那些求見若渴的人引向前。咳嗽咳出血、下痢、腿傷化膿、疼痛，更多的疼痛。不明的肚子痛、乳房腫塊、乳頭流出透明液體、爛牙齒、直腸出血。

「你需要看我那裡嗎？」男人問。

「不用，謝謝，」她回答，「你的描述很清楚。」

一個無法站立或說話的孩童。

用麻布袋包著的夭折嬰兒。

「這位媽媽，」泰瑞西塔說，「我沒有辦法讓她起死回生。」

「那你可不可以為她祈福？」

「我們一起為她祈福吧。」

她叫西根多和他的手下把這位母親和嬰兒帶到公墓，幫她把孩子埋了。到了午餐時間，她已經因為坐在硬椅子上跟所有朝聖者彎腰而屁股、膝蓋、後背都在痛。她痛苦地站起來，伸伸四肢，高舉雙手向著群眾，為他們祝福。

「我很快就會回來。」她說。

眾人鼓掌，還呼喊她的名字。有人把花拋到她腳下。幾個小時後，她再回來做更多的工作。

❋

有些晚上，泰瑞西塔痠痛得整個人癱軟無力。她的喉嚨又乾又渴，草莓汁一向能讓她開心——尤其是有草莓浮在果汁中的。

他們會談話或唱歌或讀東西給彼此聽，一直到九點鐘晚餐時。泰瑞西塔通常會坐在那裡聽父親翻報紙、抨擊時事。她的晚餐是水果，而她吃得很快。九點半以前她就上床了。她時常會驚訝地想起自己沒有禱告就上床，可是因為太累了，她也沒辦法再起來。

星期日，她都坐在院子裡欣賞花朵，然後上樓回到自己房間，打開墨水台、拿起筆。否則她只有在睡前才有時間，在一根蠟燭的燭光下瞇眼寫著，而她常常是頭趴在紙頁上就睡著了。星期一，會有一個牛仔把她的文章送到阿拉莫斯，寄往德克薩斯。

第四十六章

「山脈之虎」離開他們的托莫契克村，沿著「蜘蛛河」往西朝下走，河流往低處流出許多急湍和瀑布，然後轉向，離開這群人的路徑，彷彿下方的沙漠對水來說太熱、太極端，於是河流就避開了，躲到比較不那麼反覆無常的光線下。九名槍手組成的後衛在丘陵地帶等他們回返。這些人離開河流就開始急行。他們是帕比戈契族人，這一族部分是偉大的塔拉烏瑪拉的後代，而這些「虎軍」也像塔拉烏瑪拉人一樣，在打獵或打仗時可以跑上好幾百哩路，後背揹著黑色卡賓槍，槍口朝下，用繩子綁在身上。他們腰下還掛著大刀和長刀，還有皮水壺和一條毯子，需要舒適一點的人就會帶，好讓他們終於在星空下停止前進時可以睡在上面。他們的涼鞋是皮底，用打結的繩子綁在腳上，鞋底因爲浸在人糞中而變得柔軟，染上了色。和雅基人一樣，他們也是天主教徒，頸子上戴著粗製的十字架。他們沒人看過老虎，也沒有人知道「虎軍」這個詞因何而來，反正就是有了這個名字。

就像他們的名字一樣，他們無聲無息、殘忍無情、兇狠致命。雖然他們是不理會羅馬的天主教徒，但是和流浪的墨西哥神父們卻維持一種不安的停戰狀態，這些神父會在北部沒完沒了地巡迴舉行彌撒和各種儀式。「虎軍」仍然忠於一個早已死了的耶穌會修士，據說他會飛過高山隘口，還能走在高有一哩的尖石上，一小時之後就到了山下的另一個村子；這人據說在同一天同一個時間出現在納渥荷亞和托莫契克兩個地方。「虎軍」將這些故事當成宣揚的福音、當成基督的良藥。如果他們在「薩爾西普威」山谷裡看到救世主「聖嬰契皮托」，他們也會開槍把他打死。

「虎軍」是不理會平地人那一套的。這些托莫契克人有農夫、有銀礦礦工、有獵人、有商人，他們只聽一個人的話。這人是村裡挑選出的戰士，也是他們的神父和戰爭領袖。這個半巫醫半神父的人爲他們解釋經文、主持每天的宗教儀式，也為族人的大小事情諮商。他是訂立法律者，也是判官；是宗教領袖，也是戰爭首領，他指揮民兵。

他是克魯茲·查維茲。

他識字，每天一開始都為集會的眾人唸一段經文。女人蒙著頭，男人揹著長槍。每個男人都應該保衛他的家庭、教會、村莊，和他的農作物（依照這個順序）。托莫契克每個村民都可以隨意提出對於當日《聖經》金句的啓發感想或意見。

克魯茲隨身帶著《聖經》，裝在羊毛織成的背包裡。他是個正直的人，唯一的罪惡是抽手捲菸，不過在這裡菸草可不算是罪惡。他也是個力量強大的游擊隊戰士，天使說他是墨西哥最敬神的人。於是，很合理地，他就宣布他是「墨西哥共和國」的代理教宗，也因此他是所有墨西哥事務的決斷者。

他是個高個子，有結實寬厚的胸膛，留著濃密的黑鬍子，隨時帶著一把溫徹斯特連發來福槍。他在離開山區的一段時間裡學會讀書寫字，這段時間他認為是浪費了的，除了學習讀寫以外。他維持一小塊耕地種玉米，也為村莊獵鹿。他有三個孩子。他雖是西班牙人後裔，托莫契克村民倒不會因此排斥他。

克魯茲·查維茲雖然認為加斯提倫神父態度惡劣，但還是容忍他。由於不希望完全與加斯提倫疏遠，也討厭招致政府對他們腦袋的過多注意，他們邀請他擔任客座佈道神父。他欣然把握住這個機會，一站上講道台就威嚇、痛斥他們，有時候超過一個小時：說他們是孩童、他們必須遵從墨西哥市那些父親的命令、他們必須接受母堂的掌控。毫不驚人地，最初引起「虎軍」興趣的，正是他對泰瑞西塔慷慨激昂的抨擊，他說，一個異教的印第安混血兒，是偉大的狄亞茲將軍的瘋狂敵人、是好戰雅基人的同夥。

*

他們先是走出樹林、然後出了丘陵，來到可怕的索諾拉平原，他們決定快速前往卡波拉。克魯茲走在最前面，然後是他的槍手魯本。後面跟著並沒有因爲生病而放慢腳步的荷西．拉米雷茲，他的脖子長了個瘤而歪扭、泛紫。這個肉瘤原先已經長在頭底部好多年，雖然在他的村子裡沒人會盯著他看，但他們都說總有一天它會大到把他的頸骨撐斷、要了他的命。

印第安作戰小組曾經在村中教堂西邊、克魯茲設防的家中商議。他們安靜地到來，蹲在黑暗中抽著陶土菸斗或蘆葦菸斗，手握著槍枝或弓箭。到來的有拉拉慕里跑步人、有雅基族密探，還有一些奇里卡瓦人和梅斯卡雷洛人。皮馬族商人經過托莫契克村，接受他的邀請一起吃東西、談到這個新的「低地聖人」。

她治好了病人，他們說。她還宣揚「復興」，危險的復興——甚至戰爭。戰爭？他說，什麼樣的聖女還會宣揚戰爭啊？他們親耳聽到這個半尤力女孩，臉孔雖然甜美，骨子裡卻很堅強，告訴他們說是天主本人賜給了他們土地。

「你相信天主嗎？你相信正義嗎？」她問了他們。他喃喃說相信，是的，我相信天主、正義。「是嗎？因爲省長和軍人、神父和總統，他們都像蜘蛛一樣，趴到你們身上，喝你們子女的血！你們相信嗎？」

「你們相信天主把你們放到這塊土地上的嗎？天主把土地給了每個男人和女人！而這就是你們的土地！這塊土地是神聖的！你們相信嗎？」

是的！我們相信！

「這些八爪章魚用他們罪惡的觸手勒住了你們。貪婪！貪婪就是一個罪！沒有一個人，不管是白人或是紅人，可以搶走你們的土地！土地是得自天主的！只有天主才能把土地從你手上拿走！」

「告訴我！你們相不相信？」

他們呼喊她的名字。他們還跳舞。他們高舉雙手，然後跌在地上。

她笑了。

「這不算呼籲戰爭。」「墨西哥教宗」說。

「對我們來說就是。」他的手下說。

❋

他們跑了兩天的路。夜裡，他們背貼背睡在堅硬的地上，幾條腿重疊著，每個人用體溫讓彼此暖和。傳統上睡中間的人要每個晚上換，這樣子一行人的每個人都可以有一天晚上睡得暖和些，不過克魯茲和魯本決定在這趟任務中要一直讓荷西睡中間。

克魯茲要給這個聖女一個簡單的測試。她有可能治好荷西，也有可能治不好他。如果她治不好他，托莫契克就會譴責她是另一個騙子。

早晨他們蹲在地上，吃著腰包裡的鹿肉乾和莓子。每個人喝一口水，嘴裡還要放一顆小石頭，好刺激口水分泌。克魯茲指向西邊，踩著輕快的步子出發。其他人跟在後面。

克魯茲在中午以前就看到了旱谷，他們沿著谷地邊緣跑，發現艾吉瑞建的第一座水壩中，便停下來欣賞碧綠的水。他們才跑了三小時，現在還用不著喝水，不過光是看看水就讓人精神為之一振。堤岸上已經長出小小的柳樹和白楊樹了。

克魯茲一直跑到看到主屋，才放慢速度改為步行。

他們三人全把長槍拉到前面，胸口貼著武器往前走，隨時準備隱身到樹叢裡，射殺任何會威脅他們的人。

❋

他們在一個小小的營地前停下，看著在草床上有個身軀歪扭的小女孩。她的兩個膝蓋是凸出的骨頭塊，兩隻手像爪子一樣，往空中抓著。她用力扭頭注視他們，似乎在笑，不過那很可能是尖叫。

克魯茲跟她母親說話：

「大姊，你的孩子怎麼啦？」

「沒人知道呢，先生，」她說，「她一直就是這樣。這是天主的旨意。」

克魯茲看著他的同伴。

這回答很好。

他們贊同。

「天主，」他說，「如果這是祂的旨意，那你爲什麼要來這裡想要改變它？」

「也許祂的旨意是要現在治好她，」做母親的說，「榮耀歸於天主。」

克魯茲倚著他的長槍。

「你相信天主改變心意了嗎？」

「天主做祂做的事，」她在胸口劃十字，「我是不能懷疑的。我以一個孩子的身分來到天主之前，請求天父給予恩賜。」

他點點頭。草床上的女孩努力朝他伸出一隻手臂，他伸出一根指頭去碰她的手。她緊緊抓住他的手指。

「你好漂亮呀，」他對她說，「你嫁給我好嗎？」

她呲牙咧嘴大叫。

聲音聽起來像是：「喲！」

做母親的笑了。

「她說不要，說你對她來說又老又毛茸茸的。她在笑。」

克魯茲輕碰帽子向女孩致意，低頭對她微笑。

「她叫什麼名字？」他問。

「康齊妲。」

康齊妲拉動他的手指，發出聲音。他輕輕把手指從她手中抽出。他朝她霎霎眼，她用兩手蒙住嘴。

「她見了聖女沒有？」

「沒有，先生。還沒有。」

「爲什麼？」

女人伸出一隻手。

「朝聖者好多，」她說，「好多。」

一片牧豆樹如屏風般擋住主屋。

「如果這個聖女是眞的，」他說，「我們就把康齊妲抱過去看她。」

「多謝啦，先生。」她說。

「再會了，心愛的，」他對康齊妲說，「我們在一起會很快樂的。我現在帶著一顆破碎的心離開。」

「喲！」她說。

醜八怪！

他朝她母親點點頭，繼續往前走。他停下步子，走回來。

「你知道我是誰嗎？」他問。

她搖搖頭。

「我們從托莫契克來。」荷西說。

這話對她沒有任何意義。

「在馬德雷山脈。」

「啊！」

她害怕馬德雷山，那一處有巉岩、冰雪、阿帕契人、狼群的地方。她一陣冷顫。這些人一定就是戰士了。

「我是托莫契克的領導人，」克魯茲說，「我是克魯茲．查維茲，是『墨西哥教宗』。」

康齊妲尖聲地倒抽一口氣，又笑了起來。

「請保佑！」她母親低聲說。

克魯茲對她們劃十字、祝福她們。他把來福槍架上肩膀走開了。他的戰士們跟著，這些人是天主祝福過的，心平氣和，在天主創造的這一天中是神聖的，並且隨時準備開槍殺人。

❋

他們走到能看到大房子的地方，只見大房子在光線下閃閃發光。

朝聖者排在屋前，一直蜿蜒得好遠。處處是煙霧和灰塵。「虎軍」曲曲折折地穿過許多營地，低頭看著生病的、身體扭曲的、稍有年歲的和殘得厲害的。瞎眼的孩童。癱了的嬰兒。有些較小的營地裡還有用布從頭包到腳的屍首正被抬上篷車。還有小販在叫賣，販賣泰瑞西塔肩布的男人在四處走動。還有男人在販賣這個聖女和她小小的馬口鐵天使圖像。女人則賣塔可餅、黑繩編的小十字架、玉米、蒸餾的玉蜀黍啤酒。一個軍人撞到克魯茲，他把來福槍管抵住那人胸口說：「離開這裡。」

那人嚥了嚥口水，匆匆走開。

「這個，」克魯茲對一個賣東西的說，「這個像？」

「是聖女的像。一個披索。」

「一個披索！就一幅畫像？」

「是的，可是這個畫像可以擋子彈呢。」

他們繼續往前走。

克魯茲領著他們穿過人群。他推開旁人，一路走到許多等在門口的人前面，他們正要抗議，他低頭瞪了他們，他們就安靜了。等他在人群最前面站定位置，他們很快往後退，讓出空間來。他摘下帽子，蹲坐地上，把來福槍橫放在膝上。於是他就和其他人，生病的、好奇的、騙子和做母親的、失明的和垂死的人，一起等待她出現。

第四十七章

泰瑞西塔走出門，用一塊布擦拭兩手。

克魯茲看她走動，她的步履輕盈。他幾乎才看到門開，她就輕飄飄地出來了，她那身黑色衣裙似乎像從屋內更黑的空間中顯現般。然而當她停下步子，她似乎長了根，深入泥土，好像她正透過地殼把水抽上來，好像她是一棵細長的白楊樹，在風中閃耀。他很讚許。

「漂亮。」荷西說。

克魯茲點頭。他認爲對她長相表現太過關切是不對的，不過實在很難視若無睹。但他仍然警告荷西：「夠了吧！」

她的頭髮用髮夾固定盤起，臉上乾乾淨淨。她的身軀纖細，他看到她腮幫子旁邊有些細細的汗毛。

她對著群眾微笑，並且說：「我們該從哪裡開始呢？」

眾人喊叫她的名字，伸手要摸她，他們有的哭有的唱，還發出乞丐想引起路人注意時發出的那種低聲的嗚咽。克魯茲右邊一個女人抱著嬰兒的雙手往前伸。嬰兒用一塊粗布包著，流著鼻涕眼淚地咳著，兩隻腳踢著。女人把嬰兒遞向泰瑞西塔。像遞出一隻雞，克魯茲想。

「我看看他。」泰瑞西塔說。

她把嬰兒抱在懷裡，把蓋在他臉上的布掀開。嬰兒又咳起來，聲音粗嘎，感覺咳中帶血。

「肺病。」克魯茲對他的手下說。

「他是個天使，女士，」泰瑞西塔說，「可憐的孩子。」

「是的，我的聖女。是的，聖泰瑞莎。」

「他得了肺病。」

克魯茲朝手下點點頭。

「我不就說了嗎？我不就說了嗎？」他問他們。

他們拍拍他的背。

泰瑞西塔把一隻手伸到男孩上方。克魯茲看著她的手指在孩子身體上方比劃著奇怪的手勢，然後把手貼放在男嬰胸口。嬰兒停止咳嗽了，不過這能證明什麼？

泰瑞西塔向一名助手比了個手勢，然後在女孩耳邊低聲吩咐些事。女孩跑進屋裡，一會兒後拿了一包東西出來。

「用這些葉子做雪茄，」泰瑞西塔說，「再把煙吹到他臉上。」

「多久吹一次？」

「早晚各一次。」

女人親吻她的手。

「他會好起來。」她說，邊把嬰兒抱還給母親。

「謝謝你，聖人，」女人哭著說，一個膝蓋跪下，「謝謝你！」

泰瑞西塔臉紅了，她把女人拉起來。

「不，不，」她說，「你不可以謝我。這是上天的力量。」

之後，克魯茲就聽到她一再解釋說她不是聖人。她最愛說的話似乎是：我只是一個女人。

這也獲得他的認可。

一群擠擠嚷嚷的修女推擠往前。她對她們微笑，雙手握住她們的小手，對最年長的一個說：「請爲我祝福，嬷嬷。」

她單膝下跪，讓老修女把一隻手放在她頭上。然後她站起來，她們輕聲說笑，然後修女就離開了。

❀

觀察幾個小時後，克魯茲站起來。他的膝蓋發出「喀啦」的聲音。

「你呀，聖人。」他叫著。

「那會痛嗎？」她望著他的兩條腿問。他的手下小聲笑了，他瞪了他們一眼。

「你呀，」他又說了，因爲他不知道除此以外還要說什麼，「聖人。」

她把他從頭到腳打量了一下，她注視他的來福槍、注視他沾滿灰塵的平底涼鞋。

「你呀，戰士。」她說。

「我們從托莫契克來見你。」他說。

她笑著。

「托莫契克？眞的嗎？這麼遠的路？」

「你知道我們？」他說。

「每個人都知道托莫契克。」她回答。

這話讓他身子挺直了些。

「我倒不知道這件事。」他說。

她走近一些，注視他們。

「『山脈之虎』來見我呢。」

她咧嘴笑著，又舉起手臂，繃緊肌肉。「偉大的戰士，偉大的敬愛天主者。」泰瑞西塔邊笑邊鬆了手臂肌肉。

克魯茲舌頭像打了結般，她用灼熱的目光注視他雙眼。她在取笑他嗎？

「我是來測試你的。」他好不容易說了話。

她把兩個拳頭放在後腰上，坦率地盯著他。他不能領教她目光的大膽。「你要怎麼測試我呢，老虎？比賽射擊鐵罐嗎？還是賽馬？」她舉起兩個拳頭。「比拳頭？」

克魯茲張嘴說了聲：「呃。」

「如果你想跟我角力，」她提出警告，「我可以打敗你。」

「角力？」

荷西往前一步，他把柔軟的草帽從頭上摘下。

「他想說的是，聖人小姐、泰瑞西塔小姐，小姐，是我們村子希望你能做我們的聖人，我們的守護聖人，而他必須先看看你是不是眞正的……小姐。」他膽子大了起來，突然高聲喊道：「我是荷西！」

她朝他伸出一隻手，他接住了。她輕輕捏著他的手，他也捏回去，滿臉通紅。

「你看看這，荷西先生，」她說，「我的手有骨有肉。我是眞的。」

「是的，小姐。」他說。

「不過我不是聖人。」

「是的，小姐。」他說。

她放開他的手。

「別人說我是聖人，可是你看，親愛的荷西……和你一樣，我只是個僕人。」

「僕人，是的。」

「造物主的僕人。」她說。

他突然間嚇呆了，「卡波拉聖女」正在跟他說話呢！

這話引起人群中一陣宗教的交談。

「和族人的僕人。」她說。

泰瑞西塔走上門廊。

「不過我累了。你們只能明天測試我了，各位先生。」

「荷西，」荷西喊道，「拜託，叫我荷西就行了。」

克魯茲揚起眉毛看著這番對談。

泰瑞西塔笑了。

「也就是約瑟，和耶穌的父親同名。」她說。

荷西垂下頭，臉又紅了一些。

「嘿，」她嘆道，「你也長得和聖約瑟一個樣呢。」

「是嗎？」

「毫無疑問。」

她比個手勢，要他走近些。

「我們必須解決你脖子上那個瘤。」

他用一雙手遮掩。

「明天。」她答應。

她轉過身，但是在走進門內以前，她回頭看了看克魯茲。

「而你呢，老虎？你叫什麼名字？」

「克魯茲．查維茲！」他咆哮著說出，聲音大了點。他發現自己急著想引人注意，於是清清喉嚨，身體縮了一些。然後他告訴她：「我是『墨西哥教宗』。」

「哇！」她說。

她看了荷西一眼。

「他是不是有點瘋狂啊？」她說。

荷西笑了起來，卻被克魯茲狠狠瞪了一眼。

「不要緊的，」她說，「別人也說我很瘋狂呢。」

她伸伸兩條手臂，嘆口氣，打開門。進去以前，她說：「很高興認識你，克魯茲．查維茲。我們也該有個墨西哥教宗了！」

門用力關起來。

三名戰士站在那裡。

「她在笑我嗎？」克魯茲說。

另外兩個人都回答：「沒錯。」

❦

第二天早晨，他們等著她。她在八點鐘走出來，正吃著一個蘋果。

「聖約瑟。」她說，一邊把空著的手伸向荷西。

他連忙走到門廊上，她朝門比了比。他把帽子摘下，往門裡窺視，然後垂下頭，往回看看克魯茲和魯本，吃吃笑著就走了進去。

「閣下，」她對克魯茲說，「你可以坐在這裡。」

她朝門廊秋千指了指，秋千是用鐵鍊從門廊頂的椽木垂吊下來。

「我——」他才開口，但話還沒說完，她就已經走進屋裡，關上門。

克魯茲盡可能挺直了身站起來，走上她的門廊，坐在秋千上。秋千往後搖晃，他一躍而起。他從沒看過秋千。於是他命令魯本坐上去，看著他前後盪著。克魯茲用一隻腳停住秋千，坐在槍手旁邊。他用來福槍的槍托讓他們前後擺盪。魯本臉轉向他，露出微笑。克魯茲依然克制著，他幾乎沒睡什麼覺。他的心思隨著泰瑞西塔起起落落。她的眼睛，她的聲音，那雙輕柔比劃的手。好容易他睡著了，他夢到他倆在托莫契克的河裡釣鱒魚。他釣到好大的魚，而她對他無比佩服。

不久後，湯瑪士出現在門廊上。他眺望著人群搖搖頭，而後轉身對著在他秋千上的兩個人說：「你是什麼人？」

克魯茲站起來，兩個拳頭抓緊他那把直立的來福槍。

「我是『墨西哥教宗』。」他說。

湯瑪士張口結舌看著他。

「耶穌基督！」他說，「又一個瘋子！」

他衝下門廊，急匆匆走開，一路推開兩旁的朝聖者。

克魯茲坐回去，繼續盪秋千。

「他有什麼毛病啊？」他說。

❋

前門規律地打開，她的助手會出來讓一兩個孩子進去，但她沒有出現。

克魯茲打開他的《聖經》默默唸著，魯本打起鼾來。蒼蠅飛來，在他們臉上徘徊一會兒又飛走。這是另一天了。炎熱。乾燥。到處都是看不見的動作。風車幾乎文風不動，但還是發出吱嘎吱嘎的尖銳聲音。朝聖者漸漸睡去。吱嘎。吱嘎。一匹馬移動身體，馬蹄發出喀達聲。蜜蜂在所有人上方來來回回，嗅著眾人上升的氣味。

克魯茲昏昏沉沉睡著了。在他的夢中，泰瑞西塔全身是血，「救我！」她喊叫著。當他醒來時，他身體一震，站了起來。荷西站在他面前，緊抓住他的來福槍。

「出了什麼事？」克魯茲問。

「她摸了我。」荷西親切地低頭看他，既然他要成爲新的聖約瑟，他相信他的表情必然反映出某種神聖光暈。「她摸了我以後，就去治一個耳聾的男孩。那是最最神奇的景象了，克魯茲兄弟。她把他摟在懷裡，小聲跟他說話。我承認，對一個耳朵聽不見的人說悄悄話，看起來是有些怪。可是那個孩子突然間笑了，他們對一個笑話笑了。」他聳聳肩，「我不知道她說了什麼，不過男孩的父親跪下來讚美天主。他立刻就知道男孩可以聽見了。」

「阿門。」魯本說，他只是爲了要加一點話。

「然後呢？」克魯茲追問。

「餅乾。」

「餅乾！」

「餅乾和咖啡。」

荷西用一種聖人般的神情笑著。

「男孩子喝牛奶。我們喝咖啡，還加蜂蜜！」

克魯茲把這些報告內容思索了一下。

荷西脖子上繫了一條藍色方巾。

「給我看看你的肉瘤。」克魯茲說。

但是方巾還沒有摘下，泰瑞西塔已經站在他們面前了。她朝克魯茲屈膝鞠躬。

「閣下好。」她說。

魯本竊笑。

克魯茲轉身面對他，狠狠瞪了他一眼。

泰瑞西塔看著魯本說：「你。你叫什麼名字？」

「魯本。」

「你是個戰士。」

「是的。」

「你是兇手嗎？」

「什麼？」他說。

「你殺人嗎，魯本？你會殺人嗎？」

魯本抓了來福槍，一躍而下門廊，跑走了。

「你讓我的手下很不安。」克魯茲告訴她。

泰瑞西塔坐在秋千上。

「克魯茲．查維茲，」她說，「我現在已經準備好接受測試了。要不要我去拿紙筆呢？」

荷西對他咧嘴一笑。

「荷西，」他說，「走開。」

「我去找魯本。」「聖約瑟」說。

於是就只剩他倆單獨在一起了——如果被家人和僕人從窗戶往外看可以算是單獨的話、如果在他們面前有一萬隻眼睛盯著他們的一舉一動也算一種私密的話。

他用眼角打量她。陽光照亮泰瑞西塔的頭髮，使她的頭髮看起來像是小小的閃電。她聞起來有玫瑰的味道。她拍拍身旁的坐位，他就坐下來。他們輕輕盪著秋千。乞丐們和殘障者的騷亂已淡成一種穩定的嗡嗡聲，他幾乎聽不見了。他清清喉嚨，但他又沒什麼話要說。一個小男孩跑到她跟前，送給她一束苜蓿花。她擁抱他，他又跑回人群中。

「你會釣魚嗎？」他脫口而出。

「什麼？」

「沒事。」

他們盪著秋千，周圍的嘈雜聲音像被棉花塞住消了音。一些金屬東西在陽光下反射出亮光，每樣東西似乎都像隔著一座廣袤的山谷。探查牆上忍冬花蔓藤的蜜蜂，聲音比「族人」的說話聲還大。

她說：「我眞的相信，先生，這是我接受過最容易的測試了。」

他清清喉嚨。

「別擔心，」他向她保證，「到目前爲止，你表現得很好。」

一個酒鬼拍拍她的頭，送她一個芒果，她收下了。

「你怎能忍受這些？」克魯茲問。

「什麼？」

「這些。」他朝面前那些成排的臉孔舉起手。

「這是我的工作，」她說，「他們讓你緊張嗎？」

「非常，」他說，「人太多了。」

「我猜托莫契克的朝聖者不多。」

他吁了一口氣。

「四百，」他說，「五百人住在那裡。朝聖者？也許一次有十個、二十個吧。」

「有沒有很多人請你提供意見？」她問。

「幾個。」他眼光看向別處。「不多。」他用槍托敲著地板。「不像這裡。」

「噢。是啊，這裡。」

她嘆口氣。

「這裡有九千、一萬人吧。我從來沒有想過，克魯茲．查維茲，不過我也從來沒看過任何地方有這麼多人的。」她望著人群，「這眞是挺有趣的。」

「我看過這麼多人，」他說，「在圭亞瑪斯。但不喜歡，所以回到山裡。」

他看看她，咧嘴笑著。她露出微笑。

「我也不怎麼喜歡。」她說。

他們又搖著秋千。

「來點檸檬汁吧，查維茲先生？」她問。

「不用。」

「好。」

「可是，」他說，「你怎能忍受這些，這些群眾？你怎能睡覺？吃東西？這麼些病人在呼喚你。」

「膽敢拯救人的，先生，能得到一個十字架。」

他聽過這句話。

「你不是來這裡救人的？」

「我到這裡是要服務人的。不過我在這裡也是爲了過活。我把我的工作奉獻給天主，所以我一天的工作做完就停下來。」

「有人可能會死掉。」他表示異議。

「我就死過，我將來還會死。」

他注視她片刻。

「要是有人在你睡覺的時候死了呢？」

「那麼他就是註定要死掉了。我只能做我做得到的事，想要做到能力以外的事，那是騙人的。騙人比什麼都不做還要糟。」

「這是天主的旨意嗎？」他說。

「天主？」泰瑞西塔嘆氣，「對你而言，天主是一個觀念，但對我卻不是。你必須記住一點，偉大的『老虎』，我和你不一樣，我見過天主呢。」

他用來福槍抵著地面搖秋千。

「天主長什麼樣？」他問。

她轉向他，微微一笑。

「祂不像你那麼嚴肅。」

他點點頭。

「噢。」他說。

「天主也沒有拿槍。」她說。

他們笑了起來。

「克魯茲．查維茲。」

她用手肘推了推他，他沒有感覺到任何電流或是神奇的力量。

「一百年以後，族人想到你時會說：『他好嚴肅。』」

他皺起眉頭。

「這是預言嗎？」他問。

她搖搖頭，然後一拳打在他手臂上。

「我要去喝點檸檬汁，」她說，「我會給你一些。不用擔心，你不一定要喝掉。」

她跳起來，回到屋裡。她一起身，人群的聲音也隨之揚起，浮上高空的是她的名字，眾人哭喊、哀求、乞求。她輕輕把門在身後關上，彷彿希望不要侮辱到他們。

＊

克魯茲把外表滴著水珠的玻璃杯放到門廊木板地上。

「你認爲我們在這個世間的工作是什麼？」他問。

「愛天主、愛彼此。協調，服務，」她用一根手指戳戳他，「還有歡樂！」

「歡樂。」他說。他瞇起眼望著遠方，說道：「你看到外頭那些武裝騎士嗎？你知道什麼事讓他們歡樂嗎？殺人、取頭皮。這才是讓他們開心的事。你知道當他們放火燒村莊或射殺男人、擄走女人的時候，他們總是在笑嗎？那些人殺我們族人時的笑聲之多，你從沒聽過。」

她交叉起兩條手臂。

「我聽過那種笑聲。」

「你沒有。」

你不知道我，她心想。但是葳拉教她教得好：男人都會裝模作樣，自以爲是，聰明女人就隨他們去吧。

「他們用刀子刺嬰兒，」他說，「他們笑。他們砍下女人的頭，他們也笑。這是他們的樂事。」

「噢。」她說。

她喝著檸檬汁，轉身對著他。

「我會考慮採用一種悲苦的神學理論，」她說，「以表示對你的敬意。」

他並不想讓話聽起來這麼殘忍，他覺得自己這麼對一個纖細的女孩子說話簡直像白癡。他猜著她是否知道他正在聞她的氣味。

「這麼說來，」他說，「你今天已經工作完畢了。」他手揮向朝聖者。

「今天是完了。即使是耶穌也要吃晚餐，即使是耶穌也要睡覺。耶穌可能還要，我不是故意要惹你不高興，『老虎』，耶穌也要洗澡和上廁所。」

克魯茲的確倒抽了一口氣。他心中從沒出現過耶穌和門徒在路邊樹叢中撒尿等令人不快的畫面，他從沒想像過上主小便的模樣，一次也沒有。這個女孩眞大膽，他很肯定這一點。也許是個異教徒吧。

「我會去吃晚餐，」她說，「我也會上床睡覺。我很累，沒辦法做到不可能的事。」

「天主可以做到不可能的事。」他聲明。

「眞的嗎？」她說，「那祂爲什麼不把這些受苦的人治好，現在就治好？」

「我不知道。」

「你告訴我哪樣比較糟，查維茲教宗，是天主無法治好所有人，還是天主不願意治好他們？」

克魯茲沉默不語。他沒有答案，他只能提出問題。

「這個，」她說，「就是我的信念。」

他聳聳肩。

「你應該知道答案，」她說，「你應該知道你眞正把天主想成什麼樣。」

她從座位上站起來。

「然後，」她繼續說，「你就應該決定爲什麼墨西哥總統不幫助這些人。」

她一口氣喝完杯中果汁，把杯子放在木板地上，伸出一隻手。

「決定你在這件事情上的立場。」

他握住她的手。她的手勁乾脆而堅定，但是很柔軟。他克制自己用大拇指去摸她指關節的衝動。

「天主喜歡工具，」她說，「你我都是天主的工具。我們生鏽不起，斷裂不起。你明白嗎？」

她很快靠過來，親吻他長著灰白鬍鬚的臉頰。

「晚安，」她輕聲說，「教宗。」

第四十八章

（寄自索諾拉，卡波拉，該死的瘋人院）

艾吉瑞，你這膽小的混帳傢伙！

艾吉瑞，在得雅斯害怕得發抖！

該死的艾吉瑞，我親愛的朋友兼良師！

啊，渾球，真希望你能看到這裡的瘋狂！這裡完全失去理智了。不知怎地，我用我那了不起及傳奇的生育能力生下了『女基督』。我的耶穌基督呀！啊，基督……

你這個近視的空想家，你有沒有注意到我們有多少詞是用來稱「傻瓜」的？白癡、智障、單純、笨蛋、低能……有一百萬個。但是有什麼詞是用來形容宗教狂熱的？我絕不會說是「神聖」，老兄，因為我不能說我女兒是「神聖的」。可是這些傻瓜等等卻只能想到一個詞來說明泰瑞西塔的瘋狂行為，而就是這個封號：「聖女」！

聖女！

噢，多好笑啊！我的私生女是個聖人。然後還怎麼樣？他們會不會把我看成「摩西」呢？我會讓柯提斯海水分開，一路走到下加利福尼亞嗎？嘿，這樣想想，也許還不壞。我們可以去開個金礦！

嘿！注意我說的話！

聖泰瑞莎現在正在宣揚奇怪的反政府和反教會的道理。就算不是那麼教人驚駭，也是很可悲的。出於審慎，我必須在信紙上將她的言論略過不提。你可以隨意推斷。

容我在此刻感謝你，你這個愚蠢的屎塊，用你那德克薩斯包魚肉的小報掀起這新的瘋狂浪潮！有誰告訴過你，讓泰瑞西塔寫那些關於雅基人的長篇大論來危及我們所有人，是件聰明的事？呃？混帳艾吉瑞。

噢，我很快就得走了。

「朝聖者」（哈哈哈）已經毀了兩片玉米田、殺死了七頭牛，舊的屋外廁所也被他們弄得糞水都流出來了。這些神聖的屎尿可是淹到整個營地上！

也許這是你那些聖經中的一項瘟疫吧？埃及下了一場大便雨。

我們全都想念你，我希望你安好。（請注意，我沒說「我祈求……」呢！）

你疲倦且幾近瘋狂的朋友
湯瑪士上

✻

（寄自得雅斯，艾爾帕索　同年稍晚）

我親愛的聖湯瑪士，又稱「懷疑者」：

你這個異教徒狗、低級的牧場主人、笨鄉巴佬！

我從艾爾巴索這個氣派大都會向你問候。你想像不到這座優質城市裡那些高雅的樂事：牛隻的臭味、強風中蹣跚走在骯髒街道上、在一陣飢渴造成的暈眩中幾乎要倒下的高貴馬匹排出的糞便、斜眼看人、菸草渣吐在每一根柱子上、每個角落、每根樹幹和每條流浪狗身上的那些弓形腿德州佬。我的好朋友呀，槍手們匡啷匡啷走在城裡的木頭人行道上，細瘦屁股上掛著六發手槍的警長會瞄遊盪者：拿著陽傘的淑女們看到墨西哥人就把臉轉開！艾爾巴索！昨天就有幾個惡毒的笨蛋用石頭痛打一個非法受雇的中國人。美國人對於中國人不請而入他們內陸非常生氣。啊，可是鐵路必須建下去。工業將會助長下一次的美國革命，就如同土地改革和原住民權利將會助長我們自己的革命一樣。

我懇求你，我心愛的朋友，一定要在那沉悶的沙漠荒地中活下去！對反叛伸出援手！因為政權一定會被推翻！高貴的阿帕契人！兇猛的雅基人！憤怒的帕哥人和愛好和平的皮馬人和受壓迫的混血農人們都將起來！狄亞茲下台。你必然是同意的。

泰瑞西塔、泰瑞西塔的現象，我們在遠方都很留意。在她身上藏有希望，我的兄弟。在她身上藏有解放所有墨西哥人的火苗：反叛！

對了，今天我吃了一種來自義大利、最最有趣的萊姆冰。你來這裡時我會請你吃。

忠誠而一心抗暴的勞洛・A

❀

艾吉瑞：

你是瘋了嗎？你有沒有考慮過，如果政府攔下你的信，我們這裡會發生什麼事？如果政府檢查了的話？你們這些革命份子一點意識都沒有。別做笨蛋吧！有點節制。情況已經夠糟了。如果她被吊在樹上，你會想要對這位聖女唱讚美詩嗎？或者這正是你的願望？要我們全為了「你的」理想被殺死？冷靜點，勞洛。拜託了。

憤怒的湯

❀

我親愛的湯瑪士：

玩笑歸玩笑。情勢正在轉變，你沒有感覺到嗎？全世界各地，人民團結起來奮戰。任何恐懼、疑慮、怯懦都無法遏阻。不要害怕改變，我的朋友。萬一我們全都犧牲了，那也是為了更偉大、更美好一天的到來。我了解你。我了解你的折磨。當你像現在這樣陷入你的恐懼和懷疑中時，你就像是被催眠了般。你除了自己以外，完全看不到外頭一切，我的兄弟。就好像你永遠盯著一面鏡子走在路上，你朝著自己走去，對外界視而不見。要有信心。

勞・艾

信心。艾吉瑞你這個傻瓜。樹上吊著的唯一水果會是姓伍瑞阿的人。你要在德克薩斯吃義大利冰而把我們全害死。虛偽。

✻

第四十九章

夜幕降下平原，紅黃的火光跳動搖曳，一群群的人似乎也隨之起舞。克魯茲找不到魯本，也找不到「聖約瑟」。他們不在營地外面各種吉他和龍舌蘭酒派對上；他們不在那些瘋狂的新教徒喊著「哈利路亞」的巡迴傳道者營地；軍人、塔可餅推車，或是挨擠著喃喃說話的家庭團體附近，也看不到到他們。他找了一個多小時，等到夜色終於完全將他籠罩，他才往回走到那個歪扭身體的孩子康齊妲的營地。她正在睡覺，還打著鼾。

他向她母親鞠了個躬，說：「女士，我可以睡在這裡嗎？」

「當然可以，」她說，「跟我們一起住吧。」

他還沒把毯子鋪開，她已經盛了一盤滿是豆子和碎牛肉的食物給他。她放了三塊玉米餅在食物上，把餐盤推給他。他想要從口袋裡找出銅板付錢，但她卻搖搖頭。在她的炭火光亮下，她看起來又變年輕了。他用玉米餅一角舀起食物，看看沉睡的康齊妲，感覺自己幾乎要落淚了，不過那只是一種感覺，待這陣感覺不久後消失，他才伸伸懶腰，嘆了口氣。

泰瑞西塔睡不著，她在床上翻來覆去、嘆氣、坐起來、躺回去。她起床，在房裡踱步。然後伸手去摘那些從屋椽上倒吊下來的乾燥藥草硬脆枝葉，在手裡捏碎，吸進那濃烈的氣味。她走到屋角，把手舀進洗臉盆，把臉沉入水中，抓洗臉頰，又左右甩頭，把水濺灑了一屋子。

❋

克魯茲睡不著，他坐起來，把毯子下面的小石頭撥開，重新躺下。他翻過身，想要趴著睡，卻又跳起來，把毯子抖開，再躺下去。

他起身，悄悄走進樹叢裡撒了尿，再走回小小的營地，給將要熄的營火添加木柴。康齊妲睡夢中踢開毯子，他把它拉上來再蓋住她。

他從口袋裡掏出一枚五披索銅板，放在營火旁邊一塊平坦的石頭上，收拾自己的東西就走了。

❋

守衛共有兩個人，在主屋四周巡視，每人都拿著一把溫徹斯特手槍。克魯茲觀察他們的巡邏，他們會在門廊前交會再走到屋子的兩頭，然後出了視線，繞到屋子後面去。

他把來福槍放在地上，手裡抓著一把小石頭衝到門廊台階，先是朝著窗板丟了一顆，然後又一顆，接著一把丟了大概有二十顆。

一個粗嘎的聲音說了：「你在做什麼？」

克魯茲一轉身，西根多正用他的來福槍指著他。

「我在丟石頭。」他說。

「爲什麼？」

「我們需要談談。」

「你也許需要談談，」西根多說，「不過她可需要睡眠。」

「我是『墨西哥教宗』。」

「我還是『西班牙國主』哩。」

「是誰呀？」她往下喊。

泰瑞西塔的窗板砰地一聲在他們頭頂上打開了。

「是我，西根多。有個白癡想要叫醒你。回去睡吧。」

「哪個白癡？」她喊回來。

「是我，克魯茲。」克魯茲說。

「噢，那個白癡！」她說。

克魯茲皺起眉頭。

「留住他，西根多！」她叫道，「我下來。」

西根多用槍機把一發子彈頂進槍膛，他對克魯茲微微一笑。

「如果我手上有我的來福槍，」克魯茲說，「你就笑不出來了。」

「可是你就沒有啊。」西根多回答。

「我可以把你像條鯰魚一樣油炸了。」克魯茲說。

「我可以煮你的蛋蛋。」

「我可以拉屎在你鞋裡。」

「我可以用皮鞭把你像狗一樣抽打。」

泰瑞西塔從門裡走出來。

「你們在說什麼？」她問。

「沒事。」克魯茲含糊不清地說。

「沒事。」西根多喃喃說道。

她雙手一叉。

「你們兩位。」她說。

「我叫醒你爸爸好嗎？」西根多問。

「我會處理。」她說。

她把他的來福槍管推開。

「我有犯人的監護權。」她用吟唱的聲調說。

西根多瞪眼看她，克魯茲也一樣。西根多搖搖頭，他很清楚，絕不要跟這些騾子脾氣的伍瑞阿家人爭論，尤其這一位。

「我會就近待著。」他說。

「好的，」她回答，「他可能很危險哦。」她咧嘴而笑。

「下回，」西根多說。

「帶你朋友來。」

「你也帶朋友來。」

「你會需要他們。」

「我媽媽就能修理你了。」

「男孩們！」她又說了一遍。

「帶你媽媽來呀，」西根多說，「假如你能把她從穀倉弄出來的話。」

「你們不要這樣好嗎？」

兩個男人互相瞪著。西根多用一根手指頭點著眼睛。我會注意你的。他退回門廊的另一頭，克魯茲拿回他的來福槍。

「我可以開槍打死他。」克魯茲說。

「克魯茲．查維茲，」她厲聲說，「你客氣一點！」

「對不起。」

他用腳趾磨著走廊的地板。

蟋蟀、蟬、牛隻、土狼、靴底聲、鼾聲。

「你爲什麼這麼晚來吵我？」

「我睡不著。」他說。

「而你認爲因爲你醒著，我就應該要倒楣？」

「對不起。」

她抓住他手臂。他嚇了一跳。

「跟我來，」她說，「到禮拜堂。」

「就我一個人？」他脫口而出，不過她已經把他拉下台階，繞過屋角。

❋

禮拜堂是圓形的，用白色泥磚建造而成。門口鑲著藍邊，牆壁厚實而粗糙。不管白天熱成什麼樣子，禮拜堂都要涼快許多。

她推開禮拜堂的門，比手勢要他先進去。他摘下帽子跨進門內。室內很小，放了大約九條長椅，地面是紅色陶磚。牆面是彎曲的，所以沒有屋角可言。

正對門口的盡頭處，一個深色的木十字架掛在一座小祭壇上方。他認出祭壇上放的一個異教徒的玻璃水杯。這還眞是十足的墨西哥風味呢，他心想。香、燭，安在牆上的油燈淌著蠟油。一切都很平靜。

「我喜歡這裡。」他說。

「謝謝。」

她坐在第一排長椅上，雙手握著放在大腿上。

「你不遮住頭嗎？」他說。

「不遮。」

「可是這裡是天主的屋子。」他說。

「整個地球都是天主的屋子，」她答道，「這裡是我的屋子。天主到這裡來看我。」

他放下來福槍，在長椅另一頭坐下。

「你的生活很辛苦。」他說。

「喔？」

「你很寂寞。」

「寂寞……」她喃喃說著。

「每個人都來這裡看你，」他說，「但是沒有人陪你。」

「是的，」她小心地說，「我想過這些。」

他把兩手放在膝蓋上搓。她把兩手放在她的大腿上。

「這種命運非我能選擇，」她說，「不過我也不會迴避。」她笑了。「不過我倒不介意偶爾去參加一次舞會。」

「我不跳舞。」他說。

「因爲你是教宗嗎？」她問。

「因爲我跳起舞來像隻驢子！」

他倆都笑了。

屋外，西根多隔著門偷聽，皺起眉頭。

「你是怎麼做的？」他問。

「你是說治病？」

「是的。」

「我並沒有治病……那是透過我治的。」她抬頭看著，把手攤開在面前。「那種感覺像是水，或是某種……金色的東西。它會來到，我可以感覺到，它是從上面來到我身上。它會通過我，穿過我的頭和我的心，從我雙手出去。」她把手指彎成鬆鬆的拳頭，兩手垂在身體兩側。「天主才是治病的人，」她說，「不是我。」

「總是這樣嗎？」他說，「情形總是這樣嗎？」

她身體在座位上挪了挪，然後她清清喉嚨。

「不見得。」

「不是全都從天主而來嗎？」他詫異地問道。

「全都是從天主而來的，」她回答，「每樣東西都來自天主。不過有時候……我不知道。」

她把臉別過去。

「告訴我，泰瑞西塔。拜託。」

「有時候，我可以跟它們說話，」她搜尋適當的字眼，「我可以用我的聲音去安撫它們！有時候……那是我。」

他點點頭。

「那像是什麼感覺？」他問。

她露出微笑。

「像是戀愛了一樣。」

他臉紅了，盯著自己雙手。她拍拍頭髮，幾絡頭髮從她腦後的髮髻中散出，在橘色蠟燭光中框住了她的臉。

「你愛他們，」她說，「你對他們感到一種柔情，你心中有一種無法忍受的溫柔。你感覺肚子裡有一陣刺痛，你想哭。你想要親吻他們，但是你知道你不能。」

「爲什麼不能？」

「噢，克魯茲！我父親永遠不會容許這種事的！」她兩手掩口笑了起來。「你能想像湯瑪士・伍瑞阿准我親吻朝聖者嗎？噢，天哪！」

克魯茲微笑。

「或是和他們跳舞。」他說。

她又笑了。

「你能想像嗎？」她叫道，「你能想像我和一個朝聖者跳華爾滋嗎？」

他搖搖頭。

「有時候，」她說，「我並沒有眞的摸到他們。我可以看到圍繞他們的顏色，和從身體發出的光。有時候光會被擋住，你明白嗎？不明白？我想想看。就好像身體是根蠟燭。」

她牽著他的手，帶他到奉獻蠟燭旁。

「燭火可以說是靈魂，但是你看到蠟燭發著光的樣子嗎？燃燒的火焰透過燭身會投下光亮。看到了嗎？」

他看著蠟燭……它們的蠟身在火焰之下發著亮光，紅通通的，像是裡面有血液般。

「懂了。」他說。

「蠟燭上的油灰，」她把一根蠟燭邊邊的黑灰擦去，「會擋住光。疾病也會。你明白了嗎？生病會造成……一個黑影。我會看到黑影。」

她回到座位上。

他那隻被她握過的手感覺到溫熱，他把手放在長褲上揉著。

「我有時候可以摸到黑影。」她說。

他走到長椅前，坐在她後面。

他們近到可以聞到彼此的氣味。

「我可以摸摸你嗎？」他問。

她沉默許久。

「給你祝福。」

「通常是我給人祝福的。」

「不過現在我在這裡。我可以嗎？」

「可以。」

他一隻手貼在她背上，另一隻手按著她的頭。

「祝福你，泰瑞西塔。」

然後他把額頭貼著她的背脊，他閉起眼睛。

「有時候，」她喃喃說道，「我把他們的疼痛帶進我身體裡。我把他們的痛苦引入我身體，然後天主就治好我的病痛。這是非常困難的，會讓我非常疲累。這是信仰最極端的考驗。」

他把臉貼在她背上，嗅著她的氣味。

❋

克魯茲從長椅上醒來時，她已經走了。

現在是早晨了，燒菜、餵食的喧鬧和撞擊聲充塞空氣中，今天是「虎軍」預定返回托莫契克的日子。克魯茲起身，向十字架屈膝、劃十字，拿回帽子和來福槍，走到室外的白天中。刺眼的陽光使他眨著眼，他一路推開眾人。

泰瑞西塔已經在走廊上對一小群人說話。克魯茲發現魯本和「聖約瑟」站在台階附近。西根多瞪他一眼，靠著欄杆吐了口口水。

「你們到哪裡去了？」克魯茲問他手下。

「睡覺。」魯本說。

「聖約瑟」朝他微笑。

「我經歷了一個奇蹟。」他說。

「喔？」

克魯茲已經忘記荷西頸子上的瘤了。

「給他看。」魯本說。

荷西把脖子上的方巾拉下來，並且說，「看。」

克魯茲把眼光從泰瑞西塔身上移開，盯著他的脖子瞧。那橢圓形的紫色肉瘤不見了，在荷西後頸上原來長肉瘤的地方仍然留有一長片肉褶。荷西笑著。克魯茲抽了口氣，把手指放在這個老傢伙脖子上，他脖子很燙，像隻蜥蜴般有鱗狀表面，但是肉瘤已經不見了。

「不見了！」「聖約瑟」笑著。

克魯茲瞪著泰瑞西塔。她抬起頭，朝他微笑。

「天主之女。」他說。

第五十章

字條放在門廊秋千上，用一塊最近才從小廣場拆走的小白石頭壓住。

寫信人：我，自由墨西哥教宗、克魯茲．查維茲神父、托莫契克領袖、「山脈之虎」隊長

收信人：你，天主之女、泰瑞西塔．伍瑞阿，也稱「卡波拉聖女」，不過我喜歡「泰瑞西塔」這個名字。我親愛的聖女。不對，你不喜歡被人叫做聖女，為這一點願天主保佑你！《聖經》裡不是已經寫過我們肯相信的人全都是基督中的聖女嗎？阿門！

親愛的泰瑞西塔：

我可以叫你泰瑞西塔嗎？説實在的，我喜歡叫你泰瑞西塔。好嗎？

泰瑞西塔！是我啦，克魯茲。

天主指示我，要我通知你已經通過了我們給你的測試。我這樣説對嗎？原諒我拼字拙劣，不過已經盡力了。阿門。

荷西被你的手治好了，是聖神治好的！讚美聖神！阿門。我們必須回去了。阿門。

你不喜歡這個封號，不過我們把你與我們的聖女和守護天使並列。托莫契克人將永遠是你個人的信眾。

我們等待你來到我們山區，傳布你的福音。

在那天到達之前，我們會為你祈禱。我們會點蠟燭向你致意。

以所有神聖女之名，

我們會殺掉任何與你作對的人。

阿門又阿門。

信仰天主

克魯茲・查維茲

*

寫信給我！

這封信是我請信差送到的！

我親愛的教宗大人：

今天我被迫讓一個人死去。讓人很難過（也許你還記得我們的談話。我是記得的）！他的兒子們把他用草蓆抬來。他很老，又很虛弱。他的內臟全被癌症掏空了。

他們哭著要我救他們的父親。我跪在老人旁邊，握住他的手。「我無法救你，」我告訴他。「我一定會死嗎？」他問。「你一定會。」那些兒子們開始大吼大叫，說我是騙人的，是個魔鬼。說我沒有力量。我想要他們安靜下來。我告訴他們：「我從來就沒有力量，我唯一擁有的力量是你們自己的力量。天主有力量，我們來到這裡是為了要服務。」不過他們對我很生氣。

克魯茲！太多人生我的氣了！我從來不喜歡被別人叫罵，你知道。我阿姨從前都對我大吼大叫，罵我難聽的話。哎！如果每個人都喜歡我，那會好多了。你也這麼覺得嗎？噢，你這頭大「老虎」——你才不在乎別人喜不喜歡你的，對吧？這麼兇猛！

我小聲對老人説話，我告訴他我們兩人都知道的事（天堂和天主）。結果是他讓兒子們安靜了的，你相信嗎？他把他們叫到跟前，説：「不要吼叫，孩子們，不要生氣。她已經給我最好的禮物了，比治好都還要好的。她給了我平靜，她給了我善終，我不害怕了。」

他們把他抬走了。

過了這樣的一天，我的心都會很痛。

看到你們這些「老虎」走了，我很難過。不過我珍惜你的信。

你的朋友，泰瑞西塔

「非」卡波拉聖女

附筆：不要行暴力，不要殺人。

第五十一章

湯瑪士睡不著。即使在迷人的蓋布瑞葉拉用性感的溫柔芳香淹沒他，夜半纏綿的晚上，事後他也都睜眼躺在那裡。他可以感覺到牆外那些身體的擁擠：人群的怪聲、咳嗽和拖著腳的走路聲，叫喊和打嗝。許多個肚子和鼻子發出沒完沒了的噁心聲音，不過這些聲音非常微弱，尤其是群眾在睡的時候，所以它們幾乎變成一種催眠的吟唱，就像好久以前的那天，他們從歐可洛尼出發坐漏水筏子渡河時的水流聲。思緒一個連著一個。風聲還把他帶回到沙漠那兩個印第安情侶的葬身之墓，他想像他倆仍在那裡扭動身體，想要用頭鑽通堅硬的泥土。

蓋布瑞葉拉睡在身邊，雲鬢一如往常地散開。他把臉湊到她頭髮旁聞著，然後把嘴貼到她光裸的肚皮上，嘴唇碰著她肚臍的邊緣，把兩隻手肘靠著膝蓋。

「噢，去他的。」他低聲說。

他起床，穿上長褲，讓吊帶垂放到後面，又穿上一件白色汗衫。他洗了臉，用手指把他仍算濃密的頭髮梳整齊。現在還沒有要掉頭髮呢！他整理了一下小鬍子。

不如下樓到廚房去看看有沒有什麼可吃的。

湯瑪士赤腳悄悄走出房門，走下樓梯。他去查看前門，確定門是鎖著的，然後把左手放在牆上一路摸索走過大廳。到屋角轉進廚房，看到泰瑞西塔正坐在桌邊。

「啊！」她叫道。

「噢！」他說。

她點了一對蠟燭，面前有個盤子，裡面是一大片南瓜，還有一杯牛奶、一塊包乳酪的棉布，布上有凝乳和牛毛。

「爸爸，」她說，「你嚇了我一跳。」

「我睡不著。」

她點點頭。

「我想吃點東西，」他加上一句，「也許會有幫助。」

她朝著她的南瓜比了比。

「我也是。」

他站了一會兒，不太確定要怎麼辦。終於他走近她，把一隻手放在她的後腦，他聞到一陣玫瑰的味道。是的，這個，傳說中的香氣。摸到她滑順的頭髮，頭髮下堅硬而有弧度的頭骨，幾乎嚇了他一跳，險些脫口說出「你是眞的」了。

「好吧，」他說，「我們來看看有什麼！」

他雄糾糾地大步走向食物儲藏櫃。

「一罐水蜜桃。」他說。

「聽起來不錯。」

「這是什麼？」他拿起一個罐頭說。

「李子布丁。」

「那是什麼？」

「我不知道。是英國來的。」

他端詳著罐頭。

「這裡說裡面有蘭姆酒。」

「你喜歡蘭姆酒。」她說。

「當然！」

他把罐頭拿到大白鐵桌上，用開罐器打開。廚房中瀰漫著濃濃的李子和蘭姆布丁的味道。

「你想咖啡還是熱的嗎？」他問。

「我懷疑。況且，爸爸，半夜還是不應該喝咖啡吧。」

「也許吧。」

「喝牛奶嘛。」

「難喝！」

「牛奶對你有益！」

「牛奶，」他告訴她，「難喝得要命！」

她杯中的牛奶很稀，在蠟燭光下幾乎呈藍色。「我看不出它有什麼不好。」她說。

「它是從母牛身上噴出來的。」他說。

她笑了。他把布丁噗通一聲倒進一個玻璃碗，聞了聞，又拿了一罐奶水倒在布丁上。他坐下來。

「這也是從母牛身上噴出來的。」泰瑞西塔指出。

「我又不喝它，我是吃它。而且蘭姆酒增添它的風味。你看，」他舉起一根湯匙指向她。「喝牛奶就跟喝血沒兩樣。」

她喝了一大口的牛奶，把嚼碎的甜南瓜沖下喉嚨。

「你已經神智不清了。」她說。

「你應該知道的。」

他們笑了起來。

他舀起一小匙布丁，放在嘴裡咀嚼。

「噢，眞是，」他說，「嗯，美味。」

「爸爸，」她說，「我不知道有事情會煩到你。」

他揮著湯匙。

「有一百萬件事呢！」

「比方說？」

他聳聳肩。

「比方說，我想想看。我正在吃魚，咬到一根刺，就會讓我不舒服。」

「眞的？」

「或是豆子裡有一顆小石頭。事實上，我的食物裡出現任何不該有的東西，都會讓我想吐！」

她笑了。

「你好嬌弱！」

「噢，眞是的！那我猜你就沒有不喜歡吃的東西囉？」

「我不喜歡啤酒。」

「啤酒！啤酒就是生命呀。」

「像個道地酒鬼說的話。」

「對我尊敬點，你。」

蘭姆酒讓他流鼻水了。

「我一直以爲，」泰瑞西塔繼續說，「啤酒是甜的，但它卻是苦的。我也以爲菸草味像巧克力。」

他用湯匙刮淨碗裡最後的布丁。「我覺得你的問題在於你的期望。」

她又吃了一些南瓜。

「我從來就不切實際。」

「理想主義會害死你，」他說，「我還是餓。」

「牆裡有火腿。」

艾吉瑞在卡波拉的最後一件工程是在離壁爐最近的牆內深處造了個冷藏間。深挖進泥磚裡的一座水槽圍住冷藏間，也使泥磚不致變熱。湯瑪士取出火腿，還找到一些硬麵包和一把大刀。

「葡萄酒呢？」他說。

「我不太喜歡葡萄酒，謝謝。」

「又一項發現。」

他給自己倒了一大杯葡萄酒。

「好吧，」他說，「我是有事情在煩惱。」

「什麼事？」

「你爲什麼聞起來有玫瑰味？」

泰瑞西塔莫名其妙地看著他。

「我聞到玫瑰味，」他說，「你身上。」

她聞了聞自己。

「我已經都聞不到了。很重嗎？」

「不會。」

「那倒讓人鬆了口氣。」

「我一直納悶——爲什麼是玫瑰？」他仍然堅持他的問題。

她對著坐下的他微笑。

「我猜，」她說，「所有聖人聞起來都是這個味道吧。」

「我查過書，」他說，「有幾個人聞起來和你一樣。」

「聖母喜歡玫瑰。」

「噢！好哇！這就解釋了一切！聖母。」

「『瓜達露佩聖母』帶玫瑰給璜．狄亞哥。」

「是啦，是啦，」他說，「我知道『聖母』是誰。」

「可是你不相信。」

他朝她攤開兩手。

「讀讀歷史吧，我親愛的。她現身的那座山，特佩亞克山，阿茲特克人有好多年都在那裡『看到』他們自己的女神。通南辛，是吧？也是個童貞女？神職人員只是把一種神話加在另一種神話上，他們還給同類神話用同樣的地點。」

她瞇眼看著他。

「理性的世界必定是個寂寞的地方。」她說。

這話讓他一驚。

「爸爸，」她說，身體往前傾，「你不認為『聖母』要比阿茲特克人老嗎？你不覺得，如果她此時此地出現，『族人』會認為她是雅基或是混血種嗎？阿茲特克人只能把她看成是阿茲特克的神嗎？除了阿茲特克的宗教外，他們怎會知道任何其他宗教？」

「說得好！」他說。

他們各自感覺到胸口一陣溫暖。私底下他們很喜歡爭辯，兩人都咧嘴笑著。

「可是這些玫瑰！」他繼續說，彷彿之前她什麼也沒說過。

「玫瑰代表優雅。」她說。

「對誰而言？」

「對天主，對『聖母』。」

「我是怎麼跟你說的？都是神話！」

「這聞起像神話嗎？」她說，邊舉起一隻手臂，「你解釋一下。」

「爲什麼不是忍冬咧？或薰衣草？」

她聳聳肩。

「我還以爲你喜歡玫瑰味哩。」

「誰告訴你的？」

「我不知道，」她說，「我以爲每個人都喜歡。」

「我可不是。」

「你從來都不喜歡玫瑰的味道？」

「是的。」

「就連現在？」

「當然！」

她拍手，笑了起來。

「這太神奇啦！」她叫道。

「對不起。」他說。

她用兩手貼著臉頰。

「太好了。」

他們笑著，吃著東西。

「你有沒有看到阿帕契人？」她問。

「今天嗎？」

她點點頭。

「阿帕契人有時候會來看我。」

「你怎麼分辨他們和其他印第安人？」

「他們會說『我們是阿帕契人』。」

他微笑。

「很好笑。」

「他們想問我爲什麼雅基人和卡波拉的『族人』對耶穌有興趣。」

「你怎麼告訴他們？」

「我告訴他們說耶穌死後復活，又能行走。」

「他們說什麼？」

「他們說：『就這樣？巫醫一直都這麼做呢！』」

「這些罪人不肯接受你的拯救，呃？」

「恐怕這是我的錯。」

「你必須去告解悔罪了。」他說。

「是的，我似乎失去了一個傳道的機會。」

「危險的教義！」他怒斥，「原住民的異端！」

「噓！不是每個人都醒著，你知道。」

他聳聳肩，又啜了一些葡萄酒。

「你不會厭倦這嗎？」他問。

「什麼？」

「你知道的。」

「這一切嗎？」她用湯匙比了比。

「是的，這些。這一切，這麼多聖人和罪人的事。這一切，女兒。」

她沉默了一會兒，先是把玩著湯匙，再用餐巾輕拭嘴唇。

「每天都會。」她說。

「如果你有辦法，你會怎麼做？」他問。他把桌子敲得很大聲，足夠引起她的注意。「你別跟我說『什麼也不會做』！」

她思索著，兩眼盯著雙手看。

「我不知道……」

「別這樣，別這樣，告訴我嘛。我是你可憐的老爸爸呢。」

「噢，」她看看他，「我會安靜。」

「安靜？我不太明白，泰瑞西塔。怎麼安靜？」

「安靜。我會住在樹下一間涼爽的小屋子裡，那裡沒人會來看我。我會種薄荷和玉米和番茄。我會種香菜，找個平凡男人，生孩子，然後我……我就被人忘記了。」

他們注視彼此良久。她的眼睛濕了，他把手伸過桌面，握住她的手。

「泰瑞西塔。」他低聲說。

她搖搖頭。

「我們可以要他們都回去。」

「不要。」

「我們可以停止這一切，」他說，「我們可以從頭再來。我們可以搬到阿拉莫斯，你可以在那裡有一間小房子。再不然——」

「這不是我的命運。」

「命運要你自己創造。」

「天主已經創造了我們的命運。」

「天主就是神話！」

她搖搖頭。

「你忘了，」她回答，「我看過天主，祂用手摸我的手心。」

湯瑪士放開他的手，免得感受到某種震顫，某種神祕的刺痛。此刻他還沒準備好要面對上天的徵兆。

「那是幻覺。」他說，但口氣倒不像有惡意。

她用憐憫的眼光看著他。

「你那番跟天主的爭論是贏不了的，」她說，「你很憤怒，你是個孤兒。你的父母親在你還小的時候就去世了。你對著天主揮動拳頭，你每天晚上在床上哭泣、詛咒祂。但是你不能贏。到了早晨，祂仍然在那裡等著你。所有不信神的人都一樣。」

他把下巴靠在拳頭上。

「所以呢？」他催促著。

「所以你始終認爲這使你有別於其他人。你一向覺得自己獨特，比那些追隨天主的人要高上一等。可是每個不信神的人都認爲自己最聰明。你們全都在彼此競爭，而不是跟天主競爭。你知道當一個孩子害怕的時候都會說『我才不怕』嗎？還有一個小孩子會告訴你他有多麼無辜，不管是不是有扇窗子打破，而他手上正拿著石頭。你們這些不信神的人就像這樣，眞是一群悲哀的小男孩。」

「你怎麼知道這些的？」

「只要你肯去看，這些都是很明顯的，」她回答，「我能看到比你想像要多的東西。」

「像是？」

「像是你的靈氣，它想要成爲金色和白色，可是你的憤怒把它變成了紅色……」

「女兒啊女兒，」他打斷她的話，「別說了。」他搖搖頭。「女兒呀，你讓我擔心呢。」

她坐回椅子上。

「我知道，」她揉揉臉，「我自己都在擔心我自己呢。」

「你是誰呀？」他說。

「我還是以前那個女孩子。」

「不是，不！別告訴我這話。不管你變成什麼樣，你已經不是從前那個女孩了。現在不是，以後也不會是了。」

她把盤子拿到水槽。

「也許吧，」她說，「我不知道。」

「只要你肯去看，」他說，有一絲模仿她的意味，「這是很明顯的。我能看到很明顯的事，這會不會使我也變成個聖人？」

「我從沒說過我是聖人。」

「可是他們都說是。」

「我一直制止他們這麼說。」

「從你會說話那天起，你就想要做個聖人了。」他說。

她轉過臉盯著他。

「糾正我，說我錯了呀。」

他走到一個櫃子前，找到一根黑色方頭小雪茄，劃了根火柴點著，抽了一口。

「對還是不對？」他說。

她嘆口氣。如果她是個牛仔，這時候她就會吐口水了。

「也許，」她說，「我從沒想過這一點。」

「你想過的。」

「想要爲善是罪過嗎？」她叫道。

他把那小小的邪惡雪茄從嘴裡拿出。

「放輕鬆，」他說，「放輕鬆。別激動。」

她把一隻手放到頭上。

「噢，」她說，「我也不知道。」她坐下來。「我想要有個男朋友，想要一隻小狗，一件粉紅色洋裝。」

她抬頭看他，咧嘴笑著。

這時候他們聽到後門上的拍打聲，這拍打必定已經有好一段時間了，只是他們一直沒有注意。

「那是什麼，老鼠嗎？」他說。

她聳聳肩。

他站起來走到門前，把門閂拉開，推開門。

後門台階上站著一個又髒又臭的流浪兒，他那股生病和垃圾的味道飄進廚房。

「噢，混蛋！」湯瑪士說。

他是個印第安男孩，光著的腳是黑的，腳指甲裂開，血淋淋的。他穿著一條破褲子，一件破爛又被燒過的外套，沒有穿襯衫。雙眼淚汪汪，上嘴唇黏著乾鼻涕，頭髮又硬又直，從頭頂上一綹綹垂散下來。

「我看到有燈光。」他說。

他的臭味讓湯瑪士一陣搖晃。

「你當然看得到燈光，」他厲聲說，「我們住在這裡呀。」

「我在等，」男孩說，「他們說我太臭了。他們不准我白天過來，他們不讓我走近她。我等到每個人都睡覺以後才能來。」

泰瑞西塔朝他伸出手。

「進來。」她說。

她握住他的手。

湯瑪士想用一個膝蓋擋住他，但是泰瑞西塔靈巧地讓他繞過她父親。

他羞怯地走進來，那一陣氣味充塞了整間屋子。

「小子，」湯瑪士說，「你聞起來像大便一樣。」

男孩嗚嗚地哭了起來。

他兩手蒙住臉大哭。

泰瑞西塔用兩手摟住他，但是讓自己的頭離開他的腦袋，那裡似乎是主要臭味的集中處。他的頭髮又硬又亮，他的後頭是濕的。

「怎麼啦，孩子？」她說。

「對不起！」

「別這樣，別這樣。」湯瑪士說，他清清喉嚨。「女孩子才哭。我們是強壯的大男人！我們是男人！」

男孩的衣領是硬的，他身上的臭味是腐肉和陳年血腥的味道。泰瑞西塔檢查他的頭皮，頭皮上滿是感染的膿瘡。膿汁在他頭髮中間形成披索硬幣大小的水池，還流下後背，並且在頭髮中凝結。泥土再黏上去，把頭髮變成硬硬的大釘子般。

湯瑪士彎下身子，皺起鼻子。

「該死！」他說，「這是什麼啊？」

「膿瘡。」她說。

湯瑪士突然想起那個背上鞭痕感染的老人。那是什麼時候的事了？好幾年前。他記不得日期或是年份。他想告訴泰瑞西塔那件事，但此時此地並不適合。

她輕柔地把男孩的頭髮分開，露出浸在膿汁中的黑黑小蟲子，牠們的腿在沼澤般的傷口中擺動。

「老天爺，」湯瑪士說，「那是什麼呀？」

「蝨子。」

「蝨子！」

「你沒看過蝨子？」

「是呀，泰瑞西塔，我沒看過蝨子！你把我看成什麼人啦，農夫嗎？」

「當然不是，爸爸，」她說，「我就長過蝨子。」

「你長過？」

「這幢大房子外面的每個人都長過蝨子。」

「不會吧！」

她抬眼看他，心裡想，對世事如此無知，不知道是什麼感覺。

「是這樣的，」她說，「蝨子咬他咬得太厲害，他就去抓，一直抓到頭皮都破了，然後是傷口，全都爛掉了。」

湯瑪士走到桌邊，大口喝了酒，又再倒了一些。

「可憐的孩子！」他終於說。

男孩抽抽答答地吸著鼻子。泰瑞西塔要他坐在一張椅子上，脫下那件像上了一層膿漆的外套。她拿了些餅乾放在盤子裡，又給他倒了一些有凝塊的牛奶。

「你上次吃東西是什麼時候？」她問。

「不知道。」

「你的父母親呢？」

「都死了。」

「誰照顧你？」

「狗。」他說。

湯瑪士嘟囔了一聲。

狗！

他走到一個抽屜前，拿出一片巧克力，遞給男孩。

「我的父母親也過世了。」他說。

「眞的嗎？」男孩回答，抬頭看著他，他一隻眼睛動來動去。一隻蝨子出現在男孩的眉毛中。泰瑞西塔把牠抓起來，用指甲捏死。

「去拿剪刀來。」她發號施令。

湯瑪士在房裡尋找，終於在葳拉的舊臥房裡找到一把大剪刀。這段時間他們一直沒動這房間，沒人有心情整理它。

「好，」她說，「現在，在爐子上燒點水，再到葳拉房裡拿一些紫色的花，是掛在房間中央的。我給他剪頭髮的時候，掰下一把放到水裡。」

他又衝回葳拉房間，在一把一把垂掛的藥草中翻找，終於找到紫色的花束。

「葉子也要嗎？」他叫道。

「只要花就行了，謝謝。」

「好。」

她彎下身，小心地剪掉那些硬硬的髮絡。

「沒有頭髮，你會看起來有點奇怪，」她說，「不過這樣我們就可以把你的蝨子趕走了。」

「只要我不臭就行了。」

「我們也會把你的臭味趕走。」她保證。

湯瑪士把乾燥的花朵丟進水裡。

「現在要做什麼？」他問。

「過來。」

他走到椅邊。泰瑞西塔已經剪掉男孩大部分的頭髮，留下黏黏的短短髮株，可以看到那些動作遲緩的蝨子。

「抓吧。」她告訴自己父親。

「抓什麼？」

「蝨子。」

「你開玩笑吧。」

「沒有，我不是開玩笑。抓下來，把牠們捏死。」

「可是我手指會黏答答！」

「你可以洗手。」

「可是那很噁心！」

「不對，爸爸。讓孤兒受苦，那才噁心。」

「混帳！」他說。

他小心翼翼地夾起一隻可怕的小蟲子，用指甲捏死。有種奇怪的過癮感覺。

「解決了。」他說。

「做得好。」

他又抓了一隻。說來很奇怪噢，如果你聞這男孩臭頭味聞得夠久，你就不會再聞到了。

他們抓蝨子抓了好久，男孩在他們抓蝨子的手指下睡著了。湯瑪士把蝨子的體汁擦在前褲腿上，擦得太多，使褲腿上留下兩片醜陋的污漬。生平頭一次，他竟然有種——呃，聖人的感覺。

泰瑞西塔突然打斷他的思緒，說：「耶穌還洗過骯髒的腳呢，你知道。」

她走到紫色水的水壺前，把它放到桌上放涼。男孩打著鼾。等水夠涼了，泰瑞西塔就用白布泡在茶裡，輕輕在他傷口上沾濕。他身體一震，不過還是打鼾。

「我們甚至還不知道他叫什麼名字哩。」湯瑪士說。

「希望他不是又一個伍瑞阿家的。」她說。

她咧嘴淺笑。

「一點也不好笑。」湯瑪士喃喃說。

他們把他頭上的膿汁清洗掉。她在傷口上塗了淺黃色藥膏，再用白色繃帶把頭包住。

「我們要拿他怎麼辦呢？」她問。

「你爲什麼問我？」

「你是老闆呀。」她說。

「這裡不是我負責的，」他說，「每件事情我都沒辦法控制了。」

她抱起男孩到客廳，把他放在長沙發上，坐在他旁邊，拍拍他瘦削的胸口。

「拿條毯子給我。」她說。

湯瑪士跑上樓，從臥房的杉木箱裡拿出一條毯子。等他下樓，泰瑞西塔已經頭靠著男孩胸口睡著了。湯瑪士看她睡了一會兒，然後把她兩腳抬起來，慢慢轉動她身體，讓她的頭倚著長沙發的另一頭。她的腳伸到男孩臉旁邊，而男孩的腳則放在她的腋下。啊，他頂多只能做到這樣了。他用毯子蓋住兩人。

他坐在地板上一會兒，想要思索這個夜晚的事，之後他也在他們旁邊睡著了，早晨蓋布瑞葉拉就看到這樣的景象：三個人在拂曉清冷的橘色光中一起做著夢。

第五部
外面的黑暗

是幻象嗎？這個年輕而緊張的女孩，
充滿活力而甜美，甜美而頑強，
眼中有激狂的火焰，激動人心一如
火藥和烈酒；卻又和善、清澄、
撫慰人心，一如鴉片煙霧……
卡波拉聖女！
那雙會說話的眼睛閃爍光芒
將她的面容浸浴在聖女光環中，點燃了
從遙遠山區前來的可憐朝聖者神奇的熱切——那雙眼睛
是否暗示了索諾拉、辛納魯亞和奇瓦瓦等村莊，
說它們應該展開反叛，
直到他們溺斃在烈火和鮮血之中？

——赫里柏托．佛瑞亞斯，《托莫契克》

第五十二章

最早的反叛跡象似乎很溫和。激動的墨西哥人將他們的宗教和他們的龍舌蘭酒混合；一塊石頭打破納渥荷亞省長官邸的窗子；一個落單的鄉警被一群嘈嘈嚷嚷、拿著木棍的老奶奶們趕出小小村落；在通往薩爾西普威山谷的路邊，一棵白楊樹上掛了兩年的兩具印第安屍首被人放下、葬了。

不過，很快地，事情就越來越有意思。

巡邏的士兵經常會遇到有人高喊「卡波拉聖女萬歲」。土孫市外，瓦秋卡堡要塞駐軍指揮官注意到當地人披著泰瑞西塔的肩布，於是把這件事寫進給華盛頓的報告中。離卡波拉不遠的普魯士土地開發商某晚被燒死。當地「族人」說，他的屋子被閃電和「天主的強大力量」打中。鄉警則看到廢墟中有燒焦的火把。

加斯提倫神父逃離索諾拉的高溫和「聖女孩」及她那些匹夫匹婦的白癡行爲後，已經進行「奇瓦瓦教區巡迴」好幾個月了。他那艱辛的路途把他帶上薩爾西普威山谷，進入馬德雷山，翻山越嶺進入帕比戈契地區，這裡是塔拉烏瑪拉族和頑強的托莫契克族的家鄉。他每兩個月會在托莫契克教堂佈道一次。他震驚地發現他們的禮拜堂裡放著泰瑞西塔的木頭雕像。那些愚民還點蠟燭向她致意哩。他們把銀色的「聖蹟」用針別在她那寒酸的大披巾上，那是他們纏住雕像的一塊碎布片。眞是異端！

在奇瓦瓦市，他向卡瑞歐省長報告，又拍電報到墨西哥市，還寄了一份充滿煽動性的叛教報告給梵諦崗。加斯提倫神父保證他會制止這種瀆神的行動，即使他必須親自放火燒了卡波拉也在所不惜。

艾吉瑞想回家，想再見湯瑪士一面，更希望能對泰瑞西塔的轉變做第一手的觀察。但在此時此刻，他知道自己隨時都會站在第一座墨西哥圍牆前等著挨子彈，或者更慘的，被吊在騎兵押著他遇到的第一棵樹上。所以他就從相對而言比較安全的德州艾爾巴索，沒完沒了地寫一系列的文章、小冊子、社論和印刷品，歌頌雅基族、叛變和「卡波拉聖女」的美好。他對狄亞茲大肆抨擊、咒罵，偶爾他會躲進巷弄，避開從胡亞雷斯市派去要他閉嘴的謀殺者和暴徒。但他可不願意閉嘴。他發行自己的報紙《獨立報》，發行地點在市區中心的一間小店。他的工人中大半也都和他一樣是逃離狄亞茲政權的難民。

艾吉瑞會剪下美國人的報紙和雜誌上的文章，這些文章中大部分都是瘋狂而又不正確，充滿了偏執和譏誚。友人也會寄一些舊金山和紐約的報章給他。他還會定期購買亞歷桑納和新墨西哥的報紙，隨時留意任何提到「女孩聖者」的內容。還有土孫市、墓碑市、銀市的報紙。泰瑞西塔是一束火焰，等人搧風。艾吉瑞會翻譯美國的文章，立刻寄去給湯瑪士。也許美國的報刊可以說服他的昔日同志，讓他相信反叛的日子已經不遠了。

艾吉瑞每周都會印行對泰瑞西塔奇蹟的驚人證明文字。當然，艾吉瑞是不相信奇蹟的，至少不相信《聖經》以外發生的奇蹟。即使是《聖經》裡的奇蹟，他猜測，也都是神話了的民間傳說和誇大荒誕的故事。他有些同胞相信墨西哥首位印第安裔總統班尼托．胡亞雷斯的墳墓，或聖塔安納將軍的畫像可以給人治病，或帶給他們好運，或是情場的勝利。墨西哥充斥著「奇蹟」和「聖女」。

但是邊境的墨西哥人相信，這一點令艾吉瑞十分興奮。雅基族已經準備要作戰了。然而墨西哥北部的居民卻只要「瓜達露佩聖母」在面前出現，就會立刻邁向革命戰爭。艾吉瑞儘管呼籲起義喊破了喉嚨，他們頂多點點頭說：「是的，對，朋友，是該有人做點事了。」但是若能有個聖人！天哪！聖人呢，泰瑞西塔可就是戰爭女神了。

*

「『聖女』呼籲要自由和土地！」他寫道。

❋

「雅基族女孩聖人的自由解放神學！」是一篇周日專欄的標題。

❋

「天主給了你們土地，卡波拉的聖女吶喊！而政客們和獨裁者卻竊取了你們的祖傳之物——索諾拉的『聖女』如此堅稱！」

❋

他的希望從未減少過。他不停地寫、不知疲倦地寫、瘋狂地寫，寫出一篇又一篇的文字，希望以他高貴的長篇大論改變世界的結構。他寫道：

人類的正義感是與生俱來的：
並非隱藏在其人身上，
而是伴隨著重大意圖時
顯現在其行為當中。同時心智未開者
教育不足者，皆為不成文之
補償法則導致個人所致，此為人類責任法則
自然且必要之法則，原因在於

理性得以發現例證，理念與
情感得以受教，故情感
喪失其本能之受理性引導
之衝動！

收到這些傳單時，就連湯瑪士也要瞪了好久，才說：「他到底在鬼扯些什麼東西啊？」

✻

一天下午，湯瑪士把泰瑞西塔叫進去。他說：「你坐。」

她就進入他書房，坐在他對面，然後踢掉鞋子，把腳趾在地毯上踩動。他看著她的腳，皺起眉頭。

「又光著腳，」他說。

「你該試試看。」她說。

他笑得既心疼又虛弱。

她說：「我們吃巧克力吧。」

他咕嚕抱怨幾聲，打開一罐法國巧克力，把它放在兩人中間的矮桌滑過去給她。

「誰發明巧克力的？」他說。

「墨西哥人，親愛的爸爸。」

「沒錯，高貴的阿茲特克人發明了巧克力。」

「我們帶給世人巧克力，和花生。」

「偉大的花生！」他吟唱道。

「和鱷梨及火雞！」

「鱷梨和火雞！」

「玉米！」

他靠後坐著，露出微笑。

「眞的，」他說，「我們是神的選民。」

她咬著她的糖果，閉起眼睛。然後她再大口吃另一顆糖，發出咕嚕的聲音。

「這可不太像聖女的行爲喔。」他說。

「我不是聖女。」

她舔著手指。

「噢，」他回答，「我知道。」

「你看，」他說，「艾吉瑞又寄給我們一篇關於你的文章。」

「上面說什麼？」

「瘋狂，」他說，「都是些瘋狂的事。這一篇是他寫的。」

他把專欄內容唸給她聽。

「他在寫些什麼啊？」她問。

「我也看不懂。」他回答。

「啊，艾吉瑞先生，」她說，「他好複雜。」

他把閱讀用眼鏡放在鼻子末端，瞇著眼睛看。「我看看……在另一張報紙上，你是『雅基族皇后』，而你的父親是一個窮困的老酒鬼，癡肥。」

「那有什麼不對？」她說。

「噢，你很幽默。」

「雅基族根本沒有皇后。」

「顯然他們有了你。」

他又吃了一個巧克力糖，但已經很想吐了。

「還有沒有別的？」

「有。說你是墨西哥的聖女貞德。」

這句話讓她說不出話來。

她拿起暗黑的櫻桃巧克力，決定還是要吃掉它。

❋

朝聖者到艾吉瑞這裡，要告訴他親眼見識泰瑞西塔神蹟的情形。

一天，一輛要往聖安東尼歐的篷車在他家門口停下。他走出屋外，長褲後面塞了一把手槍，一隻手裡拿著一杯咖啡。只見車上長椅坐著一個瘦削的墨西哥人，被太陽曬得幾乎成了黑色。篷車後座他那被跳蚤叮咬的一家人正盯著艾吉瑞瞧。一個老婦人仰靠在一堆毯子上，搔著一隻雜種狗的耳朵。

「是勞洛．艾吉瑞先生嗎？」坐在高椅上的細瘦騾夫問。

「有什麼事嗎？」艾吉瑞說。

「我們是從卡波拉來的。」男人說。

「是誰病了？」艾吉瑞問。

「我母親。」男人說，用下巴朝車後的老婦抬了抬。

「治好了嗎？」艾吉瑞問。

「是的。」

「我可以請問你是哪裡不舒服嗎？」

「出血，」她說，「從身體裡面流出來。」

他點點頭。

「下面這裡。」她加上一句，還碰了碰兩腿中間。

「是的，我明白。」

駕騾車的人說：「那個高個子，就是卡波拉的那個人。」

「湯瑪士先生。」

「就是他，他說你也許會出錢買我們的故事。」

「是噢。」

「我們向他要錢讓我們回家，可是他說可以把我們的故事賣給你的雜誌。」

「那個無賴。」

篷車上的人什麼話也沒說。

「呃，」艾吉瑞說，「你們就進來吧。」

他們在一陣匡啷匡啷的嘈雜中下了車。

「我猜，」艾吉瑞嘆口氣，「湯瑪士也說我會給你們吃東西了。」

「噢，是的。我們還沒吃東西，」老婦人說，「我們也口渴。」

「我希望你們的故事夠好。」他說。

「是很好，」她回答，「我希望你的錢夠多。」

他笑了。

「夠多的，老太太，」他說，「夠多的。」

屋子是黃色的，很小。在一道水泥磚牆後面，兩條肥狗又跳又叫。長在舊罐頭裡的天竺葵開著花，還有一叢玫瑰。紗門歪斜，鐵網生鏽發黑。灰泥牆面褪了色，不過白色的邊線依然明亮。水泥磚牆的大門是彈簧門，艾吉瑞推門讓一行人進來時，門就發出「哎依」的聲音。他的手指上是黑色的油墨。兩條狗要去咬女人的腳踝，她一腳把牠們踢開。

陳舊的燒菜味和燒焦的咖啡味。香菸。咳嗽。他們的聲音也像周遭包圍住的沙漠般蒼老、乾燥。

老婦人幾乎瞎了。她坐在一張橘色椅子上，雖然天氣熱，她還是要了一條毯子裹住膝蓋。稀疏的白髮緊緊往後紮起。她的兩頰凹陷，牙齒全掉光了，使得嘴唇癟癟的。

她的兩眼呈白內障的藍色、霧霧的，眼珠不住滾動。她的大腿上放著一串念珠，旁邊的小托盤上放著一杯咖啡，杯子浸在咖啡碟上濺出的液體中。她的家人擠在角落裡，像一群焦急的綿羊。

「泰瑞西塔，」老婦說。

「是的。」艾吉瑞說。

「先生，」她說。「靠近一點。」

她伸出一隻手。

老婦閉上眼。鐘聲滴答響。她的兩個家人互望一眼，翻著眼珠。

他走過去。

「五披索。」她說。

她家人吸了口氣，彷彿舌頭被燙到般。

「你先說。」

「十披索。」

「你先說你的故事。」

艾吉瑞打開筆記本。

「你們去到那裡，」他說。

「當然，當然是。我在那裡。」

她咳了咳，喝了一口咖啡，放下咖啡杯時有點傾斜，於是又潑出一些咖啡到碟子上。

「『聖女』摸了我一下，我的病就好了。」

她微笑著。

「我流血流了十三年，先生，而她摸了我，血就停了。榮耀歸於天主。」

她的家人在角落裡也喃喃說著「感謝天主」、「讚美天主」。

「她很和氣，這位聖女。她摸了每個人。她走過我們的營地。我們都在那裡露營，就像是過節一樣。我們睡在我們的車子下面。她走過，我看到她，她就把手放到我臉上，說『你好』。」

「就這樣？」

「就這樣，先生。你還想要什麼？」她把杯中的咖啡喝完。

「媽媽，」那個曬得漆黑的墨西哥人說，「跟他說那個先生的事。」

「先生？」艾吉瑞說。

「安東尼歐先生，」老婦人說，「那孩子呀，是個壞孩子。俊俏，是個『尤力』，地主的兒子。他住在阿拉莫斯，他說的。」

「好，安東尼歐先生因爲生意的關係去俄莫西約。誰知道什麼事。『尤力』總是把披索丟在櫃台上，要人這樣那樣。」他們全都笑了起來。「好，安東尼歐先生有個老婆，姑且叫她梅雪吧，因爲我不記得這位先生說她叫什麼名字了。梅雪比安東尼歐先生小，狡猾得像隻貓。很活潑的一個女孩，呃？她是爲了安東尼歐的錢才嫁他，不是因為他的人。你明白嗎？」

艾吉瑞點點頭。

「好，」她說，「安東尼歐也不是好東西，男人嘛。」她嫌惡地吹動那鬆癟的嘴唇。「安東尼歐到處都有女人。」她聳聳肩。「這種事情一向如此。而我相信他在俄莫西約也有女人，卡波拉的每個人都這麼說。我剛剛說到哪裡了？」

「安東尼歐和他老婆。」

「嗯，老婆！安東尼歐就騎馬經過鄉間，要往阿拉莫斯去。他在牧場停下來說：『這是怎麼回事？』『朝聖』。」我們告訴他。

『什麼樣的朝聖？』他問。」

『朝拜卡波拉聖女，泰瑞西塔．伍瑞阿！』」

「好，安東尼歐先生是認識湯瑪士先生的，這些牧場主人全都是一個樣子，你要知道。就像老人家說的『同樣的仙人掌開出同樣的花』。」她調整蓋在她膝蓋上的毯子。「這些男人都一個樣。太多女人，太多女人啦！」

老婦舌頭一咂，搖搖頭。

「而安東尼歐先生聽說伍瑞阿先生的女兒突然變成了聖人，就當我們的面笑了起來。『什麼？』他大叫。『湯瑪士．伍瑞阿的女兒？聖人？』他一直在喝酒，當然。那些男人全都喝酒。他很鹵莽，他辱罵那些朝聖者。他還說：『任何一個跟我吃同樣食物、和我一樣坐馬桶的女人，絕對不是聖人！』」

「然後這位先生拿了他的毯子就去睡覺了。」

「然後呢？」艾吉瑞說。

「噢，然後每個人起床，是早晨了。」

「泰瑞西塔做了什麼呢？」

「哎，哎，哎，這才好玩哩，她做的事！」

「是什麼事？」

「噢，她就像平常那樣走出來。首先，她在小禮拜堂裡禱告，然後進屋子裡吃東西，再出來到我們當中。就和每天一樣。」

「這一天，她站在門廊，往外高喊：『安東尼歐先生！』每個人都轉身去看。他正給馬上鞍。『安東尼歐先生！』她叫道。他說：『叫我嗎？』他的臉色發白。『我？』他問。」

老婦人對著這段回憶露出微笑。

「他就走上前。他看起來像個被老師抓到的問題男孩，拖著腳步走。每個人都沉默不語，看著他。等他走到門廊，就說：『我是安東尼歐。』」

「泰瑞西塔說：『先生，我要你知道我只吃水果和蔬菜。』」

「他們說他像是被打了一巴掌般縮起身子。」

「然後她說：『至於另一件事，廁所的事。那過程我是沒法控制的。』他往後退，但是她說：『還有一件事，安東尼歐先生。你妻子正在阿拉莫斯和你最好的朋友睡覺。我們在說話的這時候，她正躺在他懷裡。他們還計畫等你回家以後給你一個驚奇。要注意你的門後面，因爲他會拿著一把大刀躲在那裡，等你一進門就要殺了你。』」

「那個安東尼歐先生立刻衝出那裡，像是屁股被魔鬼掐了一樣！」

老婦人笑得太厲害，竟咳了起來。她兒子走上前，拍拍她的背。

「你知道，」老婦說，「他們說他很早就回到家，當場逮到朋友在他臥室，而那把大刀就放在床邊！」

艾吉瑞付給他們十五披索。

他把這個安東尼歐先生的驚世故事登在周日版的第二頁。

第五十三章

奇瓦瓦省省長勞洛・卡瑞歐在他的帕比戈契領地上露營，這裡距托莫契克不到三哩遠。他的馱驢在下坡處形成一個具有田園風味的驢群景象，鼻繩堅忍地綁在一條垂在黃松之間的繩索上。六座和黃油一樣黃的帳篷組成一個漂亮的正方形，派來站崗的哨兵坐在從巴伐利亞進口的摺椅上。在這片帆布廣場的最東端，一團柴薪堆滿的營火從早到晚燒著。卡瑞歐就坐在這裡看他的報告、啜飲佳釀，還和他的貴賓，「戰爭部長」席爾維亞諾・龔薩雷斯，沒完沒了地辯論、吹牛。

卡瑞歐先生正在從事第一次的奇瓦瓦省巡迴視察，這是他個人的探查眞相任務。這是一個戮力從公的省長要眞正看清自己省是什麼樣子的唯一方法。不過這也是個大好機會，可以逃離省長府、拂去圍在他身邊像蚊蚋般嗡嗡叫的小公務員，以及妻小。願天主保佑他們、庇護他們！

卡瑞歐先生騎馬出巡，愛喝多少酒就喝多少酒，愛吃什麼就吃什麼，愛去哪裡就去哪裡。他帶著放在櫻桃木箱子裡的英國來福槍，要打死什麼就打死什麼。他要找女人，助理就會從他經過的城鎮裡給他找漂亮妓女。勞洛先生還恨不得終年都在巡迴視察呢。

卡瑞歐先生拖著龔薩雷斯先生從自然奇觀看到驚人風光，就像個瘋狂的導遊：看哪，我親愛的同僚，我們的紅色峽谷、我們的紫色地景、我們那驚險的裂谷、我們那像天鵝絨一樣的大片田野！我們的老鷹在天空翱翔、我們的熊隻吼叫、我們的獅子像一陣金色輕煙般消失不見、我們的紅色野狼對著月亮嚎叫。而只有奇瓦瓦的月亮才會在天空看起來這麼大，不是嗎？只有奇瓦瓦的月亮是橘色的、又離我們那麼近。馬德雷山腳下是炙熱的沙漠，山頂卻是皚皚白雪，它當然是這塊大陸之后！

他們沿著馬德雷山山徑爬上嚇人的高處，黃沙蒙住深紅、紫、灰的山壁，下坡時騾隊會縮減成單排，牠們馱著的大批行李會擦到卡瑞歐那些上山騎士的膝蓋，這些騎士一點點走過峭壁最狹窄的地方。席爾維亞諾先生時常探出身子，朝令人頭暈目眩的深淵望下去，而把自己嚇個半死。深淵中可以看見細細的或白或銀的緞帶，那是在下方絕對有一公里深的河流。

此刻，他們正在休息。

卡瑞歐先生用一根削尖的樹枝撥弄營火。他們就著一張前任奇瓦瓦市統治者從巴黎進口的小小摺疊桌，喝著大杯的白蘭地和龍舌蘭酒。席爾維亞諾先生在日記上寫著，火花在他們上方飛舞打轉。

「加斯提倫。」他說。

「骯髒的神父！」卡瑞歐先生說道。

「他能夠實行你的計畫嗎，我的朋友？」

「他非實行不可，我親愛的席爾維亞諾先生！」

「他沒有別的選擇。」

「當然沒有。」

他們把身體往後坐，把兩條腿朝營火伸長。一陣清脆的「托、托、托、托」聲從後面傳來。勞卡瑞歐先生舉起一根手指。

「是隻啄木鳥！」他宣布。

席爾維亞諾先生低頭在日記寫下：一隻歡樂的啄木鳥在我們後方的樹上發出聲音，牠那勤奮的啄擊聲代表大自然正專注建造新的墨西哥共和國。天主親手將大自然放在狄亞茲的藍圖上！

卡瑞歐先生給每人倒了杯琥珀色的液體。

「敬加斯提倫。」他舉杯說道。

「敬托莫契克。」席爾維亞諾先生回答。

❋

他們在兩天前遇到加斯提倫。他接獲郵件命令，來到托莫契克上面的營地，吃了野火雞和烤馬鈴薯。省長爲這些顯赫的客人保留了最好的香檳酒，又在一個單人帳篷裡準備了一張摺疊床給神父，這是神父好幾個星期以來享受過最舒服的待遇了。

他們吃過晚餐，坐在火邊，享受古巴雪茄，一邊把腳放在火邊取暖、喝著咖啡蘭姆酒，這時加斯提倫脫下了那雙氣味濃烈的靴子。他的襪子很髒，也磨成像是特別凝結的乳酪布。他一隻腳趾受傷了，所以希望火可以烘乾那流個不停的汁液。省長和這位部長想用一口口瞄準目標吐出的雪茄煙抵擋加斯提倫的臭腳味。不久後他們各自都找到一些含蓄的方式，把坐位移開這位神父。勞洛先生叫人拿來一雙新襪子，一名助手很快拿來從省長本人行李箱找出的白色長棉襪。

「願主保佑你。」加斯提倫說。

他把自己那雙正在腐爛的襪子從腳上剝下，在同伴的驚恐中，丟進營火中。

「老天爺！」卡瑞歐脫口而出。席爾維亞諾先生在日記中寫道：「加斯提倫神父餿肉的毒氣隨風飄散，毫無疑問地讓熊隻和土狼驚恐起來，如果我們用心聽，也許能聽到牠們大批奔逃的聲音呢！」

換上新襪子、飽餐一頓、抽了菸、喝得半醉，香濃的咖啡又讓身體溫熱之後，加斯提倫神父感到聖神就在身邊。所以當省長卡瑞歐告訴他這個「計畫」時，就像天意般。天主當然出手大膽。

況且，說真的，這計畫也很簡單。托莫契克的教堂以擁有重要藝術品出名，禮拜堂內掛了一排共十二幅的油畫。沒人知道這些畫從何而來，或出自誰的手筆。托莫契克那些異教徒相信這些神像是天使自己畫的，因爲托莫契克是與羅馬相對的「眞正宗教」所在地。還眞是大言不慚！

卡瑞歐省長以其少有的天分發現，最近緊緊吸引沙漠和馬德雷山部落神奇的熱切情緒，已經引起墨西哥市的注意。他也想到印第安人的戰爭日益嚴重，又不肯止息。他更進一步想到，偉大的領袖本人，波費里歐·狄亞茲將軍——願天主賜他長壽——是位基督徒。他的想法簡單明瞭而又讓人興奮：如果他們密謀從托莫契克那些叛教之徒手裡偷出這些宗教畫，獻給偉大的領袖，這不就是同時效忠了主和偉大的奇瓦瓦省嗎？

「這份禮物，」卡瑞歐告訴他的客人，「獻給偉大領袖的新娘，做爲我送的禮物，那麼我必定能得到她的支持和好感。這樣一來，我就可以永遠保有省長的職位啦！」

「嘿，」龔薩雷斯說，「你還會贏得每一場的選舉哩。」

事情這麼明白、這麼大膽，三個男人不由得放聲大笑，互相敬酒，直到深夜。

❦

如今，在托莫契克，加斯提倫正爲他最重要的佈道準備。前天晚上檢查了禮拜堂的現況後，他驚駭地發現一尊泰瑞西塔那個女巫的木頭雕像，那畫上去的藍色眼睛像魔鬼的眼睛般空洞。他聽說過這種討厭的事早晚會發生，但沒想到會眞的在這個可憎的壁龕中看到。他們甚至還在她的上衣別著銀「聖蹟」，想要討得某種邪惡的賜福。他當場就把神像腳邊的蠟燭一一吹熄。

盛怒之下，他叫來村長葛瑞哥里奧先生，好像這些農人當中還有人配稱做「先生」似的！加斯提倫知道葛瑞哥里奧是個酒鬼，還與人通姦，他或許是這裡唯一眞正的罪人。用這麼一個人去實行神聖的旨意，這眞是天主獨到的智慧。

葛瑞哥里奧先生在克魯茲·查維茲忙著做「教宗」時處理市務。加斯提倫初次告訴他這件密謀時，他還猶豫了一下，但是卡瑞歐送來一袋墨西哥錢幣，葛瑞哥里奧浮腫的眼睛看到這麼多錢幣上的金色老鷹後，眼睛眨呀眨，悲傷地點了頭。

這時候，教堂鐘聲響起，加斯提倫神父走進教堂，等待會眾。

一八九一年七月——托莫契克

我親愛的泰瑞西塔：

我以馬德雷山教宗及你在墨西哥北方部族代表人的身分向你致敬。（是我啦，克魯茲！）

托莫契克這個你隨時可以過來的山上家中，情況很糟。請原諒這封信這麼長，它會像是報紙，而不像信！但是依天主的意願你將能看完全部，並且原諒我的拼字和文法！

那個異端的教士加斯提倫來到我們村子，主持一場佈道，充滿了針對你的蛇蠍般惡毒言辭！我要請你原諒我報告如此不愉快的事情，但是你必須知道敵人是怎麼說你的。我們起身抗議了這位羅馬天主教徒！但首先，我將盡可能敘述他的佈道內容：

——今天的佈道題目（一開始他這麼說）：泰瑞西塔．伍瑞阿小姐的撒但行徑。

我們在座有些人不安，有些人想要站起來，但我示意他們鎮定。坐下來，兄弟們，我告訴他們。我們先聽聽這個天主教徒怎麼說。

——這位年輕女人是一個邪惡的畸形人。她是撒但的化身，因為有誰比一個謀反的女人更能呈現撒但的模樣？她的行徑有如魔鬼般邪惡。她的所謂治病只是空洞的魔鬼手法！如此而已！這不正證明了這個年輕女人是有血有肉的撒但嗎？她傳布的是反對耶穌基督及祂門徒教誨的東西！

我們大叫，我們大喊。可是他依舊說下去。

那些都是可怕的事。我甚至不記得他說的是什麼。他大放惡毒言論有一個多小時，戰士們變得沉默不語，因為他們心中已經決定要讓我去反駁這個專制的人。

他正想要離開講道台，我站了起來。我第一聲叫喊就讓他停下腳步，我用堅定的口氣稱呼他：

——神父先生（我說），從我們聽閣下所說（我使用『閣下』以表示我對他僅有的一絲尊敬），我們已經看出閣下不知道在說什麼！（他倒抽一口氣。發出回響，像是一個巴掌！）如果閣下知道自己在說什麼，就會明白「卡波拉聖女」並沒有散布言論反對耶穌基督的教誨，反而要我們追隨並且體驗耶穌基督傳布的道理！（在我身邊的族人聽到這話就高喊「阿門」，我跟你保證！）天主本人在我們面前立下一個偉大的典範，一個偉大的教師，那就是耶穌基督！如果我們遵照祂的教導，如果我們切實實現祂的言論，我們就走在這位良師的步履上，如此一來，我們或許就能夠和耶穌一樣地服從。

加斯提倫一隻手撫著胸口，好像我捅了他一刀。

——笨蛋！他大喊。她那樣說只是要耍你們！她用言辭誘惑你們進入陷阱！你們受到一個娼妓（請原諒，泰瑞西塔，不過這就是他說的）的引誘！你們都將墮入地獄，落到魔鬼手裡。

——或許我們會，先生，我回答也許。當時我就知道他沒辦法對我或是我的族人做任何事：加斯提倫根本沒有任何天主給予的力量。我又說但是如果她很邪惡，為什麼她的行為卻純粹是慷慨的、全都是憐憫、同情的行為，還有愛。而閣下及貴教士們傳布的都是仇恨。為什麼是這樣？閣下仇恨所有非天主教徒，而閣下一心一意只想要我們的錢？

——那是教徒繳的什一稅！他叫道。

——她可從沒拿過我們錢！魯本喊道。她只會給我們救助！

我打斷他的話：——你能不能告訴我們，為什麼撒但會勸百姓愛天主和他們的鄰居，而你這個天主的代表，卻勸我們去仇恨任何不遵奉你的宗教的人？

我就開始宣道了！

——神父大人，我們非常無知，是不錯。而或許我們無法分辨誰有理性、誰沒有。我們是很單純的人。是閣下說了真理，或是卡波拉那個女孩說出了真理？我可以告訴閣下，我們的心告訴我們是她，先生。她對我們說的是真理。她要我們去愛所有人，不論他們有什麼缺陷或有哪種信仰，因為我們只是天主之下的凡人，所以我們全是兄弟。而神父們卻告訴我們說，不是天主教徒的人就是遠離了天主，也不被天主所愛。她告訴我們的是，一個人越是遠離了天主的道路，我們越要對他行善、施愛，以誘使他回頭。

——所以，閣下知道，我們的心指示我們，說泰瑞西塔說的是真理。而我們的理性告訴我們說，如果她說的是真理，她就不可能是撒但派來的。她是以天主的女兒身分來的，要讓我們走在行善的路上。

那位教士大喊：褻瀆神的話！你們竟敢大膽反對和反抗我給你們立的規矩和命令！這群歹毒的人！傻子！異教徒！你們和你們的魔鬼應該永遠被趕出基督信仰！

——這一類的話。我們跟著他走到教堂外，然後開始一陣激烈的叫喊、咒罵，一直到這位神父終於騎上馬、飛快騎出鎮上，還一邊對我們叫罵。

今天我們才發現，有人進到我們教堂，把畫框裡的天使像割下偷走了！魔鬼？天主教徒？是政府啦。有人和加斯提倫一夥，我不知道他是不是比別人更恨我或你。

我為你祈禱，相信你也會為我祈禱。

你的門廊秋千還好嗎？

你的朋友及僕人，克魯茲．查維茲

回信是由騾車隊送到托莫契克。信先是一名要去獵熊的牛仔帶到山麓，他花錢請一個拉拉慕里族跑者把

信帶到帕比戈契原野。那裡有一列載貨的騾隊正經過跑者的路徑，他就把信交給第二個騾車車夫，這人是克魯茲・查維茲的一個堂弟。時間是一八九二年四月。

每個人都急著想看信。克魯茲打開信，卻只是默默看著。

一八九一年十二月

我親愛的查維茲教宗：

請原諒這封信的延遲。你的信才剛剛送到這裡，而我對於這封信能在新年甚或情人節以前寄到已不抱希望！噢！但願我有翅膀可以飛翔！那麼我就可以和你一起在托莫契克了，我的朋友，遠離每天包圍我們的這些密探和危險和煩心的事！

不要傷害任何人！這是天主的鐵律，克魯茲！你曾受到過很大的傷害，但我們將合力設法尋回你的藝術品，並使你的土地受到祝福，永遠不受侵犯！這是我們神聖的戰鬥。為托莫契克伸張正義！

你永遠的朋友　泰瑞西塔

靜候你的下一封信……

要懷抱希望……

「她說什麼？她說什麼？」他們叫道。

他又看了一遍，然後摺起信，放進口袋。

他清清喉嚨。

「泰瑞西塔，」他宣布，「說她身陷危險！她被密探和惡人包圍！」

他周圍的人騷動起來。

「她還說我們必須展開一場聖戰，以拯救托莫契克！」

魯本開始叫喊：

「卡波拉聖女萬歲！」

第五十四章

五月裡的一天早晨，西根多起床後突然發現自己老了。他嚇了一跳。他照了鏡子，才知道他的小鬍子已經花白，鬢角也變成銀色，頭髮中摻雜著灰色髮絲。奇怪的是，他的眉毛仍然是黑色。

他的住家已經讓給泰瑞西塔。人群把主屋的前院堵住了，而屋後又太難防衛，因此湯瑪士要他在他的小屋四周蓋一道堅固的圍籬，並且搬出來。啊，沒什麼啦，驢子本來就不配睡王子的床，他這麼想。於是他就住進泰瑞西塔在主屋裡的那間舊臥室。

他的手下用樹身立在土裡，做爲圍籬，距他屋子的外牆和門有五十呎。遠處角落有一間新的警衛室，如此一來，泰瑞西塔睡覺或是在前方給人治病時，就可以有個牛仔在後方隨時留意。圍籬的正面有一扇寬門，門上有個可以旋轉的柵欄，可以由兩個人操縱，控制進到門廊的流量。圍籬的横木也是用山上砍下來的堅固松樹剖半做成。

最先是西根多注意到卡波拉似乎反映出泰瑞西塔的心情。如果她快樂，人群就都很開心，笑聲和歌聲不斷。如果她生病了，群眾也就悶悶不樂、無精打采。他去吃早餐的時候，看到她兩隻手不安地抖動。泰瑞西塔有時候會像這樣處於神經緊張、幾乎是發狂的情況。一點聲音都會讓她驚駭，小小的挫折也會讓她一發不可收拾。這天早晨，她突然站起來，大聲說她再也受不了雞蛋，然後就把盤子一摔，盤子破在地板上。她兩手猛拍著臉大哭，然後跑上樓。

如今幾乎對任何事都沒什麼感覺的湯瑪士，只攪動咖啡，盯著廚子們看。

西根多把盤子碎片撿起來。

「她早晨很不順呢。」他說明自己的看法。

「她沒理由跟我們其他人有什麼不同。」湯瑪士說。

「這一天會很不妙。」他預言。

西根多走到門廊，看到人群也顯得緊張不安，他們騷動而且推擠彼此。他還聽到叫喊聲。

不久後，一支由騎兵和鄉警組成的分遣隊出現在人群的另一頭。他們的黃銅器械在陽光下閃耀，還有羽飾、旗幟，看起來不像是一般的巡邏。他打開門，朝屋內喊：「老闆！」

湯瑪士走到他身邊。

「這是怎麼回事？」他問道。

「麻煩事。」

人群紛紛避開軍人的馬匹，像是牛隻想逃開牧羊人的套索般。突然間，五名軍人走進人群，把一個男人打倒在地。湯瑪士可以看到他們的來福槍往那人躺的地方痛戳，不斷舉起、落下。人群大驚，騷動起來。另一邊有個男人拔腿就跑。湯瑪士看到騎著馬的軍官比了個手勢，於是他騎馬的手下舉起來福槍，齊聲開了槍。在熱天中，槍聲聽起來不大，而且悶，像是一片薄木頭被折成兩半。跑著的那人襯衫上爆出一陣煙霧，他翻了個跟斗，倒在旱谷的邊上。

軍官的馬開始朝主屋過來。人群分開一條路，他們退到很後面，想要讓出一條很寬的路給騎馬的人。軍官在最前面，後頭帶著一匹馬，馬背上綁著一個垂頭喪氣的犯人。

這人是璝·法蘭西斯科，湯瑪士的長子。

而軍官是他們的老友，恩利貴上尉。

湯瑪士走上前。

「這是怎麼回事？」他質問。

「湯瑪士先生。」恩利貴說，一邊用手碰碰帽子打招呼。

璝·法蘭西斯科一隻眼睛是黑的。

「我們在往阿拉莫斯的路上發現這名盜匪，」恩利貴說，「他說他認識你。」

「你很清楚他是我兒子！」湯瑪士氣急敗壞地說。

「是嗎？」

恩利貴示意手下把璝的繩索割斷。

西根多扶他下馬，把他帶進屋裡。

恩利貴說：「你肯給你政府的代表一杯水嗎？」

「當然。」湯瑪士回答。

恩利貴下了馬，他摘下帽子。湯瑪士要女僕拿一杯水來。恩利貴拿到水就咕嚕咕嚕喝下去，再用袖子把嘴抹乾淨。他把杯子交還給女僕，她立刻跑回屋子裡安全的地方。

「多謝啦。」他對湯瑪士說。

他又看看不安的人群。

「我們在圭亞瑪斯聽了很多這個牧場的事。」

「你們聽到什麼？」

「都不是好事。」

湯瑪士說：「這裡沒有什麼壞事。也許有些狂熱盲目的行爲，但都會過去的。」

「會嗎？」

恩利貴拍拍他的馬。

「我們在你的院子裡發現兩名叛徒，湯瑪士先生。你猜這裡還會不會有更多？」

湯瑪士舉起兩隻手。

「你總不能指望我知道這麼一大群人裡會有誰吧？」

「爲什麼不知道？這不是你的牧場嗎？不是你在負責嗎？如果不是你負責，那是誰？」恩利貴上尉轉向他。「如果你不能盡到自己的責任，騎兵隊會很樂意控制這裡。」

「上尉！」湯瑪士說道，抓住他兩隻手臂。後方的騎馬者抽出他們的武器，一名鄉警很快就下了馬，拿出一把來福槍到湯瑪士面前。

恩利貴舉起一隻手。

「安靜。」他說。

人群在他們說話時退到更後面了。

「一直有人提到這裡的情形，」恩利貴說，「我有責任要警告你，關於這裡的閒言閒語會停止。這些，」他比了比朝聖者，「也要停止。」

「怎麼停止？」

「我的老友，」恩利貴說，「爲了表示敬意，我給你自己修復這項損害的機會。你想辦法結束它，不然我們替你把它了結。明白嗎？」

湯瑪士垂下頭。

「是的。」

「現在。」

「我明白。」

「令公子，」恩利貴說，「今天很可能死掉，我們可能吊死他。你非常幸運。你應該認清自己福大命大，回去過你的日子。」

他上了馬，向湯瑪士行了個簡潔有力的禮。

「你一定要，湯瑪士先生，」他說，「恢復往日的牧場收成。」他讓他的馬轉向，然後回過頭又加上一句：「不然我可以向你保證，卡波拉將會收成一堆子彈。」恩利貴用馬刺刺了馬，快速離去。他的手下也都跳上馬，跟在他後面。

被打的男人手腳都被綁住，丟上之前璜．法蘭西斯科騎的馬背上，而一小群婦女放聲哀號，拉扯著自己的頭髮和衣裙。

「收成子彈！」西根多說，「好個詩人！」

湯瑪士面紅耳赤，他從沒受過這樣的羞辱，或是這麼害怕過。

他摟了摟璜．法蘭西斯科。

「她在哪裡？」湯瑪士叫道。

蓋布瑞葉拉說：「她在樓上，我親愛的。」

「哪裡？」

「在我們房裡。」

西根多走上前。

「不要生她的氣。」他說。

湯瑪士伸手就把西根多的左輪手槍從槍套裡抽了出來。這是給西根多的最後一項證明，證明他老得沒辦法幫助任何人了；老闆竟然能當面偷走他的手槍！

「等等！」西根多說。

湯瑪士踩著重重的步子上了樓，在自己的臥室門上敲著。

「走開！」泰瑞西塔大喊。

他把門用力踢開，走進房裡。「你跟你那愚笨的大戲！」他大喊，「給我下床來，面對我！」

「爸爸？」

「不准再搞那些可笑的小女生花樣了！」他大吼，「眞實的世界是此時此地！眞正的世界！你聽懂我的話嗎？」

「什麼？什麼？我不懂！」

「現在結束了。」

「什麼東西結束了？」

「他們來了，你知道嗎？你不知道啊？他們來過這裡了！」

「誰？」

「你是說，天使沒有告訴你嗎？他們殺了你一個信徒！他們還打了你一名朝聖者，還把他帶走，要吊死他！誰？你還問我是誰？」他大喊。

他驚慌憤怒得失去理智。他一把抓住她頭髮。

「現在、就、停止這些！」

「我不能！」

「你要停止、你要！看在老天的份上，你要，不然我們全都會死掉。」

她啜泣著。「爸爸！你抓得我好痛！」

泰瑞西塔跪到地上。

湯瑪士突然意識到槍在他手裡，好像槍是在夢裡放到他手上的。而他也像在夢裡一樣，緩緩舉起槍，注視著它。他把擊鐵往後拉，聽到它扳上的聲音。

「軍隊，」他說，這會兒幾乎是在耳語，「軍隊，他們幾乎打死璜。他們拿槍對我，就在我自己家門口的台階上！他們很清楚地警告我了，泰瑞西塔。他們會殺死我們全部，殺了你的信徒。」

他朝她彎身。

「他們朝一個男人背後開槍。你知道嗎？他們是故意的，要讓我們明白。我不認爲那人是叛徒或盜匪。他們就只是隨便把一個人弄死，好讓我搞清楚他們來真的。這些是我們要面對的敵人。」

「爸爸，爸爸！」她哭了起來。

「我已經煩死它了，」他吐了口口水，「『卡波拉聖女』！」

「我們需要祈禱。」

「祈禱是狗屁。」

「我們必須仰賴主。」

「主根本不在乎。」

「跟我一起祈禱！」

「祈禱是擋不住子彈的，祈禱一文不值。」

他把槍指著她的頭。

「你在做什麼？」她叫道。

「我現在就要制止這件事。」

「不行！」

「如果我不制止你，每樣東西都會不保。你把我逼到這個地步！你和你那瘋狂的自尊！」

她蒙住眼睛，他用那隻空下來的手用力扯她的頭髮。

「我必須這麼做。」他說，他喉嚨中發出顫抖的聲音。

突然，他放開她頭髮，一轉身，開槍在牆上打了個洞。樓下屋裡所有人都尖叫起來、充滿驚恐。湯瑪士把槍往牆上丟去，撲通一聲跪在她前方地上。他用兩手摟住女兒，她緊緊抱著他，兩個人一起輕聲啜泣。

「拜託，」湯瑪士喊道，「拜託，請救救我。停止這些。請你，泰瑞西塔，拜託……」

西根多小心翼翼地走進房裡。

「噢，老天！」他說，「我還以爲你殺死她了。」

他倒退出了房間，把門關上。

他站在門外看守，直到兩人哭完。湯瑪士出來後仍不說話。

「顧著她，好嗎？」湯瑪士說。

「我向來如此。」

湯瑪士望著他的眼睛深處，他自己的眼睛是紅的，流露出受盡折磨的眼神，彷彿有人把煤炭放進去一樣。他伸出手放在西根多手臂上。

「現在怎麼辦，老闆？」西根多說。

「結束它。」湯瑪士回答。他把外套釦子扣上，伸直了肩膀。「結束這一切。」說著，他慢慢走下樓。

第一顆子彈射進窗戶的時候，晚餐幾乎已經做好了。

所有人全趴到地板上，躲在桌子下面。西根多已經朝門口跑去，手裡拿著左輪手槍。只有湯瑪士直直坐在桌前，一座銀燭台照亮他，而當他抽著菸時，燭火閃動，使他的身影也扭曲起來。第二顆子彈在窗框木頭中爆發，木頭碎片如雨點般灑落屋裡。全家人都驚叫著，廚子們尖叫著在地板上爬行。

湯瑪士把酒一仰而盡，又倒了一杯。第三發子彈穿過破了的窗玻璃射進來，把遠處牆壁上的泥磚打下來。「水牛槍，」他說，「五〇口徑，混蛋狙擊兵。」

泰瑞西塔緩緩站起來，四下看了看。

湯瑪士凝視她一會兒。

「我愛你。」他說。

他們聽得到遠處的騷動聲：大聲的叫囂和咒罵。

湯瑪士又喝了一口酒，低頭看著桌下的蓋布瑞葉拉和璜．法蘭西斯科。

「你們想我的晚餐在哪裡？」他問。

他又看了看女兒。她無視子彈的射擊，拉出一張椅子，坐在他旁邊。然後他點點頭，他知道他該怎麼做了。

第五十五章

「結束」開始得很安靜。在康圖亞的舊餐館更遠處，指揮帳裡的恩利貴撰寫報告。他手下逮捕的那名朝聖者身軀在白楊樹間搖晃，已經把急著想要啄他眼睛的烏鴉吸引過來了。恩利貴吃了一盤豆子和炭烤豬肉，配著牛奶。然後他坐在小小的摺疊桌前寫報告：在卡波拉維持治安的行動，以及敵人的約略數目。據他保守估計在一萬一千名支持者的占領武力中，有兩千五百名原住民反叛者。他建議立刻採取行動，不過，如果可能的話，在隨後的不幸戰事中要寬待湯瑪士．伍瑞阿和他家人。

恩利貴將信蠟封，交給一個腳程快的信差，信差再交給一名騎馬的巡邏人員帶到納渥荷亞。到了那裡，信再交給一名電報員，於是第四天晚餐之前，狄亞茲總統就看到信了。

總統看的還不只這件。加斯提倫神父寫了一封言辭惡毒的信到羅馬，要求教會將異端泰瑞西塔．伍瑞阿、她父親、克魯茲．查維茲及所有在托莫契克的信徒逐出教會。之後他拍了電報到墨西哥市，報告托莫契克正在醞釀的騷亂。

在加斯提倫的慫恿下，卡瑞歐省長附了一份報告和那些偷來的油畫。報告中，他提出警告，謊稱此次叛亂已開始橫掃帕比戈契的印第安人。若是任由另一場印第安戰爭引燃，那麼勢必會危及珍貴的礦產和林地。而情況還會更糟，因為這是一場狂熱份子的戰爭，由那個女巫，索諾拉的泰瑞西塔．伍瑞阿所煽動。這些報告在恩利貴的電報之後幾天寄到。狄亞茲迅速做出因應之道，從奇瓦瓦和索諾拉共召集了一百名騎兵。他們在沙漠中集合，朝卡波拉前進，弭平暴亂。

❋

拂曉時分，克魯茲．查維茲和輕裝備的民兵開始快步沿著蜘蛛河岸下山，八點鐘時就已經出了馬德雷山。這些人和承載他們的土地之間難以分辨。他們在山坡的石頭間伸展身軀，一動不動地躺在蛇走的路徑上，也任由蜥蜴在他們武器上逃竄，這些山谷爬蟲爬到槍托上曬太陽，小小的爪子甚至抓過他們的拳骨。

他們將自己隱入樹叢和胭脂仙人掌叢中，懶洋洋地蹲伏著。他們配合樹枝和樹身的彎曲調整姿勢，讓陰涼的三角形及正方形樹影輕撫背部。衣服上的皺褶和波紋也配合移動的樹影，直到影子消逝，這樣能使蹲伏的姿勢也變得舒服些。

他們還貼在白楊樹和柳樹樹身上、貼在松樹歪歪扭扭的樹身上，和更為狂野、更為熱情的牧豆樹樹身。他們的來福槍用破布包著，再以鮮花、野草和樹葉綁起來，直直躺在安靜的身體旁邊，像是樹枝和倒下的樹木。他們含著小石子，嚼著草葉。

路上的印第安人警告他們這裡就是了。那些要用子彈來平定天主的力量及天主之女的政府騎兵，將會走過這裡。所有軍隊最後都會通過這個幾近乾涸的溪床。

他們是「虎軍」，而他們也像老虎一樣，不動聲色地等著。有些人閉上眼睛，有些人警戒著。而所有人隔段時間就會朝克魯茲．查維茲看一眼，他坐在靠近路的一片三角形石子地上，這裡離小溪不到十步遠，溪水將綠色黃色的閃亮陽光投射到低矮的樹枝上。這些人一邊等候一邊各自夢想著。

「我寄給她一封信，」克魯茲說，「她知道我們的麻煩。」

這些人發出同意的聲音，有的是嗯哼，有的嘖嘖稱是。

「我們會在騎兵傷害她或是我們村子前阻止他們，」他說，「然後我們去找她，她會祝福我們。她會讓我們的畫找回來。她會讓我們的福分回來，你們等著看吧。而我們要把她送回托莫契克！就再沒人敢進到我們山谷了！」

「泰瑞西塔萬歲，」他們喃喃說道，「保佑我們，泰瑞西塔。」

等克魯茲起身，他們就會一起現身，到時他們就會開槍了。

❋

他們已經得知騎兵隊要來了。有人快馬到卡波拉警告湯瑪士。他急忙到泰瑞西塔的禮拜堂，抓著她手臂催促她到樓上塔裡的舊房間。如今這房間聞起來就像西根多。

「他們來了，」他說，「已經開始了。」

「我要怎麼辦？」她問。

「待在房裡。答應我，」他說，「不要離開房間，等我過來找你。」

他透過她的百葉窗板往外看。

「我不知道軍隊要的是什麼。如果他們要來把你帶走，你的狂熱信徒……」他看看她，聳聳肩膀。「對不起，」他說，「你的追隨者可能會叛變。你可以想像那種大屠殺……」

他又望了望屋外。

「我不要任何人受傷。」她說。

「我知道。」

「軍人也不要受傷。」

「我知道。」

他把百葉窗關上，門起。

❋

二十八名「虎軍」躺在野地上好幾個小時，他們輕聲唸著感恩的禱告。他們低聲誦唸耶誕節的讚美詩，他們還夢到烤鵝、火腿、新鮮的湯和乾玉米。他們夢到妻子。他們夢到他們會刻給孩子們的玩具、夢到「三王節」時所有孩童除了耶穌這份禮物外還能收到禮物的情形，而那是離他們好久遠好久遠的事了。他們答應自己，要俐落、迅速地殺敵，好回到他們的家、他們的床、他們的家人和他們的教堂。

❋

布維度拉出現在門廊上。他的腰帶上插著一把舊的點四四手槍。還有一把新的連發來福槍。

「是你！」湯瑪士說。

「是我。」

「你都到哪裡去啦？」

「這一帶。」

「謝謝你過來。」

「他們休想搶走我的牧場！」布維度拉吹噓著，他父親則是揚起一邊眉毛。

湯瑪士的防衛部隊很全面：老提歐法諾先生橫眉豎目坐在泰瑞西塔新家門廊一張長椅上，獵槍橫擱在膝蓋上；他的姪女坐在台階上，拿著一把大刀、一把手槍，還有一把打獵用來福槍，她的丈夫給角落的守衛室分配人員；兩名牛仔拿著來福槍趴在屋頂上；璜．法蘭西斯科躲在大房子大門東邊的篷車後面；西根多躲在西邊牆後；槍手蹲伏在主屋屋頂上；湯瑪士站在門廊上，布維度拉站在他下方——他想找小樹上的李子，卻找不到。屋內，蓋布瑞葉拉和女僕和廚子們全都有左輪槍。她們把槍隻傳來傳去，想要弄清楚怎麼使用。

湯瑪士看看懷錶。

「我們等。」他說。

結果他們根本等不了多久。

騎兵隊出現在蒸騰閃亮的遠處，有兩排人馬，軍旗在一波波強烈色彩之上飄揚。他們出現後，又消逝在他們自己掀起的滾滾黃塵中，像是從烈火中騎馬而出的鬼魅。他們的號角吹出震顫的聲音，響遍大草原，那是一種冷酷的蟲鳴聲，尖銳刺耳，隨著無情的熱風又逐漸散去。隊伍漸漸逼近，地面也開始震動起來，這一隊人馬的好幾百隻蹄子使小石子晃動，從「族人」腳下傳過來，感覺像是心跳聲。

鄉警們快馬奔出，加入他們的同夥。朝聖者紛紛跑離房屋。好幾百人跳進旱谷，害怕地蹲伏著。更多人就只是走出圍籬，好奇地各自占據位置，在軍人經過時看似無辜而茫然，好像他們都買了票要觀賞一場鬥牛賽。最忠於「卡波拉聖女」的人則拿起武器，面對著大群來人。舊來福槍、生鏽的手槍、弓箭、長矛。老人家還拿著鋤頭和耙子。

布維度拉說：「爸爸，我不怕死！」

「你叫誰爸爸，小子？」璜大叫。

「今天不會有人死。」湯瑪士一邊騎上他的馬一邊嘟囔著。

「我才不怕！」布維度拉喊道。

「我怕。」他父親回答。

他騎馬走在朝聖者當中，一邊說：「鎮靜、鎮靜。」

西根多望著人群的最遠端，至少他的眼力還很好。他的手下騎馬來回在朝聖者之中，像對著受驚馬匹或不安牛隻般說著話，安撫他們，要他們平靜。

「保持冷靜，」西根多說，「不要激動。」

「我沒有激動。」布維度拉說。

「騙人。」

湯瑪士繼續跟他們好言勸說，直到騎兵隊隊長騎馬進了大門。

「要鎮靜，各位先生，拜託，鎮靜點。」

❋

恩利貴騎在隊伍最前頭。他的手下動作齊一地把來福槍從槍套中抽出，手指安放在槍的板機上。湯瑪士把馬身一斜，偏離他們的路，一隻手放在左輪槍的槍托上。

「歡迎你回來，恩利貴上尉！」他叫道。

恩利貴對他微微一笑。「是少校。」他說。

「不會吧！」

恩利貴少校微微低下頭。

「請指教，湯瑪士先生。」

「升官了，」湯瑪士說，「無疑是爲了因應這項危險職責，對吧？」

恩利貴再次頷首。

湯瑪士伸手過去與他握手。

「很好！」他說。

「升官的消息是昨天晚上跟著信差里翁先生一起到的。」

「噢？」

「他帶來很多文件，有些讓人很困擾，不過有些卻讓我開心。」

「啊！」

「湯瑪士先生，」少校點點頭，「這是個不錯的早晨，不是嗎？」

「是呀！」

「只是山裡有一些煽惑的謠言。」

湯瑪士看到騎兵隊和鄉警四散開來。

「然而呢，」少校嘆口氣，「雖然這一帶正醞釀一些反叛的氛圍，這座牧場卻是效忠總統的堡壘，我的話對嗎？」

湯瑪士沒有回應。

「光臨此地沒別的事了嗎？」湯瑪士說，「你要不要進屋裡？」

少校摘下帽子，用一條白手帕揩了揩額頭。

「但願我可以，先生，」他說，「不過呢，信差里翁先生送給我的一連串文件中說令千金和此地的叛徒有關。」

「叛徒？在哪裡？」

「你這裡有的還眞不少，」少校說，指著朝聖者，「我看沒人要回家。」

「我相信，」湯瑪士說，「他們跟我一樣急切想知道你今天的意向。等他們明白這支大軍觀感如何以後，他們就會回家了。我很肯定。」

「政治大會呢？」少校說。

「這是……宗教性質的。」

「宗教，」恩利貴重複他的話，「比政治還糟。」

「的確。」

「我聽人說這裡有異端，昨晚的文件上也這麼說。噢！信差里翁先生的檔案可不小！不單是叛亂，你要知道。」

湯瑪士嗤之以鼻。「好像教會本身不像是馬糞似地。」

恩利貴眼光望著別處。「這一點値得爭辯呢，我的朋友。」他朝自己周圍比了比。「而這些印第安人呢？他們在這裡是爲了宗教，還是戰爭？」

「這是他們的國家。」湯瑪士說。

「眞的嗎？」少校回說，「我還以爲這裡是墨西哥共和國哩。」

「你們的馬匹現在站著的地方，是伍瑞阿共和國。」

「啊！這倒替我澄清了一些事。」

少校的馬搖著頭，把嘴裡的馬銜晃動得嘎嘎作響。

「擾亂治安，你知道，要比異端邪說更危險。」

他把他的馬調轉頭。

「目前，」他說，「你和你女兒要軟禁家中。我的手下會監視。你可以隨意讓助手一如往常做他們的工作，但是所有宣傳佈道都要停止。伍瑞阿小姐不准和……朝聖者有接觸。」

「要到什麼時候？」湯瑪士問道。

「等到新的命令下達。」少校回答，他行了個禮。「我必須監督追捕叛徒的工作了，」他說，「軍官的工作是永遠做不完的。」

「再見了！」湯瑪士對著往回走的他喊道，不過這位少校始終沒有回頭。

❋

第二天早晨，恩利貴又回來了。

「少校！」湯瑪士假好心地喊道，「你今天要不要下來，跟我們喝杯咖啡？」

恩利貴搖搖頭。

「今天不行。」他答道。

「抽根菸吧。」湯瑪士說，遞給少校一支細細的黑色雪茄。

少校以馬刺催促馬往前，然後讓馬站在湯瑪士旁邊。他彎下身，他們共用一根火柴。他的短髭上沾著灰塵。

他說：「我向你致歉，湯瑪士先生。你是知道的，我們奉令要制止這裡的騷亂。你女兒宣揚自由的主張，是反對狄亞茲的，不是嗎？現在她被控與武裝叛徒結夥。」

「還是個壞女人哩！」湯瑪士嘲諷道。

「我本來希望你們昨晚離開。」

「不行啊！我們被軟禁啦。」

「沒錯，不過你們離開了，那就是別人的問題了。」

少校對著那些怒瞪湯瑪士、有刀疤的鄉警比了個手勢。他感覺自己好像頭一次看到他們的長相；醜陋、黝黑、眼睛像扁平的鈕釦、嘴角有稀疏的中國式小髭，臉上和下巴都有可怕的一道道舊刀傷。

「我們有從瓦塔班普來的軍隊，要來攔阻『山脈之虎』，從柯可利、從俄莫西約、從奇瓦瓦的圭亞瑪斯和葛雷洛來的騎兵。」

「『老虎』？」湯瑪士問。

「少來了，」少校抽了一口雪茄，「我們有他們到過這裡的報告，而且他們帶有武器。跟你女兒討論策略。我們知道你在門廊上跟他們首領說過話。」

「我跟很多人說話的。」湯瑪士聳聳肩。

「我們收到報告，說他們要來和她商議。」

「爲什麼？」

「武裝叛變，湯瑪士先生，武裝叛變。他們認爲你女兒是聖女，只有她可以向他們說明天主的計畫，你知道。他們要來徵詢她的意見。」

「別開玩笑了，」湯瑪士說，「泰瑞西塔根本不喜歡政治。」

「命令就是命令。」少校說。

「你的命令是什麼呢？」

「我們的命令是要制止『虎軍』，」少校回答，「和伍瑞阿小姐。」

「現在制止她？」

恩利貴愁苦地看著他。

「我想這是你的選擇，」他說，「她不是死，就是去坐牢。」

湯瑪士瞪著他。

他一一看著武裝的騎兵。

「不接受。」他說。

「喔？你以爲你有選擇嗎？」

湯瑪士微笑。

「一個自由的人，」他說，「永遠有選擇的，我親愛的恩利貴少校！」

恩利貴從嘴唇中呼了口氣。

「你覺得雪茄怎麼樣？」湯瑪士說。

「很濃烈。」

「人能享受點樂趣的時候就該享受。」

湯瑪士舉起右手。

「比方說，我，」他說，「就非常喜歡在有機會的時候開我的槍。」

璜·法蘭西斯科從篷車後面走出來，把一發子彈上了膛。西根多和他的手下拉起他們的來福槍，拉動棘輪上子彈。提歐法諾先生把一顆子彈裝進獵槍，他的姪女舉起槍。士兵們也舉起來福槍，朝聖者四散開來。布維度拉扳動來福槍的填製手柄。這是一首有金屬碰撞聲的小小交響樂曲。

騎兵們立刻要拿他們的武器。

少校舉起一隻手。

「不要開火。」他喊道。

於是一場重大事件就暫時停住了。

「你讓我都提高聲音了，」恩利貴說，「這很失禮。」

「你們離開。」湯瑪士說。

恩利貴低頭看著他。「你這樣做很傷我感情。」他說。

湯瑪士說了一句族人的諺語給恩利貴聽：「一個人不想打架，兩個人就打不成。」

恩利貴看著他。

湯瑪士在背心口袋裡翻找，拿出一個鑰匙圈。

「我親愛的少校，」他說，「我女兒正坐在她房間裡，和任何純潔的墨西哥淑女一樣。她的房間就在那裡，二樓。」

他朝主屋比了比。

少校望了百葉窗關著的窗子一眼。

「當然，她的房間是鎖著的。這裡有些粗俗份子不肯尊重年輕女孩的安全，我相信你明白的。」

湯瑪士要把鑰匙給他。

「我們的前門也是鎖著的，這年頭很難說。不過，喏，拿著鑰匙吧。請進到我家裡，把她的門打開，把她帶走。」

少校看著鑰匙。

「但是，先把我殺了，」湯瑪士說，「如果你侵入我的家，我會變得很激動，所以我建議你去殺了那邊那個我的左右手，」他朝西根多揮揮手。「他非常保護泰瑞西塔，先殺了他。然後我建議你殺了在篷車旁邊的我兒子。然後，在門廊上，你或許也看到我繼子了。」布維度拉露出笑容。「『繼子』是什麼？他聽起來覺得挺新奇。湯瑪士繼續說：「你一定要打死那個拿著獵槍的瘋老頭。我不知道我的牛仔們會怎麼說，而我也不能替這些該死的朝聖者說話。不過如果你問我的話，我可以告訴你，他們全都是瘋子。而一旦你把他們都解決以後，拜託你一件事，打死我妻子，她有武器，而且，說實在話，此時此刻她會殺死任何走進門裡的人。」

「她很緊張。」西根多加上一句。

少校笑了，他放聲笑了出來。「該死的伍瑞阿！」他說。「好傢伙。」他又笑了。「你很狡猾，我確定。」

湯瑪士抽著他的雪茄，瞇起眼睛。「我愛我女兒。」

少校抓了抓下巴。「我有兩個女兒。」他說。

「什麼，沒有男孩？」

「天主還沒賜給我男孩。」

湯瑪士發出像是「呃」的聲音。

「你應該活久一點，」他說，「生幾個兒子。」

少校把雪茄從嘴裡取出，端詳雪茄屁股。「我們在阿拉莫斯那時候好開心，是不是？」他說。

「我們還喝香檳呢。」湯瑪士提醒他。

少校點點頭。

「我覺得味道酸。」他說。

他坐在馬鞍上轉過身，朝他手下比了個手勢。他們把武器放下。「可以嗎？」他說。

湯瑪士對他的人揮手，他們也放下來福槍。

恩利貴把手在頭上一揮，指指大門。他的手下全把來福槍收回槍套中，把馬匹調頭，快步朝卡波拉出口騎去。

「爲了孩子們。」他說。

湯瑪士把他的小雪茄菸彈開。

「多謝了。」

「我明白你的……處境，」少校說。他望了房子一眼。「這麼做，我恐怕腦袋會不保，不過我會給你一些時間去，呃，跟你女兒說一下。我們會在牧場外紮營，靠近那邊的小溪。我會和我的軍官們開會。我們需要討論我們的計畫。而你……你可以去做你必須做的事，我可以給你兩個，或許三個小時的時間。」

湯瑪士伸出手，少校握住了，兩人握了手。

「你是個紳士，我的朋友。」湯瑪士說。

「我是個軍人，」少校回答，「如此而已。」

他讓馬倒退幾步，但在轉身騎走前，他說：「保重。」

「我們會的。」

「要快。」少校說，然後又加上一句：「復活節快樂。」

「今年的復活節我們不能過了。」湯瑪士說。

「很可惜。」

然後恩利貴騎馬離開牧場，一路上還向朝聖者及牛仔們點頭。

第五十六章

他們沒帶什麼東西。湯瑪士把一些食物包在毯子裡，還拿了武器。他擁抱蓋布瑞葉拉時她哭了。

「不要哭，我的愛，」他說，「沒人能抓到我們的。我們是平原上最快的騎士呢。」

他熱情地親吻她，力道大得把兩人的嘴都弄痛了。

「我今天晚上會讓她到艾奇輝奇輝，」他說，「到早晨，我們會有足夠的休息，而準備好讓你過來。在鄉下過幾個星期，我們就全都可以回家了。」

「如果這裡有問題呢？」蓋布瑞葉拉說。

「聽著，恩利貴是個好人。你今天也看到那個情況了！我們會偷偷到山裡。我要帶泰瑞西塔去百約瑞卡，或是進到奇瓦瓦。我們會到那裡找地方安頓！然後我再送她到德克薩斯，艾吉瑞可以收留她。不要哭！最慢一個月內我就回來陪你。」

蓋布瑞葉拉也擁抱泰瑞西塔。

西根多已經給兩匹強壯的馬上了鞍、等候著。

泰瑞西塔什麼也沒帶，她留下聖像和念珠，留下草藥和木頭十字架。她現在已經用不到宗教象徵物了。天主能給她的東西她隨身帶著，再也沒有任何崇拜物可以給她安慰或力量了。

她摟住蓋布瑞葉拉。

「我很抱歉。」她小聲說。

「我會去找你們。」蓋布瑞葉拉說。

「我愛你。」

「我也愛你。」

西根多拿了一把小小的銀製手槍給泰瑞西塔，她卻搖頭。

「請你拿著。」他求她。

「不行。」

她把臉貼著他胸口，他的胸口好硬，胸毛擦著棉質襯衫。

「我希望我能跟你一起去。」他說。

「你必須保衛牧場。」

他把一隻手放在她頭上。

「那麼，爲我祝福吧。」他說。

她親吻他，再摟住他，用古老的語言對他低語：「主與你同在。」

西根多訝異自己竟然落淚了。

他們匆匆穿過房屋。

布維度拉站在門口台階上。

湯瑪士站在他旁邊。

「兒子。」他說。

「你今天的表現很好，」湯瑪士說，「我很驕傲。」

布維度拉微笑了。

「你現在已經是個男人了。」

湯瑪士把手放在兒子背上。

璜．法蘭西斯科也加入他們。

「我和泰瑞西塔必須逃離這裡，」湯瑪士解釋道，「我們不能帶任何人一起走，免得讓我們速度變慢。你知道你妹妹騎馬快得像陣颶風。我想我可以趕得上她的速度。」

「那牧場呢？」布維度拉問，「這裡會由西根多管嗎？」

「西根多！」湯瑪士說，「這是我們的牧場。他是指揮助理，一向是這樣，他會聽命令的。」

「誰的命令？」

湯瑪士身體往後一頓，假裝驚訝地瞪著他倆。

「你們兩個可以處得來嗎？」

男孩們點點頭。

「我其他的孩子都在阿拉莫斯。這裡我需要人手。這是『我們的』牧場，」湯瑪士說，「是『你們的』牧場，孩子們！」

「什麼？」

「你們來管牧場，你們當家作主。」

「我？管牧場？」布維度拉叫道。

「你們兩個。我讓你們負責管理！西根多和牛仔會照你們的吩咐去做，所以放聰明點。而且你們要保護我的蓋布瑞葉拉，聽到了嗎？」

「爸爸？」布維度拉說。

「替我照料一切。」湯瑪士擁抱兩個兒子，親了兩人的臉頰。

他離開後，布維度拉坐在台階上，盯著地面。璜·法蘭西斯科站得更挺，注視那些也在瞪眼看他而弄不清楚的朝聖者們。

❧

湯瑪士騎的是那匹黑色大種馬。西根多給泰瑞西塔挑了一匹速度快的帕洛米諾馬。她用刀子割開裙子，又把襯裙拉上去。他們散開，先是緩慢地，分頭穿過主屋大部分地區和這片地的前面，然後從廚房溜走，走在牧場附屬屋舍和飽受摧殘的藥草園中間，再繞過一座長長的雞舍（這裡大部分的雞隻都被偷走，雞蛋也全被朝聖者偷去吃了）到西根多的房子後面。然後放慢速度，走在旱谷的岸上，繞著漲上來的去冬的綠色潭水，馬蹄在黑泥中深深踩出半月形的蹄印，一團閃亮的小飛蠅逃離他們的影子。白楊溫柔地吐出新綠，正要開始著上五月的華服，爲自己添色，不過它們的枝椏末端仍是光禿禿，伸向天空，像是瘦骨嶙峋的雙手，要把太陽從暴風雲中一塊塊抓下來。沒有雷聲的熱閃電在諸山頭飛掠。遠方海上升起一團厚重的黑雲，朝他們而來，又裂成白色細條狀，然後在大草原的熱度下蒸發了。馬蠅把馬匹側身叮咬出血。她經過時，朝聖者已經在呼喊她。

「願主保佑你，泰瑞西塔！」

她伸出手，分別碰了碰伸出的指尖。

「要回來我們這裡，天使！」他們說。

她摸摸他們的頭。

「泰瑞西塔萬歲！」

他們爬上另一邊的河岸。

「卡波拉聖女萬歲！」

湯瑪士最後一次回望他的家，然後用銀馬刺催促他的馬。兩匹馬猛地騰躍在河岸上，嘶鳴聲傳遍炙熱的平原。

「族人」也開始迅速離去，他們的「聖女」既已走掉，他們也就散了。有些人急急忙忙，有些人還拖拖拉拉，不過各營地不到一小時就全都瓦解了，營火也被踢散一地。

雅基族往北走，馬約族朝南行。少數的塔拉烏瑪拉族跑回馬德雷山，阿帕契人快馬奔到亞歷桑納。皮馬族往土孫市西邊，塞里族徒步向海邊走去。

梅斯提索族急忙往辛納魯亞去，他們的解救美夢已經破碎。亞歷桑納人和新墨西哥人和德州人把篷車駛上塵沙飛揚的路，比較不那麼慌忙，墨西哥軍隊不敢攻擊白人的篷車隊。不過這一路上都有人攔住他們問：「那是眞的嗎？」以及「他們把聖女抓走了嗎？」而他們也把話傳出去。他們說，是呀，她走了；他們說，是呀，她死了。他們說軍隊要殺光他們所有人。

在山裡，戰士們聚集著，他們低聲說到火，還提到來福槍、大刀、伏擊和殺戮，一直談到夜深。「族人」逃走之際，戰士們卻離卡波拉越來越近、觀察著整個情勢。

第五十七章

牧豆樹影伸到路上、夾在三顆圓石間的影子再過去幾呎處，這時樹影說話了：

「你還記得卡波拉那個殘障的女孩嗎？」

圓石之間的黑影抬起頭。

「魯本，」克魯茲說，「你應該知道不可以說話的。」

「我只是在想。」

克魯茲又躺回去。

他那二十八個槍手仍然隱身，他可以從路上認出其中許多人。但是就算知道該往那裡看，他也不可能看到全部的人。

「所以？」魯本說，「你還記不記得她？」

「我記得。」

「我們再也沒看過她了。」

「是呀。」

「你想泰瑞西塔把她治好了嗎？」

「當然，」過了一會兒，「我是靠信仰知道的。她治好了荷西，不是嗎？」

「那老小子。」

他們吃吃笑了起來。

「她會爲我們祝福，我們必須出於對她的忠誠這麼做。她會照顧我們，不過我們必須保護她，就像保護我們自己的老婆一樣。」

「阿門！」

「安靜啦！」克魯茲說。

「我只是在想，」魯本重複他的話，「只是想到在卡波拉的那個女孩。」

「想想軍人吧，」克魯茲說，「想想軍人逮捕泰瑞西塔。想想軍人追到我們教堂，把我們的聖像偷走。」

「我在想呀。」

「想想托莫契克的軍人。」

「我在想呀。」

「想想他們開槍射殺泰瑞西塔、射殺你的母親、你的妻小。如果給他們機會，他們會這麼做的。卡波拉那個女孩？想想你的女兒吧！」

「我想到樹上那些印第安人呢，克魯茲。」

「是的。」

「我們都看過吊死的印第安人。」

「是的。」

「混帳東西。」

「是的。」

克魯茲聽到魯本槍膛拉開的冷冷聲音。

❋

從遠處上方，也就是兀鷹和紅頭鷲此時聚在一起，緩緩繞著圈子的地方，這整個地面似乎充滿了動作。一波波朝聖者漫無目標地在卡波拉來回晃盪。一陣陣棕色人潮從這裡或那裡離開，隊伍拖曳著朝阿拉莫斯走去，或是朝著俄莫西約、朝著馬德雷山、朝著遙遠的美國邊界前去，沿著旱谷和雅基河朝圭亞瑪斯和大海走去。騎兵隊和鄉警隊穿過這片人潮，包圍了主屋並且下馬。還有一支騎兵隊伍快馬往山路奔去，計畫登上馬德雷山，平息托莫契克的騷亂份子。煙霧般的沙塵，以及沙塵般的煙霧，隨著猛烈的強風四散飛舞。雅基族戰士在乾燥的山丘間咻咻飛奔，他們受到卡波拉事件吸引，準備和騎兵作戰，路上的偷兒也準備要對逃離的朝聖者下手。空曠的大地現在可熱鬧了：篷車隊、牲口群、牲口眾多的鄰近牧場、礦場的騾車隊、美國盜馬賊、牛仔。兩個小小的人影飛奔在山麓丘陵之間，在廣袤的土地上顯得渺小而孤寂，在他們後方，從卡波拉後方的樹叢中出現的，是呈三角形移動的馬群，快馬的騎士低伏在馬脖子上，他們身後是風中飄揚、撕裂的軍旗，這是騎兵隊中最快速的攻擊小隊——快馬騎士及殺手，正奔過逃犯的路徑，一邊觀察各種跡象一邊快速前行，雖然尚未看到泰瑞西塔或是她父親，但卻全力追趕，逐漸逼近、逼近。

❀

騎兵隊漂亮地上了山麓丘陵的路。騎士仍舊維持著秩序，成兩排密密的縱隊前進，明亮的金屬配備在陽光下閃耀，制服整潔、帽子閃亮。他們的馬鞍、來福槍、鞍袋、劍、矛、旗桿、馬距、韁繩、馬銜、號角、馬蹄鐵，全都發出匡啷匡啷的聲音，揚起一段刺耳的音樂，半哩外都聽得見。軍人的黃銅釦子亮得幾乎讓人睜不開眼，還會閃出亮光。

前方出現了一群老婦人。這些老太婆像從土裡冒出來的，就像那些印第安人總是不知從哪裡跑出來一樣。她們穿著黑色的長袍，頭上蒙著頭巾。

騎在隊伍最前面的中尉是由恩利貴少校親自指派的。他看到這些老婦人，就對他的副官說：「她們要去望彌撒嗎？」他哈哈笑著。他的兩手離開鞍頭，手心往外攤開，手指張開往下，這個手勢任何墨西哥人，甚至是「虎軍」都認得出，代表了困惑，向某種偉大神祕力量臣服。他的肩膀誇張的聳起，使這個姿勢更完備了。他的嘴角往下撇。

他轉身向著老婦人大喊：「誰萬歲？」

如果是叛徒，就會高喊「托莫契克萬歲！」或是「卡波拉聖女萬歲！」識相的「族人」就只會喊「波費利歐．狄亞茲萬歲！」而保住性命。但是這群女人卻一句話也沒說。

「誰萬歲？」中尉重複他的問題。

老婦人們站定，默不作聲。

「我說是誰萬歲？」

一個男人的聲音喊道：「聖母馬利亞、聖約瑟和卡波拉聖女萬歲！」老婦人們把裙子往後一甩，立刻可以顯現她們根本不是女人。站在中間的克魯茲．查維茲從襯裙裡抽出來福槍就開火。

中尉的心臟爆開時，肩膀仍然聳著。一道四呎高如噴泉般的血柱和心臟碎末及骨頭碎渣噴濺到他身後的騎兵臉上。隨後其餘的「虎軍」也開火，騎兵們舉起來福槍反擊之前，已經有三人倒下。山谷中充滿煙硝和馬匹踢起的塵沙。軍隊射擊的子彈有一顆穿過荷西．查維茲的上左胸，他是克魯茲．查維茲的哥哥。

「虎軍」一邊扶著荷西一邊拚命跑。他哭喊、抽泣，鮮血從胸口湧出，把他的襯衫變得又黏又冰。等到他們確定軍隊看不見他們了，克魯茲就用手蓋住荷西的嘴，掩住他叫痛的呼喊。他們撕下自己襯衫，塡塞在荷西後背和前胸的彈孔中，再用他們裝扮穿的女人衣服做成黑色綳帶。

克魯茲把兩手放在哥哥頭上，爲他祈禱。其他人聽到荷西淒厲的哭喊也都哭了。因爲疼痛和失血過多，他已經神智不清了。

「我們要怎麼辦？我們要怎麼辦？」他們問克魯茲。

他們從沒看過他害怕的樣子，但這是他大哥啊。他兩手顫抖地把荷西擁在胸前，他自己的襯衫也沾到血而黏答答。

「卡波拉，」他倒抽一口氣說，「我們必須把他帶到卡波拉，兄弟們！泰瑞西塔可以救他！」

「阿門！」

「聖女萬歲！」

他們抬起他的右手臂和兩條腿，幾個人把他抬在中間。他們又用剩下的老婦衣裙做了個吊帶，吊起荷西下垂的中間身軀。然後就跑了起來。

第五十八章

等到湯瑪士和泰瑞西塔到了艾奇輝奇輝，他們已經累得只能坐著。他們像是逃離火災的動物一樣拚命騎著馬，躍過圍籬和木頭、躍過溪流；驅散驚恐的牛隻和鹿群、將烏鴉和成群的鷓鴣一陣驚慌趕上了天。

他們抵達這座較小的牧場時，馬匹已經累得搖搖晃晃了。泰瑞西塔兩腿顫抖，從馬上跳下時也乾嘔起來。湯瑪士拿了杯水給她，摟住顫抖的她。

「休息吧，」他說，「休息一個鐘頭。」

「只要幾分鐘就行了。」她說，但是一進屋裡，她就倒在一張床上。等到他把門關妥，回來看看她時，她已經睡著了。

不過，騎兵隊還是來了。等到他們追到艾奇輝奇輝牧場後，遭到伏擊而四散的騎兵們也加入他們，用地上石頭突然活過來、裝成老太婆的印第安人，從樹身中出來殺掉同袍的故事煽動他們。他們在屋外朝空開槍、大聲咒罵，吵吵嚷嚷，殺氣騰騰。

「泰瑞西塔・伍瑞阿！」他們大喊。

湯瑪士走出房門，揮開他的牛仔，他們人數不多，火力也比不上軍人。

「把她交出來！」領頭的軍官吼著。

「不要。」

「那麼她就要死在屋裡了。」這個騎兵回答。他打了個信號，一名騎兵拿著一根用破布包著的樹枝過來。「把火點上。」

騎兵劃了一根火柴，點起火把。

「那就燒死她，」軍官說，「要殺蝨子就燒床。」

「看在天主的份上，老兄！」湯瑪士大喊。

「天主？我們在這裡可不擔心天主！」

「那看在所有神聖事物的份上！」

「我就是所有的神聖事物，」軍官說，「現在我是你的宗教。」

湯瑪士舉起雙手，彷彿他自己一個人就可以阻擋馬匹。

「她不是死在這裡，」騎兵說，「就是死在牢裡。」

「泰瑞西塔，不要。」他小聲說。

「不要燒這房子。」她說。

湯瑪士身後的門開了。她還沒走出來，他就聞到她的味道。

「泰瑞西塔·伍瑞阿嗎？」騎兵問。

「是的。」

「人稱『卡波拉聖女』的那個？」

「就是我。」

騎兵看看她，鄙夷地笑了笑，搖搖頭。

「你？你什麼也不是！」

他笑，他的手下也笑。

「她連漂亮都說不上哩。」一名騎士叫著。

「年齡？」軍官又問。

「十九歲。」

「搞了這麼大的麻煩，你卻只是個臭丫頭？」他討厭這整件事，印第安人和狂熱份子、救世主和罪犯、這個女孩子和她那個歇斯底里的父親。「開槍。」軍官下令。

來福槍舉起來。

「不要！」湯瑪士大叫。

他一步跨到她面前，把兩臂張得更開。

「不要！」

「走開。」

「那先殺了我。」

「我告訴你走開，先生。」

「如果你要打死我女兒，那就讓子彈先穿過我。」

「我們對你沒有控訴罪名。」

「先殺我。」

「先生。」

「殺死我。」

「混蛋！」

他們開始踢他，想把湯瑪士和泰瑞西塔分開，但他咬緊牙關，忍下他們用靴子踢肋骨和腦袋的疼痛。

「鬆手，臭小子！」

「你等著瞧吧，畜生！」

他們不停地咒罵這對父女。

「我們可要好好教訓你一頓，混蛋！」

「踢死他們！」他們開始叫囂，他們想看到他倆被活活踢死。但是其中一名騎兵腦筋突然清楚了，他對軍官說：「他是恩利貴少校的朋友！」

「呃？」

「少校還在他家睡過覺。」騎兵警告。

「該死！」

軍官要手下住手，還用韁繩把軍人抽回來。

湯瑪士嘴唇上有道正在流的血跡。他和泰瑞西塔像是不住喘著氣的動物，而他依然不放開她。

「你不進屋裡嗎？」軍官問。

「絕不進去。」

「該死。」

湯瑪士用手緊緊抓住泰瑞西塔的衣服，把她更往背後拉去。

這些騎兵面面相覷，聳聳肩。湯瑪士聽到一個人說：「我們殺了他和那個賤人，然後回家吧。」眾人的馬匹集合在一起，騎兵們商議著。「她只不過是個女巫。殺了她。」軍官搖搖頭，喃喃說了些話。

他把馬轉回，向著湯瑪士。

「你在找我麻煩，」他說，「要把你女兒帶到監牢，我們還得騎馬去圭亞瑪斯。你看看我們現在有多累。而她也只會死在那裡的絞架上，不然就是死在路上。你可以省掉我們很多麻煩的。」

湯瑪士不退讓。

「我要陪她到監牢！」他宣布。

「理由是什麼？」

「我直接妨礙你們執行任務。不是嗎？你以爲我是白癡嗎？你以爲我會讓你們把我女兒一個人帶走嗎？」

騎兵嘆口氣。「子彈要比繩子好受，」他說，「而我還得給她徵用一輛馬車，再給你也徵用一輛！別這樣嘛！」

「我們要進監牢，」湯瑪士說，「如果他們要吊死她，我也要吊死在她旁邊。」

軍官搖頭，笑了起來。

「隨你，」他說，「但是如果往圭亞瑪斯的路上我對你們煩了……」他舉起一根手指，對著他們，嘴裡發出「砰」的手槍聲。

⁂

他們在牧場屋裡等了一夜。湯瑪士痛罵自己，應該繼續騎下去的，應該躲進山裡的。他以爲他可以保存生命中的一點東西、卡波拉的一點東西。泰瑞西塔要他小聲，想要減輕他的憂愁，但他根本無法被安慰。

上午時分，兩輛簡陋的馬車出現，看起來像是某個廢棄動物園的獅子籠。湯瑪士被隨便丟進去。泰瑞西塔被兩名士兵抬起來，她曾在一瞬間想到把自己變重，讓他們抬不動，但後來還是算了，因爲害怕他們會傷害她父親。

接下來就是在路上的日子了。雙手綁住、被踢、挨罵；太陽曬、渴到極點。當她要去大小解時，軍人會跟著她、笑她，還高喊下流的字眼。有一次，湯瑪士想要保護她，他們卻用來福槍槍托砸他的頭。

「殺死他們，」他隔著鐵籠的鐵條小聲對她說，「你可以做得到的。」

「爸爸，拜託。」

「別忘了你對布維度拉做的事！再做一次嘛。」

「我不能這樣做。」

「好，那不要殺死他們，只要……讓這些混帳傢伙癱了就行。做嘛！讓他們變瞎！」

她轉過身去。

「如果你愛我，你就要殺死這些豬羅、殺死他們。」

「不要，」她叫道，「不，不，不！」

「閉嘴！」她的守衛怒斥，還踢她的籠子。

軍人們把泰瑞西塔的囚車停在一小叢樹木附近，他們把湯瑪士的囚車駕遠了。「泰瑞西塔！」他叫道。「泰瑞西塔！」他一直叫她，直到出了視線。

她聽到一陣微微的號角聲。

「他來了。」她的守衛說。

「誰？」她問。她跪在囚籠裡，轉頭盯住繞圈子過來的他。他把馬往回拉。

「將軍，」他說，「班達拉將軍。」

他們都笑了起來。

「他會要看看你。」騎兵說。

「他要的還不只這個。」另一名騎兵喊。

他們又笑了，她看到他們互相拍著後背和手臂。

❋

卡波拉二度被毀。眾人的激情破壞了圍籬、踩壞了所有作物，花園成了日漸臭腐的糞堆，西根多屋子的窗戶被逃避騎兵的憤怒青年打破，遠處躺著死狗、死驢。一頭跛腳的公牛在翻倒的蜂窩附近一瘸一瘸地走著，屁股上明顯看得見一個子彈彈孔。剩下來的「族人」急忙到工人村，躲進他們的小屋。牛仔們站在各處，看起來像是頭上被重重敲了一記而嚇呆了。這裡是個死氣沉沉的地方。就連少數幾個走過阿拉莫斯路的少女看起來似乎也髒兮兮的、全身塵土。主屋院子大門開著，其中一片門被扯離了鉸鏈，斜斜地敞開。

從托莫契克來的人把荷西放在石板地上，那棵小李子樹已經被拔起來。克魯茲正走到房門口時，一名少女匆忙走出來，手上還拿著一個銀色盤子。她看到克魯茲，張大嘴丟下盤子就跑回屋裡。

西根多走出來。他把手槍伸到克魯茲臉前。他說：「你。」

「這裡出了什麼事？」克魯茲問。

西根多把槍膛往後拉，克魯茲看著彈膛轉動。

「世界末日。」西根多說。

克魯茲盯著手槍。

「你休想，」西根多繼續說，「來這裡拿走任何東西。」

「拿走？」克魯茲說。

璜．法蘭西斯科走出來，站在西根多後面。

「這是哪位？」他說，然後他看到銀盤子，說：「這是怎麼回事？」

「我是克魯茲．查維茲，」克魯茲宣布，「是泰瑞西塔的朋友。」

璜．法蘭西斯科搖頭。

「拜託，別再來什麼朋友了。」他說。

他走出來，撿起盤子，又走回屋裡。

克魯茲坐在台階上，雙手支著頭。西根多看到他從肩膀到背上都是乾血漬。

「你中槍了嗎？」他問。

克魯茲搖頭。

「是我哥哥。」

西根多聽到牆外頭傳來的呻吟聲。

他把手槍放下。

他走到牆邊，往牆外看去。

「那傢伙情況很嚴重。」他說。

「是的，我哥哥的情況很嚴重。」

西根多把槍放進皮套裡。

「這裡全毀了，」克魯茲說，「全毀了。」

西根多兩隻手插進口袋。

「這些該死的朝聖者，」他說，「他們毀了所有東西。」

「泰瑞西塔呢？」克魯茲問。

西根多搖頭。

「走了。」

克魯茲頭垂下。

「完了，全完了。」

過了一會兒，他站起來，走出大門。西根多看著他。他站在路上，面對他的手下。「泰瑞西塔，」他對他們說，「已經離開了，這裡的一切，」他用左手比了比，「已經全部完了。」

西根多驚異地看到這些人全都跪下來，像小孩子般哭了起來，他們一直停留到黃昏，然後急行離開。一如往常走在最前頭的克魯茲，一路哭著進入山區。

＊

班達拉將軍隨著一支重裝部隊過來，他直直騎到泰瑞西塔囚車前，望著裡面的她。

「所以這就是偉大的聖女了。」他說。

他喝了水壺的水，把水壺伸進囚車鐵欄杆裡要給她，她把臉轉開。他把水壺蓋蓋上，掛在鞍頭上。

「不要緊，不要緊，」他說，「你很快就會渴了，到時候你會要水喝，那時候再看看我想不想給你喝。」

他的手下笑了。

他下馬。

他一下馬，泰瑞西塔就發現他看起來像隻蟾蜍，他的兩條腿因爲終日騎馬而呈弓形。他的身軀矮胖，沒有脖子，厚嘴唇。

「往前騎。」他命令道。

其餘騎兵向他行了禮，快馬離開。

兩名守衛到高地去站崗。

將軍拍拍囚車的鐵欄杆，對著裡面的她微笑。

「我們來看看，」他說，「我們來看看。」

他把囚車後門的栓子拿開。

「你要做什麼？」她說。

「你很快就會知道了。」他說，他露出笑容。他抽開門栓，讓門打開一隻手的寬度。

「你想逃嗎？」他說，一隻手按著黑色槍套的閃亮套蓋。「你會想要逃，」他說，「不是嗎？呃？」

「我會和我父親一起待著。」她說。

班達拉將軍四下看了看。

「你父親？」他笑了。

他登上囚車，和她在一起。他的重量讓囚車翹起一邊，木頭發出吱嘎聲。囚車前頭繫著兩頭騾子的木棍一陣搖晃，迫使牠們往後移動。拉繩上和嘴裡面的金屬發出碰撞聲，像小小的鈴鐺。

「你要做什麼？」她又問一遍。

她可以聞得出他的打算。

「我要享用你。」他說。

她走到囚車另一頭。

「不用了，多謝。」她說。

「你這個妓女，」他低聲說，「你沒得選擇。」

他一隻手鬆開皮帶，另一隻手去抓她的腳踝。

她踢他下巴。

「噢，賤人！」他大叫，緊抓住下巴，「賤人！」

「我要提醒你，你是一位軍官。」她說。

他解開長褲最上面的釦子。

她瞪著他的眼睛。

「看我的傢伙。」他說。

「不要。」

「我要把它放進你身體裡！」他說。

「放進你自己身體吧！」她回答。

「這是什麼話？」他大叫，一個年輕女人說這種話讓他很生氣，「你沒有禮貌嗎？」

「先生，」她說，「就算路上的強盜也不敢占我這種處境的便宜。而你，你自稱是個紳士，還是墨西哥軍隊的將軍，卻要比強盜更可悲、更懦弱。」

他跪直身體。

「你應該知道，」他大為光火，「決定你該死該活的人是我，我不開心是可以讓你送到行刑隊前。你自己還要死還是要活。」

「那就殺了我吧，」她說，「殺了我，但不要侮辱我，將軍。」

他把褲子釦好，出了囚車。

「隨便你要對我的屍首怎麼做都可以，」她說，「如果你這麼迫切需要解放的話。」

他做了一個好像聞到惡臭的表情。

「你臭得讓人不想碰。」他不屑地說。

他對著遠處的手下大喊：

「你們！過來這裡！把這個髒東西送到圭亞瑪斯！速速前去！」

他們急忙跑向囚車，爬上去，甩動韁繩。班達拉將軍上了馬，盯著她看，囚車搖搖晃晃上了路。他緩緩催促他的馬移動，跟在她後面，不過盡可能避開她的視線。

❋

不到一個小時，一支騎兵巡邏隊就到了牧場。西根多沒有理由要保護這些白癡，於是把荷西交給負責的上校。他們把他拖到騎兵遭受伏擊的旱谷。到了早晨，他們把他的脖子綁在樹身，他幾乎快死了，站也站不住。他們先是看他被勒了一段時間，看膩了就輪流朝他開槍。

第五十九章

圭亞瑪斯。泰瑞西塔從沒看過海，雖然又累又痛，看到遠方繞著海岸那深藍色細長的海洋還是十分震驚。她閉起眼睛，她可以聞到鹹味。

她在一個庭院的高溫中昏了過去，在囚籠中痙攣。她似乎在那裡待了好幾個小時。她聞得到從囚房窗裡傳出的屎尿味。有人尖叫，有回還有一陣行刑隊嚇人的劈啪開槍聲，以及囚房傳來的喧鬧聲：有咒罵、有杯子敲打鐵欄杆的聲音。蒼蠅發現她了，於是往她的眼睛和鼻子裡鑽。她慌亂地邊拍牠們，邊打自己，因爲牠們先是三兩隻，然後幾十隻，最後成百上千隻，她的臉和手臂幾乎都成了黑色。她的囚車輕輕搖動，門栓動了，喀吱一聲門開了。

「出來。」

警衛很髒，看來更像囚犯。手上拿著一條短皮鞭，腰帶插著一把手槍，臉頰上滿是硬硬的鬍渣。一隻蒼蠅停在他嘴上，他吹口氣把牠趕走。

她爬到囚車後部，翻下車。兩條腿抽筋得厲害，要站要走都不行。

「請幫我一下。」她說，伸出一隻手。

他踢了她的屁股。

「這樣有幫助嗎？」他問。

站在他後面頗遠的兩名獄卒放聲大笑。

「你不是女巫嗎？」他說，「你不能變成蝙蝠飛走嗎？」

「小心哪，沛比！」他一個朋友高喊，「她說不定會把你變成蝙蝠呢！」

「少囉嗦，笨蛋！」沛比咒罵著。

泰瑞西塔抓住車子的邊邊，把自己撐起來。她的兩個膝蓋在發抖。

「你有沒有水？」她問。

沛比拍拍自己的胯間。

「我這裡有水！」他說。

他的朋友又笑了。

「我們走吧。」他說。他把她從囚車推開，用皮鞭的把手推她往前。

「做個乖女巫，」他說，「我就不會用皮鞭抽你。」

她步履不穩地往前走。

囚室窗裡的臉都往下看著她。

「裝模作樣！」有人喊著。

「嗨，老太婆！給我們一個吻！」

沛比又推了推她。

「快點。」他說。

一名囚犯叫道：「不要碰她！」

「閉上你的嘴！」沛比也喊回去。

他催促她穿過一個石頭院子，來到一扇厚重的雙層門前。

「我們不能把你和男人關一起，」沛比說，「所以你可以睡在從前牛和豬睡的地方。」他打開門時笑著說，那臭味立刻襲向她。她身體晃動了一會兒。

「我從前跟豬睡過，」她說，「謝謝你的幫忙。」

她走了進去。

他站在門邊一會兒，不知道該說什麼。

泰瑞西塔坐在靠牆一張簡陋的床上。「你對我很好，」她說，「我會爲你祈禱。」她的目光讓他很不安。

「別客氣。」他說，只是爲了有話可說。然後他又說：「桶裡有水。」

他把門用力關上，還上了鎖。他站在那裡一會兒，側耳聽著。走開時，他腳步很快。

❀

此刻在牢房裡，她打起哆嗦了。天氣很熱，但她卻在發抖，她也咳嗽。她只在路上吃了些乾麵包皮，一天喝一大口水。她的眼睛都花了。

她捧起水桶，喝下混濁的水。

前一晚警衛綁住她雙手，今天早上他們鬆綁了以後，她的手腕因爲磨破而流血。其中一人把她推進囚車時用兩手捏她屁股。

「你兩隻手給我離開我女兒！」湯瑪士大喊，回應他的是頭上重重一擊。

「不用爲這個女巫掉眼淚，」警衛吐了口痰，「沒幾天你們兩個人都要死翹翹了。你們的麻煩就會結束了。」他大笑，他身旁每個人也都在笑。泰瑞西塔想起米揚，她不知道爲什麼壞人都這麼快樂。

她站起來，把臉貼著窗孔。

好多白色的鳥，張著大翅膀，在天空中形成V字形的白鳥群。像天使一樣，她心想。

她轉身向著牢房。這是個石頭小屋，又潮濕又悶熱，地上的草葉和塵土黏著泥巴和動物糞便。後面有一個石頭架子，架子底下堆著一條薄毯。她拉開毯子，披在肩上，在床上坐下。

時間晃呀晃地過去。

她想要為父親祈禱，但卻無法做到。她的頭才碰到床的帆布，就立刻睡著了。在她周遭，所有的蝨子、跳蚤都在騷動。

蚊子和會咬人的蒼蠅、蚋、小蟲從開著的窗子飛進來。跳蚤從毯子裡鑽出來，在鋪石中間跳動。蝨子找到她頭髮就往上爬。蜘蛛從天花板上掉落到她身上。扁蝨爬到她裙子裡面，把頭伸進她的大腿。她沒有動，就連一隻好大的蟑螂爬上她的臉，把頭伸進她睫毛中喝她的淚水，她也沒有醒來。

她等絞索等了多少天？

她已經數不清了。

警衛送來盛豆子的鐵盤，時間似乎沒個準。第一頓早餐裡滿是小小的蛆，她用指甲把蛆從稀稀的豆子中挑出來，彈到角落，再吃發酸的豆子。有時候沛比會丟給她一小塊放久了的甜麵包，或給她一杯很淡的咖啡。他經常嘲笑她，尤其是在辱罵她的時候；再不就在他碰得到時故意去摸她的身體，或站在門口用手在自己胯間撥弄。她忽視他。

她的身體無時無刻不在刺痛、發熱。全身都是叮咬的包。從她肚臍到體毛的地方，有一大片蝙蝠形狀的紅色區域，又痛又癢，如果去抓，就會抓下一條條濕濕的外皮，塞在指甲裡。她摳掉屁股上的結痂，就摸到皮膚上流出來濃濃的橘色水液。

她整天都在發抖、咳嗽和乾嘔。是某種熱病？夜裡得的，或許是某種從地面冒上來的邪惡之氣，再不就是從不管她爬到哪裡都緊追不捨的那上千個叮咬的嘴傳染給她的。她已經沒什麼可以祈禱的了。父親是生是死？那個被施酷刑的人拖到苦刑室而哭喊得十分淒厲的人是他嗎？卡波拉被燒毀了嗎？蓋布瑞葉拉還活著嗎？布維度拉呢？西根多呢？克魯茲逃走了嗎？就連在另一個世界的葳拉，也沒有回應她的呼喊。

在這個陋室的第十五天，沛比打開門要給她送午餐時，他說：「你的水呢？」

「我把水倒在身上了。」她說。

她十分蒼白，又瘦得跟骷髏一樣。在沛比看來，她的熱病好似已經把她害死了。這個女巫曾經以起死回生聞名了，也許她現在已經死了。他打了個冷顫，仔細看著她。他可以聞到她的味道，她聞起來有血腥和腐爛的味道。

「你是一團亂呢，丫頭，」他說，「好噁心哪。」

她幾乎沒辦法說出完整的言語，不過她還是掙扎著說了。「嘿，謝謝你的好心，沛比先生。天主一定是賜給你會跟女人說話的本事，你是凡人中的王子。」

不過她也不確定自己究竟有沒有說這些，她很可能只是發出一陣怪異的呻吟聲。就在這個早晨，她還看到印第安人在天空跳舞。她把臉貼在窄窗上，仰望馬廄院子上方那一小片藍天時，看到頭上綁著鹿頭的雅基人、頭上有嚇人的十字記號的阿帕契人，還有頭戴奇怪羽毛的赤裸男人，以及男男女女，全在天空中旋轉，在她的上方打轉。在他們當中，她看到克魯茲．查維茲，穿著白襯衫和被風吹得鼓脹起來的長褲，她叫他：「克魯茲！克魯茲！我在這裡！我在這裡！」但他卻繼續跳著，跟著那些在天空的戰士往大海方向去了。

「你還要水嗎？」沛比問。

「再多一些。」

他把她的水桶提到外面，操作一個汲水把手。她聽到水湧進水桶。她爬到開著的門旁，望著外頭的陽光。陽光很刺眼。她用一隻手遮住眼睛，然後伸出另一隻手到陽光下去曬。沛比看到她手上的抓痕和手腕上上百個紅色傷痕。

「耶穌基督！」他說。

他把水桶放回牢房，站在那裡低頭看著她。

「你必須回到裡面。」他說。

「求求你。」

她趴在溫暖的石頭地面。他看到她細瘦的後背在顫抖，她的兩隻手也在抖著，不過她還是伸手去曬太陽。

「求求你。」她說，「只要曬幾分鐘的太陽。」

沛比搔了搔下巴。

「混帳，」他說。他四下張望了一會。「管他的！」

他走到一張木頭凳子旁邊，用穿了靴子的腳勾住椅凳一條腿，再拖到她旁邊，然後坐下。他點起一根菸。

「要抽菸嗎？」他說。

「不，不用，謝謝。」

他看到蝨子在她頭頂上爬動。

「你眞的是聖女嗎？」他問。

「我看起來像嗎？」

他把身體往後靠，伸出一條穿著靴子的腿。

「今天不像。」他說。

他的菸抽完，用腳把她推回去，關上牢門。

殺死他們，她聽到父親輕聲說。

當警衛帶著那些腐爛食物和他們的穢言穢語過來時，她知道她可以殺死他們。她可以張開嘴說些話，他們全部人就會跌到地上扭動身體至死。

「什麼？」在牢裡待到第二十一天時，沛比說。

她搖搖頭，一綹綹濕頭髮披散在她面前。

她微笑著。

「天主保佑你，」她說，「主與你同在。」

他丟下她的餐盤，倒退出了牢房。

她哈哈笑著。

❋

夜晚。

終於有一陣涼風從海上吹來，帶著海浪、魚鮮、距離和鹹味等雜陳的氣味找到了牢房。但她的高燒使她感覺不到。她睡在地上，像隻狗般蜷起身體，就像好幾百萬年前她在提亞的桌子底下睡覺一樣。高燒使她全身發抖、繃緊。地面起伏、上下，像是水面上的一片地毯，隨著浪濤起伏不定。她一個晚上會醒來十次。此刻她醒著，感覺很害怕。她把兩腿縮近身體，好像會有東西要抓它們一樣。

她把自己支起來，背貼著石壁。

「是誰？」她厲聲問。

她把身上的破衣裙緊緊罩住膝頭。她不再聞起來有玫瑰味了，如今她只有肉和汗，以及動物恐懼的味道。

「誰在那裡？」

牢房另一頭有一團暗黑的影子動了動。

她在黑暗中瞇起眼睛瞧。

「你要做什麼？」她小聲問。

一聲嘆息。

她更用力靠著石牆，但這裡無處可逃。

黑影又動了動。

「我在做夢嗎？」她說。

黑影拉長，像個男人一樣高，然後這個影子人走上前。從窄窗照進來的斜斜月光照亮他的臉。他凝視她好一會兒，然後露出微笑。

「克魯茲？」她喘著氣，「克魯茲？」

他把一根手指按著他的嘴唇，搖搖頭。

「你到這裡做什麼？」

她跪坐起來，伸手向他。

淡淡的菸味。

他伸出手，示意她待在原處。他搖搖頭，然後把一根手指放在眼睛旁邊。輕敲他的眼睛。看。

注意看這個。

她跟著他的目光，他轉過頭，看著遠處的牆。牆上的石頭閃爍不定，好像牢房裡點起了蠟燭。

「克魯茲？」她又問了一次。

他指指牆面。

她便望著牆。

閃光擴大，變得持久而且明亮，閃著藍、紅、綠、白、棕、黃等光亮。閃光結合又重新結合、糾結又捲起，形成某些形狀的白雲般，又很快地消溶，顯出一個情景。那是一座山谷，一條河穿越山谷中央流著，河的一邊有一片片小玉米田，河對岸是一個大山洞。然後有房舍出現，接著是一座教堂。她聽到鐘聲。

她知道這裡是托莫契克。

克魯茲和二十八名手下出現，帶著武器奔跑。小得像螞蟻的百姓在村中四處奔逃，男人緊摀著胸口和腦袋，然後倒下。女人和小孩和老人家急急躲進教堂，大大的木門關上。

她看到自己的雕像。

山頂上起火了，一陣陣的火焰和煙霧。

她面前的那些小房子爆炸開來；一團團火球在房屋所在的地方開了花，而在這些小小的烈火風暴中央，是亂飛的椅子、狗群、桌子和嬰兒。

她看到墨西哥軍隊正在包圍村莊，還有部隊從山頂湧下山。小小的加農炮裝上葡萄彈。加農炮發射了，但她只聽得到低低的喘氣聲。加農炮彈把「虎軍」炸得四分五裂，腦袋和手臂飛出去，跟身體分了家。這些加農炮發射的有炮彈、有釘子，也有錢幣。人解體消失之際，牆壁也從閃著的白色變成了紅色。

她看到克魯茲和魯本在房裡，她知道那是克魯茲的屋子，他們從殘破的窗戶往外開槍，雖然他們都受了傷，又餓著肚子，仍然開槍。

然後，教堂燒起來了。

是軍隊放的火。裡面被火燒的人的哭喊聲，聽起來微弱得像是遠方的鳥鳴。士兵跑到門前，把門撞開，泰瑞西塔以爲他們是憐憫百姓。但是當裡面的人跑出來，有些人身上著火，有些女人懷中抱著燒著的孩子，自己也開始著火，墨西哥軍隊卻用格特林手搖機槍開火。他們的槍管又吐又咳地發射子彈，斬斷一波波的人潮。他們的身體在一發發彈炮的衝擊力下扭曲、倒下，在原地焚燒。

而她看見士兵們已經逼近克魯茲和他手下的身後。他們爬上屋頂，把燒著的瀝青從煙囪口倒進去，而在屋裡燒起來。牆壁、窗框、門，全都在大火中爆開、碎裂；克魯茲流著血，叫喊聲在破損的窗戶裡面起起落落，開槍、開槍，煙霧在他頭髮上打轉。

她看到墨西哥軍派一個人拿起一面白旗走上前。

他指著火燒的房子，對房裡的克魯茲和他手下喊著一些話。軍隊停火了。只有回音和嗶剝的火焰聲，一陣詭異的寂靜。房門打開了，一陣令人窒息的黑煙滾滾冒出。克魯茲本人出現了，他靠在一個朋友的肩上，受了傷，傷得很重。他一條腿彎了，腰和背也都中了彈。大腿上一個紅色洞裡掛著一截黃白色骨頭，像牙籤的骨頭碎片黏在衣服黑色乾凝的血漬上頭。

「虎軍」扶著克魯茲一跛一跛往前走。

墨西哥人對他微笑，握住他的手，拿菸要給克魯茲。

而當克魯茲身子往前傾要讓對方點菸時，一名士兵從他身後走上前，朝他頭上開了一槍。

「不！」她叫道。

光線暗下來。

克魯茲轉向她。

「我命該亡的。」

「都是我害你的！」她喊道。

「是我們自己害自己的，」他答道，「我們命中該絕。」他說。「不過你的復仇者很強。」

「我的復仇者？」

「你的復仇者在山裡集合了。」

「誰？」

「他們來了，」他說，「他們來了。每個人都願意爲你死。」

「不要！不要！」

她看著鮮血流滿他的臉。暗黑色鮮血一朵朵在他襯衫上綻放，浸濕他肋骨附近，從他腿上噴濺而出。整個世界都著火了。

她朝他伸出手，克魯茲·查維茲，這個唯一曾把臉貼著她、聽她心跳的男人。

「要堅強，」他說，「我們並沒有完全失敗。再會了。」

說著他就不見了。

第六十章

警衛在拂曉時分往泰瑞西塔的牢房行進。給她送食物的瘦男孩被人發現背上中了三支箭倒在監獄外面，他的耳朵還被割下，但沒有任何人看到整個經過。

她聽著警衛靴子在石子和石牆之間發出而回音醒來，她坐起來聽他們走過來。這一回他們沒有拖著腳步走，而是邁開大步。這麼說來，我的時辰到了，她心想。也許克魯茲會在繩索扭斷她頸子時迎接她吧。

她用手指沾口水把臉上乾了的薄薄血漬抹掉，再盡可能地在昏暗中把頭髮整理好。靴子聲接近了，她猜想會不會在父親旁邊被處決。

靴子重重一踩，在門外站定。鑰匙喀啦，鎖打開，牢門吱嘎一聲在鏽了的絞鏈上轉開。三名警衛走進來，命令她轉過身。她把兩手伸到背後，低頭等著。他們給她上了手銬，她轉過身，注視他們的臉。她看到其中並沒有沛比。

他們比手勢要她走出去。她不知道自己上次看到陽光、甚至走一小段路是多久以前的事。她走到明亮的陽光中，頭抬得很高，眼睛不住眨著。即使是在臭氣沖天的馬廄中，空氣都很清新。他們抓住她手臂，把她帶出院子，離開絞架。

那麼。

就是要站到牆邊嘍。

「沛比在哪裡？」她問。

「我在這裡，ㄚ頭。」他說。

他在她身後。

「射得準一點，男孩，」她說。「沛比，瞄準我心臟。不過放了我爸爸吧。」

「閉嘴，」沛比說，「你知道你的問題嗎？你從來學不會閉嘴。」

「對準心臟。」

「我說閉嘴！」

她被押著大步快走過牆面，再沿著她進入監牢時走過的長長院子。鐵窗後面又有許多張臉孔貼著往外看，不過這些犯人都沒說話。她扭過頭往後看。

他們走過一道髒污滿布、滿是彈孔的泥磚牆。

「先生，」她說，「這裡不是行刑隊嗎？」

「安靜。」

在最前方那讓人痛苦的日光下，她看到有人聚集著，一輛黑色馬車停下來，堵住了出口。拉車的是一匹大白馬。

「你們要把我帶到哪裡？」

「往前走。」

人群是由士兵、鄉警和警察組成。他們盯著逐漸走近的她。他們全都聽說過她，也看過報上的報導。他們擠過來要看她，她的警衛把他們推開，再把她推過那些熱烘烘的身體讓出的窄窄通道，一直到馬車後面。湯瑪士等著。

「爸爸！」她叫道。

他的左眼又黑又腫，下巴還黏著一條細長的乾血漬。他好髒，襯衫半塞進褲子裡，後面的頭髮全豎著。她第一眼看到他時，他癱靠著馬車門，眼睛閉著，臉色灰暗。他聽到她聲音，身體就站直了，比所有警衛都高。他露出微笑。

「泰瑞西塔。」他叫道。

她衝向他，把頭靠著他胸口。

他用下巴磨著她頭頂。

「他們有沒有傷到你？」他問。

「沒有。他們饒過我。」

「你好瘦。」他說。

「我有一點發燒。」她回答。

她身體往後，抬頭望著他被打的臉。

「那你呢，爸爸？他們打傷你了嗎？」

「我，」他說，然後說，「我撞到門而已，沒什麼好擔心的。」

她把身體抬高，親吻他的臉頰。

「騙人。」她說。

「回去。」沛比說，一邊打開馬車車門。他准許他們把雙手放在前面，然後再重新銬上。他抓住他們手肘，大略扶他們登上金屬台階。他們在車裡坐定後，他就把門用力關上，鎖好。

「我們要去哪裡？」湯瑪士問，可是沒人回答他。

馬鞭啪啪作響，馬兒猛地往前走，他們也跌成一團，掙扎著要坐直身體，這時馬車搖搖晃晃的駛離監獄。

「你害怕嗎？」他問。

「怕。」

「我也是。」

「噢，爸爸。」

「死亡很糟嗎？」

「沒你想的糟。」

「可是子彈……」他說。

她一陣顫抖。

「這讓我嚇到了。」她說。

「哎，丫頭，至少子彈還快些哩。」

馬車匡啷匡啷走過街道的石頭路上。車子的前後都有騎兵分布守衛。這天早晨的圭亞瑪斯很安靜，監獄中吹不到的海風在巷弄間吹送，帶來鹽和遠方的味道。泰瑞西塔把臉貼在鐵窗上聞著這些氣味，直到一顆番茄打中馬車一側，汁液濺到她臉上。

沿路的百姓有的往車裡看她，有的對她耳語，有的噓她。「女巫！」一個女人說。男人們笑著。兩名騎兵騎在馬車旁邊，用穿著靴子的腳把路人推開。

「所以我們就要死了。」湯瑪士說。

街上傳來「卡波拉聖女萬歲」的聲音，之後是一陣騷亂。

泰瑞西塔用手握住他的手指。

「要勇敢。」他說。

「我會的。」

他們走過一條巷子，來到一條陽光普照的大道。

「你說死亡沒有那麼糟？」他問。

「是的，沒那麼糟，爸爸。比監獄好。」

他點點頭。

她把頭靠在他肩上。

「他們也許不會槍斃我們，」他說，「他們也許會吊死我們！」他本來希望能夠更積極些，但是被處死對他而言就是一種可怕的羞辱。他怒不可遏。這些蠢人會永遠以爲和他地位相等，或者更糟的，認爲比他還要高等。他眞想踢人一腳。「混蛋！」他說。

「我做過套索的惡夢。」她小聲說。

他能怎麼樣安慰她呢？

「噢，」終於他說，「套索也不壞。如果他們方法用對，它就能把你脖子拉斷，你也許根本不會感覺到。」

「嘿，多謝啦，爸爸。這是任何女孩能夠聽到最好的消息了！」

他們笑了起來，因爲他們誰也不想哭。

❋

泰瑞西塔從沒看過火車，可是當她看到馬上就知道了。雖然馬車顛簸、鐐銬在身，臉上脖子還有淌血的蚊蟲叮咬傷，衣服底下灼熱又搔癢，她還是很興奮看到這個大機器像一條巨蛇般在車站前伸展。

「你看，爸爸，」她說，「一輛火車。」

「哇，」他說，「火車？」

湯瑪士好累，非常累。眼睛幾乎都張不開了，不過他抬起頭，哎，這腦袋像有十公斤重呢！他微笑。

「是啊。」他說。他們要站在火車站牆壁前被槍斃了，人家把旁觀的證人都帶來了。記者，保證絕對有，還有軍人妻子。

「顯然我們會成爲引人注目的景象。」他說。

這是個蒸汽火車頭，後頭掛著好長一串的車廂，士兵沿著那蛇一般的身軀站著，瞇眼望著他們的黑色馬車。

湯瑪士吃力地讓眼皮撐開，但他視線卻不清楚，眼睛裡好像有沙子。他的手腕瘀青發黑，手指頭因爲手銬殘忍地緊緊箍住而腫脹瘀黑。

馬車猛地一停。他們聽著外頭士兵嘰嘰咕咕說著話，車裡已經熱到幾乎不能呼吸了。警衛把他們鎖在裡面半個鐘頭，等到他們終於打開馬車後頭的門，把泰瑞西塔抓下來時，湯瑪士睡著了，他縮在椅上，像隻狗一樣。一名士兵抓住他兩個腳踝就把他拖出來，他的頭碰撞到地面。

湯瑪士睜開眼睛，說：「注意點，混蛋。」

這名士兵提起他的領子把他往前一拋，湯瑪士面朝下被丟到地上，下巴擦到泥土。

泰瑞西塔說：「住手！」

士兵轉過身，朝她吐了口口水。

「不然呢？」他說，「不然哩！女巫？」

有個人回喊：「不然她就會把你變成蜥蜴！」

「她會把你餵給雅基族！」

他們嘲笑她。

她扶著父親站起來。他搖搖頭，把頭髮上的泥土甩掉。

「嘿！嘿！」沛比喊著，他急忙往前。「用不著傷害犯人。」他說。

「我看起來怎麼樣？」湯瑪士問。

「很帥。」泰瑞西塔回答。

他們互望著微笑。

✻

火車在最靠近車站的軌道上契契擦擦前進。士兵把來福槍拿在身前，用槍抵著泰瑞西塔的背，還會敲她的頭，好像她是頭牛，或者一頭不情願前進的騾子。她伸手要牽父親的手，卻被他們用槍托把她的手打掉。

「往前走。」沛比說，於是她就往前走。她的手銬發出匡噹匡噹聲。她可以聞到自己的味道，也聞得到父親的味道。髒污的頭髮、汗水。她把頭高高抬起走著。

「混帳。」湯瑪士喃喃說著。

沛比笑了。

「我們要去哪裡？」泰瑞西塔問。

「『審判日』。」他回答。

他們匡啷匡啷走過火車最後一節的守車，士兵站在車後的月台上，然後是兩列客車。遠處的火車頭發出咔擦咔擦聲，像是一顆巨大的心臟。它那懶洋洋的「契、契」聲，將淡淡的蒸汽吹送到空中。契、哼，契、哼，契、哼。大部分車廂窗戶裡都塞滿了人臉，女人和小孩俯視她。在這些客車車廂頂上，用沙袋圍起來的掩護區裡有更多拿著來福槍的士兵。他們走上一小段台階，來到車站月台，以可以平視乘客的高度走過月台，到了月台末端，再走下三級台階，沿著鐵軌走在很滑的碎石路上。泰瑞西塔踩空了一次，湯瑪士忙用一手抓住她，讓她穩下來。士兵們在他們身後嘎吱嘎吱地走。

他們走過客車車廂，來到一節平板車旁。這節車的底板四周堆著沙包，一枝枝來福槍豎立起來，這是士兵和警衛防範雅基人劫車所做的戒備。平板車中央是一座架在三角架上昂然聳立的格特林機槍。在平板車前方，是另一節被棄的客車車廂，車廂頂上是更多的士兵。在這節車廂和火車頭之間的前面，還有一節滿載士兵的平板車。

「他們等著要打仗呢。」湯瑪士說。

爲首的警衛用來福槍托朝他兩個肩膀中間砸過去，湯瑪士往前倒下，撞到火車車廂旁邊。

「閉嘴。」警衛說。

一名軍官站在空蕩蕩的客車車廂旁，背對他們。他的制服很挺，軍帽端端正正戴在頭上。他轉過身，望著他們。

「恩利貴！」湯瑪士大叫。

沛比一巴掌揮向他後腦勺。

恩利貴轉頭向一名士兵借了來福槍，上前就給惡狠狠瞪著眼的沛比額頭一槍托。沛比嚇得大叫，仰躺在泥土地上。

「哈，像袋豆子！」湯瑪士興致一起不禁說道。

沛比喉嚨發出呼嚕呼嚕的聲音，身體扭動著。

湯瑪士轉頭對泰瑞西塔說：「天哪，是恩利貴少校！」

「不是少校囉。」恩利貴說。

「恩利貴上尉？」

「也不是。」

「那是什麼？」

「在我們稍稍造訪卡波拉之後，」恩利貴說，「我現在又變回中尉了。」

他把手指一甩，指著手銬。一個手拿一串鑰匙的士兵走過沛比身邊，把湯瑪士和泰瑞西塔的手銬打開。

「謝謝你，先生。」她說。

「隨時聽憑差遣。」

他用鞋跟發出喀利的聲音，微微向她鞠個躬。然後俐落地踢了沛比一腳。沛比咕噥著，睜開眼睛。恩利貴怒目俯視這個倒在地的警衛，對他痛罵：「你是墨西哥陸軍的士兵，從此以後你的行爲舉止都要自重。我們在這裡是很遵守禮儀的。」

泰瑞西塔彎身在沛比身邊，把一隻手安放在他額頭的黑印子上。他驚恐地朝她眨眼，在地上慌張地挪開身子，然後爬起身、拖著步子跑了，他的屁股在那骯髒的卡其褲裡前後擺動。

「豬！」湯瑪士送上一句評語。

這位中尉的隨從中有一個大約十二歲的男孩。他穿著一套小小的軍服，軍帽歪歪斜斜地戴著。

「二等兵賈西亞！」中尉說。

男孩跨步向前，行了個禮。

「有，隊長！」他大喊。

「二等兵，看看能不能給人犯拿些水來。」

「是！」

男孩急忙走開。

「是的，是的，」湯瑪士說，「很正確，中尉。讓我們有些尊嚴地死去。」

賈西亞二等兵拿著兩個鐵杯的水過來，他很小心地不讓水濺灑出來。

「拿給他們。」中尉說。

泰瑞西塔看看湯瑪士。他們都不知道發生什麼事了，但是湯瑪士用下巴朝男孩點了點，她便伸手，男孩把水給她，她就喝了。水是溫的，有金屬味道。湯瑪士也伸出手，男孩把那杯水給他。

湯瑪士朝泰瑞西塔微笑。「不要緊，」他說，「我們是在紳士的手裡。」

湯瑪士把手放在泰瑞西塔後背，對中尉說：

「你要我們站在哪裡？」他問。

「站？」

「是的，」她說，「我想知道。我們就快點辦事吧。我們準備好了。」

「準備好了？」恩利貴說，「準備做什麼？」

「行刑呀。」

中尉望著四周圍手下。他們全都笑了。

「行刑？」他說。

「先生，」泰瑞西塔說，「我不覺得這很有趣。」

「噢，」恩利貴中尉說，「不過等一下你就會了。」

他從一名部屬手裡拿了一份文件，把文件打開、開始宣讀。

「伍瑞阿小姐經總統認定係墨西哥最危險的女孩。」

「了不起！」湯瑪士說。

中尉看了泰瑞西塔一眼，揚起眉毛。

「你是嗎？」他問。

「他們說我是。」

「而此刻，」他說，「你或許是墨西哥最骯髒的女孩了。」

她微微點頭。

恩利貴繼續宣讀這份聲明：

「其父湯瑪士．伍瑞阿，則係國家敵人，並為墨西哥社會之危險人物。在政治、財務及精神各方面支持索諾拉、辛納魯亞及奇瓦瓦等省原住民之騷亂。」

湯瑪士點點頭，微笑。「是我。」他說。

「先生，拜託。」

中尉繼續宣讀。他唸到異端邪說和雅基族的侵襲，還有煽動共和國的敵人、違抗軍事及教會的統治。他宣讀他們對墨西哥市德政以及高貴的元首，偉大的總統及將軍波費里歐．狄亞茲的嚴重侮辱。他還唸到他們犯下叛國、煽動革命的罪，而由於教唆不法分子克魯茲·查維茲爲首的游擊隊對騎兵隊武裝攻擊，他們被判由行刑隊執行死刑。

湯瑪士挺直肩膀。「終於來了。」他說。

「我不再害怕了。」泰瑞西塔回答。

「不過，」恩利貴仍在唸，「由於狄亞茲將軍以及墨西哥政府的寬宏大量，死刑將立即減爲驅逐。」他們站在那裡，而中尉也摺起他的文告，塞進上衣內。

「你說什麼？」泰瑞西塔問。

「驅逐出境。」

「驅逐出境？」

「驅逐出境，是的。」

「恩利貴，我的好兄弟，」湯瑪士說，「這是開玩笑嗎？」

恩利貴抬起一個肩膀。

「我親愛的伍瑞阿先生，我不止一次想到，尤其從我捲入你的生活以後，」他朝著泰瑞西塔輕碰帽子示意，「生命中大部分就是個笑話。」

「等等，我們正在被驅逐出境嗎？」湯瑪士說。

中尉朝火車比了比。

「墨西哥最新的鐵路線任由您使喚。你也看得出來，這是一班聖塔飛火車。墨西哥鐵路是和聖塔飛鐵路線合作的，而這些列車是從……」

「等等！」湯瑪士說。

「怎麼啦？」

「放逐？」

「不准回來！要我會認爲這是很好的提議。」

「但是我的牧場！」

「抱歉了。」

「可是我妻子，蘿芮托！」

「也許她可以去找你。」

「可是蓋布瑞葉拉！」

「另一個老婆？」

「他心愛的人。」泰瑞西塔主動說。

「啊！事情複雜了。或許她也可以去找你。」

湯瑪士一巴掌拍著自己額頭。

「想想看不這樣會怎樣吧。」恩利貴提醒他。

「我們不會死了？」泰瑞西塔問。

她的熱病使她顯得蒼白，她的雙眼在她蒼白的臉上炯炯發亮，像瘋子的眼睛。她讓恩利貴中尉不安。

「小姐，」他說，「你總有一天是絕對會死的，不過不是今天。」

她往後倒在湯瑪士身上。

「等等，」他叫道，「等等！結果你們不槍斃我們，而要送我們搭火車旅行去？」

中尉端詳自己的靴子。

「看來是這樣。」他說。

二等兵賈西亞過來，拍拍湯瑪士的手臂。

「先生？」他說，「我想聖女是昏過去了。」

第六十一章

探子觀看泰瑞西塔昏倒在父親身上。他們數了火車上砲床的數目。他們也注意到平板車上那個架著邪惡吐子彈槍砲的大三角架。這群人由一名叫馬丁內茲的皮馬族騎士領頭，其餘是兩名雅基人和堅持要跟來的細瘦尤力男孩。他們趴在距火車半哩路外一座山上的野草當中。男孩說：「我們現在就去殺死他們！」馬丁內茲舉起一隻手。他的藍色方巾很仔細地沿著眉毛上方包起來。跑步者已經往北去了，要召喚戰士來到監獄。不過馬丁內茲認爲顯然不會對圭亞瑪斯攻擊，即使阿帕契人很想在收手前再放火燒掉一座墨西哥城市。不行，戰爭是要在鐵路線上打。他們必須攔下火車。他們必須把泰瑞西塔救出來，他們必須殺死所有人。他們低伏身子跑，穿過灌木叢和漿果樹叢、仙人掌和臭樹，最後跳進一座旱谷，他們的馬匹就等在那裡。他們騎了卡波拉最好的四匹馬，是那個尤力男孩帶過去的。馬丁內茲快馬騎下旱谷，翻到旱谷邊上，進入紅色的沙漠中，一次也沒有回頭。

❋

恩利貴命令四名士兵把泰瑞西塔抬到火車前段的空車廂。起初他們不敢碰她，等到把她抬起來的時候，其中一人說：「你看，各位，她輕得像稻草一樣！」他們走在空車廂走道中時，湯瑪士就像隻蜻蜓般在她附近來回。他們隨意挑了一個座位，把她橫放在上面。她發出呻吟聲，眼皮動了動。她脖子上一個膿包破了，流出可怕的黃色液體。

「請你們，」湯瑪士說，「拿熱水和肥皀給我！」

跟在後面的恩利貴朝他們點頭。

他們行了禮，匆匆走開。

「她會死掉嗎？」恩利貴問。

「她很堅強，中尉，」湯瑪士低聲說，「十分堅強。」

「呃，」中尉說，「你可以爲她禱告。」

「那我得現在學呢。」

「沒有人需要教做父親的如何禱告，伍瑞阿先生，」他回答，「做父母的比神職人員還要知道怎麼禱告。」

湯瑪士把一隻手放在泰瑞西塔身上。

「我過去……太壞了，」他悔罪了，「什麼樣的神肯聽我的祈求呢？」

士兵們拿著一個冒著熱氣的碗和一條毛巾出現。

恩利貴彎身向著湯瑪士。

「我的朋友，」他說，「我對天主所知不多，不過我知道天主最愛悔過的浪子。」

他拍拍湯瑪士的肩頭。

「各位，」他說，「我們退下，給他們一些隱私吧。」

他在車廂兩頭各配置了一名武裝警衛。

湯瑪士不知道從何開始，不過他先解開她骯髒的上衣，把毛巾浸濕，仔細擦拭她的傷口。

在這番擦拭中，泰瑞西塔一直是睡著的。當湯瑪士要人拿進第二碗、第三碗水的時候她也動都沒動一下。當他走到外頭，到第一列平板車上找恩利貴中尉時，她也沒有睜開眼睛。

「可是他們爲什麼饒過我們？」湯瑪士對恩利貴說。

中尉看看他的士兵，跨近了些。

「如果他們殺了她，」他說，「她就變成烈士了。你明白嗎？如果伍瑞阿小姐被處死，墨西哥市就永遠壓不住雅基人了。這是我的看法。」

湯瑪士點點頭。

「你們仍然是囚犯，」恩利貴提醒他，「如果伍瑞阿小姐在此次行程中有不軌，我有職責殺掉她。直到我們抵達亞歷桑納爲止。」

「美國，」湯瑪士說，「老天爺，」他嘆口氣，「我們要成爲美國人了。」

中尉拿出一個銀菸盒，要給湯瑪士一根菸。他拿了一根，就著火柴點燃，把煙吸進肺裡。

「做個美國佬也比做個死人好呀。」中尉嘆口氣，煙從他的鼻孔竄出。

「有什麼好！不過，也對啦。」

「這是你的幸運日子，湯瑪士。」

他倆抽著菸。

「這麼些警衛，只爲了我女兒嗎？」湯瑪士說。

「雅基族會來，」中尉回答，「我們認爲一定要打一仗才會離開墨西哥。」他哀傷地笑了。「說實話，我還不知道我們當中誰能撐得過這次行程。」

「可是，」湯瑪士說，眼光往整列火車看去，「這些客車車廂裡坐滿了老百姓。」

「沒錯。」

「你們會把老百姓運到戰區，我覺得很奇怪，我親愛的中尉。」

恩利貴把一些菸草吐在車廂邊。

「眞的嗎？」他說，「在卡波拉見識過那些事以後，你還會這麼天眞？」

湯瑪士注親他的眼睛。

「你在說什麼啊，中尉？」

「先生，」他說，「萬一那些野蠻人攻擊這一火車的墨西哥善良老百姓，你想想我們的領袖會有什麼好處。」

「什麼？」

「這些老百姓是奉政府命令而來搭火車的。」

湯瑪士把香菸彈開。「狄亞茲希望印第安人攻擊這班火車？」他說。

中尉微微偏了一下頭，什麼話也沒說。

他們回頭望車門窗戶後的泰瑞西塔。

「在總統命令下，」中尉說，「我的妻子和女兒們也都在這班火車上。」

「混蛋傢伙！」湯瑪士喃喃。

「這種行徑，」中尉說，「正好顯示爲什麼你我永遠當不成總統。」

他吹了一聲口哨，要手下登上火車，他再扶著湯瑪士跨過站台與車廂空隙進到車廂裡。「走啦！」恩利貴中尉高喊。汽笛響起，像遊艇的鐘聲噹噹響了三次、四次，火車頭猛地一震，發出空契空契的聲音，列車就開始出發。

❋

鐵軌發出喀利喀利的聲音，車廂搖搖晃晃。車輪在鐵軌上唱著歌，發出喀利喀利的聲音。湯瑪士的眼皮越來越重，他的頭也隨著身子的晃動點個不停。他嘆口氣，揉揉臉。窗外飛逝而去的土地像是黃色的旗幟。樹木出現，旋即消失。他晃動、搖擺、打呵欠。鐵軌又在喀利喀利叫。

他的頭垂到胸口，開始打起鼾來。

車子的行進如波濤起伏，不停上上下下，幾乎像在海上航行，而這列火車幾乎像有生命般。泰瑞西塔的皮椅硬得像木頭，但對她來說卻很柔軟。她的頭隨著做夢之際前俯後仰。她想像那棵李子樹和它那些小小的紫色果實，她還看到葳拉從前禱告的那個「聖地」，她正和那頭遺忘已久的母豬走在一座開滿藍色花朵的山谷。她夢到老朋友芬娜正在吃早餐，哈哈笑著。她在睡夢中也笑了。好芬娜！芬娜會有什麼遭遇呢？

她張開眼睛，一時間不知道自己身在何方。她坐起來，父親在她後面的座位上打呼。這列火車往北行駛，要到邊界。

她整理一下頭髮，往窗外看去。地面穩定地離她而去，繞過火車，彷彿是在一個大輪子上打轉。大地是橘色、紅色、褐色，又成爲淡藍、綠、灰色和淺紫，然後又變成白色。

她轉過臉，往另一邊的窗外看去，那裡的大地卻動也不動。她眨了眨眼。她可以聽到火車空隆空隆往前的聲音，可以感覺到車子的搖晃，聽到鐵軌的喀利喀利聲，但是沒有東西在動。她轉頭看自己這邊的窗戶：窗外的景色此刻也像一幅畫般靜止。她站起來，手扶著座椅椅背好站穩些，然後往前走。車廂盡頭的門很容易就打開了。她走到車廂前面的平台上。風把她的頭髮拍到臉上，但是火車卻沒有移動。她凝望遠方，看到一隻好大的烏鴉正在飛，卻定在空中宛如封在琥珀之中。牠巨大的翅膀張著，卻不能帶牠到任何地方。

她叫了起來。

泰瑞西塔轉過身，往回看著車廂裡面。

坐在一個座位上，對著她微笑的，正是葳拉。

泰瑞西塔把車廂門推開，快步走進車廂。

「葳拉？」她叫道，「葳拉？你回來了嗎？」

葳拉轉過頭，朝她四周看了看。

「原來這就是火車了，」她說，「我不太喜歡。」

泰瑞西塔握住她的手，親吻那蒼老的指節。

「葳拉！」她叫道，「我好想你呢。」

葳拉拍拍她的頭。

「孩子，」她說，「你有沒有啤酒？我想念啤酒。」

泰瑞西塔搖搖頭，葳拉站起來，把她也拉起來。

「來。」她說。

她朝走道踩了一步，她們就到了室外，站在一處山腰上。

「你有沒有穿鞋？」葳拉問。

泰瑞西塔低頭看，兩隻腳是光著的。

「一定是我爸爸把鞋脫掉的。」泰瑞西塔說。

「沒穿鞋，你要怎麼在沙漠裡走路？」葳拉問。

「我以前也赤腳走過路呀！」

「你爸爸會生氣。」

泰瑞西塔正想回答，卻發現自己走在一條藍色溪流中，踩在圓滑的白色石頭上。

「這不是很好嗎？」葳拉問道。

泰瑞西塔的三個老人站在一哩外一座山上。她可以看到他們像是三個小小的雪球。美國會有雪，她心想。

「那裡是你的老傢伙們。」葳拉指出來。

泰瑞西塔朝他們揮手。

一隻蜂鳥在她頭上打轉，細小的翅膀發出嘩嘩的響聲。「你的聲音好像蜜蜂。」泰瑞西塔告訴牠。牠又繞著她打轉，她可以感覺到翅膀拍動的風打在皮膚上。牠啾啾叫著，發出奇怪的小小的親吻聲，然後快速飛走。

「哪個方向？」葳拉問。

「左邊。」泰瑞西塔說。

「那小傢伙總是朝著心的方向飛。」

她們握著手。

金色的魚搔著泰瑞西塔的腳。

她們走上一座長滿白花的山丘。水流也跟著她們往上，調皮地不理會地心引力。

「我來過這裡嗎？」泰瑞西塔問。

「你一直都在這裡。」

「葳拉，」她說，「幫幫我！現在就幫我！事情好糟糕，事情一天比一天糟糕。幫我制止。」

「噢，不行，孩子，」葳拉說，「我在這一邊，你在那一邊。我們不能干擾你們。」

「幫我！」

「我不是來了嗎？」

她們穿過薄薄的雲。

泰瑞西塔開始看了。這裡的東西明亮多了，蔚藍的天空滿是星星。

「看。」葳拉說。

群星排成直線，然後直線往橫往直延伸，在天空中形成一大片格子，從她旁邊一路往各個方向伸展，一直到看不見爲止。

「看。」葳拉說。

眾星脹大起來，看起來像是冰塊溶化的倒退動作。它們是銀色的，變成小小的球體，一百萬個、一億個燦爛的銀球在她上方和周遭。

「我不是很好的學生，」葳拉說，「我必須死掉，才能讓天主教我這一點。不過我現在就教你了。你看。」

泰瑞西塔盯著銀球。每個銀球上都有一個圖像。她轉向最近的一個，這根本不是個遙遠的星星，反而近到可以摸到。而在這個銀球裡，她看到自己的臉。下一個和再下一個銀球裡也是。

「看。」葳拉說。

她便看著。

在這個球裡，她正在坐火車。在下一個球裡，她是一個孩子。在第三個球裡，她穿著華服走在城市街道上。她抱著孩子。她懷孕了。她在笑。她在哭。她睡著了。她拿著武器。她赤裸著身體在洗澡。她和一個男人發生關係，而她看不見他的臉。她的結婚日。穿著黑色喪服。她兩條腿高高抬起，生下一個嬰兒。有些銀球太遠，泰瑞西塔幾乎看不見自己，再不然就只能看到身處他人當中的一個小黑影。這些圖像都很清楚，不過大部分都太小，看都看不見。她在天空中各處。她轉過身，看到自己身後的自己，或看書，或做菜，或傳教，或把兩手放在一個孩童身上，或騎馬，或睡覺。

「這些是什麼？」她問。

「很漂亮，不是嗎？」葳拉說。

「是啊。」

「那些是你。」葳拉說。

「我不明白。」

「那些是你。每一個你，每一個可能的你。你永遠被無數的選擇所包圍，這些選擇就是你會成爲哪種人的各種選擇。這些就是你的命運。」

葳拉摸了一個銀球，它竟然柔聲地叮噹響起，像鐘樂般。而球裡面，泰瑞西塔坐在火車裡。

「這是你的下一秒鐘。」葳拉說。

泰瑞西塔轉過頭望著。

「它們全部，你生命中的每個時刻、每個瞬間，看起來都像這樣。你明白嗎？你永遠都是處在一個充滿選擇的世界。你生命中的任何時刻都可以朝著你所選擇的任何方向前進。」

「要怎麼做呢？」

「學習去選擇。」

「要怎麼選擇呢？」

「學習去看。這是你的生命，是天主眼中的生命，每天的每一秒。」

泰瑞西塔站在水裡，伸出兩手去摸那些銀球。

「我們大多數人，」葳拉說，「是走一條直線。每天從早到晚，我們就像綿羊一樣邁步往前走。眼睛直望著正前方。你看到什麼？」

她凝視面前的銀球。

「我自己的臉。」

「我們的生命都用來走進我們自己的鏡中，當我們往前走，我們看到的只有我們自己。」

葳拉展開雙臂。

「你看旁邊。」

泰瑞西塔轉頭去看火車車窗，湯瑪士還在睡。葳拉不見了。

「葳拉！」她叫道，「你在哪裡？」

「在你旁邊，」葳拉的聲音說著，「我一向都在的地方。」

「別走！」

「我非走不可。」

「葳拉！」

「你看前面。」

泰瑞西塔轉過頭去。

她看到一名雅基戰士蹲伏在樹叢後面，他手裡拿著一把來福槍，正盯著火車看。

「醒來！」葳拉說。

泰瑞西塔坐起來。火車搖晃著。車輪在鐵軌上前進，軌道在她下面發出喀利喀利的聲音。她父親正在打呼。她看看周遭，但是車廂裡再沒別人了。

❋

「我害了大家。」她把她父親喚醒說著。

「沒錯，」湯瑪士說，「如果你沒有見到天主，對我的生意會比較好。」

「請原諒我。」

他說了「族人」的一句諺語安慰她：「禍福總相依。」

「你相信嗎？」她問。

「怎麼不信？」

他彎過身子，拍拍她的膝蓋。

「你看看我們現在，」他說，「這趟舒服的火車行！」

泰瑞西塔說：「中尉說印第安人會在日落時候攻擊。」

「是呀，他是這麼說的。」

「他說那時候我們會進入一座峽谷。」

「『伏擊谷』，」湯瑪士說，「眞是名副其實！」

「我們速度會慢下來。」她說。

「他們就會攻擊。是啦，是啦。每個人都會死，只有你會活下來。」

他們送來用盆子裝著的午餐，有豆子、馬鈴薯、玉米餅和咖啡。

泰瑞西塔吃完午餐，抬眼看到恩利貴中尉從門外朝她看。他比手勢請她准許他進來。她點點頭。

「又怎麼啦？」湯瑪士說。

恩利貴趨前。

「我們有個小孩病了。」他說，顯得很尷尬。

「噢？」她說。

「可別又來了！」湯瑪士說。

恩利貴很快低下頭。

「是我一名手下的小孩。他吃了壞的香腸，看起來是這樣。病得很不輕，他母親認爲他可能撐不過今天晚上。」恩利貴抬起兩手，「我不知道該怎麼辦，他們說要找你。」

「帶他過來。」她說。

「你確定嗎？」

「帶他過來。」

恩利貴走到車廂後面，出了車廂。他們聽到他對著平板車上的士兵叫喊。

「爸爸？」他們在等的時候她說了，「這一切你有沒有開心的時刻？」

「噢，當然有。」

「你最喜歡的是哪個部分？」

他回想了一下。

「李子樹。」他說。

恩利貴帶著一個女人和一個士兵走過來，女人懷裡抱著一團布包起來的東西。他們聞到嘔吐物和糞便的味道。

女人雙膝落地，跪下來。

「請保佑我們，泰瑞西塔。」她說。

泰瑞西塔把一隻手按在女人頭上。

「把孩子給我。」她說。

女人把孩子遞過去。

「他都發青了，」做母親的說，「他會死嗎？」

恩利貴和湯瑪士擠過來。「注意看噢。」湯瑪士說，突然間被自己爲泰瑞西塔的奇蹟感到驕傲而嚇了一跳。

泰瑞西塔打開包著的東西，端詳他那扭曲的臉。他咕嚕著，驚嚇起來，揮著小小的拳頭。

「他病得很重，這位媽媽。」泰瑞西塔說。

她把手按著他的額頭。她又伸手到他小衣服裡面，摸摸他的肚子。他哭了。她用兩手在他身體上方來回，然後禱告，再把他抱近，低聲說著話。他安靜下來。她看看他，露出微笑。「他睡了。」她說。「給他喝涼茶。肉桂茶，如果有的話。」

女人放聲哭了出來。

她抓住泰瑞西塔兩手親吻。

「卡波拉聖女萬歲！」士兵說。

「這個，」恩利貴說，「是我們唯一需要的！」

❦

戰士們躲在「伏擊谷」兩側。馬丁內茲和手下召集了一百多名戰士。「族人」和墨西哥人都藏身在大石頭和三齒拉瑞阿樹後。槍手躲在路旁。牧豆叢中還有狙擊手。山谷盡頭，騎士騎著快馬，準備在第一批射擊後襲擊受創的火車，快速將還沒有死的士兵一一射殺。

❦

「一個人都不要殺。」泰瑞西塔說。

「如果你認爲我會容許那些野蠻人屠殺這列火車上的人，」恩利貴說，「你就是瘋了。」

「他們不會屠殺。」

「會。」

「他們會停火。」

恩利貴笑了。

「小姐，」他說，「我一輩子都在和印第安人打仗。他們不會停火，他們不會慈悲，他們不會放過任何人。」

「而我，」她回答，「我一輩子都是印第安人。我告訴你他們不會開火。」

他一拳頭打在牆上。

「小姐！你讓我很爲難！我非得提醒你，」恩利貴說，「我自己的家人就在這列火車的後面嗎？你想要我的孩子受到危險嗎？」

「我會救你和你的孩子。」她說。

「小姐！」

「夠了！」湯瑪士正色說道，「我的忍耐已經到了極限！」

「我會讓他們停火。」

「我還以爲驕傲是項罪呢。」恩利貴衝了一句。

「這不是驕傲，」她說，「把我放到外面，放到平板車上。他們就會停火。」

他搖頭。

「你要找死！」

「我從前死過，以後我也會死。我現在是要讓你和手下能活命。把我放到外面！」

湯瑪士不曉得在哪裡找到一個酒瓶，此時正在努力喝完。

恩利貴說：「你以爲你是誰？這裡發號施令的不是你，是我。」

「我知道我是誰，」泰瑞西塔說，「我知道我的身分。」

她的眼神逼得他轉開視線。他感到有一點點頭暈，好像湯瑪士給他灌了一杯酒似地。他不知道要對這個混身髒污的女孩說什麼，他也不知道要怎麼注視她的臉。

恩利貴把兩手鬆開又握緊，鬆開又握緊。他撫平短鬚，然後指著她。

「聽著，」他說，「我就給你一個機會。我會讓你到外面的平板車上，如果你這麼想要做烈士的話。但是只要那些野蠻人開第一槍，就會引起一場大風暴。你明白嗎？我們會把他們殺個片甲不留。絕不寬容。」

「他們不會開火的。」

「只要一顆子彈。」

「同意，一顆子彈。」

恩利貴搖搖頭。

「給我一杯。」他對湯瑪士說。

✻

馬丁內茲已經把話傳下去。讓火車進到山谷，它在爬坡時會放慢速度。等到火車完全進到「伏擊谷」的山壁間，再從兩邊朝火車開火。先射殺士兵，然後再射殺窗子裡的人。不要射到在第一列車廂的泰瑞西塔。

✻

「要火車放慢速度。」她命令。

「你瘋了。」恩利貴茲回答。

「去呀，在我們進山谷以前讓火車慢下來。」

「爲什麼？」

「這樣他們就能看見我。」

「我一定跟你一樣瘋了。」

「等我們到了峽谷口，」她說，「你必須命令他們停下來。」

「什麼？」

「戰士們，」她說，「他們希望我們進到山谷裡面。」

湯瑪士踉蹌地走出門，說了句：「我們死了嗎？」又碰地走回車廂。

「我父親喝醉了。」她說。

「誰能怪他？」

恩利貴把話往前傳給火車司機。火車慢了下來，煞車嘰嘎叫著，火車頭上的煙囪冒出一波波的大團煙霧。

＊　＊

「車來了。」前哨大喊。附近一名戰士快速站了一下，把手臂在頭上揮動。他們全都瞄準目標。

泰瑞西塔站在平板車中央。恩利貴親自操縱架在三角架上的機槍。湯瑪士躲在車廂裡，趴在座位中間。士兵們四散在車廂頂上，或在車尾的平板車上縮在沙包後面。

「慢。」泰瑞西塔說。

「已經慢了。」

「停車！現在就停！」

恩利貴向手下比手勢。

緩慢前進的火車更加放慢速度，契契聲終於停止。車頭已進到山壁之間窄窄的峽口。

「慢慢往前。」她說。

恩利貴又比了個手勢，火車猛然一震，火車頭過了峽谷口，然後是煤車。平板車也進入峽谷口，然後她喊：

「停！」

恩利貴比了手勢，就到他的機關槍後面，用力拉開機匣把手。

「冷靜！」他喊道。

「不要開槍。」她說。

「冷靜，兄弟！」

「不要開槍。」

她可以感覺到他們看著她。她知道他們在這裡。她周遭的樹叢裡滿是她的兄弟、朋友、追隨著。她高舉兩手，然後往兩邊攤開。她就站在那裡，定定地，身軀細瘦，卻讓人害怕。

他們正瞄準火車。

恩利貴看到一名戰士從樹叢後面站起來，便朝他瞄準。

「別開火。」他告訴手下。

「不要傷害任何人！」泰瑞西塔高喊。

戰士放下來福槍，看著他們，面露不解。

「冷靜。」恩利貴說。

「族人」中有人再也忍耐不住，大喊著跑向火車。他只穿著一件纏腰布，臉頰上畫著一道道油彩。

「不要傷害任何人！」泰瑞西塔喊著。

戰士跑到火車旁，用手掌拍打火車。他大喊大叫，又去拍打，再跑回樹叢。

有人嗚嗚怪叫，是看不見的人。還有叫囂聲。恩利貴感覺頸背的頭髮都豎起來了。

湯瑪士拍打車廂門說：「我想我剛才尿褲子了！」

「冷靜！」恩利貴大喊。

他們就這樣暴露在外站著，火車頭發出恰、契，恰、契，恰、契。

「伍瑞阿小姐，」恩利貴說，「我相信我們全都要死了。」

泰瑞西塔對著那些躲起來的人高喊：

「兄弟們！離開是我的命運！是我選擇要離開的！不要殺人！不要傷害任何人！」

一片寂靜。

「走吧，」泰瑞西塔說，「現在。」

恩利貴狂亂地揮手，他的手下躲在火車司機房裡。其中一人終於看到，把頭伸進去。火車頭發出好大的「契恰」聲，於是車身再次一震。

「聖女萬歲！」

這些呼喊聲是從鼠尾草和三齒拉瑞阿樹中發出來的。

「泰瑞西塔萬歲！」

「卡波拉聖女萬歲！」

火車緩緩移動，這讓恩利貴感到痛苦萬分。

她始終沒有動。她兩手高舉，凝視著峽谷。恩利貴不敢相信自己的眼睛。十個、三十個、五十個、一百個武裝戰士從他們周圍站出來。

「別開槍！」她大叫，「別開槍！」

他不知道她是對他們還是對他喊叫，其實都無所謂。她是對著所有的人。戰士們紛紛上前，他們有的跑步，有的跳下來到鐵道旁。火車慢慢加速，戰士們紛紛舉起來福槍，但是他們沒有開槍。他們形成兩條線，往前延伸，消失在軌道轉彎處。每個人都沉默地站著，抬眼盯著她，並且把槍高舉過頭，向她致敬。恩利貴站著，走到她旁邊。湯瑪士先是站在他們身後的台階上，之後也是上前，加入他們。

戰士們默默看著，直到他們的聖女走出了他們的生命。湯瑪士看到有些人在哭泣。

火車現在走快了。火車司機把沙土從溝槽倒到鐵軌上，好增加摩擦力去爬坡。火車隆隆行進，不時發出嗚嗚聲，火星和煙霧圍繞著他們，汽笛尖銳地叫著，而那些戰士們一直靜止不動。

火車爬著坡，到了要出峽谷的大轉彎處，那些沿路站著的人仍然動也不動。

「那裡！」泰瑞西塔大叫，「看！」

她用手指著。

湯瑪士看過去：鐵軌旁最後一個坡上騎著馬的，是布維度拉。他正在笑，手上拿著他那頂可笑的大大德州牛仔帽，正高舉著向他們揮動。

然後，就好像這一切都是一場怪夢般，墨西哥、卡波拉、戰爭，還有狄亞茲總統、雅基人和馬約人和阿帕契人和皮馬人和古阿沙夫人和塞里人和塔拉烏瑪拉人和托莫契克人全都不見了。

此時在他們面前，除了黑夜什麼都沒有。

只有黑夜，以及大片黑暗的北美洲。

∞ 小說無限 002

蜂鳥的女兒

作　　者　路易・艾伯托・伍瑞阿（Luis Alberto Urrea）
譯　　者　張琰
發 行 人　凃玉雲
總 經 理　陳穎青
總 編 輯　謝宜英
發　　行　英屬蓋曼群島商家庭傳媒股份有限公司城邦分公司
地　　址　104台北市民生東路二段141號2樓
出 版 者　貓頭鷹出版／貓頭鷹知識網　http://www.owls.tw
系列主編／責任編輯　謝宜英
版面構成　謝宜欣
封面設計　林敏煌
校　　對　李鳳珠　謝宜英
郵撥帳號　19863813書虫股份有限公司
城邦讀書花園
www.cite.com.tw
香港發行所　城邦（香港）出版集團／電話：852-25086231
馬新發行所　城邦（馬新）出版集團／電話：603-90563833
印 製 廠　成陽印刷股份有限公司
初　　版　2008年04月／初版八刷　2008年05月
定　　價　新台幣360元／港幣120元
ISBN　978-986-6651-12-0

國家圖書館出版品預行編目資料

蜂鳥的女兒 / 路易. 艾伯托. 伍瑞阿（Luis Alberto
Urrea）作 ； 張琰譯. -- 初版.-- 臺北市：
貓頭鷹出版：家庭傳媒城邦分公司發行, 2008.04
面；　公分
譯自：The hummingbird's daughter
ISBN 978-986-6651-12-0（平裝）

874.57　　97004869